『古事談』を読み解く

浅見和彦 編

執筆

浅見和彦・田中貴子・佐藤道生・生井真理子・伊東玉美・田渕句美子・田中宗博
磯　水絵・山口眞琴・蔦尾和宏・内田澪子・永村　眞・小林直樹・落合博志・松本麻子
前田雅之・保立道久・木下資一・花部英雄・田島　公・益田勝実

笠間書院

『古事談』を読み解く

目次

第二編　古事談の説話世界

第三編　古事談からの史的展開

第四編　古事談鑑賞◆益田勝実◆441

はじめに

説話や伝承の研究には厄介な問題が多い。文学研究であれば、いかなる作品でも、作家でもその究明に困難さがつきまとうのは、当り前のことで、何も事改めていう必要もないことかも知れない。しかし、説話、伝承の研究に於て、他分野とはまた違った難しさがあるという実感があるのも、また正直なところであろう。

中世初期、源顕兼によって編まれた『古事談』は先行文献からの抄出を旨とする。対象となった文献は日記を始めとする古記録であったり、有職典礼に関する故実書であったり、また芸道に関わる楽書であったり、様々である。それらの中から編者、源顕兼は実に自由に、巧みに、要所、要所を引き抜いてきた。その手際のよさは卓抜で、抄出の名人と呼んでもいいくらいである。抄出という作業で書巻が生まれることはさほど珍しいことではない。部類抄とよばれる一群の書籍《しょじゃく》はまさにその好例であって、日本の文化、歴史はこの抄出という手法でもって、磐石な伝統を築いて来たといっても言い過ぎではないだろう。『古事談』はそうした抄出の文化の流れの上にあることはいうまでもない。

しかし『古事談』はそれら部類抄と較べてどこかが違う。何げなく抄出された記事の断片がまるで一箇の個体のようにして存在を主張しはじめ、意味を持ってくるのである。一見すれば、何の変哲もない、ごく普通の一条の、その「人」、その「場所」、その「時」が徐々に光芒を発し、我々の前に興味尽きない説話世界をいつしか現出させてくるのである。

『古事談』の秘密、『古事談』の不思議と呼んでいいだろうか。

そんな『古事談』の魅力を何とか解明したいと思って編んだのが本書である。小林保治氏『古事談』（現代思潮社・一九八一）、川端善明氏・荒木浩氏『古事談　続古事談』（岩波書店・二〇〇五）の刊行は『古事談』研究に裨益すること絶大であった。これらを踏まえ、『古事談』の内奥にさらに切り進むため、沢山の方々に御執筆を依頼した。どなたも猛烈な忙しさの中、積極的に応じて下さり、多数の論攷を揃えることができた。さらに益田勝実氏の御好意により、『古事談』研究の魁ともいうべき「古事談鑑賞」をすべて再録することができた。再録にあたっては鈴木日出男氏、岡田清子氏、木下資一氏の御助力を賜った。また巻末の参考文献の作成には秋笹美佳、松本麻子の両氏に素案をお願いし、それをもとに高津希和子氏にまとめていただいた。また伊東玉美氏には本書の企画段階から様々相談に乗っていただいたし、笠間書院の重光徹氏には最初から最後まで編集の労をとっていただいた。この場を借りて、御礼を申し上げたい。

本書が『古事談』研究、説話文学研究の今後の伸展に寄与することを願うばかりである。

二〇〇八年五月一八日

浅見和彦

第一編

古事談の出発

田中貴子

『古事談』における「時代意識」
——出典・類話との比較から

はじめに

古事談はしばしば「抄録の文芸」と呼ばれ(1)、編者・源顕兼が確実に目にしたことがわかっている出典と比較すると、「……云はく」といった言葉で示される出典の話者の姿が削除されて説話の内容だけを抄録するかたちをとり、編者による評語といったものは極力付加されないという特徴があるとされる。しかし、古事談には直接関わりを持ったかどうかはわからないが、極めて似通った内容や同文的といってもよい類話が後代にあり、それらとの比較研究は古事談の特色をあぶり出すためには欠かせないといってよかろう。

本稿では、古事談冒頭に示された時代を表す表現に注目し、類話との比較を通じ、それが編纂意識とどう関わっているかという問題を考えたい。

一　古事談の「時代意識」

古事談との関連を問題にされることの多い説話集である発心集は、「昔」、「中比」といった「時代意識」といふべき文言が多々見受けられることで知られる。このことについて論じた野村卓美氏はそうした文言を「時代提示語」と呼び、日本霊異記などの古代説話集にはこのような語が見あたらないにもかかわらず、発心集、閑居友、撰集抄といった中世説話集では特に時代提示語が用いられていることを指摘している(2)。その結果、発心集では「昔」、「中比」そして「近比」といった、時代を三分して説話を語り出す方法がとられていることが明らかにされている。

では、発心集と関連が深いとされている古事談において、こうした時代意識は存在するのであろうか。中世説話集の中でも特異な語りの方法をとっている古事談は、先述のように出典から抄録したり、説話を並べ替えたりして独自の世界観を作り上げているが、そこには何らかの時代提示語が存在するのだろうか。

古事談の巻によっては、天皇を基準とした時代順に説話を配列していることが、既に古典文庫本の解説や伊東玉美氏によって指摘されている(3)。伊東氏は巻一「王道后宮」冒頭が称徳天皇の記事で始まり二条天皇で終わるように、九九の説話が「原則として年代順・歴代天皇順」に配列されていると述べている。また氏は、巻一の主軸となる天皇が後三条と一条であることに注目し、第五五話から七二話が後三条天皇関係説話、第二三話から三二話までが一条天皇関係説話としてまとめられている点を明らかにしている。この二群の記事について氏は、一条天皇の治世は完全に臣の時代、摂関家に圧倒された時代として描かれており、対する後三条天皇記事群が、権門に対して毅然たる王の姿を描こうとしているのが明らかである。

と述べているが、首肯すべき見解であろう。

では、こうした天皇の治世を中心とする内容の説話配列において、説話冒頭に時代提示語はどのようなかたちで表わされているのだろうか。試みに全巻を一覧し、説話冒頭に時代提示語がある場合だけを抜き出してみれば、古事談全三六〇話中四七話であった。抜き出す際の基準としては、冒頭で示されている場合に限ることとした。その結果、時代提示語はすべて次の二パターンのどちらかに分けられることがわかった（以下古事談の引用は新大系本の書き下し文による）。

1、帝の治世を明示するもの……「一条天皇の御時」、「後三条の御宇」など

2、具体的な年号を示すもの……「治暦の比」、「貞観七年の比」など

これを新大系本脚注に示された類話（出典と考えられるものもあるが、確証がないので「出典・類話」と呼ぶことにする）のうち、最も関係が深いと思われるものと比較すれば、さらに以下のように新たに四つのパターンに分類出来ると思われる。

A、出典・類話ともに同じ時代提示語を用いている場合

B、出典・類話が異なった時代提示語を用いている場合

C、出典・類話に時代提示語がない場合

D、出典・類話がわからないが時代提示語があるもの

では、次節からこの二種類の分類を用いて、古事談の時代提示語に何らかの傾向があるかどうかを考察してゆきたい。

二　時代提示語の分類と問題

A　出典・類話ともに同じ時代提示語を用いている場合

Aとして分類される話の一覧は以下の通りである。上から順に、古事談の新大系本による説話番号、冒頭の時代提示語、出典・類話の説話番号（江談抄、富家語、宇治拾遺物語は新大系本、十訓抄は新全集本、今鏡は朝日古典全書本、打聞集は『宇治拾遺物語　打聞集全注釈』を用いた）、出典・類話の時代提示語、を掲げている。出典・類話と共通する時代提示語には傍線を付しておいた。

一—一〇　延喜の比　江談抄二—二八「また語りて云はく、「延喜の比」

一—二七　一条院の御時　今鏡巻九「一条院の御時とかや侍りける」

一—二八　一条院の御時　続古事談一—一六「一条院御時」

一—三〇　一条院の御時　十訓抄一—二〇「一条院、御位の時」

一—四六　後一条の御時　十訓抄一—三一「後一条院の御時」

一—八二　堀川院御時　十訓抄一〇—五九「堀河院の御時」

一—八四　堀川院の御時　富家語七九「仰せて云はく、「堀河院の御時」」

三—一五　宇多の御宇　打聞集一一「昔、宇多院の帝王御ける時に」

三—三八　一条院の御時　古事談抜書「一条院御時」

三—七九　高倉院の御宇、承安四年　玉葉、承安四年五月二十八日条

四-一二二　白河院の御時　十訓抄六-一七「そののち、年ごろ経て、白河院の御時」
六-一〇　村上の御時　十訓抄一〇-五七「村上御時」
六-一二　堀川院の御時　宇治拾遺物語（同文的）一〇-三「これも今は昔、堀川院の御時」
六-四八　延喜の御時　大鏡（時平）「又古人口伝云、延喜御時」

これらのうち、今鏡、富家語、江談抄は明らかに古事談より先の成立なので、出典として扱ってよかろう。十訓抄、宇治拾遺物語は古事談より後の成立であるから類話とするが、この両者が古事談を直接見ているかどうかはよくわかっていない。ただし、一-三〇、一-四六、一-八二、四-一二二、六-一〇、六-一二の六話は出典と思われるテクストが見あたらないうえ、同じ時代提示語が用いられているのがいずれも古事談より後に成立したテクストなので、十訓抄と宇治拾遺物語とが古事談の時代提示語を踏襲した可能性も考えられる。

ここで注意されるのは、時代提示語が天皇の治世を基準としていることである。また、一条天皇が一四話中四話と、最も多く現れていることもわかる。だが、そのうち一-一七、三-三八の二話は出典とされる今鏡と、古事談の別本といえる古事談抜書なので、これは古事談がもとにしたテクストの段階ですでに「一条天皇の御時」といった時代提示語があった可能性が高いとみられよう。「一条天皇の御時」を掲げるほかの話については出典が不明なのでわからないが、古事談が編纂されたときに新たに時代提示語が付け加わらなかったとは限らない。

B　出典・類話が異なった時代提示語を用いている場合

Bに分類される話は以下の通りである。

一―六五　後冷泉院の末　今鏡巻二「石清水の行幸初めてせさせ給ひけるに」
六―四三　同じ比（近衛院の御宇）　十訓抄一〇―三三「法性寺関白の御時」

一―六五は出典である今鏡巻二によると、石清水へ行幸したのは後冷泉天皇の次に即位した後三条天皇のことである。ちなみに後冷泉天皇の治世は一〇四五年から六八年である。

古事談ではこの話は、

後冷泉院の末、過差、事の外なる間、上官の車に外金物を用ゐるに至れり。而るに後三条院の代始の八幡行幸の時、鳳輦を留め、見物車の外金物をぬかせられけり。

と始まっており、後冷泉天皇時代の派手やかな風俗を倹約の心を以て切り捨てる後三条天皇の姿が強調されている。しかし、後三条帝は見物車の外の金飾りは取らせたが、内側を御覧にならなかったので車の中の金物はそのままになった、という。対する今鏡では、

その中に御めのとごの車より、「いかでか我が君の御幸に、この車ばかりは許され侍らざらむ」と聞こえければ、その由をや奏しけむ、それは抜かざりけるとかや。

という乳母の言葉が加わっている。この乳母は「我が君の御幸」と言っているから、後冷泉院の乳母であろうか。この行幸に後冷泉院も同行していたのか史実は確認出来ないが、ならば、今鏡では、倹約を旨とする後三条帝も先帝の車だけは外金物を許した、と解することが出来る。

古事談では次話の一―六六にも後三条帝の倹約ぶりを示すエピソードを並べているので、一―六五話は後三条帝がいかに奢侈を禁じたかを強調する内容になっているが、しかし、外金物だけは抜かせても内の金物を放置して

おいたという部分は「ケチくさい後三条帝にも意外と抜けたところがあった」という皮肉と読むことも出来よう。

六-四三は、前話の四二に「近衛院の御宇」とある並びの説話である。十訓抄では「法性寺関白の御時」、すなわち藤原忠通が時代提示語に使われているが、近衛天皇は永治元年（一一四一）一二月七日に即位し、同日忠通が摂政、後九日に関白となっているので、どちらにしてもほぼ同じ時期を示していることになる。古事談が近衛院を用いたのは、前話の四二が忠通が除目を行ったとき蔵人敦周が申文を作ったという内容であり、四三話もまた東北院領池田庄の解文が出されたときの申状の話なので、いずれも「公文書」というつながりがあるため、時代提示語を揃えようとしたのではないかと思われる。

C　出典・類話に時代提示語がない場合

Cに分類される話は以下の通りである。

一-二六　一条院の御時　　続本朝往生伝（一条帝の条）ナシ
一-三二　一条院の御時　　発心集五-九・ナシ（続古事談「一条院御時」）
一-三五　三条院の御時　　江談抄二-三六・ナシ
一-四二　後一条の御宇　　小右記、万寿二年二月九日条「或云、去十六日」古今著聞集九一「万寿二年」
一-五二　後冷泉の御時　　今鏡巻四「いつのことに侍りけるとかや」
二-三二　一条院の御時　　十訓抄八-一・ナシ
三-七　桓武天皇の御時　　扶桑略記、延暦一六年正月一六日条

三-一八　天暦の比　　扶桑略記、天暦八年一二月五日条
三-六七　白川院の御時　　今鏡巻八（関連話）ナシ
五-一二　天慶二年の比　　扶桑略記、天慶二年条か
五-一九　一条院の御宇　　江談抄四-六五・ナシ
五-三八　万寿二年五月の比　　小右記・左経記、万寿二年五月一六日条
六-三五　一条院御時　　江談抄四-九九・ナシ

一-四二と三-七とは、小右記と扶桑略記が類話となっているが、それぞれが明示している「万寿二年二月九日」と「延暦十六年正月十六日」はいずれも一条天皇と桓武天皇在位の期間に当たるので特に問題はないであろう。しかし、古事談は説話に描かれた事柄が起こった時期を扶桑略記によって知りうる立場にありながら、それを細かく記すことをしないという傾向が見える。三-一八と五-三八は天皇の治世を記さず具体的な年号を示す例であるが、こちらもさらに具体的な年月日がわかっているにもかかわらずあえてそれを省いている。とくに五-三八は小右記と左経記によって五月一六日に起こった事柄であることが知られているのに、「五月の比」として日付をぼかしている。

こうした、具体的な年月日がわかっていてもそれを示さない古事談の傾向が何に起因するのかはさらに考察の余地があるが、時代提示語の多くに天皇の治世を用いることと関係があるのかもしれない。また、「比」という時代をぼかす言葉の使用については、同時代の発心集が「中比」や「近比」といった相対的な時代提示語を用いる姿勢と関連する可能性を指摘するにとどめておく。

なお、一―二五における「三条院の御時」は、江談抄にナシ、としたが、厳密には江談抄本文中に「三条院の御宇」という言葉が見えるので、本来ならここに分類するのは不適切かもしれない。古事談は、たとえば「……云はく」というような出典における話者の主体を省略して抄録する傾向にあることが指摘されているが、ここはその例にあてはまる。江談抄二―三六では、

また談りて曰はく、「御剣の鞘に五、六寸ばかりの物の巻き付けらる有り。人、何物といふ事を知らず。資仲卿、自ら撰進の四巻に云はく「故大納言の教命に云はく、『予、昔三条院の御宇』の時に（後略）』」

として、大江匡房の談中に出て来る資仲の「撰進」の中の「故大納言」（藤原資平）の言談の中の言葉として「三条院の御宇」という時代が提示されるのだが、その話者である資平と資仲と匡房の三者の言を省いて時代提示語が直接古事談冒頭に載せられるのである。時代提示語は冒頭に示されることがほとんどであるので、江談抄のようないわば「昔語り」の文言の中に出て来る時代については例外として扱った。

また、ここに分類した説話には古事談に抄録された段階で奇妙なゆがみが起こっているものがある。三―七は、先述のように扶桑略記で正確な年代がわかっているにもかかわらず「桓武天皇の御時」として時代を広くぼかした例であるが、扶桑略記の短い記述と比べると内容に齟齬する部分が見えるのである。本話は、早良親王が罪科に問われて「現身に悪霊と成り」、「天皇に付き悩まし奉る」が、それを善修（扶桑略記では「善珠」）が加持して霊の執着を取り除いた、というものである。古事談では、先に引用したように「天皇に付き悩まし奉る」とあり、また「帝の御悩立ちどころに平癒し」ともあることから早良親王の霊に悩まされるのは桓武天皇自身ということになるが、扶桑略記では悪霊に悩まされるのは「皇太子」、すなわち後の平城天皇とされているのである。

古事談が直接扶桑略記に依拠したかどうかはわからないが、もし見ていたとするならば冒頭の時代提示語を特

に「桓武天皇の御時」としたのは、早良親王の悪霊に憑かれたのが桓武帝一人であることを強調したかったためではないだろうか。

もう一つ、時代提示語について古事談の特色をあげておくと、先に述べたように具体的な年月日の明示を避けるのとは反対のようだが、わざわざ天皇の治世を用いて時代を明記する方法をとっている例が見受けられる。五‐一九がそれである。

五‐一九は江談抄四‐六五が出典と見られるが、周知の通り新大系本が底本とした類聚本系江談抄では、巻四は漢詩文とそれにまつわる言談が収められている。その書きぶりは、まず漢詩文をあげてから、その後でエピソードを書き加えるというかたちになっている。四‐六五もまた、漢詩を二つあげて、それぞれに「贈左大臣の宣命の勅使に示されし詩　正暦四年」と「太政大臣を贈られし後の託宣　正暦五年四月」、そして「この詩は、天満天神詠ぜしむる人のために、毎日七度護らんと誓はしめ給ひし詩なり」という文言がついている。後者は新大系本脚注にも「何を詠じるのか不明確であるが」とあるように意味が取りにくいが、『天満宮託宣記』には「古老伝云」として同じ詩句が挙げられている由である。

古事談五‐一九と江談抄四‐六五は、いずれも配流の地で恨みをのんで没した菅原道真の名誉回復のために正暦四年五月二十日に左大臣正一位を贈り、さらに正暦四年閏十月二十日に太政大臣を追贈したときの道真の託宣詩について記すものであるが、二つの説話集では明らかにその語られ方が異なっている。江談抄がまず詩文を掲げ一種の詩文集的な巻に編纂されているのに対して、古事談では「神社仏寺」と題された巻五に収載されていることから、道真という人物ではなく神格化された天神の託宣という神秘的な出来事としてとらえようとしているかに見える。巻五はこの話しか時代提示語がなく、神社仏寺や神仏の説話としては異例であるが、これは、「一条天皇の御宇」である正暦四年に「北野天神」に官位を贈ったことが説話の主題となっているからであろうと思われる。つまり、詩文集的な類聚本系江談抄とはそもそも説話の語り方や分類方法が異なっているのである。

このように、出典・類話に時代提示語が見られない場合でも、古事談はなるべく何かを提示しようとしている傾向が見られる。ただしそれは具体的な年月日ではなく、天皇の治世やおおまかな年代によるものであることが知られるのである。

＊

次に挙げるのは、出典や類話がわからないので時代提示語が果たして古事談独自のものかどうか判断できない話群である。ただしこれらも具体的な年号を示すものと天皇の治世によって示すものの二つに分類出来る。

D　出典・類話がわからないが時代提示語があるもの

ア、具体的な年号を示すもの

一－六〇　治暦の比　　一－七二　康平の比　　一－八五　寛治の比

二－一三　永久の比　　三－一六　貞観七年の比

イ、天皇の治世を示すもの

一－一三　一条院幼主の御時　　一－二九　一条院の御時　　一－三一　一条院の御時

一－三三　一条院崩御の後　　一－三六　二条院の御時　　一－三九　後一条の御宇

一-四四　後朱雀院の御時
一-五三　後冷泉の御時
一-八七　堀川院御時
一-九五　近衛院御時
一-九七　二条院の御宇
六-四二　近衛院の御宇
六-五〇　一条院の御時

これらについて気づいた点をコメントしておこう。

アの、具体的な年号を示すものの場合、一-七二は「康平の比」の前に「白川院春宮の宮とて、」という時代提示語に準ずる部分があるので、この範疇に入れるのは不適切かもしれない。白河院が春宮の頃というのは、本文に「十歳計りにて」とあるので康平五年（一〇六二）頃を指すと見られる。本話は「後三条院、此の事を始終うれしき事に思し食したりけり」と結ばれるので、後三条院の回想ということになるから院が実見した出来事であるので、具体的な年号が記された可能性もある。

三-一六は、「貞観七年の比」としてさらに具体的な年号が記されているが、本話は有名な染殿后が天狐に悩まされたのを相応和尚が不動明王の験力によって退治するというものである。出典はないとしたが、拾遺往生伝下巻の「相応」に同じ話が載せられ、その他にも鬼にとりつかれるという類話は数多い。拾遺往生伝は年代順に相応の事跡が語られるが、染殿后の話は「同じき（貞観）七年」として語り出されるものの年月日の明記はされないので、それに依拠したものかとも思われる。

他の説話では出典とおぼしきものは見あたらないが、いずれも具体的な年号を示しながらも「……比」という曖昧な表現をしている点が特徴である。染殿后の話などは「貞観七年」という特定の年が示されていながら曖昧表現である「比」がつくのは矛盾であるように思われる。今までの古事談の時代提示語の傾向から推測すると、年次がわかっていてもなるべくそれを直接的に示さないという特徴があるように見受けられる。天皇の治世を年代提示語に多用するのもそうした姿勢のあらわれであろう。したがって、誰もが知っている有名な染殿后の話を収録する際には、一種の妥協案として「貞観七年の比」という奇妙な時代提示語を記さざるを得なかったのではないだろうか。

Dのイについてもいささか気づきを記しておきたい。この一覧を見てすぐにわかるのは、一条天皇を時代提示語に用いる例が多いということである。特に巻一では一条天皇の「幼主」のときから「崩御」の後まで、まるで帝の一代が事件のエポックとなっているかのような描き方がなされている。Aに分類したものとつきあわせると、巻一の二三、二七、二八、二九、三〇、三一、そして三三と、続けさまに一条天皇の名が提示されるのである。これは、先に引用した伊東玉美氏の論のように、巻一において一条天皇が摂関期を象徴する天皇として重要視されていることを別の角度から裏付けるものではないだろうか。ただし、後三条天皇の場合は時代提示語として用いられることがないのが不審に思われる。

以上のように、古事談における時代提示語には、1、天皇の治世が用いられることが多く、中でも一条天皇は重要視されている、2、具体的年号がわかっていても「比」という語をつけて曖昧にする傾向がある、という二つの傾向があることがわかったといえるのである。

三　結びと今後の課題

最後に、古事談と比較的関係が深いとされる類話があって、古事談の方に時代提示語がない場合が三例あるので見ておきたい。

一つは一-五七で、古事談が「実政東宮学士為る時」として始まるのに対して、古今著聞集四-一三五と十訓抄五-三はいずれも「後三条院、東宮にておはしましける時」という文言が対応している。しかし、古事談ではその前の五六話に「後三条院春宮の御時」という提示がなされているので、それを読んでから次の五七話に移ると「後三条院が東宮で、しかも実政が東宮学士であったとき」というふうに読むことができるから、問題はない。著聞集と十訓抄は、その前に後三条院の時代の話が置かれていないので、新たに院の名前を入れた時代提示語を用いる必要があったわけである。

三-一〇三と六-七一は、前者が発心集二-七、後者が著聞集一〇-三八二と十訓抄三-一〇に類話を持つものであるが、ともに類話には時代提示語があるにもかかわらず古事談にはまったくないというものである。前者は発心集に「近き比」、後者はどちらも「鳥羽院の御代」となっているが、発心集の場合は「昔―中比―近き比」という時代を三分してとらえる相対的な区分を行うので、とくに具体的な時代提示語とはいえないと思われる。古事談六-七一は、新大系本脚注によれば殿暦永久四年(一一一六)九月四日条に事件の概要が見えるとあるが、これはたしかに鳥羽天皇の治世に相当するから、著聞集と十訓抄の時代提示語は歴史的事実として間違ってはいない。

ただし、古事談六-七一は冒頭に「直能」と小書きされ、新大系本脚注には「「直能」は勝負技能を言うか」とある。続く七二話、七三話にもそれぞれ「工匠」、「囲碁」という小書きが見え、この並んだ三話は特定の職能をテーマとした説話であることがわかる。それならば特に時代を提示する必要は薄いので、『古事談』はあえて時代提示語を記さなかったと考えることができよう。

古事談冒頭の時代提示語を取り上げてその特徴を考えてきたが、なぜ一条天皇の治世が多く使われるのか、曖味な時代提示をするのか、など、まだまだわからないことが多い。本稿は、古事談という説話集の「方法」を考えるうえでの一つの試論にすぎないものである。

注

（1）益田勝実「古事談鑑賞」一～十一（『国文学　解釈と鑑賞』第三十巻六号～三十一巻五号、一九六五年五月から一九六六年四月）

（2）野村卓美「『発心集』の時代意識」（『国語と国文学』一九八四年十二月号）

（3）伊東玉美『院政期説話集の研究』武蔵野書院、一九九六年。

『古事談』と『江談抄』

佐藤道生

はじめに

標題に掲げた二書については、昭和五十六年度説話文学会大会（一九八一年六月二十八日、二松学舎大学）の「『江談抄』と『古事談』」と題するシンポジウムで取り上げられ、その記録は『説話文学研究』第十七号（一九八二年六月、説話文学会）に掲載された。それ以降、『古事談』『江談抄』の研究はそれぞれ進展しているが、両者の関係についてはこのシンポジウムの段階で議論し尽くされた観がある。新たな資料（例えば古本系『江談抄』で現存本と内容の異なる伝本）の出現でも見ない限り、この点に関する研究の進展は望めないのではなかろうか。[1]そこで本稿では右のシンポジウムの成果を私なりに敷衍し、当該研究の新たな出発点を探る一助としたい。

シンポジウムの講師を務めたのは篠原昭二、村井康彦、益田勝実の三氏である。両書に関してさまざまな角度から討議が重ねられたが、両者の相互関係についての結論は次の三点に集約できるものと思われる。

一、『江談抄』が儒家の伝承を集成した説話集であるのに対して、『古事談』は多くの先行文献から記事を抄出して分類した説話集である。

二、『古事談』には『江談抄』を典拠とした説話が見られるが、源顕兼の用いた『江談抄』は類聚本系ではなく、古本系である。

三、源顕兼は、『江談抄』を抄出して『古事談』に収めるに当たって、その説話の持つ意味を変えている場合がある。

以下、右の諸点につき、特に第二、第三の点に重きを置いて説明することにしたい。尚、『古事談』『江談抄』の本文は平仮名交じりに訓み下したかたちで示した。

一　『江談抄』の本質

シンポジウムで篠原氏は『古事談』に収める二十一の説話の記事内容に『江談抄』との関係が認められるとした。その後、小林保治氏による註釈書（『古事談』上・下、一九八一年、現代思潮社）には原田行造氏の「古事談　出典一覧表」が掲載されるなど、出典研究が進められ、川端善明、荒木浩両氏の註釈書（新日本古典文学大系『古事談続古事談』、二〇〇五年、岩波書店）による最新の成果では、二十八の説話について両者の関連が指摘されている。それを一覧表にしたものを次に掲げる。略号の醍、尊、神はそれぞれ醍醐寺蔵本、前田育徳会尊経閣蔵本、神田喜一郎氏旧蔵本を指す。算用数字で示した説話の一連番号は、『江談抄』の類聚本系は新日本古典文学大系『江談抄　中外抄　富家語』（『江談抄』は山根對助・後藤昭雄校注、一九九七年、岩波書店）に、古本系は『古本系　江談抄注解』

『古事談』と『江談抄』との対応関係

古事談	本文の書き出し	江談抄（類聚本系）	江談抄（古本系）	備考
巻一－4	陽成院依邪気不普通御座之時	巻二－3	尊86	
巻一－7	寛平法皇與京極御休所同車	巻三－32	尊85	
巻一－8	延喜聖主臨時奉幣之日	巻一－19	尊89	
巻一－10	延喜比上達部時服不好美麗	巻二－28	尊80	
巻一－11	公忠弁頓滅歴三箇日蘇生	巻三－33	醍12・尊2	
巻一－17	花山院御即位之日	巻一－2	醍249	
巻一－35	三条院御時資平卿殿上人比	巻二－36	尊84	
巻一－37	上東門院被奉生後一条院	巻二－9		
巻一－47	顕基中納言者後一条院寵臣也	巻三－15		続本朝往生伝4が関連
巻二－10	宇治殿於殿上小板敷勘発左大弁経頼給	巻二－40	醍129・尊39	
巻二－28	有国以名簿与惟成	巻三－31	醍51・尊13	
巻二－35	済時大将ヲコウバイノ大将ト云故ハ	巻二－7	尊88	
巻二－36	経信卿参円融院御八講之時	目録に標題のみ有り（巻一－37の次）	醍9・神9	標題「経信北野前不下事」
巻二－49	伴大納言善男者佐渡国郡司従者也	巻三－7	神42	
巻二－50	清和天皇先身為僧	巻三－5・巻二－35	醍49・醍50・尊10・尊11	
巻二－69	大入道殿被議以関白可譲何子哉之由	巻一－32	醍52・尊14	
巻三－8	玄賓僧都者南都第一之碩徳天下無双之智者也	巻一－46	醍232	
巻三－11	天長元年二月天下大以旱魃	巻一－17	醍211	

巻四-9	忠文卿為近衛将之時	巻二-42	醍121・尊32	
巻五-19	一条院御宇北野天神御贈位贈官	巻四-65		
巻六-1	南殿桜者本是梅樹也	巻一-25	醍182・尊76	
巻六-21	村上聖主明月之夜	巻三-57	神29	
巻六-32	小野篁遣唐使ニ渡ト聞テ	巻四-18		
巻六-35	一条院御時以言望顕官之時	巻四-99		
巻六-38	有国與保胤争文道	巻五-61	醍47・尊7	
巻六-39	保胤所作庚申序云	巻五-61	醍47・尊7	
巻六-49	珍材朝臣従美作上道之路寄宿備後国上治郡	巻二-26	醍45・尊5	
巻六-59	平大納言時望参敦実親王家	巻二-25	醍45・尊5	江談抄（巻二-13・醍44・尊4）が関連

（植松茂・田口和夫・後藤昭雄・根津義、一九七八年，武蔵野書院）にしたがった。

両者の関係を考察するに当たって、まず『江談抄』の説話集としての特質を明らかにしておきたい。

『江談抄』は大江匡房（一〇四一-一一一一）の言談を藤原実兼（一〇八五-一一一二）が筆録した書である（実兼以外の聞き手も存在する）。実兼は南家藤原氏貞嗣流、従四位上大学頭季綱の三男。季綱（生没年未詳）は、後一条朝に対策及第して儒家（代々儒者を出す家系）としての南家を築いた実範の男で、兄の成季と同じく対策及第して儒家を継承した。季綱の男で実兼の兄に当たる友実（一〇六二-一〇九七）、尹通（一〇八一-一一二二）も対策及第して家業を継ぎ、儒者の道を歩み始めた。したがって当然実兼も二人の兄と同様、紀伝道入学後は給料学生から文章得業生となり、数年を経て対策に及第するという、儒家の子弟としてお決まりの進路《コース》をたどるはずであった。ところが、承徳元年（一〇九七）十一月に長兄友実が没し、続いて康和年間（一〇九九－一一〇四）前半に父季綱が没したことで、その境遇は一変した。庇護者を失った実兼は兄たちのように優遇されることはなく、彼が儒者となるためには文章生から一旦任官し、方略宣旨を蒙って対策に応じるより他に手立てはなくなったのである。次に掲げるのは、実兼の急死を伝える『中右記』天永三年四月四日条である。

下人来云、去夜々半、一臈蔵人藤実兼頓滅〈年廿八〉。実兼者是故越前守季綱朝臣二男也。従東宮時昇殿、践祚之後補蔵人。本為文章生。依申方略、至一臈年、不給官也。件人頗有才智、一見一聞之事不忘却。仍才藝超年歯。昨日候殿上、夜前帰家、夜半頓滅了。誠希有之事歟。人々寿命宛如霜。昨仕朝廷、今帰黄泉、吁嗟哀哉。見之聞之者、何不発道心哉。

文中、彼の経歴に触れて「方略を申すに依りて、一臈の年に至れども、給官せざるなり。（一臈の蔵人であるから任官できたにも拘わらず、方略試（対策）を申請していたので任官しなかった）」と記すのは、この間の事情をよく伝えている。[2] 実兼が紀伝道に入学した時、誰を師としたのかは不明だが、彼の年齢から推せば、藤原敦基であった可能性が最も高い。父と兄の死没に加えて、その敦基が嘉承元年（一一〇六）七月に没したことで、実兼はますます不安材料を抱えることになった。そして、ついに匡房に庇護を求めるという最後の決断に出たものと思われる。従来、『江談抄』は匡房が嫡男隆兼を失って以後、江家存亡の危機感を抱き、その学統を継承させるために、将来を嘱望された気鋭の蔵人の実兼を相手に選んで語ったものと考えられている。その根拠とされるのは、『江談抄』に見られる匡房自身の言葉である（神田氏旧蔵本第三十八話。類聚本巻五・73によって本文を改めたところがある）。

只だ遺恨とするところは、蔵人頭を歴ざると子孫のわろくてやみぬるとなり。足下などの様なる子孫あましかば、何事をか思ひ侍らましな。家の文書、道の秘事、皆もつて煙滅せんと欲するなり。就中、史書全経の秘説、徒らにて滅びんと欲するなり。委ね授くるの人无し。貴下に少々語り申さんと欲す。如何《いかん》。

たしかにここには隆兼を失ったことで匡房に家学断絶の危機感が生じ、その不安を解消するために実兼が学問の継承者として選ばれたことが述べられている。しかし、匡房には隆兼を失ってもなお二男の匡時（康和五年対策及第）がいた。また養子に迎えた広房（橘以綱の男）、有元（源有宗の男。匡時よりも早く対策及第）もいたのである。実兼がどれほど優秀であろうとも、匡房が自らの家系に連なる人々を蔑ろにしてまで、他家の者を優遇するとは到底考えられない。匡房の言葉は額面通りには受け取りにくいのである。『江談抄』聞書きの背景には、むしろこれまで述べた実兼側の事情を考慮すべきであろう。実兼の差し当たっての目的は対策及第であったが、究極には匡房のように儒者の枠を越え、公卿として国政に携わる理想を抱いていたはずである（それを成し遂げたのが息子の通憲である）。その大志を遂げるために彼は匡房に就いてその学問・知識を積極的に吸収しようとしたのである。『江談抄』成立の背景を稿者はこのように考えたい。(3)『江談抄』にはこうした実兼の旺盛な知識欲を反映して、儒家の学問体系の一端を見て取ることができる。その学問体系は漢学だけに止まるものではなく、本邦の故実に関する知識をも包含するものである。『江談抄』は儒家の伝承を集成した書であるが、伝承の背後に匡房の広汎な知識体系が展開していることを見落としてはならない。

因みに、匡房を新たに師とするという実兼の選択には、一つには匡房が同じ文章院東曹に所属する当代随一の儒者であったことが理由であろうが、それ以上に、実兼が匡房の二男匡時（一〇八四？―一一五四？）と同時期に紀伝道に学んでいたことが大きく関係していると思われる。匡房の実兼に対する親近感は、実兼が匡時と同年代であり、また匡時と同じく兄を早くに失ったという共通項を持つこと（隆兼と友実も同年輩）に由来するものである。それゆえ匡房は実兼に心から同情し、これを進んで受け入れることができたのである。

二 『古事談』の用いた『江談抄』の本文系統

『江談抄』の本質を以上のように捉えた上で、本題に入ることにしよう。『江談抄』の伝本は大きく二系統に分かれる。一つは実兼による聞書きの原本に近い姿を伝える古本系である。この系統の伝本はわずかに醍醐寺蔵本、前田育徳会尊経閣蔵本、神田喜一郎氏旧蔵本の三本が知られるに過ぎない。もう一つは実兼の聞書きに「朗詠江註」等の関連資料を加えて五巻乃至六巻に部類編纂した類聚本系である。(4) 書陵部蔵柳原本を始めとして、この系統の伝本は多い。

さて、シンポジウムで益田氏は『古事談』に抄出されている『江談抄』の本文系統を次のように説明している。『古事談』巻二、第五十話は『江談抄』を典拠とするものであり、前半に清和天皇が前世から伴善男と悪縁で結ばれていた話が、後半に善男が尋問された挙げ句に犯した罪を自白する話が語られる。この構成は古本系の醍醐寺蔵本、尊経閣蔵本と全く同じであるが、類聚本系では前半が巻三に、後半が巻二にと二箇所に分かれて収められている。したがって『古事談』に用いられた『江談抄』は古本系であることが明らかである。

益田氏は更に続けて、古本系『江談抄』には散佚した部分があり、その全貌が明らかではないので、『古事談』に収める説話で『江談抄』を典拠とするものを見極めるのが困難であるとも述べている。これは『古事談』に『江談抄』の佚文が含まれている可能性のあることを示唆した極めて重要な指摘である。益田氏はその実例として『古事談』巻二の第二話を挙げ、この話が『江談抄』の古本系にも類聚本にも見えないものの、『愚管抄』巻七に引かれて「トコソ江帥モカタリケレ」と結ばれていることから、『古事談』も『愚管抄』もともに古本系『江談抄』の散佚部分に拠ったと認められるであろうとした。

それでは、これ以外に『古事談』の中に『江談抄』の散佚部分に存したと考えられる説話はないのだろうか。右の例のような確たる証拠はないものの、その可能性の指摘できる説話はいくつか存在するのである。次に掲げるのは出典未詳とされている『古事談』巻六、第三十六話である。

文時の弟子、二つの座に分かれて座列するの時、文章の座には保胤一の座為《た》り、才学の座には称門一の座為り。而るに只だ藤秀才最貞、参上を企てて諍論を致すと云々。文時、由緒を問はる。最貞云ふ、「切韻文字の本文、之れを知らざる無し」と云々。文時は又た史書全経専ら堪ふるの者なり。仍りて尚ほ称門を以て一の座と為すと云々。

菅原文時（八九九-九八一）の門弟たちが師とともに一堂に会した時の話である。「文章の座」とは詩人としての能力に優れた者が坐る席であり、「才学の座」とは経学に秀でた者が坐る席である。詩文の筆頭は慶滋保胤であり、経学の筆頭は称門であった。この「称門」とは林相門のことで、名は漢字音の一致によって誤記されたものと思われる(5)。安和二年（九六九）三月十三日、文時は大納言藤原在衡が粟田山荘で催した尚歯会に七叟の一人として招かれた。『粟田左府尚歯会詩』には垣下の文人たちの詩が収められているが、その中に学生林相門の作を見ることができる。その自注に「予れ初め北堂に齢《つらな》り、今明経に趣く。年三十有餘にして、未だ一名を成すこと有らず」と記しているのは、「才学の座」に坐る者の言葉として相応しい。その相門を学問の首席とする序列に不満を述べたのが文章得業生の藤原最貞（生没年未詳）であった。この説話は最貞の傍若無人とも言える態度を主題とする。その横暴に何を見て取るかが問題だ。最貞は道真と同時代に活躍した式家儒者藤原佐世の孫である。佐世は文章院の西曹に所属していたから、最貞も西曹所属であり、たしかに彼も文時の弟子であったと思われる。最貞の言い分は、切韻の文字の本文を全て諳んじている自分こそ「才学の座」の首席に坐る資格があるというものである。たしかに当時の儒者は韻書に引かれる些細な知識も疎かにすることはなかった。『江談抄』に、『唐韻』（現存の『広韻』に近い）の注に記されている典故で三史十三経には見られないものがあることを再三強調しているのは、その何よりの証拠である。(6) 文時は決して最貞の学問を軽んじたわけではなかった。しかしそれでも文時は相門を第一として、最貞をぴしゃりと退けたのである。

ここに出てくる菅原文時は『江談抄』にもしばしば登場する人物であり、すぐれた儒者・詩人として描かれることが多い。文時は匡房が最も敬愛する儒者の一人であった。『古事談』のこの説話の出典を『江談抄』と見なす根拠の一つは、語り手の文時を敬う態度が窺われるからである。さらに見逃すことのできないのは、『江談抄』の中に一読してこの説話と主題の通じ合う説話が見出されることである。次に掲げるのは神田氏旧蔵本『江談抄』第六話（醍醐寺蔵本第六話、類聚本巻一・34）である。

又た命《おほ》せられて云ふ、「藤氏献策の始めは佐世なり。昭宣公の家司にて家を起こさるるに、天神も縁に引かれて座せしめ給ひけれども、時の儒者等皆な悉く用ひざりければ、昭宣公歎息せられて切々に乞ひ請はる」と云々。予れ問ひて云ふ、「何の故を以て請けざるや」と云々。答へられて云ふ、「其の事に理有り。紀家・良香等云ふ、『藤にまきたてられなば、我等が流は成り立たじ。然りと雖も藤氏は止むごと無き流なれば、昇進す可きなり』と云々。然りと雖も遂に以て献策す。問頭の儒、良香なり。献策の日は昭宣公荒薦を敷きて庭に下り、天道に申し請はしめ給ふ」と云々。

この説話は藤原佐世の対策時というから、平安前期、清和朝の出来事である。藤原氏の紀伝道進出に対して旧勢力に属する儒者たちが危機感を募らせていたことを主題としている。これと同じ主題で舞台を平安中期、円融朝に移したのが『古事談』の説話であると言える。しかも儒者たちの危機感を抱く対象が前者では佐世であるのに対して、後者ではその孫の最貞である。匡房が一対の説話として語ったとしても不思議ではないほど見事な照応を見せている。この主題と視点とは『江談抄』にしか見出すことのできないものであり、これは儒者の世界を知り尽くしている匡房によってのみ伝承することのできた話題であると言えよう。

以上のように考えてみると、『古事談』巻六、第三十六話の出典は『江談抄』なのではないだろうか。現存資料に限界があり、完全に立証できたとは言い難いが、その可能性は捨てきれないものと思われる。このほか『古事談』巻一の第八十二話（源師房の和歌序が詩序の体を為していたこと）、巻六の第三十七話（平範国が大江時棟について発言したこと）、第四十話（大江維時が花の名を仮名で書いたこと）などは『江談抄』を出典としている可能性がある。

三　『古事談』が『江談抄』から切り捨てたもの

シンポジウムで篠原氏は、源顕兼が『江談抄』の説話の持つ意味を変えて『古事談』に収めた例として、藤原有国（九四三―一〇一一）と慶滋保胤（九四二?―一〇〇二）との間柄に材を取った説話を挙げている（有国は保胤と同じく菅原文時の門弟）。『江談抄』、『古事談』の順に掲げる。

勘解相公、常に保胤を誹謗すと云々。庚申を守る序に云ふ、「夫れ庚申は、古人之れを守り、今人之れを守る」と。勘解相公之れを嘲りて云ふ、「古への人守り、今人守ると読む可し」と云々。又た書籍の不審の事を以て保胤に問ふに、保胤常に「有り有り」と称す。仍りて勘解相公、保胤を試みんが為めに、虚りの本文を作りて之れを問ふに、又た「有り有り」と称す。仍りて嘲りて「有り有りの主」と号《なづ》く。保胤之れを伝へ聞きて、長句を作りて云ふ、「蔵人所の粥唇を焼く、平雑色の恨み忘れ難し。金吾殿の杖骨を砕く、藤勾当の恩報い難し」と云々。此の事、皆な由緒有り。彼の人の瑕瑾なりと云々。古人皆な以て此くの如し。保胤、仁人の性と雖も、軽慢せらるるに於いては、其の憤り堪へざる者かと云々。

（『江談抄』醍醐寺蔵本第四十七話、尊経閣蔵本第七話、類聚本巻五・61）

有国、保胤と文道を争ひて、常に不和なりと云々。保胤をば有国は「有り有りの主」と号けけり。有国、本文の事を問ふ時、覚悟せざる事をも、「さる事あり、さる事あり」と云ひて、本文を作りて問ひける時も又た「さる事あり」と云ひけり。仍りて「有り有りの主」と号くと云々。（『古事談』巻六、第三十八話）

保胤の作れる所の庚申の序に云ふ、「庚申は、古人之れを守り、今人之れを守る」と云々。有国興言して云ふ、「古への人守り、今の人守る。多くの人守るかな」と云々。（『古事談』巻六、第三十九話）

『古事談』では『江談抄』の傍線部を削除し、二つの説話の前後を入れ替えて収録している。篠原氏は両書の相違を分析して、『江談抄』では有国が保胤を一方的に誹謗していた様を描くことで、それに少しも動じることのない保胤の自若とした性格が浮き彫りにされているとし、これに対して、『古事談』の第三十八話では二人が文道の上で互いに争っていたという設定に改変し、また第三十九話では有国は保胤を譏ったのではなく、座興の言葉を言いかけたとすることで、二人の人物像を大きく変化させていると指摘した。さて、ここで稿者は同じ説話を用いて篠原氏とは別の角度から、両者の違いについて考察を加えることにしたい(7)。

『江談抄』の結構は、有国が保胤を揶揄した例を二つ挙げ、その鬱積を保胤が落書《らくしょ》を作って一気に晴らすというものである。後半に語られる保胤の行動が『古事談』では省かれている点が、両者の間の大きな相違である。第一の悪口は、保胤が執筆した庚申の詩序に向けてのものである。『平安朝佚名詩序集抜萃』(8)庚申に当の「花樹数重開詩序」の冒頭部分が収められている。

夫庚申者、古人守、今也守。誠有以矣。故排石渠而萃金友、展半月而釣流霞。蓋送夜兼賞春焉。

この最初の「夫れ庚申は、古人守り、今也《ま》た守る。誠に以《ゆゑ》有るかな。」を有国は難じたわけが、『江談抄』の本文ではどのような点を難じたのかがよく分からない。『古事談』の「多くの人守るかな」に当たる部分が脱落したのではないだろうか。今『古事談』のかたちを正しいものと見て、有国が揶揄した真意を探ってみよう。結論から言えば、有国は「誠有以矣」の句の承ける内容の乏しさを問題にしたのではないかと考えられる。「誠有以矣」は、なるほど由緒ある行事なのだな、ほどの意。詩序では常套的に用いられる句であるが、短い詩序であってもその句の前には言葉をある程度費やすのが慣例である。当時の例を次にいくつか掲げる。

臣聞、三秋暮月、九月霊辰、本是臣下避悪之佳期、今則主上賜恩之勝躅也。故丹萸繋臂、尋玉佩於費長房、黄菊開脣、酌濫觴於鍾大尉。自家及国、良有以哉。（本朝文粋・339「寒雁識秋天詩序」大江朝綱）

八月十五夜者、天至浄、月至明之時也。故古之翫月、多在斯宵。莫不登高望遠、含毫瀝思。古人之情、知有以也。（本朝文粋・208「桂生三五夕詩序」）

李部藤郎中者、槐棘之孫枝也。携黄巻而好鑽仰、擲金之才開眉、展花筵而延賓朋、連璧之輩接袖。是以属春宮之餘暇、楽秋興而宴遊。佳会之趣、誠有以哉。（詩序集・7「月契万年光詩序」藤原令明）

ところが、これに反して保胤の詩序では「誠有以矣」で承ける部分が三字の単対を含む僅か十字である。有国はその舌足らずの点を難じたのである。その揶揄の言葉「多くの人守るかな」は「誠に以有るかな」の地口合わせと見なすべきであろう。

さて、第二の悪口はこうである。保胤は書籍の不審を問われれば、常に「有り有り」と答えていた。有国はその知ったかぶりの癖を懲らしめてやろうと、虚偽の本文をでっち上げて保胤に示したところ、予想どおりまたしても「有り有り」と答えた。そこで有国は保胤に「有り有りの主」というあだ名を付けた、と。解釈上まず問題となるのは、保胤が「書籍の不審」を問われて「有り有り」と答えたのは一体どのような場だったのかという点である。「書籍の不審」とは文脈から判断して、その書籍に確かにこれこれの本文が存するか否か、ということであろう。そのようなことが話題に上る場とは何処かと言えば、それは恐らく詩会であろう。たしかに「書籍の不審」は詩を披講する場でしばしば話題となったようだ。『江談抄』にはそれに関する説話が散見される。次に二つほど掲げよう。

逐夜光多呉苑月、毎朝声少漢林風。秋葉随日落　後中書王

「漢林」の事、人々伊鬱して曰はく、「若しや漢の上林苑か。離合 意に任するなり」と云々。宮『詞林』を以て証とせらる。人々歎伏す。（『江談抄』類聚本巻四・64）

多見栽花悦目儔、先時豫養待開遊。栽秋花　菅三品

「待開遊」、末生等伊鬱す。然れども『文集』の「待我遊」を以て証と為す可し。（『江談抄』類聚本巻四・87）

前者は、「秋葉随日落（秋葉日に随って落つ）」題の詩会で具平親王の賦した詩句（『和漢朗詠集』落葉312）に見える「漢林」の語について参会の人々が、「「漢の上林苑」を縮めた造語だとしたら、恣意に過ぎる」と批難したところ、親王はその語が『詞林』（『文館詞林』か、或いは『本朝詞林』）にあることを証拠に挙げて人々を承伏させた、というものである。後者は、詩会で菅原文時の賦した詩句（『和漢朗詠集』前栽295）に見える「開くを待ちて遊ぶ」という表現に末学の者たちは納得しなかったが、文時は『白氏文集』（0882・盧侍御與崔評事、為予於黄鶴楼致宴、宴罷同望）の一句「労致華筵待我遊（労して華筵を致し我を待ちて遊ぶ）」を挙げて証拠とした、というものである。詩には典拠

ある言葉を用いなければならないことを説いた説話だが、どちらの場合も、証拠となる句を挙げた作者に対して、確かにその本文を持った句のあることを保証してくれる支持者がその場に存在したはずである。つまり「有り有り」という保胤の口癖は詩の作者に対する支持を表明する言葉だったと考えられる。

以上が、有国の二つの悪口である。続いて傍線部、『古事談』が省いた保胤の反撃を見ることにしよう。『江談抄』には保胤の作った隔句対（一種の落書）が挙げられ、全て有国の醜聞をふまえた内容だと言っているが、句意は不明である。隔句対の前半に「蔵人所」「雑色」の語があるが、有国はたしかに安和二年（九六九）八月に蔵人所の雑色となったことがある（『公卿補任』）。また「平雑色之恨難忘」からは、『江談抄』（醍醐寺蔵本第五十四話、尊経閣蔵本第十六話、類聚本巻三・30）に語られる平惟仲と有国とが「怨隙を成」していたという話柄が想起される。隔句対後半の「金吾殿」、衛門督は有国との近しさから推せば、藤原公任であろう（『公任集』に和歌の贈答が見られる）。落書に用いられた語から類推できるのはせいぜいこれくらいのことである。匡房は保胤が落書を作って反撃したことについて、いにしえの儒者はみな軽蔑された時にはこのように対処するものであり、保胤ほどの「仁人之性」の持ち主であっても例外ではなかったと締めくくっている。ここで見逃すことのできないのは、匡房が保胤を人格者として評価している点である。次に掲げるのは『続本朝往生伝』保胤伝の一節であり、特に傍線部は「仁人之性」に重なり合う記述である。

寛和二年遂以入道〈法名寂心〉。経歴諸国、広作仏事。若有仏像経巻、必容止而過。礼節如王公。雖乗強牛肥馬、猶涕泣而哀。慈悲被禽獣。

（寛和二年遂に以て道に入れり〈法名、寂心〉。諸国を経歴し、広く仏事を作す。若し仏像経巻有れば、必ず容止して過ぎたり。礼節は王公の如し。強牛肥馬に乗ると雖も、猶ほ涕泣して哀しぶ。慈悲は禽獣までに被る。）

匡房の保胤に対する高い評価は人格面だけではなかった。『江談抄』にはこれに加えて保胤がすぐれた詩人であったことが繰り返し語られている。その幾つかを次に掲げよう。まず神田氏旧蔵本第四話（醍醐寺本第四話、類聚本巻五・49）である。

予問ひて云ふ、「本朝の集の中には、誰人の集を以て指南とす可きや」と。命せられて云ふ、「詩に於いては文時の体を習ふ可きなりと云々。文時も、「文章好まむ者は我が草を見る可し」と云々。此の草以往、賢才の風情を廻らすと雖も、尚ほ以て荒強なりと云々。又た六条宮、保胤に「詩はいかが作る可き」とありけるも、「『文芥集』を保胤に問はしめ給へ」とぞ云ひける」と。

実兼が手本とすべき本邦詩人を問うたのに対して、匡房は菅原文時の名を挙げ、その理由として、文時以前はすぐれた詩人であっても、詩風が「荒強」であったと述べている。これは言い換えれば、文時の詩風がそれまでとは異なり、「荒強」の面を排除したものであり、その影響によって本邦の詩風が改善されたことを匡房は言いたいのである。ここで想起されるのは文時が句題詩の構成方法を考案したことである。中でも文時が強く提唱したのは、頷聯・頸聯に於いて題意を婉曲に表現する「破題」の方法を厳格に用いるべきことであった。[9] 文時以後「荒強」の面が改善されたというのは、その「破題」の方法が詩壇に浸透したことを意味する。『江談抄』ではこれに続けて、具平親王が保胤に対して作詩の方法を問うた時、保胤は文時の別集『文芥集』（佚）を挙げ、不明の点があれば自分に尋ねるようにと答えたことを語っている。この説話からは、明らかに保胤が文時の詩風の正統な継承者であった（と少なくとも匡房は評価していた）ことが窺われよう。句題詩を賦するに当たって「破題」を厳格に行なうことにかけては、匡房もその系列に属していた。彼の実作を見れば、それは明らかである。[10] 匡房に文時、保胤に対する尊敬の念があり、また彼等の詩風を受け継いでいるという自負があったからこそ、実兼との間にこのような問答が取り交わされたのであろう。次に掲げるのは醍醐寺蔵本第四十一話（類聚本巻五・27）である。

為憲撰する所の『本朝詞林』は故二条関白殿に在り。件の書は諸家の集を為憲に撰せしめ給ふ。世間に披露する所の本は甚だ以て省略せるなり。保胤・正通等の集の詩二百餘首、今書き入るる所なり。

源為憲による秀句選『本朝詞林』の流布本には省略が見られるので、匡房が保胤や橘正通の別集から詩を増補した、とある。匡房の保胤の詩に対する評価が高かったことを示している。もう一つ掲げておこう。醍醐寺蔵本第七十五話（類聚本巻五・47）である。

問ふ、「順と在列とは勝負如何」と。帥答へて云ふ、「順勝れり」と。問ふ、「順と保胤とは勝劣如何」と。帥答ふ、「保胤勝れり」と。

ここでは、保胤が橘在列や源順よりすぐれた詩人であることを匡房は単刀直入に語っている。

『江談抄』には時として、これまで見たように、古人に対する匡房の評価或いは好悪が語られることがある。それは匡房の私情を受け止める聞き手（実兼）が存在するからこそ成り立つ話題である。匡房は自らの知識体系の中で保胤が重要な位置を占めていることを実兼に知らしめるために、繰り返し保胤を話題にしたのである。そこには積極的な伝授の意志を見て取ることができる。したがって、今問題としている『江談抄』の説話に於いて、後半の有国に反撃を加えた件りを語り、保胤に対する評価をそこに挟むことは匡房にとって絶対に省くことのできない、知識体系内の重要部分なのであった。保胤の評価が語られるところにこそ『江談抄』の本質が存在したのである。

一方、『古事談』は『江談抄』に見られる一種の使命感からは全く解放されていた。有国の揶揄を内容とする二つの説話は「諸道」の中、儒者（紀伝道）の論争を主題とする説話群の中に含まれている。保胤による報復も論争の一部と捉えられるから、これが二つの説話に続けて語られても何等不思議はない。それが語られないのは何故か。顕兼にとって保胤は、匡房の認めるほど重要な存在ではなかったのであろう。それは儒者と価値観を異にする顕兼であれば、当然のことと思われる。それ故、保胤の慈悲深い面に対しても、ましてや詩人としてすぐれた面に対しても、眼を向けることはなかったのである。顕兼が『江談抄』の前半、有国の揶揄のみを取り上げ、後半の保胤の行動を取り上げなかった理由を稿者はこのように考えたい。

『江談抄』はこうして匡房の眼から見れば、極めて中途半端なかたちで抄出されることになった。そして、保胤の魅力は結局『古事談』の中では語られないままに終わったのである。

以上で『古事談』と『江談抄』との関係についての考察を終える。本稿中、明らかにできなかった諸点については大方の読者の御教示を俟ちたい。

注

（1）実は、両者の関係を考える上で有益な資料がこれまで出現しなかったわけではない。岩瀬文庫蔵『言談抄』はこの問題に一石を投じた書である。山崎誠「西尾市立図書館岩瀬文庫所蔵「言談抄」について」（『広島女子大国文』第二号、一九八五年八月）、ニールス・グュルベルク「岩瀬文庫所蔵『言談抄』と大江匡房」（『国語と国文学』第六十六巻第十号、一九八九年十月、東京大学国語国文学会）。

（2）史料の解釈に当たっては宮崎康充氏の御教示を得た。

（3）拙稿「「朗詠江註」と古本系『江談抄』」（『説話文学研究』第四十二号、二〇〇七年七月、説話文学会）。

（4）篠原昭二「類聚本『江談抄』の編纂資料について」（『中世文学の研究』、一九七二年、東京大学出版会）、黒田彰「江

談抄と朗詠江注」(『中世説話の文学史的環境』、一九八七年、和泉書院)。
(5) 大曾根章介「康保の青春群像」(『大曾根章介日本漢文学論集』第一巻、一九九八年、汲古書院)。
(6) 『江談抄』巻四・106、巻六・27など。
(7) 有国については今井源衛「勘解由相公藤原有国伝——一家司層文人の生涯——」(『王朝の物語と漢詩文』、一九九〇年、笠間書院)を、保胤については平林盛得『慶滋保胤と浄土思想』(二〇〇一年、吉川弘文館)を参照されたい。
(8) 山崎誠「平安朝佚名詩序集抜萃について」(『中世学問史の基底と展開』、一九九三年、和泉書院)。
(9) 拙稿「句題詩概説」(『句題詩研究』、二〇〇七年、慶應義塾大学出版会)。
(10) 拙稿「大江匡房の官職・位階と文学」(『王朝文学と官職・位階』、二〇〇八年、竹林舎)。

生井真理子

『古事談』と『中外抄』の八幡別当清成

――その落差について石清水の歴史から

古事談編者が、藤原忠実の言談を記した中外抄や富家語から、多くの話を抄出していることはよく知られている。その抄出の仕方は、まったくそのまま写し取る場合と、多少手を加えて記す場合とに分かれる。古事談は原本が散逸しているため、誤写・脱落及び増補の可能性も考慮に入れる必要はある。それでも古事談抄・古事談抜書（島原松平文庫蔵）のような古写本もあり、そういったものを参照すれば、やはり手の加え方もさまざまであるようだ。話の内容自体は変わらないのだが、語り手の忠実が消え、ひとたび古事談の話群の中に置かれると、その持つ意味合いが忠実の言わんとすることから離れ、古事談の世界の中での独特の価値と意味を持ち始めることを、かつて池上洵一氏が古事談「第一　王道后宮」の後三条天皇話群の例を取って、論じたことがある。[1] そのようなケースの中で、古事談と中外抄とを比較して、おそらくもっとも現代の研究者を戸惑わせる例が、中外抄（下―二四）に見える八幡別当清成の話なのではないだろうか。

一　八幡別当清成

久安六年（一一五〇）十一月十二日、忠実は中原師元を相手に物語のついでに、平時範が語った後三条院の食事の話をし、さらに次のように語る。（濁点・改行・全ひらがな表記、筆者）

又仰云。故殿仰云、宇治殿は御門に有人の車などを取て令乗給て、御行ありし時も移馬をば引せて御坐しき。又随身は上臈□皆悉に歩行して御共には候き。老者などは御車にさかりて、従者に懸てありき。近代は下臈壮年随身皆悉騎馬。又入御宇治之時、随身は直取坂までは歩行、自件所乗馬。而近代於五条東洞院辺乗馬不可然事也。又古は蔵人所に布衣人居接て有けり。公達は障子上に居て有けり。北面と云事はなかりけり。近来北面は出来也。食物は三度するなり。昼御おろしをば透渡殿の妻戸口に持出て手をたゝけば、六位職事参入給て持罷、蔵人所で分て食也。故清家が語しは、範永補勾当たりける始に、給件御料を、持罷蔵人所之間、透渡殿の磨たるにふみすべりて折敢《ママ》たりける。範永が云けるは、我今日出家をしてうせなばやといひけり。

又、同人語云、御おろし罷出蔵人所たりける時は、八幡別当清成参入して、蔵人所大盤の上の方に居たりけり。手つかみに御おろしををとりて食て、日来は御料をわろくしてまいらせけり。塩をいますこしなくすべき也といひけり。又、御銚子に酒を入て給たりければ、よげに飲みけり。近来八幡別当全不然。

古事談に抄出されたのは、筆者が改行した「又、同人語云」以下の、八幡別当清成の話題。清成は、長元十年（一〇三七）、後朱雀天皇行幸の際に、父元命が検校に補されるのと同時に、二十八歳で別当となった。康平五年（一〇六二）には後冷泉天皇の行幸賞として、嫡子清秀に別当職を譲り、自身は検校になることを許される。それから五年後の治暦三年（一〇六七）、清成は頼通に先立って五十八歳で滅した。

この話がいつ頃のできごとかは不明だが、「昼のおろし」をちょっとつまんでみて、「日来は御料をわろくして参らせけり。塩をいますこしなくすべき也」と批評したことから見て、清成は頼通に出された食事の味見をしたのであり、清家の話からは、こまめに蔵人所に足を運び、食事のために集まった六位の職事たちと親しく話をする別当清成の姿が浮かんでくる。頼通の昼食が終わる頃、清成が蔵人所に参入する目的は今ひとつわかりにくいが、それだけ、彼は家司なみに宇治殿頼通に親近して奉仕を続けていたということであり、おそらく宇治殿の指図で、飲酒戒を守るべき僧でありながら清成に酒が出されるのも、そういった気安さがあるからであろう。

そして、最後に「近来の八幡別当全らしからず」と締めくくられるのは、石清水別当と摂関家との濃密な主従関係が消滅したことを表している。ここで解釈上、問題となるのは、八幡別当清成の話の出所は清家だとしても、最後の「近来八幡別当全不然」という批評は誰のものか、ということである。本文中、情報提供者たる語り手として、「故殿」すなわち忠実の祖父であり、育ての親であった藤原師実と、「故清家」が登場する。摂関家家司であった父範永の大失敗を語った藤原清家は、永保三年（一〇八三）から康和五年（一一〇三）もしくは、その翌年までの生存が確認できる。(2) 伊賀などの国司を務め、四条宮寛子（頼通女・後冷泉后）にも仕えていた人物である。

本文の「故殿仰云」以下、最後までを、すべて師実の言葉そのままの引用と見れば、近代・近来と比較するのは師実となるが、清家より先に没した師実が、「故清家」と呼ぶ矛盾が出る。中外抄の翌年の仁平元年（一一五一）三月十日条（下-三七）には、

仰云、故清家申云、多武峰大織冠御影は、京極大殿令似御云々

と、多武峰の大織冠像が師実に似ていると言った清家の言葉を、忠実は師元に語っており、清家は忠実に近侍し

て話をすることもあったようだ。中外抄においては、「故」は「今は亡き」という意味合いで、たとえば、「故殿〈師実〉」「故院〈白河〉」というように、生前忠実自身と交流のあった人物に限って付されている。したがって、忠実が師実の言葉をそのまま復唱しつつも、思わず「故」を清家に附けた、ということもありえないわけではない。だが、師実が没してすでに五十年を越えるのに、師実の言う近代との比較を中原師元に教えてもあまり意味はない。さらに、〈昔と近代〉という構図で比較して語る場合は、近代は〈かなり幅のある今〉を指し、その近代での変化は常に現在まで続いていなくてはならない。とするなら、宇治へ行く際、かつては随身が直取坂で乗馬していたのに、「近代」は五条東洞院辺で乗馬するのは「不可然事也」という批判の部分はどうなるのか。この場合、師実にとっての「近代」は、「師通の時代」の話になろうから、師実から「しかるべからざる事」と教唆された忠実は、再び直取坂まで随身に歩行させなければならなかったはずで、久安六年の現在とは繋がらないことになる。ここは、忠実が師実の話を語りながら、つい師実が語った頼通の時代と忠実の実見する近代との比較をコメントとして挟み込み、そのため、師実の言葉の部分が中途で忠実自身の言葉と混ざり合い、しかも、蔵人所の話題から連鎖的に思い出した、忠実が清家から直接聞いた話を、「故清家が語しは」と付け加えていった、と解釈するのがもっともよいのではないか。中外抄の中で、忠実が〈昔と近代・近来〉を比較して語る例は多く、岩波新日本古典文学大系『中外抄』脚注の言葉を借りれば、しばしば「近代は忠実の批判の対象」であったからである。(3)

一方、古事談編者はこの話を独立させる形で、「第二　臣節」の巻中に置いた。

八幡別当清成は、常に宇治殿へまゐりけり、或る日参りたりけるに、御料の御おろしを出だされたりけるを、蔵人所の台盤の上に置きたりけるを清成手づかみにつかみ食ひて、酒の銚子に入りたりけるを皆な飲みたりけり。近来の別当は然らざるか。

古事談では、語り手の忠実が消え、清家が消え、大盤の上方に座るという身分を示す位置が消え、味見を示す批評が消え、酒を飲む理由も消えている。小林保治氏は現代思潮社古典文庫『古事談』に「八幡別当清成、抓ミ食ヒノ事」、川端善明氏は岩波新日本古典文学大系『古事談』に「八幡別当清成、藤原頼通蔵人所に振舞ひ自在の事」と題を付けたことに象徴されるように、読者が一瞬たじろぐほどに清成の行為は意味を変えている。清成の行動自体に「嘘」はないのだが、中外抄と異なり、傍若無人・あるいは盗み食いという言葉を想起させるような印象を与えるのである。しかも、中外抄で最後に「近来の別当は全《もは》らしからず」と断じた部分が、「近来の別当は然らざるか」と改変されている。「疑問助詞「歟」で括る本話は、それを本書の編者顕兼の批評において叙述したことになろう」と、川端善明氏が脚注に記すように、語り手はもはや編者である。

近藤亜紀氏のように、古事談が中外抄の内容を継承しようとしながら、「言葉足らず」になっていると見る見方もある。(4) しかし、古事談編者が意図的に消去した部分にこそ、むしろ中外抄で語られる意義があったことを考えれば、ここは忠実もしくは摂関家にとっての清成と、古事談編者にとっての清成と、両者の評価軸が確実にずれていると見なくてはならない。古事談編者源顕兼が最後の締めくくりにまったく同じ言葉を用いながら疑問形にしたのは、おそらくそのためなのである。すなわち、この両書における清成のイメージのギャップについては、迂遠な方法ではあるが、一つは石清水別当に関する歴史から、もう一つは忠実と顕兼の関係から考える必要があるだろう。

二　元命一族と摂関家

石清水八幡宮は、藤原良房の外孫清和天皇のために宇佐から勧請されたという草創の歴史からして、藤原北家とは関わり深い面があった。左大臣実頼・摂政伊尹・右大臣頼忠・摂政兼家・左大臣道長・関白頼通・関白師実・内大臣師通・前関白忠実・内大臣忠通・左大臣頼長（肩書きは初回参詣当時）と、いわゆる摂関家の面々が少なくとも一度は参詣している。(5)ことに別当職は護国寺が官寺となった当初から朝廷に任免権があったため、天皇の外戚であった摂関家筋への接近は、石清水八幡宮関係の僧侶たちによって、多かれ少なかれ行われた可能性はあるが、元命と清成の場合は特別と言ってよい。

九州宇佐の弥勒寺講師の元命が、都にほど近い石清水八幡宮寺に寺任少別当として就任したのは、長和三年（一〇一四）五月五日、その二ヶ月後の七月五日に彼は権別当に補された。四十四歳の時である。元命は豊前国分寺の講師を務めた賢高の真弟子で、祖父は豊前掾栗林連卿と伝える。出身寺院は定かではない。石清水八幡宮寺祀官の子孫でもなく、いきなり少別当から始まって、即、権別当になるという、この昇進の早さは、それまでの石清水の歴史から見て異例中の異例と言える。この時、次男の清成はまだ五歳であった。

弥勒寺は、宇佐八幡宮の神宮寺を前身とした官寺で、宇佐八幡宮と一体化した存在として、宇佐八幡宮の仏教的側面を担ってきた寺である。長保元年（九九九）、この弥勒寺の講師となった元命は、太宰府と宇佐八幡宮の対立の中で、宇佐宮の側に立ち、太宰帥平惟仲を失脚させ、次いで、宇佐宮の大宮司大神邦利との対立では寛弘六年（一〇〇九）に邦利を停職に追い込み、ついに宇佐で覇権を握ることとなった。その彼が次に目指したのが石清水八幡宮寺である。元命が石清水の権別当になれたのは、飯沼賢治氏が指摘するように時の権力者藤原道長との関係にあろう。治安二年（一〇二二）、元命は「自らの門徒をして、永く筥崎宮搭院三昧供を修せしめ」たいと申請した解文には、元命が弥勒寺講師に任ぜられて以来、公家・入道大相国のために祈り、八幡の神恩により道長一門の繁栄を導いたと主張している。(6) 元命が宇佐と石清水の両八幡宮を統合支配してゆく過程とその後の展開については、飯沼氏の詳細な論がある。(7) ここではその成果を踏まえた上で、石清水別当という地位をめぐる人間関係に的を絞って、改めて述べてゆくこととしたい。

当然のことながら、突然の「割り込み」をした元命と石清水の在来勢力との間には軋轢が生じる。権別当になったばかりの元命は、「権別当院救と修理別当定海が元命を殺害しようとした」と左大臣道長に訴えた。(8) おそらく、元命は次代の別当候補に当たる両人に先制攻撃を加え、道長との関係を誇示して牽制したと思われる。寛仁元年（一〇一七）九月二十五日、元命は石清水に参詣した道長に、菓子百二十合を進呈し、供の者にも大盤振る舞いで、昇進の望みを示す解文を進めた。(9) 三条天皇を退位に追い込み、後一条天皇の摂政となった道長は、その地位もすぐに頼通に譲って大殿として君臨していた時期である。同年十月二十日には、元命は「宇佐御祈使」の賞として法橋となったが、御堂関白記には「年来御祈願功による」とある。おそらく後一条天皇の即位祈願が成就したため、一族を率いて石清水に華やかに参詣した道長の意向を思わせる。元命が別当の地位を所望していると小野宮実資に愁訴する別当定清や、権別当院救の抵抗をよそに、寛仁三年（一〇一九）七月十五日、公卿の意見を無視した道長の独断によって、権別当元命の署名がなければ、公文として扱ってはならないという宣下（鳌務の宣旨）が行われた（小右記）。これにより、元命は石清水を実質的に支配することができるようになる。

同年十一月十六日から翌四年六月三日までかけて、元命は一切経書写を行い、十四日に盛大に開講供養をした。一切経経蔵建立は初代別当安宗の願ながら、果たさず、元命がついに安宗の宿願を果たして、経蔵を建てて一切経を安置したという。[10]「安宗の宿願」はどこまで信用してよいかは問題ながら、弥勒寺と石清水草創期の行教や安宗を繋ぐのは一切経である。清和天皇の外祖父良房の願により、行教・安宗たちによって一切経書写が行われ、その一切経は安宗によって弥勒寺に納められたからである。[11]元命には、行教・安宗の法流出身ではないという負い目があった。そのために、この法会は、まさに道長を良房に、元命を安宗に擬し、宇佐と石清水をつなぐ弥勒寺講師元命を印象づけるための、一大パフォーマンスと言える。この時、講師を勤めた定基を、元命は清成の学師とすることとなる。定基が初代別当となった木幡の浄妙寺は摂関家の菩提寺として道長が建てたもので、清成の出家の師主は法成寺入道大相国、つまり、その道長であった。

治安三年（一〇二三）、定清はついに屈して別当の職を辞退し、定清は名のみの検校、元命は別当ということで官符が出された。かくして、名実ともに石清水の支配権を握った元命は、我が子清成・戒信の昇進を優先し、清成の異父同母弟頼源・忠慶までも呼び寄せて、一族の勢力拡大をめざす。元命・清成父子は上東門院や頼通、及びその側近達の石清水参詣には饗応に努め、[12]長暦元年（一〇三七）の後朱雀天皇の行幸において、元命は検校に、修理別当清成は権別当院救を超越して別当の着任を許され、完全に将来への布石を打った。清成は二十八歳。権別当を経ずに別当になることは、当時としてはやはり異例であった。石清水の在来勢力は、幡祐系・会俗系・清照系・紀氏系の四つの家筋によって、別当の地位をめぐり、競合してきたが、同時に婚姻関係や師弟関係を結ぶことで、その拮抗関係を緩和し、互いに補完し合う面もあった。元命もまた、在来勢力とは姻戚関係や師弟関係を結んで石清水での融和と一族の定着を図るとともに、九州の支配権拡大を着々と進めていく。清成は石清水の俗別当紀兼輔女と結婚して清秀・清円が生まれ、また、失意のうちに世を去った検校定清の嫡弟で、実父は俗別当紀兼輔の子である兼清は元命女と結婚して頼清・慶尊が生まれる。清成と同い年の兼清は長い少別当時代を過ごし、永承二年（一〇四七）の後冷泉天皇行幸で、ようやく権別当に補された。元命はこの時、行幸の賞として宇佐弥勒寺講師の地位を、三男の修理別当戒信に譲り、同六年（一〇五一）、故郷の宇佐弥勒寺で滅する。

清成は、永承六年には筥崎宮大検校職、永承七年には八幡宇佐宮寺末寺末宮并所領庄園雑務を司る「八幡宇佐宮寺惣検校」職執行の官符を受けて、元命の跡を継ぐ。さらに、異母弟である弥勒寺講師戒信と、弥勒寺の喜多院とその末寺の支配権をめぐって争った。[13]そして康平五年（一〇六二）四月二十七日、後冷泉天皇二度目の行幸で、元命と清成の前例に倣って、「清成は検校、長男の修理別当清秀は別当」の宣下を賜ることに成功する。この時、清秀は三十一歳。五十三歳の兼清と四十三歳の戒信を超えて、である。中外抄で清家が忠実に語ったような、関白頼通に対する別当清成の熱心な奉仕の背景には、このような石清水内部の勢力事情があった。

三　紀氏と後三条・白河院

では、かくも摂関家と密接な関係にあったのが、「近来の八幡別当全らしからず」と言われるようになったのか。それは、院政期に入って、石清水別当が弱体化した摂関家から離れていった、というような単純な経過ではない。後三条天皇の即位は石清水八幡宮の社格と別当人事に大きな影響を及ぼすのである。

まず、元命系の嫡流たらんとした清成の動きは大きな波紋を引き起こした。権別当でもなく、僧綱の地位にさえない清秀に超越されて衝撃を受けた権別当兼清は、行幸のあったその日から隠棲して出仕せず、翌年の康平六年（一〇六三）、彼は法華経三千部を読み、鎮西から来た衆に恨みを残して、舌を噛み切って滅したと、石清水祀官の系図は伝える。兼清がいなくなったことで、別当・権別当・修理別当の地位は元命一族に完全に独占される。治暦三年（一〇六八）、検校清成が入滅。翌四年には頼通が政界から退陣し、後冷泉天皇が崩御して後三条天皇が即位。時代は大きな変わり目に入る。延久四年（一〇七二）、清秀は四十歳の若さで急死、十月二十六日に清成の弟、権別当戒信が別当宣下を受ける。空いた権別当のポストの最有力候補は、清秀の弟である修理別当清円だったはずである。清円の出家の師主は木幡静円僧正（比叡山千手院）で、頼通の弟藤原教通の子である。後三条天皇の護持僧の一人であった。当然、清円と時の関白教通との繋がりが推測されるのだが、官符が下ったのは、予想外の〈憤死した兼清の遺児〉頼清であった。

延久四年（一〇七二）十月二十五日、後三条天皇は円宗寺で最勝法華二会を修して、天皇自ら臨御した。その場で注記（書記役）を勤めた頼清は、注記賞として権別当を望み、十一月二十六日に宣下、二十七日には官符が出ている。[14]この速さから言っても、後三条天皇の直接の意志が反映しているだろう。後に頼清が建立する大乗院の創建縁起ともいうべき『頼清由来書』（以下、由来書）によれば、永承五年（一〇五〇）、横河妙香院の頼賢権少僧都を師主として、十二歳で出家した（系図では天台横河頼源大僧都と表記）。[15]頼賢は後冷泉天皇の護持僧で、同年十二月には権大僧都に昇進し、永承七年（一〇五二）に滅している。由来書は頼清を法会の注記に選んだのは天台座主勝範とするので、師を失い、二十五歳の時には父も失った頼清は、その後を比叡山で過ごしていたらしい。頼通との不和もあり、即位が危ぶまれたと伝えられる後三条天皇は、即位祈願の成就、践祚奉賽のため、石清水の放生会に上卿以下弁・史等を参加させて、神輿に従わせ、行幸の有様になした天皇である。頼通に親近した清成の子の清円を退け、頼清を新たに天皇に直結する祀官として送り込む意図が後三条天皇にあった可能性もある。

だが、頼清の地位は寺任権寺主。清成や戒信が、寺任権寺主から少別当・修理別当へと進んでいる例から見て、頼清は出家してから最初に任ぜられた地位のまま、昇進もなく三十四歳まで放置されていたと見られる。それが少別当や修理別当も経ずに、忠慶・清円を超越して、いきなり権別当に補されたわけで、元仁二年（一二二五）

三月の宗清告文には、

後三条院御時、頼清捧自解、任権別当、宮寺不用之、白川院御時、相副官使、遂拝堂畢。

すなわち戒信たちが抵抗し、頼清の拝堂（就任儀礼の一種）は、白河天皇の代になって官使を遣わしてようやく遂げられたと伝える（『宮寺縁事抄　告文部類』）。

頼清と白河天皇の関係も良好であったようだ。頼清は兼清の跡を継いで院主となった極楽寺の所領の支配権をめぐって、少別当頼兼（院救の子、母俗別当紀兼輔女）と争い、院主領掌の宣旨を勝ち取る。[16] 永保二年（一〇八二）には、頼清が太宰府竈門宮の神宮寺である大山寺の別当に補任されたため、大山寺別当を父に持ち、その地位を継承していた別当院範（母院救の妹、院救の養子、石清水少別当、師主は別当清秀の学師だった興福寺の頼信僧正）は罷免され、上京の途上で憂死したという。[17] 飯沼氏はこの人事を、永保元年（一〇八一）に白河天皇が宇佐弥勒寺に新しく宝塔院を建立、その造立供養は天台の僧侶団によって主導され、天台座主良真は勅により、弥勒寺の僧に法華供養法を授けさせている動きと関連すると見ている。[18] 弥勒寺が仁和寺の別院だったためであろう。[19]

【系図1】

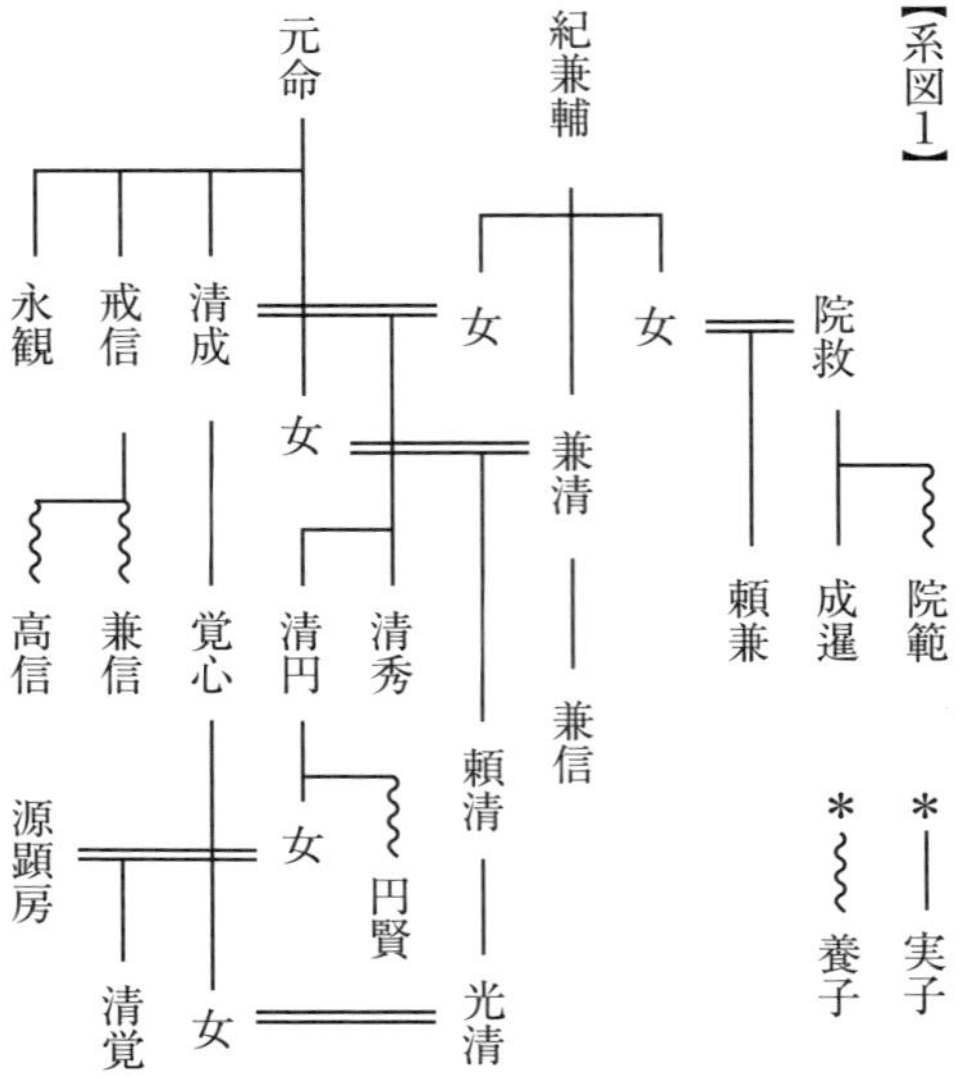

なお、永保三年（一〇八三）頃に、権別当清円の女は右大臣顕房との間に内供清覚（天台座主仁覚弟子、極楽寺・妙香

院別当）を儲けている。[20]仁覚（源師房子、母道長女）は、堀河天皇の外祖父である源顕房と同腹の兄弟で、白河天皇に近い関係の頼清に対して、清円は源顕房に繋がる機会を得ていたのである。後に忠通が内大臣時代の歌合で、歌人として参加していた治部大輔源雅光も、一説に顕房と別当清円女の子だという（『尊卑分脈』）。また、清円の養子円賢の室は白河院の皇女郁芳門院（母は源顕房女、師実養女の中宮賢子）に女房として仕えたと伝え、系図では元命女とする。元命女では年齢的に無理があり、清成か、その子ども達の娘と見るのが無難であろう。

応徳三年（一〇八六）、白河天皇は幼い堀河天皇への譲位を決行。翌年の寛治元年（一〇八七）の六月十六日には、戒信が滅し、二人の権別当頼清・清円が別当の地位を競望。なかなか決せず、放生会は別当不在のまま行われるという異例の事態となった。ようやく八月二十九日に、頼清が上﨟だということで、頼清を別当、清円を弥勒寺講師・宝塔三昧院喜多院司に任ずることで決着がついた。[21]ところが、翌日の三十日には石清水の所司神人が上洛して、所司の挙状を用いずに行われた頼清の別当補任の停止を求めて、摂政師実のもとに押しかける騒ぎが起こる。師実は彼らの訴えを退けるが、師実は空いた権別当のポストに、「殿下御祈師」たる成暹を推挙し、戒信の嫡弟であると同時に頼清の実弟でもある兼信を推挙しようとした頼清に改めさせている。[22]成暹は院救の子で、清成を師主として出家していた。師実は承保二年（一〇七五）に関白となったが、『石清水八幡宮寺略補任』（以下、略補任）によれば、その翌年、上座となった神元は宝前寺を建立し、「殿下御祈願所」をここに用意したという。神元は寺主頂覚の子で、師主を元命とする。師実は、頼通以来の元命・清成系との関係を継承していたと言えようし、頼清の前に敗退気味であった院救系は師実を頼みとしていたとも言える。不運にも成暹は在官四ヶ月で滅した。

さて、頼清は別当に着任してから石清水境内に大乗院を建立、承徳三年（一〇九九）にはこれを勅願寺とする院庁下文が下された[23]。また、頼清が寵童石寿に舞の秘事を習わせようとして多資忠に断られた時には白河院に訴えたと伝え、太宰府の観世音寺の所領把岐庄を頼清が院宣により国司に認めさせるなど、白河院との関係が深い[24]。嘉保元年(一〇九四)、頼清の嫡弟光清は十一歳で、当時の天台座主仁覚を師主として出家する。その五年後、東大寺別当以下の僧侶達が、石清水の修理別当光清を太宰府観世音寺登壇戒師・別当に推挙した[25]。東大寺別当は元命の養子で石清水少別当でもあった永観である。まだ十七歳の少年を戒師にふさわしいと申請することや、翌年の康和三年(一一〇一)に頼清の死去に伴い、光清が院宣により観世音寺長吏となっていることから、白河院と頼清の個人的な繋がりは光清に受け継がれてゆくことが見て取れる。

四　忠実の時代

頼清の滅後、清円が別当となる。修理別当の光清は権別当に昇格して、清円の弟覚心に並び、修理別当には清円の嫡弟で養子の円賢が補された。紀氏系の光清にとっての幸運は、清円が三年で世を去り、上﨟の覚心が康和元年(一〇九九)に落馬して、あげくに中風となり、以来出仕できない状態だったため、二十歳の若さで別当の地位に着いたことである(覚心はそれから十二、三年後に権別当のまま没した[26])。白河院は、長治元年(一一〇四)、光清に敵対的であった高信(戒信養子・元権上座)の修理別当停任問題や長治二年(一一〇五)の大山寺竈門宮事件では、光清に有利な判定を下している[27]。光清も天永元年(一一一〇)三月十二日の白河院の法勝寺御幸では御前に鳥童舞を進上するなどの奉仕をしており(殿暦)、古事談(六-一五)によれば、笛の名手であった八幡所司永秀の竹笛を、光清が白河院に進上したという。同二年、鳥羽天皇准母の皇后宮令子内親王の女房が白河院の怒りを買って勘当される事件があったが、この女房は光清の姉妹かと思われる[28]。

一方、康和元年（一〇九九）師通が急逝、同三年には師実が逝去して、摂関家を一身に背負わなければならなくなった忠実は、別当清円の要請に応えて、放生会に神輿馬三疋を進じ、奉幣したり、初めての除目執筆成功の祈祷を数社に行う際、八幡の分は清円に命じるなど、清円との個人的な関係が目立つ(29)。清円滅後の人事では、権別当に清円の養子円賢（実父は権別当頼源。頼源は清成の異父同母弟で、父は安楽寺別当安杲、菅原氏）を推挙し、春日・賀茂・八幡・東三条角明神等に除目に関する祈祷の際、八幡は権別当円賢に命じ、長治二年には鎮西に下る弥勒寺講師円賢に馬一匹を贈り、嘉承元年（一一〇六）の白河院の石清水御幸に供奉した際、円賢の坊を宿所とするなど、〈清成流〉との繋がりを重んじている(30)。先述したように、八幡別当清円女所生の清覚の父は源顕房であり、忠実は顕房女師子を妻として泰子や忠通が生まれているから、それだけ親近感があったのだろう。ただ、この後、殿暦には円賢の名はなぜか出てこない。そして、殿暦の永久二年（一一一四）七月二十七日条によれば、忠実は「日来不快」であった光清の勘事を免じたという。この間の経緯は不明だが、しかし、光清は忠実が期待するほどには奉仕せず(31)、保安元年（一一二〇）、忠実は白河院の怒りを買って内覧を罷免され、宇治に籠居することとなる。宇治に籠もった忠実には、覚心の曾孫源惟成が多年にわたって仕えたという(32)。円賢は保安四年（一一二三）に滅し、これ以降、石清水の修理別当以上の上層部は頼清系紀氏一族が独占するに至る。

光清は頼清から伝領した美濃明知庄を、白河院が石清水に建立した大塔領として御願の仏事の料とし、崇徳天皇の生母中宮璋子のもとに女美濃局を女房として出仕させるなど、白河院への奉仕に務め、天治二年（一一二五）の崇徳天皇の石清水行幸では、二十歳の長男任清に別当の地位を譲ることを許され、大治三年（一一二八）には検校に任ぜられる。任清の出家の師主は時の天台座主仁豪。仁豪は贈太政大臣藤原能長の子で、能長は能信の養子となり、能信の養女茂子は白河天皇の母という関係にある。光清は白河院の寵臣だったと言えよう。任清や美濃局の母は権別当覚心女である。元命一族の血が再び入ったこともあり、元命の曾孫であることを盾に弥勒寺講師の地位を望んで果たせないでいた光清は、この年、念願の宇佐宮弥勒寺并喜多院検校に補任され、寺務執行の権限を得た。その翌年、白河院は崩御、鳥羽院の時代となり、天承元年（一一三一）十月、鳥羽院の御幸の賞として法印光清は石清水で初めて権大僧都に任ぜられる。その時には光清女美濃局はすでに鳥羽院の寵愛を受けていたとおぼしく、翌年には六宮（道恵法親王）が誕生し、同三年（一一三四）には七宮（覚快法親王）が生まれ、光清はその後見役となるのである。また、時期は不明だが、尊卑分脈によれば、長承元年（一一三二）に没した大納言藤原能実（師実四男）の妾に八幡別当光清女がおり、三井寺の真勝内供を産んでいる。

能実の娘の一人は藤原宗能の室である。この頃、任清はこの権中納言藤原宗能女と結婚、保延元年（一一三五）に玄清が生まれている。宗能は忠実の側近宗忠の子だが、白河院の近臣として名高い藤原長実の婿となっていた。元永二年（一一一九）、源師時・宗能・長実の一行が廣田社参詣の折りには光清・円賢等の舟を借り、また光清の木津庄の宿を借りて、光清は珍膳を儲けてもてなしたことがある。[33] 長実は左大臣源俊房女すなわち源師時の姉妹と結婚して一女を儲け、この女性が長承三年（一一三四）頃から鳥羽院の寵愛を受けて、保延五年（一一三九）に近衛天皇を産む美福門院得子である。今鏡の「男山」には、男子誕生を願った鳥羽院が、石清水で般若会を行わせ、帥中納言藤原顕頼が参籠したと語られるが、これも別当任清が得子に近い関係にあったことと無縁ではないだろう。

白河院の死を期に、政界に復帰した忠実が、清成の話を語ったのは久安六年（一一五〇）十一月十二日。左大臣頼長が養女多子を近衛天皇のもとに入内させ、これに対抗して関白忠通は美福門院養女呈子を、自分の養女として入内させるといった、忠実の二人の子の熾烈な競争が展開され、忠実が摂政を頼長に譲ることを拒否した忠

【系図2】

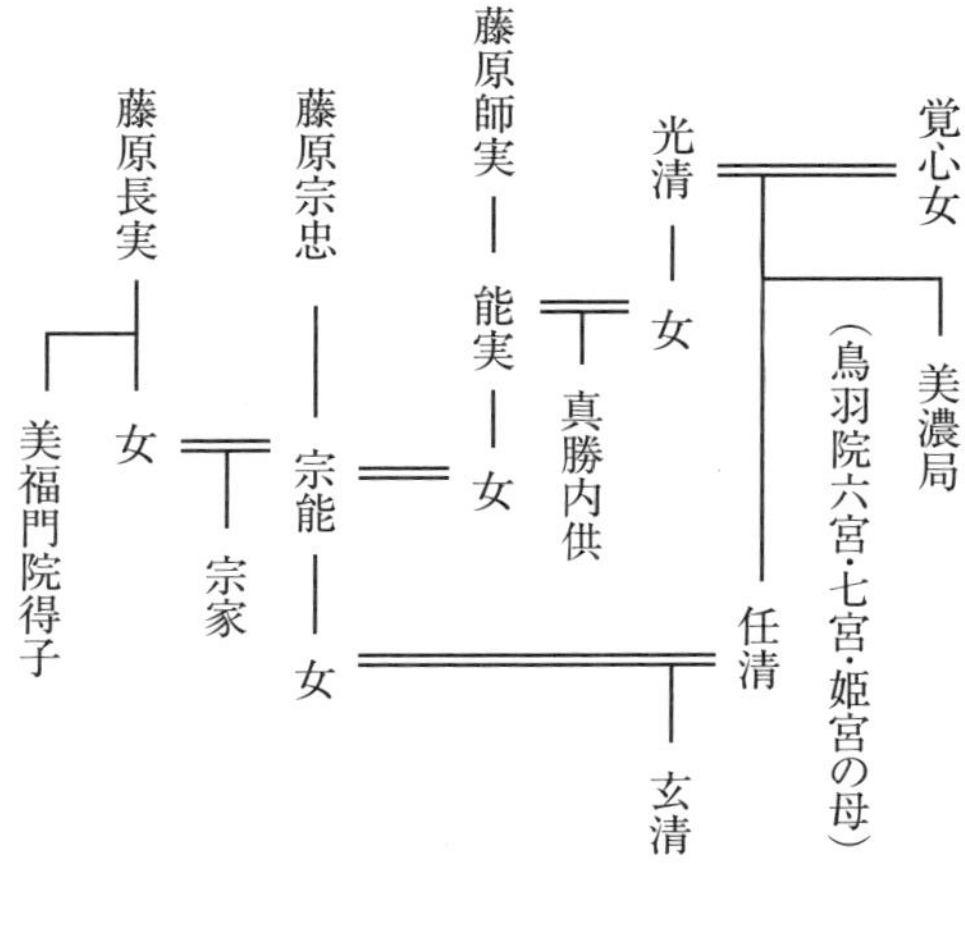

通を義絶、頼長を氏長者となすという、緊迫した時期であった。[34]保延四年（一一三八）に光清はすでに滅し、任清の子玄清は久安元年（一一四五）、忠実の同母弟である天台座主行玄を師主として出家して、当時すでに権別当となっていた。同三年には、鳥羽院七宮（覚快）が出家して行玄のもとに入室、鳥羽院は石清水に御幸して、別当任清は権大僧都に任じられる栄誉を得ていた。白河天皇以来、石清水への行幸・御幸の回数は先代に比して何倍にも増加し、毎年の放生会には上卿公卿以下の官人が祭りに参加するという社格の上昇と、元命が自力で掌握していった九州の所領をも含めた豊かな経済力、そして院や公卿との姻戚関係を持つ一大権門の頂点として、もはや石清水別当は忠実の前にある。別当任清の舅宗能は、忠通女で崇徳后の聖子に中宮大夫・皇太后大夫として仕えてきた。忠通と対立し、美福門院を蔑んできた頼長は久安六年六月三日、石清水に参詣しているが、これを迎えた任清が、必要以上に頼長に接近するとは考えられず、慎重な対応に終始したことは想像に難くない。

こうした状況の中で、忠実は宇治殿頼通の時代、別当清成の話を語り、「近来の八幡別当全らしからず」と断じた。「全ら」という言葉が、単なる事実を述べたものではないことを如実に表しているだろう。忠実の誇り高さから言って、この一言が誉め言葉のはずはない。忠実の関白時代の別当は清円・光清だが、任清の時代も見てきている。関係が良好だったと思われる元命系の清円・円賢が、清成のように摂関家で奉仕に努めていたかどうかは不明だが、忠実が「八幡別当光清日来之間余與不快、而今日免勘事」と日記に書き記した五歳年下の光清や、その子任清とは明らかに距離があった。忠実は八幡信仰にも篤く、光清への支配的接近をも試み、石清水八幡宮への寄進や法事等も怠りなかった。それだけに、かつては家司同様であった清成の奉仕ぶり、すなわち現別当任清の曾祖父の時代と比較して、「全らしからず」と語気を強めるあたりに、摂関家のプライドが許さないような、ある種の苛立ちが見えるのではないだろうか。

五　源顕兼の視点

さて、古事談（二―一四）である。

八幡別当清成は、常に宇治殿へまゐりけり。或る日参りたりけるに、御料の御おろしを出だされたりけるを、蔵人所の台盤の上に置きたりけるを清成手づかみにつかみ食ひて、酒の銚子に入りたりけるを皆な飲みたりけり。近来の別当は然らざるか。

別当清成は父元命の関係で、少年の頃から貴顕に交わり、勅撰歌人（後拾遺集）となった教養人でもある。その人物を知る清家の言葉として、忠実が「手つかみに御おろしをとりて食て」と表現したのを「手づかみにつかみ食ひて」、「御銚子に酒を入て給たりければ、よげに飲みけり」と語るのを「酒の銚子に入りたりけるを皆な飲みたりけり」と書き改めるあたり、古事談編者が別当清成に対して、決して好意的ではなかったことを表す。

その改変の意味を解く鍵は、まず「近来の別当は然らざるか」にあるだろう。八幡別当の対外的な仕事は本来、公的私的に依頼された八幡神への「祈り」や奉幣、仏事の執行にある。また、雑事としては、石清水の地理的な条件から、貴顕の参詣の時などに、淀川を利用する際の舟の手配や宿所等に便宜を図る面もあった。しかし、摂関家の台盤所で御おろしを食べたり、酒を飲むことは、僧綱の地位にあって八幡別当を務める程の僧侶の行為としては疑問符がつく。清家や忠実にしてみれば、本来そうであるからこそ、逆説的に清成の親近度と奉仕ぶりが浮き上がってくるのである。忠実の「近来八幡別当全不然」の評の本意は、近来の八幡別当が御おろしの味見や飲酒をしないことに不満を漏らしたものではない。古事談編者は、その意味を剥ぎ取って、その行為そのものに焦点を当て、諧謔的に疑問を呈した。それは同時に「近来の別当」への矛先を反転させ、逆に「近来の別当」を擁護することでもある。話の信憑性を保証する立場の清家が、古事談で消去される理由もそこにある。

第二に、古事談の編者源顕兼の母は別当光清女だったことである。忠実の摂政関白時代の八幡別当に祖父光清がいたことは、顕兼も承知していたはずである。光清以降、石清水の上層部は紀氏系頼清の子孫がほぼ独占して石清水別当家の地位を確立し、他流では元命系の円賢の子清宴と命成がわずかに権別当に短期間着任しただけで終わっている。古事談が成立したのは建暦二年（一二一二）から、顕兼が没した建保三年（一二一五）二月までの時期になるが、この頃の検校・別当の地位にあった祐清・幸清兄弟（光清孫、成清の子）と、顕兼はかなり親しい関係にあった(35)。後三条天皇の抜擢を契機に、頼清・光清が主に白河院・鳥羽院との関係で、現在の紀氏別当家の繁栄を築き上げたのであり、忠実の最後の一言に、顕兼はかなり強く反応したといってよい。

第三に、その頼清が後三条天皇に抜擢されるまでの苦労の因は、そもそも別当清成にあったことである。表紙に弘安二年（一二七九）の表記がある石清水八幡宮寺略補任には、兼清の隠居が「超越于清秀之故也」と書かれ、内容的に十四世紀初期まで辿れる八幡祀官俗官并所司系図には、それに加えて「所転読之三千部法華経、半者回向後生菩提離生死、半者回向三悪道報彼憂云々、同六年十月七日挙手噬舌入滅」と記す。この伝承は大乗院創建

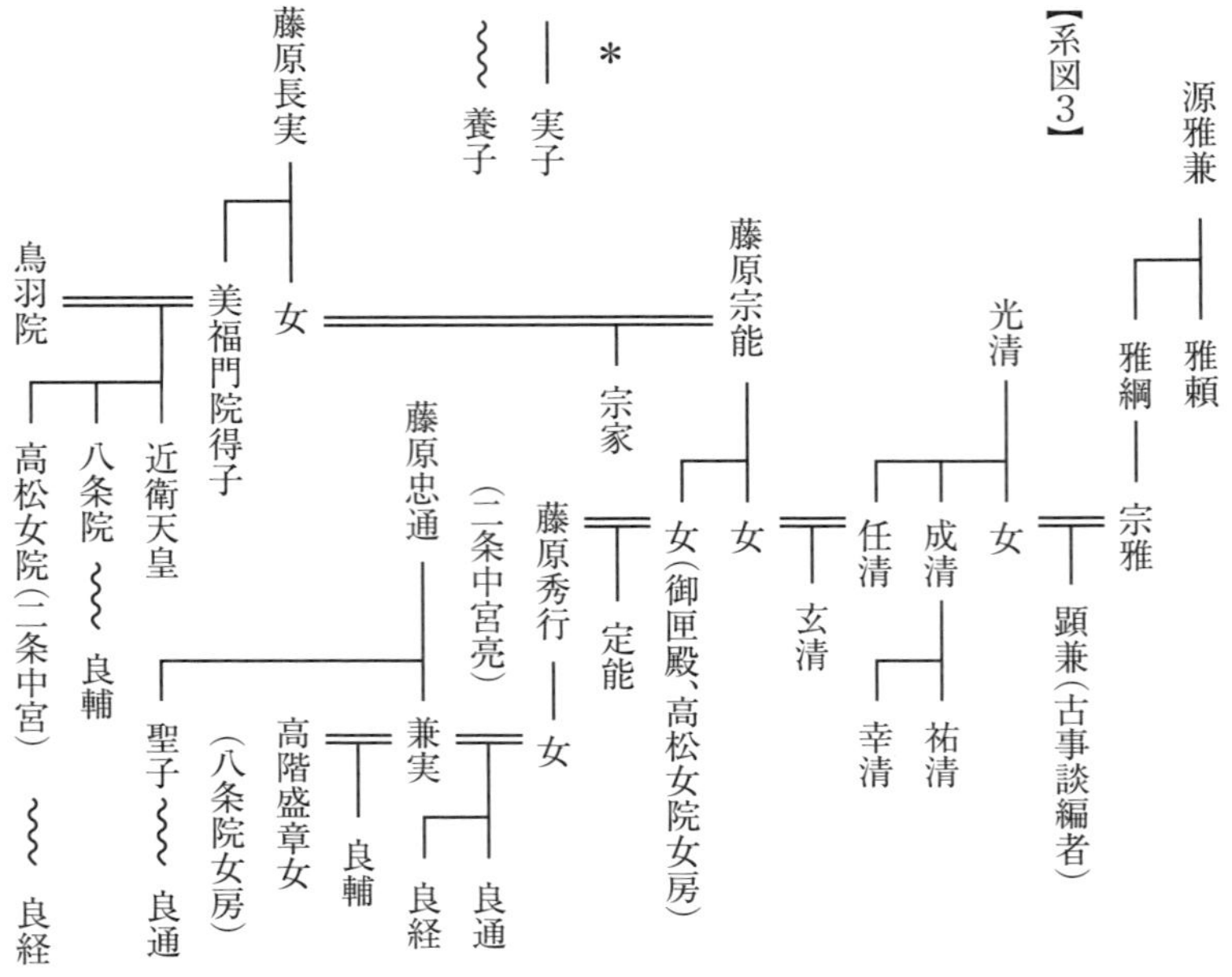

の由来を語る『頼清由来書』（明応二年（一四九三）書写）に、「本師兼清、ヤイ〳〵ノ浅﨟修理別当清秀ニ、父清成別当職ヲユツリテ、康平五月《マヽ》四月廿七日、清秀ニコエラレタリケルヲナケキテ」と語るような絵物語に形を整えてゆく。元命系勢力の衰退の中で、光清・任清は元命系・兼清系の融合した嫡流となる。九州の支配には元命の子孫であることが重要だったにしても、清成は兼清・頼清父子の敵役として、光清の子孫に記憶され続けていったと思われる。

では、顕兼と忠実の関係はどうだったのか。忠実は顕兼が生まれた二年後に没しているので、両者の出会いはない。源顕兼の祖父は村上源氏顕房の孫雅綱（右中弁）で、右大臣雅定の養子であった。父は宗雅、公卿補任によると保延五年（一一三九）、中宮（忠通女・聖子）御給で叙位。近衛天皇が生まれた年である。宗雅が民部少輔時代の仁安二年（一一六七）には、宗雅女が九条兼実の子良経の乳母となり、顕兼自身も翌年に皇嘉門院聖子の御給で叙位。兼実は聖子と特別に親しい関係にあり、良経の兄良通は聖子の養子となっている。宗雅は良経女立子をも養育しており、聖子と兼実・良経に近侍したことが伺われる。顕兼もまた良経に仕えた。顕兼と親しかった藤原定家は明月記の建仁三年（一二〇三）三月三日条に、「殿辺古老」（公卿補任では宗雅、六十八歳）たるにより、摂政良経が推挙して宗雅は三位に叙されたと記す。さらに良経が宗雅を厚遇する理由を、「是何故乎、法性寺殿乳母子、自嬰児近習、殿下御乳母年已七旬」と述べた。ここから、岩波日本古典文学大辞典のように宗雅を法性寺殿忠通の乳母子と読みとる説もあるが、宗雅の父雅綱は忠通が生まれた後に誕生しているため、雅綱が乳母の夫であることはありえない[36]。となれば、この「法性寺殿」は当時、法性寺月輪殿に隠棲していた「後法性寺殿」兼実を指すことになる。ただし、雅綱は兼実の誕生より六年前に没している。その上、大日本史料所収の公卿補任に、建仁三年時に宗雅「六十八歳」という記される年齢では、宗雅は四歳で叙位ということになり、実際の年齢は十年ほど加算されなければならないだろう。とすれば、宗雅は兼実より二十三歳ほどの年上である。その上で、「殿下御乳母年已七旬」を、殿下＝良経と乳母＝宗雅女との関係で読み取ると、宗雅女は父宗雅と十年ほどの違いになり、年齢的に無理が出る。明月記の記事のみによって憶測する限り、もっとも七十歳にふさわしいのは宗雅の妻であろうから、宗雅の妻が兼実の乳母の一人であったと考えるのが一番自然だろう。したがって、日記中の「法性寺殿乳母子」は、良経の乳母となった宗雅女の可能性が高い。兼実の乳母が八幡別当光清女であった文かどうかは不明だが、源顕兼もまた幼少から九条家になじんで育った可能性があると言えよう。

兼実が養育の恩を深く感じていたのは、内大臣宗能女「御匣殿」である[37]。彼女は高松女院に仕え、二条中宮亮藤原季行と結婚し、定能の母となる。兼実は季行女と結婚し、良通・良経が生まれ、良経は高松女院の養子となった。二条天皇の中宮すなわち高松女院は美福門院得子が産んだ皇女である。仁安元年（一一六六）十一月三日、兵仗を賜った兼実の拝賀の供に中納言宗家（宗能子、母長実女）と左中弁源雅頼、左少将定能とともに民部権少輔宗雅が従った（玉葉）ことは、こういった関係を如実に表していよう。源雅頼は雅綱の異母弟で、宗雅の叔父に当たる。長実の弟家保の子で、院の近臣であった藤原家成の女と結婚していた。また、光清の子任清は宗能女と結婚しているから、光清女を妻とする宗雅は、聖子に仕えた宗能の一家と縁故関係があったのである。とすれば、忠実・頼長と忠通の対立、そして保元の乱の顛末など、宗雅は忠通や聖子・兼実の側の人間として忠実を見続けてきたわけである。そうした宗雅を父に持つ顕兼にとって、忠実という人物は直接的なしがらみもなく、冷静に客観的に眺めることのできる相手であった。

古事談は中外抄・富家語から多くの話材を得ているだけでなく、忠実自身の話も少なくない。顕兼が忠実をどのように捉えていたかは、古事談全体の分析を必要とするが、中外抄・富家語を読むだけでも、知足院殿忠実の博識ぶりはよくわかる。古事談の編者顕兼にとって、有益な情報もあったであろうし、古事談を構成する上で必要なものもあったからこそ、多くの話題を採集したとも言える。ただ、知足院殿忠実の言葉を常に肯定的に継承するためであったかどうかとなると、問題は多い。編者顕兼と利害や価値観が一致せず、無視することもできないような内容が存在する場合はどうなるのか。八幡別当清成の話は、忠実の価値観や評価軸を継承し得ないからこそ、語り直さずにはいられない例ではなかったか。ことさらに別当清成に先祖兼清・頼清の恨みを晴らそうと悪意を以て語り直すことが目的だったわけではない。顕兼にとって、別当清成の人間性よりも、「近来の八幡別当」を守る方が優先されたのである。表面にこそ出さないが、古事談の語り手としての源顕兼は、中外抄の語り手忠実を強く意識しながら、清成を戯画的に描き、同じ言葉を使いつつ、疑問形にしてみせるという絶妙な話術によって、「近来の八幡別当」の名誉に関わる話の主題をすり替えてみせたのではないか。顕兼にも、八幡別当を母方の祖父に持つ、ささやかなプライドがある。

無論、それだけではない。そもそも、この話は古事談では摂関家話群の中にある。古事談編者の「書き換え」によって、宇治殿頼通の評価も変容する。清成がこのような「身勝手な行動」をなしうるということは、宇治殿頼通邸における人と物の管理がずさんであるとも読めるのである。中外抄（下―三四）では、師実から伝えられた頼通の時代を規範にして忠実は語っているが、古事談（二―一四）の前話（二―一三）も、師実が頼通に禁止された例に倣い、忠実に源義親の首を見るのを禁じた話で、富豪語から抄出している。摂関家話群は、ほぼ時代順に話が並んでいるので、話そのものの主人公を清成と見るにしても、あるいは、話群の構成から言えば語られない頼通の方に主眼があると読むにしても、時間の流れから見て、話の配列には乱れがある。変容した八幡別当清成の話が提示する課題には、このような古事談の構成とその解釈の仕方の問題があり、そして、話そのものの取り扱い方の基底部分には、宇治殿頼通に対する、顕兼と忠実の評価の相違、ひいては編者の歴史観が横たわっている。そして、それは『古事談』における忠実の位置、という問題を解く鍵の一つになりうるように思う。古事談「第二　臣節」の巻のトップにはまず忠実が登場するように、古事談における忠実の存在はきわめて大きい。顕兼と忠実の評価軸の相違を見極めながら、古事談の中の忠実を把握することは、古事談と編者源顕兼を理解する上で非常に重要なことだと思われるのである。

※引用のテキストには、岩波新日本古典文学大系『江談抄　中外抄　富家語』『古事談　続古事談』を用いた。説話番号も両書による。原文引用の場合は読みやすいように表記し、原文で引用しない場合は、岩波新日本古典文学大系の本文の読

みに従っている。その他、『殿暦』は大日本古記録、『明月記』は冷泉家時雨亭叢書、『石清水八幡宮略補任』は「東大史料編纂所所蔵、石清水文書五十二冊別口」の召清書写本、石清水祀官の系図は『八幡祀官俗官并所司系図』（東大史料編纂所所蔵、石清水八幡宮記録二十九、召清書写本）と、群書類従本『石清水祀官系図』を参照した。

注

（1）「後三条天皇と犬狩」（池上洵一編『論集　説話と説話集』所収、和泉書院、二〇〇一年五月発行）

（2）『東大寺文書之十二』一五五（永保三年十二月廿日）～『殿暦』康和元年三月十一日条。なお、『殿暦』長治元年二月三日条に、「清家朝臣男」が登場し、「故」が附されていないので、当時も生存していたか。『中外抄』脚注に挙げる『中右記』長承元年九月二十六日の清家は官位の点から見ても別人。

（3）岩波新日本古典文学大系『江談抄　中外抄　富家語』二五八頁、脚注五。

（4）「古事談抄選釈」（『成蹊人文研究』13号、二〇〇五年三月発行）

（5）『石清水八幡宮史　史料第八輯　崇敬編』「諸家諸人」の部によくまとめられている。

（6）『石清水文書之二』（大日本古文書）四〇五。

（7）「権門としての八幡宮寺の成立」（十世紀研究会編『中世成立期の歴史像』所収、東京堂出版、一九九三年五月発行）。

（8）『小右記』長和三年十月十三日条。

（9）『小右記』寛仁元年九月二十五日条。

（10）『石清水八幡宮略補任』寛仁四年、『八幡宮寺宝殿并末社等建立記』「経蔵」。

（11）『三代実録』貞観十七年廿八日条。

（12）『栄華物語』「殿上の花見」に、長元四年（一〇三一）九月二十五・二十六日、上東門院が石清水に参詣、元命は果物を進上したと伝える。長元八年（一〇三五）高陽院水閣歌合の後、その奉賽として、藤原経衡らが五月二十一日に、石清水に奉幣等を行い、担当した権別当院救に禄を与え、修理別当清成が饗餞を儲けている（『高陽院水閣歌合』）。清成と経衡は「としごろのとくい」という親しい間柄となる（『経衡集』・『万代集』）。永承三年（一〇四八）十月、頼通は高野山参詣途上に石清水に参詣。別当清成はさまざまに奉仕した（『宇治関白高野山参詣記』）。

（13）『石清水文書之二』（大日本古文書）二二五－一・四〇七、『宮寺縁事抄　官』参照。

（14）『石清水祀官系図』による。『略補任』は二十六日宣下、『石清水皇年代記』は二十六日官符とする。

（15）『頼清由来書』は、吉井敏幸氏「叡尊と八幡大乗院　附・翻刻『八幡大乗院旧記』（西大寺所蔵）」（『戒律文化』二、二〇〇三年四月発行）の翻刻による。

（16）『石清水八幡宮記録十二』「光清官符、天仁元年十二月卅日」（『平安遺文』四九六三）に、承保三年（一〇七六）の出来事とする。

（17）『宮寺縁事抄　所司僧綱昇進次第』参照。

（18）注7に同じ。

（19）『仁和寺文書』三、「代々官符同牒状等目録」に、弥勒寺を天徳三年（九五九）十二月二十二日に仁和寺別院とすることが見え、『小右記』長元三年（一〇三〇）八月二十九日条には、仁和寺の尋清僧都が、実資に「仁和寺預弥勒寺事」を愁えている。元命が弥勒寺の知行を望んでいることで、軋轢があったものらしい。

（20）『中右記』元永二年（一一一九）二月十八日条、「年卅七」で「此夜半」入滅という記事から逆算した。

（21）『為房卿記』寛治元年八月二十九日条、『略補任』寛治元年項参照。

（22）『為房卿記』寛治元年八月三十日、九月一日条。『略補任』寛治元年項参照。

（23）大乗院については「文和三年（一三五四）三月　八幡大乗院僧徒申状」（吉井敏幸氏「叡尊と八幡大乗院　附・翻刻『八幡大乗院旧記』（西大寺所蔵）」所収、文書番号14）参照。

（24）『古今著聞集』巻十五宿執「伶人時賢、白河院の勅定を拝辞して、御寵童次郎丸に秘事を授けざる事」、『平安遺文』一七五三（天永二年十月二日）、参照。

（25）『朝野群載』十六・仏事上（康和二年九月十九日）。光清が観世音長吏に任ぜられたことは『平安遺文』四九五四（康和三年三月十六日）参照。

（26）『中右記』康和五年十二月二十三日条、『略補任』康和元年項、参照。なお、覚心の入滅は、『石清水祀官系図』は承徳二年（一〇九八）とするが、僧綱補任では永久三年（一一一五）三月二十六日に入滅、『略補任』では永久四年（一一一六）四月十九日（異本十八日・十六日夜半）に年七十で入滅とする。

（27）『略補任』『中右記』『為房卿記』長治元年二月の記事をまとめると、戒信の後嗣の意識が強かった高信は、光清の修理別当就任以来不満をあらわにしていた。高信の所望により修理別当に補任された後、八幡衆徒は彼を戒信の親弟として認めず、高信の住房を襲って高信を追放し、強訴しようとする。八幡衆徒の動きに、白河院が高信の転任停止を堀河天皇に指示、堀河天皇は「天気極不快」だったという。大山寺竈門宮事件については、美川圭氏『白河法皇』（日本放送出版協会、二〇〇三年発行）参照。

（28）『長秋記』天永二年三月八日条。増補史料大成本は「頼清姉」とするが、年齢的に合わない。

（29）『殿暦』康和四年八月一日、八月七日、同五年一月二十四日条参照。

（30）『殿暦』康和五年十二月十九日、長治二年正月二十一日、同九月十七日、嘉承元年七月二十七日条参照。

（31）『殿暦』永久三年九月十二日、同三月二十日条参照。

（32）『八幡祀官俗官并所司系図』元命一族の項、覚心（権別当）――覚成（少別当）――光覚（少別当）――源惟成（知足院殿ニ祗候、童名太郎、住宇治多年）。

（33）『長秋記』元永二年九月三日条、参照。

（34）元木泰雄氏『人物叢書　藤原忠実』（吉川弘文館、二〇〇〇年発行）参照。

（35）源顕兼の一生に関しては、田村憲治氏の「顕兼について」（『言談と説話の研究』所収、清文堂、一九九五年発行）が研究成果を集大成している。

（36）岩波『日本古典文学大辞典』、「源顕兼」項、浅見和彦氏担当。雅綱は康治二年（一一四三）に卒したが、没年齢は『弁官補任』『尊卑分脈』は三十八、『本朝世紀』は三十七とする。忠通は承徳元年（一〇九七）誕生である。

（37）多賀宗隼氏『玉葉索引』解説「第一　兼実とその周囲」（吉川弘文館、一九七四年発行）参照。

『古事談抄』から見えてくるもの

伊東玉美

はじめに

日本古典文学影印叢刊所収『古事談抄』（以下『古事談抄』と略称）は、『古事談』巻二臣節からの抜書的性格を持つ中世の写本である。現在公開されている『古事談』の写本が、みな近世の写しである中、零本とはいえ、中世の写本と考えられる『古事談抄』が、『古事談』の古態を考える上で重要であることは、既に指摘されているところである。(1) かつてわたくしも、『古事談抄』の基礎的研究を試み、『古事談抄』が改変を交えつつ『古事談』から抄出している様などについて分析したことがあった。また、『古事談抄』は『古事談』巻二の構成方法を読み解き、その意味で『古事談』の早い段階の読者の一人であったと見なされること、また『古事談抄』は『古事談』巻二の構成方法に基づきながらも、全体を再構成して、自らの小さな説話集を作ろうとしたのだろうということが分かってきた。[2] 限られた資料を取捨選択して配列し、文体を整えるという一連の営為は、『古事談』周辺でいえば『叡山略記』[3]や島原松平文庫蔵『古事談抜書』[4]に類するもので、小規模ながら新たな説話集の編纂が行われたのだということが知られる。

平成一四年より、成蹊大学中世文学研究会で『古事談抄』を輪読している。[5] その間、平成一七年には待望久しかった川端善明・荒木浩校注『新日本古典文学大系　古事談・続古事談』（以下、新大系と略称）も刊行された。その成果も踏まえつつ、皆で『古事談抄』を読んでみると、『古事談』に軸足を置きながら『古事談抄』を見ていた時とは違うところに目が行く場合が度々あった。本稿では『古事談』のために『古事談抄』を用いるのではなく、『古事談抄』の側から『古事談』を見てみるとどんなことが浮かび上がってくるのかを、前稿との関連を指摘しつつ具体的に考えてみたいと思う。以下、『古事談抄』の本文は日本古典文学影印叢刊の影印に、説話番号は同解説の付した番号により、第○話と記す。『古事談抄』各話の標題は、典拠となっている『古事談』の記事に付された新大系本のそれを仮に用いることとする。

例えば第二話に二箇所「不見」と傍記されていることなどから、『古事談抄』は、親本の写しと見られるため、『古事談』からの記事の取捨選択や配列・改変などを行ったのは、『古事談抄』の親本もしくはそれ以前の段階に想定されねばならない。前稿[6]では、論の性質上『古事談抄』が写しであることにその都度目配りしつつ論じたが、本稿では、『古事談抄』の注記・書き込みを含め、『古事談抄』の叙述や構成を決定したのは仮に全て『古事談抄』の段階であったとして述べてみたい。また、『古事談抄』が参観した『古事談』が現行の『古事談』と大きく異なる内容であったとは、現段階では考えにくいので、現行の『古事談』（新大系の本文を用いる）を以ってそれに代えることとし、成蹊大学中世文学研究会で『古事談抄』との対校に用いている広本系・錯簡本系・略本系の計十種類の影印との対校結果をふまえた上で検討してみたい。

今回中心的にとりあげるのは、『古事談』二―五一話「藤原伊周配流顚末の事」と、それを抄出した『古事談抄』第六五話である。「藤原伊周配流顚末の事」は『古事談抄』で第四六話と第六五話の二箇所に登場する。第四六話は

儀同三司配流者、長徳二年四月廿四日也、宣命趣、罪科三ケ条奉射法皇奉呪咀女院私行太元法等科云々

という『古事談』二―五一話冒頭部分のみの短い内容で、記事の全体は第六五話で語られている。本話が『古事談抄』の二箇所に引かれている事情の検討および『古事談抄』第六五話全体の注釈は前稿(7)で行ったので、ご参照願いたい。

一　『古事談抄』第六五話と『古事談』二―五一話「藤原伊周配流顚末の事」の対校

以下、各行右側に『古事談抄』の本文を、それに対応する新大系『古事談』の本文を左側に記してみる。算用数字は、『古事談抄』第六五話の冒頭からの行数、ゴシック太字は『古事談抄』と『古事談』との異同箇所のうち重要と思われるものである。

1儀同三司配流者長徳二年四月廿四日　也宣命趣罪　2科三ケ条奉射法皇奉呪咀女院**私**行太元法等科云々　3左衛門権佐**允**
儀同三司配流者長徳二年四月廿四日事也宣命趣罪　科三ケ条奉射法皇奉呪咀女院**秘**行太元法等科云々　左衛門権佐**元**

亮府生茜忠宗等為追下向其所中宮御在所　4所謂二条北宮入　東門経寝殿北就西対帥住所也仰含勅語　5而申依重病忽難
亮府生茜忠宗等為追下向其所中宮御在所　所謂二条北宮入自東門経寝殿北就西対帥住所也仰含勅語　而申依重病忽難

趣配所之由差忠宗令申其　6旨無許容載車可追下之由重有勅命云々　右大将　7行之此間仰左右馬寮令引御馬
赴配所之由差忠宗令申其　旨無許容載車可追下之由重有勅命云々固関等事右大将　行之此間仰左右馬寮令引御馬
堪武芸之五位　8以下依宣旨令　曹司云々　9配流　10太宰権帥正三位藤原伊周元内大臣　出雲権守従三位　隆
堪武芸之五位　依宣旨令候鳥曹司云々　配流　大宰権帥正三位藤原伊周元内大臣　出雲権守従三位同隆
家元中納言　11伊豆権守高階信順元右少弁成忠男　淡路権守同道信元右兵衛権佐木工権頭　12削殿上簡人々　13左近少将源
家元中納言　伊豆権守高階信順元右少弁成忠男　同弟淡路権守同道順元右兵衛佐木工権頭　被削殿上簡人々　左近少将源
明理　藤原頼親帥舎弟　14右近少将藤　周頼帥舎弟　源方理　15勘事　16左馬頭藤原相尹　弾正大弼源頼定
明理　藤原頼親帥舎弟　右近少将藤原周頼帥　弟　源方理　勘事　左馬頭藤原相尹　弾正大弼源頼定為平親王男
17権帥候中宮之間不従使催之由允亮再三雖奏聞　18猶慥可追下之由ヲ被仰ル二条大路見物車如恒中宮与　19帥相雙不
権帥候中宮之間不従使催之由元亮雖再三奏聞　被仰猶慥可追下之由　二条大路見物車如堵中宮与　帥相双不
離給仍不能追下之由奏之京中上下　乱入　20后宮中見物濫吹殊甚宮中之人々悲泣連ヌ声聞者　21無不拭涙隆家同候
離給仍不能追下之由奏之京中上下挙首乱入　后宮中見物濫吹殊甚宮中之人々悲泣連　声聞者　無不拭涙隆家同候
此宮両人候中宮テ不可出云々仍　22下宣旨擬破却大殿戸之間不堪其責隆家所出来也　23依称病患之由令乗細代車遣配
此宮両人候中宮　不可出云々仍　下宣旨擬破夜大殿戸之間不堪其責隆家所出来也　依称病　由令乗網代車遣配
所但随身可騎馬云々　24権帥ハ　已逃隠　無其身云々被召問信順等之処
所但随身可騎馬云々　於権帥者参木幡墓所之由見世継已逃隠令宮司捜御在所及所々已無其身云々被召問信順等之処申云
左京進　25藤頼行ハ権帥近習者也以件頼行可令申在所者　26即召問頼行之処申云帥一昨日中宮ヨリイテヽ道順朝臣
左京進　藤頼行　権帥近習者也以件頼行可令申在所者　即召問頼行之処申云帥一昨日出自中宮　道順朝臣

27相共向愛太子山至頼行者**山ヨリ**罷帰了其乗馬放棄　28彼山辺云々仰云**允**亮召具頼行尋跡可追求若所申有相違　29者
相共向愛太子山至頼行者**自山脚**罷帰了其乗馬放棄　彼山辺云々仰云**元**亮召具頼行尋跡可追求若所申有相違　者
可加考辞者仍**允**亮朝臣右衛門尉備範《ヨリ》　府生忠家　30等馳向彼山尋得馬鞍云々中宮ハ~~御所令実検云々奉為后~~　31當
可加拷訊者仍**元**亮朝臣右衛門尉備範左衛門府生忠宗　等馳向彼山尋得馬鞍云々中宮　當
~~無限之恥也中宮已~~乗権大夫《一条左大臣男》扶義之車令出給其　32後使**庁**官人等参上御所**令**　実検云々
乗権大夫《一条左大臣男》扶義之車　出給其　後使　官人等参上御所**捜検夜大殿及疑所々放組入板敷等皆**実検云々
奉為后宮無限之恥也　33中宮已落餝出家給云々信順等四人籠戸屋テ以看督長令　34守護之此間　経十箇日五月四日員
奉為后宮無限之恥也　中宮已落餝出家給云々信順等四人籠戸屋　以看督長令　守護之此間已経十ケ日五月四日員
外帥出家　使等尚在西　35山左衛門志為信守護本所之者欲令申事由之間権帥　36又乗車馳向離宮為信着藁沓
外帥出家**帰本家尋求之**使者尚在西　山左衛門志為信守護本所之者欲令申事由之間権帥　又乗車馳向離宮為信着藁沓
於**淳**和院辺追留　37此間公家差右衛門権佐孝道左衛門尉**秀**雅右衛門府生　38伊遠等令馳遣帥所**将**帰本家翌日発向配所
於**清**和院辺追留　此間公家差右衛門権佐孝道左衛門尉**季**雅右衛門府生　伊遠等令馳遣帥所　帰本家翌日発向配所
之由領　39送使申之頭弁行成朝臣奉勅云　権帥病**患**之間安置
権帥依出家被改官符云々権帥隆家等依病難赴各配所之由領　送使申之頭弁行成朝臣勅ヲ奉シ権帥病　之間安置
40播州　便所出雲権守隆家ハ安置但馬国便所各**令預**　41国司取其請文可帰参者　42被奉射花山院之根元ハ恒徳公三女
播磨国便所出雲権守隆家　安置但馬国便所各　**領**　国司取其請文可帰参者　被奉射花山院之根元者恒徳公三女
ハ伊周之妻室也　43而四女ヲ法皇令通給ヲ伊周四女ハ僻事也三女ニテ　ソア　44ル覧　トテ相語隆国《家歟》卿**テ安カラヌ**ヨ
ハ伊周之妻室也　而四女ヲ法皇令通給ヲ伊周四女ハ僻事也三女ニテコソア　ルラメトテ相語隆家卿被示合**不安之**

シヲ被示合**ケリ**中納言　45安事也トテ人両三　**ニテ**法皇**ノ**鷹司殿**ヨリ**騎馬**ニテ**　46令**帰**給ヲ奉射之間其矢御御袖ヨ
由　**爰**中納言　安事也トテ人両三**人相具テ**法皇**自**鷹司殿　騎馬　令**伺**給ヲ奉射之間其矢御御袖ヨ

リトヲリテ　還御　47畢此条見苦事也トテ有秘蔵無　沙汰之処公家被　48聞食テ大上天皇ハ無止事也　院御
リトヲリニケリ然而還御　了此事見苦事也トテ有秘蔵無御沙汰之処公家　聞食テ太上天皇ハ無止事也而此院御

意不静　如此事出来也　49　又伊周私ニ修大元法件法ハ非公家者不修之法也又奉呪　50咀女院云々
心不静御坐之間如此事出来也　雖然不可黙止又伊周私　修太元法件法者非公家者不修之法也又奉呪　咀女院云々

依此両事左遷云々　51同年十月八日権帥蜜**上**京上**シテ**隠居中宮之由自其夜　52有其聞云々仍差右佐孝道被申事由於中
依此等事左遷云々　同年十月八日権帥密**々**京上　隠居中宮之由自去夜　有其聞云々仍差右佐孝道被申事由於中

宮之処已被　53奏無実之趣孝道朝臣以下使**庁**官人等候彼宮差季雅　54為信等遣播磨被実検権帥之有無
宮之処已被　奏無実之趣孝道朝臣以下使　官人等候彼宮差季雅　為信等遣播磨被実検権帥之有無**又帥上洛告言既**

云々帥先日依出家　55被改官符而尚不剃頭云々播州使等未帰洛之前権帥　56候中宮之由已露顕八
有其人彼宮大進生昌云々帥先日依出家　被改官符而尚不剃頭云々幡州使等未帰洛以前権帥　候中宮之由已露顕八

旬母　乍沈病癋懇切期今一度　57之対面**テシニ**ヤラヌ上　中宮懐妊今月当産期之間蜜々　58上洛云々於今度者慥可被
旬母氏乍沈病癋懇切期今一度　之対面　死　ヤラヌウヘ中宮懐妊今月当産期之間密々　上洛云々於今度　慥　被

追遣大宰府云々　59同三年四月両人被召返之今上一宮　誕生給之故云々　60長保三年潤十二月十六日許本
追遣大宰府云々　同三年四月両人被召返之今上一宮式部卿敦康親王誕生給之故云々　長保三年閏十二月十六日許本

座　仕公庭被宣下可列　61内大臣下大納言上之由　62寛弘七年正月廿日薨春秋卅七
座出仕公庭被宣下可列　内大臣下大納言上之由　寛弘七年正月廿日薨春秋卅七

二　省略と整序――『小右記』に対する『古事談』

『古事談抄』と『古事談』を比較検討する前に、『古事談』とその典拠である『小右記』の関係について簡単にふりかえっておきたい。『古事談』の本話は、『小右記』長徳二年（九九六）四月から五月にかけてと十月の記事・『栄花物語』などを用いながらリメイクされていることは、益田勝実氏によって夙に指摘されている。(8)『小右記』の該当箇所全体の引用は省略にまかせるが、『古事談』は、『小右記』の記述のうち、担当者と上位者との、段階を踏んでの報告、命令、復命といったやりとりを省略し、介在する人物も極力少なくしている。『小右記』が事件の「推移」だけでなく「手続」をも重視するのに対して、『古事談』は事件の「展開」に的を絞って叙述しようとしているのである。

『古事談』はまた、益田氏の指摘がある通り、実際には何日間にも亘る出来事を、一連の、短期間の出来事のように記述する。記主藤原実資の存在を消してあるため、実資と他の人物とのやりとりも抹消されている。例えば『小右記』五月一日条を、『古事談』は次のように改変する（前掲対校の21行目以降に相当）。取消線は『古事談』にない部分、傍記は『古事談』本文、数字は『古事談』の記述順である。

~~十日、庚子、参内、出雲権守~~①隆家~~今~~朝《同候此宮》於中宮捕得、⑤遣配所、④令乗編代車、③依称病~~也云々~~《由》、⑥但随身可騎~~之~~馬云々、~~見者如雲云々~~、②権帥《両人》・出雲権守共候中宮御所、不可出云々、仍降宣旨、撤破夜大殿戸、《之間》仍不堪其責、隆家出来云々《所》《也》、⑦権帥~~伊~~周《於》《者已》逃隠、令宮司捜於御在所及所々、已無其身者《云々》、…（以下『小右記』の本文は『大日本古記録』による）

緊迫感を映し出す『小右記』の記述と、時間軸に乗せて事件のなりゆきを整理して伝えようとする『古事談』

の立場が対比される箇所である。

この場面の後、伊周の出家についての複数回にわたる確認・母高階貴子の動静などを、『古事談』は削る。『小右記』五月五日条にある、出頭した権帥が前夜長岡の石作寺に宿したことや「今朝」離宮に護送したことも割愛され、隆家や高階の一門の動向も省略されている。一〇月に伊周が密かに帰洛していることが発覚し、その時密告した人物の一人大進生昌への事情聴取も、『古事談』は略している。

このように、『古事談』は『小右記』を大幅に簡略化していると知られるのだが、逆に現行の『古事談』諸本が『小右記』より詳しい箇所もある。26「即召問頼行之処申云」で、この部分の『小右記』は「即問其申云」であり、『大日本古記録』も「脱アラン」とする箇所である。『古事談』の参観した『小右記』にはこれに類する他の表現が存在したか、あるいは『古事談』が独自に辞句を補った可能性も高い部分だろう。

三　『古事談』に対する『古事談抄』

次に、『古事談抄』と原拠である『古事談』を比べてみたい。30〜31にかけての二重取消線の部分は、『古事談抄』が約二十字分を飛ばしてしまったことに気づき、早まって記した約二十字分を抹消している箇所である。(9)

『古事談抄』と『古事談』を比べてまず気づくのは、大曽根氏も述べられた、「漢文風」を「仮名文風」にする『古事談抄』の傾向である（18ヲ被仰ル、20連ヌ、21候中宮テ、24権師ハ、26ヨリイテ、、27山ヨリ、44安カラヌ・ケリ、45両三ニテ、鷹司殿ヨリ騎馬ニテ、51京上シテ、57期今一度之対面テシニヤラヌなど）。また『古事談抄』の用語の好みのようなものもうかがわれる（23・39病患、32・53使庁官人）。

かつて小稿(10)でも指摘したように、全体に『古事談抄』は『古事談』を簡略化しようとする傾向が顕著である。

本話での主な異同を見てみると、6「固関等事」や、54で密告者大進生昌の存在を『古事談抄』が割愛しているのは、『古事談』が『小右記』の「固関勅符事」（四月二四日条）やそれぞれの逮捕者に対する領送使の具体名・官符の取り扱いなどを一切割愛し、また先述したように主要登場人物を極力絞っているのと同様の傾向である。『古事談抄』に24「令宮司捜御在所及所々已」がないのは、24「権帥ハ已逃隠無其身」の叙述だけで、捜索したが伊周を見つけられなかったことは充分理解できると感じたからなのだろうし、32「捜検夜大殿及疑所々放組入板敷等皆」がないのは、直後の「実検」や22「擬破却大殿戸」といった表現で徹底した捜索ぶりは充分伝わると考えたからだろう。それは『古事談』が、『小右記』五月五日条にある「官人及宮司等破皇后夜御殿扉、々太厚不能忽破、仍突破戸腋壁板令開扉」という表現を割愛しているのと同様である。これも『古事談』が、22「擬破夜大殿戸」や32「捜検夜大殿及疑所々放組入板敷等皆実検」との内容の重複を避けようとしたための省除と考えられるのである。

四　脱文か割愛か——誤写か改変か

34「帰本家尋求之」の周辺の文脈を『古事談』によって確認すると、伊周が出家して一旦「本家」（二条北宮）に帰って来た。最前の情報に従い捜索隊は愛宕山のあたり、西山を捜しているので出払っている。「本所」（二条北宮）を守護していた左衛門志為信が、伊周の出家と帰宅を連絡しようとするが、手が足りない。そうこうするうち、伊周は官憲の命令下に入らず、勝手にまた車に乗って、離宮へ向けて出発してしまった。困った為信は藁靴姿で車を追い、清和院（新大系も指摘するように、『古事談抄』の「淳和院」が適切。『小右記』五月四日条も「涼和院」で、この部分『古事談抄』の本文が最もすぐれている。『拾芥抄』・『栄花物語』五参照）の辺りで伊周の車を止めさせた。連絡がついたのか、朝廷からも孝道・季雅（『古事談抄』の「秀雅」でなく『古事談』の「季雅」が適切。『尊卑分脈』・壬生本『西宮記』など参照）・伊遠らが伊周の所に遣わされた…と続く。

ところで、『古事談抄』の場合、孝道・季雅・伊遠らが遣わされたのは38「帥所」である。その後に「将帰本家、翌日発行配所之由、領送使申之」とあり、帥の所に使者が到着、「これから本家に帰り、翌日配所に向けて出発する」と領送使が連絡して来た、と続いて文脈はすっきりしている。（ポイントとなるのは38「将」字だが、後述する。）しかし『古事談』の場合、事情は少し異なる。『古事談抄』と同様に読もうとすると、「…令馳遣帥所。帰本家翌日発向配所。権帥依出家被改官符云々。権帥隆家等依病難赴各配所之由、領送使申之。」というように、文章はかなりぶつ切りになる。〝本家に帰り翌日配所に向かう。権帥伊周の出家に伴い官符を改められる。伊周、隆家らが病気のため配所に赴きがたいと領送使が連絡して来た〟となって、『古事談』だけで読むと気にならない文脈が、先ほどの『古事談抄』と比べると、出来事を羅列したような文章であることが目に立つ上、どの情報が誰からもたらされたのか不鮮明であることが分ってくる。

細かいことだが、新大系はこの部分の前半を「…帥の本家に帰る所に馳せ遣はしむ《ママ》。」と訓む。孝道・季雅・伊遠らは伊周が二条北宮に帰った（あるいは帰る）ところに参集してきた、というわけである。すると伊周らは、藁靴姿で追ってきた為信一人の説得に応じて、本家に引き返していた（あるいは引き返してくる途中だった）ということになる。

ちなみに『古事談』が基いた『小右記』五月条によれば、実情は次のようだった。（傍点は『大日本古記録』の注記に基き文字を改めた箇所である）。

四日、癸卯、参内、員外帥出家、帰本家云々、令案内之処、事已有実、尋求之使尚在西山、此間左衛門志為信聞此由、欲申事由之間、権帥乗車馳向離宮、為信着藁履、於淳和院辺追留、為信日来為守護信順・明順・明理・方理等、令候中宮、依無乗物歩行云々、此間公家差左衛門権佐孝道・左衛門尉季雅・右衛門府生伊遠等、馳遣帥所、又初使左佐允亮尋到、孝道朝臣令奏此由、即権帥令預允亮、々々申云、茜忠宗為尋権帥在愛太子山未帰参、以右衛門尉倫範申請副使、依請云々、允亮令申云、実検帥車、編代、帥已出家、車内有女法師、帥母氏云々、可副遣歟者、仰云、不可許遣、件事等以外記致時転右大将所令奏也、……

五日、甲辰、倫範云、権帥去夜宿石作寺、在長岡、左衛門権佐允亮・府生茜忠宗今朝送離宮、母氏不可相副之由宣旨下了、又云、朔日依宣旨、官人及宮司等破皇后夜御殿扉、々太厚不能忽破、仍突破戸腋壁板令開扉、女人悲泣連声、皇后者奉載車、捜於夜御殿内、后母敢無隠忍、見者歎悲、先是出雲権守隆家入領送使右衛門尉陳泰家云々、

六日、…史茂忠云、権帥官符依出家被改官符、従前帥安和例也、…

四日条冒頭『小右記』では、伊周が出家し、本家に帰ったという。事情を探ると事実のようである。しかし捜索隊は…、と展開しており、「員外帥出家、帰本家~~云々、令案内之処、事已有~~実、尋求之使者尚在西山」のように『古事談』が『小右記』に省略を施したと知られる。『小右記』によれば勝手に離宮に向かった伊周一行を為信は淳和院のあたりで止め、そこに孝道・季雅・伊遠らがまず到着、允高も到着…、という流れであったことが分かる。また五日条によれば、伊周は邸にもう一度帰ったのではなく、西国に向かうべく長岡の石作寺に泊まったのであり、五日の朝離宮に向けてそこを出発したのだが、『古事談』は、この間使者たちが振り回され、予定変更を申請・許可された状況を思い切って割愛しているわけである。

再び『古事談抄』と『古事談』の問題に戻ってみると、34「帰本家尋求之」のない『古事談抄』の場合、為信

が至急連絡したいと思ったのは伊周の出家だけで、伊周の帰宅は含まれていない。直後に為信が伊周の車を追いかけることから、為信のいた本所二条北宮周辺に伊周が一度帰って来たことはすぐに判明するのだが、省略が過ぎた感がある（第四五話にも同様の削りすぎが見られる）[11]。

38「権帥依出家被改官符云々権帥隆家等依病難赴各配所」の部分は、『古事談』のこの前後に「配所」の語が二箇所あるため、一見すると『古事談抄』が目移りによって脱文を起こしているように見える箇所である。現に30から31にかけて、『古事談抄』が抹消した跡もある。

しかし、一連の『古事談抄』の改変の姿勢を勘案すると、38の部分を単なる目移りと考えることはむしろ難しい。伊周の出家は34で既に言及され、出家のために官符を改める件は54から55にかけて「帥先日依出家被改官符、而尚不剃頭」と記される。また伊周らが病気である、という内容は23「依称病患之由」やすぐ後の39に見える。なるべく簡約に務める『古事談抄』にとって、これら二つの内容で他の部分と重複する38の「権帥〜配所」は、当然割愛の対象となったはずだと考えられるからである。

これに類することは『古事談抄』第五一話「大弐局、栴檀詮議の事」にも見られ、『古事談抄』の大幅な省略の前後に、「之処」の文字が共通して見えることから、目移りを想定せねばならない箇所だが、第三五話「藤原定頼の読経の声、藤原頼宗の許なる女房を泣かしむる事」、第四五話「伴善男の夢見を佐渡の郡司占ふ事、善男大納言に至りて事に坐する事」、第六四話「清和天皇前生の因を以て伴善男を悪む事、如意法により善男、清和寵臣と為る事」での叙述の簡略化をも併せ考えてみると、この部分も意図的な改変である可能性が高いと思われるのである[12]。

五　すぐれた本文と古態に近い本文

次に、40「各令預」と「各領」の違いについて考えてみたい。

『古事談抄』の「各国司に預けしめ其の請文を取り…」は、伊周・隆家を各国司に預け、請文を取り…、と意味が通るが、『古事談』の「各領国司…」では通じ難い。「各領国の司」が請文を取って帰る、とでも読ませようとしたものか。新大系は「同音の『令』を『領』に誤ったと考え、『各令請国司』（小右記）に従う」と注するが、正確には令を領に誤った上、請も省かないと、『小右記』から『古事談』の本文に至りつかない。

原拠の『小右記』ではこの前後「各令請国司、取其請文」で、「各国司に請けしめ」、すなわち拝命する国司の側に、（伊周・隆家を預かるという命令、あるいは二人の身柄を）請ける、という形式を踏ませて請文を提出させる、という内容だが、『古事談』は『小右記』の、請けさせる（あるいは請わせる）、という意味を解し難かったために、「各令請国司…」を「各領国司…」と改悪した可能性があると思う。

他方『古事談抄』は、本稿で前提としているように、『古事談抄』が見た『古事談』が現行の『古事談』諸本（新大系を以て代表）と同様のものであったと考えた場合、「領」と誤っている『古事談』の本文を、意味が通るように「令預」と改めたことになる。しかし、『古事談抄』が見た『古事談』の写本自体が、現行の『古事談』諸本と異なる部分を持っていた、と考えた場合、『古事談』に一字加え、更に一字改めたと見るよりは、『古事談抄』が見た『古事談』には『小右記』に近く「令請」または「令預」とあり、それを『古事談抄』が適確に継承した可能性が高いだろう。

冒頭で述べたように、『古事談抄』は、中世に書写された『古事談』の零本であるのと同時に、中世に編まれた小規模説話集でもある。したがって、『古事談』と『古事談抄』とを比較して見いだされる差は、『古事談』の伝本上の事象（『古事談抄』の書写状況も含む）なのか、『古事談抄』という小品作者の方法なのか、検討されねばならないのである。

40「令預」は、『古事談』諸本に比べ『古事談抄』に、『小右記』に近い適確な本文が維持されているだろうと推定される箇所である。一方38「将」以下の部分は、『古事談』が『小右記』を大幅に改変した箇所である。『古事談』諸本にない38の「将」字があることで、『古事談抄』の場合、「将帰本家翌日発向配所」以下がひとまとまりであって、「馳遣帥所将帰本家」、帥がこれからちょうど本家に帰ろうとしているところに孝道・季雅・伊遠らが派遣された、とつながる可能性は低いことが読者に伝わるだろう。また、38「権帥依出家〜赴各配所」を割愛した効果とあいまって、領送使の報告は「将帰本家、翌日発向配所之由」と明快である。この前後の訓み方を指示する『古事談抄』の「将」字の存在はとても効果的である。

ひたすら『古事談』を省略、割愛するだけでなく、例えば第九話で『古事談』二—六二話の「令入興給テ許容」を「有御興令許給」と改めたり、第四四話で『古事談』二—四八話の「御前ヲ奉被追却」を「御所ノ蒙御勘気テ」と改めたりしている『古事談抄』の改変の手法を参照すると、(13)『古事談抄』に38「将」があるのは、『古事談』の伝本上の問題（「将」字を含む『古事談』があった）というより、『古事談抄』の意識的方法（『古事談抄』が「将」字を補った）の可能性を考えるべき箇所なのだと思う。

では、次のような場合はどう扱うべきだろうか。

『古事談』編者源顕兼が写本を所有していたことが知られる『中外抄』は、『古事談』編集にあたって顕兼が用いたことが確実視される資料の一つである。その『中外抄』下三六話から抄出した『古事談』二—一五話（左行）と、その『古事談』を抄出した『古事談抄』第一三話[14]（右行）の本文を比較すると、次のようである。

知足院殿令中鳥羽院給云　思食御寿命事者　毎月朔日可有御精進　是一条　大臣説也云々　後日或人
知足院殿令中鳥羽院給云　思食御寿命事者　毎月朔日可有御精進　是一条左大臣説也云々　彼日或人

云此事相叶本説歟　朔日奏吉事不奏凶事之由見太政官式　加之**夏**殷周之礼祭神之法　以月朔為**詮**云々
云此事相叶本説歟　朔日奏吉事不奏凶事　由見太政官式　加之　殷周之礼祭神之法　以月朔為**最**云々

『古事談』の原拠である『中外抄』下三六話は

久安六年十二月廿日。仰云、故一条殿仰云、思寿命人ハ、毎月朔日ニ可精進也。此仰若相叶本説歟、如何。申云、朔日奏吉事不奏凶事由、見太政官式。加之**夏**殷周之礼、祭神之法、以朔日為最。

とする。本来は知足院殿忠実の母「故一条殿」の説をめぐる記事であるにもかかわらず、『古事談』は「一条左大臣」、『古事談抄』も「一条大臣」の説と誤っていることで知られる段である[15]。

『古事談抄』のみ「詮」とする末尾部分は、両者意味が通る上に『古事談抄』だけが孤立しており、『古事談抄』が言い換えようとした可能性が高い箇所と言えるだろう。一方、『古事談抄』と『中外抄』にあって『古事談』諸本にない「夏」の一字も、『古事談抄』と『古事談』の内容の優劣を示すものではないが、『古事談抄』が『古事談』の古態（『中外抄』から抄出したての頃の姿）をとどめる箇所の一つであり、逆に『古事談抄』以外の現行『古事談』には「夏」が欠けた本文が継承されてきたと判断されるところである[16]。

ちなみに、新大系は「殷周」に「中外抄も夏・殷・周の中国古代三王朝（三代）を挙げる（古事談抄も）。夏殷・殷周という熟語的なまとまりはあるが、後者の形をとった理由は不明。」と注しており、『中外抄』の「夏殷周」

が『古事談』で「殷周」となっているのを、一字脱落したのではなく、『中外抄』を改変した結果ととらえることに重点を置いているように読める。しかし、『中外抄』→『古事談』→『古事談抄』という流れに於いては、なぜか『中外抄』の「夏」を省いた『古事談』本文に、『古事談抄』はなぜか新たに「夏」を書き加えた、という二重の謎を抱えることになる。

この部分は、『古事談』諸本には『中外抄』の「夏」字が脱落した本文が伝わったが、『古事談抄』が参照した『古事談』には『中外抄』の「夏」字が保存されていたので、『古事談抄』が『古事談』の古い形をとどめている、と判断していくべきであろう箇所なのである。

このように考えてくると、『小右記』や『中外抄』『富家語』など、『古事談』が典拠として用いたことが確実視される資料を介している場合、それらと同じ形態を有している箇所は『古事談』の古態に近い、とまずは考える必要がある、と確認できる。

『古事談抄』が『小右記』に近く、なおかつすぐれていると思われるのは、「藤原伊周配流顛末の事」では2「私行」、3・17・28・29の「允亮」、逆に『古事談』が『小右記』に近くすぐれていると思われるのは、8「候鳥曹司」、18「如堵」、23「網代車」、37「季雅」、51「密々京上」などである。これらは、『古事談』や『古事談抄』がそれぞれ『小右記』という原拠の形態をよく残しているという点で「古態」をとどめている上、解釈上「すぐれた」内容を保持していると考えられる箇所である。

先程の「夏殷周」同様、すぐれているというより古態を残す、という評価をあてはめるべきケースとして、例えば第二七話で雀になった実方が、殿上間の小台盤で「飯ヲ食シケリ」と記す『古事談抄』の独自部分は、なくても意味は通じるが、殿上の台盤の習慣が失われつつあった後代になってから補足することは難しかったであろうと考えられ、『古事談』よりも『古事談抄』が古態をとどめていると推定されるのである。[17]

また誤っているから劣っている、と簡単に決められない場合さえある。かつて拙稿でとりあげた第五九話「基房、兼実、賭弓奏の装束にそれぞれ有職の事」での異同のように、『古事談』に比べ『古事談抄』は明らかに意味が通らないのだが、その錯誤の中に、却って有職故実に詳しい人物ならではの間違えが含まれている場合もある。[18]

『古事談抄』が『古事談』本文の古態を如実に表しているのは、そもそも現行の『古事談』にない章段、第一四話忠実感顕雅事の存在である。その内容はいかにも『古事談』にふさわしく、また田島公氏が紹介された『摂関補任次第別本』所収『古事談』逸文[19]のように、現行の『古事談』には見えないが、かつてあったらしい記事が、他にも存在するからである。

きっとあったに違いない章段、という、ある意味曖昧な存在は、『古事談』の古態を示す確実性の高い資料として通用するが、逐一『古事談』と『古事談抄』とを比較して出て来る本文上の具体的な差異は、必ずしも『古事談』の古態を表すとは限らない……ここに『古事談』本文の古態性をめぐる問題の根本的な逆説があるのだと感じる。

以上、前稿以来「脱文」と「割愛」、「すぐれた本文」と「古態に近い本文」の区別が曖昧であったことの反省に立って問題点の整理を試みた。傑出した本文が存在しない『古事談』の場合、貴重な逸文資料と併せ、諸本および『古事談抄』をどのように扱っていくべきなのか[20]、わたくし自身段々おぼつかなくなってきたので、今回、取り上げさせて頂いた次第である。当たり前のことを事新しく述べてしまったところや、未だ散らかっている部分があると思うが、それらの点については、大方のご批正を賜りたい。

注

（1）財団法人日本古典文学会編『日本霊異記　古事談抄』（日本古典文学影印叢刊1　一九七八年　貴重本刊行会）大曽根章介解説。以下大曽根氏の説は本書に拠る。

（2）拙稿A「日本古典文学影印叢刊所収『古事談抄』について」（『共立女子短期大学文科紀要』四六号　二〇〇三年二月）、B「中世の『古事談』読者―日本古典文学影印叢刊所収『古事談抄』の構成と意義」（『文学』五-三　二〇〇四年五月）。

（3）落合博志「『叡山略記』について―紹介と資料的性格の検討―」（一九八八年　説話文学会大会資料）参照。

（4）池上洵一編著『島原松平文庫蔵　古事談抜書の研究』（一九八八年　和泉書院）参照。

（5）その成果はA「『古事談抄』選釈」（『成蹊人文研究』一三号　二〇〇五年三月）・B「『古事談抄』選釈（二）」（同前一四号　二〇〇六年三月）・C「『古事談抄』選釈（三）」（同前一五号　二〇〇七年三月）・D「『古事談抄』選択（四）」（同前一六号　二〇〇八年三月）に発表されている。

（6）注2Aに同じ。

（7）注2Bおよび注5D所収拙稿「第六五話　伊周配流の事」の項。

（8）益田勝実「（古事談鑑賞九）抄録の文芸（一）」（『国文学　解釈と鑑賞』三一-三　一九六六年二月）。また、『古事談』がたびたび『小右記』から抄出を行っていることは、原田行造「古事談　出典一覧表」（小林保治校注『古事談　下』一九八一年　現代思潮社）以来広く知られているが、『古事談』一-四三話も『小右記』寛弘六年一一月二九日・一二月一日条に基づくことが、石田実洋「東山御文庫本『御産記　寛弘六年十一月』の紹介」（禁裏・公家文庫研究会編『禁裏・公家文庫研究1』二〇〇一年三月）で新たに報告された。

（9）なぜこのような誤脱が生じたかについては注5D所収拙稿で推定したので、参照されたい。

（10）注2A参照。

（11）注2A参照。

（12）注２Ａに同じ。
（13）注２Ａ参照。
（14）同文が第五五話に重出するが、末尾の「云々」を欠く以外、全て第一三話と同じである。
（15）拙著『院政期説話集の研究』（一九九六年　武蔵野書院）第一部第三章参照。
（16）注２Ａに同じ。
（17）注２Ａに同じ。
（18）注５Ｂ所収拙稿「第五九話　基房・兼実、賭弓奏の装束の事」の項および注２Ａ参照。
（19）田島公「禁裏文庫周辺の『古事談』と『古事談』逸文」（『新日本古典文学大系月報』100　二〇〇五年一一月　岩波書店）。
（20）松本麻子「『古事談』諸本研究―福住道祐本を中心として―」（『説話文学研究』四二号　二〇〇七年七月）は『古事談』の古い姿を残している伝本を探求した貴重な労作である。

田渕句美子

説話と女房の言談

――顕兼と『古事談』を中心に

顕兼の伝については、これまでに先学による多くの研究があり、磯高志氏・田村憲治氏により年譜も作成されている。[1] また拙稿においても、顕兼の歌人としての側面について論じたことがある。[2] これらの論の後に紹介された『明月記』自筆本や断簡等によって、顕兼の伝についていくつかを補うことができるものの、[3] 大枠においては、これまでの顕兼研究が大きくゆらぐことはないかと思われる。

本稿では、顕兼周辺の女房達の存在に注目したい。顕兼一族にどのような女房がいて、どのような事跡があるか、それが『古事談』の形成にどのように関わるかについて検討し、またあわせて、広く説話集の形成と女房の言談についても考えたいと思う。

一　顕兼周辺の女房たち

顕兼の一族に女房がいたことは年譜等でも言及されているが、個々の伝については、これまで詳しく取り上げられることはなかった。女房の伝は全体を明らかにするのは難しい面が多いが、管見の範囲で、顕兼のごく身近にいた女房三人の伝を辿ってみる。

1　中納言典侍（六条院典侍。八条院女房）

はじめに、顕兼の父宗雅の妹にあたる、中納言典侍（雅綱女）という女房について述べる。この女性は『尊卑分脈』の雅綱の項には見えないが、『明月記』の元久元年（一二〇四）九月二四日条[4]にやや詳しく語られている。

廿四日、天晴、
　自夜前心神雖悩、依態招請、向姉小路〈東洞院〉、中納言典侍〈公清卿母儀、六条院典侍、今八条院女房也〉逆修所〈東帯〉、取布施、雖無所縁、且依八条院仰、常参人々、向此所、此黄門、殊依年来之好誂付〈今日同在此所聴聞〉、仍所来也、三位〈公清〉、範宗〈八条院仰〉之外無人、敦房〈私好〉、請僧公雅〈兄弟〉、明性〈従父兄弟〉、――、三口也、明後日依法事自女院被催人々、帰宅之後殊病悩、

この女房は、中納言典侍と呼ばれ、公清卿の母であり、以前は六条院の典侍であったが、現在は八条院の女房であるという。この中納言典侍が逆修を行った。定家は体調が悪かったが、八条院が出席するようにと命じてきたので、病気をおして出席したのである。

　中納言典侍は、公清母とあるから、権大納言正二位実国（寿永二年没）の室である。六条天皇が即位した長寛三

年当時、実国は二六歳で権中納言であったので、中納言典侍という女房名を名乗ったのであろう。後に従二位参議左中将に至った公清は、『公卿補任』によれば実国二男である。公清母は『公卿補任』に「右中弁雅綱女」とあり、『尊卑分脈』も同様に記すので、中納言典侍は、雅綱女、すなわち宗雅の姉妹であり、顕兼の叔母にあたる。また前掲『明月記』で「請僧公雅〈兄弟〉」とあるが、まさしく公雅は雅綱男であり、中納言典侍の兄弟にあたる。

この記事では、中納言典侍が、黄門、すなわち定家の同母姉で八条院女房の健御前（『たまきはる』作者）と親しい女房であることが知られ、健御前もこの日の逆修に出席している、とある。『たまきはる』には幾人かの八条院女房がみえるが、この中に含まれているかどうかは不明である。しかし八条院が定家に出席を命じたくらいであるから、八条院の有力女房であったのであろう。なお、この日の逆修には顕兼の名が見えないが、この年七月一四日に父宗雅が没しており、服喪中であるので、出席しなかったのであろう。なお、中納言典侍の逆修で請僧を勤めた前述の公雅は、宗雅の仏事を白河房で行っている（『明月記』元久元年九月三日条）。

六条天皇即位に伴う女官除目は、『山槐記』長寛三年七月二一日条に見え、「内侍司　典侍従五位下藤原邦子　藤通子　同盈子　同綱子」とある。女性名には父親の一字を用いることが多いので、この「綱子」が、雅綱女であるかもしれない。ただ「同」が藤原をうけるので、存疑である。

さらに、『明月記』承元元年（一二〇七）七月三日条には、次のようにある。

三日、天晴、

依八條院仰、向姉小路、故前典侍〈宗雅卿妹、六條院典侍〉法事所、頭中将、顕兼朝臣、有雅朝臣〈已上各不取布施〉、宗長朝臣、時賢、基定、具兼、実俊、宣家、諸大夫等少々、事訖布施了〈予又不取〉、各退帰、

中納言典侍が没し、その法事に定家が出席しており、顕兼も勿論出席している。ここでも八条院の命で出席して

いることが見えるから、やはり八条院御所での重鎮女房であったと思われる。なおこの記事には「宗雅卿妹」とあり、妹であったことが確認できる。

以上のように、中納言典侍は、実国室、宗雅妹、顕兼叔母にあたり、顕兼とも実際に親交があり、かつて六条院の典侍で、のちに八条院に仕えて重んじられた重鎮の女房であり、健御前とも親しい同僚であった。

2 土佐内侍

『明月記』にただ一箇所、建保元年一一月二四日条に、土佐内侍という女房が見えるが、これは顕兼の妻である。

(前略)尋女房礼部局清談、顕兼卿妻〈土佐内侍〉、今朝逝去云々、是自昔官仕之時、年来触耳之人也、年齢非幾勝劣歟、無常之世触境催悲、

定家はこの日内裏に参った時、内裏の女房である礼部局(後述)に会って清談し、顕兼卿妻である土佐内侍が今朝逝去したことを聞いて、驚き悲嘆している。ここで定家は、この土佐内侍について、「是自昔官仕之時、年来触耳之人也」と褒めており、この言辞から、長年にわたり宮仕えし、有能な女房として知られる女性であったと想像される。

顕兼の妻は、『尊卑分脈』では、一人は嫡男顕清母の高階泰経女、一人は従五位上甲斐守範隆女である。確証はないが、顕清母(泰経卿女)が、この土佐内侍であろうか。顕清は後年土佐守になっている。なお、高階泰経は、後白河院の近臣として知られた人物で、泰経女は多いが、その一人は『たまきはる』に見え、建春門院に仕えた女房「今参り」で、「これはこのごろ聞く新院の御乳母、輔三位殿也」という注記があり、土御門院の乳母となった。これは別人であろうから、輔三位と土佐内侍は、姉妹ということになる。

以上のように、顕兼妻の土佐内侍は、長年にわたり宮仕えし、人に知られた女房であり、もし泰経女ならば、その姉妹に、若年時は建春門院女房で後に土御門院乳母になった輔三位がいる。

3 顕子(治部卿局)

九条道家の日記『玉蘂』承元三年(一二〇九)三月二三日条、良経女立子が、東宮(順徳)の御息所になって入宮した時、立子に仕える上臈女房の名の中に、「治部卿　顕子　従三位顕兼女」とある。ところが『尊卑分脈』では、顕子は、宗雅女として示されている。[5] 顕子は、宗雅女か、あるいは顕兼女なのか。これについては、『東宮御元服部類』[6] 承元二年(一二〇八)一二月二五日条が参考になる。そこに「治部卿局〈故宗雅卿女也〉」とあり、宗雅女であることが確認できる。宗雅は元久元年(一二〇四)七月に没しているので、宗雅女であり顕兼姉妹である治部卿局は、後宮女房となるに際して、顕兼養女となったと推定できる。おそらくは妹であろうか。

宗雅女としては、浅見和彦氏が指摘したように、[7]『玉葉』安元二年(一一七六)三月一〇日、良経の著袴の儀に「乳母之許〈民部権小輔宗雅女也、其人依病今夜不参〉」とあり、宗雅女の一人が良経乳母であったことが知られる。この乳母については、『明月記』建仁三年(一二〇三)三月三日条で、宗雅について述べる記事に続いて「殿下御乳母年已七旬」とあるのが該当すると考えられるが、この年七〇歳とあるので、宗雅女の治部卿局とは別人である(顕兼は四四歳)。これもやはり、本当は雅綱女で、雅綱は康治二年(一一四三)に早世しているので(『尊卑分脈』)、兄弟の宗雅の養女となったのではないかと思われる。いずれにせよ、雅綱・宗雅・顕兼は、一族あげて兼実・良経・良経姫君[8]らの養育に携わっており、この一族の女性が、良経女立子に女房として仕えることは、きわめて自然である。

さて、この治部卿局は、『明月記』や『玉蘂』に数多く見えている。[9] 前述の承元三年三月二三日の立子入宮の日にも、御書使が持って来た御書を道家に渡す役をしたり、勧盃の後に御使に禄を渡す役を勤めたことなどが『玉蘂』に書かれており、上臈女房として重要な役割を担っていたことが知られる。

『明月記』によれば、もともと治部卿局（礼部）は東宮（順徳）に仕えていて、その頃から定家と親交があり、東宮のもとに参じた時に会っていた（建永元年一二月一〇日・同一八日条など）。定家にとって大事な女房であったらしく、定家は彼女が病気の時にはその里亭に見舞いに行っている（承元二年九月一〇日条）。この治部卿局が宗雅女であることは『東宮御元服部類』の同年一二月二五日条で確認できることは前掲の通りであり、その後、立子入宮の時に、立子の上臈女房となったのであろう。順徳天皇の即位以後、中宮立子と、順徳天皇との連絡役的な役割も果たしており（『玉蘂』承元五年二月九日条など）、双方に仕える兼務のような女房であったかと思われる。定家は、内裏に参ったときに、この治部卿局を呼び出して謁談することが多いが、後宮の中宮立子のもとで会うこともある（『明月記』建暦二年九月一日）。また『明月記』建保元年（一二一三）正月二四日条に「参宮御方、謁女房、内御方礼部退出云々、仍退出」とあり、定家は中宮立子のもとでその女房に会ったが、内裏女房の礼部はもう退出したと聞いたので、自分も退出した、とあるので、やはり礼部は内裏女房であるが立子のもとにも随時仕えていたと推定できる。

この治部卿局は、かなりの有力女房であったことは間違いない。というのは、定家は、息子の為家や自身の昇進などについて、順徳天皇への上申の取り次ぎを、治部卿局に頼んでいる記事が多く見られるのである。『明月記』の治部卿局関連記事から、いくつかを掲げてみよう。

①建暦二年（一二一二）正月六日

雨降、天明侍従来、夜前所申之叙人折紙給之、披見無殊事、似善政、為家事申入之処、今不被叙傍官、頗雖有憑、重以存旨申入内裏〈治部卿局〉、又示送清範朝臣、強不可痛下臈超越、只身昇進大切之由也、

②同年正月七日

天晴、風寒、依加叙不審、猶付掌侍令伺御気色、又付礼部申禁裏、入道戸部忿怒抑留、於今者不可被申院、親通事又雖懇切、主上共不可申、只可任各意之由被仰下云々、

③建保元年（一二一三）四月一二日

（前略）依女房〈礼部〉示、相謁語云、明日早々此御方近習□、於上皇御前可蹴鞠、少将在其内、頗可存歟者、聞此事心中周章、可修諷誦之由、示送逢屋、

④同年六月一四日

（前略）予聞之、弥知運命之拙、慟哭而有余、是誰力乎、嗟乎已矣、礼部〈女房〉又吐詞、褒誉男女両人心操、左右雖悦耳、身上日夜逼迫、何為送余生哉、入夜凌雨帰参、

⑤同年一〇月二六日

（前略）自夕心神殊悩、仍不出仕、今日又有御鞠、夜又依召参云々、還来云、白拍子於院御方舞、内礼部局所望云々、男女房窺見、

これらの記事のうち、①と②は、為家の昇進を、治部卿局を通して、順徳天皇に上申し働きかけている。③は、あす後鳥羽院の御前で蹴鞠があるが、その鞠衆に為家が入っているという情報を治部卿局から初めて聞き、定家は驚きあわてて、為家の蹴鞠が首尾よく成功することを祈る諷誦を修するよう、自宅に急ぎ言い送っている。④では、定家自身が参議になることを望んだが叶えられず、悲嘆していたところ、治部卿局が、定家の息子為家と

娘民部卿局が二人とも立派であると褒めて慰めてくれた、と語っている。⑤は、定家はこの日出仕しなかったが、蹴鞠に召された為家が帰ってきて言うには、後鳥羽院のもとで白拍子の舞があったが、これは内裏女房治部卿局の望みによって行われた、と伝えている。

このように、定家は建永元年（一二〇六）頃から、東宮（順徳）女房であった治部卿局と親交を保ち、内裏女房となった後にもその力を借りて上申したり重要な情報を得たりしている。順徳天皇内裏において定家が頼みとする有力女房であった。また治部卿局は、順徳天皇および立子にとって重鎮女房であっただけではなく、白拍子の件からは、後鳥羽院にも知られる有力女房であったと想像されるのである。

ところで、前掲の土佐内侍の死を伝える『明月記』建保元年一一月二四日の記事で、定家は、内裏で「女房礼部局」から顕兼妻（土佐内侍）の死を聞いている。これは、単に他の女房の死を伝えたのではなく、顕兼妹である治部卿局が、兄顕兼の妻土佐内侍の死を、いち早く定家に伝えた、ということであろう。

なお、この顕子（治部卿局）は、顕兼養女であるが、家兼妻となった顕兼女とは別人である。『明月記』に建暦二年（一二一二）一一月一五日条に、顕兼女（家兼妻）が没したことが記されるが、女房「礼部」「治部卿局」は翌建保元年（一二一三）一一月二四日まで見えているので、家兼妻とは別人であることが明瞭に知られる。しかし治部卿についても、『明月記』でこれが最後の記事である。顕兼自身も承元五年（一二一一）すでに出家しており、治部卿局も顕兼に近い年齢であっただろうから、この後まもなく女房を辞するか、出家したのであろう。

以上のように、顕兼の妹であり養女である治部卿局は、東宮時代から順徳に仕え、内裏・後宮においてかなり勢威のあった有力女房であったことが知られる。

二　『古事談』と女房の言談

顕兼の叔母、妻、妹（養女）などの、女房としての事跡を辿ってきた。彼女らは、いずれも内裏や女院の女房であり、長く女房として仕え、それぞれに重鎮の有力女房であったことが知られるのである[10]。こうした女房達の存在は、『古事談』のような説話集がまとめられる時、何らかの役割を果たしたのではないかと考えられる。『古事談』の場合、顕兼の叔母や妻、妹である一族の女房達からもたらされた情報に、宮廷の女房のみが知り得るような事柄があって、そうした情報や女房達の雑談が、直接間接に『古事談』に流入した痕跡を、説話中に見ることはできないであろうか。

『古事談』においては、どの話にそうした可能性を認めることができるであろうか。いずれも確証はなく、可能性に留まるものであるが、いくつかの例をあげてみたいと思う。

二条院の御宇、郭公京中に充満して、頻りに群れ鳴く。剰へ二羽喰ひ合ひて、殿上に落つ。之れを取りて獄舎に遣はさる、と云々。此の恠異に依りて、月の中に天皇位を避り、次の月に崩じ給ふ、と云々。（一－九七）

『新日本古典文学大系』脚注が、「上皇と天皇の対立が二羽の郭公の喰合のイメージとなったのであろう」[11]とする通り、後白河院・二条天皇の確執を象徴的に示す逸話であるが、この話は史書等にはなく、『源平盛衰記』巻二に見えるに留まる。永万六年（一一六五）のこの話を、顕兼はどこから入手したのであろうか。一つ考えられるのは、この逸話に見られる永万六年の二条崩御をうけて六条天皇が即位するが、その典侍となったのは、中納言典侍（宗雅妹・顕兼叔母）であることである。前述のように顕兼は中納言典侍の法事にも列席しており、親交があったことが確かめられる。

また、より重要に思われるのは、九七話に続く九八話である。

平治の乱逆の時、師仲卿内侍所を取り奉りて、家〈姉小路北、東洞院面西角と云々〉の車寄せの妻戸の中に安置し奉る。其の躰新しき外居〈足高〉の上に、薦一枚を敷きて、裹み乍ら置き奉る、と云々。翌日尋ね出だし奉り、内侍一人、博士已下女官等之れに参仕す。裹み替へ奉りて後、大内に渡御す。職事一人近将二人供奉す、と云々。（一－九八）

これも二条天皇の平治元年（一一五九）十二月の話であり、中納言典侍が仕えた六条天皇の前代の話である。これに関連する記事は『百練抄』永暦元年（一一六〇）四月二九日条に見える。

四月廿九日。内侍所神鏡奉納新造辛櫃。去年十二月廿六日信頼卿乱逆之間。師仲卿破御辛櫃。奉取御躰。於桂辺経一宿。其後奉渡清盛朝臣六波羅亭。造仮御辛櫃奉納。自師仲卿姉小路東洞院家。所還御温明殿也。左中将忠親朝臣依長久例候之。自今夜三ヶ夜御神楽。

また、これまでに指摘あるように、『神宮雑例集』二にある永暦元年二月一日付宣命にも、新造の唐櫃に納められたことが記されている。『百練抄』では、師仲は辛櫃を破り御躰を取り出し、桂辺で一夜経た後、清盛の六波羅亭に移し、仮の辛櫃を作って収め、改めて師仲邸から温明殿へ還御したとある。これに対して、『古事談』では、師仲は自邸の車寄の妻戸の中に、新しい外居の上に薦一枚を敷いて、辛櫃も覆もそのままで置き、翌日内侍らがこれを裹み替えて、内裏に還御したと伝える。この二つの話はかなり異なっているが、『古事談』の記述の方が、より具体的で詳細な状況描写である。しかも「内侍一人、博士已下女官等之れに参仕す。裹み替へ奉りて後、大内に渡御す。」とある事も含めて、『古事談』の記事は、管見では他書に見えないのである。

周知のことであるが、内侍の重責として、剣璽とともに、神鏡の守護があり、内裏に焼亡や地震等があれば、典侍・掌侍は蔵人とともに神鏡に供奉し護持するのが責務であり、神鏡を守り、儀式等で覆を裹む等の奉仕にあたるのも、内侍の重要な役割の一つであった。神鏡が内侍所と呼ばれるようになったのも、神鏡が内侍所（内侍司が置かれた場所。温明殿）に置かれるようになったためであり、内侍の職責と深く関わることは、須田春子氏[12]、田沼眞弓氏[13]などの研究に詳しい。

『春記』長暦四年（一〇四〇）九月二八日条には、新造の辛櫃に神鏡を納めた儀式があり、関白の指示を受けつつ、典侍、掌侍、博士命婦、女官らが奉仕している。『春記』著者資房は、その様子を詳述しながらも、「予不細見、依有怖畏也、推裹又其上以絹裹之」と畏れる。『民経記』寛喜三年（一二三一）六月一二日条にも、神鏡の辛櫃の覆を新しい覆に改めた儀式が詳しく記されている。ちなみに興味深いのは、これらの中で、「典侍芳子云」（『春記』）「勾当内侍云」（『民経記』）のように、その方法について、内侍が先例・故実等を主張している部分が多く見られることである。まさしく、内侍達の間に職務の故実が伝えられていることが知られる。なお神鏡ではないが、『竹向きが記』上には、笠置で取り戻された剣璽の璽筥を、典侍であった名子（当時は資子）が、新調された裏絹で、関白冬教の教えを受けつつ、苦労しながら裹み替えるさまが詳細に記述されている。これも女房の故実の記録とも言える。

『春記』等に見られるような、神鏡の辛櫃の覆を新しくして裹み替える「御搦」の儀は、公式なものであり、衆人の前で行われる儀式であるが、『古事談』一-九八話に記される記事は、不測の事態によって生じた臨時の裹み替えであり、それはその任にあたった内侍達の視点からの話、いわば王権の内側からの逸話、そこから流れ出た話であると言えよう。これと比べると、例えば『古今著聞集』一-一二には、内侍所（神鏡）の歴史や逸話を集成して語るが、それは諸人が知る伝承・逸話を、いわば外側からの視点で語っているものであり、『古事談』との相違が明瞭である。

『古事談』のこの一-九八話について、『新日本古典文学大系』脚注は、「師仲と、古事談編者の父宗雅はともに八幡別当光清女を妻としており、古事談所伝はその関連からのものか」としており、それも考えられる。が、一方で、中納言典侍が、前任の内侍から、内侍の職責の根幹である神器の護持に関わる数年前の内侍所（神鏡）の逸話を聞いたという可能性があるのではないか。また、ここにこの二話が並んでいることは、中納言典侍からの逸話を並べたという可能性を示唆するものかもしれないのである。

このほかにも、古事談』には、宮廷女房に絡む逸話が多いが、その中には、内侍や内裏女房が関わる話が少なくない。例を挙げれば、一-四「陽成天皇璽の筥を開き宝剣を抜く事」、一-一七「花山院即位の日、高御座に配偶の事」、一-六一「二間御念誦の間、後三条院伝奏の女房を近侍の事」、二-五三「中宮賢子禁中に没する事」、二-五六「大弐局、梅檀詮議の事」など、いかにも、内侍や宮廷女房が見聞きし彼女らの間に伝承されそうな話と言えよう。これらには、一-六一や二-五六のように、他書には見えないものもあり、時代的にはやや前の話ではあるが、この二話は特に注意すべきであると思われる。一方でこれらには『富家語』『江談抄』から採録している話もあるから、必ずしもこれらすべてが直接間接にせよ女房から聞いた話とは言えない。だが、顕兼の叔母や妻が内侍であったという環境により、顕兼がこうした内侍や女房に関する逸話に興味を持ったり、女房達から、有形無形の説話材料やその契機となるもの、興味をかき立てられるものを入手したと考えることは、不可能ではあるまい。

男性廷臣の言談や記録は種々の形で多く残っているのに対して、女房の語った、あるいは伝えたものは、女房日記等のほかには、記録などの中に「女房云」のように断片的にあるだけで、ほかに殆ど残っていないのだから、確証を得るのは困難である。しかし、はっきりと眼には見えにくいけれどもこうした可能性を注視し、これまで各説話において個別に指摘されてきた女房の役割や位置を、つまり女房メディアとの関わりを、包括的に位置づけてみることも必要ではないだろうか。

三　女房メディアと中世説話集

言うまでもなく、説話の素材が女房が語った言談であったもの、それを遡源とするものは無数にあるであろうが、ここでは、女房の言談と説話の発生という観点で、鎌倉初期の例を見ながら、より直接的な流入が起こり得る可能性について指摘しておきたいと思う。

定家の同母姉健御前の女房日記『たまきはる』には、いわゆる遺文と称される後半部分がある。健御前が憚りある記事を削除したが、定家がそれを見つけ出して、後年まとめたものとされている。例えばその中には、後鳥羽天皇即位にまつわる逸話がある。良く知られている話であるが、その一部を掲げてみよう。

院渡らせおはしますとて、人々は立ち退けど、分きて立てられずは、おぼつかなき事や聞くと、さかしく憎き心の中に思て、言ふかひなく心なき人になり果てて、立たぬを、少納言殿といふ老尼の、かたはらいたしと思て、通りに立ちて招き騒ぎしが、おかしけれど、心得ぬ様に見もやらでゐたり。御前には、はばからぬ人とて、三位殿、近衛殿ぞ残り候はれし。女院、「御位はいかに」と申させをはします御返事に、「高倉の院の四宮」と仰せ事ありしを、うち聞きしに、さほど数ならぬ身の心中に、夜の明けぬる心地せしこそおかしけれ。女院、「木曾は腹立ち候まじきか」と申させおはします。「木曾は、何とかは知らん。あれは筋の絶えにしかば。これは絶えぬ上に、よき事の三有て」と仰せ事あり。「三は何事」と申させをはします。「四にならせ給、朔旦の年の位、この二は鳥羽の院、四の宮はまろが例」と仰せ事ありしを聞きて、少納言殿なを招きしかば、いま心得たるやうにて立ちにき。さて局に行きて、うち臥したりし。[14]

この後白河院と八条院の密談の内容は、いかにも説話集でもてはやされそうな話であり、叙述主体を変えれば殆ど説話と距離がないように思われる。女房がこうした秘話を主君と同席して見聞きし、ここで健御前が告白している如く、時には好奇心のあまり盗み聞きすることもあったことが知られる。御簾の外にいる廷臣よりも、むしろ宮廷の中心部、深奥部に接近して勤務する女房達、とくに内侍や重鎮の女房達から、王権にまつわるひそやかな逸話・情報がもたらされることは、十分に考えられよう。健御前は自ら書きとどめていて、それが遺文として残っているわけだが、もしもこうした話が口伝えに身近な廷臣に流れ出ていけば、それが説話集に出典不明の話として残ることになる。

また、同じく健御前の例であるが、近年、『明月記』紙背の中に、健御前から定家への自筆書状と推定される三通があることが紹介されている。[15]それは、まさしくリアルタイムの情報を、健御前が定家に書き送ってきたものである。健御前は「定家にとっては女院近辺の最も有力な情報源であり、公私に亘って多大な助力を得ていた」（宮崎氏）という女房である。宮崎氏が翻刻・考証する通り、この健御前書状は、春華門院の深刻な病状を刻一刻と伝えるものであり、『明月記』や『たまきはる』の同時期の記述と連動するのである。

『明月記』は全体に、これも含めて「女房云」のような形で自家の女房からの情報を数多く記すが、そのうち周知のものは、『明月記』元久元年（一二〇四）一一月三〇日条に記される、俊成の臨終の場面であろう。臨終の俊成が、雪を欲しがり、与えると喜んだことや、自ら「死ぬべくおぼゆ」と言ったことなど、詳細に語るが、これは、これまでも指摘されている通り、定家自身が見聞きしたことではなく、「健御前云」という記事であり、臨終に間に合わなかった定家が、健御前が語ったことを書きとどめたものなのである。定家の筆致であるが、これもこのまま説話に入りそうな叙述であろう。

これは、健御前が定家姉であったゆえに、定家という著名な存在を通して、その日記遺文や書状、言辞が現在まで伝えられた希有な例であるが、こうした特別な例を除き、女房が書いたものは、長い生命を持たず、大部分が散佚してしまったに違いない。しかしこうした例からは、当時の女房達が、——たとえば、健御前と親しい同僚女房であった中納言典侍（宗雅妹、顕兼叔母）が、健御前と全く同じように、宗雅や顕兼に、宮廷女房しか知り得ないリアルタイムの情報を、出来事や逸話を、あるいは職務に関わる故実を、書状で書き送ったり、あるいは語ったりということが、日々起こり得るということ、つまりは膨大で強力な女房メディアの存在を、実感させられるのである。

こうした観点で同時期の説話集を改めて見ると、小さなことではあるが、あることに気付く。それは、説話集編者の一族や周辺に、宮廷女房が多くいるかどうかということが、その説話集の特質や内容構成に、何らかの影響を与えているように思われることである。

例えば、隆信・信実一族には女房が非常に多い。『今物語』編者信実の娘四人は女房であり、[16]うち三人は内侍であったことは、『今物語』に女房の説話が多いことと関連するのではないか。『今物語』が成立したのは後深草天皇即位以前であることもあり、内侍の職務の深奥に繋がるような話はないようだ。が、同時代に近い頃の女房と廷臣貴族との逸話や、前の時代の小式部内侍・周防内侍・加賀らの逸話を、宮廷女房の内側からの視点で叙述し、他書にない話も含めて、数多く収めている。信実周辺の女房達の存在が、材料提供者として、読者として、あるいは編者の興味を喚起するという点でも、信実の『今物語』編纂に影響を与えたであろうと想像される。同じように、『十訓抄』も同様の女房関連話を数多く含むが、『今物語』とは視点が異なるように思われる。また『宇治拾遺物語』は、和泉式部・小式部等の逸話はあるが、宮廷女房とその周辺のみが知るような話は殆ど含まない。『閑居の友』は、高僧が貴顕の姫君に献上した仏教説話という点で執筆意図がはっきりしており、女性説話は多いが、宮廷女房のありようが照射される話は含まれない。説話集の全体や部分を位置づける時に、以上のような切り口で見ることも、あるいは意味を持つかもしれないと思われる。

もともと、女房の文学、たとえば『枕草子』『紫式部日記』『源氏物語』『たまきはる』『建礼門院右京大夫集』『弁内侍日記』『とはずがたり』などに見られるような、宮廷の人間に対する鮮やかな描写と表現は、きわめて説話に近い性格を持つ。御簾の内側にいる女房達からもたらされる話、語り交わされたであろう話、書き留められたかもしれない話は、説話集編者にとって、直接間接に、大きな情報源・材料であっただろう。『明月記』に限らず、他の日記・記録類にも、女房が語った話、女房が見た夢の話、女房の説などが、断片的にせよ、様々な形で書きとどめられており、当然、情報の送り手と受け手があったのである。

こうした女房達の雑談・言談の場のありようを活写するのは、言うまでもなく『無名草子』である。物語評論に関心が集中しがちであるが、『無名草子』で語られているのは、それだけではない。女房達が仕えた実在の女主人達や、実在の著名な女房達について多くの筆が割かれており、廷臣貴族の逸話も少しだが含まれ、当時女房達の間に有形無形に流れていたであろう様々な逸話を紹介する。この中には他書には見えない話も含まれる。『無名草子』のこうした部分は、女房の雑談による説話集そのものとみることもできよう。また、語りという行為に注目すれば、当然鏡物が視野に入ってくる。(17)

更に、女房の職務に関する記録・マニュアルが、数多く存在した痕跡を、具体的に指摘するのは、松薗斉氏(18)である。松薗氏は、中世における女房とその日記のあり方を、「家」研究の立場から分析し、中世の有識の女房達は、男性貴族とともに公事を支えていたこと、公事に関わる情報が、男性貴族の日記だけではなく、天皇や摂関を囲繞する女房たちにもプールされていたこと、そうした女房の「家」が形成されていたこと、中世の女房日記は、こうした公事情報を吸収し日記という形で表現した作品であることなどを明らかにしており、重要な論である。つまり、宮廷女房のマニュアル、公事情報や故実の記録、職務遂行にまつわる様々な逸話などが、女房社会や女房の家々で共有され流れており、それらの一部は日記の形で書かれて広く享受された。こうした蓄積が何らかの形で説話の類へ流入することは、廷臣貴族の故実・記録と同様に、きわめて容易であろう。

男性廷臣・官人や僧などの間で、どのように説話や注釈が形成されていったのか、その口伝や聞書、記録、書物などの口承、書承、転換、交錯の諸相や、場、ネットワーク、文化圏等については、精細に考証が重ねられ、さらに俯瞰する論も多い。これらに加えて、女房の語りや情報・記録、伝承や故実の可能性を探り、現在はっきりとは残らない、眼に見えにくい膨大な女房メディアの関与や利用、享受ということを視野に入れて考えると、説話の特質の把握においても、また女房の文化的役割の研究においても、新たな視界が開けてくる面がありはしないか。本稿は、そのためのささやかな、大まかな問題提起に過ぎないが、薄闇の中に仄かに見えるような女房達の営みに、今後も眼を凝らしたいと思う。

注

（1） 磯高志氏「源顕兼について」（『鴨長明研究』二、一九七六年六月）。小林保治氏『古事談』（現代思潮社、一九八一年）。志村有弘氏『説話文学の構想と伝承』（明治書院、一九八二年）。田村憲治氏『言談と説話の研究』（清文堂出版、一九九五年）。ほか。

（2）『中世初期歌人の研究』（笠間書院、二〇〇一年）。

（3）このうち最も注目されるのは、建仁元年四月二二日に、顕兼がいわゆる三船の催しに加わり、顕兼は和歌の船に乗ったことなどを記述するものである。家永香織氏「『明月記』建仁元年四月記断簡及び東山御文庫蔵「未詳日記抄出」紹介」（『明月記研究』九号、二〇〇四年一二月）参照。『古事談』一－一六は、円融院大井川逍遙の三船の逸話を記すのみで、自身が体験した後鳥羽院三船は記さない。

（4）『明月記』本文は、『冷泉家時雨亭叢書』に自筆本影印がある部分はそれにより、ない部分は国書刊行会本によった。割書は〈 〉で示した。

（5）顕子は同時代に何人か見え、近衛家実の母は治部卿顕信女であり、従三位に叙せられたとき「名字顕子」（『猪隈関白記』承元四年六月一七日条）とあるが、勿論別人である。またこれ以前、土御門受禅の時の女房の中に「正六位上源顕子」とあるが（『三長記』建久九年正月一一日条）、同一人という確証はない。

（6）『大日本史料』第四編之十所収。

（7）「源顕兼」（『日本古典文学大辞典』岩波書店、一九八四年）。

（8）『明月記』元久二年（一二〇五）七月二七日条に「今日殿下姫君御著袴、故宗雅卿奉養」とあり、良経の姫君の一人を宗雅が養育している。田村憲治氏（注1）はこれを立子とするが、立子は既に一四歳であり、立子ではない。

（9）これとは別に、七条院治部卿局という女房がいるが、これは別人で、平知盛室で後に四条局と呼ばれた有名な女房である。

（10）この三人のほか、『明月記』建仁三年（一二〇三）三月三日条に、宗雅が従三位となったことに関して、「法性寺殿乳母子、自嬰児近習」とあり、宗雅は兼実の乳母子であったことが知られるから、宗雅の母藤原惟信女も九条家女房であったかもしれない。

(11)『古事談』の本文は、『新日本古典文学大系』の訓読文によった。

(12)『平安時代後宮及び女司の研究』(千代田書房、一九八二年)。

(13)「平安時代の内侍と祖先祭祀」(『女と男の時空　Ⅱ　おんなとおとこの誕生─古代から中世へ─』藤原書店、一九九六年)。

(14)『たまきはる』本文は、『新日本古典文学大系』により、表記等は私意によった。

(15)宮崎肇氏「『明月記』建暦元年十一月十二月記紙背の研究」(『明月記研究』八号、二〇〇三年一二月)。

(16)四条院少将内侍(『尊卑分脈』のみ)。ほかに藻璧門院少将・後深草院弁内侍・後深草院少将内侍の三人がいたことは、諸資料に見える。

(17)近年では、『今鏡』を中心に、院政期の女性の〈語り〉の能芸性を指摘した論に、高野慎太郎氏「院政期における〈語り〉の一側面─『今鏡』を中心として─」(『立教大学日本文学』第九八号、二〇〇七年七月)がある。

(18)「中世の女房と日記」(『明月記研究』九号、二〇〇四年一二月)。

第二編

古事談の説話世界

田中宗博

称徳女帝と後白河院をつなぐもの

——『古事談』巻頭説話への一視角

はじめに

『古事談』巻第一「王道后宮」は、称徳天皇の淫行説話で始まる。「道鏡之陰」をなお不足に思った天皇が、「薯蕷」で作った「陰形」を用いるうちに「折籠」って死に至ったという例の話である。まことに大胆かつ不逞な話だが、説話集が巻頭に性的な話柄を配することは、必ずしも特異な現象ではない。実際、『古事談』の早い時期の享受者の一人である『宇治拾遺物語』編者も、和泉式部と道命阿闍梨の情交に関わる話を、第一話に配している。両話は、好色の世評高い女性と、何やら名前の発音まで似た（＝ダウキヤウとダウミヤウ）僧との、性の秘め事を語るという点で通底し、一種「付合」になっている観さえある。また、天皇の性行為への言及ということなら、『日本霊異記』が冒頭に、雄略天皇の「婚合（クナカヒ）」を見てしまった「小子部栖軽」の受難（?-）の物語を配していることも想起される。

ただし雄略天皇の場合は、后との媾合が他見に及んだという一点を除くと、皇嗣をあげる正常な行為であって、何ら指弾されるべきものではない。それに比べると、巨根の僧道鏡との情交に飽き足らず、淫具を用いて死期を早めた女帝の行状は、性に憑かれた人間の業の深さを想起させはするが、どうしても忌避・軽蔑の対象となるだろう。そもそも自慰とは、子孫を残す生殖行為とは切れた、快楽をのみ追及する行動であり、きわめて個人的で利己的な本質を持つ。そんな閉ざされた性戯に耽溺し、治世に責を負う王たる者が寿命を縮めたというのだから、そこにはほとんど酌量の余地はないと言える。

このように、王の資格に欠けた天皇のアブノーマルな死を語る説話が、「王道」の語を冠した巻の冒頭に配されていることに、我々は十分に意を払う必要がある。もとより『古事談』は寡黙で、「説話しか語らないし、また説話でしか語ろうとしない（浅見和彦氏）[(1)]」説話集である。本話についても、「批評や読みとりは全く読者にゆだねられている（小峯和明氏）[(2)]」ことは動かせないし、動かすべきではない。テキスト外の情報を無際限に導入し、恣意的な読みに流れる弊は避けるべきだし、現代の歴史観から、編者のそれを安易に類推することも慎まねばなるまい。まして『古事談』の「古事」に「後の世の規範ともなり得るような出来事（田村憲治氏）[(3)]」という含意があるなら、その「後の世」は無限定な後世ではなく、まずは編者の生きた時代を想定するのが穏当だろう。

それでは、この説話は院政期に生きた源顕兼にとって、どのような「古事」であったというのか。本稿は、それを探るための一試論である。

一　称徳天皇淫行説話への眼差し

『古事談』「王道后宮」第一話については、女帝の自慰と死を語る第一段の「猥雑さのみに目を奪われていては、本話の全体像を見失ってしまう（伊東玉美氏）[4]」との指摘がある。実際、療治を申し出た「小手尼」の肩を「百川」が切り、むなしく帝が没したことまでを語る部分は、第一話全体の四分の一程度に過ぎない。残る記事は、大きく二つに分けられる。まず第二段は「此女帝者」から「七日葬之、山陵大和国添下郡」までで、天皇の後半生を追いつつ、道鏡への寵愛と大炊天皇（＝淡路廃帝・淳仁天皇）の廃位と配流、そして重祚のことなどが記されている。これは「第一段に対する注釈[5]」としてはたらく記事だと考えてよいだろう。続く第三段は「続日本紀云」から話末までで、道鏡の「奸謀発覚」と「下野国薬師寺別当」への左降、「道鏡之舎弟」の大納言「弓削宿禰清人」の土佐配流などが、「もう一つの注釈記事[6]」として置かれている。このような構成上の事実を踏まえ、一話全体を見通すことが、本話の分析には必須となる。

そこで第二段に進むと、こちらは抑制の利いた文章で、淡々と史実だけが列挙されている。内容は、称徳天皇の出家から死去、埋葬と陵墓の所在までを範囲とするもので、それは一読すると、簡略な「帝紀」の一部を思わせる。ただ、その中に、女帝が「大炊天皇御宇天平宝字六年（七六二）」に「春秋四十五」で「落簪入仏道」とあることと、「同（＝神護景雲）四年（七七〇）八月四日、天皇於西宮前殿崩（五十三）」とあることに注意したい。第二段を第一段の「注釈」とみるなら、この記事によって読者は、道鏡との性交に飽き足らず自慰に耽った帝が、出家授戒した尼であったことを知る。そして、痴情の果てに急逝した時、齢五十を超えていたことも知らされる。

この「注釈」の付加によって、称徳天皇のイメージは、落ちるところまで落ちる。そもそも、皇女の非皇族男性との不義私通は、それだけで王法秩序壊乱の謗りを免れない。さらに、不邪淫戒が課される尼と僧との姦淫となれば、仏法に対する毀損も加わる。しかも、激しい性欲に身を委ね王法と仏法に背いた天皇は、結婚適齢期を遥かに過ぎ、老境にあると言ってもよい女性だったというのである。このように、第一段の説話だけでは、すぐにはみえてこない情報を、次段でさりげなく添加し、話の輪郭を鮮明にするというのは、いかにも『古事談』的なやり方に思える。「『古事談』にとって特徴的な方法は、巻における説話の構成、線状的にいうならば話の配列にあった（川端善明）[7]」との指摘があるが、それは複数の説話間のみならず、一説話の内部構成についても適合する。その方法を駆使して編者顕兼は、称徳女帝の不行跡への批判・指弾の念を、隠微な形で埋伏させたとみて誤るまい。

もちろん、このことは、説話が史実を正しく伝えるか否かとは、完全に別問題である。そもそも、本話や異本『水鏡』などにみる称徳天皇の人物像が、女性を権威・権力から遠ざけようとする、手前勝手な「男性原理」の発動・堆積したものであることは、想像に難くない。また、江戸期の川柳や笑話にまで及ぶ、巨根の僧と「至尊」の女性との取り合せを、ことさら強調して語る姿勢が、品性下劣な醜聞志向に投ずることも否定し難い。だが、『古事談』理解に即していうなら、本話の虚構性や後代性を論じることに、あまり意味があるとは思えない。なぜなら「顕兼の仕事は、あくまで記録伝承からの説話の抄録であって、考証ではなかったから、典拠の記載事実の正否の吟味は、彼の作業の埒外にあった（小林保治氏）[8]」からだ。確かに、上代に思いを馳せると「女帝は、公然と夫とよぶ男をもちえなかった特殊な人間」であり、「心身をさいなむ寂寥には、わたくしたちの想像をこえる切実なものがあった（北山茂夫氏）[9]」かも知れない。だが、時に文学的想像力を駆使してまで、悪名高き女帝の純愛や生の真実を、同情や共感を以て掘り起こすといった作業は、おおよそ『古事談』とは無縁なものであった。

やはり、称徳女帝に対する顕兼の眼差し・処遇には、かなり酷薄なものがあったとみてよいだろう。もとより

『古事談』は、話中の人物の素行に一々悲憤慷慨し、筆誅を加えるような説話集ではない。本話についても、称徳天皇評を直叙する文言はどこにもないが、それは「王道后宮」篇の他の天皇の場合と同断である。畢竟、編者の天皇観は、説話の構成や話の配列の中に、読者が忖度して読み取るしかない。(10) それでも結局のところ、この巻頭第一話については、年甲斐もなく野放図な性欲に狂った老女帝の、これ以上ない無様な死を描いたものと、冷酷に突き放して読むのが正解となりそうだ。やはり「王道后宮」篇は、最低の天皇の行状から始められているのである。

二　「古事」としての「女帝」と「重祚」

それでは、そんな不徳・非道の天皇は、治世において何を成したというのか。第二段には、道鏡への寵愛と「法皇」任命の事実が特記されるが、ほかに「移大炊天皇於淡路国」と「即日重祚、為称徳天皇」とあるのが注意を惹く。すなわち、退位・落飾後も道鏡と共に権力を掌握する女帝は、現天皇を意のままに廃し、自ら帝位に返り咲いたというのである。ここに、皇位践祚体験者（上皇）の恣意による、天皇の廃立が語られている点に注目したい。やや先走るが、これに類したことは、編者顕兼の生きた院政期には、さして珍しいことではなかった。ただ、鳥羽から崇徳あるいは崇徳から近衛への譲位にせよ、近衛没後の後白河擁立にせよ、それら天皇の廃立は、天皇の祖父・父といった直系の尊属である上皇から、子や孫である天皇・東宮への権力行使として実現している。

それら院政期の事例とは異なり、称徳女帝にとって大炊（淳仁）天皇は、曽祖父草壁皇子の弟新田部親王の孫という遠い関係になる。にも関わらず、現天皇の更迭と重祚が実現したのは、称徳の側に「おのれこそが『岡宮に御宇しろしめしし天皇』すなわち草壁太子の嫡系であるという王統についての信念（北山茂夫氏）[11]」があり、それが実際に有効であったからだと考えられる。この点「傍系の弱味（北山氏）[12]」を抱える大炊は、皇位を剥奪され淡路で憤死、その皇統も断絶に至った。だが、まんまと重祚を断行した側の称徳も、もとより夫なく子もなく、皇統は永く絶えるに至る。皮肉なことに、草壁皇子の嫡系を誇る女帝は、大炊天皇の皇統を傍系として排したために、結果的に草壁皇子より一代遡る天武天皇の皇統をも、廃絶に導くことになったわけである。

このように称徳天皇は、真偽不明な道鏡との醜聞伝承を捨象しても、史上十分にエポックメイキングな存在であったと言える。周知のように「王道后宮」篇は、第三話の清和天皇関係説話から、代々の天皇の話を継続的に採録・配列していく。それは一見、平安朝の清和から二条に至る、代々の天皇の物語の集成を目指したもののようにもみえる。そんな中で、この巻頭話と、第二話の淳和朝における浦嶋子の帰還を伝える一話とは、年代的に遊離し浮いてしまっている。浦嶋子説話はひとまず措くとして、称徳天皇説話が篇内を流れる時間と切れてまで、巻頭に置かれたことの意味は、それこそ話の「猥雑さのみに目を奪われていては」解明できないだろう。どうやら顕兼にとって称徳天皇は、天武皇統最後の天皇であるほかにも、記憶に留めておくべき天皇であったようだ。

そのポイントは何か。論が恣意に流れないように、テキストに記されている事実に限定していうと、それは称徳天皇が「女帝」であり、かつ「重祚」した天皇だという点にある。このことが案外、顕兼晩年の時代相の中で意味があったのではないか。ここで少し復習すると、日本史上の女性天皇は、まず上代の推古・皇極（＝斉明）・持統・元明・元正・孝謙（＝称徳）の八代六人が挙げられる。その後、江戸時代に明正・後桜町の二天皇が出るが、ここでは問題にならない。次に、史上重祚した天皇はというと、右の皇極（＝斉明）と孝謙（＝称徳）の二例しかない。よって称徳天皇とは、顕兼の時点で史上最後・最新の女帝であり、かつ、重祚した天皇として最も近い先例でもあったということになる。
この事実の持つ意味は、現代から振り返ると、つかみ難いかも知れない。我々は、天皇重祚の事例が永く絶え果てたことと、女帝即位が江戸時代までとぶこととを知悉している。しかし、これを編者の問題として考え直すとどうか。「院政期には女性天皇を受け容れる余地があったらしい（田中貴子氏）」[13]し、重祚を願った天皇の伝承も、幾つか残されている。以下、この点について、編者顕兼の生きた時代に即して考えてみたい。

三　編者顕兼の生きた時代の皇統

『古事談』編者源顕兼は、建保三年（一二一五）二月に五十六歳で没した（公卿補任）。逆算すると、生年は永暦元年（一一六〇）となるが、それは二条天皇治世の第三年、すなわち後白河院が名実ともに「治天の君」となって三年目に当たる。この後、顕兼は二条・六条・高倉・安徳・後鳥羽・土御門・順徳の七人の天皇の時代を生き、後鳥羽を「治天の君」と仰ぐ順徳朝四年目に没したことになる。

〔略系図〕
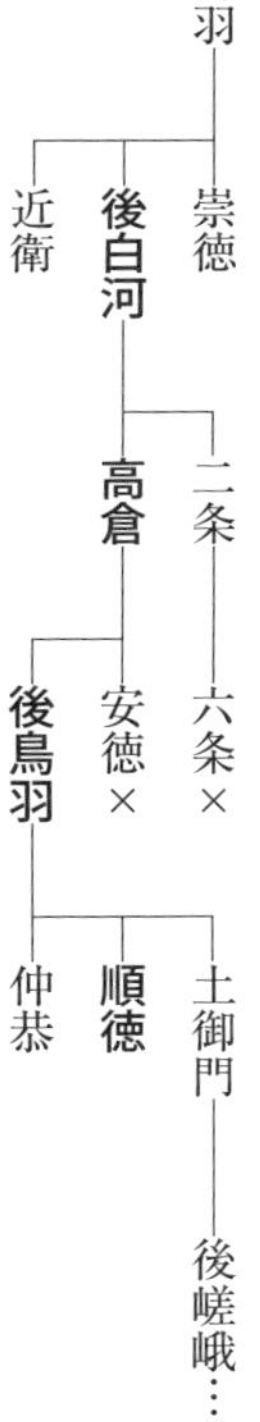

このうち、六条は十三歳で早世、安徳は八歳で壇の浦に沈み、後嗣なく皇統は絶えた。また土御門も、父後鳥羽の意志で異母弟順徳に譲位させられており、この時点では皇統から外されていたとみてよい。よって、顕兼晩年における王家の「正統」は、後白河―高倉―後鳥羽―順徳の単系列に示され、他の四天皇は傍流に転じたとい

うことになる。ただし、承久の乱の戦後処理の中で順徳の皇統は、弟で四歳の天皇（九条廃帝＝仲恭）ともども否定される。代わって邦仁親王（後嵯峨天皇）が即位し、父土御門上皇の皇統が「正統」に復帰するが、もとより顕兼没後のことでここでは他日の論となる。

さて、右略系図にみるように、顕兼の時代の皇位継承は、前代の後三条―白河―堀河―鳥羽―崇徳の系譜などとは違って、「父子一系の形」で「直系卑属で続いて（河内祥輔氏）[14]」いるわけではない。その間には、皇位廃立の権を執る「治天の君」の意志ばかりでなく、時の寵妃や源平武家政権の意向もはたらき、皇位の帰趨を自ずと複雑なものとした。結果として、同じ世代から二〜三人の天皇が出たわけだが、そのうち、二条と高倉は後白河の子、六条と安徳と後鳥羽は孫、土御門と順徳は曾孫であり、一人の例外もなく後白河の血を引く人物である。つまり、顕兼が生きた時代の天皇の系譜は、幾つかの分流を派生させるものの、その源流には後白河ただ一人が立つのであった。

この事実についても、王権の帰趨や皇統の消長を、完結した過去の出来事とみる場合、意味を感じ難いかも知れない。しかし、ひとたび系図を鳥羽にまで遡ると、その息子の世代には後白河より先に即位した、同母兄崇徳と異母弟近衛の両天皇がいた。この競合する二者の皇統を傍流化することで、後白河の皇統は「正統」の地位を得たのである。しかも、肝腎の後白河の即位については、必ずしも当初から予定されたわけではなく、期待・歓迎されたものでもなかった。その間の事情は、諸史料を通じて広く知られているが、他ならぬ『古事談』「王道后宮」第九六話にも、以下のように簡潔な言及がみられる。

近衛院崩御之時、後白川院ハ帝位韻外ニ御ケリ。「八条院ヲヤ女帝ニスエタテマツルヘキ、又二条院ノ今宮ノ小宮トテ御坐ケルヲヤ可奉付」ナト沙汰アリケルニ、法性寺殿、「今宮ノ后腹ニテ御座スルヲ乍被奉置、争可及異儀」ト令計申給、受禅云々。

「帝位韻外」という表現は、「即位ノ御器量ニハアラズ（愚管抄）」と鳥羽院が思っていたとか、「文にも非ず、武にもあらぬ四宮（保元物語・古活字本）」と崇徳院が難じたなどという、雅仁親王（後白河）への人物評に通じる。だが、より直接的には「数のほかの四宮に超越せられ、遺恨のいたり、謝するところをしらず（保元物語）」という崇徳の言葉と照応するだろう。周知のように、即位前の後白河については「崇徳上皇をはじめ、宮廷の人々の多くが、皇祚を嗣ぐべき器量ではないと見（安田元久氏）[15]」ていたようだ。それが即位実現に至ったのは、「法性寺殿（忠通）」の進言の功によるというのであって、ここに「臣、中でも特に摂関家とのかかわりにおいて王とその治世を描こうとする（伊東玉美氏）[16]」志向を読み取る説は、肯綮に中るものがある。

この後白河擁立が「崇徳上皇とその皇子重仁親王の治世をはばむため」に、「後白河の長子守仁親王（二条天皇）の即位までの便宜的なはからい（梶原正昭氏）[17]」として実現したことは、既にほぼ定説化している。後白河は、いわゆる「中継ぎ」の天皇として即位し、皇統の中に「仮の皇位継承者（安田元久氏）[18]」として登場したのであった。しかし、帝王の器量に非ずと考えられた雅仁も、やがて治天の君として力を揮い、同世代の崇徳・近衛の皇統を排した「正統」の地位の確保に至る。この歴史的事実を、編者顕兼の立場から振り返り、反実仮想風に言うと「もし後白河の即位が実現していなかったら、私の知る天皇は誰一人、存在しなかったのかも知れない」ということになるだろうか。

四　後白河天皇の即位――「女帝」を排して

そこで「王道后宮」第九六話に戻ると、文中に「女帝」の文字のあることが、俄然注意を惹く。後白河の即位は、既存の崇徳と近衛の皇統だけではなく、女性天皇擁立の可能性をも排することで実現したというわけである。なお、ここで「女帝ニスエタテマツルヘキ」と思案された「八条院」とは、当時の鳥羽院寵妃＝美福門院の所生で、近衛天皇の二歳年長の同母姉暲子内親王である。保延三年（一一三七）に鳥羽の第三皇女と生まれ、弟近衛が早世した久寿二年（一一五五）には十九歳になっていた。

この内親王を皇嗣とする案があったことは、『今鏡』にも記されている。

さりとてあるべきにあらねば、鳥羽院には、次の帝定めさせ給ふに、まことにや侍りけむ、女院の御事のいたはしさにや、姫宮を女帝にやあるべきなどさへはからはせたまふ。また、仁和寺の若宮をなど定めさせ給ひけれど（すべらぎの下第三・虫の音）

これが、どこまで史実を伝えるものかはわからない。また、治天の君＝鳥羽上皇が、女帝の実現性について、どう考えていたかも詳らかではない。ただ、近衛亡き跡の皇嗣の本命が、美福門院の養育にかかる守仁親王（二条）であったのなら、その即位実現までの「中継ぎ」に女帝を立てることは、必ずしも荒唐無稽な案ではなかったはずだ。思えば、正式に立太子を経て即位した孝謙（称徳）を含めて、上代の女帝はいずれも、皇位継承が紛糾したり、即位が期待される皇子が幼少であったりしたため、男帝の即位を待つ間の「中継ぎ」の天皇として登極した。また、「未曾有の女性皇太子の出現」となった孝謙（称徳）の場合も、父聖武と光明皇后の間に生まれた基皇子の「満一歳を迎える寸前」の急死を承け、「同じ年に他氏の夫人が安積親王を生んでいる（上田正昭氏[19]）」状況下、緊急避難的措置として、立太子・即位に至ったのである。

この孝謙（称徳）の故事を勘案すると、鳥羽の忌避する崇徳の皇統を排するため、暲子内親王を立太子・即位させるという案は、さほど奇矯でも不自然でもないように思える。それでもなお、女帝擁立に至らなかったのは、いかに非器とみられていたとはいえ、守仁の父雅仁が健在であったからだ。実際、称徳没後に即位した光仁天皇の父が、施基親王（＝天智天皇皇子）であったのを最後に、父が天皇でない人物が即位した例はその後一度もなかった。この点、後白河の擁立は、当人を思い遣っての差配というより、皇嗣の本命であった二条を、異例の天皇としないための処置でもあったのである。

さて、近衛天皇の後嗣に悩む鳥羽院の思いについては、顕兼より五歳年長の慈円の『愚管抄』にも、以下のように詳細な記事がある。

> 院ハコノ次ノ位ノコトヲ思シ召シワヅライケリ。四宮ニテ後白河院、待賢門院ノ御腹ニテ、新院（崇徳）ニ同宿シテヲハシマシケルガ、イタクサタヾシク御遊ビナドアリトテ、即位ノ御器量ニハアラズト思シ召シテ、近衛院ノ姉ノ八條院ヒメ宮ナルヲ女帝カ、新院一宮カ、コノ四宮ノ御子二條院ノ幼クヲハシマスカヲナドヤウヤウニ思シ召シテ、ソノ時ハ知足院ドノ左府トイフコトハナクテ一向ニ法性寺殿ニ申アハセラレケル。御返事タビタビ「イカニモイカニモ君ノ御事ハ人臣ノハカライニ候ハズ。タヾ叡慮ニアルベシ」トノミ申サレケルヲ、第四度ノタビ「タダハカラワセ給へ。コノ御返事ヲ大神宮ノ仰ト思候ハンズルナリ」ト、サシツメテ仰セラレタリケルタビ、「コノ勅定ノ上ハ四宮、親王ニテ廿九ニナラセヲハシマス、コレガヲワシマサン上ハ、先コレヲ御即位ノ上ノ御案コソ候ハメ」ト申サレタリケレバ、「左右ナシ、其定ニ沙汰セサセ給へ」トテアリケレバ、主上ノ御事カナシミナガラ、例ニマカセテ、雅仁親王新院御所ニヲハシマシケル、迎ヘマイラセテ、東三條南ノ町、高松殿ニテ、御譲位ノ儀メデタク行ハレニケリ。

『古事談』の説話に比べると、ほぼ四倍の叙述量があるが、話の骨子はそれほど変わらない。ただ、鳥羽院の相談相手が「知足院（忠実）」でも「左府（頼長）」でもなく、「法性寺殿（忠通）」であったと特記し、さらに「帝位は人臣のはからいにあらず」と「叡慮」を重んじた忠通が、下問四度目に及び院の懇篤な言葉を得て、ようやく意見開陳に及んだとするあたり、父忠通を理想化しようとする記主慈円の立場が窺える。それは措くとして、近衛後嗣に関わるこの手の伝承が、『今鏡』のみならず、顕兼と近い世代の慈円の著にもみえることに注意したい。

慈円の生年は久寿二年（一一五五）、すなわち近衛天皇が没し後嗣が案ぜられた、まさにその年に当たる。その五年後に生まれる顕兼ともども、当時の状況をリアルタイムに知り得なかった世代にも、後白河擁立の経緯のあれこれは、確実に説話として伝えられていたのである。ただ、慈円より十年早く逝った顕兼は、承久の乱の破局をみることはなかった。顕兼没時、鎌倉には後鳥羽に恭順な態度をとる実朝が健在で、四年後の公暁による将軍暗殺や、それを契機とする倒幕計画、そして敗戦後の皇統の危機といった事態は、夢想だにし得なかっただろう。その分だけ、顕兼にとって後白河皇統への思いは、懐疑や危機感を抱く要のないものであったと忖度される。

以上、顕兼にとって後白河は、彼の生きた時代の天皇全員を包摂する、皇統の源流に立つ存在であった。そして、その「正統」は新たな治天の君＝後鳥羽を経て、今上（順徳）へと確かに受け継がれている。そのことを『古事談』は、あからさまに讃美することも、また非難することもない。ただ、巻頭説話を既知の情報として心にとどめ、第九六話にむかうとき、読者は早世した近衛天皇のあとに、称徳の没した神護景雲四年（七七〇）以来、実に三百八十余年を経て、女帝登極の可能性があったことを知る。その間に何を読み取るかは、本質的に読者の自由であり、編者顕兼が積極的にコミットすることではない。ただ、巻頭話と第九六話の対応・共振関係については、「王道后宮」篇全体の理解のためにも、ここで一旦意識化し記憶に留めておく必要があるだろう。

五　後白河擁立と崇徳皇統の排除

さて、後白河擁立にもっとも打撃を受けたのは、言うまでもなく同母兄の崇徳上皇であった。実際、暲子内親王に帝位への宿望があったとは思えないし、皇子女なく没した近衛は問題にならない。当の後白河とて「即位ノ御器量ニハアラズ（愚管抄）」との世評に甘んじ、遊興の日々を送っていたらしい。結局、鳥羽院の子の世代で、近衛没後の皇統の帰趨に熱い視線を送っていたのは、崇徳上皇ただ一人であった。後述するように、崇徳には「重祚」の意志もあったというが、何より次世代の践祚有資格者として、第一皇子重仁親王を擁していた。この親王への言及は『古事談』にはみえないが、先引の『愚管抄』には「八條院ヒメ宮（暲子内親王）」と「コノ四宮ノ御子二條院（守仁親王）」と共に、「新院一宮」が候補者であったと明記されている。

当時、重仁親王は十六歳、亡くなった近衛帝より一歳年少に当たる。父崇徳在位中の保延六年（一一四〇）に生まれ、母は内裏女房で大蔵卿源行宗女というも、実は法印信縁女であったという（本朝皇胤紹運録）。よって、卑母所生の皇子という弱点はあるものの、前代までの皇位継承が後三条―白河―堀河―鳥羽―崇徳と、父子直系であったことからすると、鳥羽の第一皇子＝崇徳の第一皇子である限り、即位が議せられても不審はない。また、後白河が近衛より十二歳も年長であることは「当時の常識からいっても、皇嗣の対象となり得なかった（安田元久氏）[20]」という点でも有利だったろうし、また「女院（美福門院）の御為にはいづれも継子（保元物語）」という点においても、重仁は守仁（二条）と事情は変わらなかったのである。

しかし鳥羽院には、崇徳の方へ皇統を戻す気など、さらさらなかった。そもそも崇徳を強制的に退位させ、近衛に譲位させた際の宣命に「皇太弟」と書かせた（愚管抄）段階で、既に鳥羽の意向は崇徳皇統の排除にあった。

その結果、上皇として権を執る途を閉ざされた崇徳は、さらに嫡男重仁の即位も却下されるに及び、父鳥羽の敵意・悪意をまざまざと感じたであろう。この父子の険悪な間柄について『古事談』は、巻第二「臣節」第五四話に「依之大略不快ニテ令止給畢」と明記している。言うまでもなく、崇徳院の出生の秘密、すなわち老王白河と待賢門院璋子との密通を伝える説話の一節である。そこには、崇徳を実子ならざる「叔父子」と呼び、臨終の場からも閉め出すよう遺勅した鳥羽院の、断固たる崇徳排除の姿勢が印象鮮明に描かれている。巻を異にするとはいえ、このスリリングな秘話を採録した顕兼は、後白河擁立の背後に、崇徳の皇統を絶とうとする鳥羽のつよい意志が潜むことを、よく理解していたに違いない。

だが『古事談』中に、重仁親王の名がないことも事実である。『保元物語』をはじめ、後世の『雨月物語』に至るまで、重仁を排しての後白河擁立が崇徳を憤激させ、保元の乱へと導いたとする言説が多くみえる中で、第九六話の寡黙さは気になるところではある。それでも、後白河について使われた「帝位韻外」という表現にこだわり、では誰が「韻内」だったのかと考えるなら、編者と情報を共有するわけ知りの読者には、自ずと重仁の名が浮かんだことは疑えない。それは、顕兼と年齢の近い慈円の記録からも、そう考えてよいはずだ。

このように、近衛没後の皇統の推移を伝える伝承は、明示的であるか否かは問わず、必然的に崇徳皇統排除の事実を含意していたとみてよいだろう。ただ、このことは重仁親王の問題にとどまらない。何故なら、崇徳には近衛早世後に「自分が重祚するか、皇子の重仁親王を即位させるか、何れにしても再び皇位に近づき得るとの期待（安田元久氏）[21]」があったというからである。ここに「女帝」に次いで「重祚」が、もう一つの検討課題となる。

六　後白河天皇の即位――「重祚」を排して

もとより崇徳の「重祚」への思いを、一級史料で確認することは難しい。それでも『保元物語』を参照すると、以下のような記事が随所で目を惹く。

A今度の御位の事（＝近衛死後の後嗣問題）、新院させる由緒もなく下され給ひぬれば、御身こそ今は還りつかせましまさずとも、御子一の宮重仁親王はよものがれさせ給はじと万人思ひあへりしに、後白河の法皇、其時四宮とてうち籠められてましましを、女院の御はからひにて、御位に即け奉らせ給ふ。

（上巻「後白河院御即位事」）

Bわが身徳業なしといへども、先帝の太子と生まれて、四海朝宗の君となり、十善の餘薫朽ちずして、万乗の尊位に備れり。しかるを一たんの寵愛により、累代の正統をさしをき、不慮の蠹害に障へられ、父子ともに沈淪の憂へを抱けり。先院御存日の間は、愁訴深しといへども、祈るにところなくして、空しく兩年の春秋を送り、又今にをひては志をしのふにたえず。齊明・稱徳二代の跡を追つて、再び帝位にそなはるか、しからずは又位を重仁親王に授け政務にのぞまむか。

（上巻「新院御謀叛思し召し立たる事」）

C御夢想の記とは、重祚の告也。重祚の告有に依、樣々の御願を立をかせ給けり。重祚と申は、齊明・稱徳二代の例有といへ共、朱雀院は母后の勸によつて、天暦の御門に位を譲り奉らせ給ひしが、御後悔有て、伊勢へ公卿を勅使に立られたりしかども、終叶はせましまさず。白河院は堀川の天皇に譲奉せ給しが、返付の御心にや、御出家の後も御法名も付せ給はざりしかども、其も遂させましまさず。（…中略…）代々遂させましまさざりし事を、思召立けんも、只事にあらざりけるにこそ。され共御夢想の告の有けるは、「餘に夜も日も御意にかけ給ける故にや。」なんどぞ申合る。

（下巻「新院讃州に御遷幸の事」）

このうちAは、「万人」が不遇な崇徳の心中を慮り「たとえ重祚はなさらずとも、重仁親王の即位は確実だろう」と思ったというもので、重祚の方はやや否定的に扱われている。ところがBになると、左大臣藤原頼長との「御謀反」詮議の中で、崇徳自らが「斉明・称徳にならって重祚するか、重仁を即位させ院政を執るか」と、二者択一的に意向を語ったとされる。次のCは、保元の乱決着後に焼け残った崇徳の御所から、「殊御秘蔵と覚て御封付られ」た状態で発見された「御手箱」の中にあった「御夢想の記」について語る一節である。ここでは、重仁即位への望みは触れられず、崇徳が夢告を得て重祚実現を熱望したことが語られている。

この最後のCは、重祚を願った天皇の伝承を集めていて興味深い。朱雀については、『大鏡』にも、村上への譲位後「すこし悔思し召すことありて、位にかへり即かせ給べき御いのりなどせさせ給けりとあるは、まことにや」とある。白河については、『台記』の康治元年（一一四二）五月十六日条に、「故白河院深歎仰云、朕雖二出家一、未二受戒一、又不レ名二法名一、若陛下不レ諱レ之事者、重祚有何事乎」という記事がある。また『愚管抄』にも「堀河ノ院ウセ給テケル時ハ、重祚ノ御心ザシモアリヌベカリケルヲ」云々の記載がみえる。『保元物語』は、これら未成に終わった重祚の「古事」を列挙し、崇徳に重祚の意志があったことを「只事にあらざりける」と恐懼するのであった。

もとより、これをそのまま史実とみるわけではない。「御夢想の記」なるものは伝わらないし、頼長に重祚の意志を語ったことも確認し得ない。崇徳の心中に重祚への思いがよぎった可能性は否定できないが、どこまで現実味をもって考えられたかは疑わしい。何より、白河や鳥羽の実践した院政期の権力掌握法を鑑みるに、重仁を皇位に即け天皇の父として権を執る方が、遥かに得策だったはずだ。とはいえ、このような伝承が生じる要因は、おおよそ想像がつく。父に退位を余儀なくされ、近衛夭折という絶好の機にあっても、皇統回復は許されず、遂には配所に没した崇徳への同情、あるいは怨念慰撫への思いが、この種の説話を成長させていったとみて誤るまい。そう考えると、A～Cの内容も、ちょうどその順番通りに、伝承が成長していった過程を示しているように見えてくる。

思えば、『古事談』成立の上限に措定される建暦二年[22]（一二一二）は、保元の乱（一一五六）から五十六年、崇徳が配所で没した長寛二年（一一六四）からでも四十八年が経っている。「治承寿永の内乱直前の不穏な情勢が相まって、安元の頃（一一七五～七）から崇徳院は怨霊と意識され（源健一郎氏[23]）」たという整理に従うと、それは伝承の生成と成長に、十分な年月であったように思える。この間、崇徳に重祚の意があったとする言説も、ある程度の流布をみたのではないか。ならば、近衛早世後の後白河即位を伝える説話にふれたとき、『古事談』編者も読者も、そこに「女帝」とともに「重祚」実現の可能性が封印されたことを、言外の情報として共有し得たとも考えられる。

この推論が正しければ、右のB・Cに「齊明・稱徳二代の跡を追つて」「齊明・稱徳二代の例有」とあることが、改めて注意される。未成に終わったとはいえ、重祚を話題にする際、実際に二度帝位に即いた女帝の「古事」が顧みられるのは、きわめて当然であった。とりわけ、最後の（＝直近の）重祚断行者であり、何かと問題の多い称徳天皇のことは、必ずや意識されたに違いない。ここに、ひとまずは崇徳と称徳を結ぶ一本の線が認定されるが、それはとりもなおさず、崇徳の皇統を排して「正統」の地位を得た後白河と、不徳・非道の称徳女帝とを結ぶ糸ともなる。かたや重祚した女帝で、皇統は永く絶えた称徳天皇。かたや重祚と女帝の可能性を排して即位し、その皇統が時代を覆い「正統」の地位を保つ後白河天皇。この両者の対比を意識化することが、巻頭説話の正しい位置付け、ひいては「王道后宮」篇の構想理解につながると考えるが、如何であろうか。

むすびと展望

最後に、称徳天皇説話第三段について、簡単にふれておこう。先述のように、この部分は『続日本紀』を引用するが、その冒頭には次のようにある。

光仁天皇御宇、同二十一日、皇太子令云、如聞道鏡窺挟舐粳之心、為日久矣、陵土未乾、奸謀発覚、是則神祇所護、社稷攸祐、

ここに、先帝称徳の死後「未だ陵墓の土も乾かぬうちに、道鏡の奸謀が発覚したのは神祇の護るところ、社稷のたすくるところであった」とあるのに注意したい。前節までで縷々述べたように、この巻頭説話が近衛没後の後白河擁立に関わる「古事」と意識されたのなら、当然これは保元の乱への連想を呼ぶように思える。

周知のように、鳥羽院が没したのは保元元年（一一五六）七月二日、そして、謀反の風聞の中にあった崇徳の拠点＝白河殿が、後白河天皇方の武士の手で焼け落ち、僅か二～三時間の戦闘で乱が終結したのが同十一日であった。実に、「武者ノ世」の到来を告げた保元の乱は、鳥羽の死から九日目のことであり、鳥羽殿で行われた初七日の仏事からなら、僅々二日後に過ぎなかった。このことを、ずっと後に上田秋成は、西行の口から「あまさへ一院崩御給ひて、殯の宮に肌膚もいまだ寒させたまはぬに、御旗なびかせ弓末ふり立て寳祚をあらそひ給ふは、不孝の罪これより劇しきはあらじ（雨月物語・白峯）」と譴責させている。平安初期の正史と江戸期の読本と、時空を超えて両書の表現が通じることは示唆深い。しかし、何も『雨月物語』を持ち出さずとも、巻頭説話が「女帝」「重祚」の二点で後白河皇統理解の「古事」となる以上、この第三段は『古事談』成立当時の人士に対して、

怨霊が取り沙汰され始めた崇徳院の、父帝喪中の「御謀反」を想起させたに違いない。

さらに敢えて深読みをすると、保元の乱の鎮圧を「神祇所護、社稷攸祐」とする含意を読むことも出来る。もちろん、例によって『古事談』のどこにも、崇徳の戦争責任を追及するような文言はない。それどころか、保元の乱の一件が書中に影を射すことも皆無なのだが、それでも編者顕兼は、後白河の皇統が完全に世を覆う時代に生きた。その「正統」が所与の絶対条件である限り、いかに崇徳に同情の余地があろうと、皇統への執着は「奸謀」として切り捨てられる。称徳の無様な死後、政権の残党が一掃されたことと、鳥羽院の没後、隠忍を続けた崇徳が挑発に耐えきれず兵を集めたことと、事態は天地の開きがあったにしても、『古事談』は両者を重ね合わせる読みを挑発して已まない。この他にも、配流されて失意のうちに死んだ淡路廃帝と崇徳を、重ね合わせる試みも魅力的だが、ここでは他日を期して自省しておこう。

以上、本稿で試みた私解は、王の資格に欠ける称徳天皇の説話が、顕兼の生きた時代にいかなる「古事」であり得たかを探るものであった。結果として得られた私案は、「女帝」と「重祚」の二点において称徳説話は、後白河即位説話と対応・共振関係を結び、いわば否定されるべき対蹠事例として、顕兼の時代の皇統――ひいては王法の在り方を、追認し正当化する機能を果たすというものとなった。

さて、この小論のはじめに「テキスト外の情報を無際限に導入し、恣意的な読みに流れる弊」を自戒したのだが、果たして以上の拙論は自家撞着の誹りを免れ得ただろうか。もとより、これを以て、巻頭説話の唯一の正しい読みを提示できたと主張する蛮勇はない。ただ、昨今の古事談をめぐる研究状況を鑑みると、岩波新日本古典文学大系の刊行が、大きな達成として聳えている。そこには「構成をこそ読まねばならない(川端善明氏)[24]」という見地から、種々の示唆深い指摘がなされているが、巻頭説話については「皇統物語一　天智皇統の始」「百川による白壁王の皇嗣擁立、即ち天武・聖武皇統の終焉と天智皇統の始まりを語る説話」という読みが示されている。この見解については、既に「第一～第七を『皇統物語』として分類したところに新味を出そうとしているが、敢えてそのように括ることに必然性はない（小林保治氏）[25]」との批判も出ているが、私もまた、同書からの比類ない学恩を感じつつ、「天智皇統の始まりを語る説話」と読むことには、少なからぬ違和感を覚えた。

実際、平安時代の天皇は例外なく天智皇統を引くが、それが顕兼にとってどれほどの意味があったかは疑問が残る。何より、天智皇統を強調するなら、当然なくてはならない桓武天皇や嵯峨天皇といった、平安王朝の基礎を揺るぎないものとした帝王の説話が、「王道后宮」篇にまったくないことに納得がいかなかった。しかし、そんな疑念の一方で「王道后宮」篇に「皇統物語」を読むという立場には、深い示唆を感じたのも事実である。そこに河内祥輔氏の近著『中世の天皇観』を読んだ刺激が加わり、この拙論は構想された。寡黙な説話集『古事談』の読みについては、まだまだ議論の余地があるように思えるが、果たしてこの小論はその議場の末席を汚し得るだろうか。

※本論に引用したテキストは、以下の諸書に依った。ただし繙読の便をはかって、漢字を宛てるなど表記に私意を加えた部分がある。

・『古事談』――川端善明、荒木浩校注『古事談　続古事談』（二〇〇五年・岩波新日本古典文学大系41）
・『日本霊異記』――遠藤嘉基、春日和男校注『日本霊異記』（一九六七年・岩波日本古典文学大系70）
・『大鏡』――松村博司校注『大鏡』（一九六〇年・岩波日本古典文学大系21）
・『今鏡』――竹鼻績全訳注『今鏡』上（一九八四年・講談社学術文庫）

・『台記』――増補史料大成刊行会編『台記』（一九六五年・増補史料大成23）
・『愚管抄』――岡見正雄、赤松俊秀校注『愚管抄』（一九六七年・岩波日本古典文学大系86）
・『保元物語』――永積安明、島田勇雄校注『保元物語　平治物語』（一九六一年・岩波日本古典文学大系31）……論中「古活字本」と記した一箇所を除くと、底本の「金刀比羅本」本文を引用した。
・『雨月物語』――中村幸彦、高田衛、中村博保校注・訳『英草紙　西山物語　雨月物語　春雨物語』（一九七三年・小学館日本古典文学全集48）

注

（1）浅見和彦「古事談試論」（一九七六年八月・『国語と国文学』）三八頁。
（2）小峯和明「古事談」（一九八四年・明治書院『研究資料日本古典文学3説話文学』）一四四頁。
（3）田村憲治『言談と説話の研究』（一九九五年・清文堂）第四章「『古事談』一『古事談』の成立」一一五頁。
（4）伊東玉美『院政期説話集の研究』（一九九六年・武蔵野書院）第二章「『古事談』巻一王道后宮の構成」七六頁。
（5）川端善明・荒木浩『古事談　続古事談』（二〇〇五年・岩波書店『新日本古典文学大系41』）脚注、三頁。
（6）注（5）前掲書、脚注、五頁。
（7）注（5）前掲書、解説、八六六頁。
（8）小林保治「『古事談』――貴族説話の集成」（二〇〇七年八月・至文堂『国文学解釈と鑑賞』第72巻8号）一一四頁。
（9）北山茂夫『女帝と道鏡』（一九六九年・中央公論社・中公新書）四〇頁。
（10）筆者は、拙稿「惟成説話とその周辺――『古事談』巻第二「臣節」篇への一考察」（二〇〇一年・池上洵一編『論集説話と説話集』和泉書院・所収）において、このような観点から編者の花山天皇観について考察を加えたことがある。

(11) 北山注(9)前掲書、四三頁。

(12) 北山注(9)前掲書、四四頁。

(13) 田中貴子『あやかし考——不思議の中世へ』(二〇〇四年・平凡社)二一四頁。

(14) 河内祥輔『中世の天皇観』(二〇〇三年・山川出版社・日本史リブレット22)七頁。

(15) 安田元久『後白河上皇』(一九八六年・吉川弘文館・人物叢書新装版)二六頁。

(16) 伊東注(4)前掲書、七八頁。

(17) 梶原正昭「後白河天皇」(一九八六・年角川書店『日本伝奇伝説大事典』)。

(18) 安田注(15)前掲書、一〇頁。

(19) 上田正昭『古代日本の女帝』(一九九六年・講談社・学術文庫版)一九八頁・二〇〇頁・二〇三頁。

(20) 安田注(15)前掲書、一九頁。

(21) 安田注(15)前掲書、一八～一九頁。

(22) 巻第三「僧行」第八二話に「良宴、建暦二年九月、於雲居寺房入滅」あるのが内部徴証とされる。

(23) 源健一郎「『保元物語』崇徳院」(二〇〇三年・西沢正文編『古典文学作中人物事典』東京堂出版)一六八頁。なお、この間の事情については、山田雄司『崇徳院怨霊の研究』(二〇〇一年・思文閣出版)第三章「崇徳院怨霊の胎動」に詳しい。

(24) 川端注(5)前掲書、解説、八七二頁。

(25) 小林注(8)前掲論文、一一八頁。

磯　水絵

『古事談』「内裏焼亡に内侍所女官夢想の事、神鏡残欠求め出づる事」（一－四九）を読む

——「内侍所御神楽」成立考

はじめに

筆者は、『古事談』一「王道后宮」－四六話に材を採り、「斉信が公任に代って御神楽の拍子を取ったこと——『古事談』の音楽説話小考——」(1)という小稿を物したことがある。しかし、その際には「清暑堂御神楽」自体について何ほどのことも言えなかった。本稿は、その「御神楽」究明のために、それと密な関係にある「内侍所御神楽」創始について、『古事談』一－四九話を中心に論ずるものである。

先の小考において、筆者は四九話に音楽に関わる記事を認められず(2)、それは単に里内裏の賢所焼失時の逸話記録としか読めなかった。ところが、内侍所御神楽の考究を続けるうちに、本話が俄然注目されるところとなった。

一　内侍所御神楽創始について

内侍所御神楽は、たとえば『国史大辞典』には、「賢所御神楽」として立項され、尾畑喜一郎氏によって、次のように解説されている。

かしこどころのみかぐら　賢所御神楽　毎年十二月中旬、宮中賢所の前庭で庭燎をたいて行われる神楽。宮廷では古く大嘗祭の時に、清暑堂において神楽が奏されたが、平安中期、一条天皇の長保四年（一〇〇二）に至り、天照大神を奉斎する内侍所（賢所）の前庭でも行われるようになり、内侍所御神楽と称した。この流れを汲むのが現在の賢所御神楽である（後略）。

これに拠ると、賢所御神楽の前身、内侍所御神楽は、「平安中期、一条天皇の長保四年」が嚆矢と認識される。そこで確認のために同時代史料に当たると、故実書においては、大江匡房（一〇四一～一一一一年）の『江家次第』が管見に及ぶ最初のものと言えて、藤原公任（九六六～一〇四一年）の『北山抄』には、いまだに言及されていないことがわかる。

さて、『江家次第』巻第十一（内侍所御神楽事）条には、内侍所御神楽の創始が次のように記されている。そうして、従来言われている御神楽の一条朝（九八六～一〇一一年）創始という伝承の根元も、やはり、同書にあったのかと得心される。

巻第十一「内侍所御神楽事」より

（前略）①故院被レ仰云、内侍所神鏡昔飛上欲レ上レ天、女官懸二唐衣一奉二引留一、依二此因縁一女官所レ奉二守護一也、②天徳焼亡飛出着二南殿前桜一、小野宮大臣称レ警、神鏡下入二其袖一、③寛弘焼亡始焼給、雖レ陰円規不レ闕、諸道進㆓勘文㆒、被㆑立㆓伊勢公卿使㆒、（行成）宸筆宣命始㆓於此㆒。④長久焼亡焼失。件夜以㆓少納言経信㆒為㆑使奉㆑出、女官誤先出㆓太刀㆒、次欲㆑出㆓神鏡㆒之処、火已盛不㆑可㆑救、後朝灰有㆑光、集㆑之入㆓唐櫃㆒、⑤自㆓一条院御時㆒始十二月有㆓御神楽㆒、（後略）

（故実叢書本、三四四頁）

試みに『江家次第』の文章を五条に分けてみたが、これは、「（前略）」部分の記述――内侍所神鏡が当初は天皇と同殿に存していたこと、それが垂仁天皇の世に別殿に分かたれたこと――を受けて①となり、①より「故院」の言談として神鏡の罹災史が続く。さて、①には内侍所の女官が神鏡を守護することになった由来が、②には天徳（四年〈九六〇〉）の内裏焼亡に神鏡が南殿前の桜に飛び移り、それを小野宮大臣が警蹕して下ろして袖に入れた逸話が、③には神鏡が寛弘（二年〈一〇〇五〉）の内裏焼亡に初めて罹災、それでも形は留めたこと、④には長久（元年〈一〇四〇〉）の内裏焼亡に罹災、この時は救出しそびれて、翌朝、灰中に光るそれを集め唐櫃に入れたことが記されている。続けて⑤の御神楽創始となるが④と直結しない。⑤は「一条院御時」とあって、③の寛弘（二年〈一〇〇五〉十一月十五日―後掲〔『扶桑略記』内裏焼亡記事表〕参照―）の罹災に関わる。十二月に御神楽挙行というのも、そうであればこそ納得がいく。

『江家次第』は、関白藤原師通の委嘱により匡房が著したものと『古事談』（二―一九）にも見えるが、匡房死後の増補加筆があり、現行のものの成立の下限はわからない。仮に匡房が薨じた天永二年前後、十二世紀初頭の成立としておくが、つまりはそれに、内侍所御神楽は、「一条院の御時、寛弘二年十一月十五日の内裏焼亡に神鏡が罹災し、それを慰撫するために初めて十二月に挙行された」と、見えていることになる。

しかし、前掲『国史大辞典』には、「一条天皇の長保四年に至り」と、嚆矢の年紀が明記されている。したがって、その典拠は『江家次第』とは別に存することになるが、それは著者不詳の年代記『一代要記』であろうか。(3)『同書』「第六十六一条院」条に、「（長保）四年壬寅五月五日、最勝講始行之、内侍所御神楽始行」と見える。が、そこには最勝講始行にかかる「五月五日」の日付のみで、内侍所御神楽始行にかかるべき「十二月」の日付は見えない。『国史大辞典』解説は、『江家次第』と『一代要記』の説を勘合したところに存するのだろうか。では、前者は措いて、後者の「長保四年」説の根拠はどこにあるのか。それについては、夙に本田安次も同様の疑問を呈して、次のように指摘する。(4)

内侍所御前にはじめて御神楽が行はれた年月は、実は充分に明かではない。「一代要記」には一条天皇の長保四年（一〇〇二）五月五日に、「内侍所御神楽始行」とあるが、「江家次第」「禁秘抄」共に一条院御時より十二月に行つたとあつて、それが何年よりであつたかを伝へてゐない。

本田の指摘は『一代要記』「五月五日」の日付を「内侍所御神楽始行」にまでかけたものである。それに対して筆者は、「最勝講始行之」と「内侍所御神楽始行」の間に誤写、あるいは脱漏等があったのではないかと推するが、それは措いて、やはり、「長保四年」説の根拠は認められないようである。因みに、『江家次第』を受けて、承久（一二一九〜一二二二）年間に成った順徳院の『禁秘抄』上「賢所」条には、「一条院ノ御時ヨリ、十二月ニ御神楽アリ。但シ多クハ隔年ニコレヲ行フ。近代ハ毎年コレアリ（原漢文）」と。応永三十年（一四二三）頃成ったという一条兼良の『公事根源』には、「此御神楽は一条院の御時よりはじまる。隔年に行はる。承保より年々の事に成にけり」と見えて、長保四年説は引かれていない。さらに、その後半にいう隔年挙行から毎年挙行への移行説も、藤原宗忠の日記、『中右記』寛治七（一〇九三）年十二月十五日条に発すると見られるが、実際にはその跡付けができていない。(5)

内侍所御神楽の歴史は未だに不確かである。繰り返すが、この二書にも嚆矢は、「一条院御時」とあるのみである。それについて、本田は先の文章に続けて次のように記す。

しかし、その動機は、やはり天徳四年（九六〇）九月廿三日や、寛弘二年（一〇〇五）十一月十五日に内裏焼亡のことあり、内侍所の御鏡も大刀も契も焼け損じたことなどにあつたのではないかと思はれる。云はゞそれによつて神慮を慰めたかつたのである。滋野井公麗は、その「階梯」に、寛弘二年十一月内裏焼亡の翌十二月が即ち内侍所御神楽のはじめて行はれた時としてゐる。また、そこまで下るのは如何かと思はれるが、「體源抄」十ノ上、内侍所御事の項には、天徳・寛弘の神鏡の火難をのべたのち、

長久ノ内裏焼亡ニソ、ヤケソムセサセ給タル灰ヲトリテ、唐櫃ニ入タリケリ。ソレヨリ内侍所ノ御神楽ハシメヲコナワレタリケルトカヤ

といふ伝を誌してゐる。

少々長く引用したが、この本田の指摘を受けて言うならば、内侍所御神楽挙行の端緒は、内裏焼亡、局所的には内侍所焼亡によって開かれたと見ることができ、具体的には、滋野井公麗のいう「寛弘二年」、『體源抄』のいう「長久ノ内裏焼亡」が直接的な契機となったらしい。

さて、次章から考察に入る『古事談』（一-四九）は、まさにその「長久ノ内裏焼亡」、「神鏡罹災」の記事を引くものである。『古事談』編者、源顕兼の四九話収録の目的は、あるいはこの内侍所御神楽に関わる故実を遺すことにあったのかも知れない。

二　『古事談』（一-四九）について

『古事談』「内裏焼亡に内侍所女官夢想の事、神鏡残欠求め出づる事」（一-四九）

同九月九日、内裏里第焼亡《ぜうまう》の時、賢所《かしこどころ》焼失せしめ御《おは》し了《をは》んぬ。内侍所《ないしどころ》の女官二人、夢想の事有るに依《よ》りて、焼跡において御躰の残りの玉金の類を求め出だし奉る。件《くだん》の所の土を新しき桶に入れて、神祇官に安置せらる、と云々。（原文……同九月九日、内裏里第焼亡之時、賢所令焼失御了、内侍所女官二人、依有夢想事、於焼跡奉求出御躰残玉金之類、件所土入新桶、被安置神祇官云云、）

（新日本古典文学大系より）(6)

この説話には、新日本古典文学大系（以下、新大系）本脚注に、「後朱雀天皇五、内裏焼亡と神鏡」の標題のもと、「春記・長久元年（長暦四年）九月九日—十二日に詳しい。扶桑略記、帝王編年記、百錬抄も」とあるのみで、これと内侍所御神楽との関係については、いささかの言及もない。これでは、本話は単なる焼亡事件の記事で終わってしまうが、それでよいのか。もっと積極的な本話の収録意図が考察されるべきである。

1 『古事談』の内裏焼亡記事

『古事談』第一を、新大系「説話目録」によって通覧すると、先行する一三話にも、「村上天皇の時内裏焼亡の事」が認められる。が、火災記事はこれだけである。ほかに内裏の火災がなかったとでも言うのであろうか(7)。いや、『古事談』が多くを依拠する『扶桑略記』には、顕兼の没年時までに内裏焼亡記事が十四例も存在する。顕兼には、どうして天徳四年と、里内裏におけるこの長暦四年の二回の焼亡記事のみが注目されたのか。それについて考察するために、まず、一三話を見てみよう。

2 『古事談』（一―一三）について

『古事談』「村上天皇の時内裏焼亡の事」（一―一三）は、次のようなものである。

遷都以後始めての内裏焼亡《ぜうまう》は、天徳四年九月二十三日なり。人代以後は第三度なり。難波宮の時一度、藤原宮の時一度なり。（原文……遷都以後始内裏焼亡ハ、天徳四年九月廿三日也、人代以後者第三度也、難波宮之時一度、藤原宮之時一度也、）

〔『扶桑略記』内裏焼亡記事表〕

和暦	西暦	月	日	『扶桑略記』記事
天徳四	九六〇	9	23	（省略。別ニ記ス）　→『古事談』（一－一三）
貞元元	九七六	5	11	子時。内裡焼亡。天皇遷幸職曹司。
天元三	九八〇	11	22	申時。賀茂臨時祭間。内裡焼亡。移幸職曹司。
同五		11	17	新嘗会終。同夜寅時。大内焼亡。
長保元	九九九	6	14	亥時。内裡焼亡。移幸東大宮。
同三		11	18	内裡焼亡。
寛弘二	一〇〇五	11	15	夜。内裡焼亡。天皇急幸中院。次御腰輿。遷幸職曹司。
長和三	一〇一四	2	9	亥時。内裡焼亡。主上移幸御八省院大極殿。中宮東宮同輦。御昭訓門。子刻。遷御朝所。
同四		11	17	内裏焼亡。天皇先遷御桂芳坊。次幸官朝所。
長暦三	一〇三九	6	27	戌時内裡焼亡。天皇幸移朝所。東宮遷御大膳職。
長久三	一〇四二	12	8	丑時。内裡焼亡。火起右近衛陣北。天皇儲貳遷御太政官朝所。
永承三	一〇四八	11	2	戌刻。内裡焼亡。天皇遷幸宮司。内侍所神鏡安置松本曹司。
康平元	一〇五八	2	26	内裡并中和院。大極殿。東西楼。廻廊。朝集堂等皆悉焼亡。去廿三日省試。題云。偶燭施明。人文之徴。頗似可慎。
永保二	一〇八二	7	29	午刻。内裡焼亡。起内膳大炊屋延及神嘉殿。天皇駕腰輿。遷幸太政官朝所。戌刻。車駕移御六条皇居。

さて、この新大系本一三話の脚注にも、「扶桑略記・天徳四年九月二十四日（ママ—筆者注）によるか」と付記されているが、前項（『扶桑略記』内裏焼亡記事表）の第一条にそれは該当する。後注に挙げる『国史大辞典』解説(7)によっても、それは平安京における内裏焼亡の最初と目される。したがって、本話についての顕兼の興味、換言すると収録意図は、あるいはそこに向けられていたのかも知れない。しかし、そうであるならば、どうしてこの部分だけを彼は抽出したのか。

『扶桑略記』（以下、『扶桑』と略称）第廿六、天徳四年九月二十三日条後半の当該箇所は、『古事談』の記事と比較すると、次のようになる。

『古』	遷都以後始内裏焼亡八天徳四年九月廿三日也人代以後者　第三度也難波宮之時一度
『扶』	人代以後　内裡焼亡　三度也難波宮
『古』	藤原宮之時一度也
『扶』	藤原宮　今平安宮也遷都之後既歴二百七十年一始有二此災一

顕兼が『扶桑』記事を約め、年紀の後にこの前半部のみを抜き出したのだろうことは容易に首肯される。しかし、平安遷都後、初の内裏焼亡記事であれば、その後半部を付して何の不都合があろう。また、顕兼はなぜそれ以前を引かなかったのか。試みに顕兼が引かなかった『扶桑』前半部分を次に引載する。

○御日記云。廿三日庚申。此夜。寝殿後聞二侍臣等走叫之声一。驚起問二其由緒一。少納言兼家奏云。火焼二左兵衛陣門一。非レ可二消救一。走出見レ之。火焔已盛。即着二衣冠一。出二南殿庭一。左近中将重光朝臣持二御剱璽筥一相従。即遣レ人召二御輿一。不レ能二早持来一。又令三侍臣取二内侍所々レ納太刀契等一。令下二権右中弁国光朝臣一行中撥二殿廊一救レ火事上。而雑人甚少。無レ力レ救レ之。侍臣等言。火已着二温明殿一。不レ能レ出二内侍所々レ納太刀契等一。又令レ召二御読経僧等一立願。而火勢弥盛。延政門以南廊漸焼。烟満二承明門東辺一。于レ時知二災火不レ可レ止。更還二清涼殿一。経二後涼殿及陰明門一。微行到二中院一。留二神嘉殿一避レ火。此間心神迷惑。宛如二夢裡一。主殿官人持二腰輿一来。皇太子被レ抱二侍臣一来着。左衛門督藤原朝臣参入。仰向二内裡一令レ行二救レ火事一。次右大将藤原朝臣参入。仰下行取二出鈴印鎰櫃一事上。次右大臣并公卿等参来。依二火勢漸近一。右大将藤原朝臣相議。令レ幸二太政官一。即乗二腰輿一。出二中院一。到二太政官朝所屋一。乍レ乗レ輦在二板敷上一。太子相従候二同屋内一。右大将藤原朝臣言。太政官自二内裡一当二御忌方一。又太白在二此方一。須レ移二御職曹司一。仍促二御輿一向二職曹司一。皇太子乗レ車相従。召二右大臣一詔。朕以二不徳一久居二尊位一。遭二此災殃一。歎憂無レ極。朝忠朝臣還来奏。火気漸衰。不レ可レ延二及八省一。火起レ自二亥四点一。迄二于丑四点一。宜陽殿累代宝物。温明殿神霊鏡太刀節刀契印（ママ）●。春興安福両殿戎具。内記所文書。又仁寿殿太一式盤。皆成二灰燼一。天下之災無レ過二於「是」斯一。後代之譏不レ知レ所レ謝。鈴辛櫃置二御所内一。印并鎰辛櫃納二外記局一。

（『扶桑略記』第廿六、天徳四年九月廿三日条前半[8]）

この記事は長いようではある。しかし、『古事談』を通覧すれば、これくらいのものはないとは言えない。それにこの部分はあった方がおもしろかろう。なぜ、顕兼は引かなかったのか。三つの可能性が考えられる。

（1）　顕兼にはこの部分を初めから引く意思がなかった。

（2）　顕兼は重点だけを記していた（換言すると、『古事談』の記事は未完であった）。

（3）　顕兼は引こうと考えたが、それを控えた。

もちろん（1）の可能性は考慮しておかなければならない。しかし、この臨場感あふれる記事を、たとえば、花山院出家説話を『小右記』から抄出、編集する顕兼が読み飛ばすことは考えにくい。そこで、想起されるのが（2）の可能性で、顕兼は後補するつもりで、仮に配列を示すためか要点のみを記しておいたところが、何らかの理由でそのままになってしまった、という推量である。これは、第一に『古事談』全体の文体が不統一であることからの発想である。それは『続古事談』の完成度に劣っているのであるから考慮に入れてよいはずである。第二に、一‐四九話は「同九月九日」と始まり、それは前話が「後朱雀院御即位」と始まって年紀をもたないだけに奇異の観が否めない。編集途上で本書の編纂は止まってしまっていたのではないか、と考えさせられる。『古事談』の編纂意図は本来明らかにされていない。それだけでなく、収録された各話の完成度についても充分論議されてはいない。それについても再考を加えられるべきであろう。

　本話の場合、考慮されるべきはもう一条ある。それは原典が『村上天皇御記』と覚しいことに関わり、「朕以二不徳一久居二尊位一。遭二此災殃一。歎憂無レ極。（朕、不徳ヲ以テ久シク尊位ニヲリテ、コノ災殃ニ遭フ。歎憂極マリナシ）」と見える天皇ご自身の言辞の引用を、顕兼が回避した可能性はないのか、ということである。それを考慮したのが（3）の可能性であるが、これは、いずれ改変して載せようとしたのなら、（2）に包含されていい。が、何にしろ、筆者に（1）の考えは首肯しがたい。

　そこで、改めて『扶桑』の記事を吟味してみる。

〔『扶桑略記』内裏焼亡記事表〕に示した他の焼亡記事に比べて、天徳のそれが格段に長いことは見てのとおりである。では、天徳のそれは何が長いのか。

　どの焼亡記事にも、天皇以下、中宮、東宮の避難場所は等しく記されている。したがって、それ以外のところに原因は存し、結論的には、逐次的に表現された内裏の延焼描写、および避難の描写がそれに該当すると考えられる。そして、その中において看過できないのが、天皇ご自身の嘆きの言葉と、累代の宝物ほかのその後の状況の記録である。

・村上天皇の嘆きの言葉

『朕、不徳ヲ以テ久シク尊位ニオリテ、コノ災殃ニ遭フ。歎憂極マリナシ』

・累代の宝物ほかの、その後の状況

Ａ　灰燼となってしまったもの

①　宜陽殿の累代の宝物　②　温明殿の神霊の鏡・太刀・節刀・契印●《ママ》

③　春興・安福両殿の戎具　④　内記所文書　⑤　仁寿殿の太一の式盤

Ｂ　その後、御所内に置かれたもの……鈴ノ辛櫃

Ｃ　その後、外記局に納められたもの…印、鎰の辛櫃

Ａにはこのほかにも当然、「出ダスコト能ハズ」と本文前条に見える、「内侍所ノ納ムル所ノ太刀契等」も含まれることになるが、天皇の嘆きの言葉は、まさにこの状況下に発せられた。後世に、「延喜・天暦の治」を謳われる村上天皇にとって、それまでの百七十年間にはなかった「災殃」が、ご自身の時に初めて起こり、あまつさえ、累代の宝物の大半が失われた出来事は、自身が天皇位にあることに対しての天道からの不信任状のように受け取られたのであろう。その衝撃は計り知れず、察するに余りある。

ところで、この村上天皇の嘆きの言葉と同じような言辞を筆者は他所にも見た。卑近なところでは、『今昔物語集』巻第二十四「玄象琵琶、為鬼被取語第二十四」にあるのを見た。それは、やはり村上天皇のもので、天皇が琵琶の名器玄象を失った折の言辞に見出だせる。

此ハ世ノ伝ハリ物ニテ、極キ公財ニテ有ルヲ、此失ヌレバ、天皇極テ歎カセ給テ、「此ル止事無キ伝ハリ物ノ、我ガ代ニシテ失ヌル事」ト思シ歎カセ給モ理也。（新大系本）

この村上天皇の嘆きの言葉は、あるいは、前掲『村上御記』の記録から発想されたものかも知れない。が、とにかく、累代の宝物がご自身の代で失われることを、天皇が大いに嘆かれる表現として、こうした言辞が使われたと見ることができる。

3『古事談』(一-四九)について

降って、後朱雀天皇(一〇〇九~四五年)にも嘆きの言葉が『春記』に残る。注目されるのは、それが長久元年(一〇四〇)九月十四日条に見出だせることである。

仰云、神鏡事愁悶不休、為之如何、是只不肖之咎也、(訓読……仰セテ云ハク、神鏡ノ事、愁悶休マラズ。コレヲ如何セム。是レ只不肖ノ咎ナリ)(『増補史料大成本』[9])

この言辞は、『古事談』(一-四九)に見える事件の際に、まさに発せられた。そもそも、四九話は内裏焼亡と同時に罹災した神鏡について記したもので、記録の中心は内裏焼亡になく、神鏡罹災にあった[10]。そうして、それを人一倍嘆き悲しんだのが後朱雀天皇である。それについては、後述する『春記』に詳しい。が、こうしてみると、平安宮最初の焼亡事件といい、この神鏡罹災事件といい、『古事談』の抄録記事は、『続古事談』編者の言うところの、「フルキ人ノ、サマぐ\ノ物語ヲ、オノヅカラ廃忘ニソナヘムガタメニ、カキアツメ侍シ」という主題にそっている。『古事談』は、まさに末世観の漂う記事の抄録集だと覚しい。

さて、『古事談』四九話は、新大系に「出典未詳」とあるが、『春記』からの抄出、編集の蓋然性が高い。しかし、『春記』からの抄録であれば、先の後朱雀天皇の嘆きの言葉は採られてしかるべきではなかったか。それは、九月十四日条にあった。九日の記事に顕兼が依拠したのなら、彼がそれを見ていないとは思われない。新大系脚注は、前掲したように、「春記・長久元年（長暦四年）九月九日―十二日に詳しい」と、その後の記事は措いているが、十四日条も一連のものにほかならない。

ともあれ、依拠史料の確認のために、視点を変え、『古事談』の後朱雀天皇関係説話、および長久年間の記述を通覧してみる。

はじめに、新大系には、「同九月九日、内裏里第焼亡」の注記として次のようにある。

長暦四年（一〇四〇）九月九日（略記、編年記は十日）。前年六月の内裏焼亡の後、後朱雀院は、里内裏の京極院（上東門院第、土御門殿）に移っていた。更にこの焼亡のため東隣の法成寺東北院（百練抄に東金堂廊）に難を避け、次いで陽明門第（上東門院御所、藤原惟憲邸）に行幸、十月二十三日には二条院（内大臣教通邸）に移る。「同」とは、出典に長久元年（長暦四年に同じ←筆者注）の他の月日の記事が並んでいた、そこからの抄出の結果をとどめるものか。出典未詳。

前述のように四八話は、「後朱雀院御即位」と始まる。したがって、「同九月九日」と本話が起筆されるのは、注記を待つまでもなくおかしい。そこで、この注記に導かれて、『古事談』の説話収集段階、つまり、六巻の編目に配される以前、編集作業に入る前段階に帰って、[11]「出典未詳」とある、それについて、少しく検討を加えてみる。

4『古事談』長久元年の記事より

さて、『古事談』に、「長久」乃至「長久元年」の年紀を有する記事を渉猟してみると、次の二つが掲出され、特に、その後者が注目された。

①（三-五八）「最勝講之時、道場中被儲四天王座事者、後朱雀院御時長久比、」

←脚注に「真言伝、釈書「長久四年」。この年は五月十七日より」と。

②（五-一二）「長久元年七月廿七日夜、」

←脚注に「春記・八月四日条に載る祭主大中臣永輔の言上の中」にあると。

この②の「大風大雨に伊勢神宮顛倒の事」（五-一二）は、新大系当該話脚注一に、「春記・八月四日条に載る祭主大中臣永輔の言上の中では七月二十七日、雑事記、百錬抄は二十六日。これは注四に記すように、永輔が資房（春記筆者）に語った、自らの体験の反映した不一致」とあるように、『春記』長久元年八月四日条からの抄出である。すると本話が、編目ごとに分散される以前の説話群中に、つまり顕兼の手元に、同年九月九日のそれと連続してあった蓋然性は高いのではないか。さらに言えば、どちらもが『春記』を源泉として、『春記』から抽出された説話群中にあったと解するのが、一番無理がない。

因みに、後朱雀天皇関係説話も『古事談』から抽出してみる。すると、それは後一条天皇代に関わる二話を間に挟んで四三話から、次のように計六話（他巻に三話）を数えることができる。が、いずれも下段に示したように長久元年のものは見出だせない。また、（1）は散逸した『小右記』寛弘六年十一月条、（4）は『富家語』（五六）話が出典だということで、（5）に位置する当該話とは、いずれも直接的な関係は認められない。つまり、編集後の『古事談』からは、依拠史料の状況はわかりにくくなっている。

今、『古事談』全体にわたって、先のような編集段階における分散例を挙げる用意はない。が、（6）の一-五〇話と、五-四六話「病篤き後朱雀院の夢に、藤原道長丈六仏造像を勧むる事」は、後朱雀院の薨去に関する一連の抄出記事が分かたれて配されたものと指摘することができるし、一-一三話の天徳の内裏焼亡に関わる記事

	説話番号	新大系説話目録より	事件年次
(1)	一-四三	藤原伊成、藤原能信の陵礫に出家の事	寛弘六年十一月廿五日
(2)	一-四四	御書使藤原公基、狂人に御書を汚さるる事	
(3)	一-四五	殿上淵酔に藤原経輔、藤原俊家に打たるる事、我が恥として後朱雀院悲嘆の事	(寛徳二年 正月 三日)
(4)	一-四八	後朱雀院即位に、内弁藤原教通練歩の事	長元九年 七月 十日
(5)	一-四九	当該話	長久元年 九月 九日
(6)	一-五〇	後朱雀院臨終に、関白藤原頼通東宮のことを受けざる気色の事	寛徳二年 正月十六日

が、三-八七話後半の石山僧都の言談、および六-一話「南庭の桜樹・橘樹の事」に見られたりする。それらについては、やはり、顕兼の同時代史料からの一括収集、その分散編集の可能性が考慮されるべきであろう。

今後の課題として、『古事談』全体の説話を、六つの編目を離れて、編年に並べ替えることをしたい。その作業によって、当初、顕兼の手元に集められていた抄出群の状況が依拠史料ごとに明らかになり、彼の営みがより鮮明になろうと推察される。ともあれ、本項の考察によって、五-二話「大風大雨に伊勢神宮顛倒の事」が『春記』に依拠しており、しかも、「長久元年七月廿七日夜」と書き出されていることから、『古事談』が六巻に編集される以前において、それが同じく『春記』に依拠したろう「同年九月九日」と起筆される一-四九話の前に位置していた可能性が指摘されることになった。

三　まとめ——再度、内侍所御神楽創始について

内侍所御神楽の創始について、第一章末尾に本田安次の文章を引いたが、そこに、「そこまで下るのは如何か

と思はれるが、「體源抄」十ノ上、内侍所御事の項には、天徳・寛弘の神鏡の火難をのべたのち、「長久ノ内裏焼亡ニソ、ヤケソムセサセ給タル灰ヲトリテ、唐櫃ニ入タリケリ。ソレヨリ内侍所ノ御神楽ハシメヲコナワレタリケルトカヤ」といふ伝を誌してゐる」とあった。ここにいう「長久ノ内裏焼亡」が、前掲〔『扶桑略記』内裏焼亡記事表〕に見える長久三年のそれではなく、これまで論じてきた『古事談』（一-四九）の時のそれに重なることは自明で、すでに言うまでもあるまい。

それを、顕兼が『古事談』に言いたかったのか、どうかは知れない。しかし、前章第3、4項の考察によれば、やはり、その典拠は『春記』の蓋然性が高い。そこで、改めて、『古事談』（一-四九）の原文を『春記』に照らしてみると、次のようになる。

〔『古事談』・『春記』比較表〕

『古事談』（一-四九）記事	『春記』記事　（史料大成本頁）
①同九月九日、内裏里第焼亡之時、	①丑三刻許家人告之北方有火云々、即馳参内間、行人云、内裏焼亡者、心神失度、（九日記事、一八一頁下）
②賢所令焼失御了、	②（関白）仰云、内侍所神鏡不能奉出、已在灰燼中、悲歎之甚、未知所為、世間尽了、大刀契、節刀、并内侍所印等僅以取出云々、（九日記事、一八二頁上）
③内侍所女官二人、依有夢想事、於焼跡奉求出御躰残玉金之類、	③内侍所女官二人夢想云、一人夢云、彼本所有小虵、頗有悩気云々、一人夢云、彼本所有人云、吾相離独身在此所云々、博士命婦并他女官等相引向本所、奉鑿求之処、如金玉求得二粒、（十日記事、一八五頁上）
④件所土入新桶、被安置神祇官云云、	④関白命云、彼本所土壌尤有恐、不可棄置也、仍其方六七尺許土払取、入新桶暫安置可然之所、以後日可置神祇官也、（十日記事、一八五頁下）

この比較表によると、『古事談』の一つの話が、『春記』長久元年九月九日、十日両日条に記載されている①〜④の傍線部、その四箇所の要素を整備、簡略化し、そして縫合することによって成立することがわかる。因みに、『春記』のこの二日分の記事は、史料大成本でいうならば、一八一頁下段から一八五頁下段に及ぶ。したがって、そのすべてをここに掲出することはむずかしいが、そこで次に生じる問題は、顕兼がどれだけの記事を捨てたかであり、また、どうして捨てたのかである。

本来、『古事談』の編纂には何段階かの工程が存したはずであるが、その史料収集はそれを構想して後に思い立たれたものであろうか。また、一話一話の編集作業と、編目ごとの分類は、どちらが先行したものであろうか。説話の一々により、当然いろいろな場合が考えられる。が、想像を逞しくするならば、そのいくつかの工程を経る間には規模の小さくなった話も存するのではないか。当初の構想が、抄出量が膨大になるにつれて、次第に忘れ去られることもあったのではないか。

筆者は、『春記』長久元年九月十三日条に、「神鏡可奉納辛櫃様、并又可奉入玉体之筥有無事等、引見天徳御記、指無所見、（訓読……神鏡、奉納スベキ辛櫃ノ様、并ビニ又玉体ヲ奉入スベキノ筥ノ有無ノ事等、天徳ノ御記ヲ引見スルニ、指セル所見ナシ）」とあるのを見る時、この説話は、当初、ここにいう「天徳御記」、つまり（『扶桑』中の）『村上天皇御記』に見える『古事談』一-一三話までも構想に入れた、大きな規格をもって計画されたものではなかったか、と思いを廻らす。

屋上に屋を重ねることは戒めなければならないが、この二話の背景を思うと、顕兼の編集結果には疑問を呈さずにいられない。それは、この長久元年九月の記事が、顕兼だけではなく、内侍所御神楽について記す近古の研究者に等しく注目されていることから想起されることである。第一章に言及した本田安次も、そうして『江家次第』の大江匡房も、顕兼同様に『春記』長久元年九月条を引いていると覚しい。だから、一人顕兼だけが、それの内侍所御神楽創始に関わることを意識していないというのは奇妙である。彼には『江家次第』の記述を検証しようと試みることもできたはずである。それが、これだけで終わってしまったについては、何らかの理由（あるいは事故か）を考えないではいられない。

おわりに

最後に、顕兼の依拠した『春記』の内侍所御神楽の創始に関わる記述の全般をまとめて、筆を擱きたい。敢えて言うならば、それは顕兼が『春記』から切り出しそびれたものである。いや、なぜか、書き抜かなかったものである。

長久元年九月九日に起きた内裏焼亡事件によって、内侍所の神鏡は三度目の罹災をした。『江家次第』に、「長久ノ焼亡ニ焼失ス」とあるのがそれで、それは、『百練抄』[12]、『扶桑略記』、そして『古事談』等、諸方に記されることになった。そして、それらの依拠史料は、等しく『春記』であったと覚しい。それについては、記主藤原資房（一〇〇七〜五七年）が藤原実資の養子資平の長男で、菅原道真の血を受けた藤原知章女を母として生まれた小野宮家の嫡流であったことから記録に信用が置け、しかも、当時蔵人頭として後朱雀天皇の側近くにあり、一番内裏や天皇の状況を知る立場にあったこと、加えて、日記に祖父実資の言辞を引いていたこと等から、第一級の同時史料として看過できなかったことが理由として挙げられようが、特にこの内裏焼亡事件に関しては、実に詳細な記録を遺していることも注目された要因であろうと言える。

内侍所御神楽の歴史は、未だに判然としていない。『一代要記』にいう一条天皇、長保四年五月五日を嚆矢とする説に根拠のないことはすでに述べた。それでも、『小記目録』にはそれに次いで古い記録が見出だせ、長保四年説があながちに否定できないことを推察させる。『小記目録』は、「小右記の長元五年までの部分について、その殆んど完全な本から、長元六年以後のごく早い時期に作られたと推定される、詳細な分類目録」であると、『大日本古記録 小右記九』の例言にいうが、それによって後人は『小右記』逸文の内容を知ることができる。

そこに「内侍所御神楽事」の項があり、次の二条が挙げられている。

3843　長保五年　四月廿六日、内侍所有御神楽事、依旧御願也、

3844　同　　十一月十四日、内侍所御神楽事、

したがって、『一代要記』説に一年遅れる翌長保五年（一〇〇三）には、すでに御神楽が夏季と冬季、二季に挙行されていたことが知られる。前年に御神楽がなかったとどうして断言できよう。ただし、この四月条末に、「旧キ御願ニ依ツテナリ」とあり、それは、長保三年の内裏焼亡に罹災した神鏡慰撫のために挙行された可能性も捨てきれない。そこで、『一代要記』長保四年説は、同三年十一月の神鏡罹災に際して当然御神楽挙行はあったと見る臆断により記されたものと今は見ておく。『小記目録』に同五年以前の御神楽記述がなく、かえって「旧キ御願」云々の付記のあることが、その創始であることを物語っているように推察される。

『春記』に「内侍所御神楽」の記述を振り返ってみると、長暦二年（一〇三八）十二月十日条に、十三日に挙行される御神楽に先立っての後朱雀天皇の言辞が次のようにあって、十三日条には、「件ノ事、前代ニ度々其ノ事行ハルルトコロ」とあることから、両条を勘案すると、御神楽創始は、漠然と「一条院」代となり、それは「前帝ノ御時」、つまり、後一条天皇代にも、「事ノ故有リテ」行なわれたということになるから、それは『小記目録』と、いや、従来の説とも齟齬は来たさない。ただし、いずれも濫觴は示すが、恒例化、年中行事化には直結しな

いものであったと考えられる。

件ノ神楽、一条院、并ビニ前帝ノ御時、事ノ故有リテ行ハルルナリ。ヨツテ内侍已下ノ禄法、太ダ以テ過差ナリ。但シ寛弘ノ例、禄ヲ省略スルニヨリテ、今ニ毎年此ノ事ヲ行ハントスルモ、恒例ノ事、唯省略ヲ以テ例トナスノミ。寛弘ノ例ニ依ルベシ。（原漢文）

その点において注目されるのは、右の「寛弘ノ例」の記述で、それは寛弘二年（一〇〇五）十一月に起きた二度目の神鏡罹災に関わるのだろうが、「内侍已下ノ禄」が省略されたと覚しく、『春記』においては、そこで、後一条天皇代に膨張していた御神楽の「禄」を、寛弘の例に戻して、「毎年此ノ事」を行なおう、つまり恒例化しようと意図していたのである。

因みに、『小右記』によると、その寛弘二年の罹災に神鏡は、「僅カニ帯有リ。自余焼損シテ円規ナシ。鏡ノ形ヲ失フ（原漢文。以下同じ）」という状態に陥っている。が、それによって御神楽が奉仕されたという記述はない。奇異なところである。

なお、『同記』においては、長保五年に遅れること十二年、三条天皇、長和四年（一〇一五）閏六月二十三日条に、「今夜、内侍所の恐所ノ御前ニ於イテ神楽有リト云々」という記事が見出だせ、同日のことは十四世紀に成立した『帝王編年記』同日条にも、「今夜、内侍所御神楽ナリ。西面ノ廂中ニ庭火ヲ焼ク。或説ニ、夏ノ神楽ニ火ヲ焼カズト云々。然レドモ左近将曹重胤申ス旨アルニ依ツテコレヲ焼ク（原漢文）[13]」と記録されている。

これまでのところ、内侍所御神楽の挙行は、内侍所の焼亡、神鏡罹災に関わり、神鏡の慰撫が目的であったと見られた。したがって、それは本来臨時性の強いものであったはずである。ところが、この『編年記』条には、「或説ニ、夏ノ神楽ニ火ヲ焼カズ」とあって、この「或説」と、先述の長保五年の二例を勘案すると、その御神楽は、この時期にすでに恒例化の萌芽が認められて、夏、冬二季の挙行が年中行事化される方向にあったと認識される。それが、積極的に推進されようとしていたのが、『春記』に見える長暦の頃なのであろう。ところが、実際に内侍所御神楽の毎年挙行が顕在化するのは、堀河天皇の寛治（一〇八七～九四）年間以降のことで、それも十二月の冬神楽に限られることになる。

稿を閉じるにあたって、以上のことをまとめてみると、本稿に論じた長久元年の神鏡罹災事件は、だから、それまでに恒例化しつつあった内侍所御神楽を謂わば否定する形で勃発したということが言える。神鏡は完全にその形を失い、鉄の塊となってしまった。そうしてそれは、時の後朱雀天皇に、その王位にあることまでを疑わせることになった。

それを、『春記』同年九月十二日条に、実資は次のように慰めている。

（実資）申サレテ云ハク、「神鏡ノ事深ク歎キ申ストコロナリ。但シ天徳ノ焼亡ノ時、・火中ニ在リト雖モ焼ケ損ジ給ハズ。一条院ノ御時、円規初メテ損ズ。此ノ度ニ至リテハ思シ給フトコロハ、皆悉ク焼ケ損ジ、其ノ体ヲ遺サザルカ。是レ世運ノ次第ニ依ルナリ。而ルニ玉体猶残リ給フ。是レ希有ノ事ナリ。コレヲ以テコレヲ知ル。王法猶存スルコトヲ。還リテ感歎スベキコトナリ。（後略）」ト云々。（原漢文）

この実資の言辞は、天皇が資房に対して密かに、「最近、寝ることも食べることもできない。思いは千々に乱れ、神鏡のことを言い出せば悲歎は尽きない。不肖の身が尊位にあるからいけないのでは。内侍所から集めた土壌をどうしよう」と、洩らされたそれを聞かされてのものであり、それは、天皇をどうやって慰めようかと日々心を砕く孫資房のために知恵を貸そうという思いから出たものと推察されるが、翌十三日条に資房は、毎夜、天皇が寝殿の巽（南東）の間に半畳を敷き、御直衣を召して神鏡を奉拝しているという尋常ではない様子、心労で気分がすぐれず、腰痛も起こしていた様子を記している。

そうして、『同書』によると天皇は、一条天皇代に「進ノ内侍」という者が宿直の近衛等に内々に神楽を奉仕させ、女官等が舞踏した先例を思い出し（十四日条）、遂に二十三日には内侍所御神楽を二十八日から三箇日にわたって挙行することを決定するに至る。

したがって、『古事談』一-四九話には、その内裏焼亡、神鏡罹災という発端しか表出していないが、その事件の意味するところは重大で、それは、これ以降に定着するところの年中行事、十二月の内侍所御神楽の、真実の創始に関わっていたのである。

注

（1）「二松学舎大学 人文論叢」第67輯（二松学舎大学人文学会　二〇〇一年一〇月）所収。

（2）当時は第三〇・四六・五二・七九・八三・九五話の計六話を挙げていた。

（3）因みに、『大日本史料』第二編之四「長保四年十二月是月」条（七六七頁）も、『一代要記』に拠ってか、そこに内侍所御神楽の嚆矢を記す。

（4）『日本の民俗芸能Ⅰ　神楽』（木耳社　一九六六年六月）「宮廷御神楽考」（二八三頁〜）参照。

（5）注4「宮廷御神楽考」（二八四頁）参照のこと。

（6）川端善明・荒木浩校注『古事談　続古事談』（新日本古典文学大系41　岩波書店二〇〇五年一一月）より。

（7）たとえば、里内裏のそれは数に入っていないが、『国史大辞典』8の「内裏」項を参照しただけでも、次のようにあって、顕兼の没年次までに十四回の内裏火災が数えられる。

天徳四年（九六〇）をはじめとして貞元元年（九七六）、天元三年（九八〇）、同五年、長保元年（九九九）、同三年、寛弘二年（一〇〇五）、長和三年（一〇一四）、同四年、長暦三年（一〇三九）、長久三年（一〇四二）、永承三年（一〇四八）、康平元年（一〇五八）、永保二年（一〇八二）、承久元年（一二一九）の合わせて十五回の火災にあい、安貞元年（一二二七）四月に再建中の殿舎が焼けたのを最後として、宮城内の内裏は廃絶した。

（8）『扶桑略記　帝王編年記』（新訂増補国史大系12　吉川弘文館　一九九九年八月　新装版第一刷）より。

訓読……御日記ニ云ハク、「二十三日庚申。此ノ夜、寝殿ノ後ニ侍臣等ノ走リ叫ブノ声ヲ聞ク。驚キ起キテ其ノ由緒ヲ問フニ、少納言兼家奏シテ云ハク、『火、左兵衛ノ陣ノ門ヲ焼イテ、消救スベキニ非ズ』ト。走リ出デテコレヲ見ルニ、火焔已ニ盛ンナリ。即チ衣冠ヲ着シテ、南殿ノ庭ニ出ヅルニ、左近中将重光朝臣、御剱璽ノ筥ヲ持チテ相ヒ従フ。即チ人ヲ遣シテ御輿ヲ召スニ、早ク持チ来タルコト能ハズ。又侍臣ヲシテ内侍所ノ納ムル所ノ太刀契等ヲ取ラシム。権右中弁国光朝臣ヲシテ殿ノ廊ヲ撥ヒテ火ヨリ救フ事ヲ行ハシム。而レドモ雑人甚ダ少ク、コレヲ救フニ力ナシ。侍臣等言ヒヘラク、『火已ニ温明殿ニ着キ、内侍所ニ納ムル所ノ太刀契等ヲ出ダスコト能ハズ』ト。又、御読経ノ僧等ヲ召サシメテ立願スレドモ、火勢弥盛リニシテ延政門以南ノ廊ヲ漸ク焼ク。烟、承明門ノ東ノ辺リニ満ツ。時ニ災火止ムベカラザルコトヲ知ル。更ニ清涼殿ニ還ルニ、後涼殿及ビ陰明門ヲ経テ、微行シテ中院ニ到ル。神嘉殿ニ留マリテ火ヲ避ク。此ノ間心神迷惑スルコト、宛カモ夢ノ裡ノゴトシ。主殿ノ官人、腰輿ヲ持チテ来タル。皇太子、侍臣ニ抱カレテ来着ス。左衛門督藤原朝臣参入シ、仰セテ内裡ニ向ヒテ火ヨリ救フ事ヲ行ハシム。次ニ右大将藤原朝臣参入シ、行キテ鈴・印鎰ノ櫃ヲ取リ出スコトヲ仰ス。次ニ右大臣并ビニ公卿等参リ来タル。火勢漸ク近キニ依ツテ、右大将、藤原朝臣相ヒ議シテ、太政官ニ幸サシメ、即チ腰輿ニ乗リテ、中院ヲ出デ、太政官ノ朝所ノ屋ニ到リ、輦ニ乗リナガラ板敷ノ上ニ在リ。太子相ヒ従ヒテ同ジキ屋内ニ候ス。右大将藤原朝臣言ハク、『太政官、内裡ヨリ御忌ノ方ニ当タリ、又、太白コノ方ニ在リ。須ク職曹司ニ移シ御フベシ』ト。ヨツテ御輿ヲ促シテ職曹司ニ向カフ。皇太子、車ニ乗リテ相ヒ従フ。右大臣ヲ召シテ詔リシテ、『朕、不徳ヲ以テ久シク尊位ニオリテ、コノ災殃ニ遭ヘリ。歎憂極マリナシ』ト。朝忠朝臣、還リ来タリテ奏スルニ、『火気漸ク衰フ。八省ニ延及スベカラズ』

ト。火、亥ノ四点ヨリ起リテ、丑ノ四点マデニ、宜陽殿ノ累代ノ宝物、温明殿ノ神霊ノ鏡・太刀・節刀・契印●《ママ》、春興・安福両殿ノ戎具、内記所ノ文書、又仁寿殿ノ太一ノ式盤、皆灰燼ト成リニキ。天下ノ災、ココニ過グルナシ。後代ノ譏リ、謝スル所ヲ知ラズ。鈴ノ辛櫃ハ御所ノ内ニ置キ、印并ビニ鎰ノ辛櫃ハ外記局ニ納ム」ト。

（9）なお、訓読については、赤木志津子編『訓読 春記』（近藤出版社　一九八一年二月）があるが、それに拠らずに私に付した。

（10）その点においては、「新訂増補国史大系18」に見える『古事談』の標目「賢所焼失女官求出御体残事」の方が、内容にふさわしい。

（11）ところで、この脚注は「里第」について詳細に記すが、ここで考察されるべきは、「内裏」に対して「里第」という挿入注記を、「何時、誰が付したのか」であろう。『春記』の同日記事には、元来「内裏焼亡」としかなく、本話の主題はあくまでも神鏡罹災にあるのだから、「里第」の挿入注記は必要のないものであった。したがって、顕兼が『春記』のこの周辺をあらかじめ抄出していて、その後にこのように編集したのなら、彼自身にも挿入の機会はあったが、それはむしろ、本話の依拠史料を知らない後人の仕業を疑うべきであった。

（12）『百練抄』長久元年条には、九日の京極内裏焼亡記事に内侍所神鏡の焼残り五、六寸（十七、八センチメートル）ばかりの鉄塊を掘り出して包み折櫃に入れたとあり、翌十日の記事にその残り（玉金のような二粒）が内侍所女官の夢に救出を求めたと、さらに十二日の記事には神鏡焼損に伴う諸事を寛弘二年の例にならって執行することが定められたとあるが、その十日条末尾に、「已上、資房卿記ニ見ユ」とあり、その「資房卿記」とは、参議兼春宮権大夫藤原資房の日記『春記』の別称であるから、『春記』依拠は明白である。

（13）『帝王編年記』は、この記事の直前に「同（長和）三年甲寅二月九日、内裏焼亡」と配しているから、御神楽挙行の理由がそれであったように見える。

山口眞琴

〈恥と運〉をめぐる人々

――古事談と宇治拾遺物語の間

一　はじめに

古事談が宇治拾遺物語（以下、宇治拾遺とも略称）にとって重要な典拠の一つであったことは、益田勝実氏の論考[1]などで広く知られるところだが、最近の新日本古典文学大系（以下、新大系と略称）[2]における精緻な古事談の注釈によれば、両書の関係はもう少し複雑・多層なものであったことが窺われる。

例えば、古事談二―七七「藤原定頼の読経の声、藤原頼宗の許なる女房を泣かしむる事」に関して、新大系では、同類話の宇治拾遺物語三五「小式部内侍、定頼卿ノ経ニメデタル事[3]」だけでなく、その前の三四「藤大納言忠家物言女、放屁事」もまた、古事談該話によって「生まれ合わせたものであろう」と見なして、とくに定頼の読経に屈した頼宗のさらなる錬磨の覚悟を示した該話の「発心」という語が、「その言い方の滑稽によって」、宇治拾遺三四で抱き寄せた色好みの女房に放屁された忠家の「心うき事にもあひぬる物かな。世にありても何にかはせん。出家せん」（傍点、引用者。以下、傍点・傍線同じ）との思いつめた決意へ、「即ち話全体の好色滑稽へ増幅される契機」になったと考えられている。この想定にしたがえば、宇治拾遺の説話形成にかかる発想や主題、細部の表現趣向といった面でも、古事談はすぐれて動因的な機能をはたしていたことになる。あるいは、古事談二―九二「藤原惟成、糟糠の妻を別離の事、妻貴船明神に祈り、惟成出家に到る事」における新大系は、「進命婦の話と本話とを連続して構成する本書に対し、宇治拾遺は、定基出家と進命婦の話をその順に連続させて、本書に対応する。」と注するが、これは、補足していえば、古事談の二―九一「藤原祇子、法花経読誦の老僧に懸想さるる事、祇子所生の子の事」と右の惟成説話の連続配列を参照した宇治拾遺が、それに対応すべく、かつて自分を捨てた夫で今は入道乞食の身となった男に旧妻が再会する、という話柄で惟成説話と重なる著名な大江定基の出家譚に、古事談から採った進命婦説話を連続させたというもの。もし、そのとおりであれば、古事談は宇治拾遺の配列構成にかかる決定要因をも提供していたことになる。

　右の注釈は、後述するように、いずれもなお検証を要するものの、少なくとも両書の関わりが単なる出典関係にとどまらないことをよく示唆する。しかも、新大系においてそれらは、「解説」に言明されるとおり、いわゆる説話構成をめぐり高度な〈作品〉化を遂げた宇治拾遺に対して、その完全展開をもたらす可能性を湛えたテキストとしての古事談を再評価する意味あいが強い。そもそも、古事談に関する注釈ゆえ当然のことだとはいえ、そうしたスタンスは、翻って宇治拾遺の驚くべき達成についての謎を解明する視角の一つともなるであろう。新大系の驥尾に付して、あらためて両書の関係考察を試みる小論もまた、宇治拾遺につながる古事談本来の豊かな可能性を掘り起こすことに意を用いてみたい。

二　直接書承しない理由

まずは、右にとりあげた新大系の想定のうち、前者の事例について再検討してみよう。それは、要するに、宇治拾遺三四・三五の両話が古事談二-七七の定頼読経説話をもとにして成る、という想定であったが、上記三話の「女房の局での情事の際のハプニング」(4)といった内容的一致や前述した「発心」「出家」の表現的連関のほかにも、例えば古事談の「上東門院に好色の女房有り或る説に、小式部内侍、と云々。」という注記を含む叙述が、宇治拾遺両話(三四「びゞしき色好みなりける女房」と三五「小式部内侍」)に振り分けられたごとくであるというのも、傍証の一つになるようだ。しかし従来、古事談から直接書承したとされるものは、きわめて高い同文度を示すことが根拠になっており、その点では、宇治拾遺の三四はむろん、三五についても、古事談二-七七を出典と考えるのは難しい情況にある。したがって、新大系の想定は、出典・書承のレベルとは異なった両書の包括的な影響関係を前提としなければならないが、そのことは十分に認められてよいと思われる。益田論文をふまえて宇治拾遺に至る増補過程を検証した山岡敬和氏によれば、「古事談全体を博捜し、何度も繰り返し前後して読み進めながら、自分の求める説話を探し出す作業を行な(5)」ったという宇治拾遺が、説話の発想・形成上の源泉として古事談を活用したとしても不思議ではない。問題は、そのように古事談を参照しながら、三四・三五をどのように形成したかだが、それの解明は容易ではなく、とくに別の定頼読経説話を探索・採録したのかどうかが明らかでない以上、宇治拾遺独自のとり組みも判然としない。そういうなかで、逆に注目したいのは、なぜ古事談該話を直接書承しなかったのかという点である。(6)その事情や理由の実際的なところは、かなりはっきりと窺い知ることができるのではないか。

堀河右府は、四条中納言に依りて経を談じて、錬磨を致す有元の故、と云々。上東門院に好色の女房有り或る説に、小式部内侍、と云々。堀河右府、四条中納言と共に此の女を愛す。然る間、或る時、右府先に件の女房の局に入り、已に以て懐抱す。……（古事談二-七七）

今は昔、小式部内侍に、定頼中納言、物いひわたりけり。それに又、時の関白かよひ給けり。局に入て、臥し給たりけるを知らざりけるにや、中納言より来て……（宇治拾遺三五）

あらためて古事談と宇治拾遺の定頼読経説話の冒頭部分を掲げたが、何より目を引くのは、宇治拾遺と違って、古事談では「堀河右府」すなわち藤原頼宗が定頼と競って読経錬磨に励んだと、真っ先に語られることである。それは「一話の結論」（新大系）とはいえないまでも、以下の説話内容を先取りしているぶん、その展開を読む面白さを損ねていると見て間違いない。その点、宇治拾遺は《引き返そうとした定頼が、あろうことか経を読みあげて、それに小式部内侍がまさか感応するなんて》といった驚きに満ちた読み応えを保障する。そんな宇治拾遺が古事談の該話を採らないのは、むしろ当然のことであったかもしれない。

両書において同様のことは、大和国の殺生好きの男とそれを制した聖に関する類話間にも確認できる。古事談三-九九では、冒頭から「大和国に狩を以て業と為す者、舜見上人常に制止せらると雖も、敢へて承引せず。之れに依りて、五月の下つ暗の夜、件の猟者照射に出でぬと聞きて、上人、鹿の皮をかづきて、鹿の躰を作りて野に臥す。……」と、聖が鹿に化けて改心させようとした事実を説明するのに対して、宇治拾遺七は、猟師の男とともに、隠された真相を読者に見出させる体のスリリングな叙述を展開する。聖の呼称をはじめ細部の異同が少なくないため、書承関係はないと考えられている両話だが、読むことの面白さの追求においても、対極的といってよいほど、その隔たりは大きい。ほかに「中関白は酒宴を以て事と為す。」（二-五九）、「実資大臣は、大入道殿の恩に依りて大位に至れる人なり。」（二−七五）、「大原の良仁聖人は権者なり。」（三−一〇一）等々、以下の話がその例証であることを示す古事談の語り出しは、すでに一つの定型をなしている。そのうち、例えば良仁の超能力を物語る説話に対して、十訓抄の相手の小女を主人公にした説話中に引かれる同話は、「権者にておはしけるにや。さて女房、出家して、つひにここに住みけり。」（十−六〇、新編日本古典文学全集）と、末尾でようやく権者説に言及する。どちらに興趣が保たれるか、いうまでもなかろう。

ちなみに、宇治拾遺との書承関係が認められている場合の古事談説話には、主題や真相を先に明かすような叙述は見あたらない。してみると、宇治拾遺が古事談から直接採録する基準としても了解される、説話的興趣の追求や読み応えの保障といった宇治拾遺スタイルは、逆に古事談から学習されたということはなかっただろうか。

美作守顕能の許に、賤しからぬ躰の僧一人出で来たりて、法花経貴く綴り読みけり。守之れを聞きて、「打ち任せたる乞食にはあらざめり。何なる所より何様なる人の来たれるや」と問はしむる処、答へて云はく、「乞食に侍り。門毎に乞ふ態をば仕らず。西山の辺に候ふが、聊か申し上ぐべき事侍りて参上する所なり」と云々。物謂ふ気色など様有る躰なれば、委しく問ふ処、……

（古事談三−一〇四）

発心集にあっては巻一の掉尾に配されて著名な偽悪説話の冒頭部分だが、それが古事談では、聖の訪問を受けた邸主の顕能が、当初から彼がただの乞食ではないと察知していたかのように語られる。右の傍点部に顕著で、また「美作守顕能のもとに、なまめきたる僧の、入り来たつて経をよにたふとく読むあり。主聞いて、「何わざし給ふ人ぞ」と云ふ。……」（発心集巻一12、日本古典集成）との対比によって明らかだが、それは古事談が偽悪の真相を念頭に置いて語り出すからにほかならない。結果や結末から遡及的になされた叙述整備でもあったろうそれは、しかし勿体を付けることがない点で、読者を惑わせて楽しませることがない。語りのパフォーマンスにかけようとした宇治拾遺にとって、それがかえって大きなヒントになったのではないか。思い描いてみたいのは、直接採録を避けると同時に、古事談叙述の反転をむねとするような意識でもって、宇治拾遺が結果や結論あるいは種明かしを先送りし続ける語りの方法に磨きをかけたのではないか、ということである。

その意味でなお注目されるのが、宇治拾遺では巻頭を飾る道命・和泉式部説話である。

道命阿闍梨は、道綱卿の息なり、其の音声微妙にして、読経の時、聞く人皆道心を発す、と云々。但し、好色無双の人なり。和泉式部に通ふ時、或る夜、式部の許に往きて会合の後、暁更に目を覚まして、両三巻を読経して後、まどろみたる夢に、……（古事談三―三五）

今は昔、道命阿闍梨とて、傅殿の子に、色にふけりたる僧ありけり。和泉式部に通けり。経を目出く読けり。それが和泉式部がりゆきて、臥したりけるに、目さめて、経を、心をすまして読みけるほどに、八巻読みはてて、暁にまどろまんとする程に、……（宇治拾遺一）

両話については、すでに種々議論がなされて、大方は直接関係がなかったと考えられている。傍点部の「両三巻」「八巻」の読経巻数をはじめ、道命と翁が交わす問答の数（一度きりの古事談に対して、宇治拾遺は三度）などの重大な相違があるからだが[(7)]、右傍線部の道命の人物紹介にあっても、古事談が「読経」の声のすばらしさを先に、「好色」のことを後回しにするのに対して、宇治拾遺ではその順序が逆転している。そもそも該話は、法華験記巻下86や今昔物語集巻十二36に語られる、蔵王・熊野の権現や住吉・松尾の明神らが道命の誦経を貴び聴聞したという話題に基づくもの。その「パロディ」（新大系古事談）とも見なせるが、なお古事談では、不浄のままでも五条の翁を喜悦させるほどすばらしい、といった意味あいで道命読経を称える趣が濃い。その「パロディ」をさらにもどいて見せたのが、宇治拾遺説話なのではないか。三度ものやりとりを通じて、翁が慇懃に感謝すればするほど、美声で名高い道命の「読経」は「好色」ゆえの不浄性を際立たせていく。そういう皮肉な反転は、伝統的な諸神聴聞話題だけでなく、古事談のような不浄読経譚が先にあって初めて成り立つものであろう。人物紹介における「読経」と「好色」の位置の逆転は、そのような経緯を表徴しているのではないか。少なくとも、宇治拾遺のごとき順序が古態とは考えにくいだけに、古事談参照の可能性が思われるところだ。

その可能性は、宇治拾遺の巻頭話と次話の二との連繋からも窺うことができる。二は平茸に生ま変わった法師たちの話だが、その原因が不浄説法にあることを示唆したのが「説法ならびなき」仲胤僧都。したがって、両話には、読経と説法の「不浄」という共通性に加えて、仲胤の「能説」が巻頭話で逆説的に浮上する道命の「能読」と対をなすような関連性も見出される(8)。そして、それも古事談の道命説話とその前話「清範律師文殊の化身たる事」(三-二四)を参照してのことであったかもしれない。その両話は、「諸法において無双」なる清範に対して「好色無双」の道命、清範=文殊の化身であるのに対して道命説話では相手の翁が五条天神らしい、といった対照的な関連でつながるようだが、それ以上にすぐさま周知されたのは「前話、能説の清水寺別当、本話、能読の天王寺別当」(新大系)という続き具合であったか。それに宇治拾遺が学んだとすれば、後述する進命婦説話をめぐる事例と同じような構成上の影響関係が、巻頭から存したことになる。そもそも、宇治拾遺が古事談との同話をそこに起用したことじたい、両書の深いつながりを窺わせるが、おそらく宇治拾遺のねらいは、先の定頼読経説話との連繋を抜きには語れないものであっただろう。もう一度、定頼読経説話に戻ってみたい。

三　振幅の大きな関係性

宇治拾遺の巻頭話と三五には、和泉式部・小式部内侍の母娘に通っていた男の「読経」をめぐる説話という共通点がある。誰の目にも明らかなその連繋は、両方の同類話を有する古事談にまずは認められるのではないか。そういう考え方をとる新大系は、古事談二―七七の次話「定頼の読経、陽勝仙人聴聞の事、陽勝の誘ひを定頼逃ぐる事」（二―七八）において、「前話の小式部の母は和泉式部。和泉式部には道命との法華経読誦をめぐる、不浄と道祖神聴聞の説話が残る（三―三五）。芸能でもあった法華経と異形の聖人の降臨、そして女をめぐる不浄、また和泉式部母子。道命の説話は本話と前話をゆるやかにつなぐ。」と注する。道命説話のとらえ方がすでに宇治拾遺でのそれであるような点、問題なしとしないが、しかし、古事談の第二臣節にある上記二つの定頼読経説話が、第三僧行の道命説話に至って、その連繋的な意味あいが再認識されるというのは、それよりもっと自在な宇治拾遺の連纂方法などからすれば、容易にあり得ることだろう。そこではまた、読経に感じた陽勝の仙界への誘いに対して「内方」＝女の家へ逃げ込んだ定頼の「心きたな」き一面が、のち道命説話の読経称賛の趣に水をさすような連想展開もあっただろう。それこそ、宇治拾遺該話のもどきの含意に通じるものだが、ともあれ、そこで注目したいのは、上記の古事談のありようを参照した証拠のごとく、宇治拾遺が今度は逆に道命説話を起点にして定頼読経説話へとつなぐなかで、さながら古事談を裏返したような趣向をめぐらしていることだ。

先に示したように、宇治拾遺三五で定頼が訪れた際、すでに小式部と臥していたのは、頼宗ではなく「時の関白」すなわち藤原教通である。彼が関白になった時、小式部も定頼もすでに没しており、「時の関白」といえば頼通の方がふさわしいのだが、それでもなお教通のことと解されるのは、後拾遺集・雑二（九一一・九一二）所収の頼宗と和泉式部の贈答歌などに、教通と小式部の関係が明記され、そして当の宇治拾遺の八一「大二条殿ニ小式部内侍、奉二歌読懸一事」にも、両者の交際が語られるからだ。とくに八一の存在が決定的で、むしろ、それが後置されることを前提に、三五は、古事談のような定頼・頼宗の読経争いから、小式部を中心にした女事争いへとシフトしていったと思われる。それを演出したというべきが、浅見和彦氏により的確に読み解かれた、[9]百人一首で著名な「大江山」の歌をめぐる説話との絶妙な重層関係であった。詳しくは浅見論文に譲って、いま結論だけいえば、歌合出詠の遅いのをからかう定頼に小式部がみごとな即詠で応酬した件の和歌説話に対して、三五は定頼の詠歌ではなく読経[10]による小式部への仕返しと勝利を、八一は相手を教通に替えての小式部の当意即妙の歌才を、各々あざやかに物語ったことになる。さらに私見では、八一は三五の後日譚であって、その「是も今は昔、大二条殿、小式部内侍おぼしけるが、たえまがちになりける比、例ならぬ事おはしまして」（袋草紙の類話「また大二条殿、小式部内侍をおぼす比、日比は御所労にて」新大系）という情況は、じつは遠ざかる定頼の読経に小式部が悶絶したあの夜の出来事が原因であった、との連想的解釈も可能となる。三五の説話末尾に「この入臥し給へる人の、「さばかり、たへがたう、はづかしかりし事こそ、なかりしか」と、後に、の給ひけるとかや。」とあるとおり、この時、教通はじつにたえがたい恥辱を味わった。以後、二人の仲はうまくいくはずがない。そんななか病気になった教通、ようやくそれも癒えた頃、彰子のところからの帰り際に「死なんとせしは。など問はざりしぞ」と言い捨てて立ち去ろうとしたところ、小式部が「大江山」歌の時と同じく「御直衣のすそを引とゞめつゝ」、「死ぬばかり歎きにこそ歎きしかいきてとふべき身にしあらねば」という歌を詠み返したため、感に堪えず、そのままかき抱き局に入って共寝したという。歌徳によるまさしく久方ぶりの関係回復であった。

そこから再び三五の話に立ち返れば、それは〈抱かれた男に恥辱を与える女〉の物語と見なすことができよう。その前の一対というべき三四の話も、懐抱中の放屁によって忠家に恥を見せ、一旦は「出家」を決意させる女の物語であった。[11]問題は、そのことが説話展開の起点たる宇治拾遺冒頭話に遡及できるかどうかだが、翁の慇懃な謝意にかえって困惑・狼狽する道命は、式部の手前たしかに恥ずかしい思いではあったろう。ただし、それは翁の作意なき皮肉のせい、式部が原因ではなかったはずだが、もし翁の登場に式部が関与していたとすれば、どうか。この翁、周知のとおり、宇治拾遺では「五条の斎」すなわち道祖神とも明記される。それは、性愛の神として遊女にゆかりの信仰対象（遊女記「殊に事《つかまつ》る百大夫は、道祖神の一名なり。」思想大系訓読文）でもあった点で、恋多き和泉式部とは結びつきやすい。式部はその翁にたのんで道命に恥をかかせようとしたのではないか。おそらく、情交後も読経を欠かさぬ道命の日課を利用して、それが終わった頃、翁が現れて皮肉な謝意を懇ろに述べる、と示し合わせたのだろう。そういえば、宇治拾遺巻頭話は、古事談と違って翁の出現を夢中の事とはしない。真贋はともかく「五条の斎」が実在の翁であったというのも、共謀説を妨げないだろう。

では、その目的は何であったのか。中世以降数多い式部の好色説話のうち、沙石集（米澤本）巻五末ノ二では、道命との関係はおもに藤原保昌との競合において語られる。とくに、突然保昌がやってきたので、あわてて道命を唐櫃に隠したという話からは、《はやく道命と縁を切らねば……》との式部の思いを透かし見ることができる。いわゆる三角関係のもつれだが、それならば三五とはいっそう連絡しやすいことになる。最終目的は、道命との絶縁にあったのではないか。首尾よくいったかどうかは明かされないが、やんわりとしかし執拗なまでに不浄読経を皮肉られた道命のダメージは小さくない。その時の絶句する道命は、実頼読経に悶絶する小式部と重なりつつ、その小式部の姿はまた、道命と翁のやりとりを聞きながら静かにほくそ笑む、母和泉式部のそれとのコントラストへと還流するものでもあった。

かくて、読経の名手たちの類まれな美声に注目した古事談が、なお女をめぐる不浄の心をも問題視したのに対して、宇治拾遺はその要因にすぎなかった女たちの側に寄り添い、男に対する強かな反面を掘り起こすような語り替えを実現したといえる。具体的には、仙人陽勝がからむもう一つの定頼読経説話（古事談二－七八）を切り離し[12]、替わって放屁説話や教通・小式部の後日譚を配したことによるが、それもまた、古事談の連繋に学びつつも、それとの差異化をめざしてなされたであろう点を重視しておきたい。

以上、実頼読経説話だけでなく道命説話についても、参照レベルの関係を窺ってみた。それが的外れでないとすれば、古事談と宇治拾遺の間には、直接書承における引き写すような追従的関係とともに、参照しながらあえて離反・対抗していくような関係も存したことになる。両書の関係特性は、その振幅の大きさにこそあったのではないか。

四　〈運〉へのまなざし

次に、冒頭に触れた後者の想定について見てみたい。それは、宇治拾遺の五九「三川入道、遁世之間事」と六〇「進命婦、清水詣事」のつなげ方が、古事談における惟成説話と進命婦説話の連続配列から着想したような対応を示す、というものであったが、宇治拾遺の定基説話およびそれ以前の数話が、今昔物語集（以下、今昔とも略称）と同話関係にあること、すなわち宇治拾遺の原型というべき宇治大納言物語に存したともされる古層の説話群であることから、より実際的な想定としては、定基説話に連続させる説話を古事談に求めた宇治拾遺が、それと同趣の惟成説話を見出した上で、その前にあった進命婦説話を採録したと見るべきであろう。それならば、惟成説話・定基説話に対する進命婦説話の位置が両書で前後相違するというのも納得できる。なお、宇治大納言物語から宇治拾遺に至る作品生成をめぐる先行所説のうち、最も詳細かつ尖鋭な木村紀子氏の「三段階の生成過程」説につくならば[13]、宇治拾遺六〇〜六九の古事談同話を中心にした説話群は（六二のみ同類話不明）、「原大納言物語」に対する「拾遺物語」の「第二次」「書入れ」にあたる。その書入れの最初が進命婦説話であったことになるが、もとより、古事談のそれは、宇治拾遺五九の定基説話とのつながりでのみ、直接見出された可能性もないわけではない。しかし、それにしては、乞食と旧妻の再会という話柄だけでなく、離縁の経緯や人物造型においても、惟成説話と定基説話は影響関係があったかのごとく似通う。

惟成の弁清貧の時、妻室善巧を廻らして、恥を見しめず、と云々。而るに花山院即位せしめ給ふ刻、之れを離別して、満仲の聟と為る。茲れに因りて件の旧妻、忿りを成して貴布禰に詣で、祈り申して云はく、「忽ちに卒すべからず、只今乞食と成し給へ」と云々。……（古事談二―九二）

これは惟成説話の冒頭部分で、花山院即位を機に糟糠の妻を捨てて源満仲の聟となった惟成に対し、怒った旧妻が貴船明神に詣でて今すぐ乞食に成すよう呪詛した、という。結局、そのとおり出家し頭陀行者となった惟成に、斎食を持参して会いに出かけた旧妻は、「隠れ居て、抱き入れて往事を談ず。或いは哭し、或いは怨む」と、愛憎半ばする複雑な思いを示して、惟成入道もそれを「承諾」したと語られる。これに比して、憎悪の念にのみ囚われた定基説話の旧妻は、同趣の再会場面で「あのかたい、かくてあらんを見んと思ひしぞ」（宇治拾遺五九）と、勝ち誇った嘲りの態度をあらわにした。該話は、さような恥辱にも乱れない定基の堅固な道心に焦点を合わせる。旧妻の憎悪は、そのために不可欠であったともいえるが、さらに注目すべきは、その憎悪が必然的であったかのごとく、「参河入道、いまだ俗にてありけるおり、もとの妻をば去りつゝ、若く、かたち良き女に思つきて」と、定基が旧妻を捨てて若く美麗な女に心を移した経緯が、冒頭部に語られることだ。同類の諸説話のうち、「嫉妬」深い旧妻が自ら夫のもとを離れていったとする今昔物語集巻十九２とは全く異なり[14]、他方、古事談の惟成説話とは共通する、その〈捨てられた旧妻〉のモチーフが、それと表裏する〈男の欲心〉という要素を際立たせることで、老僧の「欲心」を発端とする進命婦説話との結びつきを可能にする。そのような見通しのもと、実際、定基説話に進命婦説話を連続させたであろう宇治拾遺には、古事談の進命婦説話と惟成説話との間に、意外にも〈男の欲心〉という関連性がないことへの意識が強くあったように思われる。

〈男の欲心〉とは、定基にあっては、さらに新しい愛人の病死後も遺骸を抱き続けるという偏執的なものとして、清水寺の老僧においては、進命婦を見そめたせいで発病し死門に及ぶという妄執的なものとして語られる。いわゆる愛欲にほかならないが、惟成の場合、もし欲心と呼べるものがあったとしても、それは、新大系が「時めく権威を満仲が買った（ただし、いささか先見のない）という説話」と注するように、むしろ政治権力的な欲望であって、進命婦説話の老僧の欲心とは結びつきがたい。では、古事談の両話をつなぐものは何だったのか。それは、進命婦説話でいえば、命婦の〈幸運〉という結末に関わっていたと思われる。すなわち、すすんで病床を見舞ってくれた命婦に感謝した老僧が、「八万余部の転読の法華最第一の文」の功徳を譲ってくれたおかげで、命婦はのち頼通に寵愛されて師実、寛子、覚円を生むという大きな幸いを獲得できたが、その結末が、次話の本来「極まり無き幸ひ人」で、事実、花山天皇側近として時めいた惟成の、ついにその〈幸運〉を手放してしまった末路へと結びつくのではないか。その対照的な結末をもたらすのが、臨終間際の老僧の「祈り」と貴船に詣でた旧妻の「祈り」だという共通点も見逃せない。そして、その実現に清水観音と貴船明神の計らいがあることを思えば、両話は文字どおり人知を超えた〈運命の転変〉において連絡しあう。これも新大系が指摘するように、そもそも進命婦説話の形成には、今昔巻二十7等の有験僧の凄まじい愛欲を物語る染殿后説話との深い関連が存したはずで、その意味では、逆に悩乱される危険性さえあった命婦の行動の結末は、やはり〈幸運〉と呼ぶにふさわしいが、ともあれ、古事談がその愛欲をめぐる本来の主題的要素を顧みなかったのを見届けて、ならばと宇治拾遺は〈男の欲心〉という関連要素を復活させたのではなかったか。

そうした展開において、かえって浮き彫りになる古事談独自の主題把握には、実際かなりの思い入れがあったようだ。件の九二から二話隔てて古事談第二臣節の末尾には、さらに離縁前の惟成と妻に関する二つの説話が配されている。「藤原惟成妻、内助の事」（二-九五）、「惟成妻、髪を売って内助の事、藤原業舒に再婚して後良き事」（二-九六）という新大系の説話題目が示すとおり、専ら妻の献身的な内助の功を伝えるその二話によって、離縁をめぐる惟成の酷薄さと、そんな夫を妻が呪詛する必然性とがあらためて強調される。もはや自業自得というべき惟成に対して、正真正銘の糟糠の妻には何の非もなかったことになるが、しかし、それゆえ、あるいは先に九二で見た再会時の妻の複雑な思いからは、なおその呪詛は「忿り」に任せた衝動的なものであったと印象づけられる。と同時に、旧妻の愛憎を素直に受け入れた惟成にしても、妻にとった酷薄な態度は一時の気の迷いであったのだろう、と捉え返せなくはない。惟成と妻の説話群のねらいは、惟成バッシングだけではなかったと思われる。九六の結びには、「件の女、後に業舒の妻と為る、と云々。順業は外孫なり。高名の歌読なり。郭公の名言有り、と云々。」という旧妻の後日譚が付される。内容的には混乱があるようだが、少なくともそこに再婚した妻の相応の幸せを伝えようとした古事談からは、運命のいたずらのような二人の〈運〉のゆくえに対する執拗なまなざしが看取される。

その意味でとくに重視したいのは、惟成挫折のきっかけとなった花山院出家じたい、まるで旧妻の貴船明神への呪詛のせいであったかのごとく語られることだ。「件の惟成は極まり無き幸ひ人なり。何ぞ忽ちに乞食と成さんや。但しすこしき構ふべき事有り」という貴船明神の夢告について、新大系は「花山院の不意の退位・出家、それにともなう政治中枢からの脱落を見越した、という表現。」と注釈するが、もう少し踏み込んで考えてもよいのではないか。私見では《当の惟成はこの上ない幸運の主ゆえ侵しがたい、まずは彼の仕える花山院の方から切り崩してみよう》、そう明神が積極的に戦略変更したと読むのだが、とすれば、花山院の歴史的な出家事件は、惟成の離縁騒動という全くの個人事情がもたらしたことになる。唖然とするほかない暴露趣味的、秘事語り的なそのありようは、周知の第一王道后宮冒頭の称徳・道鏡説話や伴善男の夢合わせ譚（二-四九）などに典型が見出され、古事談の特徴の一つに目されるが、そこには、惟成説話について田中宗博氏が示唆したように(15)、もはや〈運〉とか〈運命〉とか呼ぶほかないものへの関心とその種々相を語ることへの意志が強く作動していたと思われる。以下、それに関する古事談の動静を見てみたい。

五 〈恥と運〉をめぐる人々

例えば、古事談一-四五は寛徳二年（一〇四五）正月三日の殿上淵酔の折、放屁する藤原俊家をからかった藤原経輔が笏で打たれたという話だが、その後半には次のような顛末が記されている。

……七日、出御の比、経長卿少納言の時、主上仰せられて云はく、「件の事、経輔の恥には非ず。吾が恥なり。吾が運已に尽きぬるなり」とて涕泣せしめ給ふ、と云々。経輔卿只今殿上に候ふ由、経長奏しければ、天気快し、と云々。天皇、其の後幾の程を経ずして腫物出ださしめ給ひて、同月十九日に崩じ給ふ、と云々。

後朱雀天皇が経輔の蒙った恥辱をわがものとし、もって自らの「運」もすでに尽きてしまったと泣き悲しんだそのことが、打擲事件から半月後の崩御の原因あるいは予告であったように語られる。とくに、後日、経輔の無事を知って後朱雀が喜んだ、という傍線部に、件の恥辱が後朱雀自身の運命に関わることをも喚起される点で、その因果関係は疑いないところだ。新大系「解説」が詳述するとおり、実際は後一条天皇晩年の長元九年（一〇三六）正月二日に起きた同事件が、後朱雀晩年のことに変更されたのは、古事談二-六〇に語られる長暦二年（一〇三八）十月六日の藤原資房と藤原行経との座位諍いをめぐり、資房を親任していた後朱雀が「是非汝事、我耻也」（春記・同七日条）、「蔵人頭為重職者、帝王尊之故也、而我已無其徳、仍所被軽也」（同十二月二日条）など、前掲の傍点部「経輔の恥には非ず。吾が恥なり。吾が運已に尽きぬるなり」と同様の述懐をしていた事実があるからで、さらにそれが崩御と結びつけられるのは、源経頼が源師房を謗ったため頼通に勘発されて、のち程なく死去したという古事談二―一〇の影響などがあってのことだろう。その話にも、次のように経輔説話と同趣の表現が見出せる。

……経頼汗を流して退出する間、経長南殿の北庇にて相ひ合ふに、「経頼の躰死灰の如し」と云へり。「殿下の勘発を蒙りて、運已に尽きぬるなり」と云々。其の後幾程を経ずして、病を受けて遂に卒す、と云々。

そのような古事談一―四五をめぐる作為を、新大系は、古事談編者の源顕兼自身が正治二年（一二〇〇）二月に受けた打擲事件の恥辱にちなむものと見る。もし、そのとおり顕兼のなかで「後鳥羽院の「不快」のもとに打たれた自分に、後朱雀院の「涕泣」に慰められた経輔が、対照的に重なったとすれば」（同「解説」）、該話に君臣の強い絆という主題を認めないわけにはいかないが、それにしても、放屁がもとでの打擲事件が後朱雀崩御の原因になったというのは、何とも驚きあきれる秘事語りに違いない。

問題にすべきは、後朱雀自身が「吾が運已に尽きぬるなり」と覚悟した決め手が「吾が恥」と感じたことであった点だ。〈恥と運〉の関係については別途詳しく検討したいが、前掲の古事談二―一〇が、「また命せられて云はく、「経頼卿、宇治殿の御勘責を蒙りし後、幾程を歴ずして病有りて死去す」と云々。」（江談抄二―四〇、新大系訓読文）を典拠にしながら、「運已に尽きぬるなり」（前の傍点部）という経長の言葉を加筆した点からも、どうやら《恥を見ることは運の尽きを意味する》といった認識が、古事談には強くあったものと思われる。また、先に見た惟成には「清貧の時、妻室善巧を廻らして、恥を見しめず」という情況があった。夫に恥を見させない妻の献身が、彼の持ち前の幸運を潰えさせなかった、との逆説を導くこともできるだろう。そのほか、古事談一‐六四の、後三条天皇が源隆国への意趣をこえて三人の子息を重用したという説話も参考になろうか。その最後の三男俊明を評価するに至る話題は、内裏焼亡の時、立ち往生した後三条が、遅参した俊明のおかげで出御・安座できたというもので、後三条は「今日、俊明の徳に依りて、恥を見ざりき。是れ運の未だ尽きざるに依りて、俊明参入する所なり」と讃嘆したという。そこの「運の未だ尽きざる」というのが、「恥」を見ずに済んだ後三条自身のことなら後朱雀の例と対照的に重なるが、それはやはり「事の次を以て罪科に処せ」られるはずの俊明の身の上をいうのだろう。しかし、そのようにねじれたかたちながら、俊明のまだ尽きない運が、後三条に恥を見させなかったことで証されるところにも、〈恥と運〉の連動的な関係認識が窺われるのではないか。先の君臣の強い絆をもってすれば、該話のめでたき結末の意味あいは、《後三条の恥はまた俊明の恥、それを免れたとは、俊明の運もまだ尽きていない証拠、そんな強運の臣をそばにおけば、後三条自身の運勢もたのもしい限りだ》とでもなろうか。何より後三条の恥辱回避の重みが、俊明の死活に関わる命運を決している点に注目したい。

　そうした文脈からすれば、花山政権とともにこの上ない幸運を逃してしまった先の惟成にとっても、その原因となった旧妻による呪詛は、所詮私事にすぎないだけにかえって大きな恥辱ではあっただろう。あるいは、先述の称徳・道鏡説話や伴善男説話にも、そのように極端な内実落差を伴う〈恥と運〉の関係構図が見出せるのではないか。すなわち、道鏡の場合は「道鏡の陰、猶ほ不足に思し食されて、薯蕷を以て陰形を作り……」という称徳の性欲スキャンダル、善男にあっては「そのまたこそはさかれんずらめ」という妻の下品で不吉な（処刑を連想させる）夢合わせが、各々の恥辱に相当し、それがもとで運が尽き、やがて政治的失脚を余儀なくされたという読み方だが、その際、古事談にはたしかに道鏡と善男の二人をつなぐような接点があることも見逃せない。その一つが田中貴子氏[16]の注目した「如意輪法」で、道鏡はそれを修して称徳の寵愛を得、善男は先世の宿縁から自分を憎む清和天皇に対し、その修法によって寵臣になったという（二―五〇。典拠は江談抄三―五）。興味深いのは、そうして善男と交わった清和の存在が、遡れば道鏡や称徳とも因縁のあるごとく語られることだろう。新大系によれば、古事談第一の「一話―七話は皇統物語として一連。一話は、百川による白壁王の皇嗣擁立、即ち天武・聖武皇統の終焉と天智皇統の始まりを語る説話（白壁は天智天皇施基の子）。」、その白壁王＝光仁は、他方で「天智の孫、施基の子である」と伝えられるも「王になれなかった道鏡の、果たせぬ夢の分身になる」という。その次に「道鏡と同じく神（王）になれなかった男」としての浦嶋子の説話を挟んで、「清和天皇即位予言童謡の事」（一―三）へと続くのは、その即位予言の童謡が、「称徳の道鏡寵用を揶揄する童謡」や「光仁（白壁）登極を予言するそれ」などと重なり、あるいは、清和立太子を決定した良房が「一話の百川に相当する」といった関連があるからだが、逆にいえば、称徳なきあと道鏡を追放した光仁は、のちの清和だということになる。その清和と対立したのが善男なのだから、道鏡と善男が結びつけられるのも、合点がいく。

したがって、道鏡はまるで善男の前身であったかのようだが、古事談では、さらに善男の後身とされる人物が何度も話題にされる。藤原有国のことで、その善男後身説じたいは、江談抄三―八に拠ったらしき、古事談六―三の「有国」に付された注（「有国は、伴大納言の後身なり。伊豆国に伴大納言の影を図す。有国の容皃と敢へて違はず、と云々。又た善男終りに臨みて云はく、当生必ず今一度奉公すべし、と云々」）に見えるものだが、それでも古事談における有国は、道長に臣従して才気を発揮した話（一―三七、六―三）のほか、《急逝した父輔道のため泰山府君祭を勤行した「罪科」ゆえ、蘇生した父に代わり冥途に召されようとしたが、孝養の志によって免れた》という話（二―六八）や、《関白後継をめぐり藤原道隆の報復にあって除名され、子息ともども官職を奪われたが、のち復権して大宰大弐になった時には、配流された伊周を厚く遇した》という話（二―六九）など、善男の後身にふさわしく波乱に富んだ人生が語られる。さらに二―六八には、「往日一双」と並び称された惟成に名簿を提出した話があり、驚いた惟成がわけを聞いたところ、有国は「一人の跨に入りて、万人の首を超えむと欲ふ」と答えたという。のち惟成の方が〈恥と運〉をめぐり挫折することになるのは、見たとおりだが、善男との関連でいえば、有国の言葉は例の「そのまたこそはさかれんずらめ」と響き合うようであり、そもそも、二―六八で輔道・有国父子がともに冥途行きを免れたこと、同六九では有国父子ともに解官されたこと、またのち有国が子の「広業を使いとして」伊周を厚遇したことなどは、前述の善男と清和の因縁を語る二―五〇の後半の《応天門事件で子息中庸が罪を自白したとの詐りを聞き、善男は「口惜しき男かな」とついに承伏した》という話題の父子関係とも微妙に絡みあうことであろう。そうして次話の五一には、上記のように有国の関わった伊周の配流説話が連続するという具合である。

なお、その二―六九の次には、源俊賢が「定文を書く時、奝然の奝の字」を失念したことを「終身の恥」としたとの話（二―七〇）が置かれる。大きく話題転換しているが、新大系の指摘するとおり、それはなお「恥に関わる話として前話に結ぶ」のであろう。二―六九後半に関連する栄花物語巻第五「浦〳〵の別」には、伊周を厚遇せんとする有国の述懐が、「あはれ、故殿の御心の、有国を罪もなく怠る事もなかりしに、あさましう無官にしなさせ給へりしこそ、世に心憂くいみじと思ひしに、有国が恥は端が端にもあらざりけり。[17] 哀にかたじけなく、思ひもかけぬ方にも越えおはしましたるかな。公家の御掟よりは、さしまして仕うまつらむとす」（古典大系）と記される。それは、同じ痛みを味わった者の限りない憐愍の情を表したようで、じつは自らの罪なき恥を引き合いに、この度こそ真の恥辱であると止めを刺してもいるのではないか。これを人づてに聞いた伊周は、「いと恥づかしう、なべて世の中さへ憂く思さる」様子であったという。有国はみごと恥を雪いだことになる。「有国が道隆に憎まれたのであれば、俊賢は道隆に恩を感じる存在であった（三〇話）」（新大系）という対比関係もあるが、有国の雪辱と伊周の極まった恥辱とが、俊賢の「終身の恥」につながるという連想関係が大きいのではないか。テキスト外の情報・知識をも駆使する古事談ならではの説話構成であると見たい。

六　おわりに

右のごとく粗々、古事談の〈恥と運〉をめぐる様相を尋ねてみた。それでも、もはや整理困難なほどの人々のつながりであったが、そのネットワークのごときには、「罪科」に処せられそうになる点で隆国子息らと共通し、「恥辱」においては惟成あるいは俊賢と好対照であり、「罪科」「恥辱」ともに伊周と際立った相違を示す存在として、道長に寵用された藤原有国に収斂していくさまが見て取れる(18)。その有国自身は、運を逃した人物として象徴的な伴善男の生まれ変わりで、さらには道鏡に淵源するような系譜の末裔でもあったことになる。今度は前身の轍を踏むまい。生まれ変わった善男＝有国は、罪科を免れ恥辱をはねのけて「当生必ず今一度奉公すべし」との宿願をはたした。惟成および花山天皇との対比に際立つことだが、その生涯はおのずから道長評価への回路になり得たものと思われる。

そうした古事談のとり組みと宇治拾遺物語が無縁ではないことは、古事談から善男の夢合わせ説話（四）を採録した上、さらに一一四に応天門事件説話を収めて、現実に幸運を逃した善男の軌跡を物語るところに明らかで、あるいは巻頭の道命説話を〈抱かれた男に恥辱を与える女〉の物語にシフトした点などにも、古事談第一冒頭の称徳・道鏡説話を連想させる意味で同じ傾向が認められそうだが、なおそれは古事談相対化の所産として見るべきであると思われる。周知のとおり、古事談該話における称徳の崩御は、日本紀略・宝亀元年（七七〇）八月条の「藤原百川伝」などに対して、「淫乱な女帝の自業自得という書きぶりに変わっている」[19]。既述した定頼読経説話での「女をめぐる不浄」性と重なるその女人業障観のごときへの反発が、宇治拾遺には存外強くあったのではないか。そこでの和泉式部・小式部母子の説話連繋は、むしろ欲心の男に恥辱を見せる女の姿をクローズアップしてみせた。さらに小式部が歌徳によって教通との復縁をはたした話は、男とは違う女の粘り強い運勢を象徴しているかのようだ。男に恥を見せても運を逃さなかった小式部、ということだが、なおそこにも、あの惟成から幸運を奪った旧妻が、じつはのち相応に幸せな再婚を遂げたと語る先例が、古事談にあったことは見落とせない。

古事談における有国の後継者は、じつは宇治拾遺の小式部内侍であった。そう思えるほど、もとより男性論理的な〈恥と運〉をめぐる関係認識を、宇治拾遺は女にとってのそれへと転換させたように観察される。それはとりもなおさず、古事談同話に学びつつ、巻頭の道命・和泉式部説話をして、称徳・道鏡説話に対抗せしめたところに始まるといってよいが、さらに両書の関係問題は、古事談巻頭話から浦嶋子説話を経て清和以降へと展開される皇統説話群のありようを、宇治拾遺がどのように内的に受容して対応したのか、といった点につながっていくと見通される。追考を期したい。

注

（1）益田勝実「古事談と宇治拾遺物語―徹底的究明の為に―」（『日本文学史研究』5、一九五〇年七月）。両書の同類話のうち、細部に至るまで一致度が高い十五条、すなわち宇治拾遺物語でいえば、第四、九、六〇、六一、六二～六九、一一五～一一七、一三五話（新大系の通しの説話番号）について、とくに直接関係を認める。

（2）川端善明・荒木浩校注、新日本古典文学大系『古事談　続古事談』（岩波書店、二〇〇五年）。以下、古事談の本文は同書所収の訓み下し文に拠る。説話の番号や題目も同じ。

（3）宇治拾遺物語の本文・説話の番号・題目は、新日本古典文学大系に拠る。

（4）小出素子「『宇治拾遺物語』の説話配列について―全巻にわたる連関表示の試み―」（『平安文学研究』67、一九八二年六月）。

（5）山岡敬和「宇治拾遺物語増補試論―冒頭語による古事談・十訓抄関係説話の考察―」（『國學院雑誌』84-1、一九八三年一月）。注（1）前掲の益田論文では認定されているが、山岡論文では「その他、第三五話、第一四四話は古事談しか現在のところ同類話が見い出されていないが、古事談との直接書承は認めがたく、同類話不明と思われる。」と推定している。

（6）同様の観点からの考察は、すでに注（5）前掲の山岡論文や小峯和明『宇治拾遺物語の表現時空』（若草書房、一九九九年）「8　古事談と十訓抄―院政期以後」などに見られる。とくに小峯論文では、道命説話について「語りの指向が両者隔絶」すること、古事談を「意識しているがためにそれによらなかった」ことなどを指摘する。

（7）宇治拾遺の「八巻」については、「この夜に一気に全八巻を読むのは不可能なので、その巻第八について言っているのであろう。」（新大系宇治拾遺）との解釈が一般的かもしれないが、古事談にいう「両三巻」が明らかに巻数であること、宇治拾遺に「八巻読みはてて、暁にまどろまんとする程に」と、まるで全巻読経を終えて暁を迎えたように表現していること（古事談の「暁更に目を覚まして、両三巻を読経して後、まどろみたる夢に」とは異なる）などから、やはり全八巻説を採りたい。それでこそ、道命への作意なき皮肉としての翁の喜びが、真に絶大なものとなって、もはや道命も黙り込むほかなかったのだと了解される。なお、古事談の定頼読経説話で彼が読誦した巻品は、二-七七が「方便品」すなわち最初の第一巻、同七八が「法華経第八巻」だという。全巻の首尾を配する意識があったのではないか。

（8）柴佳世乃『読経道の研究』（風間書房、二〇〇四年）「論考編　第三部　能読の道命阿闍梨」参照。

（9）浅見和彦『説話と伝承の中世圏』（若草書房、一九九七年）「小式部内侍説話考―『古事談』『宇治拾遺物語』所載話を中心に―」。

（10）なお、三五が「大江山」の和歌説話をふまえつつ、定頼が詠歌ならぬ読経で挑んだという趣向をめぐらした痕跡は、浅見論文の指摘以外に、「……すこしあゆみのきて、経をはたとうちあげて、よみたりけり。二声ばかりまでは、小式部内侍、きと耳をたつるやうにしければ、此入て臥し給へる人、あやしとおぼしける程に、すこし声遠うなるやうにて、四声五声ばかり、ゆきもやらで、よみたりける時、「う」といひて、うしろ様にこそ、臥しかへりたりけれ。」という傍点部「二声」「四声五声」の、まるで和歌の五つの句を詠みあげたごとき描写にも認められる。

（11）宇治拾遺の三四・三五および八一には、すべて同義ではないものの、「たへず（堪・耐）」に類する表現が共通して見られる。三四では、まず色好みの美女に会った忠家の興奮を示す「たへかねて」、次に思わず放屁した女の「いふにもたへず」。三五では、恥をかいた男の「さばかり、たへがたう、はづかしかりし事こそ、なかりしか」。八一では、小式部の歌に感じた教通の興奮を示す「堪へずおぼしけるにや、かきいだきて」。ちなみに三五と同話の古事談二―七七にも、定頼の読経を聞いた女の「感歎に堪へずして、右府に背きて啼泣す。」という表現がある。さながら「たへざる」出来事でつながる説話群といえようか。

（12）切り捨てられたかたちの古事談二―七八は、宇治拾遺の別なところで機能させられているようだ。すなわち、同じく仙人の陽勝が尊勝陀羅尼読誦に感じてもとの師僧静観に再会した一〇五「千手院僧正、仙人ニ逢事」において、帰り際に陽勝が「人気」に押されて立てなかったのは、ひとえに静観の俗物性のせいだとする読み方に一役買っているのではないか。少なくとも宇治拾遺編者にとって、同趣の説話として定頼の俗世への未練・執着を浮き彫りにする古事談二―七八が、一〇五の意味づけに根拠を与えるものとなったとしても不思議ではない。

（13）木村紀子『書《ふみ》と声わざ―『宇治大納言物語』生成の時代―』（清文堂、二〇〇五年）。

（14）その点、同類の諸説話のうち、該話に近いのが発心集巻二―4（「三河守になりたりける時、もとの妻を捨てて、たぐひなく覚えける女を相ひ具してくだりける程に」）。大きく異なるのが今昔物語集巻十九2で、「而ル間、本ヨリ棲ケル妻ノ上ヘニ、若ク盛ニシテ形チ端正也ケル女ニ思ヒ付テ、極テ難去ク思テ有ケルヲ、本ノ妻強ニ此レヲ嫉妬シテ、忽ニ夫妻ノ契ヲ忘レテ相ヒ離ニケリ。然バ、定基此ノ女ヲ妻トシテ過グル間ニ、相具シテ任国ニ下ニケリ。」と、旧妻の嫉妬をこそ離縁の直接原因として語る。そもそも今昔説話は、慈悲の人定基に対して嫉妬深い旧妻を配するという趣にあり、件の再会話題も「道心堅ク発ニケレバ、此ル外道ニモ値テモ不騒ズシテ、貴ク也ケリ。」と結ぶなど、定基の擁護・称賛のための旧妻蔑視が著しい。そのような旧妻の悪女像ゆえ、再会時の嘲罵（「彼ノ乞匃、此クテ乞食セムヲ見ムト思ヒシヲ」）も必然化されるのだが、宇治拾遺の該話はそれとは違って、いわば捨てられた旧妻の怨恨にその必然性を求めたことになる。なお、離縁事情に関してどちらが古態か、詳細は不明ながら、宇治拾遺や発心集のような〈捨てられた旧妻〉像が、今昔のごとき定基贔屓の立場から書き替えられたと考えるのが自然ではなかろうか。

（15）田中宗博「惟成説話とその周辺―『古事談』巻第二「臣節」篇への一考察―」（池上洵一編『論集　説話と説話集』和泉書院、二〇〇一年五月）は、惟成を「不徳の〈逆臣〉」ととらえつつも、それ以上に「運命に翻弄されたと言うしかない一組の男女の、愛憎半ばする思いが行間から様々に汲み取れるだろう。」と結論づけ、さらに「歴史の中で、それぞれのやり方で「奉公の道」に励みつつも、臣下達は栄枯盛衰さまざまな人生模様を描き出す。それを後世から振り返り、倫理的判断や歴史的評価といったものの規制から自由な観点で眺めるとき、当事者達には見えなかった運命の種々相が見えてくる。それを第三者的・傍観者的に観察し「興」じることが、顕兼の「臣節」篇編纂の根底にあったのではないだろうか。」と言及する。とくに古事談の「運命」というものへの注視、その種々相を語ることの企図について、積極的に評価しようとする点が重要。

（16）田中貴子『〈悪女論〉』（紀伊國屋書店、一九九二年）「Ｉ　帝という名の〈悪女〉称徳天皇と道鏡」。

（17）辛島正雄「『栄花物語』本文校訂異見―「有国が恥は恥が恥にもあらざけり」―」（『季刊ぐんしょ』36、一九八八年七月）に拠って、底本の梅沢本「有国かはちははしかはしにもあらさりけり」についての校訂本文「有国が恥《はぢ》は恥《はじ》が恥《はじ》にも……」（古典大系）を「有国が恥は端が端にも……」に改めた。

（18）もう一人、有国と関わるのが平惟仲。関白後継の件で道隆を推したように、あるいは江談抄三-三〇に「有国と惟仲と怨隙を成せる本縁」の話があるとおり、有国と敵対した惟仲は、他方、伴善男を髣髴とさせる人物でもあった。江談抄二-二六に、父珍材が「汝、必ず大納言に至らんか。ただし貪る心に依り、すこぶるその妨げ有らん。慎むべきなり」と相したとおり、中納言にて大宰帥の時に停任されたという話がある。新大系古事談の指摘どおり、それは伴善男の夢見説話と同趣。ただし、その類話の古事談六-四九は、父珍材の観相能力を重視し、惟仲の途中挫折としての停任には触れない。それは、運を逃した人物系譜として善男―惟仲を参照しつつも、善男―有国に焦点化するためであったか。なお、江談抄二-一三には、惟仲が肥後守当時、申請文についての故実先例を知らず「恥と為す」事件が語られる。このまさに〈恥と運〉をめぐる人々の典型を示すような事例に、古事談が触発された可能性が思われる。

（19）注（16）前掲の田中貴子著書。

蔦尾和宏

運

——実方と行成

一　実方の陸奥下向——説話の始まり

正暦六年（九九五、二月に長徳改元）正月十三日、従四位上左中将藤原実方は陸奥守に任じられ(1)、その年の九月二十七日、禄を賜り、正四位下に叙せられた上で任地へ赴き（権記・同日条）、長徳四年十二月、陸奥に死去した(2)。京官の顕職、中将から国守に転じ、しかも僻遠の地に下向したのは異例に属す(3)。実方が死して百年以上を経て成った今昔物語集（巻二四・三七）が「不思懸、陸奥守ニ成テ」と記すのは、後代が実方の陸奥下向を本来ならばあり得べからざるものと認識したことを示唆するだろう。時の経過は実方の任陸奥守と下向の事情を歴史の薄闇に溶解させ、遂には彼が中将から陸奥守に転じ、任地に赴き、そしてそこに卒した事実だけが残された。後代の人々は、遺された「不思懸《おもひかけざ》」る、不可解な事実に発してその原因を巡り、想像力を遡及させた結果、実方陸奥赴任の背景を語る説話は生み出されていったのだった。

その一つが、古事談（臣節）を初見とする左の一話である。[4]

一条院御時、実方与二行成一於二殿上一口論之間、実方取二行成之冠一、投二棄小庭一退散云々。行成無二繆気一、静喚二主殿司一、取二寄冠一、擺レ砂着レ之云、左道ニイマスル公達哉云々。主上自二小蔀一御覧ジテ、行成ハ召仕ツベキ者也ケリトテ、被レ補二蔵人頭一（于レ時備前介、前兵衛佐也）。実方ヲバ歌枕ミテマヰレトテ、被レ任二陸奥守一云々。於二任国一逝去云々。行成補二職事一任二弁官一、多以失礼。漸尋知之後、勝二傍倫一。コレ携二文書一之所レ致也。

（二・三二）

実方が藤原行成と殿上で口論した挙句、行成の冠を庭へ投げ捨てたが、行成は取り乱すことなく対応し、それを小蔀から見ていた一条天皇が行成を見所ありと認めて蔵人頭に、実方を「歌枕ミテマヰレ」と陸奥守に任じたという筋だが、実方の任陸奥守は正暦六年正月、行成の蔵人頭任官は同年八月二十九日（権記・同日条）、両者の任官には約八ヶ月の時間的落差が存するため、二つの人事に相関を認めることはできず、右の一話は史的には虚構と断ずる他ない。しかし、本稿は二・三二話の史的正否や成立の背景[5]を論じるものではない。本話を起点に展開される、実方と行成に関わる臣節内の諸話を通じ、古事談がそこに何を描こうとしたのか、それを以下に考察するものである。

二　実方の物語、行成の物語――廷臣の明と暗

古事談・臣節は三話、実方が登場する説話を収め、前掲の二・三二話の他、二・七一、七二話がそれである。

実方経二廻奥州一之間、為レ見二歌枕一、毎日出行。或日アコヤノ松ミニトテ欲レ出之処、国人申云、アコヤノ松

ト申所、コノ国中ニ候ハネト申ノ時、老翁一人進出申云、君ハ、イヅベキ月ノイデヤラヌカナ此歌、ミチノクノアコヤノ松ニコガクレテト申古歌ヲ思召テ被二仰下一候歟。然バ件歌ハ、出羽陸奥未レ堺之時、所レ読之歌也。被レ堺二両国一之後者、件松、出羽国方ニ罷成候也ト申ケリ。又、彼国依レ無二昌蒲一、五月五日水草ハ同事トテ、カツミヲ被レ葺ケリ。其後国習于レ今如レ斯新撰陰陽書云、五月可レ葺二水草一云々。（二・七一）

実方中将怨レ不レ補二蔵人頭一、雀ニ成テ居二殿上小台盤一云々。（二・七二）

二・三二話と二・七一、七二話は説話配列上、直接に連ならないが、二・七一話冒頭の「為レ見二歌枕一」は、明らかに二・三二話の「歌枕ミテマヰレ」という印象的な言を受けてのものであるため、七一、七二話は三二話と響きあう一連の説話として読むべきであり、本稿は以下、その前提の上に論を進める。

二・七一話は、前半に実方による歌枕「アコヤ松」探訪説話、後半にかつみふき説話を配して一話とする。本話の前半は、平家物語（巻二・阿古屋之松）、源平盛衰記（巻七・日本国広狭）にも同話を収め、「ミチノクノアコヤノ松ニコガクレテ」という古歌は陸奥・出羽両国が一国であった時の所詠で、「アコヤノ松」は現在の出羽にあり、陸奥には存在しないことを教えられる。ここまで三書に内容的相違はない。しかし、平家物語と源平盛衰記は、その後、「出羽国にこえてこそ、あこ屋の松をば見たりけれ」「出羽ニ越テ、阿古野ノ松ヲモ見タリケリ」と、実方は出羽に向かい、阿古屋の松を実見したと明記するが、本話は「アコヤノ松」が陸奥には存在しないと教えられたままに終わり、実方が「アコヤノ松」を目にする結末を欠くのである。このわずかな相違が七一話を読み解く鍵の一つとなる。

二・三二話における実方の任陸奥守は、古事談以降の諸書の如く、「陸奥守になして、流し遣はされける」（十訓抄・八・一）、「奥州へ流されたりける」（平家物語・巻二・阿古屋之松）、「中将ヲ召テ、歌枕注シテ進ヨトテ、東ノ奥へゾ流サレケル」（源平盛衰記・巻七・日本国広狭）など、明確な表現を以て左遷・配流とはされないが、もう一方の当事者である行成が「召仕ツベキ者也ケリ」と蔵人頭に任じられている以上、その行成に乱暴を働いた実方に対する人事は文脈的に懲罰、すなわち左遷と解する他なく、二・七二話の「実方中将怨レ不レ補二蔵人頭一」も、任陸奥守が実方には不本意であったことを物語る。「歌枕ミテマヰレ」を歌枕探訪の勅命と捉え、実方が天皇の特命を帯びて陸奥に下向したとする理解[6]もあるが、如上は左遷[7]を体よく表現したに過ぎないため、実方に特命を下す意図が天皇にあったとは考えられず、稿者には首肯し難い。だが、実方は天皇の言葉の表面の意味を奉じ、「為レ見二歌枕一、毎日出行」していたのである。しかし、在地の者から「アコヤノ松」なる歌枕は陸奥には存在しないことを知らされる。「歌枕ミテマヰレ」と陸奥へ下向させられながら、皮肉なことに陸奥にはその歌枕がなかったのである。実方が「アコヤノ松」を目する結末を本話は持たず、「為レ見二歌枕一、毎日出行」とはあるものの、実方が他の歌枕を実見し得たかについても本話は詳らかにしない。本話の実方は歌枕の「発見者」[8]として描かれてはいないのである。これは古事談の本話に向けた関心が実方の歌枕探訪や歌枕そのものになかったことを窺わせよう。

ここで、「アコヤノ松」探訪説話を考察する資として、後半のかつみふき説話に移るとしたい。陸奥に菖蒲がないため、国守の実方が五月五日に「カツミ」を葺かせた故事は、和歌童蒙抄（第七）を皮切りに、今鏡（打聞・敷島の打聞）、袖中抄（第七・かつみふき）、無名抄（五日カツミヲフク事）、顕注密勘と、十二世紀前期から古事談成立近時の約一世紀に集中的に諸文献に現れ出す話柄だが[9]、それらの諸書と古事談の本話とでは、かつみふきの語られる位相が少なからず異なるようである。「カツミ」という植物はコモを指すと凡そ考えられていたが[10]、この「カツミ」は前掲五書に次のように提示される。

五月五日にはかつみふきとて、こもをふく也（中略）中将のみたちの御時に、菖蒲やさぶらはざりけむ、あさかのぬまのかつみをふくべきよし候ければ、其後かくれいになりて仕る也…（和歌童蒙抄）

「この国には生ひ侍らぬなり」と申しければ、「さりとても、いかでかかひなくてはあらむ。安積の沼の花かつみといふものあり。それを葺け」とのたまはせけるより、こもと申すものをなむ葺き侍る。（今鏡）

（和歌童蒙抄などを引用した後に）かの中将は陸奥の所々の歌枕見むがために中将にかへて任也。仍号二陸奥中将一。さるところなれば菖蒲なくはあさかの沼のかつみを葺けとも申されけん。（袖中抄）

この国にはさうぶなきよしを申侍けり。その時、「さらばあさかのぬまの花かつみといふ物あらん。それをふけ」と侍しより、かくふきそめて侍也とぞいひける。（梅沢本・無名抄）

みちのおくの習にて、菖蒲なかりけり。実方中将、守になりて下られたるに、五月いかにあやめはふかぬぞとたづぬるに、国にさぶらはずと申す。さてあるべきならず、あさかのぬまのかつみをかりてふくべしとて、ふかせられたりけるのちに、五日かつみをふく也と、中古の人かたりつたへけり。（顕注密勘）

右はいずれも、古事談の如くただ「カツミ」とするのではなく、「安積の沼のかつみ（花かつみ）」と、特定の地名との組み合わせで表現されるが、如上は端午の節句に葺く菖蒲の代替として、なぜ「カツミ」が葺かれなければならないのか、その理由の説明ともなっている。かつみ（コモ）はありふれた水辺の植物だが、「安積の沼」とともに見えたならば、人々は一様に、その組み合わせの初例であり、古今集・巻十四の巻頭を飾る「みちのくの安積の沼の花かつみかつ見る人に恋ひやわたらん」（六七七・詠人しらず）を思い浮かべたことだろう。古今集歌を前提にすると、かつみは陸奥以外で葺いては意味をなさない。かつみが古今集歌以来、陸奥安積沼の景物であるが故に、実方は陸奥において菖蒲の代わりにかつみを葺くことに積極的な意義を認め、そうさせたのである。

「安積の沼のかつみ（花かつみ）」なる表現からは、五書が実方のかつみふきをそのように理解したことが読み取れる。

だが、「安積の沼」「花かつみ」という古今集歌由来の表現を欠く古事談は、かつみが葺かれる理由を古今集歌との関わりで説明しない。かつみが菖蒲の代替になるのは「水草ハ同事」、つまり、植生を同じくするからだった[11]。これでは、陸奥におけるかつみふきに特別な意味は生じず、菖蒲を欠いてかつみが生える国であれば、陸奥に限らず、どこであれ行い得る行為に留まるだろう。古事談はさらに五月五日に「水草」を葺くその根拠として、「新撰陰陽書」の所説を引用する。新撰陰陽書は散佚して現代に伝わらないものの、陰陽生の必修文献（続日本紀・天平宝字元年（七五七）十一月九日条）と定められ、「当道之習、以㆓新撰陰陽書㆒為㆓規模㆒」（玉葉・承安三年（一一七三）正月十三日条）とされた陰陽道の基本書だが、このように、かつみふきの背景を陰陽道から説明する言説は古事談以前に見当たらず、二・七一話におけるかつみふきは、古事談成立時、一般にそれが語られる和歌的文脈から独り離れた点において、極めて特異なのである。古事談がかつみを菖蒲の代替とするのは五書と同じだが、五書がかつみを古今集歌と関わらせ、かつみふきを陸奥ならではの行為、数寄と位置付け、都の菖蒲ふきとは異なる、別次元の文化的価値を認めるのに対し、古事談のかつみふきは、あくまでも都の菖蒲ふきの代替に留まり、同じ「水草」であっても、それより劣るものでしかない。本話のかつみふきは陸奥における菖蒲の欠失のみを表す営みで、陸奥が都の文化を再現し得ない地たる象徴としてのかつみふきなのだった。

古事談編者・源顕兼は、結果として後鳥羽院のめがねに叶わなかったが、その歌壇に加わる機会を与えられ、「例えごく一時期にせよ顕兼自身和歌に興味を抱き、詠歌に携わり、歌人達とも交流の場を持っていた[12]」との指摘があり、また、古事談の有力出典の一つが今鏡であることから、今鏡などが載せる歌学上の関心事としてのかつみふきは、まず間違いなく既知の言説だった。しかし、古事談はかつみふき説話の抄出先を今鏡ではなく、別の典拠に求めた。古事談はかつみふきの和歌的理解を拒否したのである。歌学に関わらない、いや、関わらせない「カツミ」の位相から、翻って「アコヤノ松」を考えれば、古事談の関心が歌学と深く関わる歌枕探訪や「アコヤノ松」そのものに存したとは考え難い。陸奥における菖蒲の不在という消極的意味でのみ、古事談がかつみふきを捉えたように、「アコヤノ松」についても、「歌枕ミテマヰレ」とはうらはらに、その歌枕が不在であった皮肉な顚末にこそ古事談は強く魅かれたと見るべきだろう。実方を陸奥へと放ったのは「歌枕ミテマヰレ」という東国への幻想[13]を喚起する言葉であったが、実方を迎えたのは、「ミテマヰ」るべき歌枕が見当たらず、菖蒲も葺けない、都の文化から隔絶した陸奥の現実だったのである。

そして、「於二任国一逝去」した実方は二・七二話に「怨レ不レ補二蔵人頭一」、雀へと転生し、蔵人頭の地位を象徴する「殿上小台盤[14]」に舞い戻った。雀に転じた実方を、今鏡（打聞・敷島の打聞）は「実方の中将の、頭になり給はぬ思ひ残りておはすなると申すも、まことに侍らば、あはれに、はづかしくも末の世の人は侍ることかな」と好意的な眼差しで捉え、また、雀は「これほど可憐な形象を持った怨霊は他に類例を見」ない[15]のかも知れない。しかし、どのように評しようとも、どのような姿をとろうとも、実方は畜生道に堕ちたのだ。実方は陸奥へ追われ、左遷を浪漫に包んで朧化した天皇の言葉「歌枕ミテマヰレ」を額面通りに受け取って遵守しようとするも、その歌枕が存在せず、菖蒲ふきも叶わぬ異郷に死し、生前の怨念により畜生道に堕ちたのである。実方はどこまでも不運な男として描き出され、「実方の中将、世のすき物に恥づかしう言ひ思はれたまへる」（栄花物語・みはてぬゆめ）、「又彼国逝去畢。以二遺恨一、然而数奇の名をとどむる、やさしき事なり」（袖中抄・第七）の如くに、彼の風流人士としての横顔を照らし出そうとはしていない。臣節に見る実方説話から紡がれる物語はこのようなものであった。したがって、古事談が臣節に実方説話を集成した、その編纂行為に底流する感情として、悲運の貴公子実方に対する同情を第一に見るのは古事談における説話理解として不適当であろうし、臣節に見える実方関連説話に「主上の勅命を帯びていたという権威」(16)を読み取るのも、やはり古事談における説話理解として妥当ではあるまい。

二・三二話に実方の対であった行成にも古事談は臣節内に関連説話を配した。実方関連説話は三二話から離れて位置していたが、行成にまつわる説話は三二話に連続し、三三、三四話と位置する。

行成卿不レ堪二沈淪一将二出家一。俊賢為レ頭之時至二其家一制止曰、有二相伝之宝物一哉。行成云、有二宝剣一云々。俊賢、早沽却可レ修二祈祷一、我将二挙達一。仍為二下臈無官前兵衛佐、備前介四位一被レ補レ頭。任二納言一之後、暫雖レ為二俊賢上臈一、依レ思二彼恩一、遂不レ着二其上一云々。(二・三三)

或人、夢ニ赴二冥途一タリケルニ、可レ被レ召二侍従大納言行成一之由、有二其沙汰一ケレバ、或冥官云、件行成ハ為レ世為レ人イミジク正直之人也、暫不レ可レ被レ召云々。仍不レ被レ召云々。正直者ハ冥官之召モ遁事也。(二・三四)

二・三三話は、官途の不遇に出家しようとした行成を、蔵人頭源俊賢が制止し、伝来の宝剣を売らせて祈祷の資とさせ、自分の後任の蔵人頭として行成を推挙したところ、蔵人頭に任ぜられ、それに恩義を覚えた行成は、俊賢より位階が上になっても、その上座に着かなかったというものである。実方との口論に見せた冷静な振る舞いが蔵人頭補任の因であったとする三二話とは別の角度から、行成の蔵人頭昇進の背景を説明する一話と位置付けられるが、行成の昇進は実方との争いが天皇の目にとまる偶然が生じなければあり得なかったのだから、その偶然をもたらしたのが三三話に言う「祈祷」の力であったとの解釈も成り立つだろう。続く二・三四話は、冥府へ召される、すなわち、命を失うはずであった行成が「為レ世為レ人イミジク正直之人」である故に、それを免れた一話だが、「或冥官」が述べる「為レ世為レ人イミジク正直之人」行成の具体像は、三三話の「依レ思二彼恩一、遂不レ着二其上一」と、旧恩をいつまでも忘れない態度が該当し、三三話は三四話における冥官の言葉の真実性を保証する機能を果たしている。三二話から三四話をまとめれば、行成は不遇をかこつも、俊賢の推挙と祈祷の力で突発的な殿上の事件を機に蔵人頭に任ぜられ、研鑽の末、「勝二傍倫一」、立身して俊賢より上位に立っても旧恩に謝して上席には座らず、そのような人となりを賞され、死する運命をも宥恕されたという物語が出来あがる。

　行成関連説話も実方関連説話も、二・三二話を起点に二人のその後が語られ（二・三三、七二）、ともにその死に関わる話柄（二・三四、七二）を以て幕をおろすなど、構成を同じくしており、これは古事談が実方と行成を二・三二話という一話に限らず、説話群としても対比的に語ろうとしたことを窺わせる。そして、そこに盛り込まれた両者の半生は、明と暗、頗る対照的なものであった。

三　雅信と俊賢――背後の人々

　十訓抄（八・一）は二・三二、七二話の同話を一話にまとめ、「一人（引用者注：実方）は忍にたへざるによりて、前途を失ひ、一人（引用者注：行成）は忍を信ずるによりて、褒美にあへると、たとひなり」と、実方と行成を対照的に総括する。十訓抄と同じく実方と行成の対照を描く古事談であるが、十訓抄と同様な視点に立って実方と行成を見ているのかと言えば、恐らくそうではない。その証左として二・七一話の直前に位置する七〇話を取り上げてみよう。

　俊賢民部卿為二参議一、書二定文一之時、不レ覚二奝然之奝之字一。仍頗黒書レ之。一条左大臣雅信、為二一上一見レ之

云、是ハ奝然之奝字歟、又敦歟云々。俊賢以二此事一為二終身之恥一云々。（二・七〇）

源俊賢が参議として定文の筆を執った時、奝然の「奝」の字を失念し、線と線が重なって他人には読めないように、黒くごまかして書いたのを、時の「一上」であった源雅信から「これは奝の字なのか、敦の字なのか」と、小手先のごまかしを見咎められ、俊賢は一生の恥と思ったという一話である。俊賢が参議を拝任したのが長徳元年（九九五）八月（公卿補任）、源雅信は正暦四年（九九三）七月二十九日没（権記・同日条）であるから、「一上」雅信と「参議」俊賢が定めの場に同席することは歴史的にあり得ないが[17]、ここで問題とするのは、史実との相違ではなく、如上が二・七一話の直前に位置することの意味である。

俊賢はその名が続本朝往生伝（一）や今鏡（藤波の中・苔の衣、昔語・唐歌）に一条朝の名臣として挙げられ、斉信、公任、行成とともに「四納言」（一・三二）と呼ばれた人物であったが、古事談もまた、凡そ彼の機知や優れた政治的嗅覚を語る逸話を収める中にあって、俊賢唯一の失敗が本話だった[18]。やり手の廷臣俊賢に「終身之恥」をかかせたのは源雅信だが、雅信・俊賢が実方・行成と浅からぬ縁で結ばれていたのは看過できない。俊賢は行成を蔵人頭に推挙し、昇進に力を貸した恩人であり、実方の母は「左大臣源雅信公女」（尊卑分脈）、すなわち、源雅信とは実方の母方の祖父に当たる。つまり、雅信は実方の、俊賢は行成の、それぞれ後ろにひかえる庇護者的な存在なのだった。如上の人間関係を念頭に読めば、間接的ではあれ、孫の人生を暗転させる一因を担った人物に雅信は「終身之恥」となる痛撃を与えたことになる。加えて、史実は別として、古事談の設定する時間軸に従って諸話を並べ直せば、蔵人頭俊賢は自らの後任に行成を推薦（二・三三）、殿上の口論を経て行成は俊賢の後任に収まり、実方は陸奥へと去った（二・三二）。廷臣が蔵人頭を退く理由は、天皇の代替わりを除けば、凡そ参議昇進であるため[19]、権大納言まで至った俊賢は蔵人頭を退いた後、参議に昇ったと見るのが穏当で、その参議となった俊賢が、失意のうちに陸奥へ旅立つ孫を見送った雅信に恥をかかされた（二・七〇）という筋書きが成立し、古事談の時間軸に基づく限り、雅信が俊賢に恥をかかせたのは偶然ではなく故意と見る余地さえ生ずるのである。

二・七〇話以前に配された実方と行成の因縁、そして彼らと雅信・俊賢の人間関係を踏まえて眺めると、二・七〇話は才人俊賢が思いがけない失態を犯す表面的文脈に、雅信が「孫の仇を俊賢で討つ」文脈が重ねられているのが透けて見える。この伏在する文脈を連想契機として、二・七〇話は二・七一話へ連なっていくのである。感情を抑えた行成を是とし、感情に溺れた実方を非とする素朴な二項対立的な人間把握では、陸奥の実方と暗い死後を語る七一、七二話の直前に、右に示した文脈を潜めた二・七〇話が位置する説話配列は生まれようがない。さらに、説話内容に対して特定の視点から是非善悪を定め、論評するのを避けるのが古事談全体を貫く文学的特質であった(20)ことを改めて想起すれば、古事談が実方と行成の対比・対照から十訓抄的な理解を導こうとしたとは考えられないのである。

四　古事談の視線の先

実方の人生を暗転させる発端は殿上の闘諍であったが、殿上における暴力は珍しいものではなかった。古事談も一・四五話に「寛徳二年（一〇四五）正月三日(21)」、「殿上淵酔」に頭中将藤原俊家が頭弁藤原経輔を笏で打った事件を載せ、この時、打たれた経輔には、源成任と冠どころではない、もとどりをつかみあっての乱闘を演じた過去（小右記・万寿元年（一〇二四）七月二十一日条）もあった。『扶桑略記』長元六年（一〇三三）十二月条には「蔵人式部少丞藤原経衡於二殿上前一、無二指由緒一、引三落左少将資房二、『中右記』保安元年（一一二〇）七月二十一日条には殿上のすぐそばの小板敷の争いを載せ、「少将実衡与二兵部大輔資信一、於二小板敷一有二闘乱事一、互以レ扇打合者」とある。そして何より、古事談編者・源顕兼自身、修正会を摸した遊びで鬼の役を務めた際、他の者が鬼を演じた時は「如レ形加二打擲一」であったのに、後鳥羽院の不興を蒙っていたためか、顕兼の時だけ「毎レ手以二大杖一張二伏之一」と、したたかに殴られた体験を持ち（明月記・正治二年（一二〇〇）二月九日条）、それを日記に書き留めた藤原定家も「御前試夜、少将雅行与二侍従定家一有二闘諍事一。雅行嘲二弄定家一之間、頗及二濫吹一。仍定家不レ堪二忿怒一以二脂燭一打二雅行一了」（玉葉・文治元年（一一八五）十一月二十五日条）と暴力沙汰を引き起こし、父・俊成をして尻拭いに奔走させた若き日があったのである。

しかし、宮中における暴力に対する譴責は除籍[22]が凡その相場で[23]、俊家・経衡・実衡・定家、いずれの処分も除籍に留まっている[24]。『春記』長久元年（一〇四〇）十一月十七日条には、「今夜、右少弁資仲云、御二南殿一之間、殿上人等於二御殿西方一遊興之程、左衛門佐定長与二蔵人典薬助信房一聊有二少論一。定長執二信房冠一踏二破之一遁去了」と、実方・行成の口論に類似する事件[25]が見え、結果、定長は「勘当猶軽」との判断から、やはり除籍に処された。定長は相手の冠を取り上げた上に踏みつぶしており、実方以上の濫行を働いたと言えるが、『春記』は「此罰頗重。但為レ被レ誡二将来一也。為レ善為レ善」（同十八日条）と記し、最終的に定長の除籍を是とする一方、当初、除籍は定長の行為に比して重い処分と考えていた。以上の諸例に照らせば、殿上の暴力ゆえに現任の中将を止められて陸奥へ下向という実方への処分は、その言説に接した廷臣たちには酷な処分と受け止められたに違いないのである。

さらに、行成の蔵人頭抜擢も廷臣たちには信じられない成り行きだったはずだ。二・三二話の同話は左のように、実方中将、いかなるいきどほりかありけむ、殿上に参りあひて、いふこともなく、行成の冠をうち落して、小庭に投げ捨ててけり。行成、少しもさわがずして…。（十訓抄・八・一）

日比ノ意趣ヲバ知ズ、実方笏ヲ取直テ、云事モナク行成ノ冠ヲ打落、小庭ニ抛捨タリケレバ、モトドリアラハニナシテケリ。殿上階下、目ヲ驚シテ、ナニト云報アラント思ケルニ、行成騒ガズ閑々ト…。（源平盛衰記・巻七・日本国広狭）

殿上の闘諍は実方が突如、行成の冠を打ち落とす一方的な暴力であったが、二・三二話は、冠を落とされて行成が沈着に身を処したにせよ、それ以前に実方と行成の間に「口論」が行われており、両者の「口論」の果てに実方の暴力が位置するのである。二・三二話の闘諍は決して一方的なものではなく、行成は当事者に他ならない。当事者の行成が、暴力に暴力で応じなかった故に、特に責めを問われなかったというのならばともかく、それを嘉されて昇進、蔵人頭を拝するなど、貴族の現実感覚からはかけ離れた珍事だった。

このように正負どちらにしても、貴族の常識から乖離した、行き過ぎた裁定に帰着したのは、小蔀を通して一条天皇が実方の暴力と行成の沈着の現場に立ち会ってしまったのが大きな要因だった。天皇が実方と行成の振舞いをたまたま目にしたところに、両者の対照的な後半生は招き寄せられた。天皇が目にするという一瞬の偶然、それは運に他ならない。運が両者のその後を一変させたのである。運とは人力の及ばざるところであり、その人が負った宿命・運命とも換言できよう。運や宿命といった本人のいかんともなし難いところで人の生は決められていく。古事談は実方を批判することも、行成を称賛することもない。或る偶然を境に甚だしい明暗を分けた二人の廷臣の対照的な人生を語ることで、持って生まれた人の運という、日常に意識されはしないが、その人間の一生を左右する、重く根源的な何かを提示しようとしたのである。

二・二話では、藤原伊尹と藤原朝成が参議を競望した時、朝成は伊尹が任に当たらないことを述べ立てた。その後、伊尹が摂政となった時、朝成は大納言の闕を望み、伊尹邸を訪れ、自分の大納言昇任の道理を主張した。これに対して伊尹が言い放つ、「奉公之道尤可レ謂レ有レ興。昔競二望同官一時、多雖レ被二訴訟一、今度大納言事可レ在二予心一」と。「奉公之道尤可レ謂レ有レ興」と、「奉公之道」の不思議な巡り合わせに「興」を感ずる伊尹の言葉は、「奉公之道」、すなわち、廷臣としての人生に限らず、広く人生全般の数奇にもあてはまる言葉であるだろう。人生が「尤可レ謂レ有レ興」とは、古事談の世界全てに通奏低音として響く言葉ではなかったか。運や宿命に踊らされた光と影によって織り成されるのが人の世であり、織り成された人の世のあやに生まれるのが「興」であった。その「興」に惹かれて古事談は説話を語り、「興」をもよおす人の世をかたちづくる運や宿命を、説話を通じて凝視し続けたのである。(26) 実方と行成の説話もまた、その一つだった。

注

（1）中古歌仙三十六人伝による。同書は「兼陸奥守」とするが、同時点で左中将は実方の他、藤原斉信（公卿補任は永祚二年（九八九）七月一日、または十日任とするが、小右記・同年七月十八日条に「右近中将斉信」と見え、誤り。同年十月十日の小除目・直物（日本紀略）の補任だろう）、藤原正光（正暦三年（九九二）八月二十八日任・小右記）だった（中将の人事異動歴は基本的に市川久『近衛補任』第一（続群書類従完成会、一九九二年十二月）に拠る）。一条朝は一貫して左中将は三人を限度とし、もし実方が中将兼任であれば、斉信・正光が中将を退くか、実方が任地で長徳四年（九九八）十二月に死を迎えるまで新任の中将は存在しないはずである。しかし、長徳二年四月二十四日に「左近中将藤原頼親」が、藤原伊周の兄としてその配流に連座し、「殿上簡」を削られている（小右記・同日条）。この時、正光と斉信はいまだ左中将の任にあり――正光は長徳四年十月に大蔵卿に転じ、斉信は長保三年（一〇〇一）八月、権中納言昇進とともに中将を辞す――、頼親は正暦四年に左少将であるのが確認されるため（小右記・正月二十二日条）、長徳二年四月二十四日に頼親が「左近中将」であるのは実方の後任と見なさざるを得ず、実方が中将に陸奥守を兼ねたと考えることはできない。一方、保延元年（一一三五）六月、藤原敦光が陸奥守を望む申文（本朝続文粋・六）には、「京官人兼二任陸奥守一例」として「藤原実方　長徳元年正月任二同守一。兼二左近衛中将一」とあるが、これは自らに都合のよい虚言を弄したと解するよりも、保延元年には既に実方の陸奥赴任の実態が不明になっていたところに由来し、後代の様々な実方説話と同根に生じた言説と理解すべきだろう。

（2）中古歌仙三十六人伝。尊卑分脈は十一月とする。

（3）現任の中将が中将を退き、国守に任じられる例は少数だが、実方に限らない。近いところでは永祚二年（九八九）七月二十八日、正四位下左中将源正清が摂津守に、長元元年（一〇二八）に正四位下左中将藤原兼綱が越前守に転じている。だが、いずれも実方と異なり、畿内・近国であるのに注意。同時代成立の源氏物語において、明石の入道が「近衛の中将を棄てて申し賜れりける司」（若紫）も近国播磨であった。

（4）本文は国史大系本に拠ったが、私意により表記、句読点を改めた。説話番号は新日本古典文学大系に基づき、書名を掲出しない引用は全て古事談からである。

（5）実方関連の資料は早く池田亀鑑「藤原実方論」（『日記・和歌文学』、至文堂、一九六八年六月）にほぼ尽くされている。実方陸奥下向関連論文は多数だが、仁尾雅信「実方の説話――陸奥左遷説話の発生原因憶測――」（『中古文学の形成と展開――王朝文学前後――』、和泉書院、一九九五年四月）を挙げるに留める。また、「今鏡「敷島の打聞」注釈」三六四話（君嶋亜紀執筆、小島孝之編『説話の界域』、笠間書院、二〇〇六年七月）に論点・論文の整理が載る。

（6）新しいものでは、秦澄美枝「美的世界へのいざない」（『王朝みやび　歌枕のロマン』、澄美枝・アカデミー、二〇〇五年十一月）。

(7) 言うまでもなく、史実としての実方陸奥下向を左遷と考えるのではなく、本話が語る実方陸奥下向に限ってである。
(8) 小林一彦「歌枕見て参れ——実方説話を遠望する——」、『魚津シンポジウム』十一号、一九九六年三月。
(9) 陸奥に菖蒲を欠き、かつみを葺くことは、既に俊頼髄脳が「五月五日にも、人の家にあやめをふかで、かつみふきとて、こもをぞふくなる。かの国には、むかし、しやうぶのなかりけるとぞ、うけたまはりしに」と記すが、そこに実方の姿はない。
(10) 「こもをば、かつみといふ」(能因歌枕)、「かつみといへるは、こもをいふなり」(俊頼髄脳)など。
(11) 菖蒲(あやめ)とかつみを、水草として同範疇に括る例に、「ここかしこのいり江に、あし、かつミ、あやめ、かきつばたやうの水草をあらしめて」(作庭記)が挙げられる。
(12) 田渕句美子「源顕兼」、『中世初期歌人の研究』、笠間書院、二〇〇一年二月。
(13) 菊池仁「院政期の〈歌枕〉幻想——東国の自然はどう認識されたか——」、『職能としての和歌』、若草書房、二〇〇五年七月。
(14) 伊東玉美「日本古典文学影印叢刊所収『古事談抄』について」、『共立女子短期大学文科紀要』四六号、二〇〇三年一月。
(15) 三木紀人「『古事談』その他の藤原実方」、『国文学　解釈と教材の研究』、一九七五年十一月。
(16) 小林(8)前掲論文。
(17) 古事談は一・三二話にも「一条左大臣一上ニテ四納言面々吐二才学ヲ一ケルヲ」と、雅信と俊賢が定めに同席する場面を載せる。史実との整合性から説話を扱うよりも、雅信と俊賢、或いは四納言という取り合わせが文学的に成立する背景(後代が雅信という人物に期待した役柄など)がまず問題とされるべきだろう。
(18) 田村憲治『言談と説話の研究』(清文堂出版、一九九五年一二月)一六四、一六五頁。
(19) 故に、蔵人頭から参議とならず従三位に叙せられた藤原実家を今鏡(藤波の下・宮城野)は特筆し、時の関白藤原道隆と折り合いの悪かった蔵人頭藤原有国は、「頗辞申」したにも拘わらず、強引に従三位に叙されて頭を追われる(小

右記・永祚二年（九九〇）八月三十日条）。

(20) 拙稿「惟成の妻――『古事談』「臣節」巻末話考――」、『国語と国文学』、二〇〇六年七月。つとに浅見和彦「古事談試論」（『国語と国文学』、一九七六年八月）は「不条理は不条理のまま、醜悪は醜悪のまま、語られるのみで一切の論評はされない。そこには新時代の価値観の呈示などはもちろんない。貴族社会を旧価値観で表現することにあきたらず、数々の宮廷秘話を語ることに熱心ではあったが、それ以上の方向は示さなかったのである」と、古事談の文学的特徴を指摘する。

(21) 正しくは長元九年（一〇三六）正月二日（日本紀略、扶桑略記など）。

(22) 除籍については渡辺直彦「除籍と蔵人所客座の喚問」（『日本古代官位制度の基礎的研究　増訂版』、吉川弘文館、一九七八年十月）、義江彰夫「蔵人等奉裁の刑罰形態」（『日本歴史』第五六四号、一九九五年五月）など参照。

(23) 素手ではない刃傷沙汰に至ると、解官の例も見える。『台記』康治二年（一一四三）正月十四日条、『玉葉』治承二年（一一七八）十月八日条など。

(24) 経衡の場合、新たに橘義清が蔵人に任ぜられたことから、彼は除籍とともに蔵人を解かれたことになる。

(25) 「御殿西方」を記主・資房は後に「殿上」と言い換えている。

(26) 例えば、古事談は巻六冒頭に著名な邸宅にまつわる説話を集成するが、それは邸宅そのものよりも、邸宅の所有者の運や運命への関心に支えられていた。浅見和彦「古事談のなりたち」（『説話と伝承の中世圏』、若草書房、一九九七年四月）は六・二話を取り上げ、古事談が「親王（引用者注：重明）の悲劇的な運命と、それを踏み台にしてのしあがった藤原氏の栄華の物語をそこに見ていた」と論じ、小島孝之「王権のトポロジー――『古事談』巻六亭宅篇試論――」（『論集　中世の文学　散文篇』、明治書院、一九九四年七月）は、六・八話を「神の意思とでも呼ぶべき不思議な運命の力が、この家（引用者注：摂関家）の人々の上に流れていることを示唆している」と読み解く。なお、小島論文は六・八話を土御門殿の逸話とするが、池上洵一編著『古事談抜書の研究』（和泉書院、一九八八年十二月）三四五、三四六頁が指摘するように、『吉部秘訓抄』（建久二年（一一九一）三月二十八日条）に見える花山院の「七星」の類話から、花山院の逸話と考えねばならない。しかし、それによって小島論文の最終的な結論が大きく変わることはない。

内田澪子

怪異を見顕わすということ

――『古事談』巻第二の七三「賢人実資」話から

はじめに

現代の主だった辞書・辞典の類によって、小野宮流藤原実資（九五七～一〇四六）を引いてみると、例えば「賢人右府」と称され、その故実、特に実頼流の故実知識の深さ、識見は高く評価された[1]などの如く、その事績と共に、彼が賢人と称されたことを載せるものが散見する。[2]実資は祖父で小野宮流祖である実頼（九〇〇～九七〇）の養子となり、小野宮流故実を継承したこと、深い知識と気骨を持って政務にあたったこと等は広く知られる。「賢人」は「知恵があり行いの優れている人。賢明な人[3]」などの意とされるから、そんな実資が「賢人」と称されたという情報は、比較的自然に受容できるものではある。

けれど、改めて、実資を「賢人」であると記した記事を求めてみると、それがほぼ説話の中にばかり、しかも故実知識の優位を語るような種類の説話ではなく、不思議なものと遭遇したり、神仏と交信したりするような怪異譚に限られていることに気附く。[4]

以下本稿では、実資を「賢人」であると記した説話のひとつ『古事談』巻第二の七三話を窓に、「賢人実資」を伝える説話及びその周辺を分析・検討し、実資が賢人と呼称された様子と意味を考えてみたい。[5]

一　『古事談』巻第二の七三話

『古事談』巻第二の七三話は、次の短い一話である。[6]

御堂令煩邪気給之時、小野宮右府為奉訪令参給、邪気聞前声託人云「賢人之前声コソ聞ユレ、此人ニハ居アハジト思物ヲ」トテ示退散之由云々、御心地即平癒、

病の藤原道長を訪おうと、小野宮右府すなわち実資が道を進んでいた。実資一行の前駆あるいは随身が、前声を発していたものであろう。この前声を道長に憑いていた邪気が聞きつけ、「賢人一行の前声が聞こえる。実資とは居合わせたくない」と、人に託いて自ら告白の後退散し、道長の病は治ったというものである。これまでのところ、先行あるいはこれを享受した話は認められず、孤独な説話のひとつである。『小右記』や『御堂関白記』等に拠っても、この説話を裏附けるような記事は認められない。けれど病の道長を実資も含めた公卿たちが見舞う、ということは実際に行われていたようであるし、[7]特殊な場面設定ではない。「あり得そうな」状況といえるだろう。

本話では、実資一行の前声を聞いた邪気が退散を宣言しているが、前駆や随身の前声が辟邪のためにあることは、『愚管抄』巻第四等から知ることができる。[8]

「左府ナドノクルニヤ。夜中アヤシキコトカナ」トテ、「ヨクキケ。ミヨ」ナドヲホセラレケルホドニ、随身ノサキノコヘカスカニシケレバ、カウ〳〵ト申ケレバ、サレバヨトヲボシテ、「火シロクカヽゲヨ」ナド仰ラレテアリケリ。随身ノサキハミナ馬上ニテ、ミナカヤウノヲリハヲフコトナリ。魔縁モヲヅルコトゾナドイヒナラヘルナルベシ。

向かってくる「左府（＝師実）」を、宇治にいる頼通が待ち受ける場面であるが、「夜中」の移動であり「カヤウノヲリ」は、特に「魔」を警戒しなくてはならない。その為に随身等が「サキ（前）」を「ヲ（追）」い、声を発する。前声は、後に『貞丈雑記』が警蹕について「声高くきびしくおうといいてこそ、其いきほひに人も鬼もおそるべきなれ[9]」と言うように、相応の音量であったのだろう。『愚管抄』の記事でも、待つ側の人が耳を澄まして「ヨクキ」くと、ある程度の距離をおいた場所から「カスカニ」聞こえてきて、一行が段々に近附いて来ることが知られたのだと判る。

『古事談』話でも、道長邸に向かう実資一行の前声が、遠くかすかに聞こえたところで、邪気が反応したとみえる。但し本話の場合、邪気は目的地の道長邸にいる。前声は移動する一行が道中の「魔」を警戒して行うもので、これから向かう目的地の「魔」や邪気を払うことが役割ではないはずだ。確かに本話でも、邪気は実資と見えることを嫌っている。前声はあくまでも実資の到来を予告するものであって、邪気を退散させたのは実資その人である。そしてその理由が、実資が賢人であることにあった。邪気が嫌う賢人とは、どのようなものなのだろうか。

他に実資が「賢人」「賢人右府」などと称されている記事を求めてみると、次節に取り上げる説話以外の、所謂古記録等の中にはほとんどこれを見ることは出来ない。人物の呼称などというものは、官職や位のように表向きに記録されるべき情報ではないから、当然の傾向であるともいえるが、管見の限り説話以外でこれを記すのは、新訂増補国史大系所収『尊卑分脈』である。同書第二篇四頁の実資の項には「右大臣」「右大将」「号後小野宮」等の情報に加えて、「号賢人右府」と見える。

この国史大系本『尊卑』は「前田家所蔵訂正本」を底本としていて、これは林家で校訂されたものを享保六年（一七二一）前田松雲公綱紀に贈ったものであるという。[10]校訂の由来等は不明とされるが、近年、国史大系本『尊卑』の校訂本のひとつであったと考えられる仁和寺蔵『系図』が明らかにされた。[11]この仁和寺蔵本は室町後期書写とされるから、書写時期は国史大系本よりも随分遡る。仁和寺蔵本に記される各人物に関する情報は、国史大系本に比してずっと少ない。実資には「右大将」「右大臣従一位」「才人」「号小野宮右大臣」とのみ見え、国史大系本に見られた「号賢人右府」との情報は記されていない。

このことも勘案するなら、国史大系本が諸書と校訂の上、或いは以下の説話なども踏まえて、より情報豊かな一書となった可能性は疑ってみるべきだろう。実資が賢人と称されたという情報は、やはり積極的に記録されるような種類のものでなく、しかし人の口には伝えられ、説話の中に残されてきたもののようである。

二　説話の中の「賢人実資」

さて実資を直接「賢人」という語で称するものに、次の五話（C『十訓抄』に二話）がある。

A　『今昔物語集』巻二七第十九「鬼現油瓶形殺人語」

B　『発心集』第七の六「賢人右府白髪を見る事」

C　『十訓抄』第六の三五の一[12]（実資邸焼亡）・第七の十三（実資女癖）

D『三宝院伝法血脈』「第十四代元杲僧都徳行并附法弟子（神泉苑龍王と言談）」一見して、『十訓抄』第七の十三話を除くすべてが、何らかの怪異譚である。更に、各説話を語る人々が共通した実資の姿に視線を向けていることが看取できる。

A『今昔』は「今昔、小野ノ宮ノ右大臣ト申ケル人御ケリ。御名ヲバ実資トゾ申ケル。身ノ才微妙ク、心賢ク御ケレバ、世ノ人、賢人ノ右ノ大臣トゾ名付タリシ」[13]と話が始まる。その実資が内裏を出て東大宮大路を南下していると、「小サキ油瓶ノ踊ツヽ行」のを目撃した。相当に衝撃的な場面であると思えるが、実資は「糸怪キ事カナ。此ハ何物ニカ有ラム。此ハ物ノ気ナドニコソ有メレ」と怪しみつつも観察を怠らない。油瓶はとある家の前に至り、「戸ハ閉タレバ、鎰ノ穴ノ有ヨリ入ラム入ラムト、度々踊リ上リケルニ、無期ニ否踊リ上リ不得デ有ケル程ニ、遂ニ踊リ上リ付テ、鎰ノ穴ヨリ入ニケリ」。実資は「此ク見置テ」、つまり描写されたような油瓶の行動を具に観察、しかと見届けてから自邸に戻り、人に命じて油瓶が入って行った家の様子をこっそり探らせる。案の定、その家の娘の長く煩っていたのが、昼頃亡くなったという情報がもたらされたのである。

本話が描き留めるのは怪異事件の顚末のみでない。『今昔』自身が「其レヲ見給ケム大臣モ、糸只人ニハ不御ザリケリ」と記している通り、怪異そのもののみならず、「物ノ気」の姿を目撃した上、見えている物に怖じず観察を続け、事態を見極めた実資その人にも、ある種の畏敬を含んだ十分な驚きの目が向けられ、これが記し留められている。

B『発心集』も「小野宮の右大臣をば、世の人、賢人のおとどとぞ云ける」[14]と話が始まる。同じく内裏からの退出途中でのことである。「うつつともなく、夢ともなく」目をやると、車の後ろに見たこともない「しらばみたる物着たる小さき男」がやってくるのが見えた。「あやしくて、目をかけて」見る間に、男は車に走りつき、後の簾を持ち上げる。ここでも実資は不審に思いながらも毅然と「何物ぞ。便なし。罷りのけ」と一喝する。走って来た男は、自分は閻魔王の使い「白髪丸」だと名乗って、「車にをどり乗りて、冠の上にのぼりて失せ」てしまった。実資は自邸に戻って自身の頭に白髪の一筋あることを発見し、小男がいきなり冠の上に昇ったという経験の意味を納得している。

本話でも、不思議な出来事に怖じず、事態に対応・分析する実資の姿が細かく描き出されてある。『発心集』という作品の性格からか、本話はこの経験が「もとは道心などおはせざりける」実資を信仰に導いたと結んでいる。『小右記』等によれば、実資は比較的若いうちから種々の法会や供養等にも参加する等しており、「もとは道心なし」と断ぜられる程とは見えないが、そのことの是非は措く。それよりも、実資に「道心などおはせざりける」人、と伝えられることを許すような一面があった可能性には注意しておきたい。

次にC『十訓抄』第六の三五の一も、やはり「小野宮右大臣トテ世ニハ賢人右府ト申」[15]と始まり、実資が、自邸の火災を「ワヅカナルハシリ火ノ思ハザルニモエアガル、タヾ事ニアラズ、天ノ授ル災ナリ、人力ニテ是ヲキホハヾ、是ヨリ大ナル身ノ大事出クベシ」と判断して、初期消火を行わず焼けるに任せたというものである。『十訓抄』が「ゲニモ家一ヤケム事ハ、彼殿ノ身ニハ数ニモアラザリケンカシ」とコメントするように、実資の経済力は背景にあろう。が、そもそも火災を「天ノ授ル災」と見做すことがなければ、起こらなかった事件であり、従って天意を見抜く実資が意識された説話であるといえる。

尚、『十訓抄』第七の十三は、これもよく知られた実資の「女事ニシノビ給ハザ」る一面を伝えた逸話で、怪異譚と判断できるような要素は含まれていない。しかし本話では、賢人という語を記すのが、話群のテーマと説話を繋ぐための『十訓抄』編者の言葉内に限られ、典拠と考えられる『古事談』巻第二の四十話には賢人の語は見えないことなどから、考察から外しておきたい[16]。

D『三宝院』は、少し時代が下って印融（一四三五～一五一九）が文明十九年（一四八七）に著したとされる[17]、醍醐寺三宝院流の血脈である。その内の元杲（九一四～九九五）の事績を記した中に次の一節がある[18]。

村上御時、康保元年中、奉勅、神泉苑奉修請雨経法、七ヶ日不降雨、今二ヶ日申延、手自茅龍作令祈請、其茅龍漸揺動、忽天昇、南門廊顛倒、雷声空満、甘雨滂沱、茅龍虚空廻、尾張国熱田宮宝前落、社司見之、茅草作龍形、作不思議思、是納社頭宝蔵畢、于今有之云々、*其時又着青衣人、乗雲渡神泉苑之方、賢人右府実資是見、是龍王渡也云々、即又化、右府言談云、如此奇瑞、昔高祖大師勤行時、池中親金龍王現不異、

前半は元杲の神泉苑での請雨経法の様子であるが、後半（*印以下）に、その折の出来事として実資の逸話が記されている。請雨経法が行われ雷鳴が轟き門が顛倒した時に、「青衣」を着た人が雲に乗って現れ、実資はこれが「龍王」であると見抜き、言談に至ったとしている。人が雲に乗って現れるような場面で、冷静に相手の正体を見抜き、言談に至ることなどが、先に見た説話中に描かれてあった実資の姿と同種のものであるといえるだろう。

以上のように、A～Dの説話は、いずれもが実資の関わる怪異譚である。そしてそれぞれが別の説話で、それぞれ異なる作品に収められているが、語られている実資の姿は共通している。それは怪異に遭遇しても怖じず冷静に事態を観察・分析し、怪異の正体を見抜くというものである。説話を伝える者の目は、そのような実資の姿に向けられ、これを賢人と称していることになる[19]。

他に賢人と記された人物を求めてみると、実資前後に存外多くはなく、賢人という語が特定の個人と強く結びついている例も認められない。例えば『公卿補任』は藤原保忠（八九〇～九三六）に「号賢人大将」とする情報を

載せ、『今鏡』藤波の下には藤原公教（一一〇三〜一一六〇）を「鳥羽の院の御後見、院のうちとり沙汰し給ひしかども、われと国一つも知り給はず、賢人にこそおはすめりし」とするが、両人を賢人と称するものが他に管見に入らない。延慶本『平家物語』では後三条天皇第三皇子輔仁（一〇七三〜一一一九）が「めでたき賢人にて坐ければ」とされるが、同じくだりが覚一本『平家』では「御才学すぐれてまし〳〵ければ」、『源平盛衰記』では「目出度人にておはしますを」などとなる。[20]

又、他人に賢人という語が用いられる場合は、総じて「立派で智恵もあり行いの優れている人」程の、辞書的な意味で用いられているようであり、何か特殊な資質を示すようには見えない。賢人という語そのものも、「智恵のある」という意は持たされてあっても、特に怪異を意識・連想させるものではない。[21]

このような他人の例を参照すると、実資が複数の説話の中で変わらず賢人と称されることは、かなり安定した現象と見ることができる。国史大系本『尊卑』がどこかの段階で、「号賢人右府」という情報を載せることになったとしても故なしとはしない。そして実資が賢人と称される場合、共通して実資は怪異に遭遇しており、これに怖じず冷静に対応していた。

『古事談』話で邪気が「居アハジ」と嫌った実資も、同種の資質が念頭に置かれたものであったと考えることができよう。邪気はどうもこれが気に入らなかったらしい。『古事談』話が異なるのは、他の説話では、怪異に遭遇し冷静に対応する実資をまなざす人の視線から、実資を賢人と称していたのに対し、怪異の張本である邪気が、実資を賢人と呼んでいるという点である。

三 『斎王記』の実資話

『古事談』話で邪気が嫌ったのは実資その人のようであったが、一方で前声という詞も、たった六十余文字の内に二度も繰り返して記されてあった。前声が「魔」を遠ざける機能をもつものであることを思えば、邪気を退けるというモチーフを持つ本話で、前声がただ実資の到来を予告するだけの〈猫に附けた鈴〉であるとは、やはり読み難い。前声の辟邪性も、確かに読み手の意識に作用するように意図されていると見るべきであろう。

前声そのものに辟邪性が認められることは先にも触れた通りであるが、特に実資一行の前声についてその辟邪性を言うものとして、『斎王記』に含まれる一話がある。『斎王記』は近時紹介された(22)、東山御文庫に架蔵される孤本である。後西天皇宸筆の外題には『斎王記』とあり資料名とされているが、内容に即したものではない。冒頭が斎王卜定・斎王群行に関する記事であることに因った名附かと思われるが、全体は『江家次第』に構成の枠組みを借り(23)、儀式等に関わる記事や、それらに引き寄せられた説話を収めた一書である。

『斎王記』自体が今後の検討・分析を俟つ作品でもあるので、次に当該箇所を引用し、若干の考察を附しておきたい。

1 『斎王記』所収話と成立時期

『斎王記』は冒頭に「神事」と題され、「斎王卜定」「斎王群行」「伊勢公卿勅使」などの項目が続く。この構成が『江家次第』巻第十二〜十五に類似していることが指摘されてあるのだが、このうち「千僧御読経」と題される部分に実資の前声に関わる怪異譚が記されてある。当該箇所を次に引用する(24)(□・「 」は一文字あるいは複数の欠字。句読点・濁点・傍線等を私に附し、含まれる説話に①〜③の番号を振った)。

公□のさたにては、大極殿にておこなはるゝときもあり、又［　　　　　　　　　］にては法勝寺にておこなはるゝに、御幸あり。近代は法勝寺にてのみぞおこなはるゝ。

千僧御読経

……中略……

①又、大将の随身のさきのこゑには、悪鬼もおそるゝとぞいひつたえたる。むかし小野宮の大臣は、陣にをこなふべき事ありて、南殿の御後をとをられけるを、釼のしりを、ものゝとりてひきとゞめけるを、あやしみをおぼして手をさしやりてさぐられければ、毛のむく〳〵とをいたるてにてありければ、そのとき笏をたゞしくして「勅定うけたまはりて事をこなゐにゆくものを、とゞむばかりの物こそ覚ね。たれぞ。なのり申せ」とたかくいはれければ、うちゆるし申してけり。それよりのち、おそれをなして、南殿の御後をとをらるゝとては、まいりざまには、右青瑣門へ随身を二人ばかりさきだてゝ、きざはしのうゑにのぼりて、火をたかくともしてさしあげて、さきをたかくおはせられけり。そのさほうはいまにつたはりて、近代の随身もみなかくする也。

②又、後小野宮大臣、内裏よりよふけてまかりいづとて、二條大宮のつじにて、百鬼夜行にあはれたりけり。牛をはつ□てしぢをたてゝ、すだれをゝろして、一時ばかりありて「前駆随身をば車のかくれによりて、さきをたかくしげくまいらせよ」と下知せられければ、さぞしける。事物のめには見えざりければ、なに事ともえこゝろえざりけり。のちにぞ「しか〳〵の事のありしは見きや」と、そのよの前駆・随身にとはれけ

れども、見たるものさらになかりけり。鬼神も大将のさきのこゑにはをづる事なめり。
③又、天下に大疫癘をこりけるとし、人のゆめに文時卿の家のまへを鬼神とをるとてみな礼拝して、かしこまりてとをりければ、人「あれはいかに」といひければ、「隴山雲暗李将軍之在家とつくりたるもの、のいゑをば、いかでかたゞにむらゐに礼なくてはすぐべき」といふこゑぞしける。鬼神はなか〳〵礼儀ふかきものにて、所をくべき事には礼をいたす也。たゞおそろしきものは、末代に前後もわきまへぬもの、こゝろ也。それは文にもおづべからず。大将のさきのこゑをもおくすべきにお「　」よく〳〵つゝしむべし。しかれば近代は大将とても人はらひうたせする事はとまりき。

……以下略

「千僧御読経」と題された後、まず、千僧御読経についてのコメントがある。欠字が悔やまれるが、およそ、千僧御読経は大極殿で行われることも法勝寺で行われることもあるが近代は法勝寺でばかり行われている、としている。この「近代」は著者現在でいう近代であろう。

試みに『大日本史料』『史料綜覧』によって[25]千僧御読経の行われた時期と場所を網羅的にあたってみると、顕著な傾向が見られた。永承七年（一〇五二）を初見として天仁元年（一一〇八）までに、千僧御読経は約四五回程の実施が確認でき、それぞれ大極殿・東大寺・叡山などで実施されている。法勝寺は承暦元年（一〇七七）に金堂の落慶供養が行われているが、天仁元年まで法勝寺で千僧御読経が行なわれた記事は見えない。ところが天仁元年十月六日に初めて法勝寺での実施記事が見えて以降、建仁元年（一二〇一）頃まで[26]の約九十余年の間には、約百五十回の千僧御読経実施が数えられるが、内の六十回以上（約四割強）が法勝寺で行われている。しかもこの間、それまでの時期に引き続いて東大寺・叡山での実施は見えるのに、大極殿で行われた記事が一つも見えないのである。

大極殿は康平元年（一〇五八）に火災に見舞われるが延久四年（一〇七二）には再興され、保元三年（一一五八）には二條天皇即位の儀式のために修理なども行われている。従ってこの間、大極殿が存在しなかったというわけではない。但し安元三年（一一七七）に焼亡の後は、復興されることは無かった。

『斎王記』は現時点で著者・成立共に未詳であるが、小倉慈司氏の検討[27]によれば、本文中に藤原公保を「一条大納言」と記す箇所があり、公保が大納言に任じられるのは仁安二年（一一六七）であるから、これが成立の上限となる。更に内容の検討から、著者は藤原公能（一一一五〜一一六一）と親しい関係にあって、久寿二年（一一五五）の時点で相応の年齢にある非摂関家の人物と想定されている。つまり本書の成立は、仁安二年以降大きく隔たらない時期と見通される。

この推定成立時期は、上述の千僧御読経の実施状況を踏まえた、本書の「近代は法勝寺にてのみぞおこなはる」という謂いに照らして齟齬がない。先に見た通り、天仁元年（一一〇八）以降、千僧御読経は大極殿で行なわれず、法勝寺では行なわれていた。仁安二年（一一六七）頃に相応の年齢―二十歳から七十歳くらいであれば―に達した人が、自らの経験として振り返り得る程の期間には、確かに、千僧御読経は法勝寺でばかり行われている。

更にいえば、当該箇所は、大極殿と法勝寺のどちらの場所でも千僧御読経は行い得る、ということを前提に書かれてあると読めるのではないか。大極殿は安元三年に焼けて失われてしまう。もし焼失して以降であったなら、「大極殿でも行うこともあるのだが、近頃は法勝寺でばかりだ」というような書き方をしないのではないか。もしこの読みが妥当であれば、当該箇所は大極殿焼失以前に記されたと考えることが出来、本書の成立時期を仁安二年以降安元三年までのほぼ十年間に絞り得ることになる。

成立の下限については更に全体に亙る考証が必要である。しかしこれも左証のひとつとして、『斎王記』は仁安二年以降遠くない時期に成立した一書である、という見解に従っておきたい。

2 『斎王記』当該話群概観

さて、千僧御読経の記事に続けて、引用は省略したが最初は下毛野敦方や秦公正・公種などに纏わる逸話が記される。そして「おほかたは、院の御随身も関白の随身も作法なき物也。たゞ随身は大将の随身をも□ていみじき事にはするなり」とし、大将、特に小野宮流を称揚する①以下の話となる。当該話群では随身の役割の中でも、「大将の随身のさきのこゑには、悪鬼もおそるゝとぞいひつたえたる（①）」「鬼神も大将のさきのこゑにはをづるなめり（②）」などと繰り返し記す通り、大将随身の前声が悪鬼を払う、ということに興味を寄せている。

まず①は、「小野宮の大臣」実頼が南殿の後で遭遇した怪異譚である。前半の怪異譚には随身も前声も現れないのだが、実頼は怪異譚以降、南殿の後を通るときは随身を先にたて、声を上げさせ火を焚くことにした、これを「近代の随身」も踏襲しているとする。大将随身の先声が悪鬼を退ける例話としては、ややずれがあるようにも感ずるが、実頼は天慶元年（九三二）～天徳元年（九五七）の間、右左大将を連続して務めた経歴を持っている。少なくとも『斎王記』は、大将としての実頼の随身による先声が怪異を払う話として、本話を取り上げている。
②では、今度は「後小野宮大臣」実資が百鬼夜行に行き当たってしまったが、随身の前声を「たかくしげく」発して、これをやり過ごすことができた、という話である。実資が長きに亙って右大将を務めたことは、周知であったろうから、その大将実資一行の前声は、百鬼もやり過ごすことができた、としていることになる。

③は『十訓抄』第十の七や『古今著聞集』一一七などにも収められて知られた菅原文時に関わる逸話である。疫病が流行った時、ある人が夢に見たことには、鬼神がある家の前で、ここは「隴山雲暗……」と作詩した文時の家だからと礼拝して通り過ぎ、結果、その家の者は疫病を逃れた、というもので、通常文時の詩徳説話として読まれているものである。

しかし、鬼を退けるというモチーフは持つものの、文時の秀詩には鬼神も敬意を払うという詩徳の文脈では、『斎王記』の当該話群の中で本話は上手く読めない。文時が大将になった記録は見えず、先声も関らず、本話群の主題に適う話にはならないからである。

『斎王記』が本話から読み取った文脈は、『十訓抄』や『古今著聞集』などとは少し異なるようだ。本話で鬼神が「礼儀ふか」く対した詩句

隴山雲暗李将軍之在家
潁水波閑蔡征虜之未仕[28]

は、先の①に名前のあがった実頼が左大将を辞する時の上表文の中に、文時が書いたものである。『斎王記』が「鬼神はなか〳〵礼儀ふかきものにて、所をくべき事には礼をいたす也」と感心したのは、鬼神が実頼の大将辞任の上表文を書いたことを「所をくべき事」と考え、その文時にも礼儀をもって対した、というところに視線を集中させたからではなかったか。文時個人やその作詩の腕前や秀詩に対してではなく、その詩句が、他でもない実頼の大将辞任に関わるものであったことが、鬼神の行動の理由であり、『斎王記』にとって重要なことであったと思われる。このように読むならば、前声によるわけではないが、本話も確かに大将が鬼を退けるという当該話群の主題に齟齬せぬものである。[29]

『斎王記』当該話群は、大将の随身などによる前声は「魔」を払う、という現象を認めこれに興味を寄せたものである。そして大将経験者は多く在る中で、怪異を払うに関わって取り上げられた大将が、実頼・実資という小野宮流の二人の大将経験者であった。

四　実資一行の先声の辟邪性

さて『斎王記』当該話群は上述の通り、大将、それも小野宮流の実資とその祖父で養父である実頼の随身による前声の辟邪性を強調していた。中でも②話は、実資の随身の前声の力によって、百鬼夜行をやり過ごすことが出来たというものであった。実資の先声の強力な辟邪性を伝える話であるが、小倉氏も参考史料として紹介する通り、本話は『大鏡』師輔伝に見える次の一節と極めて似ている(30)。

この九條殿は百鬼夜行にあはせたまへるは。いづれの月といふことは、えうけたまはらず、いみじう夜ふけて、内よりいでたまふに、大宮よりみなみざまへおはしますに、あはゝのつじのほどにて、御くるまのすだれうちたれさせたまひて、「御くるまうしもかきおろせ〳〵」と、いうそぎおほせられければ、あやしとおもへど、かきおろしつ。御随身・御前どもゝ、いかなることのおはしますぞと、御車のもとにちかくまいりたれば、御したすだれうるはしくひきたれて、御笏をとりてうつぶさせたまへるけしき、いみじう人にかしこまり申させ給へるさまにておはします。「御車はしぢにかくな。たゞ随身どもは、ながえのひだり・みぎのくびきのもとにちかくさぶらひて、さきをたかくをへ。ざうしきどもゝこゑたえさすな、御前どもちかくあれ」とおほせられて、尊勝陀羅尼をいみじうよみたてまつらせ給。うしをば、御くるまのかくれのかたにひきたてさせたまへり。さて時中ばかりありてぞ、御すだれあげさせ給て、「いまは、うしかけてやれ」とおほせられけれど、つゆ御ともの人は心えざりけり。のち〳〵に、しか〴〵のことありしなど、さるべき人〳〵にこそはしのびてかたり申させたまひけめど、さるめづらしきことはをのづからちり侍りけるにこそは。

『斎王記』②実資話は、話の要素（人物の移動経路・怪異遭遇場所等）といい、話の運びといい、師輔伝の翻案と考えざるを得ない。百鬼夜行に遭遇してこれをやり過ごす話で、広く伝えられた話としては、他に主人公を藤原常行とする『今昔物語集』巻十四の第四十二がある。が、『今昔物語集』話では人物の移動経路も異なり、場所も美福門院前や神泉苑北門となっていて、『斎王記』とは要素を異にする別系統の話とみることが出来る。[31]

『斎王記』は師輔伝話にほぼ〈同話〉といえるのだが、二つの点を原話から変化させている。一つは主人公を師輔から実資としたことである。九條流の祖である師輔も右大将を務めた経験がある。大将の前声の効力を謳うことが目的であるならば、師輔のままでも役は果たす。それでもこれを実資としたのは、『斎王記』が非摂関家系の人物の手に成るのではないか、という見通し等と関わるのかもしれない。

もう一つは、百鬼夜行をやり過ごせた理由を、随身の前声によるとした点である。『大鏡』師輔伝型にせよ『今昔物語集』話型にせよ、他のいずれの話でも、百鬼夜行をやり過ごせた理由は尊勝陀羅尼の効力であるとする。[32]百鬼夜行をやり過ごす話は、そもそも尊勝陀羅尼の効力を称揚する話としてあったかと見える。しかし『斎王記』だけは、尊勝陀羅尼の効力という要素を落とし、『大鏡』にも含まれていたが、実資が随身に声を絶やさないように指示した、という部分のみを肥大化させ、大将の前声の効力を謳う話に変化させた。これによって、前声の効力に強弱があるのか否か不明であるが、実資の前声は鬼、それも百もある鬼から一行を守ることが出来るほどの効力を持たされた。

翻案が『斎王記』の著者によるものなのか、或いは前段階に既に成されたものだったのか、『斎王記』という作品としての意図等も踏まえて更に慎重に検討しなくてはならない。しかし少なくとも、『斎王記』当該話群では、実資一行の前声は百鬼夜行をやり過ごすような効力を持っていた、という文脈が受け入れられると理解していたことになろう。

『斎王記』の成立は『古事談』にも先立つ可能性があるから、早い段階から実資の前声には強力な辟邪性があると理解される場はあったことになる。『古事談』話が、実資の前声の辟邪性が重ねて読まれることを意識していた可能性も、やはり低くはない。

おわりに――怪異を見顕わす「賢人」実資

実資を賢人と称する説話はほぼ全てが怪異譚であった。そして怪異譚の中で実資を指す場合、「賢人」という詞は、辞書的な意味よりも、何か怪異に対応できる資質を念頭において用いられているようであった。

怪異に遭遇した実資の様子が伝えられる度に人々は、なぜ彼は怖くないのだろう、なぜ彼は冷静に対応できるのだろう、なぜ彼は不思議なものと交信可能なのだろう、と、ある種の畏怖の感覚を伴った疑問――疑惑とも言えるかもしれない――を抱いたのではないか。取り上げた説話に、怪異の顛末のみならず、実資の振舞いが詳細に記されてあったのも、この「なぜ」という人々の興味と疑問の真剣さによるだろう。

実資の怪異譚を見聞きした人たちにとって、しかし実資も自分たちと同じ一人の人間のはずである。その実資の怪異に対する常人には理解し難い振舞を、なんとか自分たちが納得できる範囲で説明できる何か詞が欲しい。そうでなければ、伝える人々にとって実資そのものが理解不能な〈怪異の人〉になってしまう。

時に大将という官職に、「なぜ」の理由が求められた痕跡もあった。特にその前声の辟邪性が魔を払うことを強調するような『斎王記』②話なども見えた。近衛府はそもそも禁中を守護し、天皇の行幸に供奉・警護することを職掌とする。その大将の立場にあるものが、怪異を払う能力を持つことは当然ともいえよう。しかし前声の辟邪性は、話を背後から補強するものとはなっていても、これが実資の資質を理解するための理由として広く伝えられた形跡は今のところ認められない。

この実資の、怪異に対応できる不思議な資質を表現するための詞が、「賢人」だったのではないだろうか。理解し難いものを詞の中に囲い込んでしまう、レッテルとしての呼称である。この時の「賢人」には、辞書的な意味も含まれてよいが、それよりも、怪異を見顕わすことのできる実資に、「賢人」というレッテルを貼ることで、その不思議な資質も理解できたことにしているように思われるのである。[33]

また実資と実頼とは、共に小野宮流の才人として、大将経験者として共通する点は少なくない。『斎王記』①話は、実頼の先声にも辟邪性を認める文脈で記されてあった。怪異に対応できる能力も共通点の一つと出来そうである。[34]けれど実頼の同様な資質を「賢人」という詞で表現したものは、今のところ管見に入らない。怪異に対して、実頼と実資とは大筋で似通った資質を持つようではあるが、両者は全く同じではない。斎王記①話で実頼は「毛のむく〳〵と生いたる手」の正体が何であったかを、最後見極めておらず、この出来事に「おそれをなし」たとも記してあった。実資が怪異の様子を見極めることに興味と意識を集中させ、最後には事態の理由を彼自身が納得する様子とは異なる。このあたりに、僅かだけれど大きく違うところ、実資と実頼との資質が同一ではないことが読める。実資は「おそれをな」すことなく怪異に対することが出来る。

仁和寺本『尊卑』にも記されていたように、実資が「才人」であったことは認められるところである。様々な知識や情報を得ることに長けても貪欲でもあったろう。十分な知識と情報を持ち、それを判断する合理的な思考を持てたなら、怖いものは半減する。怪異に出会って、まずこれを観察し、物の怪にせよ龍神にせよ、それが何であるかを見極める態度は、冷静で合理的な発想である。『今昔物語集』が「只人ニハ不御ザリケリ」としていたように、実資はこの種の合理的な思考が出来る、稀有な一名であったのではないだろうか。

先に『発心集』の中で、実資を「道心もなし」とする評価があったことも思い出したい。怖れるべき怪異に冷静な人間は、畏れるべき神仏に対しても冷静であれるのではないか。それは決して信仰心がないということではあるまい。これも先に触れたとおり、実資が神仏に纏わる事柄を排除して生活していたとは思えない。それでも、周りの、実資的合理的思考を持たない人々、怪異を闇雲に怖れ、神仏に対してひたすらの信仰心を持つ種類の人々から見れば、実資の冷静さは、何か神仏や信仰に対する冷めた態度、すなわち道心のなさと、感じ取られる可能性はあるのではないか。これも実資が事態を合理的に考える資質を持っていたことの左証の一つと考える。

実資には理知的で合理的な思考が可能な資質があった。その資質に基づいた行動に対する周囲の驚きが実資に「賢人」という呼称を与え、怪異を見顕わすことへの畏怖の思いを含んだ感心は、これが賢人実資の説話を複数伝える動力の一つとなったと考えたい。

実資の周りの人々が確かな存在を感じていた邪気や魔の過半は、闇雲な怖れと不可解故の不安の中に存在していたと考えられる。現代の我々は、知識と合理的な思考によってその種の不安を軽減させることを知っている。そして実資も、闇雲な怖れや不安を持つ度合いが、同時代人に比して低かったと見える。闇雲な怖れそのものがない実資の前では、邪気はそもそも自らが存在できなくなってしまうのだから、『古事談』話で「賢人之前声コソ聞ユレ、此人ニハ居アハジト思物ヲ」と告白するのは当然であった。

注

（1）『平安時代史事典』（角川書店）「藤原実資」項。

（2）他に、『国史大辞典』（吉川弘文館）「後小野宮。賢人右府と称され、日記「小右記」は摂関政治確立期の史料として有名」、『日本史諸家系図人名事典』（講談社）「賢人右府と称され、」、『日本国語大辞典』第二版（小学館）「藤原道長を終始批判して賢右府《ママ》と称された」など。

（3）『日本国語大辞典』第二版（小学館）。

（4）本稿では、怪異を〈現実には有得ないと思えるような不思議な出来事〉程の意とし、物怪・邪気等との遭遇譚や神仏との交信譚なども含めて、「怪異譚」と称する。

（5）実資説話を取り上げその賢人性について論じたものに、飯沼清子「「賢人右府」実資考―説話の源流と展開―」（『日本文学論究』四七、1988.3）がある。同論では、賢人を「文字どおりに解せば賢明な人の意」とし、その上でなぜ実資が賢人と呼ばれたのか、実資にとってそれはどのような意味があるのか、を検討するとする。同論は本稿と取り上げる話なども多く重なり、本稿が見解を同じくするところもある。但し本稿では「賢人」の意味を辞書的な意味としてだけではなく、称する人々、実資をまなざす人々からとらえてみる。そして、賢人実資を伝える説話を改めて考証することから見える、説話伝承の運動や背景を検討するものである。

（6）本文は岩波新日本古典文学大系により、濁点や記号などを私に附した。本話は、岩波新大系底本（和洋女子大学附属図書館蔵本）・天理大学附属天理図書館蔵本が「小野宮有府」と表記し、「託」「詫」「記」の用字に揺れがある以外は、古事談抄を含め管見の限りの諸本間に大きな異同はない。

（7）例えば『小右記』寛仁二年（一〇一八）閏四月一七日条など。

（8）本文は岩波日本古典文学大系による。

（9）『故実叢書』所収『貞丈雑記』巻之四。

(10) 新訂増補国史大系『尊卑分脉』凡例。

(11) 関口力「仁和寺本『系図』の研究・翻刻(一)」『仁和寺研究』第四輯、2004.11。

(12) 『十訓抄』の説話番号は国立歴史民俗博物館蔵田中穣氏旧蔵本写本に振られた番号による。宮内庁書陵部本(古典文庫に翻刻)も同。新編日本古典文学全集本では第六の三四話。当該番号話には複数の説話が含まれており、今仮に枝番号を与えた。

(13) 本文は岩波新日本古典文学大系による。

(14) 本文は新潮日本古典文学集成による。

(15) 本文は国立歴史民俗博物館蔵田中穣氏旧蔵本を私に翻刻し、句読点や濁点も私に振った。

(16) 『十訓抄』には、説話と編者の見解や意見を記した箇所との境界が非常に曖昧になっている箇所が少なくなく、第六の三五話や第七の一三話も、どこまでを説話として伝えられたものとみるか、その意味で慎重な検討が必要であると考える。第六の三五話については、冒頭の「小野宮右大臣トテ世ニハ賢人右府ト申」の一文は、世に伝えられた話を記したと見做しうる。しかし、次に続く「身にすぐれたる才能なければ、何事につけても其徳顕れがたし、試に賢人を立て名を得ることをこひねが」った、というあたりを、前掲注(5)飯沼論ではこれを「実資が切実に願ったこと」であると判断しているが、当該文が『十訓抄』編者の文言である可能性を疑いたい。

又第七の一三の場合は、「人の計略に落ちる・落ちない」という話群のテーマと説話を繋ぐ編者の言葉と考えられる箇所に「サキニ申タル賢人ノオトヾ、他事ノ賢ニハ似ズ、女事ニシノビ給ハザリケリ」とあり、説話の外の言葉である。続けて引かれた『古事談』を出典とする説話には賢人の語は見えない。またこの話に続けて「或時此殿ノ亭ノ前ヲ事ヨロシキ女ノトヲリケルヲ門ヨリ走リ出テカキイダキ給ケルニ、或人又通リアヒテ車ヨリオリテ「アレハ賢人ノ振舞カ」ト云カケタリケレバ、「女事ニ賢人ナシ」ト答テニゲ入ニケリ」という短い一話が附され、無論『十訓抄』の説話の配列からは、実資の逸話と見るべきではあるのだが、固有名詞が見えないことが気になる。

『十訓抄』のこれらの話中では賢人・賢者という語は、他の書に比して群を抜いて多用されており、これは『十訓抄』が「実資＝賢人」と理解した上で編集された『十訓抄』個別の特徴であると考えられる。『十訓抄』の説話享受の態度とあわせ後考を期したい。

（17）『群書解題』は、印融著で弟子の覚融に伝法灌頂を授けた明応二年（1493）記事が最下限であるので、その頃の成立であろうとする。異名の一書乍同じ内容を持つ『両部血脈私鈔』中「醍醐寺三宝院流」（東京大学史料編纂所蔵・貴22−10）。慶長十四年（1610）書写本。同書の存在を藤原重雄氏にご教示頂いた。深謝申し上げる）では、本奥に「文明十九年〈丁未〉三月廿一日記了、印融」と見える。成立時の考証等は後考を俟ちたい。

（18）『続群書類従』第二八輯下による。

（19）前掲注（5）飯沼論では、『今昔物語集』話、『古事談』話、『発心集』話を「実資の突出した賢人性を語る」話とし、実資が「納言」であった二六年間の間に、「実資が政治家として、あるいは私人として多くの人生体験を重ね、身のまわりに種々おこる事態を冷徹な眼で視つめ、峻別する能力を得ていったことは想像に難くない。それが「賢人」と呼ばれた所以であり、ときに清濁混合された人間性となってあらわれるのだろう」とする。

（20）他に『平治物語』で平清盛（一一一八〜一一八一）、『盛衰記』で平重盛（一一三八〜一一七九）、『沙石集』では吉田経房（一一四三〜一二〇〇）等が「賢人」とされている。

（21）『字統』（白川静・平凡社）には、「賢」の「臤」という部分は「眼睛を失う」意があり、賢がもとは神への犠牲として捧げられるものを意味し、瞳を神に捧げる階層のものの中に神明に通じ賢者とされるものがあった、との見解が示される。

（22）『皇室の至宝　東山御文庫御物』四（毎日新聞社、2000.4）に写真二点と概説（石田実洋）が示され、小倉慈司「東山御文庫本『斎王記』について」（『古代中世の史料と文学』義江彰夫編、吉川弘文館、2005.12）に、同書の構成や成立に関する考察と翻刻がなされた。本稿も多く小倉論に拠る。

（23）前掲注（22）小倉論文に拠られたいが、『江家次第』巻十二は「神事」、十三は「仏事」、十四・十五は「践祚上・下」となっていてそれぞれの下に小項目が並ぶが、現『斎王記』の項目も冒頭が「神事」で以下、大・小項目名ともほとんど『江家次第』と一致している。但し、掲載される記事の内容はほとんどまったく一致しない。「枠組みを借り」とした所以である。

（24）『斎王記』本文は、前掲注（22）小倉論文によるが、東京大学史料編纂所のマイクロフィルムデータの閲覧によって、私に改めた箇所がある。

（25）東京大学史料編纂所の『大日本史料』データベース、『索引史料綜覧（平安時代）』等を利用した。データベースは『史料綜覧』もカバーしているが、わずかであるが漏れがある。

（26）利用した資料では、同年二月二一日が法勝寺での千僧御読経実施が見える最後。

（27）前掲注（22）小倉論文。

（28）『本朝文粋』巻五「為清慎公請罷左近衛大将状」（新大系による）。『和漢朗詠集』「将軍」にも。

（29）先に触れたとおり、現時点では『斎王記』の成立年代は『十訓抄』などを大きく遡ると見通されている。それぞれの伝承関係は未詳であり、また『十訓抄』と『古今著聞集』の文脈も厳密に検討しなくてはならない。しかしこの文時話が、初期の段階では『斎王記』の文脈で伝えられてあった可能性は注意されるべきである。

（30）本文は新編日本古典文学全集による。

（31）『今昔物語集』話を享受したものに、『打聞集』二三、『古本説話集』下五一、『元亨釈書』巻二九などがあるが、話の要素などに変化はない。また『宝物集』四、『真言伝』巻四、などは『今昔物語集』話、師輔伝話の双方を並記する。両者が混同されたり大きく要素や文脈に変化を加えられているものは管見に入らない。

（32）他に『江談抄』三－三八は、主人公を小野篁と高藤卿として、場所を朱雀門前とするが、百鬼夜行をやり過ごせた理由はやはり尊勝陀羅尼である。

（33）先に例外として察からはずした『十訓抄』第七の十三話などは、既に「賢人」というレッテルを貼られた実資を享受した例と考えている。また、文明十九年のＤ『三宝院伝法血脈』話でも実資に賢人の語を冠していた。同話は更に約三九〇年程遡る祈雨法関係者の間で伝えられたものにも確認できるのだが、そこには賢人の語は見えない。これも実資の怪異譚における「賢人」というレッテルが、時間を経て人々に浸透した結果と考えることができる。

（34）伊東玉美「小野宮殿と一条殿」（『院政期説話集の研究』武蔵野書院、1996.4）は「実頼だけでなく、実資も神仏に通じている人物というイメージが当時あったことは確かなようである」との指摘もある。また前掲注（5）飯沼論では「実頼と超人的存在とのかかわり」に実資との共通性を指摘し「実頼の話を実資の賢人説話の源として把握」できるとする。

永村　眞

「僧行」への視線
――「古事談」編纂の一齣

はじめに

鎌倉前期に源顕兼が編述した「古事談」には、全四百六十余話が「第一　王道后宮」・「第二　臣節」・「第三　僧行」・「第四　勇士」・「第五　神社仏寺」・「第六　亭宅諸道」に大別され、更に各部ごとに配列が施されている。蒐集された多彩な挿話が分類・配列された根底には、編者の価値基準が存在したと考えられる。もちろん「古事談」における挿話の配列から、直ちに顕兼の明快な編纂方針を見いだすことは容易ではない。しかし多数の挿話が単に雑然と並んでいるわけではない以上、分類・配列における一定の秩序とともに、その背後に多くの挿話に一応の秩序付けを行う編者の価値基準を想定することができる(1)。そこで本稿では、古代から中世にかけて僧尼・聖による多彩な宗教的行為を語る挿話を類聚した「第三　僧行」を素材として、顕兼による「古事談」編纂の手法と、その基底にある宗教者や寺院社会に対する意識の一端について検討を加えることにしたい。[2]

さて「僧行」には、「僧の行儀」という語義が想定できるが、これが必ずしも汎用されていた語句とは言いがたい。しかし顕兼が殊更に「僧行」という語句を掲げ、そのもとで僧尼・聖の聖俗に関わる注目すべき挿話を集め配列した前提には、仏教と寺院に対する固有の関心と評価があったはずである。そこで「僧行」に収められる全百八話の配列に注目して、顕兼がいかなる価値観のもとに宗教者と寺院社会をとらえていたのか、つまり「僧行」に向けられた顕兼の視線をたどることにする。

なお「古事談」の「第五　神社仏寺」に収められる百三十四話にも、僧尼に関わる挿話が見いだされる。例えば第一二三話の、「嵯峨釈迦像者、永延元年二月十一日、奝然法橋所奉渡也」との内容は、「第三　僧行」に収められても違和感はない。しかし「古事談」を通覧する限り、顕兼による挿話の分類が厳格な基準のもとになされたとは考えがたい以上、「僧行」に相応しい挿話が他の部に配置されていることは承知の上で、顕兼が敢えて「僧行」として分類した挿話とその相互関係のなかに、考察の糸口を求めることにする。

また挿話の文体を見る限り、漢文と漢字仮名交り文とが混在しており、多彩な出拠を窺わせるものがある。そして顕兼が如何にして多くの挿話を集め得たのか、つまり個々の挿話の出拠を如何にして探し出し抄出したのか、その検討作業は不可欠であろうが、本稿ではその課題を暫く措き[3]、あくまで選択された百八話の配列と内容から、「僧行」への視線をたどり、その関心のあり方を模索したい。

一　編纂の手法

「僧行」に配列される挿話には、源顕兼の視線の焦点となる僧尼・聖の姿が描き出される。個々の挿話の中心にある僧尼・聖に注目しながら、その内容の類似性を考慮して相互の繋がりを求めるならば、挿話の配列に一定の意味を見いだすことができよう。そこで顕兼により配列された全百八話について、まとまりをなす共通の要素を意識して類聚を試みたものが下掲の「「僧行」の構成」一覧である。そして一覧作成にあたり類聚の可能性を検討するなかで、顕兼がとったいくつかの編纂手法を推定することができる。

その第一は、「僧行」との趣旨からも容易に想定できようが、人ごとに挿話を類聚するという手法であり、これは一覧にも明らかであろう。「僧行」中に複数登場する人物としては、弘法大師（一一・一二）、智証大師（一四・一五）、相応和尚（一六・一七）、浄蔵貴所（一八・一九）、慈恵僧正（二〇・二二）、恵心僧都（二一・二四〜三〇・三二）、安養尼（恵心妹、二八・三二・三三）、大御室性信（四〇〜四二、四四〜五〇、五二・五四）、心誉僧正（五五・五六）、禅林寺僧正（五九・六〇）、永観律師（六三・六四）、仁海僧正（六八〜七一）、澄憲法印（七九・八〇）、増賀上人（九〇・九一）、空也上人（九二〜九四）、書写上人（二四・九五・九六）があげられ、その殆どがまとまって掲出される（漢数字は「僧行」内での通番）。すなわち顕兼の視線は、まず見るべき行為・事績をのこした人に向けられており、人物を第一の指標として挿話を類聚する手法をとったことは言うまでもない。

第二に、人ごとに集められた挿話は、その注目すべき行為や場を副次的な指標として類聚され、その中で概ね時代を逐って配列される。そこで人を中核にして、その行為・場に配慮しながら全百八話を通覧すると、まず第三九話までは際だった指標、つまり南都と北嶺という場によって挿話の類聚がなされている[4]。ところが第四十話以降、場によっては類聚困難な挿話が続き、敢えて異なる指標を求めざるを得ない。そこで挿話の共通性によって験力、奇行・奇特、法儀、上人（聖）という指標を掲げることにより、挿話群にまとまりをつけることが可能となる[5]。この指標の変化は、顕兼が蒐集した挿話を分類する過程で、南都・北嶺に次ぐ柱を見出せず、異なる指標により挿話をまとめたことによるわけで、これを関心の焦点が移動した結果であると理解したい。

第三に、挿話の配列にあたり、一覧中に矢印で示したように、主掲の挿話に他の挿話を付載するという手法がとられる。例えば、第三話に登場する東大寺大仏の開眼導師を辞退した行基菩薩に掛けて、第四・五話には行基をめぐる東大寺とは直接に関係のない挿話が掲げられる。また第八話では、遁世した玄賓が描かれるが、第九話は、「此事ヲ聞テ」つまり玄賓の遁世を耳にした道顕僧都が、「慕心」により船一艘を儲けたという内容が記される。すなわち第三話や第八話に後続する挿話は独立したものではなく、前掲の主掲に付属して配列された付載ということになろう。もっとも主掲となる挿話と付載された挿話が同質であるか否かは一定しない。例えば、玄賓の遁世について語る第八・九・一〇話のように、内容的な流れにしたがい配列される場合と、空海にかかわる第一一・一二話のように関連性が希薄なままに時系列で配列される場合がある。このように「僧行」に収められた挿話に階層性を与え、内容的には同質としがたい挿話を、関連する人名に掛けて配列するという手法がとられたわけである。

第四に、いずれの集団にも属しがたい挿話の配列については、前後の関連なしに配置がなされている。具体的には第五九話と第一〇八話であるが、前者は「験力」という集合に置かれているが内容的には無関係であり、後者もまた「上人」という集合とは関係を取りがたい。前者についてはその配置の積極的な理由は見出せず、禅林寺僧正源覚の社会的な立場を考えて、その場に仮置きされたと考える以外にはない。また「僧行」最末に配された後者の場合、「一向専修之僧徒」が登場する時代を考え併せると、編纂が一定の完成を見た時点で、挿話が顕兼の手許に帰した可能性もあり、敢えて最後に追加されたと理解しておく。すなわち蒐集された挿話が配置された意味を説明できぬ場合、これは雑載として便宜の場所に置かれたものと考えたい。

以上のように、「僧行」における挿話の内容と配列から、顕兼の手になる編纂手法の一端を推測したわけである。そして想定した主題ごとに類聚・配列された挿話は、顕兼の「僧行」に対する関心のあり方を物語るものであろう。まずAの南都、Bの北嶺には全三十九話が収められるが、東大寺創建をめぐる逸話を冒頭に置くそれらの内容は、遁世・調伏・往生など多彩にわたり焦点は定まらない。これはFの上人に関わる全二十話を収めた集合にも共通して言える。ところが南都・北嶺の一群に次いで多数を占めるのが、全二十二話を収めたC験力の集合である。そのなかで大御室性信が登場する全十二話に象徴されるように、僧侶の験力がもたらす様々な効験の享受こそ、顕兼の大きな関心事であった。また僧侶の特異な行為などを集めたDの奇行・奇特と、貴族社会が接点をもつEの法儀にも、同じく功徳・利益に関わる挿話が多く見出される。当然のことながら、配列される挿話のなかで、特に僧尼・聖の宗教的な行為と、その成果としての多彩な功徳・利益の実現こそが、顕兼のみならず世俗社会の関心の的であったことは確かであろう。

さて挿話の類聚・配列とは別に、個々の挿話内における内容構成についても、いくつかの類形が見出される。その第一であるが、第四話に、

神亀元年、行基菩薩造山崎橋、造了後、菩薩於橋上大設法会、而俄洪水出来橋流了、人多死、

とあるように、一つの人物とその行為を柱に一つのに挿話が語られるという形態である。これは本文の長短にかかわらず、「僧行」に収められた挿話の過半を占める。

第二は、一つの挿話のなかに、その内容に関連する他の挿話を入籠のように合叙した形態である。例えば第一六話は、貞観七年（八六五）文徳天皇皇后に天狗が憑き、有験の僧侶による祈祷も効が得られぬなかで、相応和尚が通常の不動明王呪ではなく大威徳呪の加持によって天狗を「結縛」し、皇后は本復したとの内容である。「僧

行」の挿話の多くは、このような内容構成で終始するのを通例とする。ところが本話では、相応の加持による本復という大枠の挿話に、皇后に憑いた天狗が実は邪執によって「堕天狗道」した紀僧正真済であり、しかも真済が不動明王呪を持していたため、不動明王は「本誓」として天狗を「降」ずることができず、改めて大威徳呪によって目的を達したという挿話が、入籠のように組み込まれている。空海の弟子として神護寺に住持した真済を、「堕天狗道」した言い切り、さらに皇后に憑いて病悩を与えたとする内容の根底には、天台宗と真言宗との対立関係が窺われようが、いずれにしても円仁弟子の相応和尚の加持と、空海弟子の真済が天狗となるという二つの挿話を一体で叙述したものが第一六話であった。

第三には、主題に登場する人物に掛けて、内容的には異なる他の挿話を合叙する形態がある。例えば第三話は、行基が東大寺大仏開眼導師を辞退し、その代わりに推挙された「異国聖者」たる婆羅門僧正がこれをつとめたことが主題である。ここで東大寺の創建に重要な役割を果たした聖武天皇・婆羅門僧正・行基菩薩とならぶ良弁僧正に掛けて、大仏開眼とは直接には関係のない「金鐘行者」と良弁が同一人物であるとする「古老伝」を掲げている。これは主題本文中の良弁に掛けて、内容的には関係のない「古老伝」の記事を合叙したものであった。

このように挿話が一つの主題のもとで終始する第一の形態が多数を占めるとすれば、第二・三の形態は明らかに、主題もしくは登場人物についての複数の挿話を一体化するためにとられた手法であろう。そのような合叙という手法を取ることにより、挿話の内容に広がりと深みが与えられ、他の説話集には見られない独自の内容構成をもつ挿話が生まれることになる。様々な手法によって挿話に与えられた内容の深みと特異性こそ、顕兼のこだわりであり、また編纂にあたっての工夫ではなかろうか。

以上、「僧行」の通覧から、挿話群の選択・類聚・配列、さらに個々の挿話の内容構成という側面で、顕兼がとった編纂の手法を考えてみた。そして編纂手法の前提となったのが、顕兼の視線の焦点にある僧尼・聖の姿、その行為であり場への顕兼のこだわりであったことを再確認しておきたい。

「僧行」の構成

A　南都（一～一〇）

（一）金鐘行者・辛国行者〔効験〕（二）「売鯖之翁」〔華厳会〕（三）婆羅門僧正〔開眼導師〕、良弁〔金鐘行者〕、行基菩薩→（四・五）行基菩薩〔「造山崎橋」、臨終〕（六）実忠和尚〔「悉曇ノ人」〕（七）早良太子〔悪霊、平癒〕（八・一〇）玄賓僧都〔遁世、「賤流浪法師」〕→（九）道顕僧都〔「慕心」〕（一一・一二）空海〔請雨経法、入定〕

B　北嶺（一三～三九）

（一三）慈覚大師〔引声ノ阿弥陀経〕（一四・一五）智証大師〔謚号、調伏〕（一六・一七）相応和尚〔天狗・効験〕（一八・一九）浄蔵〔呪縛、加持〕（二〇・二二）慈恵大僧正〔叡山戒壇、「優鉢羅龍王之所変」〕（二一）花山僧都厳救、恵心僧都〔「御廟之本地」、祈雨〕（二三）檀那僧都覚運〔遁世〕（二四）書写上人性空、恵心、檀那〔帰依〕（二五～三二）恵心僧都〔歌占、「往生之業」、迎講、地蔵講、蘇生、「遷化期」〕→（三一）慶祚阿闍梨〔法華経〕（三三）安養尼〔恵心妹〕〔強盗退散〕（三四）清範律師〔文殊化身〕（三五）道命阿闍梨〔好色無双〕（三六）平燈大徳〔「暗跡」〕（三七）戒壇坊阿闍梨教禅〔終焉〕（三八）義昭院、千観〔夢〕（三九）慶円座主〔蘇生〕

C　験力（四〇～五八、六〇～六二）

（四〇～五三）御室性信〔平癒、施食、「邪気即顕」、狐、「高野参籠」、寿命、得滅〕→（五一）兼意〔梵字書〕（五四）余慶僧正〔験者〕（五五・五六）心誉僧正〔物気・邪気・験者〕（五七）観修僧都〔加持、蘇生〕（五八）源泉僧都〔四

天王座」（六〇）源覚〔平癒〕（六一）深覚僧都〔祈雨〕（六二）勝範座主〔平癒〕

D　奇行・奇特（六三〜七三）

（六三）永超僧都〔魚食〕（六四）永観律師〔出挙〕→（六五）永観律師〔終焉〕（六六）了延房阿闍梨、具房僧都実因〔亡霊との「法話」〕（六七）中御室覚行〔絵像供養、「法親王始」〕（六八〜七一）仁海僧正〔得脱、「大師尊皃」、食鳥、有験〕（七二）定海僧正〔勧賞辞退〕（七三）覚猷僧正〔処分〕

E　法儀（七四〜八七）

（七四）一乗寺僧正増誉〔「有験陰陽」〕（七五）顕意阿闍梨〔「論義」神妙〕（七六）八講〔「卒塔婆ノ銘」〕（七七）少将阿闍梨房覚〔「祈落」〕（七八）安芸僧都観智〔「能説之名徳」〕（七九・八〇）澄憲〔「演説」、舎利講論義〕（八一）智海法印〔法文〕（八二）大納言法印良宴〔「瑜伽上乗之教」、念仏〕（八三）成宝僧都〔勧修寺八講〕（八四）忠快僧都〔験者、天狗〕（八五）「山寺ノ住僧」〔「虚読」〕（八六）「或人云」〔「五壇法之中金剛夜叉」〕（八七）石山僧都淳祐、寛忠僧都〔請雨経法・孔雀経〕

F　上人（八八〜一〇七）

（八八）聖宝、増賀上人〔加茂祭、聖人渡事〕→（八九）仁賀上人〔「儲妻」、「堕落」〕（九〇・九一）増賀上人〔礼拝、「止観」書写〕（九二〜九四）空也上人〔「法花衣」、「書名藉」〕（九五・九六）書写上人性空〔「生身普賢」、「六根浄」〕（九七）睿桓公〔普賢、大犬ノ白色〕（九八）参川入道寂照〔「不遂往生」〕（九九）舜見上人〔猟者〕（一〇〇）重勤聖人〔再誕〕（一〇一）良仁聖人〔権者、学問之志〕（一〇二）蓮仁聖人〔蘇生〕（一〇三）仙命上人、覚尊〔「不断念仏」〕（一〇四）「北山奥聖人」〔非直人〕（一〇五）東大寺聖人舜乗坊〔入唐、造東大寺〕（一〇六）貞慶〔「無止聖人」〕（一〇七）大原上人〔落堕〕

G　その他

（五九）禅林寺僧正源覚〔「宝蔵破壊」〕（一〇八）「修行東国之僧」〔「一向専修」〕

（註）人名に先立つ（　）の数字は「僧行」内での挿話の通番を、後の〔　〕は見るべき行為を、また矢印により付載の挿話を示す。

二　視線の焦点

前節において検討を加えた、「僧行」における顕兼の視線の赴く先、つまり編纂手法により強調された関心事に改めて注目することにしたい。前述した通り、「僧行」に対する顕兼の視線は、僧尼・聖の宗教的行為とそこに生まれる功徳・利益、それらの根元をなす験力等の宗教的な能力に向けられている。宗教的行為とその果実を語る挿話が、「僧行」の大勢を占めることは至極当然のことと言えよう。そこで功徳・利益を生み出した宗教的行為の実態をたどりながら、挿話に見られる顕兼の関心のあり方に注目してみたい。

まず「僧行」を一覧すると、Bの北嶺に恵心僧都源信がまとまって登場する（第二四〜三〇話、第三二話）。例えば、第二六話には、

妙空大徳、恵心御房ニ奉問云、何事カ必然可為往生業哉、承其事可相励云云、恵心令答給云、可被奉造丈六仏像云云、依之奉造立阿弥陀丈六像、如本意遂往生之望云云、件仏安置横川花台寺云云、妙空ハ廿五三昧ノ結衆也、

とあるように、「廿五三昧ノ結衆」である妙空が、源信に拠るべき「往生之業」を尋ねた。これに源信は「丈六仏像」の造立であると答え、その教えにしたがい阿弥陀丈六像を造仏した妙空は「往生之望」を遂げたという。

横川首楞厳院において念仏修行を共にする「廿五三昧」衆に大きく関わる源信が、右の挿話では「往生之業」を説き、また第二七話では「迎講」を創始したとされることは首肯できる。しかし源信が登場する全八話のなかで、この二話を除いて念仏や往生が語られないのは意外である。例えば第二九話では、

> 恵心僧都ノ承仕法師、奉花之間、俄悶絶死去了、僧都驚奉唱地蔵宝号令祈給、又召厳玄出山令加持、然而不蘇生、仍不触穢之前ニ可舁出之由示給トモ、出山尚以加持之、臨暮遂蘇生云々、

とあるように、源信の承仕が俄かに死去したため、自ら「地蔵宝号」を唱えて祈るとともに、厳玄に委ねた加持により「蘇生」させたという。この挿話には承仕を「蘇生」させるため「地蔵宝号」と「加持」（修法）の勤修が描かれるが、念仏という要素は一切見られない。また第三二話でも、その妹安養尼の「逝去」にあたり、源信が自ら「地蔵菩薩」を念じる傍らで、「修行入大峯、其後棄顕宗、難行苦行」をとげた修学院清義僧都の「火界呪」による「加持」が施され、「蘇生」が実現したという。一般的には「死去」からの「蘇生」という現世利益が、「加持」により実現したことは納得できるとしても、源信の挿話に念仏・往生よりも「加持」が色濃く描かれていることは、明らかに「加持」に向いた顕兼の関心のあり様を示している。

そこでCの験力に目を移すならば、その第四〇話に、

> 大御室（性信、三条院第四皇子、母皇后宮済時大将女）、効験事、大二条殿治暦之比、癰瘡発背（御年廿九、永保二年二月廿日、依孔雀経賞叙二品、入道親王二品叙例之始、又后腹皇子給云云、）、典薬頭雅忠云、癰腫已及五寸以上、万死之病也、医療不可及云々、親王修孔雀経法、修中平癒、依之被奉龍蹄二疋、庄園二所（尾張国嚢田、阿波国篠原、）

として、「医術」の及ばぬ藤原教通（大二条殿）の「癰腫」が、性信の「孔雀経法」により「平癒」した一話をはじめ、修法の「効験」を記す挿話が列記される。この一群に「加持」等により「効験」が得られた挿話が並ぶのは当然であるが、Cの二十三話中で性信の祈祷による「平癒」・「蘇生」・「得滅」を語るものが十話、さらに心

誉僧正以下の五話を含め十五話に及ぶことは注目される。

現世利益を実現するための「加持」は、様々な「効験」を顕かにした。例えば、天長元年（八二四）の「天下大旱魃」にあたり空海により勤修された「請雨経法」や（第一一話）、長和五年（一〇一六）の「炎旱渉旬月、人民愁之」との状況のもとでの深覚が勤めた「祈雨」の「祈祷」（第六一話）は、天文災異に関わり広く衆生を利益した。また先の性信による「癰腫」・「熱気」の「平癒」、「疾病」の原因となった「天狗」（第一六・八四話）、「狐」（第四九話）、「悪霊」（第七話）、「邪気」（第四六・五五話）、「物付」（第五六話）の排除、さらに「俄悶絶死去」した人物を「蘇生」させるという形で、生・死の境の往復に関与しており（第二九話）、多様な場に「加持」は目に見える「効験」を残してきた。

これら具体的な成果により、僧俗にわたる現世利益への期待が、「加持」という行為と勤修する行者に向けられたことは確かである。また日常生活において現世利益を実現する「加持」が、顕兼の関心を引くとともに、「僧行」の中で中核的な位置を占めたことも頷けよう。

しかし世俗的な関心とは離れて、僧俗の覚悟に関わる挿話も見られる。寛弘八年（一〇一一）一条院の崩御をめぐり、

依御薬遁位、於一条院落飾入道、雖然経日不予、慶円座主（権僧正、号三昧和尚、）退下之間、已以崩御、（廿二日、御年卅二、）帰参之後、入夜御所、招院（西方院座主）源云、聖運有限、非力之所及、但有生前之御約、必可令最後念仏云云、此事相違、此恨綿々、可被奉請霊山釈迦、試仰仏力、定未遠還御歟云云、院源打磬曰、慶円屢誦火界呪、未及百遍、慚以蘇生、左相自直廬顚倒被忩参、慶円即依生前之御約、令唱念仏百余遍訖之後、登霞〔遐〕給云云、

との挿話がある（第三九話）。不予の一条院に近侍しながらいったん御前を退下した天台座主慶円は、その臨終に

侍することができなかった。そこで慶円は生前に院と約した「最後念仏」を果たすため、院源の「加持」により一時の「蘇息」を得た院に向かい「念仏百余遍」を唱え、念仏が終わった後に院は改めて崩御されたという。この挿話の出拠とされる「続本朝往生伝」の末尾には、「依十善之業、感万乗之位、往昔事五百之仏、今生少霜露之罪、最後念仏如此」との一文が付記されている。つまり「十善之業」により転輪聖王となり、「万乗之位」（天皇）として積んだ作善を臨終において顕らかにし、往生を期する行儀こそが「最後念仏」であり、院にとって覚悟を得るためには不可欠と認識されていた。またこの挿話における「加持」は一時の「蘇生」を実現する手段であり、その先に「最後念仏」があったことは見過ごせない。

また臨終を如何なる心象のもとに迎えるかについて、永観の「終焉」の様を語る第六五話には、

> 永観律師終焉之時、苦痛ヤ御スルト奉問ケレハ、寿《倶舎》尽時歓喜喩如捨衆病ト云文ヲ被示ケリ、又無下ニヨハクナラレテ後、念仏ノ声モキコエサリケレハ、イカニ念仏ハト問申ケレハ、何《観経》況憶念ト被示テ、ヤカテ命終云云、此文ノ上ハ但聞一仏二菩薩名除無量劫生死之罪云云、

とあり、永観は周囲からの「苦痛」は如何との問には「倶舎論」の偈によって、「イカニ念仏ハ」との問には「観無量寿経」の一文を以て答えたという。すなわち臨終にあたり信心が増上することは煩悩からの離脱に他ならず、この信心を確信するための「念仏」とは、「憶念」つまり「一仏」（阿弥陀如来）を観念することと認識されていた。ここで再確認すべきは、顕兼が語る「念仏」とは、極楽往生の術であることは言うまでもないが、それは「南無阿弥陀仏」名を口称することではなく、あくまで阿弥陀仏を観念する行為であった点である。これは臨終を目前に、長年にわたり修行を重ねてきた「瑜伽上乗之教」の「観念」を重んじ、敢えて「念仏」によることなく「命終」に臨んだ良宴の確信を描く第八二話、遁世した平燈大徳が「異様ナル乞食」に身をやつしながら「不断念仏」

を「業」とした第三六話にも共通している。顕兼にとっての「念仏」とは、南都・北嶺とりわけ延暦寺において興隆をとげた浄土教に説かれる観念であって、「僧行」末尾に付加された第一〇八話の「一向専修」、つまり法然の勧める口称を専一とした専修念仏ではなかった(6)。

「念仏」を口称ではなく観念として捉えた顕兼の認識の基底には、当然のことながら、延暦寺・園城寺と洛中末寺から構成される北嶺の寺院社会との接触による、天台浄土教の色濃い影響が見られる。これは「僧行」のなかで、Aの南都とC験力中の性信を除くならば、残りの過半が北嶺もしくはその周辺の僧尼・聖に関わる挿話であることによっても裏付けられる。また空也上人に関わる、

> 空也上人、自雲林院、七月許大宮大路ヲ南行ケルニ、大垣辺ニ常人トモ不覚之俗ノ、無術寒気ヲ歎気色ニテ逢タリケルカ、奇カリケレハ、何人ノ令坐給乎、炎天之比サシモサムケニ令坐給ハト問給ケレハ、俗云、(中略)我ヲハ松尾明神トソイハレ侍、般若之衣ハ時々着侍ト、法花之衣無下ニ薄シテ、妄想顛倒之嵐ハケシク、悪業煩悩ノ霜アツクシテ、如此サムク侍也、可然者法花之衣給哉ト被仰ニ、上人イトタウトクオホシテ、サ承候了、御社へ詣テ法施ヲタテマツラムト、イト忝ク侍ト、是コソ四十余年法花経ヲヨミシメテ侍衣ヨトテ、下ニ被着タリケル帷ノ垢付キタナケナリケルヲ脱テ被奉ケレハ、乍悦衣給テ、ヤカテ着給テ、気色モ忽ニ直テ、法花衣を着侍ツルヨリ、悪業ノ霜キエ、煩悩ノ嵐モ吹止テ、イト〳〵アタ、カニ成候ニタリ、

との一話がある(第九二話)。洛中の大宮大路を歩いていた空也は、七月にもかかわらず「寒気ヲ歎」く風情の松尾明神から、「般若ノ衣」によっては「妄想顛倒ノ嵐」・「悪業煩悩ノ霜」は防ぎがたく、「法花之衣」を給わりたいと求められた。そこで空也は社参の上での「法施」を約し、また「四十余年」にわたる法花経読誦にあたり身につけてきた「衣」を奉ったところ、明神の「悪行ノ霜」は消え「煩悩ノ嵐」も吹き止んだという。「般若」諸

経と「法花経」の功徳を「衣」に喩えたものであるが、「法花経」こそが煩悩を払い覚悟に達するために最上の経典であると強調していることは言うまでもない。これは「自幼少読誦法花経、以件善因成長寿鬼、欲奉逢慈尊之下生」した延暦寺西塔益智（第六二話）や、「不賤躰僧一人出来、法花経貴ク綴読」む「北山奥聖人」（第一〇四話）においても同様である。つまり天台教学の基礎をなす「法花経」を最上の経典とする一つの価値基準によって、挿話が類聚・配列されたと思われる。

以上、顕兼の視線が赴く先をたどると、そこには現世利益のための「加持」、覚悟の術としての「念仏」、さらにはそれらの基底に天台宗と「法花経」を尊重する意識を確認することができる。顕兼の意識を直ちに一般化はできぬものの、当時の貴族社会が寺院社会と仏教に対していだく価値観の一端が知られる。つまり天台宗・延暦寺の宗教的・社会的な影響力のもとで、現世利益が期待される「加持」と、覚悟と往生の術としての「念仏」が、「僧行」の重要な柱となっていたわけである。

三　「僧行」への評価

世俗社会が期待する様々な功徳・利益は、心身清浄な僧尼・聖により実現されるものであり、その「験力」によって現世・来世を問わず様々な「効験」が得られると考えるのが通例である。ところが「僧行」を通覧する限り、このような先入観が顕兼の認識とは隔たりをもつことを思い知る。

例えば、東大寺大仏の開眼供養に関わった行基に掛けて、

神亀元年、行基菩薩造山崎橋、造了後、菩薩於橋上大設法会、而俄洪水出来橋流了、人多死、

との一話が掲げられる（第四話）。神亀二年（七二五）行基により造営された山崎橋の供養法会が行われたが、その

最中に突然に起きた洪水によって橋が流され多くの人々が死んだという。山崎橋の造営という行基の作善を記すものであれば後半は不要であり、殊更に供養法会において多くの人々が死んだという挿話を、顕兼は一体如何なる意図のもとに書き加えたのであろうか。読み手の期待とは大きく隔たる結末をもつ挿話は決して第四話に限るものではない以上、負の奇特や資質を語る挿話を敢えて同居させた意図について改めて考える必要があろう。[7]

ここで「僧行」を通覧すると、「無魚肉之限者、時・非時モ都不食之人也」と言われた「南京永超僧都」（第六三話）、「法勝寺供僧」の「供米」を元手に自ら「出挙」という経済活動を行った永観律師（第六四話）、さらに、

> 仁海僧正ハ食鳥之人ナリ、房ニ有ケル僧ノ雀ヲエモイハス取ケル也、件雀ヲハラ〳〵トアフリテ、粥漬ノアハセニ用ケル也、雖然有験之人ニテ被坐ケリ、大師ノ御影ニ不違云云、

と語られる仁海僧正（第七〇話）など、いずれも破戒にあたる行為に触れた挿話が見られる。ところが右の挿話には、「食鳥」という嗜好をもつ仁海の殺生・肉食を、日常的な行為として容認する態度が見られる。しかも末尾の「大師ノ御影ニ不違」との一文は、先行する弘法大師と仁海を同一視する第六九話を承けたもので、明らかに肯定的に仁海を描いていることは確かである。つまりこの挿話では、仁海の「食鳥」という奇異な行為に触れながらも、最終的には「有験之人」として高い評価を加えている。これは「魚肉」がなければ食事は一切とらないという興福寺の永超僧都についても同様であり（第六三話）、疾病もこれを避ける「有験之人」に対して、その破戒を咎める意識など顕兼には毛頭ないのである。

また「好色無双之人」である道命阿闍梨（第三五話）、「被犯人妻歟」と噂された「験者」の余慶僧正（第五四話）、「或女房密通」した成尊僧正（第七一話）など、「効験」を期待する読み手にはいささか違和感のある挿話が散見される。ここで道命阿闍梨について、第三五話には、

道命阿闍梨ハ道綱卿息也、其音声微妙ニシテ、読経之時聞人皆発道心云云、但好色無双之人也、通和泉式部之時、或夜往式部許、会合之後、暁更ニ目ヲ覚テ、読経両三巻之後、マトロミタル夢ニ、ハシノ方ニ有老翁、誰人哉ト相尋之処、翁云、五条西洞院辺ニ侍翁也、御経之時者、奉始梵天帝釈天神地祇、悉御聴聞之間、此翁ナトハ近辺ヘモ不能参寄、而只今御経ハ行水モ候ハテ令読給ヘレハ、諸神祇無御聴聞隙ニテ、此翁参テヨク聴聞候了、喜悦之由令申也云云、

とある。「読経」すれば「聞人皆発道心」す程の「音声」をもつ道命阿闍梨であるが、その一方で「好色無双之人」とも言われた。この道命が和泉式部の許を訪れて一夜を過ごし、早朝に読経を勤めた後に「マトロミタル夢」に一人の老翁が現れた。この翁が語るには、かねがね道命が読経する時には、「梵天帝釈天神地祇」が悉く集まり聴聞したため、自分などが傍に近づくことなどできなかったが、今朝は「行水」せずに読経をしたため、「諸神祇」は参ずることなく、座の近くで聴聞できたと言って悦んだという。道命の「読経」に人々の「道心」を誘なう法力があり、その読経の場には梵天帝釈を始め天神地祇が参じたこと、また道命が和泉式部と一夜を過ごした後に不浄心身のままなした読経に、天神地祇の聴聞はなかったことが語られ、最後に諸神が不参の隙に聴聞した老翁の「喜悦」で挿話は閉じられる。この一話では老翁の言をかりて道命の「好色」を皮肉るものの、読経に見られるその宗教的な能力について、顕兼はこれを否定するどころか、むしろ高く評価している。

読み手にとっては違和感のある僧侶の破戒や「好色」・「密通」という行為に対して、批判的な目を向けることなく、それらは主人公の卓越した宗教的な能力により克服される、つまり悪徳・悪行を超越する宗教的な能力を評価する顕兼の認識があった。そして殊更に掲げた負の要因は、その背後にある僧侶の資質や「効験」を際だたせる効果をもたらすのである。

最後に「往生」を逆説的に語る挿話に触れておきたい。様々な宗教的果実を期待する僧俗にとって、治病や悪霊をはらうなどの現世利益のみならず、極楽への「往生」もまた大きな関心事であった。しかし「被廃春宮」れたことにより「現身成悪霊、奉付悩於天皇」った早良太子（第七話）や、「以我執故堕天狗道」ちて一着悩皇后」した紀僧正真済（第一六話）は、いずれも寺院社会に深い関わりをもち作善を重ねたはずの僧俗でありながら、「往生」を果たすことなく「悪霊」・「天狗」として悪趣を現世にのこしたと語られる。さらに第九八話では、

参川入道者、前生ニ唐娥眉山ニ寂照トテ御ケリ、与師匠論法門之義、我勝タリト思テ入滅後、依有其執、不遂往生々日本、令入唐之時、有一僧、申唐帝云、娥眉山ニ寂照トイヒシ僧ノ影ニ、此人極相似云云、

として、論義で師僧に勝ちたいとの「執」により「往生」を遂げられなかった娥眉山の寂照が、日本で参川入道（大江定基）に再誕したという。この挿話の中心は、定基が「入唐」（実際には入宋）した際に、寂照と似ていると言われた一事にすぎないが、そこに入籠として寂照が「執」により往生を果たし得なかった話を付加している。すなわち聖俗の関心事である往生について、その阻害要因となる「執」・「我執」を強調するとともに、第七・十一話では、「加持」もしくは「心経少々」によって「解脱」がなされるという救済手段が示される。そして往生が遂げられなかったという結末から、改めてその実現のための「僧行」を評価するという手法がとられたと考える。

破戒や反社会的な行為を超越する「加持」・「念仏」や、「不遂往生」る原因となった「執」を主題として生まれた挿話を主要な柱として構成される「僧行」には、宗教的果実の受益者たる顕兼の立場が明確に示されている。すなわち宗教者や寺院社会にとってそのままに受容しがたい破戒行為についても、それに優越して「加持」や「有験之人」を語り、また往生を阻害する「我執」への警鐘を語る大前提には、宗教的な果実を享受する顕兼の立場

があった。これは道命を「好色無双」と揶揄しながらも、その「読経」を評価する態度にも明らかであろう。ただし宗教者が実現する利益を重んじる一方で、僧綱位をもつ所謂「高僧」を取り上げ、その至って日常的な生活風景は言うに及ばず、世俗の信心を裏切るような行為をこだわりなく語る態度から、寺院社会に対して抱く顕兼の距離感が知られよう。つまり宗教的な倫理には無縁の立場から寺院社会を見る限り、そこには宗教者の奇異・奇妙な姿だけがあるわけで、俗人として享受する利益を意識しながらも、それらに強い論評を加えることなく淡泊に描きだすという、顕兼の「僧行」に対する基本的な姿勢があった。

おわりに

顕兼の目に触れた出拠から、また自らの見聞により、多くの僧尼・聖の特徴的な行為を語る挿話を集め、それらを一定の基準に基づいて類聚・配列したものが「僧行」である。そして「僧行」を編纂するという行為自体が、顕兼の仏教と寺院に対する認識と評価の表れでもあった。さらに全百余話の挿話個々の内容と構成、それらの類聚と配列のなかに、顕兼の宗教者や寺院社会に対する関心のあり方をかいま見ることができた。

顕兼は僧尼・聖による宗教的な行為の顚末を、因と果、能と験という対照のなかに捉える。この枠組みのもとで多様な宗教活動に目を向け、経典や聖教に記される要語に一定の理解をもちつつ抄出・撰述された「僧行」は、顕兼の仏教と寺院に対する見識そのものでもあった。そして寺院社会の現実とりわけ宗教者の多彩な生き様について、これを思いのほか冷徹に描く一方で、心身の病の根底にある悪霊・天狗・鬼・狐には恐れを抱き、救いを提供する宗教者へは手放しの崇敬を語る、ここに顕兼という人物に代表される貴族社会の仏教と寺院への視線を捉えることができよう。

注

（1）『日本文学大辞典』の「古事談」項（三木紀人氏執筆）には、挿話の配列について、「概して雑然と並べられており」とされているが、少なくとも「僧行」における挿話の配列には、一定の秩序が見いだされる。

（2）「古事談」の書誌と内容については、新古典文学大系『古事談・続古事談』掲載の「『古事談』解説」による。

（3）新古典文学大系本には、出拠に関する注が付されており、本稿ではその指摘を参照するにとどめる。

（4）第一一・一二話の弘法大師であるが、その本寺は東大寺とされたことから、南都に含み込むことが可能である。

（5）配列にしたがって全体を通覧すると、指標の取り方により異なる分類の可能性もある。例えば、御室性信について語られた一群の挿話は、その過半が験力による「平癒」が語れていることから、験力の一群に含めているが、南都・北嶺に次いで真言という括り方も可能であろう。

（6）第一〇八話において、「修行東国之僧」が自らの身を双六の勝負に賭けてやぶれ、奥州で馬と交換されそうになった時、これに同情した「一向専修之僧徒」がその身を請け出そうとして、「此恩ヲ思知テ、自今以後可為専修」と語ったところ、その僧は「奉棄法花経、一向専修ニハ不可入」と答えたため、最終的に僧は奥州に連れ去られたという。この挿話は、我が身は売られても「法花経」を棄て「一向専修」に入ることを拒否した僧を描くことにより、広まりつつある専修念仏に優位する法花経の存在を強調したものと言える。

（7）浅見和彦氏は、第四話を「旧来の行基観への挑戦」と評価し、「顕兼としては行基の暗部を語ることによってはじめて、彼の行基観、行基像は満足された」とされる（「古事談試論」『国語と国文学』五三－八）。高僧を取り上げながら、意識的にその「異端的」な側面、つまり負の要素を掲げる顕兼の手法を理解する上で、拠るべき見解といえる。

『古事談』性信親王説話考

小林直樹

はじめに

大御室性信親王の説話は、『古事談』[1]巻三「僧行」中、最多の十三話[2]を数える。それは、巻三の構成上においても、「冒頭から性信入道親王記事群まで一貫して守られてきた年代順配列が」その直後の「余慶のところで初めて約一世紀逆行することから、性信記事群を結節点として」「新たなグループを形成している」と指摘される[3]ように、重要な位置を占める説話群なのである。さらに、『古事談』が「人間の行動を関心の中心とする古事の書」と目され、作品特有の「人物形象」が認められるとされる[4]ことからすれば、本書における性信親王像についても、一度は吟味が加えられる必要があるのではなかろうか。

以下、主として他書に見られる類話との比較を通して、『古事談』における性信親王説話の特色を分析してみたい。

一　性信と護法1

巻三「僧行」の第四〇話からはじまる性信説話は、一読明らかなように、その大部分が性信の発揮する強大な験力を語るものである。ここでは、その験力のあり方をいま少し注視してみることにしたい。

最初に、第四五話を取り上げよう。

讃岐守顕綱、賜二施食上分一、毎日食レ之。明日之分裹レ紙置レ之。夢施食紙中忽有二光明一。側有二童子一謂曰、弘法大師御二坐帋中一。開レ紙見レ之、有二親王所持五鈷一。即童子曰、不レ堪二魚鳥臭一、明日分今夜可レ食云云。

性信から施食をもらい受けていた顕綱が、翌日の分を紙に包んで置いておくと、夢に紙の中の施食が光明を放つのを見る。その傍らに童子がいて、「弘法大師が紙の中にいらっしゃる」と言うので、開いて見ると、性信所持の五鈷が現れた。その時、童子は「魚鳥の悪臭が耐えがたい。明日の分の施食も今夜食べてしまうがよい」と顕綱に告げた。

まず、本話で語られる要素のうち、紙の中から現れる五鈷について、新大系は次のように指摘する。

……ここは五鈷を空海の象徴としている。また性信は「大師後身」（往生伝）、「大師再出世」（御仏）とされ、性信の呪願による施食がその五鈷に見えたのである。

つまり、五鈷は空海の象徴であると同時に、その後身である性信の象徴でもあった。性信の呪願を受けた施食は、すでに性信の分身としての資格を十分に備えたものとなっているのである。

一方、本話で意味がとりづらいのは、傍線を施した最後の童子の言葉であろう。新大系はこの点につき、「性信が呪願して施す食に魚鳥の混入しているはずはないから、魚鳥云々は一般論で、明日になれば腐敗するかも知れぬという、顕綱への注意であろう」と解釈する。

この難解なくだりの理解に資すると思われるものに、『御室相承記』(5)大御室条に「御伝云」として引かれる以下の説話がある。

讃岐守顕綱朝臣賜二施食上分一、毎日食レ之。明日料以レ紙裹レ之。夢施食紙中放二大光明一。其則《(ママ)》有二童子一。奇問レ之、童子云、弘法大師坐二於帋中一。開而見レ之、得二親王所持五鈷一。童子、不レ堪二魚鳥腥《ナマクサ》気一、明日之分今夜可レ食。至二潜衛一不レ可レ疑。

当話で注目すべきは、『古事談』にはない最後の傍線部の記述で、これは『御室相承記』が依拠した「御伝」(大江匡房撰の『大御室御伝』と推定される)(6)の、本説話に対する評言の部分と見なしうる。それは、もちろん童子の「潜衛」という行為に対する称賛を意味しようが、この「潜衛」(潜《ヒソ》カニ衛《マモ》ル)という童子の行為は何を対象として行われたものと理解すべきであろうか。

ここで、『御室相承記』所引の『大御室御伝』と同じ匡房の手になる『続本朝往生伝』(7)第七話、慈忍僧正尋禅の以下の挿話を参照してみよう。

冷泉天皇依二邪気一有二御煩一。連年不予。僧正参入、護身結界。天皇大怒、抜レ剣欲レ斬。僧正大恐、逃二入於南階之下一。而所レ留二於堂上一三衣筥、護法守レ之。天皇於此筥下自縛数百遍。……

冷泉天皇が邪気を煩った折、僧正が参入して護身結界を行ったところ、天皇は激怒、剣を抜いて僧正に斬りかかったため、僧正は危うくその場を逃れたが、堂上に三衣筥を残してきてしまった。だが、三衣筥は護法によって守られており、天皇はこの護法の力によって三衣筥のもとに自縛されてしまう。

本文中、「護法守レ之」の「之」は明らかに「三衣篋」を指していよう。「三衣篋」の中身はもちろん袈裟であり[8]、それは僧正の形代のように大切な存在であった。それゆえ、護法は僧正を守るのと同じ意味において「三衣篋」を守っていたのである。

一方、目を性信説話に戻せば、そこでの「童子」も「護法童子の類である[9]」と考えてよく、その童子の役割を『続本朝往生伝』の護法と重ね合わせて捉えることは十分に可能であろう。とすれば、『御室相承記』における童子の「潜衛」の対象は直接的には施食ということになろうが、それは無論、性信を守ることと同意であったと捉えるべきなのである。この時、「不レ堪二魚鳥臭一、明日分今夜可レ食」という童子の発言は、決して顕綱の身を案じての警鐘としてではなく、あくまで性信を守るために発せられたものと解釈されなければなるまい。おそらく施食の「明日之分」は、食材として魚鳥の類が保存されることのある台所のごとき場に置かれていたのであり、童子は性信の分身とも言うべき神聖な施食を魚鳥の穢れから守るために、顕綱に早く食べてしまうよう告げたのである。

本話は、陰に日に性信の身を守ろうと努める護法童子の姿を描くことを通じて、そうした護法を使役しうる性信の験力の強さをも示そうとする説話であると言えよう。

二　性信と護法2

次に取り上げるのは第五三話、一連の性信親王説話の最後に位置するものである。

此御室、世間ニ疾病蜂起之時者、私出二御在所一、只一人御棚菓子ナドヲ御懐中ニ令二取入一給テ、大垣辺之病者ニ次第ニ給レ之。真言ヲ誦懸テ令レ過給ケレバ、病者立得レ減、皆以尋常ニ云云。令レ還二入御所一之時ハ、駕二玉

輿㆒天童等多御共ニテ令㆑入給之由、有㆓奉㆑見之人㆒云云。

疫病が流行した折、性信はひそかに仁和寺の御在所から菓子を懐中に入れて持ち出し、大垣の周辺に捨てられていた病者たちに与えて真言を唱えたところ、病者の病はたちどころに軽快した。性信が御在所に戻る際には、玉輿に乗り、多くの天童たちに供奉されている姿を目にした人がいたという。

『古事談』の性信説話は、全十三話中、前章で取り上げた第四五話も含め十話が『後拾遺往生伝』を出典とする。本話については出典未詳であるが、その特質を考える際には、『沙石集』[10]に収められる以下の類話が参考になろう。

　御室ノ御所ニハ御架ノ菓子、色々トマイラスル事ニテナンアルニ、此菓子、夜ル々ウセケレバ、近習ノ人ニ《(ママ)》、アサマシク思テ、ウカヾヒミル。夜フケ、人シヅマリテ、長ケ高僧ノ白衣ナルガ、長キ袋ヲ以テ、御架ノ菓子ヲ取入ケリ。誰ナルラント見バ、御所ニヲハシマシケリ。サテ袋ヲウチカツギテ出給ヲ、度々ニ見奉レバ、大内裏ノツイガキノ外ニ、諸ノ非人、乞匃、病者ノイダサレタルガ、加持シテタビケレバ、病モイヘニケリ。

『沙石集』の当該話の前後には「大御室ハ、殊ニ慈悲深クシテ、仏法ノ効験モアラタニコソ聞レ」、「慈悲ハ仏ノ心ナレバ、法ノ徳モ殊ニアラハレケリ」という文言がつづられており、性信の慈悲の行動に主眼を置いて説話を語ろうとする姿勢が明らかである。一方、この『沙石集』の説話と対置してみる時、『古事談』の性信説話に際立つ特色は、最後に語られる傍線部の記述の存在であろう。そこでは、病者の救済を終えて仁和寺の御在所に帰る性信が、多くの「天童等」に供奉されて「玉輿」に乗っている姿が語られる。ちなみに、本話の次に位置する第五四話は、護法を駆使する余慶僧正の話であり、両話はこの護法の要素によって連接がはかられているものと推定されることから、本話の「天童」も第一章で扱った護法童子と同様な存在と見なすことが可能である。[12]つまり、ここにおいても『古事談』の性信は、護法童子によって守護される高僧として描かれているのである。『沙石集』において前面に押し出されていた慈悲の行者としての要素は後退し、護法によって守られ、彼らを使役して病者を治癒させる験者としての側面が印象づけられる語り口になっていると言えよう。

このように第四五話と第五三話は、両話出処を異にするにもかかわらず、共通した性信像を結んでいると認められる。いま、こうした観点に立って『古事談』の性信説話を改めて見直してみる時、そこには護法の存在が目立って多いことに気づかされる。

たとえば、第四九話では、病者に性信の施食が与えられると、それまで病者に取り憑いていた「神狐」が「護法」のために呪縛されるという霊験が語られる。また、第四六話では、性信の袈裟を病者の枕上に置くと、病者に取り憑いていた「邪気」が正体をあらわし、病が平癒したと語られるが、この説話に関しても、前章で触れた『続本朝往生伝』の護法と三衣筥（袈裟）をめぐる霊験譚を想起するなら、病人から「邪気」が駆り出されるに際し、護法童子の活躍があったであろうことは十分に予想されるところである。このほかにも、さらに第四〇、四一、四二、四三、四四、四八話の都合六話が病気平癒の験力を語る話であり、それらの背後に護法童子の姿を透かし見ることも決して不可能ではないように思われる。

三　高野山における性信1

ここまで、『古事談』の性信説話に護法童子の姿が目につくことを見てきたが、それらをも含め、性信の験力を語る説話は全十三話中の実に十二話を占める。その中にあって、唯一の例外にあたるのが、次に挙げる第五〇話である。

令レ籠二高野一之間、自菜ヲツミテ令レ洗給之時、成蓮房兼意仁和寺人奉二見逢一。致レ畏テ行過ケルヲ召近テ、被レ仰云、

后腹親王加様ニ行モ難レ有ナ云云。

性信が高野山に参籠した折、手づから菜を摘んで洗っていると、「性信からは孫弟子にあたる[13]」兼意がたまたま通りかかった。性信は、三条天皇と皇后娍子との間に生まれた貴種であり、さらに高野山で参籠修法を行った最初の法親王でもある。兼意が「恐懼の様子をみせて[14]」通り過ぎようとしたのも当然であろう。だが、性信は兼意を呼び止めると、相手の反応を楽しむかのように「后腹の親王がこんなふうに修行するのも珍しいことですよね」と言葉を掛けるのだった。

ここで性信が行っている菜を摘むという行為から直ちに連想される修行と言えば、『法華経[15]』「提婆達多品」に説かれる、釈迦前世の姿である国王が、阿私仙のもとで「供二給所レ須、採レ菓汲レ水、拾レ薪設レ食、乃至以レ身、而作二牀座一」して仕え、ついに得法したというものであろう。『法華経』の本文には菜を摘むという行為に関する記述自体はないが、古来法華八講の五巻の日に行われる、いわゆる薪行道の折には、この「提婆達多品」の故事に基づいた次のような法華讃歎の歌が詠じられた。

法花経ヲ我ガエシコトハタキヾコリナツミ水クミツカヘテゾエシ

（『三宝絵[16]』中巻第一八条）

それは、人口に膾炙し、やがて今様にまで歌われるようになる。

妙法習ふとて　肩に袈裟掛け　年経にき　峰にのぼりて木も樵りき　谷の水汲み　沢なる菜も摘みき

（『梁塵秘抄[17]』巻二・二九一）

性信の「自菜ヲツミテ」という行為から、『法華経』習得のための修行という文脈を連想することは、きわめ

て自然なことのように思われる。ちなみに、『御室相承記』大御室伝には、「御行業奇特事」として『法華経』に関連した性信の事績も記されている。

逆修三ケ度、此内一度於高野行之、修法花十講、以南北名徳為講師問者、於高野修八百余日護摩、尊勝五百日、不動三百日、又百日修法花法、……

では、『古事談』性信説話中、唯一彼の験力を語らない本話が採用された理由はどこにあるのだろうか。おそらく、それも『法華経』の修行という要素と深く関わるものと思われる。『法華経』「安楽行品」に説かれる以下の記述は、その点で見逃せない。

我滅度後　求二仏道一者　欲レ得二安穏一　演二説斯経一　応三当親二近　如レ是四法一　読二是経一者　常無二憂悩一　又無二病痛一　顔色鮮白　不レ生二貧窮　卑賤醜陋一　衆生楽レ見　如レ慕二賢聖一　天諸童子　以為二給仕一……

ここでは、四安楽行を実践し、『法華経』を読誦する者には、「天諸童子」が給仕を行うであろうと説かれているのである。このくだりもまた今様に歌われ、人々のよく知るところであった。

法華経読誦する人は　天諸童子具足せり　遊び歩くに畏れなし　師子や王の如くなり

（『梁塵秘抄』巻二・一二三）

「天諸童子」は前章で見た性信説話（第五三話）にも、すでに「天童」として姿を現していたが、それは護法童子と同類の存在と理解して差し支えない(18)。そして、これまで考察してきたように、『古事談』の性信説話にはその護法童子の姿が目につくのである。『法華経』と性信との関係を匂わせる第五〇話の存在は、そうした現象との関わりの中で捉えるべきであろう。つまり、第五〇話は、護法の守護によって象徴される性信の験力の源が何に由来するのか、示唆する役割を担って作品中に布置されているものと推定されるのである。

四　高野山における性信2

『古事談』の性信説話には、いま一話、高野修行に関わる説話がある。本稿の考察の最後に、この第四七話を取り上げておきたい。

親王於高野百ヶ日修二尊勝法一。結願已訖、還二宿政所一、散位伊綱通レ籍申云、一宿御儲、万事尽レ美。入レ夜伊綱申云、最愛女子五歳夭亡、不レ堪二哀傷一。欲レ蒙二護持一者。上下驚恐、忽厭二此宿一。親王暫以祈念、遊魂更帰、死人蘇生云云。

本話は『後拾遺往生伝』を出典とするが、より詳細な記述をもつ同話が『御室相承記』大御室条に存する。以下に掲げよう。

或本云、有二高野御参籠一、百日令レ行二尊勝法一御。結願已了、着二御政所一。散位伊綱通レ籍申云、大和国所領当二于帰路一。一夜之儲予所二奉仕一也云云。仍御二宿于其所一。簾帷饗膳随分尽レ力。入レ夜伊綱懐二死女子一申云、不レ堪二哀戚一。将レ蒙二冥助一。上下驚惋、皆云、是天下狂狡者也。尤不レ可レ宿二此所一。親王不レ能二黙止一、暫以祈念、死人蘇生、絶気再通、遊魂更帰。

性信が高野山で百日間、尊勝法を修して政所に戻ると、散位伊綱が挨拶に訪れ、自分のところで万事に美を尽くした宿を用意していると申し入れた。性信一行がそこに宿ると、夜になって伊綱は、実は最愛の女児を亡くした悲しみに堪えられず、なんとかお助けを蒙ろうと思ってお招きしたのだと本心を告げる。一行は恐慌を来し、直ちにこの宿を忌避しようとしたが、性信は祈念を行い、女児は蘇生することを得た。

『古事談』は『御室相承記』に比べ記述が簡略なため、確かに「伊綱の饗応が政所でなされたようにも読まれるが」、ここでは「後文「此の宿を厭ふ」からみれば、伊綱邸に改めて宿ったことは、（中略）本書にも、不十分には表現されている[19]」と見る新大系の理解に従いたい。伊綱から女子の死を告げられた際、性信の同行者たちが「驚恐」しているのは、おそらく死穢を恐れたためであろう。僧とはいえ、性信は高貴な身分の法親王である。前章で見た第五〇話における孫弟子の兼意の反応に鑑みても、同行の僧たちが性信の身に死穢が及ぶのを恐れて狼狽したことは十分に考えられるところである。[20]

さて、本話が依拠した『後拾遺往生伝』は『古事談』とほぼ同文であるが、一箇所だけ明らかな相違点がある。それは、伊綱が女子の死を告げる場面で、『後拾遺往生伝』は先に引用した『御室相承記』同様、「入レ夜伊綱懐二死女子一申云」と伊綱が女児の死体を抱いて現れたとするにもかかわらず、『古事談』は傍線部の文言を記さないのである。この場合、『古事談』の狙いはどこにあるのだろうか。

ここで、もう一話、『沙石集』に収められる本話の類話を紹介しよう。それは、第二章で引用した性信説話の直前に語られているものである。

一条院ノ御時ト承レドモ、タシカニハ不レ覚。時ノ摂録ノ御女、二歳ニ成給ケルガ、后ニ立ントヲボシテ、カシヅキ給ケル程ニ、スコシナヤミテ、俄ニウセ給ヌ。アマリニカナシク思ヒ給ケルマ、ニ、「イカニシテカタスケン」ト思メグラシ給ニ、「高野大御室コソ、タノモシクヲハスレ」トテ、錦ノ袋ニ姫君ヲ入テ、我ガクビカケテ、高野山へ馳行テ、事子細申入給ケレバ、「幼クヲハシマセドモ、女人ナレバ、惣門ノ内ハ入給マジ」トテ、五古《（ママ）》計持テ、門ノ外デ加持シ給ヒケレバ、蘇生シテ、ツイニ后ニ立給ニケリ。后ノ御名ヲモ承シガ、忘却シ付《（ママ）》ルナルベシ。

当話では、性信の祈禱の対象が一条院の時代の摂録の娘[21]という具合に大幅に変わっているものの、幼い娘を亡くした父親が、彼女を助けたい一心で、高野山の性信を頼り、その加持によって蘇生を得る、という話の構造自体は『古事談』と一致する。摂録という高貴な身分の父親が娘の死体を「錦ノ袋」に入れ、自分の首に掛けて、高野まで馳せ参じるというくだり[22]に、父親の必死さ、父娘の恩愛の絆の強さがにじんでおり、それが性信の験力の強さとともに、この説話の主要な構成要素であったことを窺わせる。その要素は、『御室相承記』や『後拾遺往生伝』の説話においては、まさに『古事談』が省略した「懐二死女子一」くという伊綱の様子に端的に表れていると言えるだろう。その意味では、確かに「古事談は往生伝などの説話の中心を逸している[23]」と評しても差し支えあるまい。では、なぜ『古事談』は、あえてそうした省略を行ったのか。

『古事談』のここでの操作が、もし意図的なものであるとするなら、考えられることとしては、説話における父娘の恩愛の要素を抑制しようとしたのではないかという点が挙げられよう。『沙石集』のように恩愛の要素が大きい場合、それに応える性信の行為にも、必然的に慈悲の行としての要素が表面化して来ざるをえない。事実、『沙石集』では、この後、既に第二章で触れたように、「大御室ハ、殊ニ慈悲深クシテ、仏法ノ効験モアラタニコソ聞レ」との文言がつづられ、性信の慈悲行を説く方向へと説話を語り進めていくのである。『古事談』は、そうした要素の発現を抑え、説話の主題を性信の「仏法ノ効験」の方に収斂させていこうとしているのではなかろうか[24]。その傾向は、第二章において検討した第五三話においても認められたものであり、この作品に収められた性信説話が一定の方向の性信像を結ぶように選択され、あるいは微調整を施された可能性を示すものであるように思われるのである。

おわりに

『古事談』巻三「僧行」の特色については、早く田村憲治氏が性信説話にも触れながら、次のように述べている。(25)

『古事談』第三僧行は、いわゆる仏教説話を集めた巻である。しかしそのことによって、『古事談』とほぼ同時代に編さんされた『発心集』『閑居友』或いは『撰集抄』等の仏教説話集と、この僧行巻を同じような理解でとらえることは正しくない。僧行巻は、王道后宮・臣節・勇士・神社仏寺・亭宅諸道の各巻と共に、『古事談』を構成する一つの巻であって、決して独立したものではないことが、他の仏教説話集との異質性を端的に物語っているのである。

『古事談』僧行の巻頭話が、金鐘と辛国の験徳争いの話であることは、その点注意されよう。僧行巻の中には、こうした験徳争いの話や加持祈祷の話、また死者を蘇生せしめる話等の、いわば仏者の法力・験徳に関する話が多い。この巻の中でとび抜けて多く十四話を数える大御室性信の話も、こうした『古事談』僧行巻の傾向と密接に関わるものである。『古事談』に多い法力・験徳の話は、他の仏教説話集に多く見られる、高僧の発心・遁世・往生の話に対して、その独自な性格を示していると言えよう。そしてそれは、仏教及び仏教説話に対する顕兼の、極めて貴族的な関心の在り方を示しているようにも思われる。

本稿では、「仏者の法力・験徳に関する話が多い」僧行の巻の特質をいわば体現しているとも言えそうな性信の説話について、その「法力・験徳」のあり方を中心に検討してきた。その結果、『古事談』の性信説話では、彼の験力が行使される対象についてはさしたる関心が払われず、説話の焦点は常にその験力の発生源へと絞り込まれていることが明らかになった。したがって、験力が行使される対象が、たとえ幼い女児であろうと、あるいは貧しい病者であろうと、説話はそこから性信の慈悲の行を説く方向には足を踏み出そうとしないのである。

その背景に、田村氏の言う『古事談』撰者の「極めて貴族的な関心の在り方」が存在することは、おそらく間違いない。本稿も性信説話の分析を通して、『古事談』撰者の僧に対する「極めて貴族的な関心の在り方」の一端を探ってみた。『古事談』巻三「僧行」を読み解くためには、こうした撰者の関心の内実に迫る努力をさらにつづけていくことが必要であろう。

注

（1）本文の引用は、新日本古典文学大系による。ただし、表記など私に改めた部分がある。

（2）性信説話群は巻三第四〇話から第五三話に及ぶが、うち第五一話は性信の孫弟子の兼意に関する話で、これは前話（第五〇話）から派生したいわゆる枝説話である。

（3）伊東玉美『院政期説話集の研究』（武蔵野書院、一九九六年）。

（4）田村憲治『言談と説話の研究』（清文堂、一九九五年）。

（5）仁和寺史料（寺誌編一）による。引用に際し、返り点を施し、漢字を通行の字体に改めるなど、私に手を加えた部分がある。

（6）小山田和夫「〈覚書〉大江匡房撰『大御室御伝』について」『国書逸文研究』第一二号（一九八三年一二月）。

（7）引用は、日本思想大系による。ただし、表記など私に改めた部分がある。

（8）『釈氏要覧』に「三衣。蓋シ法衣ニ有レ三也。……統名。袈裟者トハ蓋シ従テレ色彰スレ称ヲ也」（『寛永十年版　釈氏要覧』本文と索引）とある。

（9）注1前掲書、三〇二頁脚注。
（10）市立米沢図書館蔵本、巻十本第八条。引用に際し、句読点や濁点を補う一方、振り仮名は省略するなど、私に手を加えた。
（11）注1前掲書では、第五四話について「天童の駆使において前話につながる」と指摘する（三〇九頁脚注）。
（12）天童（天諸童子）と護法童子との関係については、小山聡子『護法童子信仰の研究』（自照社出版、二〇〇三年）参照。
（13）注1前掲書、三〇六頁脚注。
（14）同右。
（15）岩波文庫による。引用に際し、返り点を施し、漢字を通行の字体に改めるなど、私に手を加えた。
（16）引用は、新日本古典文学大系による。
（17）引用は、日本古典集成による。
（18）注12前掲書、参照。
（19）注1前掲書、三〇四頁脚注。
（20）ちなみに巻三第二九話は、『沙石集』や『真言伝』に類話をもつ、恵心に仕える承仕法師の蘇生譚を語るが、説話中「穢を避けて屍を運び出そうとする描写は、真言伝、沙石集にない」（注1前掲書、二八三頁脚注）部分であり、死穢に対する『古事談』の姿勢が窺えて興味深い。
（21）この部分、流布本系の『沙石集』の本文では、「一条院ノ御時ニヤ、時ノ摂録御堂ノ関白道長ノ御女、二歳ニ成給ケルガ、……上東門院ノ女院是也」（京都大学付属図書館蔵長享写本、巻九第六条。表記は私に改めた）と、さらに人物関係が具体的に比定される。ただし、いずれにせよ、性信とは時代的に合わない。なお、『沙石集』の説話で、性信が女児ゆえに惣門外で加持を行うとしている点は、おそらくこの作品の戒律に対するこだわりと関係していよう。ちなみに『沙石集』の性信説話の同話は、『野沢血脈集』など真言血脈類にも認められる。

（22）『永昌記』大治四年（一一二九）閏七月十二日条には、六歳で亡くなった鳥羽院第二親王（通仁）の葬送方法をめぐって議論が交わされたことが記されているが、「又曰、其人騎馬之上奉レ抱二入絹袋一歟」「或云、如二此親王一奉レ縫二裏錦袋一、到二于其所一馳レ馬奉レ萡《ママ》レ之、不レ顧帰去云々」（増補史料大成、返り点は私）とあり、『沙石集』の説話内容が、当時の幼児の葬送方法を踏まえたものであることを知りうる。なお、「七歳以下の幼児の死は、成人の死とは別の扱いを受けた」ことについては、山本幸司『穢と大祓』（平凡社、一九九二年）を参照。ちなみに、『古事談』の本話で「女子」の年齢を「五歳」とする注記は出典の『後拾遺往生伝』には存在しない。この注記がいつの時点のものか判然としないが、『沙石集』の類話に鑑みても、この伝承の「女子」の年齢は本来七歳以下であるのが相応しいと推測される。

（23）注1前掲書、三〇四頁脚注。

（24）かつて磯高志氏は、『古事談』撰者源顕兼が建暦二年（一二一二）に娘を亡くし、その後、高野山で修行をおこなったという事実（『明月記』）が、彼と性信説話とを結び付けたのではないかと推定し、「顕兼が高野山に入ったのはお産によって失った娘を供養する為であったが、その悲しみをのり超えた後の彼が、死んだ娘を性信の加持で生き返らせたというこの伊綱の話に出会ったとしたら、どうして心を動かさないでおられようか。性信の法力に驚嘆し、自らは力の及ばなかったことに悲しみ、また伊綱には人の子の親としての共感を抱いたであろうことは想像に難くないであろう」と述べた（「古事談の説話採集の契機について」『二松学舎大学人文論叢』第一一号、一九七七年三月）。これに対し、川端善明氏は、『古事談』が「懐二死女子一」の文言を省略した点を重視し、「子を亡くした親である顕兼が、亡くして程なくこの話を知ったとして、どうしてこの箇所を落としたのか。子を亡くした親の、その狂気を」と磯説への疑問を呈する（「『古事談』解説」注1前掲書所収）。事実はともあれ、少なくとも『古事談』の本話から、撰者が「伊綱には人の子の親としての共感を抱いたであろう」という点を積極的に読み取ることはむつかしい。

（25）田村憲治「「古事談・僧行」小考」『芸文東海』第二号（一九八三年一二月）。

落合博志

『古事談』私注数則

『古事談』の研究、特に注釈的研究において、古典文庫『古事談』（昭和五十六年）および新日本古典文学大系『古事談　続古事談』（平成十七年）の二書がそれぞれ一画期をなしたことは衆目の認めるところであろう。しかしながら、語釈や人物考定等、細部においてはなお検討の余地を残しているように思われる。今回場を与えて頂いたのを機に、そのいくつかについて私見を記してみたい。

なお稿中、上記二書をそれぞれ「古典文庫」「新大系」と略称し、また『島原松平文庫蔵古事談抜書の研究』を『古事談抜書の研究』と表記する。『古事談』の引用は原則として新大系の校訂本文により、必要に応じて訓み下す。説話番号は新大系により、「第一－一話」のごとく示す。

一　第三―三七話について

初めに第三―三七話について。本文は次の通りである。

戒壇房阿闍梨教禅終焉之時、着法服入持仏堂、修両界供養法終了、乍居於礼盤上気絶云云、

本話の主体である「戒壇房阿闍梨教禅」について、古典文庫および『古事談抜書の研究』は、『尊卑分脈』に見える唯一の教禅である、仁和寺真光院に住した教禅（仁和寺僧成海の子で、後二条殿師通の玄孫に当たる。法印・権大僧都）を当てている。新大系は巻末の「人名一覧」で「未詳。天台僧か」とし、『僧綱補任』に見える治暦四年（一〇六八）に法橋となった絵仏師教禅に言及した上で「別人であろう」とし、仁和寺僧教禅について「時期（師通の孫の孫）も僧綱もあわず、戒壇房の所在、また一連の天台僧の配列にもそぐわない」ので「あり得ない」として否定、本文の注で「明靖（前話の静真〈→二九二頁注二〉の師）の師智淵少僧都が、戒壇房、戒壇僧都、戒壇上綱と呼ばれており（僧綱補任、明匠略伝など）、この智淵の弟子かと思われる」と記している。智淵の弟子であれば、前話第三―三六話の主人公平燈とほぼ同時代となり、天台僧でもあることから、説話配列の点で自然であるという判断も働いていたであろう。

しかしこの「戒壇房阿闍梨教禅」については、該当すると考えられる人物を台密の血脈に見出すことができるので、次に紹介してみたい。

台密の血脈は真言宗の血脈に比べて伝存するものが少なく、特にまとまった資料が稀であるが、『遮那業血脈譜』と『天台血脈』はその双璧をなすものであろう。『遮那業血脈譜』は同内容で書名を異にする伝本が各所に存在するが、それらの祖本は青蓮院吉水蔵本（第六五箱４）と考えられる。転写本の書名が区々であることから本

来書名がなかったらしいが、青蓮院本の外題にあり、『昭和現存天台書籍綜合目録』が採用している『遮那業血脈譜』の名に従う。本書は台密三昧流の僧恵尋が承安四年（一一七四）頃に編んだ原撰本に、鎌倉中期に三昧流の僧慈胤が加筆して成立したものらしく、三昧流を中心とする血脈である。(1) 以下、引用は国会図書館本（外題『師資相承血脈』）により、西教寺正教蔵本（外題『宀教相承』）を併せ参照する。また『天台血脈』は東寺観智院金剛蔵に蔵する写本で、近年影印に付された。(2) 鎌倉後期頃の書写という。観智院本に書名はなく、『天台血脈』は仮題である。なおそれに由来すると見られる転写本（扉題『系物』）が西教寺正教蔵に存する。(3) 以下、引用は観智院本により、西教寺本を併せ参照する。観智院本では法曼流の祖相実に至る諸法流が記された後に、相実の資の血脈が加筆されており、原撰者・増補者とも法曼流の僧と推定される。いずれにしても本書は法曼流を中心とする血脈である。

さて、『遮那業血脈譜』では、教禅の名は次のように現れる。(4)

(a)
大日―（中略）―慈覚―長意―玄昭―智淵―明靖―静真―皇慶
長宴―良祐―相実―雅経 中納言阿 ―右中弁源雅綱息(5)
　　　　　　　　　　教禅 戒壇房阿―
　　範胤―最厳―覚豪 従三位神祇伯顕仲息六条右大臣孫 恵光坊大僧都法印法性寺座主
　　　　　　　　教禅 戒壇房(6) 阿―
　　　　　　　　明覚―教禅

(b)慈覚大師─長意─玄昭─尊意─円賀─慶円─覚空─皇慶─長宴─良祐─最厳─教禅─覚秀

右の(a)の、相実の付法と最厳の付法の「戒壇房阿(闍梨)──」と注記された教禅は、即ち本話の教禅であろう。また(a)の明覚付法の教禅および(b)の教禅も、師承の関係などから同一人物と見て差し支えないと思われる。

一方、『天台血脈』の記載は次のごとくであり、同じく最厳と相実の付法に教禅の名が見える。

(c)最厳┬覚豪 恵光房 大僧都法印 従三位神祇伯顕仲息六条右大臣孫
　　　└教禅 戒壇(7)

(d)相実┬教禅 阿、、(8)
　　　└雅慶 阿、、

それぞれ最厳・相実に始まる血脈で、両者に至るまでの法流が右では示されていないが、前の部分から、最厳は範胤・良祐から、相実は良祐・最厳から受法していることが知られる。

以上の資料により、戒壇房阿闍梨教禅は主として最厳および相実に学んだ台密の僧で、付法の弟子もいたことが確認される。流派としては最厳を介して良祐の三昧流・範胤の三昧流住侶方を稟承し、また相実から法曼流を受けたものと考えられる。

ところで、この教禅の手になる訓点本が伝存しており、その奥書は次の通りである。

『金剛頂瑜伽護摩儀軌』（高野山三宝院）[9]

天治二年（一一二五）乙巳六月廿五日酉時於持経房奉受了　教禅記之廿、七、〔下略引用者〕

『多聞天王別行法』（持明院）[10]

天治元年（一一二四）甲辰五月六日以他本奉従持教房奉読了　同月十七未時書写了　教禅記　（朱書）「同日申時移点了　教禅記之」（追筆）「十九　六　立印了」

右に「廿、七、」「十九　六」とあるのは、年齢と戒臈と考えられるので、生年は嘉承元年（一一〇六）と判明する。歿年を伝える資料を見出していないが、まず十二世紀後半と推定されよう。

いずれにしても教禅の生存期は平安末期であって、本話は一条天皇頃の僧を扱った前後の説話の年代と大幅にずれることになる。覚悟の上の死という点で前話との繋がりはあるとしても、玄賓とその行業を慕った道顕の説話を並置した例（第三―八・九話）のような必然性はなく、なぜ年代順の原則を破る配置をあえて行ったのかについては、明確な答えを持ち合わせない。年代順の規範は必ずしも絶対ではなかったということであろうか。

なお本話の注釈に関してついでに言及すると、本話の「両界供養法」について『古事談抜書の研究』や新大系では両界曼荼羅供と解しているが、曼荼羅供は「落慶、開扉、開眼、宗祖遠忌などに行う」（新大系注）ところの多人数が参加する大規模な法会であって、両界供養法はそれとは別である。両界供養法は胎蔵界・金剛界の諸尊を供養する行法で、一人で行うものである。『古事談』第三―六二話に、西塔の覚空が「自生年十八歳懃行両界供養法」とあるのも参照されよう。[11]

因みに前掲『遮那業血脈譜』の(a)で相実の付法に見える雅経は、「右中弁源雅綱息」という注記から知られるように、源顕兼の叔父に当たる叡山の僧雅経（『尊卑分脈』で「山」「阿闍梨」と注記される）である。[12]相実の付法の弟子は多く（『遮那業血脈譜』では二十九人、『天台血脈』では三十五人が記される）[13]、同じ師から受法していても教禅と雅経に直接の交渉があったとは勿論限らないが、しかし本話が書承でなく口承によっているとすれば、雅経あたりを介して顕兼の耳に入った可能性は想像してもよかろう。

二　第三‐七五話・七六話について

次に第三‐七五話および七六話について考えてみたい。まず後者を掲げる。

昔為公家御祈、被行八講ケルニ、対凡下乗ノ宰都婆ノ銘、イカ、書タルト問タリケレハ、金輪聖王天長地久御願円満トコソ書タレト答ケリ、

本話は「昔」とあるだけでいつの出来事か明記されず、また場所も宮中か都の大寺であろうとは思われるものの具体的に示されない、漠然とした設定の話である。また一読しただけではこの問答がいかなる意味を持ち、どこに話のテーマがあるのかも不明瞭であるが、ここに本話の意味や七五話との関係を考える上で有益な資料があるので参照してみたい。

次　葦ヲヨシトイヘル名ノアルニヤ如何　コレハアシトイヘルカ悪ノヨミニカヨヘル故ニイハヒテヨシトイヘル也　ナシヲハアリナトイヘルカコトシ　但後鳥羽院ノ御時御連哥ノ会ニ　草木ヲ賦セラレタリケルニ草ノ部ニヨシヲ賦物ニモチヰラレタリケルト披露侍ヘリキ　仙洞ニモチヰラル、程ノ事ナレハヨシトイヘル名モスツヘカラサルニヤ　ソレモタ、イハヒテモチヒラレケルニヤ　シリカタク侍ヘリ　凡祝言ニハ難ナシト申シツタヘタリ　アノ禁中ノ最勝御八講歟ノ時南都北京ノ名僧論議決釈アル時　アル問者　対凡下乗ノ率都婆ノ銘ニハナニトカケルソヤトイヘル論議ノイテキタリケルニ　講師存知セス　ツマリヌ　シカリケル間活術ナクテ金輪聖王

天長地久トコソカキタレトコタヘ申タリケレハ祝言ノ座興ニテ　ソノ疑難ナクヤミニケリナト申シツタエタリ《ル》カ如キノ事ニヤ（『名語記』巻四、ヨシ）(14)

「悪し」に通ずる名を忌んで葦を「ヨシ（吉し）」と言い換えることから、後鳥羽院の仙洞における連歌会の賦物の件に及び、更に宮中における祝言という連想で禁中の最勝御八講における退凡下乗の率都婆の銘をめぐる問答の逸話に言及した形であるが、右の『名語記』では当該の逸話が「祝言ニハ難ナシ」ということの例証として引かれ、答えに詰まった講師の、その場で論義を聴聞している天皇を意識した咄嗟の返答を「祝言ノ座興」として捉えていることに注意したい。

ここで直前の第三-七五話を引用してみる。

鳥羽法皇御登山之時、於中堂被行十番之番論義、一二番論義依劣、皆アラレヲフラシテ被追立了、其時法皇以刑部卿忠盛朝臣為御使、大衆中ニ被仰云、論義劣時之作法ハ、已被御覧了、又神妙ニ答僧之時ハ何様哉云云、衆徒等申云、能答候ヌレハ、ナリヲ留メテ扇ヲ一同ニハラ〳〵トツカヒ候也ト云云、爰第三番問云、経文ニ寿命無数劫久修業所得トイヘリ、果位之寿命ヲ指歟、因位ノ寿命ヲ指歟ト云云、顕意阿闍梨横川法師後法橋答云、医王宝前ニ跪テ幸ニ得寿命無数劫久修業所得之文、忝無上法皇之果位ノ御寿命ヲ差申ト可答申云云、問者猶物イハムノ気色アリケルヲ、泊法印覚豪、証誠ニテ候ヒケルカ謂云、存旨有、答申歟、不可及重難云云、其時三千衆徒一同ニ扇ヲツカヒケリ、

第三番の論義における問いは、『法華経』寿量品に「寿命無数劫　久修業所得」と説かれる仏（釈迦如来）の無限の寿命が、仏になった後（果位）のそれか、仏になる前（因位）のそれかというものであるが、講師の顕意阿闍梨は、臨席している鳥羽法皇を意識し、王位は過去の生における十善業の報であることを踏まえつつ、「前世の

行いの結果として王になられた、果位としての法皇の御寿命が無限であるとの意味である」と返答した。この顕意の答えは経文の解釈として仏の寿命を問題にしている本来の問いの趣旨から外れ、「果位の寿命」を法皇のそれに取りなしたもので、問者は更に問難を続けようとしたが、論義の答えに事寄せてその場にいる法皇への祝言を述べようという顕意の意図を汲んだ証誠（判者）の覚豪はそれを遮って、「存ずる旨有りて答へ申すか、重難に及ぶべからず」と言って問答を終了させた、という話である。

これと『名語記』の退凡下乗率都婆の銘の問答を対照すれば、本話における顕意の答えは『名語記』に言うところの「祝言ノ座興」に当たり、覚豪の判詞の主旨はまさしく「祝言ニハ難ナシ」であることが分かる。ということは、直接には説明されていないものの、恐らく七六話は『名語記』と同じような理解の下に引かれているのであって、言わば七六話が七五話（特に第三番の論義におけるやりとり）の主題を示す機能を持っているのではないかと考えられる[15]。つまり七六話によって、七五話の内容が一回的偶発的な出来事ではなく、普遍的なテーマに通じていることが分かるという仕組である。新大系では七五・七六話の繋がりについて、「前話が、答において法皇の寿命をことほいだのに対し、本話は、問において公家への関わりを提出している」と述べているが（「問において」云々は、霊鷲山で下乗の率都婆より先は王も歩いて登ったことを踏まえる）、両話の関係の意味はやはり右のように捉えるべきであろう。

なお七五話に登場する覚豪（神祇伯源顕仲男）は、一に引いたように、『遮那業血脈譜』および『天台血脈』に最厳の付法の一人として名が見える。一方顕意については、古典文庫は神祇伯源顕仲の子で覚豪の弟に当たる仁和寺の阿闍梨顕意とする。新大系は、承安三年（一一七三）に法橋となった山門の顕意を当て、栄西が渡宋前に顕意から台密の灌頂を受けたことに触れつつ、仁和寺の顕意にも言及する。しかし七五話の顕意は「横川法師」

であり、また仁和寺の僧が比叡山で行われる顕教の論義に参加することはまず考えられないので、仁和寺の顕意は該当しないと見てよかろう。栄西に付法した顕意は横川南楽房の僧であるから、「横川法師」とある本話の顕意と同一人物と見てよいであろう。顕意―栄西の法脈は、『遮那業血脈譜』にも何箇所かに記載されている。

三　第三―八二話について

次に第三―八二話について検討する。本文を引く。

大納言法印良宴、建暦二年九月、於雲居寺房入滅春秋八十六之時、最後ニ弟子等念仏ヲ勧ケレハ、法印イキノシタニイハク、年来翫瑜伽上乗之教、已及九旬畢、今臨終之時、何変其志乎、観念ノ乱ル、ニ、暫モナノタマヒアヒソトテ、向西方二手ニ結定印、乍居命終了云云、

本話は、ここに見える「建暦二年（一二一二）九月」が『古事談』の中で最も新しい年時であることから、『古事談』の成立を述べる際に必ず言及される段である。ところで本話の主体である「大納言法印良宴」については、古典文庫・『古事談抜書の研究』・新大系が一致して、これも先の教禅と同様『尊卑分脈』に見える唯一の良宴である、藤原忠頼男で大納言藤原能実孫（即ち京極殿師実曾孫）の良宴に比定している。この良宴は、『尊卑分脈』に「寺」「阿闍梨」と注記されており、寺門の僧である。(16)

しかしながら本話の良宴には、台密の血脈に以下のように見える人物が該当すると思われる。再び二種の血脈を引く。

『遮那業血脈譜』

(e)大日―（中略）―慈覚―長意―玄昭―智淵―明靖―静真―皇慶―長宴―慶厳―家寛―良宴大納言法印

(f)長宴―頼昭（皇慶資）―覚範―院昭―円昭―良宴（本名良観 大納言阿―法橋法眼法印権大僧都 紀伊守藤季輔子公季末孫 都四十三人[17]）

『天台血脈』

(g)院昭[18]―尋応―良宴[19]

(h)家寛―良宴法印[20]

見る通り、『遮那業血脈譜』の(e)では良宴に「大納言法印」の注記があり、(f)でも「大納言」の通称と、法印・権大僧都に至ったことが記されている。また(f)には「紀伊守藤季輔子公季末孫」という出自が示されているが、季輔の父仲実は権大納言に至っており、「大納言」の通称はそれによるのであろう。なお『尊卑分脈』では季輔の子に「山」「阿闍梨」と注記される能性を記載するのみで、良宴の名は見えないが、これは『尊卑分脈』の不備であろう。季輔の生年は未確認ながら、仲実は『一代要記』によると康平七年（一〇六四）の生まれであり、大治二年（一一二七）（あるいは五年か。注22参照）生まれの本話の良宴は、その孫として年代的に問題はない。

また、『初例抄』上「申㆓立亡者賞㆒任㆑官例」に、

権少僧都長瑜（山）。建暦三正月十一日任。故良宴法印北斗法賞譲。良宴法印建暦二九月廿七日入滅。八十三。[21]

とあり、この良宴法印は歿年月から見て本話の良宴に相違ないが[22]、「山」の長瑜[23]がその譲として任官しているので、良宴は当然山門の僧である。以上から、本話の「大納言法印良宴」は、前掲の血脈に見える藤原季輔男で家寛および円昭の資の台密学匠良宴と認定される。

これに対し藤原忠頼男の園城寺僧良宴は法印になった形跡がなく、また本話の良宴が入滅した雲居寺は延暦寺

の僧瞻西[24]が平安末期に再興したもので延暦寺系であったと考えられることからも、該当する可能性はないと言ってよい。

なお『遮那業血脈譜』の(f)に「都四十三人」とあるのは付法の資の総数を示したものと見られ、『天台血脈』の(g)と(h)が良宴の下にそれぞれ三十九人と四十人の付法の資（ほとんど重複）を列記していることとほぼ対応するが、いずれにしてもかなりの人数であり、良宴が多年倦むことなく法の伝授に努めていたことが窺える。本話で臨終を迎えた良宴は、念仏を勧める弟子たちに対し、「年来瑜伽上乗の教へを翫びて、已に九旬に及び畢んぬ。今臨終の時、何ぞ其の志を変へんや」と拒絶し、あくまで純粋一途な密教僧として生を終えようとするが[25]、これは血脈から看取される、密法の興隆に生涯を送った良宴の姿と重なるものであろう[26]。

ところで良宴の受けた法流については、『遮那業血脈譜』に二通りの流れが示されており、それによると家寛を通して慶厳の流を、また円昭によって覚範に発する智泉房流を学んだらしい（『天台血脈』の院昭―尋応（円昭）―良宴の血脈も智泉房流）。しかし受法の師の一人である家寛は、『天台血脈』によれば蓮華流の祖永意にも学び、また相実の資明玄から法曼流を重受しているほか、『遮那業血脈譜』によって双厳房流・仏頂流などの相承を確認できるので、良宴が家寛から他の流をも学んだ可能性も考えられよう。

因みに藤原定家の同母姉健御前（『たまきはる』の作者）が建永元年（一二〇六）五月、五十歳を迎えたのを機に出家した時は、この良宴が戒師を勤めた。『明月記』同月二十二日条に「健御前八条院中納言局、今日於九条遂出家、良宴法印為戒師、無指故、只満五旬、殊無病患之時、為遂本意也[27]」と伝えている。また、藤原俊成男で『明月記』にも頻出する延暦寺僧静快[28]は、注17・19・20に記したように『遮那業血脈譜』『天台血脈』によると良宴の付法の資である。顕兼が本話を『古事談』に収めたことには、親交していた定家の近親と良宴の関わりもいくらか背景としてあったかも知れない。

四　第五―三〇話について

最後に、第五―三〇話を取り上げる。まず本文を示す。

天台宝幢院《物持院歟》被安置塔婆之御舎利、貞元之比、為雷公被取之、爰成安阿闍梨争サル事アラムトテ加持シテ、可慥返置之由責伏之間、黒雲出来、件舎利筥返置畢、但瑪瑙ノトヒラ二枚不返置云云、而元暦大地震之時、件瑪瑙之扉出来、奇見之処、御舎利失畢云云、

なお島原松平文庫本『古事談抜書』はやや異同があるので、後述との関連上併せて掲げておく。

天台宝幢院塔《ノ》納《ニ》奉タル御舎利《ヲ》、貞元比《ノヲヒ》、雷ヲチテ取テノボリニケレバ、静安阿闍梨ト云ケル人、「争デカサル事ハアラム。慥《ニ》返《シ》置《ケ》」ト、加持《シテ》責伏ケレバ、即黒雲出キテ、御舎利ヲ篋《ニ》入ナガラ返置テケリ。但《シ》馬脳《ノ》扉《ヲ》二枚具《テ》取タリケルヲバ返《シ》置ザリケリ。其後、元暦《ノ》大震《オホナヘノ》時、件《ノ》馬脳《ノ》扉出キタリケレバ、アヤシミテ見《ニ》、御舎利又失給ニケリ。祈返《ス》僧モナシ。

さて、本話については従来同話等が指摘されていないようであるが、管見では延慶本『平家物語』に同一と見られる説話がある。

抑今度ノ大地振之間ニ天台山ニ不思議ノ事アリ。惣持院ノ七宝ノ塔婆ニ仏舎利ヲ奉安置ケルヲ、円融院御宇貞元二年ニ雷落テ、此御舎利ヲ奉取テ、分《テ》雲《ヲ》アガリケルヲ、修験ノ聞ヘ世ニ有ケレバ、浄安律師ト申シ人、是ヲ御覧ジテ、「彼御舎利ヲ奉取留《メ》」トテ、十二神将ノ呪ヲ満ラル。丑時ノ番ノ神、照頭羅大将走出テ、雷電神ヲ取テ伏テ、仏舎利ヲ奪返奉リヌ。雷猶腹ヲ立テ、塔婆ニ立ラレタル馬瑙ノ扉ヲ取テ上リケル

ヲ、衆徒一同ニ、「同ハアノ扉ヲモ取留給ヘ」ト申ケレバ、「末代ノ世トナリテ、此龍必ズ来テ、彼扉ニ此舎利ヲ奉取替ズルナリ。夫我世ノ事ニ非」トテ、遂ニ扉ヲバ不止給。其後二百余歳ヲ隔テ、今度ノ大地振之間ニ此龍落テ、過ニシ貞元之比、取テ昇リニシ馬脳ノ扉ノ以テ来テ、七宝之塔婆ニ立テ、舎利ヲバ取テ昇リヌ。衆徒大ニ歎云、「昔ノ浄安律師ノ宣置ル事少モ不違、末代ヲカヾミテ示給ケル事コソ貴ケレ。我等ガ世ニハ、如浄安可奉取留之人モ無シ。末代コソ心憂ケレ。即知ヌ、法滅之期至リニケリト云事ヲ」。（第六末、天台山七宝ノ塔婆事）(29)

延慶本では更に続けて、舎利を奪ったのは近江の水海の龍神どもであろうと衆徒が僉議し、龍神調伏の法を始めようとしたところ、龍神達が衆徒の夢に立ち、これは伊勢の海の龍が宿執によって取ったもので我々の仕業ではないと弁明したこと、その宿執とは、伝教大師が仏舎利を伝えて帰朝した際、中国と日本の境で龍神が奪おうとしたが、「宿執未薄ニ依リ、其上伝教ノ行力ニ恐奉テ」取ることができなかったという因縁(30)に由来することを記し、「其後今四百余歳ノ春秋ヲ送レリ。遂ニ彼ノ宿執ノ為ニ被取ヌ。口惜カリシ事共也」と結んでいる。

この延慶本の説話は、全体に本話より詳しい上に相違点もあり、雷の本体を龍とすることと関わる龍神の宿執云々の記述も後半に付いているものの、引用した部分について言えば、基本的には同一の話と考えてよいであろう。これを参照しつつ本話を考察してみたい。

さて、延慶本では舎利は「惣持院ノ七宝ノ塔婆」に納められていたとあるが、これは『慈恵大僧正拾遺伝』（長元五年（一〇三二）梵照撰）に「同（貞元）二年。為遂往日宿念行舎利会事。営作七宝塔二基并同輿等」(31)と記されるものにほかならないと思われる。本話の「宝幢院に安置せらるる塔婆(32)」も、即ちこの七宝塔のことであろう(33)。ただし新大系注二所引の資料にあるように、円仁が、唐から将来した仏舎利を安置したのが惣持院であり、良源の新調した七宝塔は当然物持院にあったはずである。従って延慶本の「物持院」が正しく、本話の「宝幢院」は傍記で疑っている通りその誤伝と考えられる。『慈恵大僧正拾遺伝』によると、良源は円仁が自身の将来した仏舎利を供養するために始めた舎利会を、貞元二年（九七七）に宿願により壮麗盛大に行ったもので[34]、舎利を奉納する七宝塔もそれを機に作られたわけである。延慶本が事件の年時を「貞元二年」とするのもそれに基づくのであろう。

いずれにしても、この七宝塔に瑪瑙の扉が付いており、貞元の時には成安（静安・浄安）の祈りによって一旦奪われた舎利は戻ったものの、扉は返されなかった（『古事談』）、あるいは雷が舎利を取り返された腹いせに扉を奪って行った（延慶本）。然るところ、元暦二年（一一八五）の大地震の際瑪瑙の扉が現れたが、その代わりに舎利が姿を消していた、という話である。本話では舎利の筥と瑪瑙の扉の関係がやや分かりにくいが、要するに舎利は筥に入れたまま返したが、一緒に取って行った塔の扉は返さなかった、ということであろう。『古事談抜書』ではその点が分かりやすくなっているのは、他の資料を参照した補筆であろうか。

ところで、舎利を祈り返した僧の名は、「成安阿闍梨」「静安阿闍梨」「浄安律師」と三種の資料でそれぞれ異なっている。古典文庫は「成安阿闍梨」について注がなく、また新大系は「伝未詳」とする。一方『古事談抜書の研究』は「静安阿闍梨」の本文に基づき、天延三年（九七五）に阿闍梨、永祚元年（九八九）に権律師となり、長徳四年（九九八）に七十四歳で歿した延暦寺僧静安に比定している[35]。この静安は、『慈恵大僧正拾遺伝』の末尾に僧綱に昇った弟子を列記した中に「律師慶誉。静安。真恵。安真」と名前が挙がっており、良源の弟子であった[36]。「成安阿闍梨」「浄安律師」が当該の時代に確認できないのに対し、年代が合うことに加え、良源と静安の関係（注36参照）に照らして良源が崇重した舎利を祈り返す役として静安はいかにもふさわしいので、ここは

「静安」が正しく、「成安」「浄安」はその誤伝と考えてよかろう。(37)『古事談抜書』は他の資料に基づいて人名を改めたのであろうか。末尾の「祈返《ス》僧モナシ」の一文が延慶本の「如浄安二可奉取留一之人モ無シ」に対応し、何らかの関係が想定されることとともに、『古事談抜書』の本文の形成に関して問題を提起する一例と思われる。

『古事談』に話を戻せば、本話と延慶本の前半部を比較した場合、話の大枠は一致しながらも、後者では①雷の本体を龍とすること（元暦の地震が龍王動とされたことと関係するか）(38)、②僧の祈りにより十二神将の照頭羅（招杜羅）大将が雷を捉えて舎利を取り返すこと、③雷が舎利の代わりに七宝塔の扉を奪い去ること、④扉を祈り返してほしいという衆徒の要請を浄安が否ぶ件りがあること、⑤元暦の舎利消失について衆徒が法滅の世を歎く言葉があること(39)、など相違点が目立つので、本話を延慶本のような資料からの抄出とは考えにくい。両者は広く言えば同源であるが、本話の方が内容的には原形に近く(40)、後半の龍神の宿執を説く部分も含め、延慶本の記事にはかなり潤色が加わっているかと想像される。

因みに、正中年間覚恩撰という『山門記』の「吾山宗敬事」に「効験者　恵亮砕レ脳。尊意振二智剣一。相応祈二染殿后一。浄蔵祈二八坂塔一。浄安祈二龍王一。池上皇慶則護法仕(41)」とあるのは、この舎利奪還の話を指すと考えてよいであろう。調伏したのを龍王とする点、延慶本的な記事を踏まえるらしい（「浄安」も延慶本と一致）。断片的記事ではあるが、恵亮・尊意・相応らの霊験説話と並んで、この話が比叡山で伝承されていた消息を窺わせる。

注

（1）松田宣史氏「台密血脈譜裏書の尊意・平燈・明救説話」（『古代中世文学論考』第五集、平成十三年一月。『比叡山仏教説話研究—序説—』所収）は、本書の裏書に見える説話に注目された論考である。原撰者恵尋および増補者慈胤についても言及があるので参照されたい。

（2）宇都宮啓吾氏「東寺観智院金剛蔵『天台血脈』について――付 影印――」（『大谷女子大学紀要』第三十八号、平成十六年二月）。

（3）西教寺本が観智院本と同内容であることは、宇都宮氏（注2稿）の指摘による。ただし氏は西教寺本を版本とされたが、版本のような楷書体で書かれているものの、実は写本である。

（4）以下血脈の引用においては、付法の資が複数いる場合、当面必要な人物だけを摘記し、省略した旨は一々断らない。

（5）この注記の左に「馬助佐季息」とあるのは、別人の注記の混入と思われる。

（6）教禅の下に、晴雲・覚秀以下八人の付法を記す。

（7）西教寺本は「戒壇」が「戒壇―」とある。

（8）教禅の下に、最憲・覚秀以下七人の付法を記す。

（9）築島裕氏『平安時代訓点本論考研究篇』五三九頁による。

（10）注9書五六二頁による。

（11）新大系は注六において、「個人の持仏堂で曼荼羅供が行われることなどない」から、「この死は、単なる偶然の高座の死ではな」く、「教禅は、自ら演出した最高の儀礼を以て、予定した死を死んでゆくのである」と言っているが、述べたように本文の「両界供養法」は曼荼羅供ではない。高僧の伝記にしばしば「予て死期を知り」とある例のごとく、死を予期した教禅が最後の勤めをするため持仏堂に向かったとしても、本来行わない修法をあえて行ったわけではないので、「自ら演出した最高の儀礼を以て」と言うのは当たらないと思われる。

（12）『天台血脈』(d)の相実付法に見える雅慶は、雅経と音を同じくすることから、誤記かあるいはどちらかが改名で、同一人物かと推測される。

（13）『遮那業血脈譜』の相実の注記に「都合四十二人」とあるのは総数と考えられる。

(14) 勉誡社刊『名語記』による。

(15) この点に関して、七六話が「底本では前話から改行されず、一つになっている」（新大系注）ことを参照すると、あるいは七六話は本来七五話の注釈ないし付録的な一節であって、必ずしも独立の話と位置付けられていなかった可能性もあろう。

(16) 新大系が注で「延暦寺僧」とするのは、『僧綱補任残闕』で「山」と注記される良宴を同一人物と見て、『尊卑分脈』の「寺」を誤りと考えたものらしい。しかし以下に述べるように、ほぼ同じ時代に「山」の良宴と「寺」の良宴がいたのであり、両者は家系を異にする同名の別人である。

(17) 良宴の下に、公暁・円隆以下十一人の付法を記す（静快もあり）。

(18) 尋応に「改円照」と注記があり、また『遮那業血脈譜』(f)の円昭の注記にも「元尋応」とあって、両者は同一人物である。

(19) 良宴の下に、尊念・静快以下三十九人の付法を記す。

(20) 良宴の下に、尊念・静快以下四十人の付法を記す。

(21) 『群書類従』第二十四輯十三頁による。

(22) ただし歿年齢「八十三」は本話と相違し、『僧綱補任残闕』の年齢注記と合致する。あるいはこちらが正しいか。

(23) 勧修寺流藤原定長男。元名定瑜。『尊卑分脈』に「山」「法印権大僧都」「檀那院又阿弥陀院」とあり、『遮那業血脈』(f)の良宴付法の「長輸旦那院法印」、また『天台血脈』の良宴付法の「長愉檀那院律師」(g)「長愉法印」(h)が同じ人物であろう。

(24) 因みに、瞻西の名は『遮那業血脈譜』に見出される。皇慶までは右の(e)と同じで、以下、皇慶―勝範―定慶―瞻西となる（瞻西に「上人」「勝応弥陀院／雲居寺本願」と注記）。

(25) ただし「西方に向かひて手に定印を結び」とあるので、良宴も極楽往生を志していたわけであるが、その最善・確実な手段とされる末期の念仏でなく、密教の観法によって往生しようとするところに密門の宿老良宴の面目があるわけである。なお「定印」は新大系の注が推測している大日如来の定印ではなく、阿弥陀の定印と思われる。

（26）良宴が修法等に参加している記録は少なからず拾えるが、「大納言」の称の見える例として、『阿娑縛抄』巻二百十四「伝法灌頂日記下」所載の建久七年（一一九六）十一月九条良経（正しくは兼実）男良尋法印の灌頂記録に、讃衆二十人の筆頭として「良宴《大納言》法印」とあることを挙げておく（因みに、この時の灌頂大阿闍梨は慈円）。

（27）冷泉家時雨亭叢書の影印により、読点を補う。

（28）『尊卑分脈』に「山」「権律師」とあり。また『遮那業血脈譜』(f)および『天台血脈』(g)では良宴付法の静快に「大夫律師」、『天台血脈』(h)では「律師」の注記がある。「大夫」の称は、俊成の官の皇太后宮大夫に基づくのであろう。なお注2の宇都宮氏稿は、『天台血脈』(h)の「律師」を「祖師」と読んでいるが正しくない（西教寺本も「律師」）。

（29）勉誠社刊『延慶本平家物語本文篇』により、一部「　」を補う。

（30）これは『叡山大師伝』に、最澄が入唐した際船が悪風に遭い、所持の舎利を海龍王に施したところ悪風が収まった、とある話（『拾遺往生伝』にも）とあるいは何らかの関係があるか。

（31）『続天台宗全書　史伝2』二〇六頁による。なお『天台座主記』にも引く。

（32）原文「天台宝幢院被安置塔婆之御舎利」は、「天台宝幢院に安置せらるる塔婆の御舎利」と訓読すべきであろう。

（33）従って、舎利容器の形は新大系の注七で想像している厨子形式ではなく、宝塔形式である。その中に、筥に入れた舎利を納めてあったのであろう。

（34）『慈恵大僧正拾遺伝』によれば、山上での舎利会に先立ち比叡の社頭で試楽を行い、また登山できない女人のため「神楽岳西。吉田社北」に舎利を下ろして「悉如山儀式」習礼を行った（『今昔物語集』巻十二-九話・『栄花物語』巻二十二に言及あり）。また天皇も「如来舎利塔」（即ち七宝塔であろう）を禁中に奉請して礼拝したとある。ただし『日本紀略』では山の舎利会と吉田での催しの順序や日付が相違しているが、これは『日本紀略』の方が誤りか。

(35) ただし天延三年に静安がなったのは元慶寺阿闍梨職で、既に天禄三年(九七二)五月の『慈恵大僧正御遺告』の「西塔本覚房」の項に、「遲賀闍梨静安同法…両闍梨合力造作、殊守遺迹耳」と見える。また静安が権律師になった年時も異説があり、更に律師に任じたとも伝えるが、貞元の頃に阿闍梨であり、後に権律師に至ったことに相違はない。

(36) 『遮那業血脈譜』および『天台血脈』でも慈恵の付法に「静安律師」が見える。なお『慈恵大僧正御遺告』にも静安の名が散見するが、そこでは注35の引用文のように多く「静安同法」と書かれている。これは「静安は天慶四年律師覚恵に得度受戒したが、覚恵は良源に三部大法等を授け元慶寺阿闍梨職を譲った僧で、良源・静安は覚恵を軸として見た場合兄弟弟子となる」(平林盛得氏『良源』一二六頁)ためで、つまり良源と静安は同法でもあり師弟でもあって、静安は良源の「股肱の臣」(同上書一三八頁)的な位置にあったらしい。

(37) 延慶本で静(浄)安が祈祷に当たった理由について「修験ノ聞へ世ニ有ケレバ」と説明しているのは、静安と良源の関係が分からなくなって以後の加筆であろう。

(38) 『山槐記』元暦二年七月九日条・『愚管抄』巻五参照。

(39) もっとも、比叡山に狂女が登っても何も天変が起こらなかったために老僧たちが山王の霊験滅亡を歎いたとする次の第五-三二話との関連からすると、本話においても法滅は意識されていると考えられるが、直接には表明されていない点で延慶本とは区別される。

(40) ただし塔婆を七宝塔と記すことや、事件の年時を貞元二年と明記することなど、部分的には延慶本が本来の形かと考えられる点もある。これらは『古事談』が略記・朧化によって原形から遠ざかった例か。

(41) 『天台宗全書』第二十四巻二一一頁による。

松本麻子

「連歌と聯句」再考

――『古事談』敦基・敦光聯句説話を手がかりにして

はじめに

連歌文芸の発生、または発達に、聯句の影響があったのかどうか、という議論は度々なされてきた。早くに山田孝雄氏は「聯歌が連(聯)句によつて助長せられ、而して形式や術語の上に種々の手本を有することは疑が無いのである」(1)と述べたが、能勢朝次氏は「種々の方面から考へて、私は、鎖連歌の発生には、聯句は参与しないものであり、鎖連歌の発達には、聯句が参与したものであると、考へるべきだと思ふのである」(2)と述べる。以降、藤原正義氏は連歌と聯句の関係性について述べ、「鎖連歌の発達に聯句が一定の影響を与えたであろうことは疑いないところである」(3)と指摘するも、木藤才蔵氏は「聯句の影響を考えるには、資料が不足していて、すべて臆測の域を出ることができないのが現状」(4)とした。結局、連歌の発達に聯句が影響を及ぼしたと考えられなくはない、ということであろうか。

また、注意しなければならないのは、これらの指摘が、二人で唱和する短連歌から、鎖連歌へと移り変わる際の聯句の影響の有無を述べた、という点である。そもそも二人が句を付け合うという初期の連歌、つまり短連歌が聯句の影響を受けていたか、という問題は別個に考える必要がある。「鎖連歌の発達には、聯句が参与したものである」と述べた能勢氏は短連歌と聯句の関係を次のように指摘する。

（※日本の聯句が）聊か唐土の聯句と異なる傾向が生じていたと思われる点は、各人が五言句を一句ずつ作り連ね、二人で一聯を構成してゆくという形式も、相当に多く行われていたらしいことである。（略）かように、一人が一句ずつ作り、二人で一聯を構成するというような行き方が生れたのは、我が国の連歌（主として短連歌）からの影響であるまいかと考えられる。(5)

日本の聯句と「唐土の聯句」との相違を述べ、短連歌が日本の聯句に影響を与えたのではないか、としたのである。日本の聯句例として『古事談』巻六の四一話(6)には次のようにある。

敦基朝臣、法性寺殿に参りて、子息等の事を褒美す。其の後、聯句の会有る時、茂明其の座に候ふ。殿下先日の事を思し食し出でて、仰せられて云はく、「愚息称二賢息一」と。心得てとりもあへず、「令明与二茂明一」と申しければ、頻りに御感ありけり。

能勢氏の指摘にある「五言句を一句ずつ作り連ね、二人で一聯を構成」する日本の典型的な聯句例である。子を褒めた敦基のことを法性寺殿（藤原忠通）は「愚息称二賢息一」と揶揄し、敦基の子茂明は、その「愚息」は「令明与二茂明一」であると、自分と兄の名で応じている。その場での機智的な応酬ということと、一聯のみで簡潔している点は確かに短連歌と類似している。

能勢氏の指摘のように、平安時代に見られるこれらの日本の聯句に、連歌の影響があったと考えるのならば、後に派生した鎖連歌に今度は「聯句が参与したものである」と言えるのであろうか。短連歌が日本の聯句に影響を与えたとしながら、一方で、鎖連歌の発達には一般的な聯句の「参与」があったとするのは、少なからず矛盾を感じる。むしろ日本の聯句が短連歌に影響を与えたと考えるのが自然であろう。そこで本論では、鎖連歌が作られる前の短連歌と、聯句の影響関係について考察することにしたい。なお、ここでは機智的傾向を持ち、一人一句ずつ二人で一聯を作る日本の聯句を、正式な聯句と区別して短聯句と呼ぶこととする。

一　短連歌と短聯句の諧謔性

初期の短連歌の例としては、『大和物語』百六十八段(7)のものが著名である。

深草の帝と申しける御時、良少将(8)といふ人、いみじき時にてありける。いと色好みになむありける。しのびてときどきあひける女、おなじ内にありけり。「今宵かならずあはむ」と契りたる夜ありけり。女いたう化粧して待つに、音もせず。目をさまして、夜や更けぬらむと思ふほどに、時申す音のしければ聞くに、「丑三つ」と申しけるを聞きて、男のもとに、ふといひやりける、

人心うしみつ今は頼まじよ

といひやりたりけるに、おどろきて、

夢にみゆやとねぞすぎにける

とぞつけてやりける。

これは、「うしみつ（憂し見つ）」を時間の「丑三つ」と取りなし、男が「子ぞ過ぎ（寝ぞ過ぎ）」てしまった、と応

じた連歌である。この句について廣木一人氏は、「句も独立しており、秀句を中心とする諧謔性を持ち、後の賦物とも思わせるようなものさえ取り込んでいる。（略）ここに見られる性格は実方から俊頼への短連歌完成への道の基軸」(9)であるとし、短連歌の特色の一つは「秀句を中心とする諧謔性」と指摘する。

この『大和物語』の短連歌のみならず、木藤才蔵氏も「平安時代に盛行した短連歌の傑作はだいたいにおいて俳諧的であった」(10)と述べるように、短連歌のおおよそは諧謔（俳諧）的、つまり滑稽を中心とした句であった。

一方で、平安時代の短聯句も、前述した『古事談』の聯句例のように諧謔性を有していた。能勢朝次氏に以下のような指摘がある。(11)

> 『江談抄』所載の（短）聯句から観取せられる日本聯句の特色が、機智的滑稽的ともいうべき特色を持つという点である。
>
> 平安時代の聯句には、漢土の聯句を模倣した真面目な作も多く行われたであろうが、その当時の人々の感興はむしろ機智的な作、滑稽的な作の方に、より多く惹かれていたものと思う。（（　）内引用者）

平安時代の短聯句の例として度々引用されるのが、野勢氏の指摘にもある『江談抄』(12)の句である。

二藍経タリ㆓一夏ヲ㆒　（菅原道真）

朽葉幾廻リノ秋ゾ　（紀長谷雄）

前句は二藍の衣で一夏を過ごす、と詠み、付句は、朽葉色の衣で幾廻りの秋を迎えたことか、と応じている。色目の名の「二藍」に「朽葉」、時を示す「一夏」に「幾廻リノ秋」が付く。また「二藍」とは言いながら過ごしたのは「一夏」であるとする前句や、朽葉色の衣を長々と着続けているさまを詠む付句に諧謔性が見られる。

そもそも短聯句のみならず中国の聯句にも諧謔性が見られることは既に指摘がある。唐の中期である八世紀後半に、浙西・浙東の地で行われていた聯句には、「滑稽・諧謔・機智を主とするもの」(13)があるという。しかしながら、『古事談』や『江談抄』の短聯句は、二人が一聯のみを作り、それで簡潔した作品となっている。『江談抄』に収められる短聯句が作られた背景はわからないものの、『古事談』の例は当座で機智的に聯句を付け合う、というものであった。こういった特徴は非常に短連歌的であると言えるだろう。

二　短連歌に見える対の語

聯句について記されたものに、鎌倉時代成立の『王澤不渇抄』(14)がある。中でも聯句の特徴の一つである対句に対しての言及はよく知られている。

凡連句、以テ㆓対イ鹿《アラキヲ》㆒為㆓下手㆒ト。詩ハ自ラ雖㆑不㆑対セ、大方其ノ句聞好ハ許㆑之。連句ハ毎ニ㆑字可㆑対之㆒。縦ヒ文字ノ続キハ雖㆑遠スト、以テ㆑対ヲ為ス㆑佳ト。假令、西ニ有イマス弥陀仏ケ、南無観世音。

『王澤不渇抄』の例は、「西」と「南」、「有」と「無」、「弥陀仏」と「観世音」を対と捉えている。前述した『江談抄』の短聯句も「夏」と「秋」などの対の語があった。

聯句には不可欠である対の語が、平安時代の短連歌にも多く見られる。木藤才蔵氏は源俊頼の連歌に対句表現が多いことを指摘されたが(15)、俊頼以前の連歌にもその傾向は見られる(16)。

『躬恒集』(三四三)(17)には六付合の短連歌が所収されている。その一つを挙げると次のようである。

紅葉葉は去年も山辺に見てしかど　　近江介
今年も飽かぬもの似ざりける　　源少将

前句の「去年」に付句では「今年」と応じている。このような寄合は、二条良基の連歌論書『撃蒙抄』などに、「春に秋、朝に夕べ、山に野、かやうに対揚する一体なり(18)」とされる種類のものである。後の連歌師たちも、こういった寄合を「対揚」付け、つまり対の語で付ける方法と考えていた。

前句と付句の語がそれぞれ対となる短連歌は他にも多く見られる。『実方集』(六二)には次の連歌が載る。

数ふれば今いつ月になりにけり

むつきにならば訪ふ人もあらじ　　ためすけ

前句の「いつ月」が「五」を表し、付句では「むつき(睦月)」として「六」と応じている。また、「今いつ」と「五《いつ》」を掛けた秀句であるとはいえ、「いつ月」は通常歌語では「さつき」と詠むべき語である。和歌で「いつ月」と詠む例は、『新編国歌大観』所収の歌集には見あたらない表現である。この短連歌は、対句的な言葉遊びの語を付合の「要《かなめ》」に用いたものと考えられる。

そもそも短連歌に用いられている対の語が、漢詩文(当然聯句を含む)にも用いられるような対の語であるのか、中御門宗忠の撰とされる『作文大体』を参看したい。『作文大体』は「諸本によって内容や排列を異にするものが多(19)」いとされるが、智山書庫蔵『作文大体』は、「鎌倉以前の古態本」の「掉尾に当たる(20)」とされ、東山文庫本等の諸本と比較すると、対の記述が詳細である。その智山書庫蔵『作文大体』は、対句を用いた例として次の句を挙げる(21)。

雲モハ埋ミ二九州ノ地ヲ一

山ハ蔵クス二八ツ極《キヨク》ノ天ヲ一

これは、「字対体毎字」とあり、字ごとに対があるということなので、「雲」と「山」、「地」と「天」だけでなく、「九州」と「八ツ極」の数字も対であるとする。この例から考えると、『実方集』の短連歌のように、「五」

に「六」が付くことは、漢詩句においても対の語を用いた句と判断できるのであろう。

同じく智山書庫蔵『作文大体』に見える四番目の「異対」の例として、「上・下」の対がある。この「上・下」の語を前句と付句に使って付けた短連歌の例に、『金葉集』（雑部下・六五八）がある。

和泉式部が賀茂に参りけるに、藁沓に足を食はれて、紙を巻きたりけるを見て、神主忠頼

ちはやふるかみをば足に巻くものか

これをぞ下の社とはいふ　　和泉式部

賀茂社に参詣する途中で足を痛めた和泉式部が、足に紙を巻いているのを見て、忠頼は、あなたは足に「紙（神）」を巻くのか、と詠みかけた。これを和泉式部は「紙（神）」を「上」と取りなして、ここは賀茂の「下の社」ですから、と応じた。「上」に「下」が付く、漢詩文と共通する対の語を用いた連歌例である。『俊頼髄脳』（三八三）[22]の短連歌には、

この殿は火桶に火こそなかりけれ　　慶暹

我が水瓶に水はあれども　　永源

がある。これは「火」に「水」が付く短連歌であるが、『作文大体』には「水・火」（異対）の対が見える。

更に「双対」とされる対句では、「隔テ二衆ノ字一ヲ、用ル二同シ畳《ヂヤウ》ノ字一ヲ是レ也」とあるように、同句の中に同字を用いる対句である。句例として「華ノ色遠シテ依テ二華ノ色一ニ映《エイ》シ、鳥ノ音ヌ深フシテ和《クワ》シテ二鳥ノ音ネニ一歌《ウタウタウ》」とある。このように、一句の中に同じ文字を使って、対句にする方法は、短聯句の例にも見られる。『台記』康治二年（一一四三）二月二十日[23]には、俊通らの短聯句が記されている。

俊通上句云、「田豆又田豆」。幽明下句云、「野篁復野篁」。

俊通の「田豆」に対して、幽明は「野篁（竹）」と応じ、また、人名の島田忠臣に「（小）野篁」と付けた[24]。このように同じ文字を繰り返して、対句にする方法は短連歌にも見られる。『今鏡』（すべらぎの中）[25]には、堀河天皇と俊頼の連歌が載る。

雲の上に雲の上人のぼりゐて

と仰せられけるに、俊頼の君、

しもさぶらひ《（下侍）》に侍へかしな

また、『金葉集』（雑部下・六四九）には、

桃園の桃の花こそ咲きにけれ　頼慶法師

梅津の梅は散りやしぬらん　公資朝臣

などがある。この付合は後に『連歌延徳抄』にも所収、「是は詩聯句の対句の如し[26]」とされている。『王澤不渇抄』が指摘するように、聯句には対句が不可欠であった。一方で、対の語が寄合となる短連歌も多く残っている。漢詩句の特徴ともいえる対の語が、平安時代の短連歌に頻繁に使用されていたことを考えると、やはり短連歌は短聯句の影響を受けていたといえるのではなかろうか。

三　漢語・漢詩と短連歌

源俊頼の連歌の特徴として、漢語が多く使用されていた、という指摘が既にある[27]。連歌に漢語を使うことは、短聯句との関係性をさらに窺わせる。たとえば、漢語を使った短連歌で、対の語である「内・外」を用いたものがある。

内侍こそ支度の内を出でにけれ
付けよとせめ仰せられければ、つかまつれる。
外記は思ひの外に参れど
（散木奇歌集・一六一七）

また、同じく『散木奇歌集』（一五九二）には、対の語ではないが漢語を用いた例として、

身の愁へ刹那がほども休めばや　平大進基綱
付く、須臾も心のなぐさむばかり　（源俊頼）

がある。

「外記」や「内侍」、「刹那」、「須臾」は和歌には詠まれない漢語である。作り手が意識的にこれらの漢語を取り込もうとしない限り、連歌に詠まれることは考えにくい。そして、漢語を使用していたのが、俊頼に限定されない点にも注意したい。「内侍」の句の作者は明かではないが、「刹那」とした句の作者は「平大進基綱」であり、漢語を連歌に詠み込もうとした作者は俊頼以外にもいたのである。

他にも、俊頼以前の連歌例で、漢語を使用した短連歌が『拾遺集』（雑賀・一一七九）に載る。

中将に侍りける時、右大弁源致方朝臣のもとへ、八重紅梅を折りてつかはすとて
流俗の色にはあらず梅の花　右大将実資
珍重すべきものとこそ見れ　致方朝臣

右大将（藤原）実資は天徳元年（九五七）〜寛徳三年（一〇四六）の人で、源俊頼（天喜三年（一〇五五）頃生）以前の歌人である。「流俗」という語は、もちろん歌語ではなく、『新編国歌大観』所収の歌集にも見られない表現である。一方で、梅の花を「流俗」とする例が漢詩にはいくつかある。源順の漢詩として『新撰朗詠集』（八九）には

「紅梅」と題し、以下のようにある。

葩《はなびら》ハ皆三重　不レ似二流俗之樹一ニ。

色ハ自ラ再入ス　無シレ待ツコト二染人之巧一ヲ

この紅梅は「三重」であるが、「不レ似二流俗之樹一ニ」としている点は、実資の前句「流俗の色にはあらず」と類似している。付句の「珍重」も和歌には詠まれない語であり、「珍重」の表現は『和漢朗詠集』（七一五）などの漢詩に散見されるものである。このように、漢詩句に用いられるような漢語を、俊頼以前の作者はあえて連歌に使用していたようだ。

実際、表現のみならず漢詩句の内容を踏まえて上句や下句を付けるということは、早くから行われていたようである。『枕草子』（七八段）[28]には、次のようにある（（　）内は引用者）。

（頭中将は）青き薄様に、いと清げに書きたまへり。心ときめきしつるさまにもあらざりけり。「蘭省花時錦帳下」と書きて、「末はいかに、末はいかに」とあるを、「いかにかはすべからむ。御前おはしまさば、御覧ぜさすべきを、これが末を知り顔に、たどたどしき真名書きたらむもいと見苦し」と思ひまはすほどもなく、責めまどはせば、ただその奥に、炭櫃に消え炭のあるして、「草の庵を誰かたづねむ」と書きつけて取らせつれど、また返事も言はず。

頭中将から届けられた真名の「蘭省花時錦帳下」という一文は、『白氏文集』（巻一七）[29]の律詩、「蘭省ノ花時錦帳ノ下　廬山ノ雨夜草庵ノ中」に拠る。これに清少納言は「たどたどしき真名に書きたらむもいと見苦し」として、「草の庵を誰かたづねむ」と応じている。『白氏文集』に載る漢詩の句を踏まえての贈答は、清少納言のように漢詩句の素養さえあれば決して難しいことではなかったのだろう。とはいうものの、漢詩句を「草の庵を誰かたづねむ」と七・七にして応じていることは注目すべきである。ここに描かれているやり取りは、連歌とは見なしがたいが、ともかくも漢詩文の一部を言い掛けて、それを和語にひらいて応じることが、遊びとしてなされていたのである。(30)

更に類似した例として、一〇二段「二月つごもりごろに、風いたう吹きて」が挙げられる。藤原公任が『白氏文集』(巻一四・南秦雪)の「二月山寒ウシテ少レナシ有レルコト春」を踏まえて「少し春ある心地こそすれ」と送ったところ、どの漢詩であるかを理解した清少納言は「空寒み花にまがへて散る雪に」と応じた、という内容である。この応酬は、『菟玖波集』(春連歌上・一三)に所収されている。『白氏文集』の漢詩句を和語に成して、短連歌を行っていた、ということである。本文中に「連歌」とは示されていないが、連歌と見なすことのできるものでる。

俊頼の連歌にも『白氏文集』を典拠とした連歌が存在する。『散木奇歌集』(一五七五)には次のようにある。

木工助敦隆が乗りたる馬の、ことの外に痩せ弱くして、遅かりければ、遅れたりけるを待ちつけていかにと問へば、

骨あがり筋さへ高き駒なれや　敦隆

付く、

日に行くことはしりへしぞきに　(俊頼)

これは、関根慶子氏が指摘されるように、(31)『白氏文集』(巻四)(32)を典拠としたものである。

穆王八駿天馬ノ駒　後人愛レシ之ヲ写シテ為レス図ト
背ハ如レク龍ノ兮頸ハ如レク象ノ　骨竦《あがり》筋高ウシテ脂肉壮ナリ
日ニ行クコト万里疾キコト如レシ飛ブガ　(以下略)

前句の「骨あがり筋さへ高き」は「骨竦《あがり》筋高ウシテ」により、付句の「日に行くことは」は「日ニ行クコト」になる。

このように、『枕草子』やこの俊頼連歌から判断すれば、漢詩句を和語にして、それをやり取りする、ということが行われていたようである。

『古今著聞集』（二五三）[33]には「唐人連歌の事」として次のような説話が載る。

或る所に仏事しけるに、唐人二人きたりて聴聞しけるが、磬に八葉の蓮を中にて、孔雀の左右に立ちたるを文に鋳つけたりける見て、一人の唐人、「捨身惜花思」といひけるを、今一人聞きてうちうなづきて、「打不立有鳥」といひけり。聞く人その心を知らず。或る人のどかに案じつらねければ、連歌にて侍りけり。

身を捨てて花を惜しとや思ふらん打てども立たぬ鳥もありけり

かく思ひえてけり。

唐人は二人で一句ずつ「捨身惜花思」と「打不立有鳥」を詠み、一聯を構成していることから、短聯句とみなしてよいだろう。そしてこの句を和語にひらくと、連歌となった、というのである。

平安時代の短連歌には、歌にはなじまない漢語が度々使用されていた。これは漢詩句の影響と見なし得る。そして、漢詩文を機智的に二人で応酬する、という文芸はそのまま短聯句と見ることが出来るし、これを和語で付け合えば短連歌と考えられる。結局、短連歌と短聯句は表現方法が違うだけの非常に似かよった文芸といえるのではないか。

四　短連歌と短聯句の好士

俊頼以前の短連歌作品は僅かで、今まで確認してきた例も、『散木奇歌集』などの俊頼関係資料に拠るものが多い。俊頼の短連歌について藤原正義氏は次のように述べる[34]。

経信に聯句の嗜みがあったことは明らかであり、堀川院や忠通に近かった俊頼が、聯句を嗜まず聯句に無関心であったとは考えられない。むしろ俊頼は聯句の方法を意識的にとりこみ、聯句とはその形式を異にする短連歌に生かし、形式を同じくする合作和歌とは異なる短詩として短連歌を定立しようとし、それをしあげたと考えられる。

木藤才蔵氏も、俊頼周辺で行われていた聯句が「間接的には俊頼による短連歌の完成に、影響を与えていたと推測することは許されるであろう」としならも、「俊頼自身がそうした会席で句を詠んでいる確証は、現在のところほとんど見出せない」としている。「そうした会席」とは短聯句ではなく正式な聯句会のことである。藤原氏も「聯句とはその形式を異にする短連歌」と説明するように、ここでの聯句とは、その場で機智的に応酬する短聯句ではないようだ。しかし、ここまで見てきたように、短連歌との関わりが推測されるのは、当座性を持ち二人で一聯を構成する形式の、日本の短聯句である。

また、『金葉集』や『散木奇歌集』などに所収されている短連歌は、すべてが俊頼の作ではなく、俊頼自身が聯句を行ったかどうか、という問いに固執しなければならない理由はない。そして、『実方集』や『拾遺集』など、俊頼以前にも漢語や対句が使用されていた例を既に確認した。これまで、短連歌と短聯句の類似性を見たが、それは俊頼の短連歌にのみ言えることではなかった。

前述した『江談抄』の短聯句に、大江匡衡のものがある。

深草ノ人ハ為ルレ器ヲ　　匡衡
小松ノ僧ハ沸カスレ湯ヲ

「深草」とは、現在の京都市伏見区の地名で、「深草かはらけ」[35]として知られていた。その深草の人が作る器である、と詠む前句に、その器で小松の僧は湯を沸かした、と応じた短聯句である。「深草かはらけ」は、正月に祝物として届ける習慣があったことから、[36]「小松引き」を連想して「小松の僧」としたのであろう。これも今までの例と同様に諧謔性があり、「人」と「僧」、「為《ル》レ器《ヲ》」と「沸《カス》レ湯《ヲ》」の対を持つ短聯句となる。

大江匡衡はまた短連歌の作者でもあった。『俊頼随脳』（三七二）に、

都出でて今日九日になりにけり　匡衡
十日の国に到りにしかな　赤染

とある。都を出発して、今日が九日目である、という匡衡の前句に、妻の赤染衛門が、十日の国、それは指折り数えると指が「終わり」であることから、「尾張」国にやってきた、と付けた。「九」と「十」が対となる、典型的な短連歌の例である。『江談抄』などにも漢詩を多く残す匡衡は、天暦二年（九五二）生とされる。俊頼以前にも、匡衡のような文人が、短聯句だけでなく短連歌も作っていたのである。

だが、一方で現存する短連歌作品の多くは俊頼の資料に拠るものであり、漢語や対句を短連歌に多用する傾向はやはり俊頼が顕著である。そこで、俊頼の時代を見ると、匡衡のような短聯句と短連歌に長けた文人たちの存在が確認でき、多くの作品を残していることがわかる。俊頼の周辺にいた好士を確認してゆきたい。

まず、匡衡の曾孫の大江匡房を挙げたい。匡房が、『江談抄』に短聯句をまとめて載せていることは既に述べた。その十三聯の聯句の内、名前が記されていないものは、匡房自身の句であると考えられる。そして、家集の『江帥集』（三一六）には四つの短連歌も所収されている。

雪降れば高くなりけり鈴鹿山
いかなるしもに鐘響くらん

「雪」と「霜」、「高く」に「下《しも》」、「鈴」に「鐘」という、対の語を多く用いた付合である。また、鈴鹿山が高くなる、と詠む前句の「なり」を、「鈴」の縁で「鳴り」と取りなし、「高く鳴」るというが、どこの「下《しも》」（麓）には、鐘が鳴り響いているのか、と付けた典型的な短連歌である。

　大江匡房は長久二年（一〇四一）生であり、俊頼より十数年年長ではあるものの、同時代の人となる。匡房は『金葉集』に歌が八首入集しており、付け加えるならば『俊頼随脳』（三九八）には匡房の妹の短連歌も残されている。匡房は短聯句作者であり、又、短連歌作者であった。

　さらに、俊頼周辺の短聯句・短連歌の好士として、藤原忠通が挙げられる。忠通は、先に挙げた『古事談』（第六の四一話）で、敦基の子、茂明と短聯句をおこなっていた。そして、俊頼が忠通邸での連歌の会に参加していたことは、『散木奇歌集』（一五七〇）の「殿下にて人々に連歌をせさせてあそばせ給ひけるに」などとあることで知られる。「殿下」は忠通であり、忠通自身、『菟玖波集』（一八八三）に一句入集する連歌作者である。木藤才蔵氏は忠通について、次のように指摘する。[37]

　みずからも句作をした忠通は、聯句の好士でもあり、自邸で聯句会を催していた。本朝無題詩、巻二所載の「賦連句」において、「連句従来感叵レ休、毎レ延二此席一自忘レ愁（略）」云々と詠んでいるのを見ても、忠通がいかに深く聯句を好んでいたかがわかる。

忠通邸で催された聯句会が、会に参加していた俊頼の短連歌に影響を与えた、とも考えられる。しかし、忠通だけでなく、大江匡房も短聯句と短連歌の作者であり、俊頼の周辺にいた。

　俊頼は堀河天皇とも連歌の贈答をしていた。対句の項で挙げた『今鏡』の例である。『続古事談』一七話[38]には、堀河院の次のような話が載る。殿上で人々に聯句をさせていた堀河院が、藤原国資に「連（聯）句[39]いへ」と言ったところ、国資は「衰日」であると偽って聯句を作らない。「衰日」が偽りであると知った堀河院は、「連（聯）句いはぬほどのもの、いかでか博士になるべき」と非難するのである。文章博士はその場で聯句を言えなければならない、という認識であったようだ。

堀河天皇（院）の詠んだ短聯句は見られないが、殿上で聯句を人々に言わせていた、というのであれば、自身が聯句の作者であったとも推測できる。そして、堀河天皇（院）は俊頼と詠んだ『今鏡』の句を含めて、『菟玖波集』に二句入集するような、後人も認める連歌作者であった。

また、『古事談』（第六の四一話）で忠通に子供を「愚息」云々と揶揄された敦基は、藤原明衡の子で文章博士、大江匡房との親交も伝わっている人である。[40] 敦基の父、明衡も『江談抄』に見える短聯句の作者である。『古事談』では敦基の子、茂明が忠通の句に付けて、「頻りに御感」があったとある。また、敦基の弟で、後に彼の養子となる敦光の子供たちが短聯句をやり取りする、という話も同じく『古事談』（巻六の四四）に記されている。

敦光朝臣、酒を愛する間、不断に酒を褻居の棚に置く。或る夜寝ぬる後、子息等、成光【弟】は、本鳥を放ち裸形にて之を取る。爰こに長光【兄】【光輔父】、連句を云ひ懸く。其の詞に云はく、「酒是正二衣裳一」と。成光程無く云はく、「盗則乱二礼儀一」と云々。父朝臣虚寝の間、之を聞き、感情に堪へず落涙す、と云々。

敦光の「落涙」は、明衡から、敦基、敦光、その子供たちと続く文人の家としての思いが表されているのだろう。

文章博士敦光の短連歌は『古今著聞集』（六二一）に残る。

式部の大輔敦光朝臣のもとへ、奈良なりける僧の、あすかみそといふ物を持てきたりけるに、「いつのぼりたるぞ」と問ひければ、僧かくなむ、

きのふいでてけふ持てまゐるあすかみそ

敦光朝臣、
みかの原をやすぎてきつらむ

「昨日・今日・明日」とした前句に、敦光は「みか（三日）の原」と応じる、今まで見てきたものと同じ傾向を持つ短連歌である。

俊頼と同時代に生きた忠通、匡房、敦光らは、短聯句作者であり、短連歌の作者でもあることが確認できた。このように、俊頼の周辺には、短聯句の好士であり、短連歌も詠む人々の存在が複数あったのである。そして、匡房、敦光らは文章博士であり文人の家系の人であった。彼らは和歌・連歌よりも漢詩句を詠むことに長けていたのであろう。俊頼やその周辺の短連歌は対の語や漢語を用いるなど、短聯句の影響が見られるものであった。俊頼自身が短聯句を嗜んでいたかどうかは判然としないが、彼らが俊頼に与えた影響は少なくなかったはずである。

『散木奇歌集』（四〇九）の詞書「基俊の君の堀川の家にて」などから知られる、俊頼と親交があった藤原基俊は、『新撰朗詠集』を編纂し和漢に通じていた。残念ながら基俊の短聯句作品は残っていないものの、短連歌は『古今著聞集』（一五二）などに残っている。

俊頼以前にも短聯句と短連歌を好む文人の存在が認められたが、多くは俊頼と同時代に集中している。短聯句の影響を受けていると推測される短連歌が、俊頼の作品に多く現れるということは、このような理由からと考えられるのである。

おわりに

ここまで、平安時代の短連歌と短聯句の関係性について述べた。最後に付け加えたいのは、短聯句の影響が見られない短連歌の例である。

けふをまちける山桜かな　（俊頼）
むれてくる大宮人やかざすとて　（師時）[41]

これは、「ももしきの大宮人はいとまあれや桜かざして今日も暮らしつ」（和漢朗詠集・二五・山部赤人、新古今集 他にも）を本歌とした付合であり、今まで見てきたような秀句や対の語もない。こういった連歌は一首の歌を二人で唱和したものであり、結局、この連歌は、前後を入れ替えて二句を合わせると、「むれてくる大宮人やかざすとて　けふをまちける山桜かな」という一首となるにすぎない。

伊地知鐵男氏は、『実方集』（二八二）にあった「数ふれば今いつ月になりにけり／むつきにならば訪ふ人もあらじ」の短連歌で見たような、数詞を付ける句が「五句なり十句なりの全句にとり通された場合、その寄合はただ単なる前句と付句だけを連接するものではなく、全句を鎖り通す要に転化する可能性を持っている[42]」と指摘する。短連歌から鎖連歌に発展する一つの可能性として、前句と付句に共通する「要」（賦物）の存在を挙げる。

このことから考えると、一首の歌を二人で唱和しているような短連歌では、鎖連歌として発展することに限界があるようだ。今まで確認した多くの短連歌には、前句と付句に対になる語があった。「五」や「六」、「九」や「十」などの数詞を句ごとに賦してゆくと鎖連歌となる。「賦」という語が、漢詩題に用いられているということは言うまでもない。また、短聯句にも『台記』や『古事談』の敦基の句のように、人名を詠み込んだものがあった。

この人名を「要」の賦物として連ねて行くと、それは鎖連歌となる。鎖連歌の発展と（短）聯句との関係について、述べる余裕はもはやない。しかしながら、短連歌から鎖連歌へ発展する場面においても、聯句の影響を考える必要があると思われるのである。

注

（1）『岩波講座　日本文学第三』（一九三二年、岩波書店）。（　）内は引用者）。

（2）『聯句と連歌』（一九四五年、要書房）。

（3）「連歌と聯句」（「北九州大学文学部紀要」開学三十周年記念号、一九七七年三月、北九州大学編）。

（4）『増補改訂版連歌史論考　上』（一九九三年、明治書院）。

（5）『聯句と連歌』（前掲）。（※）は引用者。

（6）『古事談』本文・番号は、『古事談　続古事談』（新日本古典文学大系、川端善明、荒木浩校注、二〇〇五年、岩波書店）による。以下同じ。

（7）『大和物語』本文は『竹取物語　伊勢物語　大和物語　平中物語』（新編日本古典文学全集、高橋正治校注、一九九四年、小学館）による。

（8）この「良少将」は良峯宗貞、のちに僧正遍昭。但し、この短連歌は『大和物語』による物語の一つであり、遍昭が在俗の時の九世紀半ばのものとは断言できない。木藤才蔵氏も指摘しているように、遍昭の短連歌は、『大和物語』の成立を鑑みて、「十世紀の中頃という時点において判断する必要がある」（『増補改訂版連歌史論考　上』（前掲））といえるだろう。

（9）『連歌史試論』（二〇〇四年、新典社）。

（10）『増補改訂版連歌史論考　上』（前掲）。
（11）『聯句と連歌』（前掲）。
（12）『江談抄』本文は『江談抄　中外抄　富家語』（新日本古典文学大系、後藤昭雄、池上洵一、山根對助校注、一九九七年、岩波書店）による。引用は巻末に所収されている原文に訓点を施した。以下同じ。
（13）赤井益久「中国における寄り合いの文学」（和漢聯句の世界、「アジア遊学」九五号、二〇〇七年一月、勉誠出版）。
（14）『王澤不渇抄』本文は『真福寺善本叢刊　第十二巻』（阿部泰郎、山崎誠編、二〇〇〇年、臨川書店）による。
（15）『増補改訂版連歌史論考　上』（前掲）。
（16）伊地知鐵男氏は「対照語の使用や対句的なレトリックの技巧が、短連歌の付合にしばしばもちいられて、もっとも一般的なしかも基本的な付合とされていた」（『連歌の世界』、一九六七年、吉川弘文館）とする。
（17）本文・歌番号は『新編国歌大観』による。以下、断りのない場合、歌集・漢詩集の引用は全て『新編国歌大観』による。また、引用部分の表記を一部漢字に改め、漢文は訓点を施した。
（18）『撃蒙抄』本文は、廣木一人他「『撃蒙抄』注釈Ⅱ」（「緑岡詞林」第三十一号、二〇〇七年、青山学院大学日文院生の会）による。「対揚」は『連理秘抄』では「相対」とある。
（19）大曽根章介「『作文体躰』の対偶論」（『天理図書館善本叢書』月報五九、一九八四年、八木書店）。
（20）山崎誠「智山書庫蔵「作文大体」翻刻と解題」（「調査研究報告」第二十四号、二〇〇三年、国文学研究資料館文献資料部）。智山書庫蔵『作文大体』の本文も、この翻刻による。
（21）群書類従本『作文大体』もこの句がある。山崎誠氏によると、智山書庫蔵『作文大体』と群書類従本は同じ系統の諸本であるという。
（22）引用の連歌は『新編国歌大観』による。
（23）『台記』本文は『増補史料大成』（一九六五年、臨川書店）による。

(24) 前句の「田豆」と同じ字音であることから、「田」「島」とすると藤原正義「連歌と聯句」(前掲)の指摘がある。
(25) 『今鏡』本文は、『今鏡本文及び総索引』(榊原邦彦、藤掛和美、塚原清編、一九八四年、笠間書院)による。
(26) 『連歌延徳抄』本文は『連歌論集四』(木藤才蔵校注、一九九〇年、三弥井書店)
(27) 木藤才蔵『増補改訂版連歌史論考　上』(前掲)。
(28) 『枕草子』本文は、『枕草子』(新編日本古典文学全集、松尾聰、永井和子校注、一九九七年、小学館)による。
(29) 本文は、『白氏文集』(新釈漢文大系、岡村繁、一九八八年、明治書院)による。引用に際しては本文に訓点を施した。
(30) 漢詩句を題として和歌を詠む、「句題和歌」があるが、これは漢詩句の内容を和文にしたものであり、和歌は漢詩句と同じような内容となる。しかしここでは、前句と同内容を詠まずに、前句に応じて詠んでいる点が連歌と近い。
(31) 関根慶子『中古和歌集の研究　伊勢・経信・俊頼の集』(一九六七年、風間書房)。
(32) 本文は『白楽天全詩集　第一巻』(佐久節訳註、一九七八年、日本図書センター)による。引用に際しては本文に訓点を施した。
(33) 『古今著聞集』本文は『古今著聞集　上下』(新潮日本古典集成、西尾光一、小林保治校注、一九八三年、新潮社)による。
(34) 「俊頼と連歌」(「北九州大学文学部紀要」第一八号、一九七八年一月)。
(35) 『古今著聞集』五五六話による。
(36) 『古今著聞集』(五五六話)には「正月朔日、深草かはらけ持ちて参りたりけるに」とある。
(37) 『増補改訂版連歌史論考　上』(前掲)。
(38) 『続古事談』本文・番号は、『古事談　続古事談』(新日本古典文学大系、川端善明、荒木浩校注、二〇〇五年、岩波書店)による。
(39) この「連句」は「聯句」と捉えてよいが、短聯句かどうかは不明である。

(40) 大曽根章介「藤原敦基論」(『日本文学の視点と諸相』、山岸徳平先生記念論文集刊行会編、一九九一年、汲古書院)。
(41) 『続古事談』五五話による。
(42) 『連歌の世界』(前掲)。

前田雅之

放り出された「古事」

――『古事談』と古典的公共圏

一　『古事談』の居場所――「物語」と「雑」

宮内庁書陵部蔵『看聞日記』の紙背文書には「即成院預置御文書目録」（一四三・一四四・一四五、内容はほぼ同じ）、「法安寺預置文書目録」（一四八）、「物語目録」（一四九）、「秘抄目録」（一五〇）といった蔵書目録が貞成自身の手で記載されている。[1] 禁裏文庫の歴史に詳しい田島公によれば、[2]「この目録は中世の伏見宮家文庫の蔵書内容を示す一連の目録の一つであり、「仙洞御文書目録」（文和三・四年〈一三五四・五五〉）との比較によって一連の目録は持明院統（北朝）の文庫にまで遡ることが知られる」という。[3] その中の「応永廿七〈一四二〇〉年十一月十三日取目録畢」と記された「物語目録」には、「堺記一帖」[4] と「水鏡三帖重有朝臣本」の間に、「古事談一帖」を見出すことができる。

「物語目録」に入っている書物は計三九点、その内訳は、「泊瀬観音験記二帖」、「石山縁起絵詞一巻」、「善光寺縁起一巻」等の縁起・絵巻類、「宝物集一帖第二」、「宇治大納言物語四帖第一第二第三又一帖」、「酒天童子物語一帖」等の説話・室町物語類、「保元物語二帖（上下）」・「平治物語二帖上下椎野本」・「平家物語二帖」・「承久物語一巻中」・「太平記三帖第三第四第五」等の軍記、「水鏡三帖」、「十寸鑑三帖上中下」、「同帖第四第五」の歴史物語、「賤男日記一帖具氏宰相（中院）中将記(5)」、「准后南都下向事一帖重有朝臣本(6)」、「散ぬ桜一帖上下(7)」等の（内容は推定でしかないが）日記・紀行・物語類である。だから、ここでいう「物語」はかなり宗教性・実録性をもった類であり、所謂作り物語や古典化した『伊勢物語』・『源氏物語』は含まれていないのだ（両書は、紙背文書に記された目録には記載がない(8)）。

「古事談一帖」が源顕兼撰の所謂『古事談』であることの保証はなにもない。だが、同名の他書が知られていないことから、『古事談』の一書と認めてもよいだろう。とはいえ、「一帖」という巻数が気にかかる。新大系の底本である松平文庫旧蔵・現和洋女子大本は、寛文年間の書写ながら、六冊の完本であり、対校された天理本も三冊である。新大系の解説によれば、完本の一冊本は現在のところ存在しない。国会図書館本・京大文学部本が「写本一冊」であるが、いずれも錯簡本である。これに基づいて推定すれば、貞成が所持していた『古事談』は錯簡本ないしは抄出本ということになるだろう。

加えて、『古事談』を含めた「物語目録」の書物群が持明院統の伝来本であったかといえば、これもおそらくは違うだろう。というのも、「即成院預置御文書目録」といった寺院に預けた蔵書群、とりわけ、一四五番目録は、寺院で目録と実物を調査照合して、「而今二合不レ見不審々々」（応永二四年〈一四一七〉八月二十七日）の後、同二九年〈一四二二〉五月二五日に、再び寺で重ねて「校合」し、現在一五五合あることの確認まで記していることから考えると、そのような注記もなく、単に日付と「取目録畢」で済まされている「物語目録」は、持明院統伝来本とは別範疇に属するものと考えられるからである。推測の域を超えないとはいえ、貞成が必要と嗜好に応じて集めた（あるいは書写した）書物群ではなかろうか。(9)

しかし、本稿の関心から一等注目されることは、『古事談』が「物語目録」に入れられ、縁起・説話・軍記類と同じ範疇に属しているということだ。たとえば、「秘鈔目録」には、「吉記抄」、「掌中抄」、「江記鈔」、「大鏡」、「日本書紀」、「現在書目録」、「九条殿年中行事」といった日記・歴史・儀式書・有職故実書などが含まれているが、『古事談』はそこに含まれていない。『古事談』が何はともあれ「物語」として認識されていたことがここからも諒解される。『古事談』は、貞成にとっては、儀式書・有職書・和歌といった文化＝政治の中枢に置かれる書物としては見られていなかったのである。

他方、貞成の時代よりも一二〇年ほど前に編まれた『本朝書籍目録』となると、「雑抄」と題された分類項目の中に「古事談　六巻　顕兼卿抄」（群書類従）がある。(10)「雑抄」に入っている書物は、「江談。打聞。古事談。旧事秘抄。本朝事始。房内秘書。秘玉抄。見聞記。十節録。比喩抄。視聴抄。随見聞抄。随見。視聴抄。雑抄。口遊抄。懐中暦。伝聞故実。函中抄。掌中暦。法鏡。日本国秘抄。江談。楚忽抄。言談。本朝要抄。善家秘記。愚管抄」（二八部）である。興味を引くのは、「雑抄」には、やや離れた場所にもう一つ別の「雑抄」があり、そこには、「世俗諺文。掌函補抄。日本霊異記。私教類聚。貴嶺問答。禁秘抄。拾芥要略抄。中山三条口伝抄」が収められていることだ（こちらは、「詩家」と「和歌」の間にあるから、『古事談』を収める「雑抄」よりもまだましな扱いか）。

「雑抄」とは、収められた書物（『房内秘書』・『伝聞故実』・『善家秘記』・『愚管抄』等）の性格、書目を本朝に限定し（当然ながら、漢籍・聖教――これは日本で作られたものも含む――は除外されている）、律令国家の理念に沿った『本朝書籍目録』の分類・構成意識（「神事」→「帝紀」→「公事」→「政要」→「氏族」→「地理」→「類聚」→「字類」→「詩家」→「雑抄」→「和歌」→「和漢」→「管弦」→「医書」→「陰陽」→「伝記」→「官位」→「雑々」→「雑抄」→「仮名」）等から推察すれば、どこにも分類できない書物が入る場所であると一応言うことはできよう。

だが、上掲の分類と配列からも分かる通り、『古事談』を収める「雑抄」の前には「雑々」があり、そこには、「宣命譜。宣下抄。奏事。年中例奏文。寛平遺誡。嵯峨遺誡。九条右丞相遺誡」といった「公事」・「政要」・「官位」の「雑」と考えられる書物が入っている。「雑々」と「雑抄」の違いがどこにあるのか。和田英松は、「同じ種類の篇目（前田注、「雑抄」×2、「雑々」）を三篇設けたるは、いかなる意にか、或るはこの書籍目録は、始め神事より、詩歌雑抄に至る十篇となしたりしが、更に和歌、和漢以下、官位に至る七編を加へ、雑抄の編に漏れたるものを「雑々」の編として載せ、後なほ補ふべきものを以て、再び雑抄の篇を置き、新に仮名の篇目を設けて、仮名文のものを再録したるものならんか」と推測するが[11]、「雑抄」と「雑々」の概念上の区分は不明というしかない。但し、「雑々」の方が、より公的なものであることは言えそうである。「雑抄」に含まれている「房内秘書」、「伝聞故実」、「善家秘記」などは「雑々」には入りようがなかったのではないか。

そして、「雑抄」の次には、「仮名」があり、『伊勢物語』・『源氏物語』といった作り物語、鏡物、『枕草子』、説話集、仮名日記等、和田がいう「仮名文のもの」が収められているが、ここでも、仮名とは言い難い『中外抄』、『簾中抄』も入っているなど、部分的には不統一な分類意識が窺われる。要するに、『本朝書籍目録』は、「雑」関係が三つあることからも分かるように、完備した分類構成意識が希薄であるということだ。それでも、一応、「雑抄」と「仮名」を弁別する分類基準は、漢文体（記録体も含む）か仮名文かといったエクリチュールの違いにあるとは言えそうである。

とまれ、『古事談』と並んで、『掌中暦』・『江談抄』・『愚管抄』・『禁秘抄』が、鎌倉後期には、「帝紀」・「政要」・

「官位」さらに「雑々」等に収まらない儀式書・有職書を含む非仮名テクストが「雑抄」なる名称で分類・範疇化されていることは、見逃せないだろう。こうしてみると、貞成はかかる分類基準に影響されずに、半ば自由に『古事談』を読み、分類していたということが逆証されるかもしれない。

「雑抄」型分類は、万治四年（一六六一）の大火以前における禁裏の蔵書目録である大東急記念文庫蔵『禁裡御蔵書目録』になると、ある形となって形成されてきたことが推測される。(12)『古事談一二三広光卿四五六基六冊』は、本目録では「黒御擔子第五」に収められるが、(13)そこには、『日本書紀神代上下』、『皇年代記略頌』、『太子憲法付未来記徳失鏡』『禁秘抄如法封院関白』、『続古事談』、『職原抄』、『百寮訓要抄』、『百官并礼節』、『補《任》任歴名』、『富家語』、『大槐秘抄』、『秋津嶋物語』、『樵談治要』、『人丸講私記』といった書目が並んでいるからだ。ここには、いまだに何でもありの「雑抄」の性格が残存しているとはいえ、とりわけ、『禁秘抄』・『職原抄』・『百寮訓要抄』といった有職書の比率が高くなっていることは、やはり無視できない変化だろう。

田島によれば、本目録に掲載される『古事談』は、東山御文庫『古官庫歌書目録』、西尾市立図書館岩瀬文庫蔵柳原家旧蔵『官本目録』に掲載されるものと同本であり、「後土御門天皇が町広光と姉小路基綱に書写させ、三条西実隆に校合させた」ものとのことだから、(14)応仁・文明の乱で焼亡した禁裏文庫の再建を企図し実行した後土御門の集書・書写活動の一環で禁裏文庫に入ったものと推定される。その際、上記のような範疇が選択されたとすれば、室町後期には、『古事談』は、『本朝書籍目録』にあった雑多性から次第に有職書に近い範疇に移動していったのではないか。

加えて、『古事談』を載せる近世の禁裡文庫目録には、桜町天皇在位期（一七三五～一七四七）に成立したと推定される東山御文庫蔵『禁裡御蔵書目録』がある。(15)そこでは『古事談』は、『本朝書籍目録』にもあった分類である「雑々中」に置かれる（「一二・一冊、三四・一冊、五六・一冊」とあるように三冊本であった）。本目録の「雑々中」には、『延喜式』、『世俗深浅秘抄』、『江談抄』、『官職秘抄』、『二中歴』、『侍中群要』などといった書物も収められているから、内実は、大東急記念文庫蔵同名目録の範疇と実質変わらない。「雑」の世界に儀式書・有職書の比重が増してくることは、「雑」の拡大ともいえるが、いわゆるカノン化したテクスト（東山御文庫蔵『禁裡御蔵書目録』で言えば、「神祇」・「国史部類」・「律令格式」・「年中行事」など）を補完するテクストがおそらく「雑」を構成し、それらが合わさって、公事を奉行する際のレファランスや知の源泉として捉えられるようになったと考えられる。

そこから、やや飛躍に過ぎるけれども、現存の『古事談』のほとんどが近世期の写本である理由も大旨諒解されるのではなかろうか。それは、「雑」内に比重を占める有職書・儀式書に近い古事を伝えた書物として『古事談』は書写され、場合によっては、抄出・抜書（新たな古事も加わる場合があるが）されていった、ということである。そこには「古事」に対するある種の敬意があったと見做してよいだろう。

となると、『古事談』における「古事」なるものとは何かが次なる課題として浮上してくるだろう。「古事」の意味合いこそ、「雑抄」／「雑々」と「物語目録」との間を架橋するものとなるに違いないからである。

二　「古事」と「故事」の間

「古事」について、田村憲治は、平安～鎌倉初期の日記類を渉猟した結果、

「古事」は後の世の規範となるべき出来事であって、単なる古き世の出来事ではなかったのである。[16]

と定義づけた。その例として、『小右記』寛仁二年（一〇一八）三月一三日条にある、石清水臨時祭において左府生季理・時頼が馬の口を執ったことを「近代作法歟。知㆓古事㆒之人、可㆓弾指㆒乎」（大日本古記録）を批判したこ

とを上げている。

だが、『小右記』には、「世の規範となるべき出来事」ではない「古事」の用例もある（長元五年〈一〇三二〉一一月一一日条）[17]。実資は、愛娘千古のために、『小右記』による限り、計四回、河臨祓を行なっているが、その日は、前大僧正深覚が河臨祓に現れた。深覚は喉が渇いたので酒が飲みたいと所望し、酒宴となった（参加者、深覚・実資・覚空〈深覚の随身〉・藤原兼頼〈千古夫〉）。深覚は、最初に千古のところに赴き何事かをした後[18]、「両度勧レ酒、被談二染殿古事一、亦有二和哥談等一、良久談話、後被二退帰一」とあるように、飲みかつ語らって退帰している。談話の主な内容は「染殿古事」と「和歌」であった。

それでは、深覚が語った「染殿古事」とは、何のことなのだろうか。言うまでもなく、染殿后に纏わる著名な説話ではなかろう（彼女の話題はこの場ではふさわしくないし、これが出てくる脈絡もない）。そうではなく、長徳四年（九九八）九月に死去した婉子女王の「古事」のことだと思われる。というのも、染殿式部卿為平親王の女、斎院を務めた後、花山院の女御となり、その後、実資の北方になった婉子は（『本朝皇胤紹運録』、『大鏡』「師輔」）、「染殿女御」（『小右記』寛仁元年七月一一日条）と呼ばれていたからだ。父に因んだ呼称だろう。おそらく、深覚は、実資らを前にして女御の思い出話をしたのだろう。

実資自身、婉子の没後、藤原顕光の室からきた故道兼の息女との縁談を「染殿女御亡歿後深訓念不レ可レ儲レ室」と返信して断ったことがあった（同上）。婉子のことが忘れられなくて、とても後添えなど迎える気にはなれないというわけである。上記の河臨祓はその翌年のことだから、実資にとっては、深覚が立ち寄ってくれ、わざわざ婉子の古事を語ってくれたことは、特段に嬉しかったに違いない。「僧正被レ過之事以レ書謝」という記述は礼に適ったこととはいえ、「染殿古事」が強い動機になったと見てよいだろう。

この例から、「古事」には、「古き世の出来事」もあったことが諒解されよう（上記の場合は実資の個人的な思い出だが）。だからといって、「規範」の意味合いがなかったわけでもない。時代は下るが、『岡屋関白記』の寛元四年（一二四六）閏四月九日条は「古事」の両面を知る上で適例といえるものだ。

宇多御記終日拝二見之一。毎レ事殊勝、古事如レ在二眼前一。臣下得失、政道奥旨、詩歌之興、大旨在二此御記一。陽成太上皇、河原大臣等事委被レ注レ之。（大日本古記録）

終日、宇多院の日記（『宇多御記』）を読んでいた近衛兼経は、「古事」が眼前にあるようだといい、「臣下得失、政道奥旨、詩歌之興」の「大旨」は「此御記」にあるとまで語る。まさに「後の世の規範」としての役割を「宇多御記」は果たしていた。

だが、それだけでないことも、兼経は伝えてくれている。それは、陽成院や河原大臣源融についても「宇多御記」が「委被レ注レ之」という記述があるからだ。「御邪気大事」（『古事談』一・5、新大系本）のため基経によって降ろされながらも、その後長く生き続けた陽成院、陽成院の後、光孝天皇を選ぶ際に、「近々の皇胤を尋ねらるれば、融等も侍るは」（同上、他には『大鏡』「基経」）と主張したばかりか、死後、物の怪となり、河原院に御幸した宇多院の腰に抱きついた源融（『江談抄』〈前田本八五〉、『古事談』一・7）[19]、といった「規範」たりえず、強いて言えば、反面教師的役割しか果たしていない人物にも兼経が注目していること——それは「臣下得失」の「失」や「政道奥旨」に関わるものでもあろうが——は、「古事」のもつ規範に収まらない柔軟性を端的に表わしていよう。

したがって、古事には、規範と昔の出来事の両方を意味していたと考えるのが妥当だと思われる。昔の出来事の中には規範たりうるもの、教訓たりうるものもあったろうが、必ずしもそれらばかりではないだろう。そうでないものも一切合切含めて「古事」と認定されていたのではないか。

それに対して、古事と発音を同じくする「故事」の場合はどうか。藤原師輔の日記『九暦』天慶九年（九四六）四月二八日条には、このような記述がある。村上天皇即位の儀に対して、高御座に「冑二頭」を置くので持ってこいとの「大舎人寮官人」の申し出に、関白忠平は、そんな例は知らない旨を主張するが、「年々記文」によれば、官人が蔵人所で綿袋に入った「冑二頭」を高御座の東西に置くことになっているので、やむなく、そうすると、綿袋はあるものの、肝腎の「冑二頭」がない。困り果てて、その旨を奏上すると、村上天皇は、

件事専不レ見二於先帝御日記并所々日記一、若寮記文之誤歟、罷二婦《ママ》（「帰」と傍記）於寮一、而尋下問知二故事一之官人等上、慥可三指二申納処一。（大日本古記録）

という指示を発する。政事がそのまま儀式であった時代にあって、儀式の失錯は許されない。ましてや特段重みのある即位の儀である。結局、師輔が「内蔵寮から給わったもののなかに、「甲二領」があるだろう。それを大舎人寮が誤ったか」と判断し、そのように沙汰して片が付いた。

日記にある「知二故事一之官人」とは、即位の儀についての古くから伝わる規範的な知識をもつ官人のことである。そして、ここでその役割を果たしたのが師輔であった。師輔は『九条右丞相遺誡』・『九条殿年中行事』を遺しているが、『九暦』それ自体も、「父忠平の教命を継承することを目的とし、みずから儀式書を作るために、『九暦』を記し、整理していった」と指摘されているように[20]、師輔は、公事・儀式・有職についての達人であった。上記に関わって、『九条右丞相遺誡』を引いてみると、

故老と公事を知れるの者、これに相遇ひたるの時は、必ずしもその知りたるところを問へ（原漢文）[21]

とある。師輔は巻末で「常に先公（父忠平）の教を蒙り、また古賢を訪ひて、今粗事の要を知れり」と記しているくらいだから、常に「故老や公事を知れるの者」、就中、その代表である父忠平の教えを乞うていたのだろう。

ここで、『九暦』の「故事」に戻ると、本条の「故事」は規範あるいは規範性を強度にもった先例という意味内容であることが分かる。そして、これは、他の日記類においてもそのまま当て嵌まるようだ。『岡屋関白記』、貞永元年（一二三二）十月四日条は、四条天皇即位記であるが、そこでは、「宣命」の詞として

譲㆓位皇太子㆒、以㆓関白藤原朝臣（教実）㆒摂㆓行政事㆒、一如㆓忠仁公（忠平）故事㆒（大日本古記録）

とある。譲位を司るのは関白であり、それは忠仁公の故事通りであるから、藤家摂政の祖忠平の行動は規範として伝承されていたということになるだろう。また、同年（元号は寛喜四年）の改元を記した勘解由小路経光の『民経記』貞永元年四月二日条（改元部類記）は改元の意義を記した「詔書」を引用する。

非㆓啻我国之遺範㆒、便是漢朝之故事也（大日本古記録）

唐土の改元をもってきて、日本の改元を正当化する論法は、『続日本紀』延暦元年（七八二）八月己巳（十九日）条や慶滋保胤が記した「改元詔」（『本朝文粋』巻二・詔）にあるから、既に決まったパターンとなっている。事、改元に関しては、平成に至るまで漢籍から言葉を選ぶことを繰り返してきたので、唐土はその意味で「規範」である。それが上記の文言にもそのまま出ている。「我国の遺範」＝「漢朝の故事」という構図がそれである。[22]

こうしてみると、「故事」は、「古事」と異なり、意味領域がほぼ守るべき「後の世の規範」に限定されていたと見做しうる。[23]とすれば、この時、はじめて、何故に『故事談』ではなく『古事談』なのかを問うことができるはずである。それは、「規範」と「昔の出来事」を併せ持つ「古事」の集成が『古事談』というテクストの基本的性格になるということだからだ。『古事談』における連想を媒介にしながらも硬軟取り混ぜた説話の選択・配列も、この「古事」の持つ両義的性格が深く関係していると見ても、あながちに誤りとは言えまい。

ちなみに、『国書総目録』・『古典籍総合目録』によれば、「古事」と名のつくテクストで、『古事談』の以前に

は『古事記』しかなく、「故事」の名のつくテクストでは、室町期の類題集である『漢故事和歌集』が早い時期のものである。[24]

ここまできて、漸く、『古事談』の「古事」が指し示す内的世界と構成における古典的公共圏とが指し示す本稿の主題に入ることが可能となったようである。

三　理念と現実の静かな野合――「古事」と「公」秩序

周知のように、『古事談』は、巻一「王道后宮」、巻二「臣節」、巻三「僧行」、巻四「勇士」、巻五「神社仏寺」、巻六「亭宅諸道」からなっている。[25] このうち、巻一から巻四は、黒田俊雄が主張したところの「権門体制」、私の命名する「公」秩序の構成員たる「院・天皇――公家・寺家・武家」とほぼ一致する。[26] 要するに、中世における正統的な権力あるいは政治＝文化が融合した古典的公共圏を構成した権門のメンバーが『古事談』の主要部分を構成しているということだ。巻五と巻六の「亭宅」（1〜9話）は、「院・天皇――公家・寺家」のトポスを問題としており、[27]「諸道」は王朝の技芸を網羅しているから、巻五・巻六の両巻は、巻一〜四を補完する意味を持つと読むことも可能だろう。

『古事談』の構成が「公」秩序と基本的に一致することは、むろん、偶然の所産ではないはずだ。しかし、それが『古事談』の意図・狙いであったとは単純には断言できない。というのも、一三世紀初頭に成立と思われる『古事談』の時代は、本格的武家政権である鎌倉幕府も既に成立しており、「公」秩序は完成されつつあったけれども、公家・寺家・武家が文化的紐帯としての和歌や血・閨閥・主従等の人間関係ネットワークによって深く結ばれるまでには至っていない時期に当たるからである。[28]

それでも、『古事談』は、「公」秩序の完成期に相当する後嵯峨院の時代に、文化的規範たる『古今集』の構成に倣った『古今著聞集』よりも、時代の秩序観念を先取りしていたと読めないわけでない[29]。と同時に、『古事談』に遡ること約一世紀、一二世紀の四半前期ごろ、完成に至らなかったとはいえ、今ある形となった『今昔物語集』が、巻二一（欠巻）＝天皇史、巻二二＝藤原氏史、巻二三・二五＝武士・武芸、巻二四＝諸芸といった構成を有していたことは、『古事談』を考える上でもやはり無視できない重みをもつ。もっとも、震旦・本朝世界において、仏法と非仏法に世界を分節する『今昔物語集』にあっては、「僧行」に相当する巻群（＝「仏法」部）は天皇・藤原氏・武士と同一範疇に含まれないから、別の構成であるといえなくはないけれども、非仏法的世界、換言すれば、「世間」、私の言葉で言えば、「公私《おおやけわたくし》」世界を支える基本要素を天皇・貴族・武士とする秩序観念は、そのまま『古事談』に継承されたと見做してもよいのではないか[30]。

むろん、いうまでもなく、『古事談』が『今昔物語集』の構成に倣ったというのではない。『今昔物語集』は、独り歴史の中に埋もれていたから、まったくと言ってよいほど後代に影響を与えていない。そうではなく、『今昔物語集』が拠って立つ「三国観」が「和漢」と並ぶ当時の世界観であったように、天皇・貴族・武士で社会を捉える発想も、時代のいわば常識的支配観念であったと言いたいのである。それが、『古事談』においては、「僧行」を加えることによって、まさに「公」秩序ないしは権門体制と等しくなっているということだ。逆に言えば、「公」秩序とは、その完成以前に、時代の支配的秩序観念になっていたということでもある。考えてみれば、当然のことである。支配的秩序観念なるものが突然この世に現われることなど通常想定できないからである。

だが、腑に落ちない点がないでもない。それは、「王道后宮」・「臣節」・「僧行」・「勇士」という巻名の特異さである。それぞれあまり使われない、どちらかといえば、今日風に言えば個性的なネーミングである。そこで、構成と説話の中身の関係に入る前に、やや迂路を辿ることになるが、巻一「王道后宮」から巻名の意味・射程を検討してみたい。それは、そこに『古事談』の「個性」が表出しているからに他ならない。

まず、「王道」という抽象名詞と「后宮」という制度を示す普通名詞が不自然に連結されている「王道后宮」には、座りの悪さが否めない。[31]『古事談』以外には見られないタームでもある。それはともかく、「王道」は、『史記』「秦始皇本紀」に「秦王懐二貧鄙之心一、行二自奮之智一、不レ信二功臣一、不レ親二士民一、廃二王道一、立二私権一禁二文書一而酷二刑法一」とあるように、本来は、儒家における理想的な政治の謂であった。[32]日本においても、古くは、讃岐守時代の菅原道真が「客舎閑談王道事」（『菅家文草』巻四、「読二家書一有レ所レ歎」、旧大系本）と政治の中枢から外れた自分は王道の事でも談じ合うしかないと記すように、理想的（＝非現実的）な政治の意味で用いられていた。[33]それは、鎌倉期においても、関白藤原基通の上表に対する後鳥羽天皇の勅答（『猪熊関白記』、建久八年〈一一九七〉七月五日条）に「何抛三重侯之致二王道一」や東宮学士で儒者の藤原長倫が表わした表にある「匪レ徳匪レ誉、掌二機衡一兮裨二王道一」（『民経記』、貞永元年〈一二三二〉五月一七日条）とあるように、記録体ではない正式の漢文で記された文章に「王道」が表れていることからも明らかだろう。『愚管抄』で陽成院の如き問題のある天皇に逆らっても天皇を「王道ノ君ノスヂヲタガヘズマモリタテマツレ」（巻七、大系本）とするのが摂関の務めと説かれるのも同様である。[34]

次に、巻二の「臣節」はどうだろうか。これも、伊東玉美が指摘するように、儒家的な「価値観」を示す言葉である。[35]漢籍では、『後漢書』「列伝」「郅惲」伝に「為レ友報レ讎、吏之私也。奉レ法不レ阿、君之義也。虧レ君以レ生、非二臣節一也」とあるが、臣節は「君」を「虧」してはいけないのである。[36]日本においても、『日本書紀』武烈天皇紀に「十一年八月、億計天皇崩。大臣平群眞鳥臣、専擅二国政一、欲レ王二日本一。陽為二太子一営レ宮。了即自居。

觸事驕慢、都無二臣節一」（旧大系本）あるから、意味内容は変わらない。続いて、『続日本後紀』承和三年（八三六）五月甲子（廿六）条に「夫毀レ家益レ国。臣節攸レ先」（新訂増補国史大系本）がある。さらに、『菅家文草』巻一二「為二大学助教善淵朝臣永貞一請二解レ官侍一レ母表」に「将レ見二求レ忠之心於臣門一。若桑楡遂落、骸骨長帰、斂二手足形一、乃尽二臣節一而已」とあるのも、他と同様に臣下としての忠誠・義務を説いたものである。唯、日本においては、上記三例くらいしか現れない、通常使用されない語彙であることをつけ加えておきたい。それは、「王道」と並んで、儒家＝漢文世界で専ら用いられる語彙だからである。

　第三の「僧行」、第四の「勇士」となると、用例はさらに少なくなる。まず、「僧行」は、伊東が指摘する『台記』に用例があるが[37]、漢籍に通暁した頼長独自の語彙ということはできないか。精査したわけではないけれども、貴族日記類ではほとんど使われていない。他方、漢籍・仏典＝仏書では、それなりの用例数をもつ。史書では、「輔國不レ茹二葷血一、常為二僧行一」（『旧唐書』列伝、李輔国）、「除二保甲正兵外一、弓手、百姓、僧行、有レ罪軍人並聴二応募一」（『宋史』志、兵七召募之制）等があり、「僧行」には、僧としての正しい振る舞いと僧侶の意味があることが分かる。次いで、仏書では、「壊二彼童女、比丘尼戒一、令レ退二僧行一、令二其犯一レ戒。彼人身業口業意業。悪不二善行一。身壊命終。」（『正法念処経』、大正蔵一七、62b）、「雖レ在二俗服一而修二僧行一広修二仏道一」（『大乗修行菩薩行門諸経要集』、大正蔵一七、958c）、「四離二妄想一与二彼真実僧行一相応、名為二念僧一。」（慧遠『大乗義章』、大正蔵四四、710c～711a）とあるように、僧の正しい振る舞いを指すと見てよいだろう。その事情は日本の撰述の仏書でも基本的に変わらない。最澄の真撰か偽撰かで論争が絶えない『末法灯明記』に「誰得二誹レ僧無二僧行一」（天台電子仏典）という用例があり、鎮源撰『法華験記』に聖徳太子の振る舞いを回顧して「進止威儀、所行作法、悉似二僧行一」（巻上・1、思想大系本[38]）と述べるのも、僧としての正しい振る舞いを指していることは間違いないだろう。とすれば、「僧行」とは巻一の「王道」、巻二の「臣節」と同じように、身分や職種を指すというよりはむしろ、あるべき姿を示す、伊東の指摘に従えば「価値観」を示すということになろうか。もっとも、その「価値観」には儒家的なものばかりではなく、仏教的なものも含んでいるということであろう

だが、単に「価値観」ばかりとは言い切れない。そのような価値観を例証しうる人と言ってよいだろう。それを典型的に示すのが「勇士」ということになろうか。「士」が入っているから、そこに人間が含まれている。「勇士」も漢籍には多く現われる言葉である。「知者竭二其策一、愚者盡二其慮一、勇士極二其節一」（『漢書』列伝、梅福）、「又簡二華人之勇力一絶倫者、謂二之勇士一」（『隋書』志、食貨）、「臣聞見過不レ諫、非二忠臣一也。畏レ死不レ言、非二勇士一也。臣何惜二一朝之命一」（『旧唐書』列伝、蘇安恆）等を見れば、「勇士」とは「勇力」をもって死を「畏」れず、「節」を「極」める者たちのことである。蘇安恆が「忠義」に入っているように、「臣節」が文官（「臣」）の徳目だとすれば、「勇士」とは忠節の武人の謂といえようか。とはいえ、「願得二勇士二百人一、必斬レ嘉以レ報」（『史記』列伝、南越列伝）とあるから、単に強い兵を指したこともこれまた疑いえない。

日本では、「勇士」という語彙が本格的に用いられるのは、軍記物語以降である。漢文日記類には、まず現れない。それ以前では、『万葉集』に「慕レ振二勇士《ますらを》之名一歌一首」の反歌に「ますらを（大夫）は　なをしたつべし　のちのよに　ききつぐひとも　かたりつぐがね」（四一八九、新編国歌大観）があるように、勇士は「みやびを」に対する「ますらを」であった。他にも、「十一年己卯（聖武）天皇遊二狩高円野一之時、小獣泄二走都里之中一、於レ是適値二勇士一」という詞書をもった一〇三二番歌があり、天皇に生捕りしたムササビを献上する歌にも、「ますらを」（ここも歌では「大夫」）が登場する。次に、六国史では、「臣聞、出雲国有二勇士一。曰二野見宿祢一。試召二是人一、欲レ当二于蹶速一。」（『日本書紀』、垂仁紀七年七月、旧大系本は「勇士」を「いさみびと」と訓む）、「於是、遣二阿倍臣・

佐伯連・播磨直、率筑紫国舟師、衛送達国。別遣筑紫火君、（割注略）率勇士一千、衛送弥弖。」（同上、欽明紀十七年正月、旧大系は勇士を「たけきひと」と訓む）、「若有勇士。自能謀計。急為剪除者。即当重賞」（『続日本紀』、天平宝字八年（七六四）九月丙午《十二》、新大系本）が示すように、中国正史に現われる高い倫理性は表明されないけれども、最初から国家の兵であることは前提にされている（『続日本紀』は恵美押勝の乱に出てくる用例である）。用い方は、六国史が倣った中国正史と同じと考えてよいだろう。それは武芸という職能集団としての武士像や『古今集』仮名序の「猛き武人《もののふ》」とは異なる存在と捉えてよいだろう[39]。

以上、「王道」・「臣節」・「僧行」・「勇士」を検討してきた。いずれも、儒家なり仏教なりの「価値観」や高い倫理性を付帯した存在であり、「臣節」・「勇士」を見れば、それらが「王道」を具現化し支える存在であることも諒解されたであろう。「僧行」では、『法華験記』で聖徳太子の振舞いが「僧行」に似ていたとされるのは、日本における仏法の祖にして、王権においては、皇太子という仏法王法相依論をある意味で体現した存在である聖徳太子のありようを説いたもの故とはいえ、『古事談』の「王道」・「臣節」・「勇士」との関連で考えると、やはり、倫理的卓越性をもった国家を支える一つとして「僧行」が置かれていたのではないか。

となれば、「個性的」な呼称を有しながらも、巻一～巻四は、「公」秩序の理念が前景化したとは言いうる。理念としての「公」秩序が『古事談』の構成意識を支えるということは、『古事談』自体もそのような志向性を有したテクストとなるか、といえば、看板倒れとは言わないまでも、「雑」性、「古事」に纏わる両義性を前に問題にしたが、選ばれた説話を見る限り、そうだと言い切れない。そこで、時代順の配列を基本とする『古事談』巻一～四各巻の冒頭話と末尾話を選び、理念と現実の相剋という古くからある問題を改めて論じてみたい。

所謂、説話集において、天皇の説話はそれほど多くはない。ましてや、巻構成において天皇の項目を堂々と掲げるのは、『古事談』がはじめてだろう。[40]巻一「王道后宮」の冒頭話は、著名な称徳天皇の説話である。[41]新大系本の脚注に拠れば、「一話――七話は皇統物語として一連。一話は、百川による白壁王の皇嗣擁立、即ち天武・聖武皇統の終焉と天智皇統の始まりを語る説話」ということになる。実際にそう読めないことはない。だが、称徳天皇が「道鏡の陰、猶ほ不足に思し食されて、薯蕷を以て陰形を作り、之を用ゐしめ給ふ間、折れ籠る、と云々」という叙述は、その後、百川の働きで天智系の光仁天皇が即位するとはいえ、やはりあまりに露骨である。「薯蕷」という具体物を用いた表現は『古事談』しかない。『日本紀略』「百川伝」では、道鏡が「雑物」(新訂増補国史大系本)、前田家本『水鏡』では、百川が「御病ノ毒ト成セ給ベキ物、其思懸無物ヲ」(同上)と進めたとするのは、まだ幾分か称徳天皇に対する敬意が感じられると言ってよい。それが『古事談』になるとまるでない。新しい皇統の話だけにするのなら、もう少し書きようないしは抄出の仕方があったはずである。こうした行為は、三話にある「誕生の後纔かに九ヶ月なり」において、『三代実録』・『大鏡』裏書にない「纔」をわざわざ加筆したことにも通じよう。つまり、わざわざこの話題を出しているのだ。

それならば、猟奇がかった暴露趣味もしくは反国家的主義かといえば、そうではないだろう。一話には、引用された『続日本紀』以外に、登場人物の動機を倫理的かつ法的に判断するといった叙述は「道鏡が奸計」しか記されていない。たんたんと事実とされるものをそのまま叙述しているだけであり、称徳天皇についても、崩御の原因と履歴が記されるに過ぎないのだ。そこから、どうやら悪いのは道鏡となっているようだが、だからといって、道鏡即位を潰した功臣百川への賛辞もない。あるのは、からっとした印象さえ抱く事実の並列的列挙である。そこから見えるのは、皇統交替の「古事」と赤裸々な事実を伝える「古事」とが混淆し、価値などがどこかにいってしまった世界ではないか。

巻一の末尾話（九九話）は時代順を外して白河院の話である。白河院は、自分を「文王」と呼び、その理由は「稽古の大才」によるものではなく、大江匡房を「抽賞」したからだという。それはよいが、脚注が指摘するように、匡房に「文王」と称されたのは、白河院ではなく息子の堀河院である。本話は出典が明らかではないが、「王道后宮」を締めくくる説話がフェイクであるということは、何を意味しているのだろうか。また、どうして最後に白河院を半ば強引にもってきたのだろうか。

まず言えることは、この話がフェイクであると、編者顕兼が考えていなかった可能性があることである。だが、八二話で白河院の扈従の臣源師房が記した和歌序は、国成に「詩序に似たり」と言われた話を載せているので、文王の人を見る目もやや疑いが残る。ともあれ、このように白河院が自覚していたと考えて、次に、それをよりによって末尾に入れたのは、「文」を尊ぶ中国の「王道」に適しくした、とは一応いえる。しかし、白河院は「稽古の大才」がない文王であったこと、巻二に収められているが、五三話の賢子中宮、五四話の待賢門院の説話から現われる逸脱ぶりなどを考え合わせると、浅見和彦が指摘する、「伝統意識、尚古思想、先例主義といったものに凝り固まった強硬性（カタレプティーク）の頭脳ではとてもできないまね」ができる顕兼という存在が浮かんでくるが[42]、反面、フェイクとしての伝統主義を枠組みとして使うしたたかな人間だったのではなかろうか。

巻二「臣節」の冒頭話も、臣下にとって名誉な話ではなかろう。藤原忠平がもっていた「ひたまゆ」という檳榔毛車は、忠実の時に、共に参議になった実行と実衡が所望し、忠実は実衡に内々で譲られることになっていたが、実行は黙っていない。拝賀の日に、「無双」の京童部らを使って「ひたまゆ」を奪い返してしまう。そして、そのまま、実行の子、公教に相伝された。ところが、父より早く死去した公教の葬儀において、葬列は毛車で行なうという遺言によってかの「ひたまゆ」を取り寄せたところ、実行が反対し、別の車になった。公教の子孫たちは、葬儀用に取り寄せた車だからといって棄て置いた。今は仁和寺西院にあるとのこと。

実行が息子公教の遺言を破ってまで葬列の車に「ひたまゆ」を用いなかったのは、忠平の車の価値を下げないためだろう。しかし、当の息子が葬列用にと遺言する。また、子孫たちにも葬列用の車という認識しかないから捨て置かれる。実行から公教へ相伝される過程で「ひたまゆ」はすっかり意味内容を変えられてしまっていた。力ずくで実衡から車を奪った実行の行動は、子孫によって簡単に相対化されてしまう。こんな話が「臣節」の冒頭なのである。

それでは、末尾話（九六話）はどうかといえば、これも「臣節」とは言い難い。藤原惟成が「花の逍遥」で用意し、「人々」の「歓声喧々」であった「長櫃に飯二、外居に鶏子一、折櫃に擣塩一杯」は妻が「下髪」を売って手にしたものだったという話だからである。賢婦伝とは言えようが、妻はその後、業舒の妻となるとする叙述は何であろうか。惟成は花山院の退位と共に出家したから、妻の再婚は、夫の出家後となるだろうが、髪を売っても「敢へて歎き愁ふる気無く常に咲む」で終えずに、再婚を記し、妻の子孫まで記すのは、話が夫惟成から妻に移っていることを示していよう。即ち、夫の「臣節」＝出家は描かれず、妻の内助の功ぶりとその後を描くことは、既に「臣節」のテーマが空洞化していることを物語ってはいないか。

巻三「僧行」はどうか。冒頭話は、七大寺筆頭の東大寺建立話であり、東大寺の寺格からいってこの位置は問題がない[43]。しかし、話の内容は寺格や僧行にはそぐわないものである。大仏殿を作るに際して、金鐘行者（良弁）の所領と辛国行者の所領が大仏殿の予定地を東西に割いていた。辛国は、公家に対して、二人を験競べすることを提案し、実施したところ、敗れた。以後、辛国は「寺の敵と為り、度々此の寺の仏法を魔滅せむとし」たという。辛国の論理は、僧の験徳によって、帰依が決まるというものだったが、その具体的手段が験競べであった。

事の発端から、金鐘に対して嫉妬を抱いて、敗れた後はさらにそれが酷くなっているのだから、「僧行」もなにもあったものではないが、『古事談』はこの話を、「此の事慥かなる所見無しと雖も、古老の申し伝ふる所なり」と捉えている。(44) とすれば、これは「古老」が語った「古事」であり、「慥かなる所無し」は別段どうでもいいということだろう。しかし、これが「僧行」――験競べも僧行とは言えるが――の実態なのである。

末尾話(一〇八話)の主人公も褒められたものではない。修行僧が武蔵国に落ち着いて、法華経などを時々読んではいたが、国人と双六をして大敗し、自分の身までも賭物にしてしまった。買った男はその僧を奥州に連れて行き、馬と交換しようとしたが、熊谷入道(直実)が広めた一向専修の僧徒が救いの手を差し伸べた。しかし、僧徒たちが、負けた僧に「救ってやるのだから、今後は法華経を捨てて一向専修をせよ」と主張したことを負けた僧は「法華経を棄てることはできない」と拒絶し、最初の約束どおり、奥州に連れて行かれたという。

この話は、法華経を最後まで棄てなかった意味で、「僧行」に適しい。しかし、負けた僧は、双六で己が身まで賭物にし、法華経も「時々読」んでいたに過ぎないように、「僧行」に適しいとはいえない、ある種の破戒僧なのである。最後は、救済を申し出た一向専修の僧徒たちとも信仰対象を変えることで折り合いがつかず対立する。むろん、同法を増やそうとする一向専修の側も、折伏的な方法であり、「僧行」に違いなかろうが、宗派対立を超えていない。これらから感じられるのは、冒頭話の験競べもそうだが、相対的な現実世界を抜け出る、それから身を引くといった「僧行」ではなく、それに寄り添っており、そこから、仏教の卓越性を験力以外では感じることは不可能である。だが、これが「僧行」の実態なのである。

最後の巻四「勇士」は、勇士と思われる源満仲の家に強盗が入った話である。ところが、満仲に「射留」められた下手人の一人倉橋弘重の証言により、主犯は、醍醐天皇の孫、中務卿親王の二男親繁王と宮内丞中臣良村、土佐権守源蕃基の男、紀近輔であったことによって、話がややこしくなる。なんのことはない。皇族と中級貴族がこともあろうに満仲の家に押し入ったということであった。最終的には勅命が出て、親繁王を出頭させないと親王を罰す、王は家の外に出て召し取れとなり、ここで話は終わっているが、どこに「勇士」がいるのだろうか。「勇士」満仲が主人公であり、強盗の一人を捕まえてはいるが、痢病と称して出頭しない親繁王、成子内親王の家内で「捕獲」される近輔など、見る限り、どこにも「勇士」の本来性など見当たらない。主犯の親繁にしても親王家の威光を笠にして逮捕を逃れようとしているつまらない人間に過ぎない。おそらく、親繁が悪い仲間を誘って、裕福な満仲邸に押し入ったというのが事の真相だろうが、皇族も落ちたものである。その意味で、弘重を捕え、その後、これをきちんと捜査されるに任せた満仲は、単なる被害者とはいえ、一等まっとうな人間であると言えようか。

巻四の末尾話（二九話）の主人公桂林房上座覚朝は「勇士」とはいえ、武士ではない。熊野別当湛増のもとにいた大衆（僧兵）である。それでも「武勇の器量、等倫に勝」れ、「相伝去り難き者」とあるから、別当三代に仕えた、いわば、別当直属の武士である。ところが、五十歳を越えて、称名念仏に打ち込み、弓箭を棄てた。そして、別当快実が放った刺客二人に殺されたのである。絶命するまで「南無阿弥陀仏」を唱え続けていたというから、覚朝の信仰（＝僧行）は本物だったのだろう。

だが、この話は、かつての武勇の士がある種の回心をして熱心な信仰者になり、最後まで信仰を棄てなかったという話であろうが、決して勇士の話ではない。また、かつての直属の士がどうして主君快実に殺されなければならないのか、疑問も多い。『古事談』は、「熊野河の習ひ、指せる事無しと雖も、人を殺す事此くの如し」と済まして話を閉じているけれども、日常的に殺人が行なわれかねない熊野では、弓箭を棄てた覚朝などは不要の、あるいは邪魔な存在と見做されるのか、そのあたりは分からないが、殺人者としての勇士として生きることしかできないのが熊野というところだろうか。そこには理念としての「勇士」など存在しないと言ってよい。

以上、巻一～巻四までの冒頭話と末尾話を検討してきた。単なる摘み食いとの誹りは甘んじて受けるが、ここから諒解されるのは、「王道后宮」・「臣節」・「僧行」・「勇士」という理念と実際に収められている説話が伝える現実との想像を超えたギャップの大きさである。しかも、抄出を語りの方法とする『古事談』は、中国の正史や日本の『平家物語』・『太平記』のように、人物を全く美化したり合理化したりしない。「……と云々」と抄出内容を並列させるだけである。一話の中に断片的「古事」が多くの場合複数集積され、解釈は読者に委ねられるが、そこにある情報は、出典・依拠資料に基づき、それを切り取ってきたもの（＝抄出）であり、ある面、「事実」を伝えている。切り取り方も、決して巻の理念に沿うようにはなっていない。一話一話、単独の関心によって切り取られているといってよい。故に、高邁な理念を掲げながらも、実態は、上記に見たように、平安期のある種の現実をそのまま映し出したものとなったのだ。

だが、こうした理念と現実とが無矛盾に野合している様がまさに『古事談』が描かんとした「古事」の総体ではなかったか。それはこういうことである。歴史上の逸話・事件・出来事等は、日記・文書・口伝などで断片的に蓄積される。いずれも過去のことに属し、そこには書き手の主観が入っているけれども、一応、裸の現実が無秩序のまま曝されているといってよい。そうした断片を整理するとなると、類聚本系『江談抄』のようにするのが通常だろう。『古事談』もその一つであると言ってよい。『古事談』が採用したのは、六巻仕立てにして[45]、その中核（巻一～四）には、院・天皇――公家・武家・寺家を置き、それぞれ、ご大層な理念が表象される巻名を冠したということだ。それでは、『古事談』は理念を信じていないのか、むろん、最初からフェイクやアイロニーで巻名をつけるほど、顕兼は近代人ではないので、そんなことはないだろう。しかし、信じ切っているというのとも異なるだろう。ならば何か。巻名は巻名、説話は説話で別段矛盾を感じなかったということではないか。要するに、深い意図がそこにあったかどうかはともかく、「古事」という断片を原則として時代順に並べる。それらを読めば読むほど、理想の王国などは絵空事に過ぎず、嫉妬・怨念・見得・怯懦・無謀な欲望等に支配された人間模様が繰り返し描かれているばかりである。しかし、これとて、両義性をもった「古事」の世界であることもこれまた間違いないのである。

ここで、理念と現実とをなんとか帳尻を合わせようとした『古今著聞集』と比べてみると、巻構成しかもたない『古事談』の深い意図が浮かんでくるように思われてならない。説話群を巻に分類し、そこに収める説話やその配置も終わった。それぞれの説話が表象する世界については、それなりの意見や感慨もある。しかし、それら全体を統御する建前の言説＝序文を『古事談』は最後まで書くことができなかったのである。その理由は、巻名と現実の野合の実態を統括する新たな理念をもてなかったからだろう。それならばそのまま放り出すに如かず、となったのではないか。それが編者名も出さないという匿名性（これは本来仮名文の世界だ）にも結果したと考えるのは穿ち過ぎだろうか。

最後に、こうして、『古事談』は多様な「古事」を収めた貯蔵庫となった。後はどのように読むかは勝手である。それなりに役に立つ情報がそこにはあるからだ。その時、編者顕兼が何を思っていたか。理念に殉じようと思っていなかったことだけは確かだろう。

注

（1）『図書寮叢刊　看聞日記紙背文書・別記』（養徳社、一九六五年）による。これについては、飯倉晴武「室町時代の貴族と古典」〈飯倉論文1〉・「中・近世公家文庫の内容と伝来」〈飯倉論文2〉（共に『日本中世の政治と史料』、吉川弘文館、二〇〇三年に所収）参照。

（2）「禁裏文庫周辺の『古事談』と『古事談』逸文」（『新日本古典文学大系』月報100、二〇〇五年）

（3）飯倉論文2によれば、持明院統の蔵書が伏見宮家に伝来したのは、後光厳院は正嫡として崇光天皇に文庫も譲ったが、その後、崇光の皇統に皇位が伝わらず、崇光の孫である貞成親王の伝来したことによるようである。貞成が新御所を建ててもらったお礼として、永享七年（一四三五）八月に「伏見院以来相伝」（『看聞日記』）の『玉葉集』を足利義教に進上したが、これも一四五「即成院預置文目録」にある「玉葉中書続千載□加納之」であったに違いない。

（4）前掲飯倉論文1は『応永記』という。

（5）源具氏（一二三二〜一二七五、正三位　参議左中将）の仮名日記だろうか（散佚）。具氏は『弘安源氏論義』を著した具顕の父。歌人であり、『続古今』・『続拾遺』・『新後撰』・『玉葉』・『続後拾遺』・『新千載』・『新拾遺』・『新後拾遺』に計一七首入集している。

（6）本書も逸書であり、内容は分からないが、これ以前に准后で南都下向をしている人物には、二条良基と足利義満がいる（至徳二年・一三八五、八月二八日、両人は共に南都に下向した）。小川剛生『二条良基研究』（笠間書院、二〇〇五年）によれば、「良基は、「南都下向記」の如き著作を遺したらしい」というから、本書もその可能性がないわけではない。

（7）前掲飯倉論文によれば、『実隆公記』文明七年（一四七五）に実隆は後土御門院に召されて、『散ぬ桜』（「知良奴桜」）を読み、「上下催感涙了」となったという。現在は逸書である。『国書総目録』には『ちらぬはな』（和歌　写本　大阪府所蔵、未見）があるが、和歌とあるから別の本だろう。

（8）貞成は、飯倉論文1も説くように、書写を依頼されて、宮家には完本がなく、世尊寺行豊から借りて読んでいるようだから、『源氏物語』をもっていなかった（「源氏本悉不ㇾ所持ㇾ之間、行豊朝臣所持之本少々借用」応永二六年五月二十日条）。

（9）飯倉論文1も「この目録（前田注「物語目録」）は現物点検のためか、あるいは親王が読まれたか、読もうとされたものか、『御記』にも記載がなく、作成理由は不明である」とする。

（10）『古事談』の編者を顕兼と知らせたことで著名である。元々は編者不明だったということだ。そのせいか、序文も跋文もない。『本朝書籍目録』自体については、和田英松『本朝書籍目録考證』（明治書院、一九三六年）によれば、「弘安の末、若しくは、正応の始の頃、数年の間に編製したるものとすべきが如し」とし、一二八六〜一二九一年の間となる。飯田瑞穂「本朝書籍目録」（『国史大辞典』）もこれに従っており、今のところ、和田の見解を覆す説は出ていない。

（11）和田前掲書

（12）『禁裏御蔵書目録』（『大東急記念文庫　善本叢刊　第十二巻　書目集二』、汲古書院、一九七七年）。本目録は、田島「『禁裡御蔵書目録』の影印本と原本——『大東急記念文庫善本叢刊　書目集』を例に——」（『汲古』48、二〇〇五年）によれば、菊亭家の旧蔵書で、慶安二年（一六二九）に作成され、同三・四年にかけて補筆されているという。

（13）山崎誠「禁裡御蔵書目録考證稿（一）『桂宮御蔵書目録』（翻刻）」（『調査研究報告』9、国文学研究資料館、一九八八）は、これを「史書・有職等」と分類する。

（14）田島注（2）論文、田島が引く山崎「禁裡御蔵書目録考證稿（三）」（『研究調査報告』11、一九九〇）によれば、「実隆公記明応二年六月十日禁裡本校合のこと見ゆ」とある。

（15）山崎「禁裡御蔵書目録考證稿（四）」（『調査研究報告』17、一九九六年）に全文翻刻があり、これに従う。

（16）田村『言談と説話の研究』（第四章『古事談』、清文堂、一九九五年）

（17）用例検索には、東京大学史料編纂所のデータベースを用いた。

（18）大日本古記録『小右記』では、「被□□」となっており、（護身カ）と傍書される。祓を行なうのは陰陽師であるから、愛娘千古のために安穏を祈ったくらいのことをしたのだろう。

（19）『古事談』は諸本「霊物忽抱法皇御腰、半死御坐（天理本・座）」とするが、ここは、『河海抄』の「霊物《レイモツ》抱二御息所御腰《ヲ》一半死《ハヌ》」（『紫明抄・河海抄』、角川書店、一九六八年、底本は天理図書館本）の方が、「欲レ賜二宮寸どころ一」と言った融の行動の記述としては筋が通っている。新大系の脚注は、『河海抄』の方に「文脈に最も適切のようだが」とするものの、「逆に源氏物語・夕顔の、物の怪が「御かたはらの人（夕顔）をかき起こさむとす」に影響を受けた表現か」とする。真相は不明ながら、原型は『河海抄』の方にあったと思いたい。なお、別系統の類話に類話は『今昔物語集』二七・2、『宇治拾遺物語』一五一、『古本説話集』上・二七がある。

（20）大津透『道長と宮廷社会』（講談社、日本の歴史06、二〇〇一年）。

（21）岩波思想大系『古代政治社会思想』、一九七九年に拠る。

（22）「遺範」という言葉は、漢籍では、『晋書』巻二二・志「武皇帝採二漢魏之遺範一」等が見られる（二五史の本文は台湾中央研究院のデータベースに基づく）。

（23）漢籍においては、「故事」と「古事」の差異について述べると（用例は二五史を見る限り圧倒的に「故事」が多い）、「竊従下長老好二故事一者上取二其封策一書、編二列其事一而伝レ之」（『史記』世家・巻六三王世家第三〇）。「百年之間、天下遺文古事靡不レ畢集二太史公一」（『史記』列伝・巻一三〇太史公自序第七〇）とあるように、だいたい近いけれども、「遺文古事」は規範性よりも情報を重視した意味合いと取れそうである。この点では日本と変わらない。

（24）この書名や『民経記』の用例からも、「故事」は漢籍のイメージが纏わりつく。規範性とこれは深いところで繋がっているのではないか。

（25）全体の構成については、伊東玉美『院政期説話集の研究』（武蔵野書院、一九九六年）参照。

（26）黒田俊雄「中世の国家と天皇」（『岩波講座　日本歴史』中世2、一九六三年）、同「中世における顕密体制の展開」（『日本中世の国家と宗教』、岩波書店、一九七五年)、共に『黒田俊雄著作集』第一巻・第二巻(法藏館、一九九四年)に再収。拙稿「院政期の政治神学」(『院政期文化論集　第一巻　権力と文化』、森話社、二〇〇一年、拙著『記憶の帝国【終わった時代】の古典論』、右文書院、二〇〇四年に再収)、拙稿「日本意識の表象――日本・我国の風俗・「公」秩序」(渡部泰明編『和歌をひらく　第一巻　和歌の力』、岩波書店、二〇〇五年)参照。黒田説では、文化部門が欠落するために、私は「公」秩序と命名することにした。

(27) 小島孝之「王権のトポロジー」(『論集　中世の文学散文篇』久保田淳編集、明治書院、一九九四年)は巻六「亭宅」の分析を通して「『古事談』の並べた亭宅を、その所有者でみれば、師輔――兼家――頼通――師実であり、とりもなおさず、摂関家の末流、なかんづく兼家流の系譜上の人々である。『古事談』の説話を追うと、彼ら兼家流が王権を掌握する過程を、聖なるトポスの獲得を通して神意を実現する過程として把握していることを示している」と捉える。

(28) 勅撰集で言えば、後嵯峨院時代の『続古今集』あたりから、公家・寺家・武家は和歌を通して文化的に融合するようになると思われる。武家については、拙稿二〇〇五年参照。

(29) 拙稿「憧憬と肯定の迫で――『古今著聞集』における京と後嵯峨院政」(前掲拙著所収)参照。

(30) 拙稿「「ひとり」という形式」、前掲拙著所収、同「〈古代〉=「聖の時代」再考――今昔物語集本朝「世俗部」の破綻をめぐって――」『説話論集』一二集、清文堂、二〇〇三年所収)参照。

(31) 伊東前掲書は「后宮」の説話もあるとするが、川端善明は「天皇があれば、皇后の沿うのも言葉として一つの修飾である」とし、「后宮の話も」「読み方によってかなりそれを読むこともできる」とする。とはいえ、異和感は否めないだろう。

(32) 益田勝実「古事談鑑賞　三「政治力の憧憬(二)」」(『国文学解釈と鑑賞』一九六五年七月)、伊東玉美「『古事談』巻二臣節・巻三僧行の構成」(前掲書)参照。ちなみに、近代の用例だが、藤田嗣治が描いた戦争画『サイパン島同胞臣節を全うす』は、サイパン島で最後まで捕虜を拒んで玉砕した軍民の行動を「臣節」としており、興味を惹く。

（33）桑原朝子『平安朝の漢詩と「法」　文人貴族の貴族制構想の成立と挫折』（東大出版会、二〇〇五年）は、讃岐時代の道真を「「詩人」である自らのような文人貴族自身が積極的に政治に関わり、これを主導してゆくという体制を構想し始めたといえる」とする。「王道事」がそれであるかは分からないが、注視すべき視点だろう。

（34）『保元物語』下巻で、崇徳院が「位を争ひ国を競て、兄弟合戦をいたし、叔父甥軍を起例多かりけれ共、昔も今も習有なれども、時移事去て、罪を謝し科を宥らるゝ、王道の恵、無辺の情也」（旧大系・金刀比羅本）と嘆くが、ここでは、慈悲深い政治のあり方を王道と称しており、意味内容がやや擦れてきており、注目される。

（35）伊東前掲論文

（36）「不レ虧二君命一、得レ死為レ幸」（『北史』「列伝」徐招）「虧二君道一」（『旧唐書』「列伝」魏徴）といった例が見られる。

（37）伊東前掲論文

（38）『三宝絵』では、「ヨソヲヒミナ僧ニ、タマヘリ」（新大系）とする。『日本往生極楽記』や『聖徳太子伝暦』にはこの文言はない。

（39）武士の形成過程や武士像の変遷については、武士が貴族から分化したと説いた高橋昌明『武士の成立　武士像の創出』（東大出版会、一九九九年）が研究の到達点を示している。武士論に諸説整理については、元木泰雄「武士論研究の現状と課題」（『日本史研究』421、一九九七年九月）がある。

（40）『今昔物語集』は巻二一が天皇を扱った巻だと推定されており、その推定は妥当性が高いものの、結局、欠巻となっている。その理由については、小峯和明『今昔物語集の形成と構造』（笠間書院、一九八五年）、拙著『今昔物語集の世界構想』（笠間書院、一九九九年）参照。

（41）本話については、最も詳しい分析を施したのは、田中貴子『〈悪女〉論』（紀伊国屋書店、一九九二年）だろう。

（42）「古事談のなりたち」（『説話と伝承の中世圏』、若草書房、一九九七年）

（43）『類聚三代格』「十大寺」、『延喜式』「十五大寺」、『二中歴』「七大寺」でいずれも東大寺が筆頭に置かれる。『今昔物語集』巻一一もそうなっている。

(44)『東大寺要録』は「但此事不レ見二本文一」・『建久御巡礼記』は「此事云伝ドモ不レ見二本文一」とする。

(45)「六」という数字は、「六義」や「春夏秋冬恋雑」の歌集の部立とどこかで繋がっているのかもしれない。

第三編

古事談からの史的展開

保立道久

藤原教通と武家源氏
――『古事談』の説話から

一　後朱雀と教通（『古事談』一巻五一話）

寛徳二年二月の比、白鳥有り。羽長四尺計り、身長三尺、侍従池西七条と云々、に来たり住む。件の鳥の鳴く詞に、「有飯、無菜」と云々。
（『古事談』一巻五一話）

寛徳二年二月、つまり一〇四五年の二月は、後朱雀院の死去の翌月にあたる。危篤状態に入った後朱雀は一月一六日に皇太子親仁親王（後冷泉）に譲位し、その翌々日、一八日に死去し、二一日に火葬にふされている。この時間経過からして、この白鳥の恠異が、後朱雀の死に関わる噂話をあらわしていることは疑いない。

まず重要なのは、白鳥であろう。白鳥とは一般に白い鳥を示すが、「羽長四尺計り、身長三尺」というから、これは大白鳥である。鶴ではないし、コウノトリは鳴かない。白鳥はヤマトタケルのことを想起するまでもなく、高貴なる身分のものの聖霊を示す。それ故に、この白鳥は後朱雀の化身であったということになり、この白鳥の鳴き声が後朱雀の言葉であると考えられたといってよいだろう。白鳥の鳴き声は大きく騒がしいが、聞きようによって「ウーハン、ムーサイ」などと聞こえたのであろうか。

問題は、この「有飯、無菜」という鳴き声の意味であるが、これは天皇の死去・譲位に関わる慣例あるいは儀礼の調査によって、意外と簡単に知ることができる。つまり、『皇室制度史料』（太上天皇一）の第二章「太上天皇の待遇」）には「太上天皇の勅旨田」という項目が立項されており、そこには、次のような記事が蒐集・掲載されている。

「上皇脱屣之後、（中略）別納供御飯勅旨田地子、御菜御封物」（『西宮記』巻八院宮事）

つまり、天皇が譲位して太上天皇の尊号をうるとともに、上皇の封戸と勅旨田が設定される。[1]『皇室制度史料』の解説によれば、ほぼ一〇世紀には、このような封戸と勅旨田の設定が慣例となっているという。これによって白鳥の鳴き声は、「飯（勅旨田）はあるが、菜（封物）をもっていない」という後朱雀の嘆きを表現するものであったことがわかる。[2]

もちろん、これは『古事談』の伝える伝承であって、それが歴史的な事実であるかどうかはわからない。そもそも後朱雀は、譲位と同時に太上天皇の尊号をうけたとはいえ、その直後に死去しており、実際に勅旨田の設定が行われたかどうかは明証がなく、「後朱雀院勅旨田」の存在を示す史料も知られていない。しかし、坂本賞三の論文によれば、後一条院の場合も容態が急であって太上天皇の尊号が奉上されなかったが、後一条は死去直前に勅旨田の設定を自身で望んだらしく、実際に「後一条院勅旨田」が設定されていたという。[3]後朱雀についても勅旨田が設定されていた可能性は高いのではないだろうか。この『古事談』の説話を、後朱雀の勅旨田設定に関する傍証史料として扱うことは許されるだろう。

残った問題は、後朱雀の場合は勅旨田の設定は行われたが、封物が設定されなかったという、この白鳥の鳴き声の示唆は事実かどうか、事実であったとすると、なぜ片方だけになったのか、その意味をどう考えるかということになる。しかし、残念ながら、これについては現在のところ確たることをいうことはできない。

本稿ではむしろ、『新日本古典文学大系』の解説が述べるように、白鳥が来住した「侍従池」が、この時、内大臣藤原教通の所領であったことを論じたい。この池は、右京七条にあったが、『朝野群載』（巻廿一）に載る一〇四四年（長久五）六月十一日の「権中納言藤原信家家牒」（侍従池領地紛失状）によれば、侍従池の地は「八条大将家」（藤原保忠）―「三条太政大臣家」（藤原頼忠）―「入道大納言家」（藤原公任）―「内大臣家」（藤原教通）―「権中納言家」（藤原信家）と伝領されたものである。藤原保忠（時平子）―藤原頼忠（母が時平娘）―藤原公任（頼忠子）という伝領の経過は、時平流や実頼流など、一時隆盛しながらも摂関家の傍流となっていった家系の所領が、教通の許に流れ込んでいったことを示す点で興味深い。教通の実力を考える上では無視できない問題である。

後朱雀と教通の関係は深かった。つまり一〇一七年（寛仁元）八月九日、後朱雀が皇太子となった時に、教通はその東宮太夫となっている（治安元年七月廿五日、任大臣により退任。『東宮坊官補任』）。両者の関係は、たとえば後朱雀が、その晩年、頼通の愁悶を無視して教通の娘の生子を女御にむかえたことにも現れている（『藤原資房日記』長暦三年十二月）。後朱雀と教通の関係についてはさらに考証すべきことも多いが、ともかくも、以上を勘案すると、後朱雀の霊を象徴する白鳥が侍従池に降り立ったというのは、教通が後朱雀の没後、その関係者を支持する立場にあったことを示唆しているといってよい。もちろん、勅旨田などは後朱雀の子孫に分譲されるのであるが、その経営などにも教通が必要な援助をしたと考えてよいであろう。

二　俊房と義家（『古事談』四巻一八話）

義家、陸奥前司の比、常に左府堀川に参りて囲碁を打つ。相ひ具する所、小雑色只だ一人なり。太刀を持ちて中門内の唐井敷に有り。或る日、寝殿において囲碁の間、忽ちに追ひ入るる事有り。犯人刀を抜きて南庭を走り通る間、前司云はく、「義家が候ぞ。罷り留まれ」と云々。此の言を聞き入れず、猶ほ留まらざる時、「それ候ふ由、申せ、やれ」と云々。其の時、小雑色云はく、「八幡殿のおはしますぞ。罷り留まれ」と云々。此の言を聞きて忽ちに留まり居り、刀を投げ畢んぬ。仍りて件の小雑色捕へ得畢んぬ。此の間、近辺の小屋に隠れ居たりける郎等四五十人許り出で来たりて、件の犯人を相ひ具して将て去り了んぬ。日来一切武士等、人に見えざる所なり。

（『古事談』四巻一八話）

この説話の背景については、以前、拙著『平安王朝』で簡単に論じたことがある。[4] それを要約すると、まず義家が俊房の邸宅に出入りしていたのが何年頃のことかは確定できないが、『古事談』が「陸奥前司」といっているのをとれば、一〇八八年（寛治二）、前年に後三年合戦が終了し、恩賞や転任のないまま、義家が陸奥守を退任し、その後任として藤原基家が陸奥守に補任されて以降、一一〇六年（嘉承一）の義家の死去までのこととなる。この間、約二〇年弱の間、義家は新たな官職につくことがなかったのである。

問題は、この時期、とくに前半の一〇年の間の王権の不安定性にある。つまり一〇八五年（応徳二）、皇太子実仁の死去をみた白河天皇は、翌一〇八六年（応徳三）、譲位して、まだ八歳の息子堀河を即位させた。しかし、白河の父、後三条が院政を開始した素意は、白河を王位につけると同時に、その皇太子に梅壺女御・基子から生まれた実仁を立太子させることにあった。後三条は、陽明門院禎子と同じく三条天皇の血をひく基子所生の男子、実仁、そして実仁に万が一のことがあった場合は、その弟の輔仁が自己の王統の完成者となることを期待したのである。白河の譲位が、その後三条の遺志を無視したものであったことは疑いない。そのため、この時期、『愚管抄』『今鏡』などの代表的な歴史書・歴史物語が「（白河が）位の時、三宮輔仁をおそれ給」、「御中らひはよくもをはしまさざりし」と伝える状況が発生した。

そういう中で、一〇九六年（嘉保三）、白河が賢子腹の女子、郁芳門院媞子《やすこ》の死去のショックによって出家し、そのしばらく後に、堀河が重病となるという事件が発生した。この年は、有名な永長大田楽の年であるが、戸田芳実によれば、大田楽が「凶事」となり、逆に都市住民の行動スタイルとなったのは、大田楽の後に、これらの事件が連続したためであるという[5]。

この時、堀河は一八歳になっていたが、まだ息子はない。ここに、白河王統の断絶が予測される中で、「天下、心を三宮（輔仁）に帰す」という情況が発生し、白河自身もいざという場合は、重祚する意思をもらしたという（『藤原頼長日記』康治一年五月）。この時、輔仁は二四歳。そして、廟堂の側で輔仁の即位を待望する立場にあったのが、源俊房であった。俊房の父・師房は実仁の皇太弟傅で、俊房の妻は輔仁の母の基子の姉妹。さらに俊房の周囲では、異母弟師忠が娘を輔仁に嫁入らせており、その間には、やや後れて、一一〇三年（康和五）、花園左大臣源有仁が生まれている。他方、源義家も、娘を輔仁の許に（おそらく女房として）捧げ、輔仁は、彼女との間に、後に園城寺の僧侶になった男子、法眼行恵を儲けている（『尊卑分脈』第三巻、後三条源氏。なお「鶴岡八幡宮社務次第」『鶴岡叢書』第二輯には異説もある）。俊房と義家の関係は、明らかに輔仁王がらみであったのである。

以下、義家を中心に武家源氏の状況を確認するが、まず義家が輔仁のところに娘を入れたのは、父・頼義が、生涯、小一条院の懐刀として奉仕したことを抜きには考えられない。小一条院と頼義の関係について、後に白河院が「小一条院は、世のおこの人にてありけるが（世間から軽んじられていたが）、頼義を身を放たでもたりけるが、きはめてうるせく覚ゆる也」と語っていることはよく知られている（『古今著聞集　武勇』）。頼義は小一条院の死去後も小一条院の系統の王族に奉仕していたろうし、その関係は義家にも引き継がれたはずである。『古事談』（四巻一七話）が伝えるところによれば、頼義と義家は相互の性格を熟知し、理解しあっていたようであって、武家の父子としては珍しく仲がよかったように思われる。

『平安王朝』でも述べたように、頼信―頼義―義家と続いた源家の嫡流は冷泉天皇―三条天皇―皇太子敦明（小一条院）への奉仕を貫いていた。それ故に、三条天皇―その娘陽明門院禎子（後朱雀の妻）の血脈をうける後三条の治世は、彼等にとっては待望の時節の到来を意味する。後三条執政期において、義家は父祖にならって、小一条院―基平―梅壺女御基子への奉仕の伝統を踏襲したに違いない。この結果が、輔仁に娘を奉仕させるという結果をもたらしたのである。義家娘所生の男子、後の法眼行恵の生年は不明であるが、この婚姻が輔仁の地位が強い注目をあびてからのこととは考えにくいとすれば、相当早く、堀川が重病に陥った問題の時期、一〇九六年（嘉保三）の前には誕生していた可能性があろう。

私見では、義家が一〇八七年（寛治一）に終息した後三年合戦において恩賞の沙汰なしに終わり、全体として冷や飯を食わされた理由は、実は、以上の経過にあった。義家の受領功過に問題があるなどの様々なもっともらしい理由のみで事態を理解すべきではなかろう。そして、一〇九一年（寛治五）六月十一日、義家が弟の義綱と京都であわや「王城の中、合戦」に及ぼうとしたという騒動も、それらの背景抜きには理解できないのではないだろうか。もちろん、その直接の理由は、翌日の会議を記録した『百錬抄』に「藤原実清と清原則清と河内国領所を相論するの間」、義家と義綱が権威をかけて争ったとあり、『後二条師通記』にも「僕従之事」「領所事」とあるように、郎等の所領相論にあった。『百錬抄』（寛治五年六月十二日条）に「諸国百姓田畠公験をもって好んで義家朝臣に寄す事」を停止した宣旨が発布されたとあるのは、その背景に関わると考えたい。しかし、問題は翌年の『後二条師通記』（寛治六年五月五日）にも「前陸奥守義家朝臣の構え立つ諸国の庄園を停止せらるべし」という宣旨の記録が残っていることである。元木泰雄は、この宣旨の発布時期としては『後二条師通記』が正しく、『百錬抄』はそれを義家と義綱の合戦事件と合叙したものとし、さらにこの記事を義家自身が荘園本所となったと理解するのは正しくなく、それは「立庄・寄進の仲介といった行動であった」としている(6)。私は義家＝荘園本所という想定がいわれるほど一般的であったとは思わないが、たしかにそれはその通りである。しかし宣旨の発布の時期については、まず「百姓」の「公験」寄預が問題にされ、翌年に荘園の停止が命ぜられたと考えるべき余地も残っている。ともかくも、元木がその仲介先を明示しないまま、これを「たかだか四位の受領にすぎない義家に大きな政治力があろうはずもなく」「他の受領に見られるものと異質と考えることは不可能である」と断定することは疑問が残る。義家を媒介とした荘園寄進の動きが宮廷の目を引くものであったことは疑いない。そこには、前述のような義家の政治的な位置を考慮するべきではないだろうか。それは「天下、心を三宮（輔仁）に帰す」という動向と無関係ではなく、「仲介」先は「三宮」輔仁あるいはその周辺であったと考えるほかないのである。

　義家と義綱の合戦についての判定は、『後二条師通記』によれば院の「子細は退《（追ってカ）》て申すべきなり。諸国々司の随兵を留めらるべきの官符、諸国に下知せよと云々」という意思によって決済され、『百錬抄』によれば実際に、六月二一日に院が公卿を召して議定に及ぶという手続きがとられた。義家による荘園設立を停止する宣旨が翌年にずれこんだのは、それは事柄が（あるいは本所も含めて）輔仁王がらみであっただけに慎重な対応が行われたということであろうか。義家による荘園設立が翌年になって新に問題になったと考えるよりもその方がふさわしいようにも思える。俊房や師通の立場も考慮すべき複雑な点が多い。そして、いずれにせよ、この過程で義綱の側に有利な判定がされたことは疑いなく、それは、一〇九三（寛治七）、義綱が陸奥守に任命されるという結果をもたらし、情勢は義家の側の不利のまま展開していったのである。

一〇九六年（嘉保三）の郁芳門院媞子《やすこ》の死去、白河の出家、堀河の重篤という一連の事件は、義家に、後三年合戦後の逼塞が輔仁の即位という形で切り開かれるという野望を引き起こしたかもしれない。もちろん、堀河は健康を取り戻し、義家は、すぐに白河に屈従して、一〇九八（承徳二）には正四位下を与えられて院昇殿を許された。しかし、それはすでに白河院が地方的棟梁武士に地位を低下させていた維衡流の伊勢平氏の当主、平正盛を抜擢する意思を固めた後のことであった。正盛は一〇九七年（永長二）、郁芳門院媞子の菩提を弔う六条院御堂に伊賀国の荘園を寄進し、白河に取り入って平家の栄達の道を開いていたのである。こうして、武家源氏はこれまでの王権との因縁ふかい武家貴族としての地位から転落したのである。源満仲と「安和の変」の関わり方の例もあるように、武家貴族の動向を王権の深刻な内部矛盾との関係抜きに考えるべきではない。それは方法的な誤りであり、王権内部の矛盾から目をそらす結果をもたらす。

三　藤原教通と武家源氏の系譜

以上、二つの『古事談』の説話について簡単な解説を試みた。この二つの説話はそれ自身としては関係のない二つのエピソードである。しかし、この二つの説話のどちらにも直接には登場しない教通とその周辺を追跡していくと、教通と武家源氏という問題を浮かび上がらせることが可能だと思う。ともかくも白河を膝上に据えた話

（一巻七二話）など、『古事談』において教通の構成上の位置はきわめて大きく、(7) それは歴史学が『古事談』を平安政治史の材料として利用する場合に注意すべきことなのである。

1 教通と小一条院――長洲御厨

教通と王家の関係で特筆されるのは、教通が後朱雀天皇のみでなく小一条院、さらにその父の三条天皇とも相当の関係をもっていたと考えられることである。それは教通が小一条院の姉妹禔子内親王（小一条院と同母）をめとっていること、さらに教通の息子信家が小一条院の娘冷泉宮儇子内親王を妻とし、小一条院の息子の敦貞の息子、源宗家（母藤原済敏娘）を猶子にしていることなど、両者の密接な姻戚関係に現れている。教通―後朱雀―その妻・禎子（三条の娘）の関係もその連鎖の一部ではないだろうか。さらに『古事談』には仁和寺の大御室、三条天皇の子供、性信の祈祷によって、教通とその娘・生子、息子信長が効験をえていることが記録されているが（『古事談』三巻四〇話、四一話、四二話）、あるいはこれも教通と三条王統との関係を示唆するものといってよいかもしれない。(8)

しかし、何よりも重要なのは、長洲御厨の伝領関係であろう。長洲は摂津国川辺郡の猪名川河口にあった御厨漁村であり、その「敷地」が東大寺、その住民が「寄人」漁民として賀茂社に所属するという二重性によって、長い相論が続いたことで、この時期を研究する歴史家にはよく知られた土地である。しかし、それ以前の領有関係がもっている意味については『尼崎市史』（戸田芳実執筆「古代の尼崎」『尼崎市史』第三章第三節）が若干の指摘を行ったほかは十分な議論がされてこなかった。つまり、一一〇二年（康和四）三月二日の皇太后宮〈藤原歓子〉職の解状によると、この長洲の地は、「件の長洲、元は小一条院領（敦明親王）に伝領、次いで式部卿宮（敦貞親王、小一条院の子）、次いで二條関白家、次いで皇太后宮職伝領の後、常寿院に寄進す」という伝領をたどっている（『平安遺文』④一六六〇）。以下、断らない限り、長洲については、この史料によって論ずるが、まず、小一条院領であったというのが注目される。しかもこの史料には「その前なお領主あるに似る」とあるが、その性格を示すのが一〇世紀の末、九九八年（長徳四）に、長洲浜で「字高先生秦押領使」、つまり帯刀という有力な住人が難破船に対する略奪行為を行ったという事件である（『平』三七四）。この「高先生」の先生とはいうまでもなく、東宮の帯刀舎人の長を意味するから、『尼崎市史』が「つまり長洲住人はもともと皇族関係、とくに皇太子の東宮坊とは何かとつながりがあった。高先生は三条天皇の春宮時代にその帯刀先生であった可能性も強いから、三条天皇を通じてその皇子敦明親王家領になったと考えることもできる」と述べたことの蓋然性は高いのである。

長洲は、おそらく本来は、冷泉王統の伝領する王家領の土地であったのではないだろうか。長洲が小一条院領となったのは、その結果であると考えたい。そして、小一条院―「式部卿宮」（敦貞親王、母顕光娘）の次には「二條関白家」（教通）が伝領し、さらに教通の娘で後冷泉の皇太后宮となった藤原歓子、そして歓子の建立した常寿院の所領となったというのである。小一条院から敦貞親王への譲与、そして敦貞親王から教通への譲与が何時のことか、正確なところはわからないが、教通から歓子への伝領は「治暦年中」（一〇六五～一〇六九）であるといわれている。(9)そしてこの歓子＝皇太后宮職は、一〇八四年（応徳一）に賀茂社の社司鴨惟季の懇望により、(10)長洲御厨の土地を歓子の御所のあった小野山山荘（常寿院）の近傍の栗栖野郷の田地七町余と相博するまで、「数十年の間」、長洲を領有していたという。これにもとづいて、試算してみると、小一条院は一〇四一年（長久二）に出家しているから（死去は一〇五一年（永承六））、敦貞への譲与は、その頃であろうか。そして、敦貞から教通への譲与を敦貞死去の一〇六一年（康平四）と仮定し、教通から歓子への譲与を、治暦二年、つまり一〇六六年とすれば、一〇八四年までは一八年強ということになる。歓子の領有が「数十年」続いたというのはやや過大な計算であるということになるが、全体の伝領の経過は、おおまかには了解できるだろう。

東大寺は、長洲の地は、天平勝宝八年の勅施入以来、東大寺の領有するところであったにも関わらず、「検非違使庁役堪えがたきにより、本寺に知らしめず、（住人などが）二條関白家散所に寄す、然れども庄役を闕かざるにより、寺家、尋ね知らざるの間、皇太后宮職、件の散所を伝領せらる」と述べているが、この経過からしても、長洲が教通領の散所であった時期はきわめて短かったはずであろう。この時期、教通は、一〇四七年（永承二）に右大臣、一〇五八年（康平一）に従一位、一〇六〇年（康平三）に左大臣となり、虎視眈々と次をねらっている時期であった。教通にとって大きな問題であったのは、娘・歓子を後冷泉に嫁したものの、後に嫁してきた頼通の娘・寛子が先に立后したことであった。しかし、後冷泉天皇の末年、頼通と皇太弟・後三条の「御中悪しう」（『栄花物語』巻三七）、後三条の即位が予測される中で、頼通と教通の兄弟の和解がなり、後冷泉の死去直前に歓子立后と教通の任関白が一挙に実現した（参照、『古事談』二巻一二話）。教通は、後三条の東宮時代に一貫して皇太弟傅を勤めており、後三条側に立っての行動が目立つから、この関白譲与は教通に大きなチャンスとなったはずである。教通は、この時期に長洲を伝領し、小一条院―敦貞親王―源宗家の後見者としてふるまい、さらに娘の歓子にそれを譲ったということになるのである。この様子を確認すると、長洲の住民自身が、教通領の散所になることを希望したといわれるのは十分に理解できよう。

こうして本来は王家領であった長洲の土地が、摂関家領の散所となっていったのであるが、注意しておきたいのは、源満仲以来、武家源氏が長洲の地に拠点をもっていたことである。『今昔物語集』（巻一九の四）によれば、満仲は「長明にある大網ども」によって「常に海に網を曳かしめ」たというが、かって論じたように[11]、この長明とは、「明」と「洲」の草体の類似からいっても、満仲の館のあった多田から猪名川をくだった河口の地、「長洲」の誤写であると考えるほかない。満仲の弟の多田満重が長洲の北隣の殿下御領橘御園の住人を郎従としていたことを伝える史料が残されていることからしても（『雑筆要集』、検非違使庁下文二）、満仲一統は、河口部をふくめて川辺郡の猪名川流域の全体に影響力を有していたと考えられるのである。これは王家・摂関家と武家源氏をむすぶ重要な経済的関係であったのではないだろうか。もちろん、頼信以降、武家源氏は河内への進出に力を注いだが、小一条院―教通という伝領をみていると、頼信―頼義―義家が何らかの形で長洲との関係を維持していた可能性も否定できないのである。

2　教通と頼信・頼義

以上、教通と小一条院との間に相当の関係を確認したが、他方、教通の周辺に源満仲の息子の源頼信を発見できる。一般に、院政期以前の武士がどのような私主や出入り先をもっていたかは明瞭な記事を欠き、頼信の場合も同様であるが、安房・下総で現地の国司に対して反逆し、猛威をふるった平忠常の反乱事件との関わりで教通との関係を想定することが可能なのである。

野口実の仕事[12]によって平忠常の反乱事件の大要を追うと、まず忠常が反乱を起こしたのは一〇二八年（萬寿五）のことであった。しかし、忠常は反乱を自己目的化せず、八月一日には忠常が京都に派遣した「脚力」についての記事が『藤原実資日記』に確認される。その情報を最初にもたらしたのが教通であって、それにもとづいて「忠常の脚力、夜部に関白殿（頼通）に搦奉らしめ了」ということになった。しかし、関白殿において尋問の結果、この男は「忠常郎等の従者」であって、子細を知らないということが判明し、「実の忠常の脚力」は運勢という僧侶と藤原明通の許にいることが判明した。この結果を聞いた実資は、教通の通報について「実の忠常の脚力を置きながら（黙っていて）、郎等の従者の在所を尋《（差カ）》申す」ことを「すこぶる傾け思い侍る」と疑問を記している。

この実資の疑問が的を射ていたことは、八月四日に運勢の許にいた「脚力」が関白の邸宅に連行された時、この脚力がもっていた四通の書状の宛先が、一通は「運勢」、一通は「内府」（教通）、一通が「新中納言」（師房）、残りの一通が「上書なし」というもので、運勢充てのものは「追討せらるべき由を聞き、申すべき所々」云々というものであったことでわかる。そして、八月八日の記事には、忠常の使者の言動が「忠常に至っては、二三十騎許を随身し、いしみ《（上総国夷隅郡）》の山に罷り入るべし。若し内府解文の御返事あらば、彼の山辺に来たるべきの由を申し侍へりしとぞ申侍る」というものであったことが記されている。ようするに、忠常は教通を私主としていたのである。

さて、忠常の反乱を鎮圧する追討使として六月二一日の仗議で推薦されたのは、源頼信であったが、結局、それは覆され、派遣されたのは平直方であった。野口が論証しているように、この決定を覆したのは関白頼通自身であり、頼通はほとんど従者というべき地位にあった平直方を推薦し、動員したと考えられるのである。しかし、結局、その追討は成功せず、それに代わって任命されたのが、最初から名前がでていた甲斐守源頼信であった。そして、実は、頼信は、常陸介であった一〇一六年（長和五）の頃、忠常と闘って勝ち、忠常を家礼としていたことが『今昔物語集』（巻二五―九）に記されている。この関係によって、忠常は抵抗を放棄し、自身で頼信の許に出頭したのである。

以上のように、忠常は教通と頼信の二人に臣従していたのであるが、事件の経過からみると、忠常の臣従をうけた教通と頼信の間にも相当の関係があった可能性が高い。最初に推薦された頼信が選に漏れ、頼通の推薦した平直方が追討使となったことについては、普通、頼信と忠常の主従関係をはばかったとされるが、それは最初から勘定ずみであったはずであるから、むしろ頼通と教通の微妙な関係が理由であったのではないだろうか。直方が頼通を私主としていたように、頼信も教通を私主としていたのではないだろうか。忠常が闘わずして屈服したのは、教通、頼信という二重の関係の圧力に屈せざるをえなかったということではないだろうか。順序からいうと、忠常は頼信に対して名簿を提出して家礼となった後、その所縁で教通に臣従するようになったとさえ考えられるのである。

以上は状況証拠からの推定であるが、頼信が、死去のしばらく前、一〇四六年（永承一）に石清水八幡宮に提出した告文には、忠常を降伏させた時に「外舅の摂籙左相府、忝なくも恩章を緘んで千里の外に投げ」たという事実とともに、「王佐の丞相、身親しく座下に召して濃やかに恩言を賑《たま》ふ」（『平』六四〇）という事実が誇らしげに記されている。前者は忠常の降伏を聞いた頼通が頼信に褒賞の手紙を送ったということを意味するが、後者の「王佐の丞相」（王の補佐者の大臣）とは教通を意味するとして問題はない。つまり、忠常が降伏した一〇三一年（長元四）の時の「丞相」は左大臣頼通をのぞけば右大臣実資と内大臣教通の二人のみであるが、『藤原実資日記』をみている限り、実資と頼信の間は「濃やかに恩言を賑ふ」というものにはみえない。そして、頼信が石清水に告文を提出したのは一〇四六年（永承一）の何月のことかは不明であるが、この年の正月には実資が死去し、左大臣・右大臣の二人の「丞相」が頼通・教通の兄弟によって占められるようになったことに注目しなければならない。そういう廟堂の状況をふまえて、頼信は、石清水への告文において、頼通と教通の二人との関係を誇ったと考えるのが至当であろう。

3 源有仁・藤原信長と為義

以上のような教通―頼信の関係は、頼信の子供頼義、そして孫の義家にも受け継がれたはずである。前述のように、教通の家系は小一条院と密接な関係をもち、頼義も小一条院の懐刀であったというから、両者の間には頼信以来の関係が維持されていたと考えることに無理はないだろう。残念ながら、教通と義家の関係を示す史料は残されていないが、どちらも後三条との関係は良好であったはずであるから、両者の関係が維持されなかったとは考えられない。

私が注目しておきたいのは、教通の子供の信長の周辺の関係である。信長の妻は藤原長家（道長六男）の息子の忠家の娘であるが、忠家の息子忠実は美濃守高階業敏娘を母としているから、あるいは彼女の母も業敏娘なのではないだろうか。もしそうだとすると、この高階業敏の一統が源頼義の一統と関係が深いことが注目される。つまり、業敏の弟の成佐は頼義の妹を妻として河内守惟章を儲けているが、惟章は義家の四男を養子としており、この高階氏の流れが下野の武士・高氏の祖先であることはよく知られている。そして『義経の登場』（ＮＨＫブックス）でふれたように、業敏の孫の肥後守基実は義家の子供の義親と深い関係があった。そもそも私は業敏の父の業遠が「東宮亮」と伝えられているのは小一条院の東宮時代の亮であったのではないかと考えている（以上、高階氏については参照、『尊卑分脈』、なお、高階氏について拙著『義経の登場』で論じたところからすると、『古事談』（巻四―一七）の九条民部卿宗通が検非違使別当の時に、義家が廷尉であったという一節も別の評価が可能となるかもしれない）。

しかし、白河の即位とともに、両方の家系をめぐる状況は大きく変わりつつあった。前述のように、教通は一〇六八年（治暦四）に関白に任じた。そして後三条との関係に依拠して関白職を息子の信長に譲ろうとしたと思われるが、しかし、後三条の急逝によって、信長の任関白は実現しなかったのである。こうして、教通は、白河治世下の一〇七五年（承保二）まで、頼通よりも一年長く生きたものの、死去にあたって信長への関白委譲は白河によって拒否され、頼通の息子の師実が関白となる。その後の争いの中で、結局、一〇八〇年（承暦四）、信長が「今は出仕する能わず」として檳榔の車を大路に引き出して焼いたというのは有名な話しである（『古事談』巻二―一、九三）。この前後、右にふれた忠家は信長と行動をともにしている。問題は、この前後、信長が師実の子ども師通に養女・信子を入れたことで、これが『平安王朝』で論じたように、師通が前述の源俊房と並んで輔仁王の側に立つ伏線となったと考えられることである。信子問題とそれに反発した師通先妻の子＝忠実の行動が、摂関家の次代を強く規定したことも重要である(13)。

他方、義家の死去は一一〇六年（嘉承一）。その死が「懺悔の心無きに依り、遂に悪趣に堕ち畢」とされているのは、その政治的な失意と関わっているといってよいだろう（『古事談』巻四―一一）。そして、その後をうけたのは、義家の子、義親であった。よく知られた義親の追討事件の謎もあって、現状では、問題が明瞭にとらえきれない点も多いが、義親は、教通の子供の太政大臣信長の許に臣従していたと思われる。義親の子供の為義が信長後家に仕えているのはそのためであろう。信長の死去は、一〇九四年（嘉保一）のことであったが、その二〇年後、一一一四年（永久二）、信長領をうけついだ後家が、信長領の下野国の荘園の庄司であった二人の「為義郎等」を白河院に訴えている（『中右記』永久二年七月三日）(14)。しかし、為義は、この臣従先に依拠することはできなかった。

また為義は、義家の後をうけて、輔仁親王の家系にも一定の関係をもっていたと思われる。一一四二年（永治二）の文書によれば、輔仁の子供、左大臣源有仁は、近江国佐々木荘を領有していたが、その下司の一族の長、源行真は甥に為義の郎等、源道正をもち、さらに一一三六年（保延二）の頃、為義が同荘に下向した時に、子供の「四郎行正」も名簿を進めさせたという（『平』二四六七）(15)。行真は、自身が為義の郎等であったことを認めようとしていないが、しかし、右の事実を語る史料は、為義の指示で行われたと考えられていた殺害事件についての検非違使庁調書（中詞記）であり、行真は被疑者もしくは被疑者の近親として、この殺害事件への証言を求められていた。それ故に、行真は為義ときわめて近い人物であることは明かである。そして、この時の佐々木荘下司は子供の「次郎守真」であったというが、遡れば、彼自身が下司であったと考えることができよう。ここから、為義が有仁の領有する荘園と深い関係をもっていたことが明かであり、これは義家と輔仁の関係を引き継いだものであったと考えるほかないのである。輔仁は死去にあたって「荘園勅旨等目録」を作成し、息子の有仁と娘に譲ったから（『源師時日記』元永二年十一月二三日）、佐々木荘は、その中に入っていたに相違ない。しかし、為義にとって有仁への奉仕が、その源家嫡流としての立場を支えるに十分なものであったと考えることができないのは、信長への奉仕と同じである。

以上、冷泉王統とその系譜に連なる王族に奉仕し、そしてそれとの関係で摂関家の有力な一流、とくに摂関時代後期以降は、教通流と関わるという武家源氏の行動スタイルが、為義の段階においてまったく無意味化していることがわかるだろう。この中で、為義は摂関家の忠実、そして頼長に結びついていったのであるが、その結果が悲惨なものに終わったことは周知の通りである。

なお、最後に述べておきたいことは、『尼崎市史』が指摘した為義と長洲との関わりである。それによれば為義は、一一四六年（久安二）に検非違使に任じられた直後、久安年中に長洲御厨内部の大物浜を押領したが、宣旨によって追い払われたといい（「大物浜長洲浜請文」）、為義は、この時に請文を提出したとおぼしい（『平』三一八一）。この押領は、満仲以来の長洲への源家の関わりが背景にあったのではないだろうか。しかし、一一五一（仁平一）には為義は、主人筋の藤原頼長の命によって為義の摂津旅亭を焼かれている（『本朝世紀』仁平一年七月一六日条）。

その理由は不明であるが、いずれにせよ、為義の生涯は、摂津国における根拠地も含めて、義家段階までの蓄積のすべてを剥奪される過程であったように思えるのである。

注

（1）この種の勅旨田については、参照、竹内理三「院庁政権と荘園」（著作集六巻、角川書店）、坂本賞三「勅旨田に関する諸問題」（『国立歴史民俗博物館研究報告』四八集、一九九三年）、伴瀬明美「中世王家領の形成に関する一考察」（『ヒストリア』第一四四号、一九九四年九月）。

（2）なお、『新日本古典文学大系』（岩波書店、二〇〇五年）の『古事談』注釈は「白鳥の鳴声を童謡に聞きなし、頼通を揶揄乃至批判したもの。頼通は後一条・後朱雀・後冷泉三代に、摂政・関白を五十一年続けて前後に例がない（＝有飯）が、（中略）、外戚として摂政に位置することはなかった（＝無菜）」と述べるが、これは読み込みすぎであろう。『古事談』はより即物的な物語を語っていたのである。

（3）坂本前掲論文。

（4）保立『平安王朝』岩波新書、一九九六年。なお、同書ではこの問題について詳論する余裕が無く、また教通について論述する用意もなかった。それが同書の武家源氏論の説得性を不十分なものにしている。本稿でそれらを追補したい。

（5）戸田芳実「荘園体制確立期の宗教的民衆運動」（一九七一年発表。後収『初期中世社会史の研究』東京大学出版会

（6）元木泰雄『武士の成立』吉川弘文館、一九九四年

（7）教通は『古事談』に一七回登場する。これは道長（三四回）、白河院（三一回）、後三条院（二二回）、忠実（二〇回）などにつぐものである。なお、この説話については「出産の情景」（『中世の愛と従属』）で触れたが、摂関家即位灌頂におけるシソソリとダキニ天については、小峯和明『説話の言説』（森話社、二〇〇二年）一七九頁を参照。膝抱きの

絵は『春日権現験記絵』巻一四にある。

（8）頼信の兄の頼光の子供の筑前守頼家も性信の祈祷をうけている（『古事談』三巻四六話）。これは三条天皇と頼光の関係によると『新日本古典文学大系本』の解説者は説明している。なお頼光の同母弟で頼光の猶子となったと伝えられる頼平の子供の頼盛が、皇太子時代の三条天皇の春宮大夫、藤原公季、そして公季と深い関係にあった後三条天皇の春宮大夫、藤原能信が相継いで領有していた近江国柏原庄の現地を差配していたという事例も同じ意味で興味深い（鎌倉佐保「近江国柏原庄の成立過程」『駿台史学』一一三号、二〇〇一年八月）。頼盛は備前守藤原惟風女を母としているが、彼女の兄藤原惟経が平直方の娘を妻としていることも注目すべきことである。頼盛に伊豆守の官歴が伝えられることかしても、頼義と頼盛の妻の兄が同じ直方の娘をめとっていることの意味は黙過しがたい（『尊卑分脈』）。

（9）嘉禎二年三月　日、賀茂比良木・河合社々司等申状案（「法華堂文書」（巻三―四）『中世寺院における内部集団史料の調査・研究』課題番号15320084）科学研究費基盤研究（B）2、研究成果報告書、二〇〇六年）

（10）この鴨惟季が賀茂社領の拡大に大きな意味をもった寛治の社領寄進に中心的な役割を発揮していたことについては、川端新「院政初期の立庄形態」（一九九六年発表、『荘園制成立史の研究』思文閣）を参照。なお、『百錬抄』（寛治三年八月十六日条）によれば、問題の賀茂社の「御供」は、一〇八六年（応徳三）に託宣があって備進を開始したということである。長洲の相博による供祭物の獲得は、その二年前であって、鴨惟季の戦略の下で、両者には深い関係があったものと思われる。

（11）保立「中世前期の漁業と荘園制」（『歴史評論』三七六号、一九八一年）

（12）野口実「平忠常の乱の経過について」（一九七八年発表、後収『坂東武士団の成立と発展』弘生書林）

（13）この前後の経過と信長をめぐる女性たちについては服藤早苗「北政所の成立と家」（『平安朝の家と女性』平凡社選書、一九九七年）を参照。

（14）信長領荘園については川端新「公家領荘園の形成とその構造」（『荘園制成立史の研究』）、信長については坂本賞三『藤原頼通の時代』（平凡社）、「村上源氏の性格」（『後期摂関時代史の研究』吉川弘文館）も参照。なお、この下野国の荘園は佐野荘と推定されている（峰岸純夫「浅間山の噴火と荘園の成立」、『中世の東国』東京大学出版会）。

（15）この事件については参照、「平安末・内乱期の佐々木氏」（高橋昌明執筆、『八日市市史』一九八三年）。

浅見和彦

『古事談』と奥州平泉

一　古事談の平泉関連説話(1)

古事談は仰《のっ》けから称徳女帝の淫事（一―一）を広言し、清和帝即位秘話（一―三）、陽成帝奇行（一―四）、花山院懐抱譚（一―十七）と宮廷秘話の数々を繰り広げる。古事談は人の意表を突くことが結構好きだったのかもしれない。読者が戸惑い、首を傾《かし》げる姿を夢想して、ひそかに楽しんでいたのかも知れない。古事談編者、源顕兼はハナシの手だれであって、自らの心奥はなかなか覗かせない。話の真意がどこにあって、編者の意図が何であるかといった問題にはなかなか立ち入らせてくれない人である。先行資料からのほぼ無修正のまま抜粋、抄出という基本作業に徹し、話中、話末にも自己の意見や感慨といったものを、まずもって書き記さないという手法で、意識的にか、無意識にかは分らないが、編者自身の実像や憶念といったものは、きわめて見えにくく、とらえにくくなってきている。もとよりそれは文学作品の宿命のようなもので、どんな作品にも共通していえることではあるが、それにしても古事談の分かりにくさ、厄介さにはほとほと手を焼いてしまう。どこかに突破口はないのだろうか。何かしらの手掛りはないのだろうか。

そんなわずかな糸口として古事談の平泉関連説話に注目してみたい。ここでいう平泉関連説話というのは奥州藤原氏がらみの諸話である。具体的にいえば、

(A) 巻二—二四　藤原忠通、藤原基衡額の書を取り返す事、厩舎人菊方高名の事
(B) 巻二—七六　源俊明、公事今案を以て行ふ事、按察使俊明の覚悟の事
(C) 巻四—一六　頼義、勇猛往生の事
(D) 巻四—一九　義家の弓、白河院の魔を追却の事
(E) 巻四—二二　後藤内則明の戦語りを白河院制止の事
(F) 巻四—二五　佐藤季春、主藤原基衡の為に斬られる事
(G) 巻五—三四　粟津冠者、竜宮の王を救けて鐘を得る事、三井寺鐘の由来の事
(H) 巻五—五三　源頼義みのう堂建立の事

の八話である。

まず、ABFの三話について概略を見てみよう。A(二—二四)は藤原忠通が御室(覚法、または覚性)から依頼された額へ揮毫したところ、平泉の藤原基衡の仏堂(毛越寺か)のものと聞き、厩舎人菊方を使いに派遣、菊方は基衡の秘計を退け、奪い返し、三つにたたき割って、持ち帰ったという。「菊方の高名、此の事に在り」と称えられた。

Ｂ（二―七六）は源俊明が丈六の仏を造ろうとした時、藤原清衡が薄料として砂金を献上してきた。しかし俊明はこれを拒絶し、送り返してしまった。そのわけは、

清衡、王地を押領せしめて、只今謀反すべき者なり。其の時は追討使を遣はすべき由、定め申すべきなり。仍りて、之れを請くべからずと云々（二―七六）

というものだった。

Ｃ（四―一六）、Ｄ（四―一九）、Ｅ（四―二二）は後述することにして、Ｆ（四―二五）を見てみよう。多少長い話であるが、宗形宮内卿入道、藤原師綱が陸奥守として下向してきた時、藤原基衡は「一国を押領して、国威無きが如き状態であった。陸奥国の忍部（信夫郡）で国司側が宣旨をかざして、強引に検注しようとしたところ、基衡は当地の地頭、佐藤季春とともに国司側の進入に抗し、合戦となった。国司の師綱側に負傷者が多く出た。しかし基衡は宣旨に背いて、国司側に矢を射たこと深く恐れ、善後策を季春と諮った。季春は国司との闘諍はすべて自分一人の責任で、主君の基衡は一切関知していないことにして、自分の頸を国司側に差し出すことで、事態の収拾を図ることを提案、基衡も泣々、これを了承した。基衡は国司側に身柄を拘束された季春を助けようと、妻女（安部宗任女か）を国司の許に再三遣わし、沙金一万両をはじめ、多量の金品を贈進したが、国司、藤原師綱の心は変らず、季春を始め、同族五人も処刑されてしまったというのである。

同話を載せる十訓抄（十―七四）では、

わが妻女を出し立てて、良き馬どもをさきとして、多くの金、鷲の羽、絹布やうの財物を持たせて、我は知らぬ由にて、季春が命を乞ひ請けさせむがために、国司の許へやる。

とあり、その献金、献物たるや、

一万両の金を先として、多くの財なり。ほとんど当国の一任の土貢にもすぐれたり。といわれるほどの量と質であったという。しかし、国司の師綱は女たちの懇請にも動ぜず、莫大な金品にも耽らず、季春らを処刑した。古事談編者はこれを、

師綱の高名、此の事にあるか。（四―二五）

と賞讃してやまない。

二　古事談の平泉関連説話(2)

続いてG（五―三四）を見てみよう。「粟津冠者」は武勇をもって知られる男だったが、僧堂の建立と鐘の鋳造を求めて出雲に向った。途中、海上で大嵐に遭遇、小童の操る小船に助けられ、そのまま海底の龍宮に案内される。迎え出た龍王は讐敵の大蛇を討つことを依頼する。冠者が龍王の願い通り、大蛇を撃退すると、龍王から龍宮の鐘をもらい受ける。冠者はその鐘を持ち帰り、粟津に広江寺（未詳）を建立した。しかし、その後、同寺は衰退、住僧一人あるのみとなってしまった。ちょうどその頃、「鎮守府将軍清衡」が三井寺に千両の砂金を財施してきたので、寺はそのうちの五十両で広江寺の鐘を買い取った。広江寺の住僧も喜んで売却、鐘は三井寺のものとなった。しかし、広江寺は比叡山延暦寺の末寺であった。鐘の売り渡しを聞いた叡山の僧はただちに広江寺の僧を捕え、琵琶湖に沈めてしまったというのである。

仏教界も金から決して無縁ではいられない。経済論理は宗教の世界にも貫徹している。寺内、山内の抗争は世俗と変るところがない。いや、それ以上なのかも知れない。本寺の山門に損失を与えてしまった広江寺の（おそらく善良な）僧は、それゆえにあっという間に処分されてしまった。その苛酷で、無慈悲な処断法には俗世間以

上の苛烈さがある。

そんな宗教界の実相を分明に伝えている話ということができ、その点では古事談らしい話ということができよう。しかし、この話にはもう一つ注目点がある。広江寺の住僧が惨殺されてしまった一つの要因は奥州平泉の藤原清衡の三井寺への砂金千両という法外な献金にあった（あとでふれるが、藤原頼長と藤原基衡との荘園からの増徴問題では五両から五〇両の範囲）。千両というとてつもない高額の金を前に三井寺の僧も正常な金銭感覚を失い、その余波で広江寺の貧僧は命を失うはめになってしまったのであった。それというのも清衡から千両という大枚な貢金があったからである。もちろん古事談編者は清衡が金に物をいわせた施策をとったともいっていないし、あからさまに非難をしているわけでもない。しかし、Ｂ話（二―七六）のように、造仏の薄料として献進されてきた砂金を峻拒した源俊明の姿を鮮やかに描いて見せる古事談編者が、奥州藤原氏の財力といったものに、あまりいい印象を持っていなかったということだけは確かなようだ。

源俊明が奥州からの貢金を拒否したのは、藤原清衡が「王地を横領」し、「只今謀反すべき者」と思われていたからである。その時には追討使を派遣しなくてはならない、そんな者から献金を受けるわけにはいかないというのが、源俊明の論理であったのだ。古事談巻四で大きく取り上げられる平将門についても、

仁和寺の式部卿の宮（敦実親王）の御許に将門参入す。郎等五六人を具すと云々。御門を出づる時、貞盛また参入す。郎等を相ひ具せず。則ち御前に参りて申して云はく、「今日郎等候はず。尤も口惜しき事なり。郎等ありせば今日殺してまし。この将門は天下に大事を引き出だすべき者なり」と申しけり。

（四―三、平将門・平貞盛、敦実親王の許に遭遇の事）

とある通り、将門は将来、謀叛人たることが予期されていた。「『古事談』の将門は、終始公への反逆者として捉

えられて」[1]おり、そこにうかがえるのは「公中心の、都の貴族の立場からの将門の乱である」[2]という指摘通りである。国家に対する叛逆、謀叛は絶対に容認できないという強烈な意思をここにうかがうことができる。

清衡にしろ、基衡にしろ、そして秀衡にしても、平将門や藤原純友のように表立って国家に叛逆することはなかった。しかし前掲の古事談F（四―二五）の基衡のように国司の検注を実力で拒否したのは「一国を押領して、国威無きが如」き、叛逆寸前の状態であったといってよい。それゆえに身柄を引き渡されてきた基衡配下の地頭、佐藤季春を国司師綱は断乎として斬首し、それを古事談編者は「師綱の高名、此の事に在るか」と称讃するのであった。

古事談の奥州平泉に向ける視線は異様なほど厳しい。奥州藤原氏一族は源顕兼の眼には常に敵であり、反乱予備軍として映っていたのだろう。だからこそ、A（二―二四）のごとくせっかく揮毫したにもかかわらず、基衡の堂額と聞いて、舎人菊方を派遣し、門額を奪い返し、三つにたたき割ってきたという菊方の行為が賞揚されたのであった。ここでも「菊方の高名、此の事に在り」と全くの同文が繰り返されていることが、とても象徴的だ。三つにたたき割ったという菊方の行動自体に平泉勢力に対する京方の怒りの気持、憎悪の念を見るような気さえする。国家、朝廷への叛逆はいかようであっても絶対認めぬという、強い国家的意志を古事談編者、源顕兼には賛同していた節がどうやらあったらしい。なかなか個人の感懐や心奥をのぞかせない顕兼ではあるが、こと平泉に関しては例外であったようだ。

三　奥州藤原氏の財力

奥州藤原氏の財力は驚威的であった。文治五年（一一八九）平泉を征圧した源頼朝が見たものは巨万の財宝と壮麗な堂塔であった。平泉館（柳御所か）は藤原泰衡によって焼き払われてしまったが、西南にあった「一宇の倉廩」は焼失を免れた。その中は、沈、紫檀などの唐木の厨子数脚、牛玉、犀角、象牙の笛、水牛の角、紺瑠璃の笏、金の沓、玉の幡、金の花鬘、蜀江錦の直垂、帷、金造の鶴、銀造の猫、瑠璃の燈炉、金器に盛られた南挺、錦繍綾羅の財珍の山であった（吾妻鏡　文治五・八・二二）。清衡は継父清原武則卒去の後、伊沢、和賀、江刺、稗抜、志波、岩井の奥六郡を伝領し、のち平泉に移徙、宿館を建て、陸奥、出羽両国一万余の村すべてに伽藍を造り、仏性燈油田を寄附したという。二代基衡は「果福父に軼《す》ぎ、両国を管領」（同・九・二三）し、三代秀衡は鎮守府将軍の宣旨を蒙り、「官禄父祖に越え、栄耀子弟に及」んだとされる。およそ三代九十九年の間、造立された堂塔は幾千万宇か分らないというのである。

　幾千万宇は誇大な数値であることは明白だが、たとえ誇張にせよ、平泉にはそんなふうに思わせるものがあったのであろう。これも吾妻鏡に載る有名な記事、「寺塔已下注文」（同・九・一七）によれば、初代清衡は白河の関から外の浜に至る二十余日の行程に金色の阿弥陀像を図絵した笠卒都婆を一町ごとに建て並べ、国の中心に関山中尊寺を建立、境内には四壁、内殿、皆金色、螺鈿の金色堂、高さ五丈（約十五メートル）の二階大堂等の造塔を行った。二代基衡は毛越寺建立にあたり、関白藤原忠通染筆の額（古事談では舎人菊方によって三つに割られたことになっているが）、堂内には藤原教長の色紙形が飾られていた。本尊造立は「仏師雲慶」に依嘱、その礼物として、円金百両、鷲羽百尻、水豹《あざらし》皮六十余枚、安達絹千疋、希婦《けふ》の細布二千端、糠部の駿馬五十疋、白布三千端、信夫文字摺千端、その他山海の珍物が贈られた。それを運送する人夫も荷駄も、山道、海道絶えることがなかったとまで伝えている。なおも基衡は仏師に別禄として生絹《すずし》を船三艘に積んで送り届けたところ、仏師が冗談で「練絹の方がよい」といったところ、それを伝え聞いた基衡はあわてて練絹を船三艘に積んで届けたという。基衡はたしかに

「果福父に軼《す》ぎ」ていたといい得よう。

ことは基衡妻も同様であった。吾妻鏡の割注によると安倍宗任女であったようだが、毛越寺の隣地に観自在王院を建立、四壁には「洛陽の霊地名所」を描かせ、藤原教長の色紙形で飾り、仏壇は銀、高欄は磨金であったという。

三代秀衡建立の無量光院は新御堂とも呼ばれていたが、その造作はことごとく宇治平等院を模したものであった。

こうした記述は吾妻鏡に溢れている。記載される内容がどこまで実数、実態を伝えたものであるかどうかは、いささか疑問

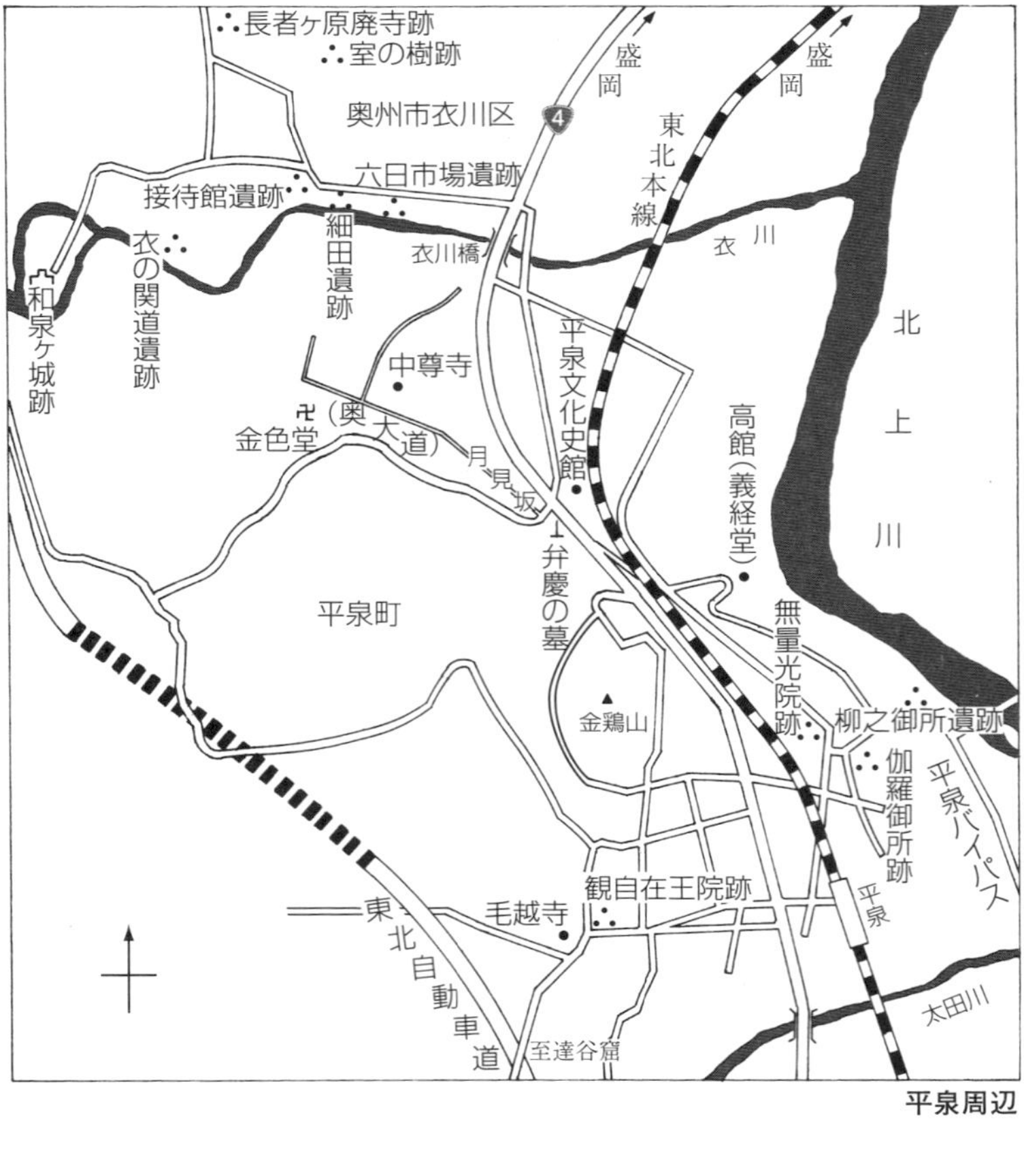

平泉周辺

がないわけではないが、奥州平泉の財力は都人の想像を遥かに超えるものであったことだけは確かであろう。奥州後三年記によれば、永保三年（一〇八三）、陸奥守として下向してきた源義家を清原真衡は最高の接待をもって、これを迎えた。

日ごとに上馬五十疋なん引ける。そのほか金、羽、あざらし、絹布のたぐひ、数知らず持て参れり。（奥州後三年記　上）

世に謂う「三日厨」という真衡による饗応である。

古事談F（四―二五）で国司の師綱側に引き渡された佐藤季春を何とか救おうとして、基衡が国司に贈り届けた品々もきっとこれらの品目と大差なかったに違いない。清衡が薄料として源俊明に贈った砂金も、三井寺に送った千両の砂金も、品目こそ書かれてはいないが、基衡もきっと門額揮毫のために藤原忠通に多大な財物を用意していたに違いない。古事談で描かれる奥州藤原氏の京方への莫大な献金、献物と、吾妻鏡が伝える彼らの途方もない財力のさまはよく照応し合うといってよい。

四　摂関家と奥州平泉

奥州藤原氏の京貴族への金品献納の事実は記録類でも確認できる。

後二条師通記の寛治五年（一〇九一）一一月一五日に、

清衡陸奥国住人也、馬二疋進上之由所ﾚ仰也。

と見えるのが初見で、朱註のかたちで「清衡始貢馬於殿下」と付されているところを見ると、これが奥州平泉から摂関家に貢馬が行われた初度の可能性も高い。同時に届けられた文筥には二通の解文、申文が入っており、それらは荘園の寄進状、何かの上申状であったかも知れない。[3] さらに藤原忠実の殿暦、長治元年（一一〇四）七月一六日には「今夜、陸奥男清衡、馬二疋を志也」とあり、翌日の一七日にこれを観覧もしている。殿暦には他にも天永二年（一一一一）一〇月二八日に「陸奥住人清衡馬三疋献レ之、一疋中納言（忠通）料、件三疋上馬也、仍引二入内厩一見レ之」、同じく一一月三日、「陸奥清衡所レ献馬三疋、立レ前見レ之」とあり、上馬を献納された忠実の内心の喜びが伝わってくるような記述である。翌年天永三年（一一一二）一〇月一六日にも「陸奥清衡、馬六疋献レ之」と見え、奥州藤原氏から摂関家には定期的に貢馬が行われていたようである。貢納ばかりでなく、摂関家の方から陸奥に人を派遣して、馬を確保することもあったようだ。

　余、厩舎人菊友、去七月比、遣二陸奥一、而夜前入京、馬九疋将来、於二西面一見レ之。（殿暦　天永二・一一・二八）

と直接、厩舎人を陸奥に派遣し、馬を調達、移送することもあったようだ。

清衡の貢納は無論、馬に限らなかった。中右記、保安元年（一一二〇）六月一七日によれば、兼元丸という男が小泉庄（新潟県村上市か）[4] に定使として下った時、

　取二清衡金、馬、檀紙等一者也、所為之宗已為二大盗一也、

といわれる横奪事件があったらしい。それらはおそらく清衡が都方に貢納する金品であったのであろう。犯罪事件に関わる記事なのであるが、被害にあった品目は奥州の貴重な産品の数々で、古事談、吾妻鏡などに掲載される品々と重なり合っていることが、何となくおかしい。

平安時代の有職故実を記した樗嚢抄《ちょのうしょう》には「別進御馬」「陸奥交易」の諸例が拾われているが、「貢馬」ではなく「交易」という名目をもって、京方に移入されてきた馬も多数あった。それらは御堂関日記、江家次第、中右記などにしばしば記録されており、南殿、清涼殿で天皇が「御覧」に及んだらしい。馬の数は不明の場合もあるが、

大体、二〇頭、三〇頭といった数が多かったようである。

王朝社会に奥州の馬はかなりの数、飼われており、それらはいずれも逸品として珍重されていたのであろう。内裏、高陽院、鳥羽殿などで催行された競馬では必ずといって陸奥馬が出走した。それらを列挙すれば、

寒河江黒栗毛　陸奥鴇毛　陸奥一栗毛（いずれも藤原忠実の馬）（殿暦　天仁二・九・六）
寒河江栗毛　陸奥鴇毛（殿暦　天仁二・九二六）
陸奥二葦毛　基衡二鹿毛（兵範記　仁平四・九・二九）
秀平（衡）鴇毛　御厩秀平（衡）栗毛駮（兵範記　仁安二・一〇・二六）

これらから分ることは、藤原忠実がかなりの数の陸奥馬を所有していたということ、奥州藤原氏は清衡に続いて、基衡も、秀衡も、朝廷方に貢馬を続けていたということである。都方の京貴族にとって、馬はもとより、貢納されてくる奥州産の産物は不可欠の資財であり、いずれも貴重品として珍重されていたということである。いきおい貢品、貢物を進納する側も受納する側も、その種類や多寡について折り合いを見ず、両者が衝突するという事態にまで発展することがあった。大変、有名な例ではあるが、台記、仁平三年（一一五三）九月一四日に載る悪左府藤原頼長と藤原基衡の年貢の増徴をめぐっての争いは、その典型的な例であろう。

奥州にあった高鞍荘、本吉《もとよし》荘、大曽祢荘、屋代荘、遊佐《ゆざ》荘の五荘は摂関家の荘園であった。高鞍荘は宮城県栗原郡金成《かんなり》町、栗駒町周辺、本吉荘は同本吉郡志津川町付近、大曽祢荘は山形県山形市の西南部、屋代荘は同東置《おき》賜《たま》郡高畠町一帯、遊佐荘は同飽海郡遊佐町、酒田市付近にあった荘園である。藤原頼長は久安四年（一一四八）、父の忠実からこれら五荘を譲与された。早速、翌五年（一一四九）、頼長は雑色の源国元を奥州に派遣、荘園を管理する藤原基衡と増徴について接渉させた。こと高鞍荘については忠実の時にも増額（金五十両、布千枚、馬三疋）

が交渉されたが、基衡によって拒否されていた。頼長はこの高鞍荘のほか、四荘も含めて年貢の増額（具体的数値は別表の通り）交渉のため、雑色源国元を奥州に派遣したのだった。しかし「国元、其の性、柔弱、之を責むる能はず、空しくもって上洛」してきた。そこで頼長は仁平元年（一一五一）、かわって厩舎人長勝と延貞を奥州に遣わした。次の年の仁平二年（一一五二）、基衡から返事が来た。高鞍荘については金一〇両（頼長の要求額は五〇両＝以下同じ）、布三〇〇段（要求額一〇〇〇段）、御馬三疋（三疋）、細布一〇段（要求せず）、他荘からも布、水豹《あざらし》皮、鷲羽、漆など、その上納量を細かく示して妥協案を送ってきた。しかも基衡はその返事とともに、過去三ヶ年間分の年貢を従来の量で納めてきたのだった。頼長はこの受け取りを拒否し、再度、高鞍、大曽祢の両荘について年貢の増進を要求（因みに高鞍荘の貢金は本数一〇両、忠実案五〇両、頼長案五〇両、基衡案一〇両、第二次頼長案二五両＝妥結

	本数	忠実案	頼長久安 ５年案	基衡仁平 ２年案	頼長仁平 ３年案
高鞍荘	金　10両 布　200段 細布　10段 馬　２疋	金　50両 布　1000段 馬　３疋	金　50両 布　1000段 馬　３疋	金　10両 布　300段 細布　10段 馬　３疋	金　25両 布　500段 馬　３疋
大曽祢荘	布　200段 馬　２疋		布　700段 馬　２疋	布　200段 馬　２疋 水豹皮　５枚	布　300段 馬　２疋
本吉荘	金　10両 馬　２疋		金　50両 布　200段 馬　４疋	金　20両 布　50段 馬　３疋	基衡案に同じ
屋代荘	布　100段 漆　１斗 馬　２疋		布　200段 漆　２斗 馬　３疋	布　150段 漆　1.5斗 馬　３疋	基衡案に同じ
遊佐荘	金　５両 鷲羽　３尻 馬　１疋		金　10両 鷲羽　10尻 馬　２疋	金　10両 鷲羽　５尻 馬　１疋	基衡案に同じ

藤原頼長と藤原基衡の年貢交渉の経緯

額）、両者はこれで漸く妥協、今年の仁平三年（一一五三）になって、過去分を含めて受納したというのである。後日、交渉をまとめた延貞には「細馬」が褒賞として与えられたという。

きわめて詳細な数字まで記載され、当時の荘園年貢の実態がわかる好史料である。両者がギリギリのところで懸命に接衡しているさまが伝わってくる。そして、なによりも印象深いのは藤原頼長の強引な態度と不退転の決意であろう。頼長の強靭な性格を余す所なく伝え、浮き彫りにする話である。保元の乱が勃発するのは、この三年後のことである。

五　藤原基衡は「匈奴」

この話なぞ古事談の平泉との対立を描くＡＢＦＧ話（二―一四、二―七六、四―二五、五―三四）の背景を十分想像させる話である。摂関家を始め、京貴族方は奥州からの貢納品は喉から手が出るほど欲しかった。そのためにはあらゆる手段を講じても年貢は確保、増額させねばならなかった。しかし、一方、大義のない、理由の通らない道義の間で揺れ動く貴族心理をうかがわせている。

そんな動揺する貴族側の対応はこの時もあったらしい。「宇治左府師匠」（尊卑分脈）を務めていた藤原成佐は頼長に対してこう諫めたという。

匈奴無道、不㆔必受㆓君命㆒、是以、禅閤（忠実）時、度々雖㆑有㆓其議㆒、不㆑能㆓果遂㆒。（台記　仁平三・九・一四）

成佐がいうには、「匈奴」は「無道」であるゆえ、必ずこちらの用命を受けないに違いない。先代の忠実公の時にも度々こうした紛議があったが、とうとうこちらの要求は通らなかった。成佐はさらに中国、孝文帝の匈奴対策を持ち出して、漢家日域、匈奴唯以レ仁懐レ之、未レ得ニ以レ威畏レ之、君欲レ果ニ其事一、基衡遂不レ聴レ之、君将下失ニ威於東上一、遺中嘲於後昆上、願熟察焉。（同条）

と進言した。漢土、日域の例として「匈奴」は「仁」をもって和し、「威」をもって従える事はなかった。もし武威でもって事を運ぼうとすれば、基衡は絶対に服従せず、頼長公は東奥に汚名を残すことになるとまでいったのだった。しかし、これに近習だった藤原成隆と源俊通はこれに強く反対、基衡に対しこちらが強く拒否すれば、必ず基衡は折れてくる。「願君勿ニ和親一矣」とまでいい切る。頼長の面前で両者は激しく応酬するが、頼長は成隆、俊通らの強硬策を採った。台記によれば、成隆は「高鞍荘の預」、俊通は「本吉荘の預」でもあったらしく、奥州よりの貢納の多寡は二人の利害にも直接関わることでもあったのだろう。この両名は保元の乱でもちろん頼長方に参戦、敗北後、捕われ、それぞれ安房、上総へと流された。その行動の一部は保元物語にも記されている。

藤原頼長の非妥協的な強硬方針はどうやら成功したらしい。早速、「奥州庄々」より砂金一六五両がもたらされ、鳥羽法皇に「御悩御祈」の料として献納されている（台記　仁平三・九・一七）。

廟堂にあっては奥州政策、蝦夷対策には常に和親か武威かの対立があって、紛糾することも多かったに違いない。頼長の面前で闘われた基衡対策もまさにその一つであるし、三善清行によって著わされた藤原保則伝もそんな事情を伝えている。和戦両用ということからいえば、古事談編者の立場はおそらく「戦」の立場に近いのであろう。造仏の薄料にと清衡が献上してきた砂金を将来の謀反人からは受納できないといって、砂金を突っ返した源俊明の行動（二―七二）は頼長が納入された基衡からの年貢を拒絶した話とも似るし、その基衡が国司の検注を実力で阻止したため、その責任を問われ、国司側に引き渡された佐藤季春を断乎として処刑した国司師綱の行動を高く評価している点などを見ると（四―二五）、源顕兼という人は対北方政策については強硬派の施策にかなり近いのではないかと思われる。藤原忠通が揮毫するも、基衡のための堂額と聞き、ただちに厩舎人を奥州に派遣、舎人はその門額を三つにたたき割って持ち帰ったという話（二―二四）などは、まさに京方の奥州側に対する苛立ち、反撥がよくうかがえる。顕兼の選びとった話を見ていると、対奥州の強硬的な対応が多い。顕兼自身が強硬論者であったかどうかは分らないが、顕兼がこうした奥州に強い態度で臨むことに少なくとも心情的には共感していたことは確かであろう。

六　京方の奥州への視線

一般的にいって、奥州藤原氏に対して、京方はどのような印象を持っていたのであろうか。高鞍荘など奥州五荘への対応をめぐって、強硬策を排し、和平的な協調策を頼長に懸命に進言していた藤原成佐も藤原基衡のことを「匈奴」と呼んでいた。再三にわたって馬の貢納を受けていた藤原忠実も「陸奥男清衡」（殿暦　長治元・七・一六）、「陸奥住人清衡」（殿暦　天永二・一〇・二八）、「陸奥清衡」（殿暦　天永三・一〇・一六）、その父師通も「清衡陸奥住人也」（後二条師通記　寛治五・一一・一五）、「陸奥住人清平」（中右記目録　大治三・七・二九）、「陸奥清衡」（長秋記　大治五・六・八）の如く称するのが通常であった。その称呼には一切敬意の気持はない。それどころか「男」「住人」といった記述には軽侮の意識さえうかがえる。たしかに清衡自身も自らを「東夷之遠酋」と呼んだり、「俘囚之上頭」（中尊寺供養願文）と卑称し、せいぜい「散位藤原清衡」（中尊寺金色堂棟木墨書銘）と自称するのが精一杯であったようだ。京方の奥州藤原氏への評価はかなり低く、時に侮蔑的でさえあった。頼長との話の中で藤原成佐が基衡を「匈奴」と呼んだのはその暴戻性を強調せんがための表現と考えた方がよいのであろうが、京貴族の中には奥州藤原氏に対し、たしかにそうした意識を持つ者があったということである。

安倍・清原・藤原三氏関係図

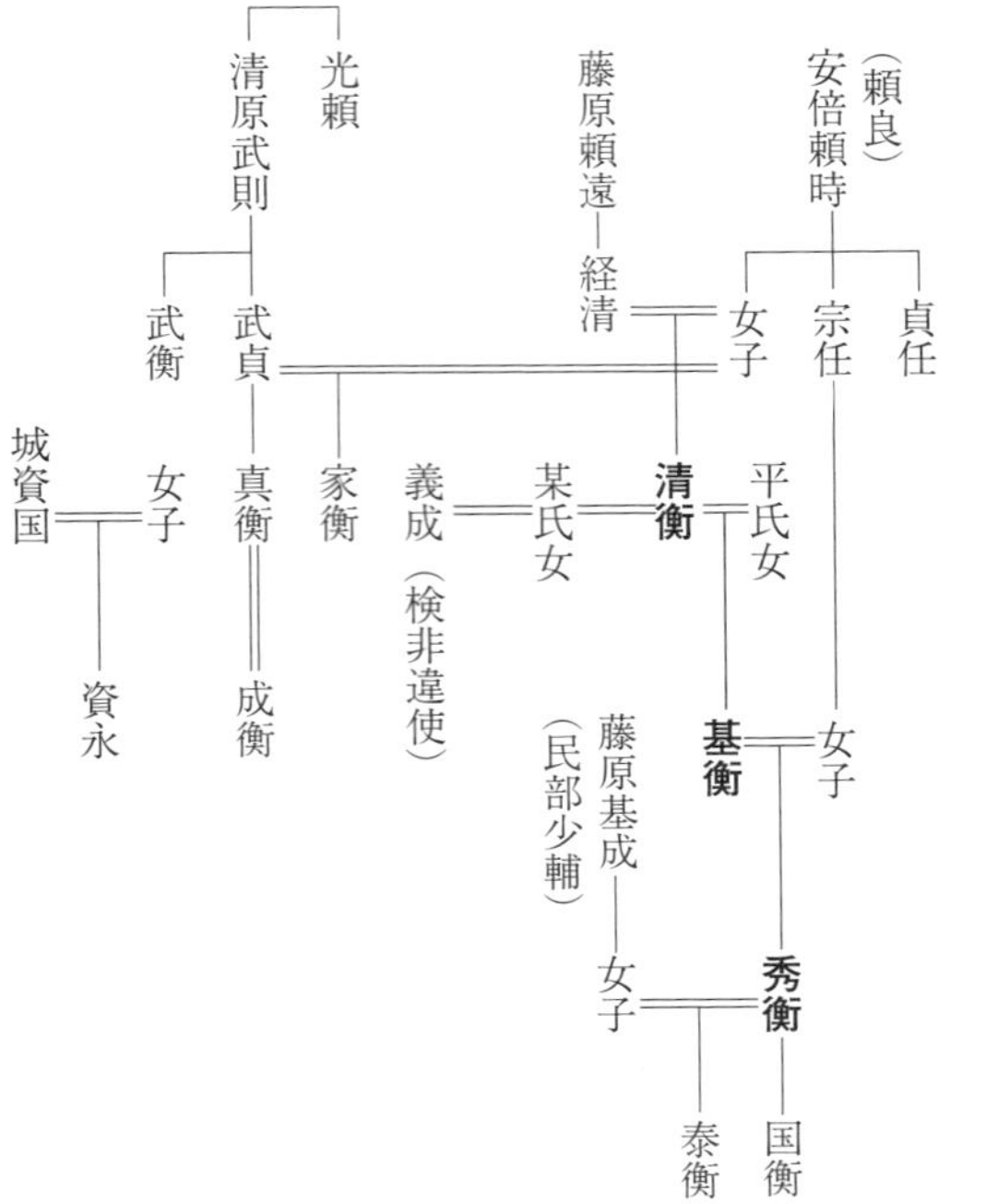

知っての通り、奥州藤原氏と安倍氏の姻戚上の繋がりはかなり深い（系図参照）。まず初代清衡の母は安倍頼時の娘といわれ、彼女は安倍貞任、宗任の兄弟でもある。また二代基衡の妻は安倍宗任の娘で、毛越寺隣の観自在王院建立の発願者である。近年、発掘されてにわかに注目を浴びた、衣川左岸の接待館の主であった可能性もある。[5]系図からも明らかなように、彼女は三代秀衡の母で、おそらく平泉にあって隠然とした権力を奮っていたのではないかと想像される。古事談F（四―二五）で、国司側に引き渡された佐藤季春の助命と身柄の釈放を願って、活発に動いた基衡の「妻女」とは彼女の可能性も高い。ともかく奥州藤原氏と安倍氏の血の繋がりはきわめて濃厚であったのである。

安倍氏は前九年の役（一〇五一―六二）で源頼義、義家父子を中心とした朝廷軍と戦い、族滅した。陸奥話記で父祖安倍忠頼が「東夷酋長」とされるほか、諸記録では貞任、宗任ら一族は「俘囚」と紹介されるのが常である。貞任らの討滅を聞いた都方では「夷賊貞任」（諸道勘文　長治三・三・四）、「梟《きょう》夷安部貞任」（帝王編年記　康平六・二・

一六）というふうに、凶悪な謀叛人として敵視、賎視さえされている。水左記、康平六年（一〇六三）二月一六日条によれば、京都に持ち来たられた貞任、重任、藤原経清らの首は粟田口より四条、朱雀大路、西獄まで渡され、見物人はあるいは車、あるいは馬で、

　駱驛雑錯、人不レ得レ顧、奔車之声、晴空聞レ雷、飛塵之色、春天払レ霧、希代之観、何比レ之有乎。

という騒擾状態であったという。

　安倍氏自身の出自はやや分明でないところもあるが、

　今昔、陸奥ノ国ニ安倍ノ頼時ト云フ兵有リ。其ノ国ノ奥ニ夷ト云者有リテ……頼時、其ノ夷ト同心ノ聞エ有テ……　（今昔物語集　三一・一一）

と一応、安倍氏と夷を分別しているようだが、一方、

　貞任等四千余人ノ兵ヲ具シテ、防キ戦フニ…夷靡キ走テ敢テ向フ者無シ。　（今昔物語集　二五・一三）

とも記され、安倍氏を夷そのものと見ていたかは、やや微妙ともいえる。たしかなことは今昔編者にとっても安倍氏と夷を同体と見る確信はなかったようだが、両者はきわめて親しい関係、ほぼ一体視していたことは間違いないということである。

　京都側の安倍氏への認識は「俘囚」「東夷」に加えて「夷賊」であり「梟夷」であったのだった。安倍一族は京貴族からすれば、あくまでも朝敵であり、逆賊であるという、きわめて凶悪な存在と見なしていたといいえよう。

　奥州藤原氏はその血を享けていた。京方は藤原氏の背後には常に〝狂暴な〟安倍氏の影を感じとっていた。だからこそ「匈奴」とさえ形容されたのであろう。

嘉応二年（一一七〇）五月二五日、藤原秀衡は鎮守府将軍に任じられた。それを聞いた藤原兼実は、

又奥州夷狄秀平任二鎮守府将軍一、乱世之基也。　（玉葉　嘉応二・五・二七）

また別の個所でも「奥州戎狄秀平」（同　治承四・一二・四）と述べるなど、秀衡への認識は一貫して「夷狄」「戎狄」であったのだ。秀衡が陸奥守に任じられた時も「天下之恥、何事如レ之哉、可レ悲々々」（同　養和元・八・一五）と激しく慨嘆する。源平争乱の最中という難しい政治情勢の中、秀衡への叙任の背景も、政治的意味も全く分らなかったはずはなく、また「乱世之基」「可レ悲々々」は兼実の口癖といくぶん割引くにしても、奥州藤原氏を「夷狄」「戎狄」と評する考えから兼実は離脱することはなかった。現実問題としては源頼朝の動きに対して、

又秀平有下与二一力官軍一之心上云々。因レ茲、京中武士、昨今之間、聊有二称レ雄之気一歟云々。　（玉葉　養和元・八・一二）

とか、

奥州秀平又率二数万之勢一、已出二白河関一云々。　（同　寿永二・閏一〇・二五）

というふうに、頼朝への対抗勢力としての価値はそれなりに認識している兼実であった。後白河法皇への頼朝からの貢物が「甚軽微」になり、「殆似レ奉二軽慢一」という事態に対しても、兼実は「頼朝進物、秀平所レ進」（玉葉　文治元・一二・一四）ということも知っていた。奈良大仏復興のために必要な三万両の沙金を秀衡に負担させるべきだと、頼朝が奏上してきたことも兼実は十分知っていた（玉葉　文治三・九・二九）。奥州藤原秀衡はそれだけの負担に堪えうる経済力の保持者であることを藤原兼実はしっかりと認識していた。しかし、兼実の意識の中では「匈奴」とまでこそいわないが、あくまでも「夷狄」であり、「戎狄」であったのである。

一方では奥州藤原氏の政治力、軍事力、経済力を認めながらも、観念の世界では排除され続けなければいけな

い、危険な異族であったのだ。現実と立て前の乖離がここにはある。奥州平泉氏に対しては「創られた北方の「脅威」(6)」ともいうべき観念が貴族たちの意識の中に鞏固に存在し、継承されていたのである。

七　摂関家に親近する源氏

同じ武力を行使する集団であっても、源平両氏と安倍、奥州藤原一族に対しては、その扱いに大きな違いがあったようだ。藤原忠実の談話録、中外抄や富家語は貴族たちの日常的な話談の様子や本音をうかがうことができて、とても興味深い。

康治二年（一一四三）四月一八日、源為義が藤原忠実の許を訪ねてきた。台記（康治二・六・三〇）によれば、為義は頼長の許も「武士と共に」参上し、臣従の約を交わしたようであるので、この忠実邸訪問もそれに関わることであったかもしれない(7)。忠実は中外抄の筆録者の中原師元にこんなことを語ったらしい。

その次に仰せて云はく、為義のごときは強ち延尉に執すべからざるなり。天下の固めにて候へば、時々出で来りて、受領などに任ずべきなり。（中外抄　上・五一）

為義などは「延尉」にこだわるべきでない、という忠実の言からすると、為義の来訪は任官の依頼であったかと推測される。しかし忠実はそれに同意しなかった。その理由は為義は「天下の固め」であるから、折々にあらわれなくてはならず、受領等であることが望ましいというのであった。為義に期待されていた「天下の固め」とは、しばしば出来する京師内外での紛事への対応であることはいうまでもない。たとえば、

故白河院の御時に、山の大衆、祇園に入り籠りき。しかるに忠盛、為義を遣はして、追ひ出だされ了んぬ。（中外抄　上・六七）

の如きがその事例で、紛争の鎮定、鎮圧に武士が動員されることは数多い。

忠実は師元に対して、こんな昔話も語って聞かせた。源為義の四代前の源頼信の話である。ある時、源頼信は藤原頼通を訪ねて、こういったという。

頼信、子三人あり。太郎頼義をば武者に仕ひおはせ。頼清をば蔵人に成し給へ。三郎（頼季）字をとはの入道は不用の者にて候ふ由、宇治殿に申し了んぬ。（中外抄 上・五一）

そこで頼通は、

申し請ふ如く、頼義をば武者に仕へしめおはして、貞任、宗任を討ちに遣はし、頼清をば蔵人になし給ふ。三郎をば不用の者と申ける気にや、叙用せしめ給はざりけり。（同）

源頼信は藤原頼通に三人の子の任用を願い出た。頼義は武者に、頼清は蔵人に、頼季は不用の者と申し出たのであった。頼通は頼信の願い通りにし、長男の頼義を安倍貞任、宗任の征討に遣わしたというのである。

さきの源為義が藤原忠実を訪ねた話も同様であるが、ここでも源頼信は頼通を訪問、我が子の任官、任用を依頼している。摂関家と源氏はかくまで親近していたのである。両者はもちろん主僕という関係ではあったが、親密の度合は存外濃厚である。忠実はさらに続けて、

義家はいみじかりける者にこそありけれ。（同）

と源義家を高く評する。なぜなら比叡山の衆徒が蜂起した時も行幸に随行し、警護を完璧にこなしたからである。藤原忠実の意識としては、源頼信、頼義、義家、そして為義と続く河内源氏の一統は十分信頼に足る存在であったのである。そこには源氏の従順な臣従ぶりに加えて、

義家の母は直方の娘なり。為義の母は有綱の女なり。已に華族なりと。（中外抄 下・五三）

という血統への安心感もあったかも知れない。源義家の母は上総介平直方の娘で武門の出であったが、為義の母は大学頭、文章博士藤原有綱の娘であるといわれていることに、忠実は「華族」の血を見ているのである。

それに対し、安倍、奥州藤原氏は貴族たちにとって「東夷」「俘囚」であり、「夷狄」「戎狄」で「匈奴」でさえあった。それゆえにこそ藤原頼通は源頼義を「武者」として任用し、「貞任、宗任を討ちに遣はし」たのであった。そして頼義、義家父子は期待通りに安倍一族の討滅を果たし、叙位、叙官の褒賞に与った。頼義の叙任は特別の、記念すべきものであったらしい。忠実は保元三年(一一五八)のある時、侍臣の高階仲行にこう語った。高階仲行は無論、富家語の筆録者である。

仰せて云はく、叙位には尻付《しづけ》は常にあらぬ事なり。頼義、貞任をうちしたびの勧賞にこそ大殿、「俘囚を随へたる賞」と付けしめ給ひたれと。(富家語　六七)

叙任には普通尻付(後注)は付けない。ところが頼義が安倍貞任を征討した時の勧賞には大殿、すなわち師実(忠実の祖父)は特別に「俘囚を随へたる賞」と書き加えさせ、その功績を称えたというのである。富家語、応保元年(一一六一)にも忠実は同様のことを語っている。

仰せて云はく、尻付は大略古記を見るべきなり。まま当時出で来る事もあり。頼義を伊予守に任じ□時、公卿等議して、「俘囚を討ちたる賞」とぞ書きける。しかるごとき事、臨時に定めて書くべきてへるかと。(同　二三〇)

源頼義は前九年の役の功を賞されて康平六年(一〇六二)二月二七日、正四位下に叙せられ、あわせて伊予守に任じられているから、本条(二三〇)の話も前条(六七)の話も同一の叙任の話と考えてよいだろう。忠実の言明によれば、「俘囚を討ちたる賞」という尻付は藤原師実の発議であったらしいし、かつまた当座に於て決定されたことでもあったらしい。それほどまでに頼義らの俘囚討滅の功績は朝堂に中で高く顕彰され、特記されるべきことであったのだ。富家語の年記をそのまま信用すれば応保元年（一一六一）、忠実は八十四歳、翌応保二年に他界する。驚くほどの強記ぶりと次代に伝え遺したいとする忠実の執念のようなものさえ感じられる。

八　輝かしい十二年合戦の勝利

奥州十二年の合戦の勝利を特筆すべき出来事とする考え方は忠実一人の個人的な考えでは決してない。

前陸奥守頼義、可レ追二討頼時一之由、被レ下二官符一。（帝王編年記　天喜五・八・一〇）

前陸奥守源頼義、襲二討俘囚安倍頼時一之間、（扶桑略記　天喜五・八・一〇）

前陸奥守頼義朝臣言下上虜二夷賊貞任等一状上、（諸道勘文　長治二・三・四）

前陸奥守頼義言下上斬二賊貞任等一之状上、（十三代要略　二）

左大弁レ覧下前将軍頼義朝臣、与二俘囚貞任宗任等一合戦由文上、（康平記　康平五・一〇・二九）

前鎮守府将軍源頼義朝臣所レ進俘囚貞任、重任、紀清等首、并降人交名解文、（水左記　康平六・二・一六）

の如く、諸書そろって「俘囚」「夷賊」を追討した源頼義の軍功を高く評価しているのである。故実家として重きをなした藤原宗忠は、平正盛が源義親討伐の賞をめぐって朝議が紛糾した際、

早々依二康平之間、俘囚貞任之例一、可レ有二勧賞一者、（中右記　天仁元・正・二三）

と主張した。頼義への勧賞は動かしがたい前例ともなっていたのである。はたして翌日とり行われた除目の入眼では平正盛は但馬守に叙任され、しかも「追討犯人義親賞」と尻付が付された。

尻付如レ此、是康平之間、頼義任二伊予一時、追二討俘囚一者、是其例也。（同　天仁元・正・二四）

とあり、尻付もその前例として踏襲したのであった。

源頼義、義家らの安倍一党への戦績は王朝国家にとって輝かしい戦果であった。誇るべき佳例とさえされていた。安倍一族はどの角度から見ても夷敵であり、夷族であり、朝廷に反抗する朝敵であったのだ。それゆえに十二年の合戦は征戦であると同時に、聖戦とさえ意識されていた。それは藤原師実や忠実、兼実など摂関家内でに限られた一部貴族の意識などでは全くなく、広く廟堂内に瀰満していた一般的な認識であった。

そうした認識は古事談編者、源顕兼も同じく抱懐するところであった。冒頭第一章に列挙したのみで、全く言及してこなかったC四−一六、D四−一九、E四−二一、H五−五三等の奥州平泉がらみの各話を見てみよう。

まずC四−一六「頼義、勇猛往生の事」は源頼義は壮年時から「殺生を以て業と為《な》」し、

況むや、十二年征戦の間、殺人の罪勝げて計ふべからず。

というありさまで、間違いなく随地獄の業を背負っていたが、「みのわ堂」を建立、悔過の行を積んだ力によって極楽往生を遂げたという話である。頼義は極楽を願う心は、

勇猛強盛の心、昔、衣河の館をおとさむと思ひし時に違はず。

とも述懐していたという。ここでは安倍側を攻めた「十二年征戦」自体の評価には当然のことながら向かわず、犯した「殺人の罪」滅罪のために、発心した頼義の堅固な道心がひたすら強調されるばかりである。しかもその道心たるや、「衣河の館」を落とそうとした時の全く変らず、強靭なものだというのである。翻っていえば、「十二年征戦」を是とし、肯定しているともいい得よう。

H五−五三「源頼義みのう堂建立の事」はこの話の関連話なのであるが、「みのう堂」建立について、

件の堂は伊予入道頼義、奥州の俘囚討夷の後、建立する所なり。

と述べるに続いて、本尊の阿弥陀仏に向かい頼義が極楽往生を祈願すると、阿弥陀仏がうなづいたとも記す。ここでも十二年の合戦の理非など無論問われない。十二年の合戦、安倍氏の撲滅は当然で、至当のことなのである。なぜなら彼らならびにその後裔たちは「一国を押領して国威無きが如」(四―二五)き振舞をし、「只今、謀反すべき者」(二―七六)であったからである。古事談編者、顕兼の奥州への態度は常に否定的で、非友好的である。

第一章に羅列した他の話、D四―一九「義家の弓、白河院の魔を追却の事」も、E四―二二「後藤内則明の戦語りを白河院制止の事」もその系列に置くことができよう。

D四―一九は白河院が毎夜、物怪に襲われていた時、源義家が自分の弓一張を院の枕元に立てると、立ち所にその魔障は退散したという話である。白河院は大そう喜び、

　此の弓は十二年合戦の時や持ちたりし。

と尋ねるが、義家は憶えていないと答えたという。「十二年合戦」の霊力は帝王の悪霊にも打ち勝った。

E四―二二はその白河院の前で後藤内則明が十二年合戦の軍《いくさ》語りを始めた時、

　鎮守府を立ちて、あいたの城に付き侍りし時、薄雪の降り侍りしに、いくさの男共…

と則明が語ったところで、突然、白河院が話を止めた。

　今はさやうにて候へ。事の躰、甚だ幽玄なり。残りの事等、此の一言に足るべし。

といって、御衣を賜ったというのである。白河院も十二年合戦に少なからず関心を抱いていたようだ。いまだ見たこともない、またこれからもまず見ることはないであろう北の奥州の大地に対して、白河院はかなり強い好奇心を持っていたのではとも考えられる。白河院が後藤内則明の話のどこに「幽玄」を感じ取ったのかはなかなかの難問であるが、[8]十二年合戦は「幽玄」と評されるような一面さえ持っていた。いや貴族たちの眼には「幽玄」

と映ることさえあったのである。

九　後三条院の北方政策と古事談

その白河院の父、後三条院は治暦四年（一〇六八）四月一九日に受禅、七月二一日に即位すると、大極殿の再建を始めとする内裏再興、坊城制の整備、荘園の整理、沽価法、宣旨枡の制定など新政策を次々と打ち出し、新しい政治改革に乗り出した。[9] 後三条は即位の翌年の四月に年号を延久と改元、五月には石清水八幡宮に参詣した。

（延久）元年五月、供二養紺泥大般若一、請僧六十口、講師良秀律師、源頼義（俊カ）征二討東夷一之故也。（皇代記）

紺泥大般若経供養が行われ、東夷征討のことが祈願された。それと相呼応するかのように延久二年（一〇七〇）、陸奥守源頼俊、清原真衡を中心とする征討軍が北奥に侵攻し、「衣曽別嶋荒夷并閉伊七村山徒」（応徳三年正月二三日、源頼俊款状）を「討ち隨え」たのだった。いわゆる延久蝦夷合戦である。

この合戦について歴史学の方に於ても、従来はあまり注目されてこなかったものだが、前九年の役（一〇五一～六二）と後三年の役（一〇八三～八七）の間に存する北奥での事件として、近年注目を浴びつつあるものである。[10] そして北奥への侵攻、蝦夷の平定は後三条天皇の北方への積極政策の一環であったのではないかと推測もされている。後三条帝は内に対しても、外に対しても新政をおしひろげようとしていたと考えられるのである。

知っての通り、源顕兼は石清水八幡宮の社家と姻族の関係にある。顕兼の母は石清水八幡宮別当の紀光清の女である。歌人として有名な小侍従は彼の叔母にあたる。顕兼自身も正治二年（一二〇〇）催行の石清水若宮歌合に出詠するなど、石清水社との因縁はかなり深い。

古事談には後三条院関係の説話が数多く収載されているが、「過差」を禁じ（一‐六五）、「倹約を事」とし（一‐六六）、摂関家の不法を憎み（一‐六七）、犯罪を取り締り（一‐五八）など綱紀粛正に努めたとされる。経済政策として有名な延久の宣旨枡の制定も「延久の善政」（一‐六二）と讃えられ、その死に際しては軋轢のあった藤原頼通をして、

是れ末代の賢主なり、本朝の運拙きによりて、早く以て崩御するなり。（一‐七一）

と歎息せしめたとまで伝えている。顕兼が後三条院を末代の名君、その御代を聖代と描こうとする意思を指摘することは可能であろう。後三条院が犬嫌いと聞いて京中はいうまでもなく、諸国にいたるまで、全国的規模で犬の屠殺が行われ、逆に事態に驚いた院が中止を求めたところ、これまた一斉に停止されたという話（一‐六八）などは、「後三条帝の強力なリーダーシップ、強い天皇[11]」を古事談は描こうとしたのであった。そこには後三条院の死について、

（藤原）為輔中納言口伝に書かれて侍なるは、「人は屏風のやうなるべき也。屏風はうるはしう引き延べつれば、倒るるなり。ひだを取りて立つれば、倒るる事なし。人のあまりうるはしくなりぬれば、えたもたず。屏風のやうに、ひだあるやうなれど、実がうるはしきがたもつなり」と侍るとかや。（古今著聞集　三・八二）

というふうな視点はうかがえないのである。古事談では称徳女帝や陽成院、花山院等との多くの帝王説話が語られている。しかし、それらのおおよそが隠微な宮廷秘話や裏面話で、ここには顕兼の皮肉な視線が感じられる。そうした帝王説話群の中にあって、後三条院説話は明らかに毛色が違う。「末代の賢主」として「善政」を執った帝王として高く評価され、それらの文辞には顕兼の院への尊崇の気さえ漂わせている。

大嘗会の時、代々着さしめ給ふ玉冠は応神天皇の御冠なり御礼服を相ひ具して、内蔵寮に在り。後三条院の御頭に

めでたくあはせ給ひたりける。此の事、つねに御自讃と云々。（古事談　一―五九）

応神天皇はいうまでもなく石清水八幡宮の主祭神、その御冠が後三条院の頭にぴったり合ったという話は、応神天皇と後三条院、石清水八幡宮と後三条院の緊密な繋がりを意味する。後三条院は応神天皇の再誕とまではいえないだろうが、後三条院自身の気持としては太祖応神の遺命を享け伝えている自分の運命のようなものをあるいは感じていたのではないだろうか、だからこそ後三条院は、

放生会を行幸の儀式に准へらるる事は延久二年に始まるなり。（古事談　五―六）

とある通り、即位の翌々年の延久二年（一〇七〇）からは石清水の放生会を行幸の儀式に準じるかたちにも変更したのであろう。ちょうどこの延久二年は後三条院の北方進出の意向をうけて、源頼俊や清原真衡らが北奥へ侵入を開始した年でもあった。

延久蝦夷合戦終了後の応徳三年（一〇八六）、源頼俊は款状（嘆願書）を奉った。それは延久蝦夷合戦の恩賞として讃岐国々守に任ぜられることを請うものだった。その中で頼俊は、

公文之輩、依二勲功一勧賞之例、古今是多。近則源頼義朝□（臣カ）、越二一階一任二伊予守一。加之子息等及二従類一蒙二恩賞一之者、廿□（人カ）也。

と訴えており、前例として引例するのが、十二年合戦の軍功を彰して行なわれた源頼義・義家らへの勧賞であった。奥州で度重なっておきる合戦でもって必ずや先例として引き合いに出されるのが奥州十二年合戦であった。(12)源頼俊ら当事者たちにとって十二年合戦での頼義の戦功と、それへの恩賞は延久蝦夷合戦に於ても直近の仰ぐべき先例であったのである。

こうした意識は古事談編者、源顕兼も共有するものであったのではないか。古事談集中に記載された源頼義説

話はそうした編者の意識の顕われと見ることもできよう。それでなくとも石清水八幡宮と浅からぬ因縁を持ち、後三条院にある種の思い入れさえ抱いていたと思われる顕兼にとって、後三条院の北方への積極政策は重大な関心事であったに違いない。そしてその北方問題の先例として逢着するのが、源頼義らの十二年合戦であったのだ。王家、摂関をはじめ朝廷側が奥州平泉地域を実態としてどのように把握し、どのように対処しようとしていたかはなかなか判明しにくい。「夷族」「匈奴」と激しく侮蔑し、排除しようとしながらも、一方では奥州側の馬、金、鷲羽、布など、その生産力、経済力は認めざるを得ないし、むしろ依拠せざるを得ないような側面だってあったかと思われる。しかし、京方にとって現実と理念では齟齬するものがあった。奥州方はあくまで「夷族」であり、「夷敵」であった。現実はどうであれ、奥州勢力は敵性国家として敵視され続けた。いや敵視し続けなければいけなかったのかもしれない。

古事談編者の源顕兼はそうした貴族一般の認識を保持しつつも、さらに後三条院の北方政策に共感するところがあった。そうした意識があったからこそ、藤原基衡の門額と聞いて奪い返し、三つにたたき割って来た舎人菊方の話（二ー二四）や、造仏の薄料にと清衡が献上してきた砂金を突き返した源俊明の話（二ー七六）、基衡らの必死の助命嘆願にも耳を貸さず、佐藤季春を斬り捨てた国司藤原師綱の話（四ー二五）が印象的に、かつ幾分熱っぽく語られているのではないだろうか。同時代の説話集、宇治拾遺物語あたりと比較すると、古事談の奥州観はいささか過激で、偏狭という感がしないでもない[13]。

注

（1）伊東玉美『院政期説話集の研究』（武蔵野書院　一九九六）

（2）蔦尾和宏「『古事談』「勇士」考」（「文学」二〇〇二年七‐八月号）、なお、同氏「『古事談』「勇士」を巡る二、三の問題」（小島孝之編『説話の界域』所収　笠間書院　平成一八年）は小論と多く問題点を共有する。併読願えればと思う。

（3）高橋富雄『奥州藤原氏四代』（吉川弘文館　昭和三三年）

（4）大石直正『奥州藤原氏の時代』（吉川弘文館　二〇〇一）

（5）浅見和彦『日本古典文学・旅百景』（ＮＨＫ出版　二〇〇八）

（6）高橋昌明「東アジアの武人政権」（『日本史講座３』所収　東大出版会　二〇〇四）、佐倉由泰「『陸奥話記』とはいかなる「鎮定記」か」（「東北大学研究科研究年報53」二〇〇四・三）にも同趣旨の指摘がある。

（7）『江談抄　中外抄　富家語』（岩波書店　一九九七）脚注（山根對助・池上洵一校注）

（8）久保田淳「中世日本人の美意識」（『日本人の美意識』所収　講談社　昭和五三年）では「薄雪の美」を指摘する。

（9）保立道久『平安王朝』（岩波書店　一九九六）

（10）遠藤巌「延久元〜二年の蝦夷合戦について」（「宮城歴史科学研究45」一九九八・四）、入間田宣夫「延久二年北奥合戦と諸郡の建置」（「東北アジア研究１」一九九七・一）、小口雅史「延久蝦夷合戦をめぐる覚書」（中野栄夫編『日本中世の政治と社会』所収　吉川弘文館　二〇〇三）、関幸彦『東北の争乱と奥州合戦』（吉川弘文館　二〇〇六）

（11）浅見和彦『説話と伝承の中世圏』（若草書房　一九九七）

（12）川合康「奥州合戦ノート」（「文化研究３」一九八九・六）

（13）古事談の奥州平泉観と西行のそれとも根本的な懸隔がありそうだ。残された課題は多い。

木下資一

中世天狗信仰と現代
――天狗と刃物と葬祭儀礼

はじめに

『古事談』巻五「神社仏寺」巻末には、西行白峯訪問説話が配置されている。岩波新大系『古事談 続古事談』脚注[1]が指摘するごとく、本話は直接社寺について言及する説話でないにも関わらず、巻五巻におかれ、しかも巻末という重要な位置に配置されている。編者源顕兼が巻五の中でも本話に特別な意味を認めていることは、十分に考えられることである。本話は西行をめぐる説話の中でも『発心集』所収の西行説話と並ぶ、最も早い時期のものと言え、その面からも注目すべき説話である。

崇徳院怨霊に対する畏れと信仰は、近代まで継承され、慶応四年（一八六八）における讃岐白峯から京都への崇徳院神霊奉還が「皇軍」に対する「陸奥出羽乃賊徒」平定を祈願する意図があったことが知られている。[2]こうして都に戻られた崇徳院神霊を祀るため、飛鳥井邸跡地に建立された白峯神社は、明治六年（一八七三）に奉還された淳仁天皇神霊も合祀される。そして日本が戦争に向かって邁進し始めていた昭和十五年（一九四〇）、後鳥羽院神霊を祀る水無瀬神社に遅れること一年（昭和十四年は後鳥羽院七百回忌であった）、最高の社格を示す「神宮」の号を持つ白峯神宮へと格上げされた。昭和十四年三月には各地の招魂社を護国神社に改称し、神饌幣帛料供進の制が定められている。これらの措置の背後には、国家の命運を懸ける時期に際し、御霊の力を頼もうとする心性が存在したことが容易に推測できるところである。

崇徳院が没したのは長寛二年（一一六四）であるが、その後に続いた「近日天下悪事」（『愚昧記』安元三年五月九日条）を崇徳院や宇治左府藤原頼長の怨霊の所為として意識されるようになった。山田雄司『崇徳院怨霊の研究』（思文閣出版・平成一三年）は、第三章で安元三年（一一七七）の大火がその怨霊跳梁の契機となったと述べる。『吉記』寿永二年（一一八三）七月十六日条には、『保元物語』などに記される説話の源となった、崇徳院がその指の血で書写し、その奥に天下滅亡の趣を注し置いたという五部大乗経の御経沈めのことが記されている。この頃には、崇徳院は仏道を負に転じた魔道（天狗）の力と怨霊の力とを合体させた恐るべき魔王に成長している。

森正人「天狗と仏法――今昔物語集の統一的把握をめざして――」『愛知県立大学文学部論集（国文学科編）』34号・昭和六〇年）が指摘する、反仏法的存在としての天狗は、院政期の『今昔物語集』あたりから文学史に登場する。崇徳院は、怨霊（御霊）であると共に、確かに天狗としての一面を持っている。『（邦訳）日葡辞書』に「Acuma アクマ（悪魔）Tengu（天狗）に同じ」、「Tenguテング（天狗）Ten no inu（天の狗）悪魔」、「Ma（魔）Tengu（天狗）悪魔」、「Maxo（魔所）Tenma no tocoro（天魔の所）悪魔の棲む所」などとあるごとく、天狗は「悪魔」、「天魔」にほかならなかった。中世の人々と現代に生きる我々との間には、大きな時間の隔たりがあるが、一方で現代の民俗などに中世的宗教意識を残している部分があるのではなかろうか。以下、中世の一天狗説話を材料に、思う所を論じてみたい。

一　『明月記』天狗記事と『古今著聞集』天狗説話

『古今著聞集』巻十七「変化」「伊勢国百姓法師上京の帰途天狗に逢ふ事」と『明月記』安貞元年（一二二七）七月十一日条記事とがよく似た内容であることは、既に先学が指摘[3]しており、旧稿[4]でもふれたことがある。旧稿では天狗の出現する場としての法成寺の問題を主に論じたが、幾つか論じ残したことがある。まさに落ち穂拾いそのものであるが、ご寛恕願いたい。さて、両者はよく似た話であるが、細部には重要な相違も認められる。両者を比較してみよう。（本文の引用に際しては、旧字等は通行のものに改めている。）

○『古今著聞集』巻十七「変化」

二十三伊勢国百姓法師上京の帰途天狗に逢ふ事

これも仁治の比、

○『明月記』

嘉禄三年（一二二七）七月十一日条

十一日、天晴、地乾。未時許雷電猛烈〈三四声、雨不降〉、

巳時心寂房来談、帥入道〈定輔〉、一昨日一定入滅〈清水辺〉、嵯峨念仏房為善知識行向、帰来披露云々、山門訴訟触諸宗、悉令追拂念仏法師原云々。入夜静俊註記来、招寄問衆徒事、沙汰甚興盛、専修停止之沙汰、

伊勢国書生庄より百姓なりける法師のぼりて、五条坊門富小路にやどりて居たりけり。役はて、くだりけるに、同庄にあひしりたる山寺法しに行あひぬ。「いづくへゆくぞ」と問ければ、庄へくだるよしをかたれば、「我もくだるなり。さらば同道せん」といひければ、ぐしてくだるとおもふ程に、その道にもあらで思かけぬ法勝寺・法成寺などにきにけり。心も心ならず、鬼にかみとられたるさまなり。

さる程に、又七条高倉にきぬ。この山寺法しいふやう、「あちこちとありきて喉のかわきたるに、そのさしたまへる刀にて酒買かし。われものみ、そこにも喉うるへ給へ」といへば、又われにもあらずかひつ。さて二人のみて、ぐして行程に、今比叡の辺にきぬ。さるほどに、みもしらぬ山臥三人あひたり。此山ぶしをみて、この法師恐をのゝきたるけしきにて、しゞかまりてすゝまず。三人の山伏の中に、主領とおぼしきが

日々雖議定、其事未有一定云々、当時谷々悉行如法経懺法最中、其隙成此議定之間、忽総事未定云々、

雑人等云、近日天狗狂乱殊甚。滅水鐘楼之下、以白布縛法師一人、聞叫喚音求出、不言語飲食、両三日加持之後蘇生。

本伊勢国、去春入洛、経廻歴旬月、依無余糧、六月十二日下向本国、於途中勢州、本見知僧〈山伏躰〉、相逢。洛可伴来由之間、相共更帰京、先出大内、又他僧来曾、又相引入法成寺、〈貴賤数輩列座〉、依貴人之下知、以此僧衣帷令取酒、盃酌乱舞、又相引入法成寺、又相議入清水礼堂之由雖存之、狂心不知其実、座礼堂叫喚之由語之、不覚悟縛、楼上事云云、参詣人等憐愍、令着衣裳下向伊勢云々、〈其間事等、崇徳院当時御于鎌倉竹中、僧都参隠岐島等云々〉、座列乱舞之輩或其額有角云々。

（引用は国書刊行会本による）

いふやう、「わ法しぞ、せんなき事するな」といひて、にらみてたてり。此ほうし弥おそれ入たり。いかなるやうにかと見る程に、かくいひたるばかりにて、三人ながらすぎぬ。其時、「この人〳〵はたそ。又かく物いひつる人の名をばなにといふぞ」ととへば、「あれをばたてる房と申也」とこたへて、又ぐして清水にいたりぬ。鐘楼のうへにいて行て、いかにかしたりけむ、桧皮と裏板とのあはひに、かづらをもちて、なが〳〵としばりからめてつりつけて、天狗はうせにけり。刀をさしたりつる程は、かく思ふさまには、えせざりつるに、刀をうらせて後、かくしたるなめり。鐘突に人ののぼりたりけるに、もの〻うめきければ、寺僧どもにつげて、うらいたをこぢはなちて、とかく命いけて問ければ、かくかたりけるとなん。

（引用は角川文庫本による）

次に注目すべき相違点を列挙する。

① 『明月記』では嘉禄三年の事件であるが、『古今著聞集』では仁治の頃（一一四〇～四三）の事件とされている。

②『明月記』では天狗は大内、法成寺、清水と移動し、法成寺では貴賤数輩と盃酌乱舞の様を呈するが、『古今著聞集』では法勝寺、法成寺、七条高倉、今比叡、清水と移動しつつ、七条高倉で酒を買わせて飲み、今比叡辺で三人の山伏（その中の一人はたてる房と称す）に叱責されている。

③酒を手に入れる際、『明月記』では法師に衣・帷を売らせているが、『古今著聞集』では刀を売らせている。特に『古今著聞集』では、「刀をさしたりつる程は、かく思ふさまには、えせざりつるに、刀をうらせて後、かくしたるなめり」と、刀を手放させた結果、天狗が僧を思い通りに支配したことを強調している。

④『明月記』記事末尾に見える割注に、崇徳院、また後鳥羽院の存在を想起させる隠岐島について言及がある。

二　天狗と刃物

まず、ここでは③の刀の問題について、考えたい。『古今著聞集』の説話が形成されていく過程において、天狗が法師を誑かして酒を買わせるためにその持ち物を売らせるならば、「衣・帷」よりも、退魔の力を持つ「刀」を手放させた方が適当との判断が働いたものと考えられよう。

刀に退魔の力を認める発想については、『古今著聞集』巻十七変化篇の他の説話でも、これに言及するものが見える。第二十一話「観教法師が嵯峨山庄にて飼ふ唐猫変化の事」は、どこからか現れた唐猫を愛玩する中、守り刀を咥え去ったということを、法印を自由に犯すため、魔が猫に変化しておこなった行為かと考えている。ここでいう「魔」とは、法師を犯そうとする点などを鑑みて、天狗と見て良いだろう。第十六話「大原の唯蓮房法験に依りて天狗の難を遁るる事」では、自分を拉致しようとする天狗の腕に、小刀を突き立てたことが見えている。この話では小刀は大した退魔効果は発揮していないが、『天狗草紙』（三井寺巻A）第一段には、次のように小刀の退魔力を示す話が見えている。この例によれば、良質の鉄の小刀でなければ、十分な退魔効果は期待できないようである。

近比、三井寺に天下に聞こへ〔たる名〕誉の磧学四人ありけり。所謂〔信誉〕・長舜・道尊・道敏これなり。また、其の比〔山〕門に学生ありき。「彼らが所学の程〔も〕覚束なく、稽古の。分際もか〔なひ〕きてみばや」〔と〕、〔常〕□は心中に思ひけるにや。或時、此の事を思ひ寝にし□、睡眠しけり。かの心神、すなはち園〔城〕寺へ行きぬ。信誉智厳房の学文して居たりける出文机の辺りに、掛けりてけり。かの影、明障子に映りた〔り〕けるを、智厳坊硯の小刀にて鼻〔の〕程を切りたりければ、〔山上に寝入り〕たる僧の鼻切れて血垂りけり。驚きて本意を遂げずして、いよく遺恨深くぞありける。其の後、また〔寺〕門へ精霊行きて、長舜円蔵房の学問所にて掛けりけるを、先の如くに小刀にて切りけるに、刀の鉄悪くて切られざりければ、多日悩まされけるとかや。円蔵房の言ひけるは、「如何なる修学者なりとも、鉄良き小刀をば持すべき事ぞ」と、弟子どもには常に言ひけるとなん。不思議〔の〕事なり。（傍線私意。〔 〕内は欠落部を補った箇所。引用は、中央公論社・続日本の絵巻26『土蜘蛛草紙　天狗草紙　大江山絵詞』による）

太刀、刀は武器であるから、当然天狗を追い払う以外にも、化け物を退治する上で有用なのは、言うまでもない。『古今著聞集』の巻十七変化第十三話「近江守仲兼東寺辺にて僧形の変化に出会ふ事」では、僧形の変化の者に髻をつかまれて空中に引き上げられようとした仲兼が、下から車刀を化け物に突き立てて難を逃れたとあり、この太刀が蓮華王院宝蔵に収められたとの後日譚を記す。同第十五話「薩摩守仲俊水無瀬山中古池の変化を捕ふる事」では、古狸の化け物を腰刀で刺し殺している。太刀、刀のそのような一面を十分理解した上で、特に仏道に関わる僧、法師などにとって、彼らを魔道に引き込む、あるいは誑かそうとする悪魔＝天狗を却ける道具として、太刀、刀の持つ力が強調されていることに注目しておきたい。このような太刀、刀についての知識を踏まえれば、『明月記』の「衣・帷」から『古今著聞集』の「刀」への話の変容も、理解されよう。

三　現代の葬祭儀礼に残る魔除けの刃物

私事にわたって恐縮であるが、私の父は平成五年十月十七日に逝った。私の実家は信州の伊那にある。その通夜に際して、親戚の者（伊那市長谷出身）から遺体の胸に包丁でも鋏でも良い、何か刃物を置くことを求められた。刃物は魔物を避けるというのである。

このような習俗がかなり一般的なものであることは、井阪康二「死者の枕元に置く刃物と箒の意味」『史泉』第50号（昭和50年4月）などに、日本各地から採集された豊富な事例が揚げられており、決して特別な習俗ではないことが知られる。井阪論文は、死者の上、または枕元などに刃物（鉈・鎌・刀剣・小刀など）を置く例を、青森県野辺地地方から、岡山県備中町湯野村まで、東北、上越、関東、信越、東海、近畿、四国、中国の順に二十三例（この中には刃物と箒の二種類を置くという三例を含む）を揚げている。

近年発達しているインターネットなどでも、同様な例を拾い出すことが出来る。一例として、筆者が見出した中の二例を、次に揚げておく。

〈例1〉「JA全農かながわ葬祭〉お葬式・葬儀の流れ〉スケジュール・通夜式・葬儀・告別式　チェックリスト」より　http://www.jakanagawa-sousaikyougikai.jp/03_check_01.html　2007.5.24

ご臨終

ご遺体の移送手配（安置場所への搬送車両の手配）はできましたか？
安置場所のお迎え準備はできていますか？
御安置
北枕に安置しましたか？（無理な場合は、西向きでも大丈夫です）
枕飾りはご用意できましたか？（お線香の仕度）
守刀（故人の胸の上に刃物を置く）はご用意できましたか？
お供えのご用意はできましたか？（ごはん、だんご、お水等、地域によって多少異なる）神棚封じはできましたか？
（室内の神棚や、敷地内のお稲荷様に半紙を貼って封じる）
寺院連絡　火葬予約
はじめに寺院へ連絡して、お葬式日程のご都合を確認しましたか？
…（以下略）…
〈例2〉（某葬儀社ホームページ）　http://www.sougi119.jp/souginosikumi.html　2007.5.24
葬儀の仕組み　一般的な葬儀の流れをご紹介いたします
宗教・宗派等によって異なる場合がございますので詳しくは葬儀社にご相談ください
【臨終直後】
家族・親戚への死亡通知、葬儀社への連絡を行います。
病院で亡くなられた場合、ご逝去のご連絡があり次第、寝台車を手配・お迎えにまいります。
【枕飾り】

枕飾りは納棺までの臨時の祭壇です。納棺するまで北枕か西枕でご遺体を安置します。手は胸の上で組み、魔除として刃物を置きます。(宗派により異なります)
枕祭壇に、ローソク、線香などを飾り、火をともします。
…(以下略)…

(二例とも傍線は筆者の私意による)

このような刃物をめぐる葬祭儀礼の意味について、井阪論文に揚げられた例の大半も、右インターネット〈例2〉のごとく、「魔物をふせぐため」、「魔除けのため」と説明されるが、その中で特に「猫の魔を却ける」ことを強調する例が十六もあることに注目される。猫が魔の変化として登場するのは、まさに前述の『古今著聞集』巻十七変化第二十一話に付合する。ちなみに猫の魔について言及するものは、「猫の魔が死人に憑いて死者が踊り出す」、「猫の魔性が入る」、「猫が跨ぐと死者が生き返る(死者が這い出す)」、「猫に食われる」といった理由が述べられている。

これら葬祭儀礼に際して用意される刃物によって却けられるべき「魔物」「魔」とは、どのような存在なのであろうか。一般の日本人が葬祭に際して関わる宗教が仏教であることを考えれば、これらの「魔」は、まさに死者の「成仏」を妨げる、反仏教的存在としての意味が強いのではなかろうか。その点で、中世の天狗的性質を引き継いでいると言えるのではなかろうか。このような葬祭儀礼に関わる刃物をめぐる習俗伝承が各地に残る理由を厳密に説明するためには、中世、近世を通じた気の遠くなるような資料発掘作業が必要であるが、ここでは見通しのみを提示させていただくことにする。

四　天狗説話の伝承・変容の背景

第一章末尾①に指摘したように、『古今著聞集』巻十七「変化」第二十三話と『明月記』嘉禄三年七月十一日条とでは、事件の起きた年が大きく異なる。『明月記』では嘉禄三年六月十二日頃の事件であるが、『古今著聞集』では仁治の頃の事件とされている。この変化には、どのような背景があったのであろうか。

『明月記』では、雑人等の談話を引用する前に、山門衆徒が諸宗に念仏法師追放を働きかけていたこと、専修念仏停止の議論が盛んであったことに触れる。『天狗草紙』などに見えるごとく、各仏教宗派の我執、対立は、まさに天狗の所為そのものであった。仏敵すなわち天狗は、ごく間近に、ごく紛らわしい姿をして、尤もらしい教えを説いて人々を誑かす存在と見られていたと思われる。山門から見た寺門、また旧仏教から見た専修念仏宗など、まさしく天狗にほかならなかったのであろう。そんな宗派同士の対立が激化、騒然とした社会情勢の中で、「近日天狗狂乱殊甚」といった宗教的不安心理が醸成されていた最中での、伊勢出身の百姓法師の身におこった事件であった。

仁治元年（一二四〇）にも、嘉禄三年と同じような山門による念仏宗への弾圧事件があった。『高祖遺文録』五によれば、仁治元年五月十四日にも、山門衆徒が祇園社神人に専修念仏宗を禁止させるという事件が起きている。山門にとって法然の念仏宗は、「八宗仏法之怨敵、円頓行之順魔」（『高祖遺文録』所引「被仰付祇園執行山門下知状」）であった。この前年延応元年（一二三九）二月九日には、その祟りが恐れられていた後鳥羽院が配流地隠岐で没し、その遺骨が都近くに運ばれていた。[5]『比良山古人霊託』で知られる比良山の大天狗が摂政、関白を勤めた九条道家に仕える二十一歳の女房に憑いたという霊託事件があったのも、この延応元年五月のことであった。『古今著聞集』編者橘成季は、『明月記』寛喜二年四月二十四日条によれば、この道家の近習でもあった（新潮日本古典集成『古今著聞集』上「解説」・昭和五八年、など）。あくまで可能性の一つであるが、よく似た時代背景の中での事件として、成季、あるいはそれ以前の説話伝承者の頭の中で、年代の混同が生じたものかも知れない。

おわりに

第一章末尾④に揚げた『明月記』の割注記事「其間事等、崇徳院当時御于鎌倉竹中、僧都参隠岐島等云々」も、興味深いものである。この記事の意味するところは、今ひとつわかりにくいところがあるが、事件のあった六月十二日頃には、崇徳院の怨霊は鎌倉におり、また隠岐島の後鳥羽院のもとには、ある僧都が訪ねていたということであろうか。すなわち両院ともアリバイがあり、法成寺で酒宴を催した天狗には該当しないということを述べているのであろう。

このような事件がおきると崇徳院、後鳥羽院両院の関与が考えられているという点、中世人の意識における怨霊化した天皇、中でも魔王となった崇徳院の存在の大きさが、改めて知られるのである。(6)

注

（1）川端善明・荒木浩校注『古事談 続古事談』P五〇六（岩波書店・平成一七年一一月）

（2）藤井貞文「崇徳上皇の御霊と白峰宮（下）」（『歴史地理』第六一巻四号・昭和八年）。「 」内は、慶応四年八月二十六日、讃岐白峰にて勅使によって奏上された宣命（藤井論文所引）の一節。

（3）岡見正雄「天狗説話展望―「天狗草子」の周辺―」（『日本絵巻物全集27』解説・角川書店・昭和五三年）、小峯和明「『明

月記』の怪異・異類―覚書として―」(『明月記研究』二・平成九年)、同『中世説話の世界を読む』(岩波書店・平成一〇年)、山田雄司『崇徳院怨霊の研究』第五章。

(4) 木下資一『春日権現験記絵』巻十の天狗説話をめぐって(神戸大学国際文化学部・総合人間科学研究科日本文化論講座『日本文化論年報』第二号・平成一一年)

(5) 注3に掲げた小峯論文は、この天狗事件が後鳥羽院怨霊と結びつけられた結果、「仁治」という時代に位置づけ直されたという説を示し、山田著書もこれに賛同している。その要素も無視できないが、それ以上に念仏宗と旧仏教との対立再燃が記憶の混乱をもたらしたと見たい。

(6) 『古事談』編者源顕兼が没した建保三年(一二一五)は、承久三年(一二二一)に起きる承久の乱の六年も前のことであり、後鳥羽院はまだ怨霊化しておらず、『古事談』では問題にならない。

花部英雄

蜈蚣《むかで》退治の伝承学
——園城寺龍宮の鐘を出発に

一　三井寺の鐘は「龍宮の鐘」

本稿は古事談第五-三四の「園城寺ニ龍宮ノ鐘ノ釣ラルル事」を取りあげ、この説話のもつ意味を伝承学的方法によって解読しようとするものである。当該説話は古事談以後、類話となる俵藤太の百足退治の話として有名であるが、しかし、主人公、動機、シチュエーションなどをみても、ずいぶん違っている。いうなら文献的には、特異で孤立した説話である。そこで、この説話を扱うのに文献にこだわらず、口承の類話やモチーフを援用しながら、さらには歴史、民俗的背景から解釈していこうとするものである。

そこでまず初めに、類話の比較をしておきたい。当該説話と太平記巻第十五「園城寺の鐘の由来」、御伽草子「俵藤太物語」との対照表を次に取りあげる。

	発端	展開	結末
古事談	粟津の男（冠者）が鐘を鋳るために出雲に下向する。海上で嵐になると、小童の乗る小舟が現れ、男に乗船をうながす。乗ると、風波が止み小舟は竜宮に至る。	龍王が迎えて、仇敵が襲ってくるので一の矢を射て欲しいと言う。そこで男は楼に昇り、現れた大蛇の口を鏑矢で射通して退治する。龍王は喜び、何でも授けるというので、鐘が欲しいと答え、龍宮の鐘を貰う。男は粟津の広江寺にその鐘を吊す。	その後、寺が破壊した時に、住持は五十両で鐘を園城寺に売る。事を知った本山の天台寺衆徒は、法師を湖に投げこむ。
太平記	俵藤太秀郷が勢多の橋の大蛇を踏んで通る。小男が現れ、この橋の下に住む者だが敵に滅ぼされそうなので、討ってくれと頼む。秀郷は承知し、一緒に湖中の宮殿に行く。その小男は衣服を整え、主として饗応する。	夜更けに、比良の高峰から松明を灯して蜈蚣が攻めてくる。秀郷は眉間を狙うが二度ともはずれ、三度目は唾をつけて射通す。龍神は悦び、太刀、絹、鎧、俵などの他に、撞き鐘を授ける。鐘は三井寺に献上する。	後に三井寺が山門に焼かれ鐘も粉々に砕かれた時、一尺余の小蛇が鐘を尾で打ち、疵一つない状態にもどす。
御伽草子	武勇に優れた田原藤太秀郷は、瀬田の橋に横たわる大蛇の上を踏みつけて通る。宿にいると唐橋の大蛇の変化した女房が訪ねてきて、敵の三上山の百足を滅ぼして欲しいと言う。	承知した秀郷が瀬田で待つと、比良の高峰から地を揺るがして百足が来る。二度射損じるが、三度目に唾をつけて、眉間を狙い仕留める。翌日、また女房が現れ、絹と俵と鍋を持って礼に来る。その後、龍女に付いて湖底の龍王を訪れる。酒宴の後に、釣り鐘を始め、武具などを引き出物に貰う。鐘は三井寺に献上する。	園城寺では盛大に鐘供養を行う。このあと寺の由来を説き、智証大師後、山門との争いが続くことを憂慮する。

三者は、作品の成立年代や形成過程、享受層ともそれぞれ異なっており、単純な比較はできないが、ただ登場人物やモチーフ構成をみる限りにおいていえば、太平記と御伽草子は近い関係にあるといえる。すなわち、瀬田橋の大蛇を踏みつけて通る秀郷の剛胆さと、それを見込んで仇敵の百足を退治して貰い、褒賞に龍宮の鐘を授け、秀郷はそれを三井寺に寄進するという展開では一致する。その点では、御伽草子の「俵藤太百足退治譚」は太平記の系列に属するものといって問題はない。

しかし、違いもある。仇敵の退治を願いにくる人物が、古事談では「小童」、太平記では「小男」と類似しているが、御伽草子では大蛇化身の「女房」となっている。また、太平記の小男は、龍宮到着後に衣冠を整え龍神となる。なお、登場人物にかかわる問題については後に触れることにする。

また、龍神から授けられた鐘のその後についても、微妙な違いをみせる。古事談はいったん広江寺に納められるが、廃寺となるに及んで三井寺へ売却する。太平記、御伽草子はともに三井寺に寄進されるが、太平記ではその後延暦寺と三井寺の争いに巻き込まれて破砕するが、蛇が尾で打ち修復するという展開になっている[1]。そもそも太平記が、後醍醐派の延暦寺と、足利尊氏が兵を送る三井寺との合戦を語るエピソードの一つとして「鐘の由来」を取りあげる以上、争いに鐘がかかわり、その修復まで説くのはもっともなことといえる。それに対し俵藤太の比類のない活躍を中心に描く御伽草子は、山門・寺門の対立は中心的な話題ではないので、鐘供養の後、三井寺の由来、寺門・山門との対立に簡単に触れるにすぎない。

さて、三者の違いはそれとして、対照表の結末部において鐘が広江寺からの買収であるか、秀郷からの寄進であるかの違いはあっても、「竜宮の鐘」として三井寺に納まっていることでは共通する。三井寺にとっては竜宮からの鐘であることが重要な意味をもっていたといえる。そこから翻って考えるに、対照表の展開部における

「蜈蚣退治譚」は、三井寺の鏡が竜宮からきた鐘であることを語る説話的叙述として嵌《は》め込まれたものととらえることができるのではないだろうか。というのも、「蜈蚣退治譚」は後に述べるように今昔物語集の24巻9話にも、あるいは俵藤太の日光の神争いなどにも用いられる説話モチーフにほかならないからである。

さらにそのことは、鎌倉末頃の記事となる「園城寺傳記」[2]からも確認できる。「園城寺傳記」の「三井寺鐘」によると、元明天皇の時世に大津住人藤太秀郷が龍王に請われて蓬莱宮に至り、還る時に差し出された七種の引出物の中のうち鐘が第一の重宝である。これは舎衛国の大城祇園精舎にあった鐘で、これにちなんで勅命により園城寺と名づけられたとある。これが鐘の由来であるが、ここには俵藤太の蜈蚣退治譚の件《くだり》はない。その後、文徳天皇の后がこの鐘に結縁を求めるのを大師は断り、再三の勅命の後、貞観五年七月十四日に后が寺を訪れて撫でると鳴らなくなったという。この鐘は寺の凶事に汗を流すとも言い、戦乱で破損した時には赤龍、白龍が現れ尾で敲いて疵を直し、元の如くになったと記す。

また、三井寺の文書「寺門傳記補録」[3]（応永年間の記録）にも同様の記述が見えることから、園城寺内部の関係者においては鐘が「蜈蚣退治譚」によるものとするよりも舎衛国祇園精舎の鐘である方が、ステータスを高めるものと判断していたようにも思われる。いずれにしても「蜈蚣退治譚」はもともと園城寺の外において嵌め込まれた説話モチーフとするのが妥当のようである。そこで問題を、園城寺はなぜ鐘を龍宮あるいは祇園精舎の鐘とするのか、その事情を園城寺側の立場から探ってみる必要があろう。

現在、園城寺には三つの梵鐘があり、それぞれ弁慶鐘、三井の晩鐘、朝鮮鐘と呼ばれている[4]。朝鮮鐘は徳宋敬康元年（一〇二七）に高麗で造られ、宝器として取り寄せられたものといわれる。また三井の梵鐘は弁慶鐘に倣《なら》い、慶長七年に大津の大工杉本家次が新鋳したものであるという。この二つの鐘については記録や銘文があり間違いないとして、問題は龍宮から来たという伝説のある弁慶鐘である。この弁慶鐘を調査した廣瀬都巽によると、鐘の撞座は当麻寺の鐘（白鳳期頃の製造）に酷似しており、また、全体の形態は興福寺の鐘（神亀四年）に類似していることなどから、その製造時期を奈良朝の頃と推定している。(5)

園城寺は天智、天武、持統天皇が寺内の井泉から汲んだ産湯をつかったことから三井（御井）寺と命名されたと伝えられているが、そもそも白鳳年間に天智天皇とも縁由のある大友村主《すくり》氏の氏寺として建立されたものを、貞観元年（八五九）唐から帰国した円珍（智証大師）がここに唐院を建て、後に大友氏から授けられたのを再興した寺である。寺の建立当初にはすでに鐘が存したことになるが、一族の氏寺でこのような大鐘を造るとは考えにくいので、古代の官寺である大津京の北西にあった崇福寺の鐘が、寺の消失後あるいは移建などの際に園城寺に残されたのではないかという説(6)もあるが確証はない。

ところで、弁慶鐘の鋳造がいつ行われたかは不明としても、ここで問題とする「龍宮の鐘」は秀郷の活躍する平安中期以前から近江のどこかにあったことは確かである。その事実に基づいて、園城寺の「龍宮の鐘」の説話について再度検討を加えるなら、「龍宮の鐘」説は園城寺内での鐘の神秘さを強調するための脚色であったというごとになる。続いて秀郷が龍宮から持ち運んだとするのは次の段階で、秀郷以後の人気にあやかっての伝説の歴史化といえよう。

いっぽう秀郷とは無縁の古事談の説話は何を語るものなのか、依然謎に包まれている。粟津の男、広江寺がどのような歴史的文脈にあり、また龍宮の鐘とどのように交流しているのか、よくはわからない。しかし、結論を急ぐまい。そこへ進む前に、園城寺の龍宮の鐘に嵌め込まれた説話モチーフ「蜈蚣退治譚」の展開を、いったん園城寺から離れて考えてみることにする。

二　舳倉島の「蜈《むかで》退治譚」

古事談の「龍宮の鐘」の説話の発端は、海上での風波の難に始まる。突如の大時化《おおしけ》は生命にかかわる重大事である。神武紀の東征の件で、熊野の海で暴風に遭った時、兄の稲飯命が剣を抱いて入水し、常世の国に行ったとするのは、供犠となり海神を鎮慰したことを意味する。船乗りが髪を切り船玉様に供えるのは同様の心意で、現在に脈々と息づいている。

さて、粟津の男は単身海底の龍神のもとへ赴くことによって乗船者は救われる。いっぽう遙か海上を漂流する一行が、見知らぬ島に漂着して、海神と覚しき人に出逢うというのが、今昔物語集24巻9話の説話である。ここにも「蜈蚣退治譚」のモチーフが登場する。加賀の国から流れ着いた七人の釣人の前に、清げなる二十歳余の男が現れ、私が風を吹かせてそなたたちをここに招いたのだと言い、酒食を振る舞う。そして、実は明日、私を殺して島を奪おうとする敵が沖の島から攻めてくる。いつもは波打ち際で追い返していたが、今度は陸に上げて戦うから、形勢が不利になり合図を送ったら加勢してくれと言って姿を消す。

七人が準備をして待っていると、海面を大きな二つの火が進んでくる。山からも二つの火が現れ、近づくのを見ると十丈ほどの蜈と蛇である。互いに激しく戦い始めるうち、合図があるので七人の釣り人たちは一斉に矢を放ち、刀で斬りかかる。ついに蜈を斬り殺し、死骸を焼き捨てる。蜈《むかで》版「七人の侍」である。その後、傷を負った男が現れて礼を述べ、この島には田畑があるから移住してこないかと言う。釣人たちは妻子を連れてくる約束をして、いったん加賀の国に戻り、作物の種を用意し妻子を引き連れて、故郷の熊田の宮に祈願してから七艘の船で渡る。その島を猫ノ島と言い、移住者たちは年に一度、加賀の熊田の宮の祭りに本国に戻るという。その後、能登の船乗りが漂着した時には食物を差し出したと言い、また近頃、島に寄った唐人は、島のことの口外を止められたと、敦賀に着いてから語ったという。

舞台となる猫ノ島とは、能登の輪島沖五十キロ先にある舳倉島とされる。今昔物語集31巻21話「能登国鬼ノ寝屋嶋ノ語」に登場する「鬼ノ寝屋嶋」は、この舳倉島から三十キロほど手前にある七ッ島のことだという。今昔物語集の話では、この島に能登の光ノ嶋（現、光浦）から海士四、五十人が渡って鰒を採り、国司に献上していた。任期が終わる年に国司の藤原道宗が鰒を法外に要求したために、反発した海人たちは光ノ嶋から越後に行ってしまった。それで、鬼ノ寝屋の鰒を採ることが絶えたという。道宗の強欲な取り立てへの逃散といえる。

今昔物語集の成立よりも三〇〇年前に、越中守であった大伴家持が能登を巡行した折、「珠洲《すす》の海人《あま》の沖し御神《みかみ》にい渡りて潜《かづ》き取るといふ鰒珠《あはびたま》……」という長歌を残している。海人の採る鰒貝の真珠をたくさんつなぎ合わせたネックレスを、都のいとしい妻に贈りたいと詠んだ、その「沖し御神」のいる島とは、七ッ島（あるいは舳倉島をも含めてか？）を指していると言われる。当時から海人たちが鰒を採っていたことがわかる。

現在、七ッ島には住む人はいないが、舳倉島には三〇〇人ぐらい住んでいて、冬期間には輪島市海士町に戻る人もいるが、一〇〇人程は島で越冬するという。アワビ、サザエ漁等に従事しているが、彼らの祖先は、近世の初めに筑前鐘崎（現、福岡県宗像市）から渡ってきた海士だという。(7)そうすると今昔物語集に記された加賀国熊田から移住した七人およびその末裔たちは、ここを引き揚げたのか、あるいは途絶えてしまったことになるのであろう。

『石川県能美郡誌』によると、熊田神社の祭神は「大酒主といひ、或は倉稲魂神なりとし、明ならず(8)」とある。『加賀志徴』巻六にも同様の祭神の記事があり、「仲哀記」を引いて説明するが確証に乏しい。ところで、熊田神社は手取川（古くは比楽《ひら》川）の付近河口にあったのが寛永年間の洪水で流失し、ご神体を一時金沢に預けていたが、明治九年に現在の吉原村の熊田神社に移したとされる。(9) 以前の場所は古くは「比楽湊《ひらかみなと》」と呼ばれ、越前国海路の重要な湊であったという。(10)

今昔物語ではこの比楽湊から七人の釣人が猫ノ島に出航したことになるし、また、その猫ノ島に唐人も立ち寄っていた。小嶋芳孝は「唐人とは、日宋《にっそう》貿易にかかわる宋航をしている可能性が高い。（中略）八世紀から十世紀初頭までつづいた日本と渤海との交渉のなかで、この説話に登場する能登沖の島が、この説話にあるような船の補給基地としての役割をはたしていた」(11) と述べているのは、この説話の歴史的背景を考える上で大きな示唆を与えてくれる。すなわち日本海をめぐる高句麗や渤海との国交の姿を垣間見させてくれるからである。

舳倉島には近年、弥生時代後期のシラナス遺跡が発見され、土器や石器などの遺物の他にも貝塚、動物の骨などが見つかり、断続的に人が渡っていたとされる。さらに興味深いことは、奈良時代に渡った漁民が牛を漢神《からかみ》に捧げた儀礼の跡が残されているという。(12) 浅香年木によると、渡来の道教の系譜を引く漢神信仰は牛馬を殺して漢神に捧げるというもので、当時は伊勢から近江、北陸へと広く分布していたとし、それが畿内の律令国家の統制によって、歴史上からしだいに消されていったとされる。(13)

能登の羽咋の気多神社に「気多社嶋廻縁起《けたしゃしまめぐりえんぎ》」という、いわば異伝に類する書物があり、気多の神は渡来の王子で舳倉島に滞在し、三〇〇余人の家来を従えて舳倉の翁と共に珠洲に上陸し、やがて気多の神に祭られたという。(14) 古代の日本海の交流を彷彿させる事例といっていいのかもしれない。

さらに、その驥尾《きび》に付して言うなら、比楽湊から出航した七人の釣人は、猫ノ島の神から戦いの加勢に招かれ、即座にその準備に取りかかり、完遂するなど武人に徹した人物たちとして描かれている。単純にこれを「釣ヲ好テ業」とする漁師とし、その後「田畠ヲ作」る農民になったと見なすわけにはいかない。網野善彦が中世の海民を、平民的海民、「職人」的海民、下人的海民、漂泊的海民と区分したが、そのうちの「職人」的海民に相当する者たちといったとらえかたができるからである。すなわち「古代において贄を貢進していた海民集団の流れをくみ、その専業的な性格はより顕著で、まさしく海にかかわるさまざまな業――漁撈、廻船、製塩等の「職人」[15]といった海民であろう。今昔の「七人の釣人」の正体は、島の領有をめぐる緊張関係の中で送られた兵士を想像させられる。

さて、このように今昔物語集24巻9話の説話を歴史的背景のもとにみてくると、「蜈退治譚」が単に動物葛藤という話ではなく、大蛇、蜈に仮託した勢力同士の戦いの様相を帯びてくる。しかし、そこから大蛇とは何、蜈とは何といった歴史的解釈は当面の関心にはない。歴史的勢力があったとして、それを動物を表象とする葛藤譚に仕立てる発想はどこからくるのか。また、なぜ大蛇、蜈といった特定の動物が用いられるのか。それよりなにより、なぜ現実をカモフラージュするようにして動物を用いて表象するのか、といった根源的な問題意識があるからである。次に、こうした動物葛藤のモチーフを、少し違った角度の伝説を取りあげながら問題解決の糸口をつかんでいきたい。

三　蹴裂《けさき》伝説と動物表象

『神話伝説辞典』によると、蹴裂伝説とは「ある神や英雄が谿谷湖沼の一方を蹴裂き、もしくは切り開いて、悪水を流してやることを説く型の伝説」とある。しかし、これでは舌足らずである。伝説の経過には触れるが結果についての言及がない。水の流失によって広大な農地が確保され、人々の生活を潤すことになったとする点が欠けている。蹴裂のモチーフが、神仏の恩寵によるものではなく人為的な事業であり、その結果、自然の地勢の変容を余儀なくされたところまで言及すべきである。それは登場者のその後にもかかわる重要な点である。この伝説が現実と関係の薄いものとする認識が過小評価させているのかもしれない。

ところで、蹴裂伝説については、早く中山太郎が取りあげたが[16]、その後、先の『神話伝説辞典』が項目にあげた他には見られず、閑却視されている。いま中山があげた事例に、『日本伝説大系』全15巻などから拾うと、次の21例を数えることができる。

1　最上川の起こり　山形県最上郡（阿古耶姫と藤夫婦）
2　小国郷のはじまり　山形県最上郡最上町小国（大亀）
3　村山平野の開鑿　山形県山形市村木沢（慈覚大師、蛇）
4　最上川黒滝の開鑿　山形県白鷹町（西村九左エ門、黒滝明神、御四天王、剣先不動、大蛇）
5　信達湖水伝説　福島県福島市（大蛇、大熊）
6　赤城山子持山の山隘《あい》の切開　群馬県勢多郡、碓氷郡（日本武尊、諏訪明神）
7　穴切神社・蹴裂明神　山梨県甲府市、南巨摩郡、西八代郡（地蔵菩薩、不動尊）
8　甲斐国東八代郡左口村の佐久神の蹴開　山梨県東八代郡（蹴裂明神は佐久神の子）
9　松本平、安曇平の開鑿　長野県松本市、上水内郡（泉小太郎、犀龍）
10　越前国坂井郡三国　福井県坂井郡三国町（継体天皇）
11　越中国砺波郡別所七山　富山県砺波郡（頼成、龍蛇）
12　近江国犬上郡姉川の蹴裂傳説　滋賀県犬上郡（覚然法師、龍王）

13　請田・鍬山・持籠の三神　京都府亀岡市（請田神社、鍬山神社、持籠神社）
14　明神岳の大国主命　京都府亀岡市（桑田神社、請田神社、大蛇）
15　五社明神の国造り　兵庫県豊岡市（大蛇）
16　但馬国城崎郡瀬戸　兵庫県城崎郡（大巳貴、少彦名）、異説に出石の神（天日矛）
17　馬関海峡の開鑿　山口県下関市（赤目の龍）
18　阿蘇明神の蹴裂伝説　熊本県益城郡、山鹿郡（阿蘇大神）
19　神功紀九年四月条肥前国松浦郡神田の「裂田溝」長崎県松浦郡
20　阿蘇の大鯰　熊本県阿蘇郡一の宮町（阿蘇大神、大鯰）
21　薩摩国の出水と長島の隼人の迫門　鹿児島県出水市（隼人の神）

これらの伝説の多くは、土地の神や精霊、あるいは歴史上の人物などが戦い、また力を合わせて山や岩を開鑿して農地を開拓したというものである。事後に関係者などを神に祭ったり顕彰したりする。特徴的なのは、開鑿に伴う敵対者が水棲の大型動物であったと説かれる点である。動物を表象とした国土開発の様相を示しているのである。

4の「最上川黒滝の開鑿」は、大昔、置賜盆地は湖であったということから始まる。おかまぐら（不明）の大蛇と白鷹山の大蛇とが最上川をめぐって争いをし、おかまぐらの大蛇が勝った。大蛇は白鷹町菖蒲の元黒滝梁付近を頭に、高岡の御四天王様を尾にして横たわって堰き止め、ここに住んだという。そのため三メートル余の滝ができて不便をした。それから何百年も後に、これを見かねた上杉様の御用商人の西村九左エ門が、元禄の初めに一万七千両を投じて黒滝を壊して船運を開いたという。平成6年に白鷹町は、黒滝開鑿三百周年ということで西村九左エ門の顕彰碑を建てて祝賀したというから、開鑿は史実であったといえそうである。

ところで、工事は難渋を極めたという。西村は同じ京都の船山間兵衛ら多くの技術者を引連れ、素戔嗚尊と黒滝の明神を新たに祭って始めようとしたが、いよいよ工事に取りかかると俄に激しい大雨になった。関係者は恐れをなし、そこで称名寺の高賢法師に依頼し、剣先不動尊を祭って祈祷し、無事に工事を完成させたとされる。その工事は、黒滝を堰き止めて流れを変え、「乾し上がった元黒滝梁の付近の滝を龍の剣掘りや焚き火して岩を熱し急に冷水をかける等原始的な方法が用いられた[17]」という。その工事の偉業に触れて、「しかも不思議なのは厚さ一・五メートルもある岩層に支えられた耕地がいとも簡単に川幅一つもながれ去ったのであろうか。それは大蛇同士が争った大昔に遡る。つまり「おかまぐら」の大蛇の下に白鷹山の大蛇の死骸がこれ又一・五メートルもあって、これが軟弱な岩層なため流れによって抉り取られ、上の固い岩層は自体の重みに堪えかねて崩れ去ると言う。そして三百年の歳月は川幅一つも流してしまったと言う訳だ[18]。」と述べ、地盤が硬軟二段の層になっていることを科学的分析をまじえて説明する。この開鑿によって水の引いた高岡側に約七ヘクタールの水田ができたが、近年は減反政策で耕作されることがなく葦の原になっていたのを、今は牧草地にしたという[19]。

この黒滝開鑿の話は、伝説と史実とが微妙に重層して語られている。かつて置賜盆地が湖であったのは二匹の大蛇が争いをし、その結果堰き止められたという伝説と、その堰き止めた黒滝の岩盤を熱し、水をかけて破砕、崩落させて舟運と農地を確保したという史実とである。一見すると、動機の異なる二つの話が結合した印象を与えるが、しかし、両話は二人三脚のように一体であることによってそれぞれの役割と存在意義を示している。

というのも、とりわけここで注目したいのは、史実と伝説を融合させ、硬軟の二層の岩盤はおかまぐらと白鷹山の大蛇の化石である仮想している部分である。現実に地盤を大蛇の化石と考える人はいないのであるが、ただそう仮想することによって史実と伝説とを架橋し、一連の話としてのリアリティーを獲得しているのである。すなわち、舟運や農地拡張の妨げとなる黒滝を、大蛇の化石と幻視することによって、不条理な存在の岩を人為的に破砕する根拠に正当性を与えているのである。

生活に不便な黒滝を大蛇の化石とみる「民俗の想像力」を、開発の論理としてとらえるなら、動物葛藤譚による変形させせられた自然を元に戻すという大義名分によって、開発工事を容易にするという功利的な図式が見えてくる。いっぽう自然環境の問題としてみるなら、人間の便宜のために自然に変形を加えることに対するナイーブな心情が強調されてくる。そのことは、工事に取りかかると大雨になり、そこで神仏を招来して祭りを行い、黒滝を神に祭ることを通して工事を完成させようと、細心の注意をはらう伝説の言葉に表われている。

地形を単に鉱物、岩石の塊としてではなく、生命の通ったものとみる見方がベースにあり、それを表象したのが黒滝の大蛇、おかまぐらの大蛇といえる。しかし、現在のわたしたちにはそうしたとらえ方ができなくなってしまった。現実の蛇とのアナロジックな対応関係から想像力を触発、刺激されて、黒滝の岩を大蛇と幻視する表象力が欠けてしまったからかもしれない。それは蛇に対する科学的な動物情報が豊かになったからともいえるが、もっと本質的なことは大地を利用すべき対象物としてとらえ、自然を自身の存在の延長のように感じられなくなったことを意味しているのであろう。蹴裂伝説はそのことをも伝えているようである。

四　蹴裂伝説と宗教者、技術者集団

9番の「松本平、安曇平の開鑿」は、松谷みよ子の「龍の子太郎[20]」のもとになった伝説である。この地域の有名な伝承であるが、ここでは享保9年に記録された『信府統記[21]』から紹介する。長野県安曇野地方が往古に湖であった時のこと、ここに犀龍《さいりゅう》が住み、これより東の高梨の池に白龍王がいて、犀龍と交わって八峯瀬山に一子を得る。名を日光泉小太郎と称し、放光寺山の麓で成長する。母の犀龍は身を恥じて湖に隠れた。それを尋ねて熊倉下田の奥入澤で母に会うと、母は私は諏訪明神の化身であるが氏子のためにこの湖を平地にしたい、私に乗れと言う。小太郎が乗ったところを犀乗沢と言い、それから小太郎と犀龍は山清路《さんせいじ》の巨岩を突破し、さらに水内《みのち》の橋下の岩山をも破って、水を千曲川に落とした。犀乗沢から千曲川を犀川と呼んだ。そして、犀龍は白龍王と共に坂木の横吹の岩穴に入り、小太郎は有明の里に帰って住んだ。その後、白龍王と犀龍が川合に現れ、我は日輪の精霊であり、犀龍と共に仏崎の穴に入ると言い、後に小太郎も我は八峯瀬権現の再誕でこの里を守護する言い、同じく仏崎に入った。そこに川合大明神を建立した。最後に穴に入るというのは、湖を棲み家としていた精霊がその場所を人間に譲り渡し、神として祭られて守護する立場になるという意味を象徴的に示している。

この伝説にはさまざまな精霊・神仏名、地名などが登場する。諏訪明神が化身した犀龍、日輪（大日如来の化身）の白龍王、二人の子で八峯瀬権現の再誕である日光泉小太郎。かれらの居住、関係する場所に高梨池、八峯瀬山、放光寺山、有明山、奥入澤、犀乗澤、また横吹・仏崎の穴などである。満面の水をたたえた湖のこれらの場所を、精霊たちは縦横に移動しながら、ついには要所となる山清路などを蹴り裂く。こうした精霊たちの活躍の背景に何があるのか。水が引いた後の松本平、安曇平には、さまざまな信仰のスポットがネットワークを形成するように浮かびあがってくる。精霊たちの舞台裏には、神仏を祭る宗教者たちが山や沢、平地を行き来しながら神々を祭り、豊穣を祈願する活動がそこに読みとれそうである。現実の宗教者同士の交流が複雑なように、物語にも複雑なコードが引かれている。ただ、それを追究するのは本稿のテーマから逸れるので別の機会にするが、ただ一つ伝説の現実的な契機として「犀川」について触れておきたい。

『東鑑』に頼朝が泉小次郎親衡《ちかひら》に命じて犀川に棲む犀を捕らしめたという記事がある。熱帯の水辺に棲む陸上の犀の知識が、当時誤って伝えられていたものであろうか。藤沢衛彦の『日本傳説叢書　信濃の巻』[22]の「犀川」の項に次のようにある。

安曇《あづみ》は、おつうみといふうを略《はぶ》いた語《ことば》で、矢張《やっぱ》り此地方《このちほう》が、太古《おおむかし》、湖水《こすゐ》であつた徴《しるし》だといふ。然《しか》るに、海神綿積豊玉彦命《かいじんわたつみとよたまひこのみこと》の御子《おんこ》なる穂高見命《ほたかみのみこと》、一名《めい》宇都志《うつし》日金拆命《ひがなさきのみこと》が、神術《かみわざ》で、山を拆《さ》き給《たま》ふたので今の犀川《さいがは》になつた。犀川《さいがは》は拆川《さきがは》の訛《なま》つた名であるとも傳《つた》へられて居《い》る。穂高見命《ほたかのみこと》は、阿曇連《あづみのむらじ》の遠祖《えんそ》となり、穂高神社《ほたかじんじゃ》に祭《まつ》られた。穂高神社《ほたかじんじゃ》は、延喜式内《えんぎしきない》の古い社《やしろ》で、南安曇郡東穂高村《みなみあづみごほりひがしほたかむら》に里宮《さとみや》があり、穂高嶽《ほたかだけ》に奥《おく》の院《いん》が鎮《しづ》まつて居《を》る。（「穂高神社考」）

安曇を「おうつみ」の「う」の略語で湖のあったことの根拠としたのは付会といえる。そのあとの記述にあるように穂高見命の子孫である安曇連から解くべきである。『古事記』のイザナキの「禊祓」の条では「安曇連等は、其の綿津見神の子、宇都志《うつし》日金拆《ひがなさくの》命の子孫なり《うみのこ》」とあり、また、『新撰姓氏録』には安曇連は「綿積神命児、穂高見命之後也」とあるので、宇都志《うつし》日金拆《ひがなさくの》命は穂高見命の別名で、安曇氏の先祖である。安曇氏は歴史上にもたびたび登場する古代豪族で、筑前を本拠地として諸所の海人を支配していたとされ、その一部が長野の安曇野に移住したものとされる[23]。

ところで、問題は綿津見神の子、宇都志《うつし》日金拆《ひがなさくの》命である。この神の「拆」が犀川になったという『日本傳説叢書　信濃の巻』の記事は注目に値する。犀龍と海神との連想もあるが、それより「拆」が「裂く」と同じ意味で、岩山を裂き開くことに結びついているからである。谷川健一は日金は火金で、「安曇氏は金属の利器をもって湖沼や湿地帯を開鑿し、そこを田畑として拓く技術をもっていた[24]」という仮説を提示している。しかしこれは早く中山太郎も述べていたことで、中山はさらに信州佐久郡の「佐久」は「拆＝裂く」の借字であろうとし、昔、甲州が湖であった時に、佐久の神が岩山を蹴裂いて農地にし、中道町に佐久神社が建立されたという伝説を取りあげて、佐久神が開鑿事業に関係するものと説いている[25]（先掲の8番の事例）。開鑿事業は専門の技術者集団の関与を抜きにしては、この大がかりな難工事は成し遂げられない。そのかれらが鉄器を道具に用いたであろうことは十分に予想されることである。

さて、蹴裂伝説はけっして虚構の物語ではなく、ある現実に基づいて説話構成されたものである。人間は土地を至便かつ効果的に利用するために蹴裂き人工化していくが、自然を変形することへのためらいが、そこに棲む動物を幻視し表象として物語に仕立てていくことについてはすでに述べた。この物語構成に土地の神々を管理し、祭儀を司る宗教者のかかわりがあった。なぜなら、宗教者こそは目に見えないもの、言葉では表せないもの、非合理なものを把握し、それを人間を越えたところ（神や祖先など）からのメッセージとして媒介伝達する役割を担っているからである。かれらは不思議な現象を抽象的な心的体験として幻視し、それを具体的、経験的な事象に置き換えた言葉で表現するからである。

五　古事談から御伽草子「蜈蚣退治譚」へ

さて、いくぶん迂遠な道筋をたどってきたが、ようやくここで問題を古事談の「園城寺ニ龍宮ノ鐘ノ釣ラル事」に戻すことになるが、その前に問題点を整理しておきたい。これまで見てきたところでは、動物の葛藤モチーフをもつ内容の話には、大きく二つのタイプがある。その第一は、今昔物語集24巻9話のように拮抗する勢力同士の争いに、その一方に人間が加担して助けるものである。第二は、蹴裂伝説に見られるように、人間の都合で自然を改造するために先住する精霊などを排除、撤退させるもので、その結果神仏に祭り上げることで調和をはかろうとするものである。前者は土地の領有をめぐる争いが根底にあり、後者は宗教者、技術者集団がかかわっての土地の改造を目的とする。

この二つのタイプで見ていくと、園城寺の鐘の説話は第一に近い。ただし敵対する理由が土地の領有をめぐってのことではなく曖昧である。結果として龍宮の鐘を取得するが、それは戦利品のようなものであり、当事者同士の争いの種ではない。しかし、それは説話の表面的な意味を追っているだけからかもしれない。

そこで、各説話をもう少していねいに見ていくと、二つの問題点が浮かんでくる。一つは舞台となっている場所の問題である。古事談は粟津の男が山陰に向かう海（日本海か）から龍宮に行って、また粟津に戻ってくる。これに対して太平記、御伽草子の俵藤太は、瀬田橋から龍宮に行き、瀬田橋に戻ってくるというように、瀬田が基点になっている。ただ両者には違いもある。太平記は敵の出現の件を、「比良の高峰の方より、松明《たいまつ》二、三千がほど二行に燃えて」と描くところを、御伽草子は「湖水の汀《みぎは》にうち望みて、三上の山をながむれば、稲光《いなびかり》することしきりなり。……比良の高根の方よりも松明二、三千余り焚きあげて、三上の動くごとくに動揺して来たることあり」と叙述が詳しくなると同時に、いきなり三上山が登場してくる。敵は比良の方面から降りてくるのに、右方面の三上山を気にしているのである。さらにいえば、御伽草子の俵藤太は下野に罷る途中で瀬田橋の大蛇を踏みつけ、その日は東海道を下ったところに宿を取り、そこに女房が訪ねてくるというように東へと傾斜している。

総合して見るなら、明らかに舞台が湖西から湖東へと転移していることがわかる。これは何を意味するのか？　憶説かもしれないが、これは三上山の蜈蚣が強く作用していると思われる。後世の伝承では、瀬田の大蛇対三上山の蜈蚣の構図がはっきりしてくるので、御伽草子はその先駆けととらえることができるのではないだろうか。その背景に何があるのかについては後で触れる。

問題点のもう一つは、すでに触れておいたことであるが、龍宮からの使者の素姓である。古事談では「小童」、太平記は「小男」、御伽草子は「女房」となっている。なお、太平記の小男は龍宮に着くと衣冠を整えて龍神に早変わりして接待する。太平記、御伽草子は俵藤太の物語という共通性はあるが、先ほどの三上山のことなどの差異をみると太平記を古事談から御伽草子への過渡的段階といった位置づけができるかもしれない。それはともかく、ここでいう小童、小男とは何を意味するものであろうか。

龍とのかかわりでいうなら、先に見てきた長野の泉小太郎も龍の子である。さらに類話をあげると、中国雲南省の白族《バイ》に伝わる「小黄龍」も、母が桃の実（実は龍の玉）を食べて孕んだ子で、この小黄龍が人々を苦しめる大黒龍に単身で挑み撤退させる。ついに大理《ターリー》湖にいられなくなった大黒龍は岩に穴を開けて逃げていき、そのために水が引いて田畑を取り戻すことになる。(26) 中国白族版「泉小太郎」蹴裂伝説といえようか。その小黄龍は銅の兜《かぶと》、両手に鉄の爪、刀六振りの武装姿で湖に入っていく。なにかしら鉄人の姿を思わせるのが気になる。

さらに、身近な例で敷衍するなら、昔話「龍宮童子」をあげることができる。海神からの贈り物として、約束通りに扱えば毎日ヘソから一両ずつの小判を取り出す童子を、欲を出したためにすべてを無くしてしまう。ここでの「龍宮童子」は無限の富を象徴しているといえる。同じく昔話「一寸法師」や「桃太郎」も「小さ子」の仲間で異常な出現、異常な能力をもち、偉業を成し遂げる。小さ子は神の子の属性をもち、かつ古く世界的な説話モチーフとして分布している。

また、日本の古代の小童に小子部《ちいさこべ》栖輕《すがる》がいる。『日本霊異記』の第一話は、雷を捕まえる小子部栖輕の話である。

栖軽は天皇の命を受け、雷を捕らえて持ってくるがあまりに光り輝くので落ちたところに戻すように言われ、そこを雷の丘と言ったという。また、小子部の姓の由来について、雄略紀に蜾蠃《すがる》に蚕《こ》を集めるように言われて嬰児《あかご》を集めてきたので、ならば子どもを養えと言われ、小子部連の姓を賜ったというから、トリックスター的一面を併せもっている。続いて蜾蠃《すがる》が三諸岡《みもろのおか》（三輪山）の神を連れてこいと言われ、大蛇《をろち》を捕らえて見せると、天皇が物忌みしなかったので、雷が光り天皇は畏れ、そのあと蜾蠃《すがる》に小子部雷の名前を授けたという。ここでは大蛇と雷は一体のものとなっている。

小童のこうした属性は何を意味しているのか。谷川健一は雷神が小子の姿をもって表されるのを鍛冶神との関連から説明する。小人が鍛冶や鉱山で働く世界の神話や伝承を引きながら、「鍛冶師や鉱山に働く者を小人として表現する古い世界の伝承は、東のアジアにもつたわり、日本にも海を渡ってきた(27)」と述べている。誠に興味深い意見だが、今はこれにつけ加える何もない。ただ、小人が実際に鉱山や鍛冶場ですぐれた働きをしていたという事実と混同しないように注意するだけである。伝承は事実そのものではないが、伝承の言葉の背景にある事実だけは汲みとらなければならない。「小童」や「小男」の背景に、鉱山や製錬の事実を読みとることを怠ってはならない。

そこで、先に保留していた「三上山の蜈蚣」についても、鉱山にかかわるものとして問題にしていく必要がある。若尾五雄は三上山に鉱山があったという事実を指摘し、また百足は鉱山の採掘抗（ムカデ穴）を表す俗称であると述べている(28)。いっぽう瀬田の唐橋にもそうした伝承の痕跡はある。瀬田の橋姫にまつわる話の中にはしばしば鬼が登場してくるが、瀬田から少し離れたところにある安義橋にも鬼が出てそれが目一つの鬼（鍛冶神）であったという。ここからも鍛冶との関係が推測できる。こうした事実から説話の生成を掘り下げて考えなければならない。三上山の蜈蚣と瀬田の大蛇とを「鉱山などで生活する者と農耕の民との争い[29]」と単純化して解く説もあるが、大蛇、蜈蚣を単純なコード化につなげて把握するだけでいいのかどうか、この地域の歴史、民俗、とりわけ鉱山、製鉄関係から洗い直して見る必要がある。

さて、本稿は瀬田の大蛇と三上山の蜈蚣について追究することを意図してきたが、今それを説明する紙数と準備に余裕がないことを述べて、残念ではあるが次の機会に譲りたい。しかし、十分とはいえないがこの説話をとらえるための枠組だけは提示できたのではないかと思っている。

注

（1）蛇が尾で鐘の修復をはかるモチーフは、後であげる「園城寺傳記」「寺門傳記補録」にもあり、そこでは降臨してきた赤龍、白龍が破損を修復するとある。
（2）『大日本仏教全書』による。
（3）注（2）
（4）『不死鳥の寺　三井寺』（総本山園城寺発行、平2）。園城寺発行のパンフレット「みいでらの鐘」。
（5）「三井寺の梵鐘」（『園城寺之研究』天台宗寺内派御忌本務事務局編、昭6）
（6）薗田香融「園城寺」『日本史大辞典』（平凡社、一九九二）
（7）『能登　自然・文化・社会』（九学会連合能登調査会編、平凡社、一九八九、復刊）
（8）『石川県能美郡誌』（能美郡役所編、大12）
（9）「熊田神社」『加賀志徴』巻六（上編復刻、石川図書館協会発行、昭44）
（10）吉田東伍『増補大日本地名辞書』第五巻（冨山房、昭46）

(11)「舳倉島と能登―考古学からみた海民の歴史―」(『海と列島の文化1　日本海と北国文化』(小学館、一九九〇)

(12)注(11)

(13)『西さす日本海文化　北陸古代文化ロマンの再構築』(能登印刷株式会社出版部、一九八七)

(14)注(13)

(15)『日本社会再考―海民と列島文化―』(小学館、一九九四)

(16)「蹴裂傳説より見たる上代の開鑿術」(『民族』、昭4年4月)

(17)高橋運七「黒滝の大蛇と西村九左エ門」(『白鷹町のとんとむかしとうびんと』白鷹町老人クラブ連合会、平7)

(18)注(17)

(19)平成18年8月に白鷹町高岡の須貝一彦氏よりの聞き書き。

(20)昭和35年、講談社刊。長野県小県郡中塩田の力持ちの小泉小太郎に、松本盆地、安曇平を開拓した泉小太郎伝説を加え、さらに青森、秋田県に伝わる八郎太郎の話を混じえた創作民話。

(21)『信府統記』(『信濃史料叢書』第二信濃史料編纂会、大2)

(22)『日本傳説叢書　信濃の巻』(日本傳説叢書刊行会、大6)

(23)後藤四郎「阿曇氏」(『日本史大事典』(平凡社、一九九二)

(24)谷川健一『青銅の神の足跡』(集英社、一九七九)

(25)注(16)

(26)李星華・君島久子訳『中国少数民族の昔話―白族民間故事伝説集―』(三弥井書店、昭55)

(27)谷川健一『鍛冶屋の母』(思索社、昭54)

(28)『黄金と百足　鉱山民俗学への道』(人物書院、一九九四)

(29)田中久夫『金銀銅鉄伝承と歴史の道』(岩田書院、一九九六)

古代史史料として分析した「長谷寺観音造立縁起」
――未翻刻史料の紹介と神亀六年三月太政官符の検討を中心に

田島　公

はじめに

『古事談』巻五　神社・仏寺　二七「長谷寺観音、霹靂の木より造像の事」には、大和国城下郡初瀬にある長谷寺観音造立に関する説話（所謂「長谷寺観音造立縁起」）が収載されている。以下に原文を引用する。(1)

長谷觀音ハ、神龜二年三月廿一日庚午、A供養、行基菩薩為㆓導師㆒。件寺者、弘福寺僧道明、沙弥徳道、播磨國住人、二人相共、所㆓建立㆒也。其佛木者、自㆓近江國㆒流出、霹靂木也。流㆓至大和國㆒。爰彼道明等、曳㆓此木㆒、企㆘造㆑佛思㆖無㆑力。於㆑是正三位行中務卿兼中衛大將藤原房前、奏㆓聞公家㆒。依㆑勅、下㆓行大和國稲三千束㆒。因㆑茲、奉㆑造㆓十一面觀音像一躰㆒。高二丈六尺。雷公降臨、破㆓作方八尺磐石㆒、令㆑為㆓其座㆒矣已上縁起a。B（源）（三宝絵）為憲記云、長谷寺佛木、元者、昔辛酉洪水之時、自㆓近江國㆒流出橋木也。所㆑至火災・病死。卜巫所㆑告㆓此崇一也。于レ時大和國流至。住人出雲大滿、心發願、吾以二此木一奉レ造二十一面觀音像一。雇二人夫一曳レ之。上下合レ力、至二城下郡一。只有二發願之心一、全無二造レ佛之力一。然間、（出雲）大滿即世矣。木經二八十餘年一、其里疾病盛發。村人同レ心、曳二棄於長谷川之上一。又經二卅年一。爰沙弥徳道、有二造レ佛志一、養老四年、移二置峯上一、徳道無レ力悲積レ年、朝暮向レ木礼流レ涙、於レ是藤原朝臣房前大臣、俄蒙二綸旨一、下二行造料一。仍神龜四年造畢、高二丈六尺十一面觀音像。徳道夢見、神人告云、此山北峯、在二大巖一矣、堀顯奉レ立二此像一、見後、更昇見、有二方八尺大面石一、平如レ掌。徳道縁起文。b

この説話はA以下aまでの「縁起」と、B以下bまでの「為憲記」（「徳道縁起文」）の、二つの部分からなっており、これまでの研究により、(2)その典拠は『扶桑略記』神亀四年（七二七）三月三十日庚午（ママ）条であるされている。まず、A以下aまでの「縁起」に対応する『扶桑略記』の前半部分（「縁起文」）を引用すると以下の通りである。(3)

卅（サイ）日庚午（ママ）、供二養大和國城上郡長谷寺一、請二僧六十口一、行基菩薩為二導師一、義暹法師為二呪願一。一云、呪願、玄昉僧正、夫件寺者、弘福寺僧道明、俗姓六人部氏、并沙弥徳道、播磨國揖寶郡人辛矢田部氏、二人相共、所二建立一也。其佛木者、自二近江國高嶋郡三尾前山一流出霹靂木也。所レ至之處、有二疾疫災一、随二人漂流一、遂至二大和國葛木郡神河浦一、爰沙門道明・沙弥徳道、控二引此木一、企二造レ佛思一、有レ志無レ力。專勤二礼拝一、於レ是、正三位行中務卿兼中衛大將藤原房前、奏二聞公家一。依レ勅、下二行大倭國稲三千束一。因レ茲、奉レ造二十一面觀音像一躰一。高二丈六尺。雷公降臨、破二作方八尺磐石一、令レ為二其座一矣、佛師稽主勲・稽文會兩人之作、已上縁起文、

このうち傍線部が、『古事談』のA以下aまでと同文であり、『古事談』の当該部分が『扶桑略記』が引く「縁起文」からの抄録であることが知られる。更に『古事談』のB以下bまでに対応する『扶桑略記』の後半部分を

引用すると以下の通りである。

為憲《(源)》記《(三宝絵)》云、「長谷寺佛木、元者昔辛酉年《推古九》洪水之時、自二近江國高嶋郡三尾崎一流出橋木也、所レ至之處、火災・病死。卜筮所レ告、『此木祟也』者。于レ時大和國葛木下郡住人出雲大滿、來二行此國一、傳二聞此木凶靈之由一、心中發願、吾以二此木一、奉レ造二十一面観音像一。聊儲二少粮一、雇二求人夫一、然木大人少、徒見欲レ返、試付レ網曳來。輕如レ走、見人奇駭、上下合レ力、遂至二大和國城下郡當麻郷一。只有二發願之心一、全無二造レ佛之力一。然間、大滿《(出雲)》即世矣。靈木空歴二八十餘年一、其郡里、疾病盛發。村人同レ心、曳二棄於長谷川之上一。又經二卅年一。爰沙弥徳道、有二造レ佛之志一、養老四年、移二置峯上一、徳道無レ力、悲泣積レ年、朝暮向レ木、礼拝流レ涙、於レ是藤原朝臣房前大臣、俄蒙二綸旨一、下二行造料一。仍神龜四年造畢、高二丈六尺十一面観音像、徳道夢見、神人告言、此北峯在二大巖一矣、堀顯奉レ立二此像一、覺後昇見、有二方八尺大石一、面平如レ掌、出二天平五年徳道記縁起等文一。」

傍線部が『古事談』と同文の部分であり、『扶桑略記』神亀四年三月三十日《(ママ)》庚午条の「為憲記」（「徳道記録縁起等文」）よりの抄録であることが確認される。

なお、『扶桑略記』神亀四年三月三十日庚午条に引く「為憲記」は、喜田貞吉氏によって源為憲撰『三宝絵』下 二十「長谷寺菩薩戒」に出典があることが明らかにされており(4)、また、護国寺本『諸寺縁起集』(5)の「長谷寺縁起」等との関連も指摘されている。そこで、念のため、近年、影印本が刊行された変体漢文体である尊経閣文庫本『三宝絵』(6)より関連する部分を引用すると以下の通りである。

長谷井《(菩薩)》戒　五月、

昔辛酉年、洪水出、大木流二到近江國高嶋郡三緒埼一。里人伐二取其端一、則其宅焼。又始レ従二其宅一、村郷死者多。宅々令レ占レ崇[祟]、此木所為云。因レ之、在々人々、不二近寄一。此時、住二大和國葛木下郡一・[出脱カ]雲大水云人、来二此郷一、聞二此木一、心發願、々以二此木一奉レ造二十一面觀音一。然而无下可二持行一之便上、歸二本郷一、其後為二大水一、屢依レ有二示事一、設レ粮唱レ人、又到レ彼、木甚大、人専乏、徒欲レ歸、意見着繩引見、軽被レ引能行、逢レ道人皆恠、留レ車下レ馬、加レ力共引、竟到二大和國葛木下郡當麻郷一、无レ物久置、大水《(出雲)》已死、此木徒成、歴二八十年一、其郷又病起、擧レ首病痛、此木所為云、郡司・郷長、召二故大水之子宮丸一勘、宮丸一人、叵《(ママ)》去此木、郡郷人共、戊辰年、引二捨志《(磯城)》記上長谷河傍一、其所又卅年歴也、沙弥得《[徳》道云者有、聞二此木一思、此木必有レ験、作二十一面觀音一思、養《[老脱カ]》四年、移二今長谷寺峯一、得道无レ力早叵《(ママ)》造、悲歎七八年之間、偏向二此木一、礼拝思、威力自然成仏云銜額、飯《(元正)》高天皇、不慮之外、垂レ恩、大臣自然加力、神龜四年、作畢、高二丈六尺也、得道之夢、有レ神指二北峯一云、彼所云有二大巖一、穿顯奉レ立二此仏一云見、覚後穿得、廣長等八尺也、面平如レ掌、此奉レ立、得道・々明等天平五年注觀音像記并雜記等見也、（後略）

右の尊経閣文庫本『三宝絵』の文章（「得道・々明等天平五年注観音像記并雑記」）と『扶桑略記』の文章（「天平五年徳道記縁起等文」）とを実際に比較すると、内容は似かよっているが、傍線部分が『扶桑略記』と同文であるだけなので（参考のため類似の表現には点線を施した）、元来、仮名表記であったものを変体漢文に直した以上の違いがあり、正確には『三宝絵』（＝「為憲記」）の変体漢文体の成立過程も含め、『三宝絵』所引の「得道・々明等天平五年注観音像記并雑記」の再検討をしなくてはならないことに気付く。(7) このように、「長谷寺観音造立縁起」を廻る研究では、従来、研究史で「常識」となっていることも、他の分野の研究者から見ると、判り難いこともある。

近年、長谷観音の霊験譚に関する史料翻刻など基礎研究の進展とともに、(8) 長谷寺縁起の形成と展開に関して研究も盛んである。(9) それは中世説話文学や中世寺院史の立場からの研究や分析であることに特徴がある。

私は日本古代史が専門であり、中世説話文学研究には全くの門外漢ではあるが、岩波新古典文学大系本『古事談・続古事談』の月報で『古事談』の逸文や写本に関して述べる機会を得たり[10]、尊経閣文庫影印集成で同文庫蔵の『三宝絵』及び『三宝感応要略録』の解題を書く機会を与えられたりしたこと[11]もあって、古代史の内容を記した中世説話文学関係史料の伝来に関心を抱いていた。更に十巻本『伊呂波字類抄』「世」篇「諸寺」部「善光寺」項に見える所謂「善光寺古縁起」の研究[12]に関連し、同書の「諸寺」部の成立年代を検討して諸写本を調査する過程で、三条西家旧蔵学習院大学所蔵の十巻本『伊呂波字類抄』[13]（以下、学習院大学本と略称）を利用しているうちに、日本史研究者や中世説話文学研究者が一般に用いる『校刊　美術史料』所引の「伊呂波字類抄抄[14]」は中院家旧蔵の大東急記念文庫本を底本とするため、零本ながら鎌倉初期の書写で最も古く当初の形態を保っているとされる学習院大学本や近世の書写ながら学習院大学本の系統を引く花山院家本の中巻・下巻部分（「宇」篇～「須」篇）を十分に利用しておらず、それらの本に引用された頭書部分の書き込み等が全く紹介されていないことを知った。特に「長谷寺」項ではそれがかなり長文に及んでいることに気付いた。また護国寺本『諸寺縁起集』所収の「長谷寺」縁起のうち、喜田貞吉氏[15]やその見解を踏襲した研究者の多くが「偽作」とされる神亀六年（七二九）三月二日付「太政官符」を古代史の史料として読み直すと、もう少し厳密な史料解釈を前提とした検討・分析が必要であると考えるに至った。

この度、浅見和彦先生より本論集への執筆依頼をいただいたが、所謂「長谷寺観音造立縁起」に関しては重厚な研究史があり[16]、たとえ日本文学専攻であっても専門外の研究者が発言するのは憚れる状況にあるため、執筆を躊躇する思いも強い。しかし、研究の基礎となる正しいテクストや解釈を提示し得ていない研究状況を知るに至り、古代史研究者としての立場からの拙稿が何らかの参考になるかもしれず、『古事談』所引の「長谷寺観音造立縁起」研究の一助になればと思い、寄稿させていただくものである。

一　三条西家旧蔵学習院大学所蔵十巻本『伊呂波字類抄』「波」篇「諸寺」部「長谷寺」項の頭書の紹介

1　学習院大学本の紹介

十巻本『伊呂波字類抄』に関しては、伴信友校本を影印した正宗敦夫編の古典文庫本[17]、室町初期書写の大東急記念文庫所蔵本を影印した古辞書叢刊刊行会本[18]、「伊《い》」から「知《ち》」の大半といくらかの零簡からなる鎌倉初期書写で三条西家旧蔵の学習院大学所蔵本を影印した古辞書音義集成本[19]があるが、「諸寺」部に関しては、藤田經世編『校刊　美術史料』寺院篇上巻に翻刻されているため、研究者の多くはこれを用いている。その解説によれば、底本は室町期写の大東急記念文庫所蔵中院家旧蔵本であり、「止《と》」までは学習院大学本によって訂正した箇所もあるという[21]。ところが、実際に「波《は》」の「長谷寺」の項を影印本によって確認してみると、学習院大学本に見える長文の頭書などは全く翻刻されていないことに気付く。更に、その後の「長谷寺観音造立縁起」の研究では、学習院大学本の影印本が公刊された後でも、十巻本『伊呂波字類抄』から「長谷寺」縁起を引用する場合、学習院大学本からは引用されておらず、専ら『校刊　美術史料』を用いており、学習院大学本や花山院家本の重要性を指摘した大熊（高橋）久子氏の十巻本『伊呂波字類抄』の写本研究の成果は用いられていない[22]。従って、以下、学習院大学本の影印本により、原本調査の成果も踏まえて、翻刻を行う。

諸寺　付霊験所、
日本記云、養老六[年]、始造長谷寺、願主沙祢道明、
俗姓六人部氏、
長谷寺、ハセ、(朱)「ハッセ」
一云、異名也、
豊山寺、

（朱）「寺家舊記云、
従白鳳十二―〔年〕辛酉五月、
近江國流出ノ仏木、
所々至〔致〕ス疫病、四
十余年、移大和國
葛下郡、又發疫
病并物恠、成里□
物、問此木成所、占
長谷神河浦、曳
捨卅年經、爰沙門
道明・沙弥徳導（ママ）、
此事聞、思彼木
征驗、有成七八年
之礼拜、有十一面観音
造思心者、養老四
年二月、長谷神河之

養老三―〔年〕、大和國城上郡始建之、同四―〔年〕、供養導師行基井（菩薩）、
（朱）「或書、神龜四―〔年〕云々、」
縁□〔記〕云、
於長谷寺有二名、一者長谷寺、二者後長谷寺□〔也カ〕□〔其イ〕
差別者、十一面堂西方有谷、其谷西岡上、有三□〔重カ〕□〔塔イ〕
并石室佛像等、是本長谷寺也、是弘福寺僧□〔道〕明
建立也、彼佛石室・〔佛脱カ〕像下在之、縁記文、其道明、六人部氏人
矣。谷東岡上、在十一面堂舎等、是後長谷寺也、
依沙弥徳道之願、藤原北臣（房前）未拜大臣之時、奏聞朝
庭、奉　勅建立也、、、、―　―、為奉造佛像、従近江國
高嶋郡三尾前山、流出霹靂之木、伐取挽致〔到〕八木
衢、而依彼木崇〔祟〕、井門子并父母死去矣、爰沙弥徳道・
長谷里古老刀祢、向請取件木、長谷山寺東峯挽置、

上高山本居瀧蔵
權現、申字長谷神、
其下件木曳上、十一
面山觀音造、無力、
先堂一造、以十方施主、
同玉〔在カ〕□、道明・徳導

經多年、雖求造佛像、難得之、然間、藤氏北臣被大和
國斑田勅使、過此、勅使具被申佛像、勅使親佛料
木、奏聞聖武朝庭、申下官物、奉為聖朝、造立斯像山
寺也、子細之〔状脱カ〕・、具在障子文也、因茲、知本縁記也、

申、時大臣房前即奏此曰、飯高天皇（元正）、賜稲三千束、為佛像安置、請取、神龜四〔年〕三月廿一日庚午、供養―　―」（朱）

学習院大学本　伊呂波字類抄〔第一冊〕（一〇六ウ・一〇七オ）

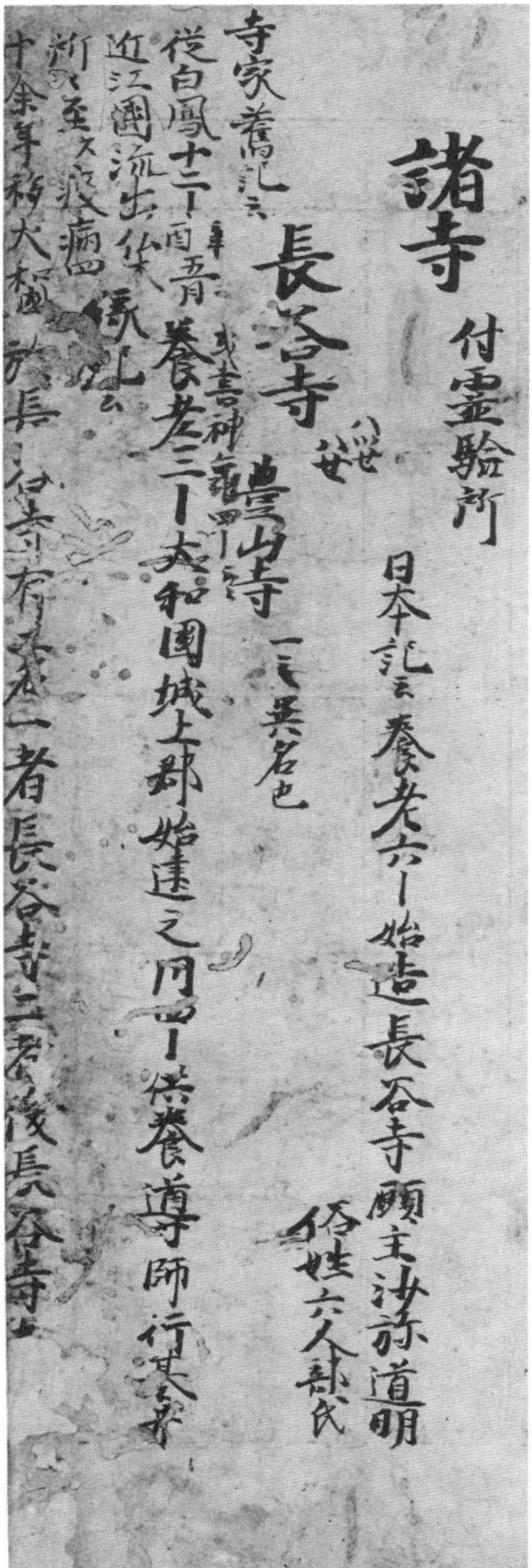

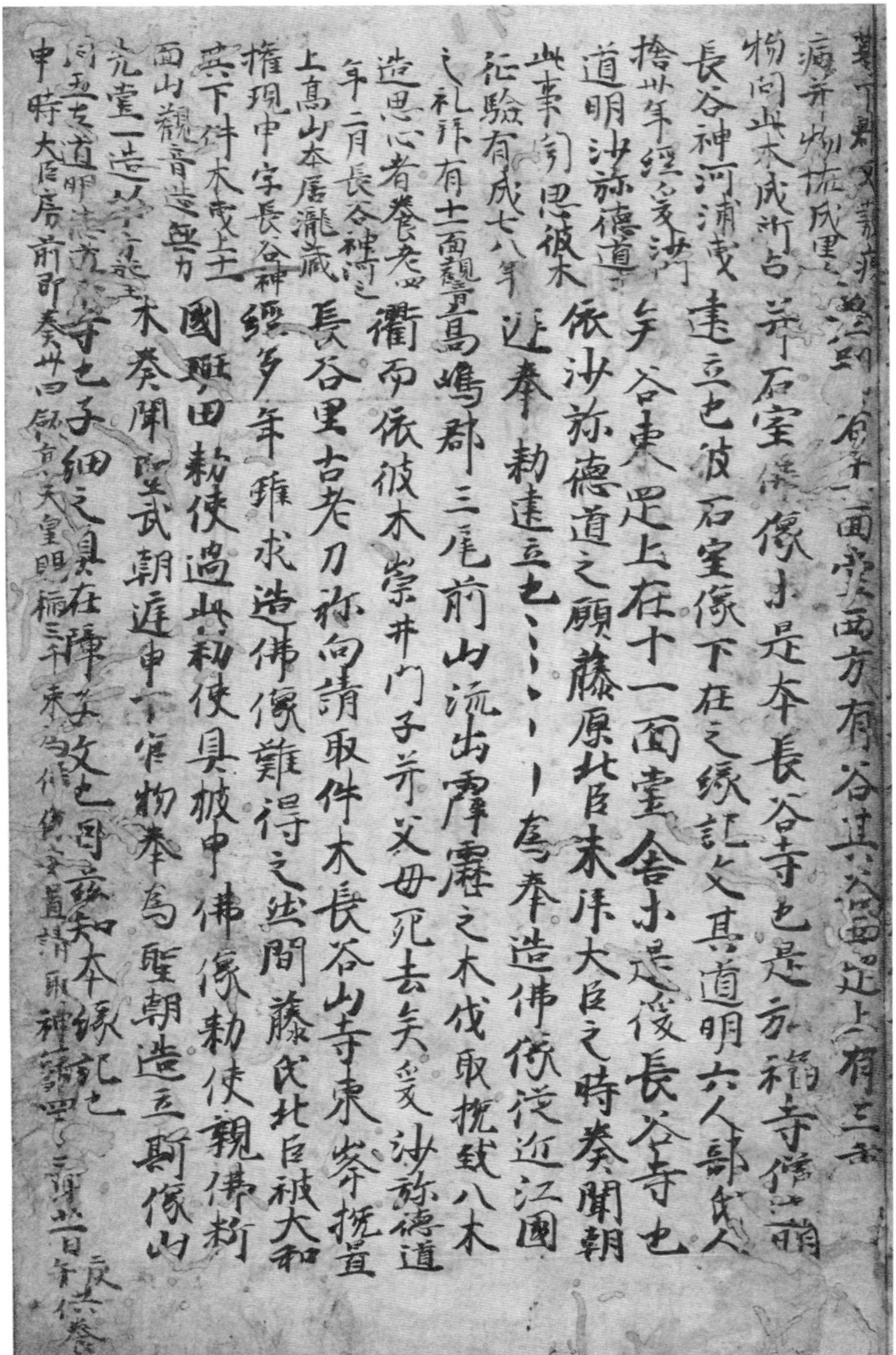
葉下郡又[illegible]十一面堂西方有谷其[illegible]上有三[illegible]
瘡并蛇流成里之[illegible]
悩向此木成祈占 并石室像像小是本長谷寺也是方稱寺僧[illegible]
長谷神河浦哉 建立也彼石室像下在之縁記文其道明六人部氏人
捨卅年經公家河 乎谷東罡上在十一面堂舎小是後長谷寺也
道明沙弥徳道 依沙弥徳道之願藤原北臣末床大臣之時奏聞朝
此事句思彼木 迸奉勅建立也、、、、一為奉造佛像従近江國
征験有成七八年
之礼拝有十一面観音 高嶋郡三尾前山流出霹靂之木伐取撹致八木
造思心者養老四 衢而依彼木崇井門子并父母死去矣爰沙弥徳道
年二月長谷神河之
上高山本居瀧蔵 長谷里古老刀祢向請取件木長谷山寺東峯撹置
権現中字長谷神 經多年雖求造佛像難得之然間藤氏北臣被大和
兵下件木或上土 國班田勅使過此勅使具被申佛像勅使親佛新
面山観音造無力
元壹一造以[illegible] 木奏聞聖武朝庭申下宣物奉為聖朝造立斯像也
同五年道明[illegible] 寺也子細之具在障[illegible]文也[illegible]本縁記也
申時大臣房前卿奏卅四[illegible]天皇[illegible]

試みに従来、翻刻されてこなかった「頭書」部分を漢字仮名交じりに読み下すと、以下の通りである。

寺家舊記に云く、「白鳳十二(六六一)―[年]辛酉五月、近江國より流出の仏木、所々に疫病を至[致]す。四十余年にして、大和國葛下郡に移す。また疫病并に物恠を發し、里□(補注1)の物と成る。此の木の成り所を問ふに、『長谷の神河の浦を占《し》めよ』(補注2)と。曳き捨つること卅年を經る。爰《ここ》に沙門道明・沙弥徳導(ママ)、此の事を聞き、彼の木の征驗を思ひて、七・八年の礼拝を成すこと有り。十一面觀音を造らむと思ふ心有り」といへり。養老四年(七二〇)二月、長谷の神河の上の高き山の本《もと》に居《いま》す瀧蔵權現、字《あざな》を長谷神と申す、其の下に件《くだん》の木を曳き上げ、十一面の山觀音を造らむとするに、力無し。先ず堂一つを造るに、十方施主を以てす。同じく玉在《あ》り。(補注3)道明・徳導申す。時の大臣房前、即ち此を奏して曰く、「飯高天皇(元正)、稲三千束を賜り、佛像を安置せんが為に、請ひ取る」と。神龜四(七二七)―[年]三月廿一日庚午、供養―

2 未翻刻頭書部分の解釈

簡単に説明を加えると、頭書の冒頭部分の「寺家舊記」の内容は、「従白鳳十二―[年]」から、「有十一面観音造思心者」の「心」までである。「寺家舊記」とは、『長谷寺密奏記』に、(A)「右依二勅命一天、蜜仁抽二舊記簡要一弖曰久、」」、(G)「宇多院御時、依レ詔而奏二諸寺靈驗一、其中當寺者菅右丞相(菅原道真)、自二十一巻舊記一、撰二出一首縁起之中一、神明御事、依レ為二當山の深奧一、(中略)當山神御鎮座事、寛平年中、勘レ之、奏記外、今就レ勅喚重、抜二舊記簡要一天、故所記裏付也」、と見える「舊記」の可能性が考えられる。(23)

その内容は、これまでにも知られている縁起の内容にほぼ同じであるが(細かな相違点については別の機会に述べる予定)、道明と徳導(道)とが共同で十一面観音を造ろうとしたというモチーフは『扶桑略記』と同内容である。なお「白鳳」という年号は正式な年号ではないが、例えば、『家伝』上巻「鎌足伝」に「白鳳五年」・「(白鳳)十二年」・「(白鳳)十三年」・「(白鳳)十四年」、『同』上巻「貞慧伝」に「白鳳五年歳次甲寅」・「白鳳十六年歳次乙丑」が見え、更に『類聚三代格』巻二「經論并法會請僧事」に収める天平九年(七三七)三月十月付「太政官謹奏」に引く「皇后宮職解」に「従二白鳳年一、迄二于淡海天朝(天智天皇)一」と見えるなど、「白鳳」は「白雉」(白雉元年が六五〇年)の別称であり、奈良時代になって「白雉」が「白鳳」によびかえられたと言われている。(補注4) したがって「白鳳十二年辛酉」は六六一年(斉明天皇七年)に相当する。また、頭書では、観音の御衣木《みそぎ》を長谷の河上の下に引き上げた年月を養老四年(七二〇)二月と記し、観音が完成し供養した年は神亀四年(七二七)三月二十一日とするが、これも『扶桑略記』等と同じである。

この頭書部分がいつの時期に書き込まれたかは不明であるが、十巻本『伊呂波字類抄』の「長谷寺」の項は、護国寺本『諸寺縁起集』に引く「長谷寺縁起」に収める「菩薩前障子文」とほぼ同文であり、十巻本『伊呂波字類抄』の「長谷寺」の項は「菩薩前障子文」を抄録していることから、この縁起は、天承元年(一一三一)に長谷寺本堂が再建された際に本尊の前に掲げられたものであることが上島享氏によって指摘されている。(24) 十巻本『伊呂波字類抄』の社寺の項目の増補時期に関して、私は、引用される年紀のわかる史料から一二世紀中葉からやや下った頃ではないかと想定している。(25) 学習院大学本は鎌倉初期の書写とされるが、この頭書がそれ以前の写本にもあったものか、或いはこの写本が書写された際に新たに加えられたものかは不明であるが、頭書と従来から知られている本文とは同筆であるため、遅くとも鎌倉初期から頭書が存在していたことは間違いない。紙幅の都合で、詳細は別の機会に述べるが、(26) 私は十巻本『伊呂波字類抄』の成立頭初から、頭書は存在していたのではないかと想定している。

二　護国寺本『諸寺縁起集』所収神亀六年三月二日付「太政官符」の再検討

1　問題の所在

さて、十巻本『伊呂波字類抄』の「長谷寺縁起」の本文部分に関しては省略部分があるので、内容の理解には護国寺本『諸寺縁起集』所収「長谷寺縁起」との比較が必要である。同書所収「長谷寺縁起」には、①「菩薩前障子文」、②神亀六年三月二日付「太政官符」、③或本所引「古老伝」、④天平五年九月十一日付「佛子徳道上表」が収載されている。これまでの研究では、②神亀六年三月太政官符に関して、喜田貞吉氏の研究(27)以来、「偽作」の太政官符とされており、こうした理解は今日の長谷寺史研究の到達点の一つである逵日出典氏の研究(28)でも追認され、更に近年、精力的に長谷寺縁起に関して論文を発表される藤巻和宏氏(29)もそれ継承し、「偽作」の過程を強調されている。

しかし、古代史研究の立場から②神亀六年三月太政官符を見ると、「偽作」と思しき箇所は、官職を始めとして確かに散見するものの、太政官符としての体裁をよく整えており、更に『類聚三代格』などの編纂史料に収められた普通の太政官符では省略される弁官や史の署名部分も記されており、その時代その時代に読まれ書き換えながらも、書き継がれてきた寺社縁起の性格を踏まえると、後世の「偽作」と考えるよりも、実際に作成され発給された太政官符を書写し、それをもとにその時代の人が分かりやすいようにと、部分的に後世の知識によって加筆訂正したと考えるべき側面もあるのではないかと考えるに至った。特に、中世の「偽作」過程を強調する藤巻論文(30)を読むと、実際は、自ら太政官符の内容を独自に詳しく分析することなく、「偽作」という喜田論文(31)の結論のみに立脚して論を進めているところがあり、また②神亀六年三月太政官符の釈文などは喜田氏が正しく読んでいるにもかかわらず、『校刊　美術史料』所収の誤った釈文によって検討されているため、正しい釈文を提示し得ていないことにも気付いた。更に肝心の喜田論文の「偽作」の論拠の一部には誤りがあり、「偽作」を指摘する場合、②神亀六年三月太政官符の表記ならば、最初に指摘しなければならない冒頭部分の誤りに気が付いておらず、太政官符自体の再検討を要する部分もあることに気付いた。従って、以下、護国寺本『諸寺縁起集』所収②神亀六年三月二日付「太政官符」に関して、古代史の史料として分析を試みる。

2　釈文と読み下し文の提示

まず、問題の②神亀六年三月二日付「太政官符」を影写本(32)によって示すと、以下の通りである（なお、「　」は藤原房前の奏状の、『　』は沙弥徳道の解状の、引用部分をそれぞれ示す）。

（行数）

1　大〔太〕政官符〔符〕大和國（ママ）司、到来（神亀）六年三月八日、

2　　應下行十一面菩薩像并堂舎造料稲参千束事、

3　右、正三位行中務卿兼中衛（ママ）大將藤原朝臣房前　奏狀偁、

4　「沙弥徳道之（ママ）神龜六年正月廿七日解狀云、『造仏料木、挽置長谷

5　山東岑經年、而無可奉造料物、先願主八木井門子不侍、伏地

6　望也〔乞カ〕、被重加造仏料物、奉造件十一面井（菩薩）像并堂舎等、將

7　為藤氏御□〔寺カ〕、謹言』者、臣房前、發念願、請天裁、被裁行

8　官物、造立彼菩薩像及堂舎、謹奏」者、今年二月廿二日
9　勅、「依房前朝臣奏状、所裁行之正税三千束如件」者、國宜
10　承知、依勅下行、前[符カ]到奉行、
11　正五位□[下カ]左中弁兼侍従當麻真人　従七位上守左小[少]史土師宿祢□柄
12　　　神龜六年三月二日
13　奉行、、、ノ

ここで、従来、研究者によく利用される、『校刊　美術史料』のテクストとの違いのうち、特に本稿の論旨に影響する校異を中心に、喜田論文(33)・藤巻論文(34)の釈文にも言及しながら、以下に校異を示す。

まず、4行目の「沙弥徳道之」の「之」は、『校刊　美術史料』では「云」とするが、影写本によれば、「之」と読んだ方がよく、喜田論文も「之」と読んでおり、意味的にも「之」の方が理解しやすい（但し、ここに「之」とあるのはあまり一般的ではない）。或いは、「之」は「寸」の誤写であり、「道寸」＝「導」であった可能性もある。

次に7行目の「為藤原氏御□[寺カ]」であるが、「御□[寺カ]」部分を『校刊　美術史料』は「御寺」とし、喜田論文は「御寺」としている。影写本では判読不能であるが、残画から「寺」の可能性がかなり高いので「御□[寺カ]」とする。

また、11行目の「正五位□[下カ]」であるが、『校刊　美術史料』は「正五位下」とし、喜田論文では「正五位下」と読みきっている。影写本によれば、「正五位」に続く一字は判読し難いが、この部分には「上」か「下」が入るはずである。墨線の残画が下に伸びているので、どちらかというと「下」と思われる。従って、ここでは「□[下カ]」と読んでおく。その次の「左中弁」の「左」は、『校刊　美術史料』では「右」とし、藤巻論文もそれを踏襲するが、影写本によれば、明らかに「左」と読めるし、喜田論文でも「左」と読んでおり、「左」が正しい。

なお、律令制では左中弁の相当位階は正五位上であり、侍従の相当位階は従五位下である。

更に11行目の「土師」は、『校刊　美術史料』では「書師」とし、藤巻論文もそれを踏襲するが、喜田論文では「土師」と読んでいる。当該文字は、影写本によれば「書」とも「土」とも読める。しかし、この部分はウジ名なので「書師」より「土師」の方が正しく、「土」と読んだ方がよい。名前部分の「□柄」は、『校刊　美術史料』も同様であるが、喜田論文は「雄柄」と読む。しかし影写本では「雄」とは読めず、判読不可能である。

以上をまとめると、『校刊　美術史料』では、「正五位下右中弁」・「書師宿弥（ママ）□柄」と読まれていた部分は、影写本によって再読したところ、それぞれ「正五位□〔下カ〕左中弁」・「土師宿祢□柄」と読んだ方が良いであろう（その点、喜田論文の釈文にほぼ同じ）。念のために、『日本古代人名辞典』（吉川弘文館）及び奈良文化財研究所の木簡データベースなどによって、A「正五位□〔下カ〕左中弁兼侍従當麻真人」某（太政官符に名が見えないのは、署名部分が判読できなかったことによるか）とB「従七位上守左小〔少〕史土師宿祢□柄」とに該当する人物を検索してみると、Aに関しては、養老二年（七一八）正月に従五位下に叙せられた當麻真人東人、神亀元年二月に従五位上に叙せられた當麻真人老、養老五年六月に従五位下で刑部大輔に任じられた當麻真人大名の三人が候補となり、三人から選ぶとしたら、老が最も可能性が高い。一方、Bに関しては、該当人物は現時点では見えないが、同じ「土師宿祢」を名乗る人物として、右大史をつとめた人物に土師宿祢牛勝（天平十七年〔七四五〕十月「谷森本天平古文書」）が、左大史をつとめた人物に土師宿祢梔取（宝亀三年〔七七二〕正月・三月の大伴家持自署の太政官符）が、それぞれ存在するので、史に土師氏出身者が存在した可能性を否定するものではない。なお、署名部分に関連して念のために確認しておくと、A弁官の位署部分とB史の位署部分が、発給年月日の直前にあるという、太政官符の書式上の最大の特徴に関しては誤りがない。

これらの検討をもとに、試みに太政官符全体を読み下すと以下の通りである。

大〔太〕政官符す大和（ママ）國司。到来は六年（神亀）三月八日なり。

　まさに下行すべき十一面菩薩像并《ならび》に堂舎の造料稲參千束の事。

右、正三位行中務卿兼（ママ）中衛大將藤原朝臣房前《ふささき》の奏状に偁《いは》く。「沙弥徳道の神龜六年正月廿七日の解状に云《いは》く。『造仏料木、長谷山の東の岑に挽き置き年を經《ふ》る。しかるに造り奉《たてまつ》るべき料物《りょうもつ》無し。先の願主八木井門子、侍らず。地に伏して望み也〔乞カ〕ふらくは、(35)重ねて造仏料物を加へられ、件《くだん》の十一面菩薩像并《ならび》に堂舎等を造り奉《たてまつ》り、まさに藤氏の御□〔寺カ〕と為さんことを。謹みて言《まう》す。』といへり。臣《しん》房前、念願を發し、請ふらくは天裁。官物《かんもつ》を裁行され、彼の菩薩像及び堂舎を造立せんことを。謹みて奏す。」といへり。今年二月廿二日の勅に、「房前朝臣の奏状に依り、裁行するところの正税三千束、件の如し。」といへり。國宜しく承知し、勅に依り下行せよ。前〔符カ〕到りなば、奉《うけたまは》り行へ。

　正五位□〔下カ〕左中弁兼侍従當麻真人　従七位上守左小〔少〕史土師宿祢□柄

　　神龜六年三月二日

奉行□□□□

3　太政官符の真偽の再検討——喜田論文の検討を中心に——

次に、太政官符の内容に関して検討する。まず、冒頭に太政官が「大和国司」（ママ）に宛て「符」を下したことが示され、神亀六年三月八日に太政官符が国府に到来したことが知られる。次に、宛先の「大和国司」（ママ）であるが、天平二年（七三〇）十二月二十日付「大倭國正税帳」(36)及びそこに捺された「大倭國印」の印影などから知られるように、大和国は、神亀六年三月当時、「大倭」国と表記されており（遅くとも大宝令施行時［七〇一年］には「大倭」と表記されたと思われる）、『続日本紀』等によれば、その後、天平九年（七三七）十二月丙寅（二十七日）に「大養徳」国と改称され、天平十九年（七四七）三月辛卯（十六日）には再び「大倭」国に戻るが、天平宝字元年（七五七）六月から十二月までの間に「大和」国と表記されると言う。[37]従って、喜田論文や藤巻論文では指摘されていないが、この太政官符の一行目は、天平宝字元年以降の知識で書き換えられていることが指摘でき、本来は「太政官符大倭國司」とならなくてはいけないはずである。但し、先に述べた寺社縁起の伝来の性格上、書写の過程で、例えば平安時代に入って「大倭」を「大和」に書き換えたとしても不自然なことではない。また、「到来」云々の記載に関して、通常の編纂物に見える太政官符では、太政官符の到着年月日が記されていないことが多いので、この太政官符の真偽を確かめる上で重要である。このことは、もとになった史料が太政官などに保管された太政官符の控えではなく、「大倭」国府に到着した太政官符であることを伺わせる。通常の太政官符では、「到来」云々は国府に至ってから書き込まれた情報と考えられる。また、文末の「奉行」云々以下は省略されているが、実際にこの文書の内容を奉《うけたまわ》って行った（施行した）国司の氏名が書かれていたと思われ、この点も国府に保管されていた太政官符を写したことを伺わせる。さて、この太政官符には、通常の太政官符には見えない太政官符が到着した日付や奉行した国司が記されていた痕跡を残しているが、「偽作」とするのであれば、何故ここまで「創作」したのかを説明する必要がある。

更に12行目に見えるように、この太政官は神亀六年三月二日に発給されたにもかかわらず、馬なら一日で到着できる、当時、高市郡軽《かる》にあった国府（軽国府、橿原市丈六付近）[38]に三月八日に到着している。発給から六日もかかって太政官符が到着していることから、このままでは「偽作」の可能性も強いが、反対に何か特殊な事情があって遅れた場合は、その理由を合理的に説明できれば、本当に発給された太政官符が存在した可能性が出てくる。この問題は節を改めて記すことにしたい。

次に引用関係の確認を行う。2行目は太政官符の内容を要約した事書《ことがき》である。3行目以降の藤原房前の「奏状」は、4行目の冒頭「沙弥徳道」から8行目の「謹奏者」の「者」の前までであり、房前の「奏状」の中に引用され「沙弥徳道」の「解状」は、4行目の「造仏料木」から7行目の「謹言者」の「者」の前までである。また9行目の二月二十二日の「勅」の内容は、同じ行の「依」以下、「者」の前の「如件」までである。この「勅」は単純に考えれば、聖武天皇の勅となるが、神亀六年三月当時、元正太上天皇も存命なので、元正の勅である可能性もあり、その場合は「長谷寺縁起」に見える「飯高天皇」(=元正天皇)という表記の信憑性とも関連してくる。

なお、ここで注目される事は、沙門徳道の「解状」中の「奉造件十一面井《(菩薩)》并堂舎等」(6行目)と見える部分に記された「件」の字の存在である。「件」とは先に述べた事柄を指す場合に用いる語であるので、沙弥徳道の「解状」には、この「太政官符」に引用されていない部分が存在し、そこに「十一面菩薩」と「堂舎」の語が存在してことになる。「件」の文字の存在は後世の「偽作」では、なかなか思いつかない要素を内包しており、実際に存在した太政官符や解状の存在を想定させる。

さて、太政官符の内容の検討を行うため、訳文を示しておく。

太政官が「大和国司《(ママ)》」に「符」を下します。(この太政官符の)到来は(神亀)六年三月八日です。

十一面菩薩像と堂舎とを造るための「料」(資金)として稲三千束を支出すべき事。

と命令の要点が記された後、藤原房前の奏状が引用される。まず、沙弥徳道の神亀六年正月二十七付の「解状」が更に引用されるが、その内容は以下の通りである。

仏像を造る「料木」（御衣木）は長谷山の東の峯に挽き置かれたまま年を経てしまい、（仏像を）造りたてまつるはずの「料物」（資金）が無くなってしまった。先の願主である八木井門子はおりません（亡ってしまいました）[39]。地に伏して望むことには、再び仏を造る「料物」を加えられ、十一面菩薩像と堂舎などを造り奉り、藤原氏の御寺[40]に致したいと。謹みて申し上げます。

一方、房前の奏状では、このように徳道の解状を引用した後、以下のように述べる。

臣下である房前は、念願を発して、天裁（天皇の裁可）を請います。「官物」（正税）[41]を「裁行」（程よく適当な量を切り取って割り振ること）し、彼の菩薩像と堂舎とを造立されることを謹んで奏上いたします。

それに対して下された天皇の「勅」は、

「房前朝臣の奏状」に依り「裁行」する「正税」は三千束とすることは、先に示した通りである、と命じた。

こうした内容の「勅」を太政官は大和（大倭）国司に対して伝達するため、以下の通り命じた。

（大和）国は宜しく（そのことを）承知して、勅によって（造営のための正税を）下し行いなさい。この太政官符が到着したら、その旨を奉って（その通りに）行いなさい。

この後、左中弁当麻某と左少史土師□雄の署名があり、それに続いて太政官符が発給された年月日である神亀六年三月二日が記され、最後のこの太政官符を奉り施行した国司と思われる人物名が記されていたが、その部分は省略されている。

さて、喜田論文では、神亀六年三月の太政官符が「仮託偽作」されたものとする第一の論拠として、藤原房前の官職である中務卿と中衛大将に関して、房前が中務卿になったのが神亀六年（天平元年）九月二十八日で（『続日本紀』・『公卿補任』）、中衛大将を兼ねたのが天平二年十一月一日であり（『公卿補任』）、神亀六年三月当時、房前は参議であったことを挙げる。また、第三の論拠として、房前は当時、三位であったため、「卿」であり、九行目に「房前朝臣奏状」とある「朝臣」は正しくないと指摘する。喜田論文の第一の論拠に関しては、確かに指摘通り、房前の当時の官職は正しくない。これに関してどのように考えるべきかは後で述べるとするが、第三の指摘には誤解があり正しくない。すなわち、房前は神亀六年当時、正三位参議であり、一見、公文書では「房前卿」と表記されるべきであるかに見えるが、九行目の「房前朝臣奏状」は三行目の「藤原朝臣房前奏状」に対応するものであり、更に九行目は天皇の「勅」に引用された部分であるため、「養老公式令」68授位任官条（喚辞条）で、「凡授位・任官之日、喚辞、先名後姓、三位以上、先名後姓、（中略）以外、三位以上、直称レ姓」とあるように、三位以上も必ず姓（カバネ）を伴って呼ばれ、そもそも天皇が「房前卿」などと呼ぶことはあり得ないので、「房前朝臣」の表記に問題がないことを示している。かえって、後世の「偽作」であれば、この部分、「房前卿」と書いてしまう可能性があるにも拘わらず、「房前朝臣」と記したことは、「偽作」や「創作」ではなく、実際に存在した文書をもとにした可能性が高いことを示しているといえよう。また、第一の官職の問題は大きな疑問点だが、この太政官符が長谷寺の縁起を語るものとして伝来したのであれば、官職は書写の過程で、極官に書き換えられることはあり得ることであり、奈良時代後半以降になって、「大倭國」が「大和國」に書き換えられたこと同様、「参議」が「中務卿兼中衛大将」に書き換えられたからといって、一概にこの太政官符全体が「偽作」であるとは決めつけ難い。先述のようにこの太政官符は、「大倭」国府に届けられ、実際に施行され、国府に保管されたものを写したものがもとになっている可能性が高い。喜田論文が指摘した「偽作」の論拠に関して、それ自体に一部間違いがあることを指摘するとともに、たとえ、当時はまだ就任していない官職やまだ用いられていない国名表記であっても、暫くして、その官職に就き、国名表記も変わったとしたら、太政官符が長谷寺の創建に関わる縁起として書写され伝世する過程で、「偽作」という意識ではなく、分かり易くするため、いわば「好意的」に太政官符の一部が書き直された可能性も指摘できよう。

なお、この太政官符の決定事項（大倭国より正税三千束を支出すること）が事実とあらば、当然天平元年（七二九）度の「大倭国正税帳」にその収支が示されるはずである。幸い正倉院には「大倭国正税帳」（『大日本古文書』編年文書一巻三九六頁〜四一二頁）が残っており、長谷寺のある城下郡の後半部分も残存しているが、残念ながら、「神戸」関連のみで、太政官符の内容が事実か否かを正税帳の記載事項によって確認することは出来ない。

ところで、後世の「好意的」な書き直しの可能性を考えてもなお十分に理解出来ない問題が二点ほどある。一つは太政官符に「八木井門子」と見える人物を何と読むかという問題であり、もう一つは神亀六年三月二日に発給された太政官符が何故六日後の三月八日に「大倭国府」に到着したのかという問題である。この問題が解決されない限り、後世の「偽作」という指摘に十分な回答を出すことは出来ない。しかし、反対にこの問題に関して合理的な回答が出来るとすれば、この太政官符が「偽作」であるという可能性は再考されなければならない。以下、この点に関して検討する。

4　「八木井門子」は何と読むのか

まず、「先願主八木井門子」の部分を検討するが、「願主」は『日本霊異記』中巻第六話に見えるので、奈良時代の用語として存在していた。問題なのは「八木井門子」を何と読むかである。[42] この部分の意味が通じなかったり、八世紀前半に存在しない氏族名であったりするならば、この太政官符が後世の「偽作」である可能性が増すからである。それに関して最初に確認しておかねばならないことに、その表記の微妙な違いの問題がある。つまり護国寺本『諸寺縁起集』内では（イ）「八木少井門子」と（ロ）「八木井門子」と見えるように「少」の有る無しで二通りの表記があるが、このことをどう考えるかという問題がある。すなわち、①「菩薩前障子文」では（イ）「（八木）少井門子」とあるが、②「神亀六年三月二日付太政官符」・④「佛子徳道上表」によれば、（ロ）「八木井門子」である。これまで、『校刊　美術史料』では、②・④に脱字があり、①の（イ）ように「八木少井門子」と読まれてきた。しかし、（イ）「八木少井門子」では何処から何処までがウジ名で、何処から何処までが名前なのか不明となる。また、（ロ）「八木井門子」であっても間違いではないという可能性も十分に残されている。一方で、「八木」が地名であって、ウジ名ではない可能性も考えられる。しかし『倭名類聚抄』の大和国高市郡などに「八木郷」の地名は見えないことに加えて、『正倉院文書』には「八木宮主」という人物が見えるので（例えば、宝亀二年正月二十九日付「奉写一切経料墨紙筆用帳」〔『大日本古文書』編年文書六巻三二頁など〕）、「八木」というウジ名が存在したのは間違いない。ところで、護国寺本『諸寺縁起集』所収の「長谷寺」縁起の全体①～④で調べると、「辛矢田部造米麻呂」・「藤原朝臣房前」・「當麻真人」・「土師宿祢□柄」・「出雲臣大水」と人名に全て姓（カバネ）がついていることが知られる。そうすると、「八木少井門子」のどこかに姓（カバネ）が表記されていたはずである。そのように考えると、「八木」氏がウジ名であって、「井門子」が名前であり、その間の「少」は、「すくな・い」と読むので、姓（カバネ）の「宿祢《すくね》」が書写の過程で「少」（すくな・い＝すくね）を示すようになったか、本来は「宿祢」に付されたルビ的な「少」が本文に書き込まれた可能性を指摘しておきたい。「八木」氏のカバネは『新撰姓氏録抄』右京神別下に「八木造」がおり、八木氏のウヂ名は陽疑・楊貴・陽枳・矢木などとも書き、天平勝宝九歳（七五七）四月七日付「西南角領解」（『大日本古文書』編年文書四―二二七頁～二二八頁）に見える「河内国和泉郡八木郷」（大阪府岸和田市八木町）の地名に基づき、一族は「造」のカバネを有していたことになる[43]。しかし、『大間成文抄』四　春　外國四　料に、(44)「朱雀院修理料」により寛弘二年（一〇）正月二十五日に土左権介を望んで希望を遂げた正六位上の「八木宿祢連理」なる人物が見えるように、「宿祢」のカバネを有した八木氏も存在したことが知られ、先の推定を助ける。それでは「八木井門子」の名前部分を如何に読むかであるが、それには以下のデータが参考となる。(45)

1　平城宮出土木簡（『木簡研究』七号一二〇頁（13）他）

「湯泉郡(伊予国)井門郷大田里久米大虫」

2　平城京東三坊大路出土木簡（『木簡研究』一六号一九〇頁（25）他）

「□□[往還カ]□□□□告知□□[被盗カ]斑牡牛一頭　誌左右本□[爪カ]在歳六許
応告賜山辺郡(大倭国)長屋井門村　右牛以十一月卅□聞給人益坐必々可告給」

3　平城京左京三条二坊一・二・七・八坪長屋王邸出土木簡（『平城宮発掘出土木簡概報』二一号二五頁上）

「・□工司二人散位寮三人帳内三人仕丁一人」

「・右九人飯四升半受物部牛麻呂
十一月十二日井門□」

4　平城京左京三条二坊八坪二条大路濠状遺構（南）出土木簡（『平城宮発掘出土木簡概報』二二号一三頁下）

「・弥上井門掃守　寺
三嶋　穴合四」

「・天平八年八月十二日」

5　平城京左京三条二坊八坪二条大路濠状遺構（南）出土木簡（『平城宮発掘出土木簡概報』三一号一四頁下）

「・弥上井門掃守」

「・阿奈　寺」

6　平城京左京七条一坊十六坪東一坊大路西側溝出土木簡（『木簡研究』一七号二一頁（42）他）

「伊与国浮穴郡井門郷白米壱」

一方、『和名類聚抄』郷里部(46)には「井門」（「井閇」「井上」）が付く、以下の郷が見える。

7　美濃国賀茂郡「井門」郷

8　讃岐国三木郡「井門、井乃倍、」郷（大東急本による。天理図書館所蔵高山寺本では「井閇、為乃倍、」郷

9　伊与国温泉郡「井上、井乃倍、」郷（大東急本による。高山寺本は訓注なし）

10　伊与国浮穴《うけな》郡「井門、為度、」郷（高山寺本による）

これらの史料によって、「井門」は「ゐのへ」または「ゐと」・「ゐど」と読まれていたことが知られるが、「井門子」とあるので、「ゐのへこ」とは読みにくいので、「ゐとこ」または「ゐどこ」と読まれていたのであろう。従って、「八木井門子」は「やぎのゐとこ」または「やぎのゐどこ」と読んでおく。以上から、「八木（宿祢）井門子」なる人物が奈良時代に存在した可能性を指摘しておきたい。

5　太政官符遅延の理由と長屋王の変の影響

先に指摘したように、神亀六年三月の太政官符は、通常の太政官符より発給から到来まで六日も日数を要している。この事実は、太政官符の信憑性とも関わってくる。もしも「偽作」するのなら、最初から「偽作」との疑いをかけられるような日程を設定しないからである。確認のため、太政官符に引用及び記されている「解状」・「奏状」・「勅」の日付及び「官符」の発給・到来の日付をまとめて示すことにするが、ちょうど神亀六年二月には、政治史上、平城遷都後の初めての大事件というべき「長屋王の変」が起こっている。『続日本紀』にから判明する「長屋王の変」の経緯も織り込みながら、年表風に示すと以下の通りである。

神亀六年A正月二十七日　沙弥徳道の解状

B（正月二十八日〜二月二十一日までの間。おそらく二月上旬の某日か）

　　藤原房前の奏状

二月十日　長屋王、密告される。

二月十一日　長屋王、訊問される。

二月十二日　長屋王、自殺する。

二月十三日　長屋王を埋葬する。

二月二十一日　密告者への叙位。

C二月二十二日　聖武天皇（または元正太上天皇）の勅。

D三月二日　大倭国司に太政官符を発給。

三月三日　曲水の宴。

三月四日　叙位。

E三月八日　大倭国府（軽《かる》の国府）に太政官符到来。

天平元年　八月五日　神亀六年を天平元年に改元。

九月二十八日　小除目（正三位藤原房前、中務卿に）。

こうしてみると、A沙弥徳道の「解状」が出されたのが、「長屋王の変」の二週間ほど前であり、C聖武天皇（または元正太上天皇）の「勅」が出されたのが、「長屋王の変」の密告者への叙位、すなわち、功労者への論功行賞が終了した翌日であり、更にD太政官符が発給されたのは、「長屋王の変」の暗いムードを払拭する意味も持ったと思われる三月三日の曲水の宴やそれに伴う翌四日の叙位の直前の三月二日であった。そして、E太政官符の到着は、それらが終わって暫くたった三月八日であった。以上の政治動向を勘案すると、この太政官符が「偽作」だとか簡単に指摘するよりは、神亀六年の太政官符に引用される「勅」や官符発給・到来に「長屋王の変」が影響を与えていると考えていた考えた方が解釈上は合理的なように思われる。特に、平城京内の太政官で太政官符発給手続きが行われたとして、当時、一日か二日もあれば到着したはずの大倭国高市郡内に存在した国府に太政官符が到着するまで六日も要しているが、三月二日に太政官符が作成されたとしても、内印（天皇御璽）を太政官符に捺す請印の儀が必要であり、三日は宴会、四日は人事と、請印の儀の関係者が行事に関わっていた可能性があり、行事が一段落した三月五日以降に手続きが行われたと考えれば、到来が三月八日というのはそれほど不自然なことではない。こう考えると、太政官符はやはり後世の「偽作」ではなく実際に発給された官符を写したものが元になっている考えた方が合理的であろう。後世の「偽作」「創作」を主張するのであれば、どうして具体的な日付が考えられたのか、わざわざ「長屋王の変」を挟んだ時期にこの太政官符の発給に関わる日付を「設定」する合理的な理由を説明する必要がある。従来の研究では、こうした視点は全く欠けているように思われる。このように神亀六年の太政官符が位置づけられるとしたら、「長屋王の変」のような藤原房前ら藤原氏一族の隆盛ともかかわる事件と長谷寺の創建譚が関係する可能性が出てくるが、その当否はこの太政官符の真偽とも併せて今後の研究に委ねたい。（補注5）

むすび

以上、研究史の重厚な「長谷寺観音造立縁起」に関して、先ず一章では、十巻本『伊呂波字類抄』の学習院大学本に見える、従来の研究で未翻刻の頭書を紹介した。次に、二章では、従来、「偽作」とされる護国寺本『諸寺縁起集』所収神亀六年三月二日付「太政官符」を、縁起として書写・伝来した経緯を踏まえつつ、古代史の史料として再検討した。その結果、神亀六年三月当時としては表記に問題の箇所もあるが、それは縁起として伝来する過程で分かり易く説明するために書き換えられた可能性から説明することも可能で、大部分は実際に発給され、大倭（大和）国府に伝達され、施行された太政官符を写したものが元になっていると考えた方が合理的であろうという結論に達した。誤解を恐れずに言えば、神亀六年三月の太政官符は、簡単に「偽作」や「創作」できるものではなく、もともと存在した、実際に発給された太政官符を写し、その一部の表現を分かり易く書き直したものであろうというのが本稿の趣旨である。

護国寺本『諸寺縁起集』所引の「長谷寺」縁起の解読のためには、②神亀六年三月二日付「太政官符」のみならず、①「菩薩前障子文」、③或本所引「古老伝」、④天平五年九月十一日付「佛子徳道上表」の詳細な検討も必要であるが、時間の関係で、②部分の検討のみとなってしまった[47]。本稿の結論が余りにこれまで積み重ねられた研究成果と違ってしまったこともあり、本稿の結論が正しかった場合、「長谷寺観音造立縁起」を廻る研究にどのような影響を与えるかについて説明をかなり要するが、紙幅の都合もあるので、別の機会に述べたいと思う。但し、本稿によって、これまで紹介されなかった史料を提示することが出来るとともに、護国寺本『諸寺縁起集』所引の神亀六年三月二日付「太政官符」の解釈に関しても、たとえ「偽作」であっても、先ずは古代史の手法で読み解いてから、その真偽を検討するという古典研究の基本的な手続きをとったつもりであるので、本稿が「長谷寺観音造立縁起」の研究に何らか新しい視点と進展をもたらせば幸いである。

なお、本稿は二〇〇七（平成一九）年度～二〇一一（平成二三）年度科学研究費補助金（学術創成研究費）研究課題

「目録学の構築と古典学の再生―天皇家・公家文庫の実態復原と伝統的知識体系の解明―」［課題番号19GS0102］研究代表者：田島　公）の成果の一部である。本稿執筆にあたっては、「長谷寺縁起」に関する参考文献の提供・研究動向の教示・現地調査を始めとして、内田澪子氏（東京大学史料編纂所特任研究員）に多くの点でお世話になった。末筆ながら記して深謝申し上げる。また、二〇〇七年度の明治大学大学院文学研究科における「文化史特論」での十巻本『伊呂波字類抄』「諸寺」部の講読において「長谷寺」を担当して下さった志村佳名子氏の詳細な報告レジュメも参照させていただいた。志村氏にも謝意を表したい。

注

（1）引用は、川端善明・荒木浩校注『古事談　続古事談』（新日本古典文学大系四一　岩波書店　二〇〇五年一一月）による。

（2）『古事談』巻五‐二七の出典に関する研究史に関しては省略するが、その成果は、注（1）前掲『古事談　続古事談』四七〇頁の下注［古事談五‐二七、三五九］に簡略にまとめられている。

（3）新訂増補国史大系本より引用する。

（4）喜田貞吉a「長谷寺縁起を論じて諸寺縁起集の年代に及ぶ（前号小野玄妙氏の文参照）」（『仏教史学』三編一二号　一九一四年三月）、同b「長谷寺草創考の追考」（『歴史地理』二四巻一号　一九一四年七月、のち「「長谷寺草創考」の追考」と改題して『喜田貞吉著作集』第六巻　奈良時代の寺院　平凡社　一九八〇年二月所収）。

（5）護国寺本『諸寺縁起集』は、興福寺大乗院旧蔵本で、康永元年（一三四二）年・同二年の紙背文書があり、表紙識語から康永四年（貞和元年・一三四五）に法眼清□〔玄カ〕らの書写による写本であるとされる。東京大学史料編纂所に影写本（注（32）参照）が架蔵され、藤田經世編『校刊　美術史料』寺院篇　上巻（中央公論美術出版　一九七三年三月）に翻刻

がある。大賀一郎「諸寺縁起集護國寺本の研究　その一」（『豊山学報』三号　一九五六年三月）・同「護国寺本諸寺縁起集について」（『日本歴史』一二九号　一九五九年一二月）、藤田經世「諸寺縁起集　護國寺本　解題」（前掲『校刊美術史料』）、綾村宏「諸寺縁起集」（『歴史考古学大辞典』吉川弘文館　二〇〇七年三月）参照。

（6）尊経閣文庫本『三宝絵』は、前田育徳会尊経閣文庫編『三宝絵』（尊経閣善本影印集成　41-1）八木書店　二〇〇七年一〇月）によった。なお、同本に関しては、これまでの研究成果を中心に、田島公「尊経閣文庫所蔵『三宝絵』の書誌」（同書所収）に解題をまとめた。

（7）『三宝絵』は当初、仮名交じり文であったものを、『扶桑略記』は漢文に翻訳して引用したため（逵日出典「長谷寺縁起考」『奈良朝山岳寺院の研究』名著出版　一九九一年二月）、表記が異なるようになったかもしれないが、唯一変体漢文体で伝わる尊経閣本の『三宝絵』と『扶桑略記』との文字の比較は具体的になされておらず、実際に行うと、その相違は大きく、更に詳細に検討する必要がある。また、「得道・々明等天平五年注觀音像記并雜記」は恐らくは漢文体であったと思われることから、『三宝絵』から「観音像記并雑記」を復原する場合は、やや複雑な手続きを要するが、そうした復原も実はなされていないようである。

（8）内田澪子a「内閣文庫本『長谷寺密奏記』—翻刻と解説—」（『国文論叢』三三号　二〇〇三年八月）、同b「禁裏旧蔵の『長谷寺密奏記』—高松宮家伝来禁裏本『十一面観音縁起』紹介・翻刻—」（『国文論叢』三六号　二〇〇六年七月）、横田隆志「長谷寺本・伝遊行三十七代託資上人筆『長谷寺縁起文』—翻刻と解説—」（『国文論叢』三六号　二〇〇六年七月）。

（9）藤巻和宏a「長谷寺縁起の展開・一班—護国寺本『諸寺縁起集』所収縁起をめぐって—」（『むろまち』第六集　二〇〇二年三月）・同b「南都系長谷寺縁起説の展開—『建久御巡礼記』、『諸寺建立次第』、護国寺本『諸寺縁起集』の検討から—」（『巡礼記研究』第一集　二〇〇四年一二月）。上島享「中世長谷寺史の再構築」（『国文論叢』三六号　二〇〇六年七月）。横田隆志「長谷観音の御衣木と説話」（『南都仏教』八八号　二〇〇六年一二月）。

（10）田島公「禁裏文庫周辺の『古事談』と『古事談』逸文」（『新日本古典文学大系　月報』一〇〇　二〇〇五年一一月）。
（11）注（6）前掲田島「尊経閣文庫所蔵『三宝絵』の書誌」、田島公「尊経閣文庫所蔵『三宝感応要略録』の書誌」（前田育徳会尊経閣文庫編『三宝感応要略録』〈尊経閣善本影印集成43〉八木書店　二〇〇八年六月）参照。
（12）田島公「「東人の荷前」（「東国の調」）と「科野屯倉」―十巻本『伊呂波字類抄』所引「善光寺古縁起」の再検討を通して―」（吉村武彦編『律令制国家と古代社会』塙書房　二〇〇五年五月）
（13）土井洋一解題『伊呂波字類抄』古辞書音義集成一四巻　古典研究会（汲古書院）一九八六年一一月。
（14）注（5）前掲藤田編『校刊　美術史料』寺院篇　上巻。
（15）注（4）前掲喜田ａ「長谷寺縁起を論じて諸寺縁起集の年代に及ぶ」参照。
（16）注（9）前掲藤巻ａ「長谷寺縁起の展開・一班」・同ｂ「南都系長谷寺縁起説の展開」参照。
（17）正宗敦夫編・校訂『伊呂波字類抄』一　日本古典全集刊行会　一九二八年一二月、のち山田孝雄の解説を付けて覆刻、風間書房　一九五四年六月。
（18）古辞書叢刊刊行会編・川瀬一馬解説『伊呂波字類抄　十巻本』雄松堂書店　一九七七年。
（19）注（13）参照。
（20）注（17）参照。
（21）藤田經世「解題」（注（5）前掲『校刊　美術史料』寺院篇　上巻、所収）。
（22）大熊久子『十巻本伊呂波字類抄の研究』東京学芸大学国語学第三研究室単刊　一九八八年一月。高橋久子「花山院本伊呂波字類抄の価値」（国語語彙史研究会編『国語語彙史の研究』二二　和泉書院　二〇〇三年三月）。
（23）志村佳名子氏（明治大学大学院文学研究科）の指摘による。
（24）注（9）前掲上島「中世長谷寺史の再構築」参照。
（25）注（12）前掲田島「「東人の荷前」（「東国の調」）と「科野屯倉」」参照。

(26) 十巻本『伊呂波字類抄』の写本研究に関しては、注(22)高橋論文の成果を補うべく、阪本龍門文庫所蔵の花山院家本『色葉字類抄』の紹介をはじめとする論文を用意している。

(27) 注(4)前掲喜田a「長谷寺縁起を論じて諸寺縁起集の年代に及ぶ」

(28) 逵日出典a『長谷寺史の研究—古代山岳寺院の研究・一—』巌南堂書店　一九七九年一一月・同b「長谷寺縁起考—古縁起の系統と新縁起の形成」(『奈良朝山岳寺院の研究』名著出版　一九九一年二月)

(29) 注(9)前掲藤巻a「長谷寺縁起の展開・一班」・同b「南都系長谷寺縁起説の展開」参照。

(30) 注(9)前掲藤巻a「長谷寺縁起の展開・一班」・同b「南都系長谷寺縁起説の展開」参照。

(31) 注(4)前掲喜田a「長谷寺縁起を論じて諸寺縁起集の年代に及ぶ」参照。

(32) 東京大学史料編纂所架蔵影写本『諸寺縁起集』(原蔵者　護国寺、一九〇四年[明治三七]十二月影写)請求番号三〇一一五-七。

(33) 注(4)前掲喜田a「長谷寺縁起を論じて諸寺縁起集の年代に及ぶ」参照。

(34) 注(9)前掲藤巻a「長谷寺縁起の展開・一班」・b「南都系長谷寺縁起説の展開」参照。

(35) 「不侍伏地望也」は、脱文の可能性もあるが、このまま読むとすれば、他に「地に伏して望むこと侍らざるなり」とも読める。しかし、あまりすっきりした読み方ではない。藤原重雄氏の教示によれば、「也」を「乞」(=「請」)の誤写と考えると、「地に伏して望み乞《こ》ふらくは」と読める。そうすると、「先の願主八木井門子、侍らず。地に伏して望むことには、(重ねて造仏料物を加えられ、…)」と理解できる。「也」は影写本によれば「乜」であるため、このままでは字形の違いがあるので、誤写説はとりにくいが、親本段階で誤写されているとしたら、その可能性は否定できず、有力な読みであるので、この読みを採用した。

(36) 『大日本古文書』編年文書一　三九六頁~四一三頁。

(37) 岸俊男『藤原仲麻呂』吉川弘文館　一九六九年三月、鎌田元一「日本古代の官印—八世紀の諸国印を中心として—」

(上横手雅敬監修『古代・中世の政治と文化』思文閣出版　一九九四年四月、のち『律令公民制の研究』塙書房　二〇〇一年三月)。

(38)　和田萃「大和国府について」赤松俊秀教授退官記念事業会編・刊(『赤松俊秀教授退官記念　国史論集』一九七二年一二月)。和田氏によれば、大和国の国府が最初に設置されたのは、『入唐五家伝』収載「頭陀親王入唐略記」貞観三年(八六一)七月十一日条に「大和國葛上郡旧國府」と見えるように、国府が置かれた当初、藤原京の時代は葛城の掖上の地におかれたが(掖上国府)、平城遷都(七一〇年)とともに、高市郡軽に移転し(軽国府)、一一世紀初頭まで存在したという。

(39)　「不侍」の部分の意味は不明であり、脱文も想定されるが、そのまま解釈した。注(35)も参照。

(40)　この部分の原文は「為藤原御□[寺カ]」であるが、ここでは取り敢えず注(4)前掲喜田(a)論文や注(5)前掲『校刊　美術史料』にあるように「為藤氏御寺」で解釈しておく。なお、注(4)a喜田論文では、この太政官符が後世の「仮託偽作」である二番目の論拠として、「太政官に上る解状に藤氏の御寺となさんとすと言ふこと事實あるべからず、又『御寺』といふ語奈良朝に於て見るべからず」と指摘する。しかし、徳道の解状の提出先は太政官とは限らず、不明であり、奈良時代における「御寺」の用例がないという指摘に関しては、確認ができていないので、回答を保留しておく。

(41)　後のことであるが、『延喜式』巻二六　主税上　5　諸國本稲条には「大和國正税・公廨各廿万束、國分寺料一万束、豊山寺料二千四百束、壺阪寺三千束」とあり、「豊山寺」すなわち長谷寺には、毎年、大和国の各郡の正倉に収納し国司が管理した正税二四〇〇束が支給された。

(42)　「享和元年辛酉二月　沙門　源無謹誌」の識語のある『長谷寺縁起』(豊山神楽院長谷寺略縁起)では、「大和国高市郡八木の里に小井門子《をいのかどこ》といふ女あり」としている。簗瀬一雄「44　長谷寺縁起」(『社寺縁起の研究』勉誠社　一九九八年二月)。江戸時代にはウジ名が「小井《をい》」で、名前が「門子《かどこ》」になってしまったことが知られる。

(43)　佐伯有清「第十五　考証新撰姓氏録(第十五巻　右京神別下)八木造」(『新撰姓氏録の研究』考證篇　第三　吉川弘文館　一九八二年七月)。

(44) 吉田早苗校訂『大間成文抄』上巻　吉川弘文館　一九九三年二月　二四八頁。

(45) 奈良文化財研究所編木簡データベース参照。

(46) 池邊彌編『和名類聚抄郡郷里驛名考証證』吉川弘文館　一九八一年二月。

(47) 古代史の史料として「長谷寺観音造立縁起」を検討する場合、近江国高嶋郡三尾前山を始めとする縁起の舞台が何故に現れるのかに関しても古代史の視点から合理的に検討する必要がある。それらに関しても一部検討を行ったが、紙幅の関係等により、別の機会に述べたいと思う。

(補注1) 「成里□物」は、当初、「成里□〔人カ〕物」と翻刻し、「里人の物と成る」と読んだが、原本調査の結果「□」は残画から「人」とは読めないため、「里□の物と成す」とした。

(補注2) 「占長谷神河浦」は、「長谷の神河の浦と占《うらな》ふ」と読む可能性もある。

(補注3) 「同玉□〔在〕」は、当初、「同五(養老)□〔年カ〕」と読む可能性を考えたが、最後の「□」部分は残画から「年」とは読めず、「在」に近い。「玉」か「五」かも虫損のため判断がつきかねる部分もあるが、「玉」と読んだ。

(補注4) 坂本太郎「白鳳朱雀年号考」(『日本古代史の基礎的研究』下　東京大学出版会　一九六四年一〇月)

(補注5) 本稿脱稿後。藤井由紀子「象徴化された沙弥徳道と藤原北家の祖房前―長谷寺縁起を通して見る『三宝絵』の時代―」(小島孝之・小林真由美・小峯和明編『三宝絵を読む』吉川弘文館　二〇〇八年二月)に接したが、神亀六年三月太政官符に関しては従来の研究を踏襲し、後世の偽文である可能性が高いとされる。

(謝辞) 学習院大学所蔵十巻本『伊呂波字類抄』の原本調査に際しては、同大学図書館の佐藤飛鳥氏のお世話になった。記して感謝申し上げる。

第四編

古事談鑑賞◆益田勝実

本編は「国文学　解釈と鑑賞」（至文堂）一九六五年五〜一二月号、一九六六年二〜四月号に連載された「古事談鑑賞」を再録したものである。

公然の秘密（古事談鑑賞 一）

話の素姓

説話文学が相手どる説話には、〈よそから旅して来た話〉と〈地つきの話〉とがある。『古事談』の編者源顕兼は、その後者、京都の貴族社会で生まれ育った話の方にひかれるタイプの人物らしい。

元来、それぞれの説話の生育圏を離れて、遠くから伝播して来る話には、㈠同一中心人物を持つ連れになる話がなく、孤立した話が多い。しかし、そういう単独での漂泊《フロオト》に耐ええた話は、㈡伝播の間にその構成も形象も練られていて、聞き手の手持ちの体験・知識で補わなくても自己完結しているものが多い。ことばでほとんどが表現されていて、ことば以前のものによりかかることが少い。ところが、生育圏即伝播圏というべき貴族社会で生まれ育った話には、揉まれに揉まれて構成や形象が磨き上げられた、とはいえないものも多く、表現も聞き手のことば以前のもの——伝統・体験・観念等の共通性によりかかつて省略する部分が少くない。が、根生いの話の強さは、〈離れ猿〉のような伝播して来た話と違い、いくつもの話が人々の胸奥に複合した有機的な〈歴史像〉を形成していることだろう。〈離れ猿〉の説話としての優秀性もさることながら、こういう〈群れ猿〉の力も等閑に付することはできない。話はひとつひとつでは断片的だが、同じ人物、同じ事件に関連するいくつもの他の話とゆるやかに結合して存在していて、寄り合つて、ある〈人間像〉、ある〈事実像〉を描き出す。ひつくるめて〈歴史像〉といつてよいものである。後世の説話研究者が、説話の文芸性の方にだけ魅力を感じたりすると、漂泊の旅に鍛えぬかれた〈よそから来た話〉にばかりひかれがちになる。しかし、〈地つきの話〉のそういう機能も無視できない。
　古代後期の歴史物語が、そういう伝承説話の育てている〈歴史像〉によりかかつたものであることは、意外に見過ごされている。それらが、『続日本紀』から、いまは逸文だけしか残つていない『新国史』までの、正統な本格史とは本質的に異る点を、今後、研究していくべきであろう。歴史物語は、物語の変型や、フィクションの衰微した形ではない。『大鏡』以下のいわゆる鏡ものが、対談の中でたどられる歴史という形態を欲求したのは、それが巧妙新奇な粉飾であつたばかりではなかろう。『大鏡』の作者や、『今鏡』の作者が、その作品の最後に、本編に盛り込めなかつた話を、∧昔物語∨としてわざわざ付載したみれん気は、語り翁の体質をのぞかせている。ところが、そういう鏡ものも採りこめなかつた説話の群れ群れ、そこにこそ説話の世界の根拠地がある、といつてよいのだろう。
　はじめに、世間話としては、話の型からいうとはんぱなもののひとつから、問題にしてみよう。

〔本文〕花《くわ》山院御即位之日、馬内侍為二褰《けん》帳ノ命婦一進参之間、天皇令レ引二入高御座内一給、忽以配偶云々。（底本、架蔵三冊本）

〔訓読〕花山院御即位の日、馬の内侍、褰帳の命婦として進み参るのあひだ、天皇、高御座《たかみくら》の内に引き入れしめ給ひ、たちまちにもつて配偶《くなか》ひたまふとうんぬん。

〔考〕○御即位　オショクイと読む。一条兼良の『即位式』（別名『代始和抄』）の架蔵写本（鳥の子紙、列帖装）のふりがなは　わりによく故実よみを伝えているが、それに「オショクキ」とある。○褰帳ノ命婦　この本文は本行と同列のかな文字「ノ」や、左側の返り点は底本どおり、本行右傍の送りがなだけがいま添加したものである。大部分の『古事談』写本には、返り点もない。それがより古い姿であろう。褰帳の命婦というのは、即位式に高御座に着座した天皇の前に進み出て、褰帳の女王二人が高御座の前の垂れ幕を掲げて、八の字に開き、百官に天子の顔を拝させる儀式がある。その女王のあげばりの開閉を手伝う役である。あげばりは八の字に開き、針と糸で結びとめるから、補佐役がいる。九八四年（永観《よう》二）十月十日の花山院即位の日の褰帳の女王は、『天祚礼祀職掌録』（「群書類従」所収）によれば、慶子女王章明親王女と明子女王盛明親王女とであつたが、褰帳の命婦の名は審かでない。この日、この説話のような事件がなかつたことは、小野宮実資の『小右記』の同日の記録からも判明する。「褰帳の二人、座を起《た》ちて東西の階《きざはし》を登る。帷《あげばり》を褰《かか》ぐる女《によ》蔵人四人、御《み》帳の内に□。左右に相分れて御帳の帷を助け褰ぐ。八針の糸に結《と》ひ閇ぢて、褰帳、座に復す。」（「大日本古記録」に拠り、読み下した。）これが表向きの記録だけでないことは、その直前に、天皇の高御座到着が、占《うらな》いで吉い時刻と出たとおりにしたため、早すぎて、天皇をくたびれさせ、「仰せられていはく、『玉冠甚だ重く、すでに気上るべし。よつて、□御冠を脱がしむべし。』と。」と、冠が重い、のぼせそうだ、脱がせてくれ、という注文が出たことを記していることからもわかる。また、それにつづいて、式の進行中に侍従の源の佐芸が天皇が玉冠をかぶっておられないと言い出したことも、「侍従佐芸、たちまち玉冠なきの由《よし》を申す。」と記録しているることからもわかる。がまんできなくて、冠を脱いでしまうような新天皇で、人々をうろたえさせたことは事実だが、衆目を浴びて内侍の手を執るようなことは、ありえようがない。それが事実に反してそう語られるところに、説話の説話性を認めるべきなのであろう。この馬の内侍は、『拾遺集』『後遺集』等の歌人である源の時明の娘の馬の内侍のことと一応考えてよかろう。とすれば、『馬内侍集』は、多くは当代著名人であるからである。説話に登場するのは『大斎院前《さき》の御集』とも関係してくる。ところで、当時社交界の一名花でもあつたらしい馬の内侍に、こういう嫌疑がかかつてくるのはなぜか、『小右記』には、即位式の日、花山院が、上気しそうだ、たまらん、重い冠を脱ぎたい、と言い出す条の前に、「御装束了《をは》んぬ。時に、大極殿の高座《みくら》に⬚御したまふ。内侍二人、礼服を着して、神璽・宝劔等に候す。」とあるが、『践祚部類鈔』(「群書類従」所収)によれば、この年八月二十七日の受禅の儀の折の劔璽使は掌侍(内侍)紀の順子・源の平子であり、その後、天皇が袍や笏を身につける介添えをしたのも、この源の平子である。即位式の時、劔璽に添つて高御座の内にいた女性二人もこの順子と平子であつたかもしれぬ。とすると、源の平子というのが源の時明の娘かもしれぬ、というふうな空想もできるが、同じ玉座周辺の女性といつても、劔璽に侍する内侍と褰帳の女蔵人とは別であるから、しばらく憶測はさしひかえておく方がよいだろう。しかし、内侍という格からすれば、褰帳の女蔵人よりも劔璽の内侍の方がその人らしい。**○配偶** 原典でこの語を選んだ心持には、和語の直截性を回避しようとする意図があつたかもしれない。とすれば音読して「配偶シタマフ」がよいだろうが、強いて訓を探れば。クナカフか。『大日本国現報善悪霊異記』の上巻「雷を捉ふる縁第一」は、同じ大極殿での交合譚で、雄略が「后と大安殿(大極殿に同じ)に寝て婚合《くなかひ》し給へる時、」(「日本古典全書」)知らずに参上した小子部《ちいさこべ》の栖軽《すがる》は、いま鳴つている雷を捉えて参れ、と命じられる。「婚合」とある原文は、高野本系の不忍《しのばず》文庫本も、興福寺本も「クナカヒ」とよませている。この『古事談』第一にも、藤原の道綱が殿上で舞っていて冠を落とし、右大臣顕光に嘲られたので、「何事云ブゾ、妻《め》ヲバ人ニクナガレテ」と放言してやりかえした話がある。顕光夫人との密通を公言し、みずから間夫《まぶ》たることを公然と人に知らせた馬鹿さかげんを笑う話である。『蜻蛉《かげろう》日記』の著者の溺愛した愛子道綱は、説話の世界では、いつも愚か者として登場する。道綱の母、日本三美人の一といわれたその人には、まことにお気の毒だが、人の口には戸が立てられない。それはそれとして、「くなぐ」「くなかふ」という動詞の系列を『古事談』語として、かりに認めておこうか。

〔**類話**〕 類聚本系『江談抄』第一には、

惟成《これしげ》ノ弁任《まか》セテレ意ニ行フ二叙位ヲ一事

又云、花山院御即位之日、於イテ二大極殿ノ高座《みくら》ノ上ニ一、未ダレ触レ二剋限ヲ一先《さき》、令メレ犯サ二馬内侍ヲ一給フ之間、惟成《これしげ》ノ弁驚キテ二玉佩并《ならび》ニ御冠ノ玲ザル声ノ一、称《いひ》ニ鈴ノ奏ト一、持チテ二参叙位ノ申文《まうしぶみ》ヲ一。天皇以チテ二御手ヲ一令ムレ飯《かへ》サ之間、任セテレ意ニ行フレ叙位ヲ云々。

(「群書類従」に送りがなを添えた。)

とある。この話は古態本系の神田本・醍醐寺本(『水言鈔』)・前田本の方に残つていず、類聚形態の六巻本の旧三条西家本系統の本の本文までしか溯つて検証できない。それは室町時代の本文である。一般的にいつて、類聚本系の本文と鎌倉時代の古態本『江談抄』の本文とは必ずしも同一でないから、**問題は若干残るが**、この話に関しては、『古事談』の出典は『江談抄』でない、と断じてよさそうである。いまのところ、この話の典拠はまだ審かでない。

古代末期の貴族社会の男性たちの話の世界では、セックスの話はなかなか大きな比重を占めていた。しかし、じめじめしていないあ

けつぴろげな点が特色で、たとえば、『宇治大納言物語』を編んだ、といわれる源の隆国に関する話だが、

隆国卿為レ頭奉二仕御装束一、先奉レ探二主上御玉茎一、主上令レ打二落隆国冠一給。敢不レ為レ事、放二本鳥《もとどり》一候。是毎度事也。（『古事談』第一、底本同前。）

（隆国の卿、頭として御装束に奉仕するに、まづ主上の御玉茎を探り奉れば、主上、隆国の冠を打ち落とさしめ給ふ。あへて事ともせずして、髻《もとどり》を放ちて候す。これ、毎度の事なり。）

というような話もある。この話、『古事談』の編者は錯覚で御冷泉院時代の話といつしよに配列しているが、『職事補任《しきじぶにん》』（「群書類従」所収）によれば、隆国の蔵人《くろうど》の頭《とう》時代は、後一条院の長元二年（一〇二九）正月から同七年十月までで、後一条天皇は二十代の青年、隆国は四歳の年長である。同年配者のふざけだが、やや男色的色彩のある話とみてよかろうか。男女二道の好色譚が栄えるのが説話の世界だが、話の構造からみて、『古事談』の方は、花山院の話も隆国の話も一小話だけからなる、それだけの昔話だが、『江談抄』の花山院の話になると、必ずしも単純ではない。高御座の中で鳴る玉佩や冠の瓔珞を、わざと聞き違えた惟成が、それ鈴の奏だ、儀式のはじまりだ、と叙位の中文を持つて進み出た、というので、そちらがむしろ中心である。花山院時代の権力者藤原の惟成の専制ぶりを揶揄する気持の方が濃い。実は、儀式の順序の上では、位記を賜うというところから式が開始されるのではない。それはずつと後の事だ。（『北山抄』等）うそつぱちだ。うそつぱちでかまわない。大極殿の高御座、まさに即位の儀開始の直前、天皇はわきまえもなく女事に忍耐力が弱い。天皇の腰の玉佩がとばりのかなたで鳴り響く。玲瓏の玉の音——得たりや、かしこしと、……。花山天皇の方の話を前置きにして、話は本題に入る。こういう二小話から構成されているのが、練り上げられた〈世間話〉の形態である。『古事談』の話の方は、それにくらべると、その前半の一小話だけの独立したものというより、まだそういう聞かせる話になりきらない、暴露性一方のものである。それが、『江談抄』の話のように発達していくとみてよい。しかし、男たちにとつては、ずばりセックスの話はおもしろいから、そちらはそちらで保存されていくのである。玉の音といえば、

後朱雀院ノ御即位ニ、内弁にて大二条殿ねらせ給ヒけるを、宇治殿大極殿の辰巳《たつみ》の角《すみ》の壇上にて御らんじて、「あはれ、狛人《こま》に見せばや。」と仰《せ》られけり。玉冠にさがりたる玉ども、ちゝりうくとなるほどに、如《によ》法ニ令メレ練ラ給ヒけり。（『古事談』第一、前掲本）

というのがある。宇治関白頼通が弟の内大臣教通《のりみち》の練《ね》り方に感動したのだが、これはどうみても、出所は、『富家語』である。

仰セテ云ハク、練ル事ハ大事也。大殿ハ二三度許《ばかり》コソ練ラ令《し》メ給ヒケレ。法勝寺ノ僧ノ御読経ノ時コソ練ラ令メ給ヒケレ。練ルハ笏ヲ引キテ装束モサヤくトナル事也。臂《ひぢ》ヲアラシテ笏ヲ取ル也。後朱雀院ノ御即位ノ日、大二条殿内弁ニテ如法ニ練ラ令メ給ヒケリ。玉冠玉佩火打ノ様ナル物ドモノ、チ、リウく鳴ルホドニ練ラ令メ給ヒケルヲ、宇治殿大極殿ノ辰巳ノ角壇上ニ御覧ジテ、アレハ狛人ニミセバヤト仰セ被レケリ、吉ク御坐《おはしま》シケルニコソト覚ユル也。（架蔵三条西公条筆本『富家語』）

この話、『古事談』の出所が、藤原忠実の「チ、リウく」の話を高階仲行が筆録した『富家語』でありながら、その抄出にあたつて『古事談』の源顕兼がどういう受け止め方をしたかを示す。「アレハ」を「あはれ」とし、故実作法譚をまとまりある故事譚に組み替える手法は、どうして尋常ではない。『江談抄』が玉佩の音を利用したという藤原惟成だが、この人もまた、説話の世界の名士である。『古事談』第二には、次のような彼をめぐる話がある。

昔、惟成之許《もと》に、文書之雲客等来集之日、只有二四壁一。而市に餉《かれひ》を交易して、相二具甘葛《あまづらノ》煎《しる》一指出云々。又無レ侍、件ノ妻《め》を半物《はした》ノ躰《てい》に成て出けり。

（昔、惟成のもとに、文書の雲客等来たり集まるの日、ただ、四壁あるのみ。しかして、市に餉《かれひ》を交易して、甘葛《あまづら》の煎《しる》を相具

して指し出だしたり、とうんぬん。また、侍《さぶらい》なく、件《くだん》の妻《め》を婢《はしたもの》の体《てい》になして出だしけり。）

もうひとつは、

惟成為二秀才雑色一之時、花逍遥に一条一種物しけり。惟成には飯を宛たり。而長櫃に、飯二升、居二雞子一一折櫃、擣塩一盃、納レ之、仕丁《じちやう》に令レ担て取二出之一。人々感声喧々。其夜与レ妻臥て、手枕入て探けて、（丹鶴叢書本等「探二」）髪皆切之。此時驚問所、其時太政大臣と申人御炊に交易而、其長櫃仕丁して令レ担出二云々。件ノ妻敢歎愁之気ナク、常笑云々。件女後為二業舒妻一云々。順業ハ外孫也。高名ノ歌読也。有二郭公之名言一云々。

（惟成、秀才の雑色たるの時、花逍遥に一条一種物しけり。惟成には飯を宛《あ》てたり。しかるに、長櫃に、飯二升と、鶏卵《とりのこ》を据《す》ゑたる一つの折《をり》櫃、擣《つ》き塩の一盃、これを納めて、仕丁に担《にな》はしめて、これを取り出だしたり。人々の感声喧々たり。その夜妻と臥して、手《た》枕を入れて探けて、（本文混乱、いま異本により、かりに「探るに」とする。）髪みな切りたり。（「之」は読み捨てる。）この時驚きて問ふのところ、その時の太政大臣と申す人の御炊《みかしぎ》に交易して、その長櫃を仕丁して担ぎ出ださしむ、とうんぬん。件《くだん》の妻、あへて歎愁の気なく、常に笑みゐたり、とうんぬん。件の女は後に業舒の妻となる、とうんぬん。順業は外孫なり。高名の歌読みなり。ほととぎすの名言あり、とうんぬん。）

というのである。この二話は、実際は順序を逆にして、後の方を先にすると都合がよい。考試(試験)をみごと突破して秀才になつたとはいえ、職は雑色にすぎない。そういう惟成が、花見の日に一品ずつ持ち寄るごちそうに人々を驚嘆させた。彼自身にも、なぜそういうことができたかはわからない。そのわけを知つたのは、夜の臥床《ふしど》の中でであつた、という。前の方の話は、その後、文名日に高く貧しさも深まり、売れるものは売り尽くして、あるのは四面の壁ばかり、といつた頃のことである。売る物に事欠いて、自分たちの食べ物を売つて、甘葛《あまずら》の汁（蔓草を煎じて作った古代の甘味飲料）をととのえて客をもてなした、といえば、夏の頃であろうか。氷室の氷のかけらを浮かべて飲むのである。貴族の体面ものかは、妻は女中に化けて立ち働き、客の前に出る。女性は簾越しにしか人に逢わないような平安貴族の社会通念からすれば、御内儀のこの行動は驚天動地ものだろう。そのかいあつて、惟成は花山院朝の第一の実力者となる。しかし、後の方の話に付いていた後日譚のように、その糟糠の妻は惟成のもとから立ち去つた。なぜか。それにはそれでまた話があつて、これら二話よりも三つ前に、もうひとつの惟成譚がある。

惟成弁清貧之時、妻室廻二善巧一、不レ令レ見レ恥云々。而花山院令二即位一之剋《とき》、離二別之一為二満仲之聟一。因レ兹、件旧妻成レ忿、詣二貴布禰《きふね》一祈申云、「不レ可二忽卒《ゆるがせ》一、只今成二乞食一給。」云々。百箇日参詣之間、夢ニ示給はく、「件ノ惟成無レ極幸人《きはまりしあはせびと》也。何忽成二乞食一哉。すこしき可レ有レ構之事。」云々。不レ歴レ幾《いくら》。花山院御出家、惟成同出家、行二頭陀《づだ》一云々。爰件ノ旧妻、弁入道長楽寺辺にこそ乞食すなれ、と聞得て、饗一前《ぜん》、白米少し随身《じん》して、隠居て、抱入て談二往事一、或は笑、或は怨云々。入道承諾云々。

（惟成の弁、清貧の時、妻室善巧をめぐらして、恥を見せしめず、とうんぬん。しかるに花山院即位せしめたまふのとき、これを離別して満仲の聟となる。これによりて、件の旧妻忿《いきどほり》をなし、貴布禰に詣でて祈り申していはく、「ゆるがせにしたまふべからず。ただいま乞食となし給へ。」とうんぬん。百箇日参詣の間、夢に示し給はく、「件の惟成はきはまりなき幸せ人なり。なんぞたちまちに乞食になさんや。すこしき構へあるべきの事なり。」とうんぬん。いくらもへずして、花山院御出家あり、惟成も同じく出家、頭陀を行《ぎやう》ず、とうんぬん。ここに件の旧妻、弁の入道、長楽寺のほとりにこそ乞食すなれ、と聞き得て饗《きやう》一前《ぜん》、白米少し随身して、隠れゐて、抱き入れて往時を談じ、或いは笑ひ、或は怨む、とうんぬん。入道、承諾す、とうんぬん。

「わたしのあさはかな恨みから、あなたを不幸にしましたの。」

「いいよ、いいんだよ。」そういう結末にもらい泣きする人々といえば、どうせ、惟成と同じように学問に志し、報いられることもなく生きる、身分の高くない貴族たちで、かれらこそホープ藤原の惟成の登場ぶり失脚ぶりに眼を凝らしていた人々なのである。女たちが抱きしめていた〈歌語り〉のように、これらの説話もひとつひとつ独立して伝承されながら、ある人の胸奥では三つの、ある人の胸奥では四つの同系列の説話が寄り合つて、忘れ難い人間の〈像〉を伝えていたのである。

話の曲折

藤原の惟成という中層から出て、一時上層貴族の権勢をも抑えた人物の話からすれば、花山院のあの宮廷脱出と退位は、夫のために尽瘁し、弊履のごとく捨てられた惟成の弁の糟糠の妻の所為である。少し詳しくいえば、その願いを容れた貴船の神が「すこしき構へあるべきの事なり。」と、福運の添つている惟成を迂回して、花山院の没落の方から工作してくれた、ということになる。女は男のために粉骨砕身してもくれるが、いや、はや、こわいもの。あとで惟成を抱きしめて懺悔する話があつて、この小さな説話のやま場は二箇所ということになるが、そういう話の組み立て方が、昔話系統の話だと、三段構造になることには、関敬吾氏の説がある。(同氏『民話』)同氏の研究がフィンランド学派の昔話研究の成果をふまえたものとして着実であるばかりか、日本の昔話にも妥当することは重要な事である。

それはそれとして、花山院の大極殿での交合譚が、『江談抄』的に把握された場合を想定して、ついつい道草を食つてしまつた。『古事談』の編者の体内では、あの話はどつちの方向へ連れを呼んでいつたのか。成上り権臣譚の方へではなく、天皇秘話の方へ展開していつているのである。なぜ、天皇秘話はとことん下げられたり、とことんヲコの者として語られるか。それは、古代貴族社会の支柱であつたはずの古代天皇制の問題であり、その必然とする神秘のヴェールの中の天皇、タブーそのものとしての天皇と摂関政治形態との矛盾の問題でもある。天皇に関するぶちまけ話が多く、摂関に関する公然の裏面秘話が少い。平安朝的ということは何かが、ここにも一端をあらわしている。『古事談』の源顕兼をとりまいている話の性格の一面も捉えられるというものである。

〔**本文**〕花山院殿上人冠を令レ取給けり。其中惟成弁奉レ被レ取。関白《くわんばく》参給けるに、不レ着レ冠云々。関白頼忠問給ければ、「御門《みかど》のめしたれば。」と申けり。仍不便《ふびん》之由被レ奏ければ、其後不下令レ取二惟成ガ冠一給ハ上云々。(『古事談』第一、底本同前)

〔**訓読**〕花山院、殿上人の冠を取らしめ給ひけり。その中に惟成の弁も取られ奉る。関白参らせ給ひけるに、冠を着けず、とうんぬん。関白頼忠問ひ給ひければ、「御門《みかど》のめしたれば。」と申しけり。よりて、ふびんの由《よし》奏せられければ、その後は惟成が冠を取らしめ給はず、とうんぬん。

これは読めばそのままわかる内容で、こまかい考証を要しないが、冠をつけない頭髪むき出しの頭が、室内でも無礼の事であつた時代のことだ、というノートだけは付けておかねばならない。まじめで有名な頼忠に、「お上、こまりまする。」とお灸をすえられて、さすがの花山院もそれから惟成の冠だけはねらわなくなつた、という。逆にいえば、惟成の術中に陥つたのだ。これも、前の大極殿と同じ、一節だけからなる説話で、文芸性をどうこういうわけにはいかない。しかし、冷泉狂帝の第一子と生まれ、その血が体内をかけめぐつている、十七歳で即位したこの青年の運命は、想像するだに痛ましい。『古事談』でも、花山院ばなしは、この後、さらに藤原の道兼一派の陰謀によつて発心出家した結果になる、例の出奔退位の話になる。『大鏡』にもその裏面秘話が出ているから有名であるが、『古事談』では三話その関係の話があり、退位後の話が一話ある。これらの説話を伝えた貴族たちにとつて、それらの花山院のふるまいが神秘のヴェールのかなたのオコであつたことはたしかである。しかし、そのオコの者がどす黒い陰謀で痛めつけられていつた強制退位の話をも、そう受けとつたとは思えない。みうちかみうち的なつながりの濃い者たちばかりの社会で、暗い血のオコの話は、伝承者の好奇心を煽りつつ、伝承者自身に、いつか、どこかで、強烈にしつぺがえしを食わしたであろう。説話の魅力も、説話の気味悪さもそこにある。そして、それは血で受けとめて聞く〈地つきの話〉の方にしたたかにあるのである。

政治力の憧憬（一）（古事談鑑賞 二）

ふたつの育ち方

説話の生育圏と伝承圏の問題が、説話の素材だけではなく、説話の型とも、形象性ともかかわり合うことを論じながら、わたしは少し軽率なものいいをしてきたようだ。貴族社会根生いの話とよそからきた話というふうに、単純な二分法を採つたからである。そういう区別を立てただけでは、説話の生態史に深く銜き入ることができない。問題は、それぞれの社会のどんな人々のどのような心の姿勢が話を生み、育てたか、また、その話が異る話のささえ方をする人々の世界へ受け渡されて行つた時、実際にはどうなるのか、ということでなければなるまい。貴族社会の話といつても一様ではないし、よそから来た話の来《き》方《かた》も問題であろう。

なぜそうであるのか、わたしには急に説明しおおせる自信はないが、平安時代を通じて、貴族社会の人々はいくたびか繰り返して九世紀の政治家伴《ばん》大納言善男のことを想起したようだ。十二世紀の絵巻『伴大納言絵詞《ことば》』のような見方に従えば、陰険きわまりない野望家で、応天門炎上事件の主謀者となつた、あの伴大納言をである。しかし、説話の主人公としての彼は、いつも悪の権化、陰謀家として、憎悪の的になるためにだけ人々の胸裏に鮮烈に蘇つてきたのでもないらしい。少くとももうひとつ別の見方が伴の善男をめぐつてあつたようだ。そして、そのいずれの系統の伴大納言説話を育てて伝承した人人にとつても、彼こそは一時藤原氏の権力を根底からゆさぶろうとした力の人物であつた。説話はその力の人を、正負・表裏相異る方向から繰り返し回想したのである。

が、そのいずれの系列にしても、説話の伴大納言像には、菅原の道真の場合のような〈受難者〉のイメージは付きまとつていない。菅公の祟りを恐れた藤原北家の人々と、その権力に追従しつつ地位を高めようとした菅公の子孫たちとが主力になつて育てた菅公像とは違つたものが、説話の中の伴大納言である。反藤原の旗手であつた彼は、『古事談』では、たとえば、このように伝えられている。

〔本文〕 伴大納言善男者、佐渡国郡司ノ従者也。於レ国、善男夢に見様、西大寺と東大寺を跨げて立たりと見て、妻女に語二此由ヲ一。妻云、「そのまたこそはさかれんずらめ。」と合に、善男驚て、無レ由事をも語てけるかな、と恐思て、主の郡司宅へ行向之所、郡司極たる相人にて有けるが、日来は其儀もなきに、事外饗応して、円座とりて出向て召昇ければ、善男成レ恠、我をすかしのぼせて、妻女のいひつるやうに跨などさかんずるやらん、と恐思之所、郡司云、「汝ハ無レ止高相の夢見てける。而ニ無レ由人に語てける。必大位には至とも、定テ依二其徴一不慮之事出来テ、有レ坐レ事歟。」云々。

然間、善男付テ二縁一京上、果シテ至二大納言一。然而猶坐レ事不レ違二郡司言一云々。（第二。底本、架蔵三冊本）

〔訓読〕 伴大納言善男は、佐渡の国の郡司《じ》の従者なり。国において、夢に見るやう、西大寺と東大寺を跨げて立ちたりと見て、妻《め》の女に此の由《よし》を語る。妻の云はく、「そのまたこそはさかれんずらめ。」と合はするに、善男驚きて、由なき事をも語りてけるかな、と恐れ思ひて、主《しう》の郡司宅へ行き向かふのところ、郡司極めたる相人《さうにん》にて有りけるが、日来《ひごろ》は其の儀もなきに、事の外饗応して、円座《わらうだ》とりて出で向かひて召し昇せければ、善男恠《あやしみ》をなし、我をすかしのぼせて、妻の女のいひつるやうに股などさかんずるやらん、と恐れ思ふのところ、郡司の云はく、「汝はやむごとなき高相の夢見てける。しかるに由なき人に語りてける。必ず大位には至るとも、定《さだ》めて其の徴《しるし》に依りて不慮の事出で来て、事に坐すること有らむか。」とうんぬん。

しかるあひだ、善男縁に付きて京上して、果たして大納言に至る。しかれども猶事に坐す。郡司の言に違《たが》はず、とうんぬん。

〔考〕 **○伴大納言善男** （八一一—八六八） 大伴の家《やか》持が死後その罪を問われ、墓をあばいて曝された、七八五年(延暦四)の中納言藤原の種継射殺事件は、早良親王廃太子にまで波及したが、その時連坐した左大弁大伴の継人の孫である。父は参議伴《ばん》の国道で、善男はその五男。蔵人の頭・右中弁・参議を歴任して、八六〇年(貞観二)中納言、八六四年（貞観六）大納言となる。伴氏としては近代にない栄進であつたが、八六六年（貞観八）閏三月の応天門炎上事件の首謀者として、同九月、伊豆に流され、翌々年配所で死んだ。**○佐渡国郡司ノ従者** 伴の善男が佐渡の国に住んだ事実はない。ただし、彼の父国道には佐渡との深いつながりがある。国道の父継人は種継射殺事件のため死罪となり、十八歳の彼は佐渡に流された。『公卿補任《くぎようぶにん》』（弘仁十四年条）は、「延暦四年、父の事に坐するにより佐渡の国に配流《る》。宰吏、師友に当《あ》てて、就《ゆ》きて疑はしきところを問ふ。国裏の文案件《くだん》の人より出づ。」と言う。これが、こういう説話を生む種子となつたのであろう。国道の佐渡での流人生活は二十年間におよび、八〇五年（延暦二四）天皇の病革《あらた》まると、恩赦を受けて京に帰ることができた。時に、三十八歳。八一一年（弘仁二）にはじめて官途に就いた―陸奥の少掾《じょう》。大伴氏は淳和天皇の諱《いみな》（大伴の親王《みこ》）を避けて、伴氏になつたのだから、彼はまだ大伴の国道と名乗つていたはずである。四十を過ぎて官に就きながら、五十六歳の時には早くも参議に列したのだから、その昇進ぶりに世間は仰天したことだろう。それにしても、流人国道の場合は、功成り名遂げて、六十一歳で世を畢《お》えている。事に坐して横死したのではなかつた。また、善男の出生は、父の赦免帰京後のことで、彼が佐渡に住んだ事実はない。結局、この話は、伴の国道・善男父子両名を合体してひとりと見立ててできたものであろう。そういう誤認者はだれかを考えてみる必要がある。**○西大寺と東大寺を跨げて**　『大鏡』藤原師輔伝に、彼が「夢に、朱雀門の末に左右の足を西東の大宮にさしやりて、北むきにて内裏をいだきてたてり、となむ見えつる。」と語つたのを、なまさかしい女房が、「いかに御腹いたくおはしましつらむ。」と夢合わせしたため、彼の子孫からは摂政・関白が出ないのだとあるのと、同じパターンの話である。ただし、夢の中でふんばつて立つたものが、九条師輔は平安京、善男は平城京という違いがあるのが、時代色をよく表わしている。桓武は都を長岡・平安と遷したが、やがて平城が奈良に遷つて、薬子の変に立ち至るように、古京への懐郷心はしばらくうち続いていた。そのような意識が相当期間存続したことは、『伊勢物語』の「奈良の京は離れ、この京は人の家まだ定まらざりける時」（第二段）というような歌物語の状況設定の仕方からも、推測できる。**○さかれんずらめ**　夢に平城京を見るところは、長岡京時代に配流の身となつた父国道にしても、八一一年（弘仁二）生まれの子善男にしても、（弘仁二年は薬子の変の翌年）時代的にふさわしいが、この「さかれんずらめ」の「んず」は、語法的にはどう見ても古代末期から中世初期のもの言いである。後にこの話の出典を考える上でここは重要な手がかりになる箇所でもある

が、このように、話の細部描写を組み立てる小道具は古色蒼然としていて、それを語るもの言いぶりに新しい時代色が混在している、という状況が口承されてきた説話の説話らしさである。『古事談』にこそ文献から入つてきているが、それはこの間まで口伝えに伝えられていた、という証拠でもある。**○合に**　合はするに、をこう表記するのも、原典の文体と関係したことであるが、夢は夢の解き方が大切であつたのが、古代的思考方式をよく示している。夢解《ど》き、また、夢合わせとも呼んでよいが、夢は五臓のわずらい、という考え方が現代にも残つているが、あれよりずつと古い考え方である。日本人の夢に対する考え方の歴史は、正確にはまだ調べられていないが、（意外に、こういう精神史・意識史の遅れている現状が、文学史をも発展させないのである。ほんとうは、この辺はもう史学者の手をまたず、わたしたちが自身で開拓すべきである。それには、いまの古典文学研究の補助学有職故実学のなかみを変革して、〈生活史〉の学とする必要がある。民俗学者の中に自分たちの研究を〈生活史〉と呼びはじめている人々があるが、それともやがて提携すべき領域の開拓である。）夢は五臓のわずらいの前に、夢は正《まさ》夢とか逆《さか》夢とかいう考え方もあつて、これも現代に残留している。それらは、いずれにしても、夢をある事実の反映と考え、夢との一方的な受け身な関係しか予想していない考え方である。人を思慕するから夢にその人を見る、という考えよりも、相手方がこちらを思つているから夢に現われるのだ、という考え方が確かに古く、この夢の古代的原理によらなければ解けない、『万葉集』の歌も多い。しかし、ここに出ている夢占《うら》の思想の方は、もし発展段階的にいえば、なお古い呪術的な要素を持つている。夢の合わせ方、ことばに出して判じた、その判じ方によつて、夢の持つ意味が変つてくるのである。合わせた判じことばは、言霊《ことだま》の力を持つから、その影響は防げないが、夢本来の示した未来もまた自身開顕して行く力を持つている。そういう二元的性格が夢占＝夢合わせにはある。これは、おそらくもつと古い、神と人の夢によつて交通した巫術段階の変型であろう。神

に仕える者の見た神の夢は、一元的にゆるがせない価値を持ち、判じ方の吉凶を挿入する余地がなかつた、と考えられよう。夢解きは、そういう過渡的段階としての平安朝的な夢の観念の所産である。**○無レ由事**　とりかえしのつかないこと。「とりかえしのつかないことをしやべつてしまつたものだわい。」と成り行きを恐しく思つて、という叙述である。「恐思て」は、「恐れ、思ひて」と動詞を重ねて一連の行動を示す古代語法だから、ほんとうは、「恐しく思つて」と訳しては現代風すぎるのだが……。心中に恐れ、思案してであり、引いて掻くことが「ひつ掻く」である。腕を振りなぐることが「ぶん殴る」である現代は、この動詞を重ねて行動の展開の様相を示す語法の必要を忘れてしまつた。**○之所**　……のところ、という語法は、今日でも、「……したところが」という類似の言い方があるし、正統なかなぶみの語法でないので関心を持たれることが少い。これは必ずしも、「……したところが、」のように逆接的用法ではない。「ところ」のこの時代の意味用法はまだ十分には審かでないが、話の中でのあることがらの段階(「……するだんになつて」の「だん」のような。)を示して、接続句を作る語らしい。**○相人**　相には、見る、占うという意がある。現代語の手相・人相のような名詞の「相」よりも、動詞の「相」で解くべき語である。説話の世界では、地方社会に楽の名手・書の名手というような芸道の達人が隠れ住むことは許さないが、幻術・占術にかぎつてそれを許す不文律がある。こういう相人の占術はみな中国風なものと考えられていたから、この不文律はちよつとおかしいが、ともかく、そういう掟である。中央では相人は名だたる儒者が多い。高麗人《こまうど》の相人を尊重したことは、『宇津保物語』『源氏物語』に見え、プロットの展開に一役買つているほどである。**○饗応して**　鄭重に扱うことで、別に酒食を出さなくても、こういう言い方をする。**○円座**　藁で編んだ円形の敷物。これは簀《す》の子（縁側）に円座を出して、いつもは地面にひざまずいてものいうべき従者を坐らせたのである。客人の扱いである。ここの文章は、「円座とりて出で向かひて」とある。郡司が別のしもべに円座を簀の子に出させたのでなく、文字どおりに手に円座を持つて端近かく出てきて迎えた、と見るのが、リアルである。地方豪族である郡司が「出で向かひて」というように従者に対面することは、それ自体破格だが、彼は善男の顔を見てそうしたのではない。はじめから善男の身の上に起こつていることを知つていて、そういう行動をするのが相人の相人たるところで、古代の相人は現代の街頭の八卦見《はつけみ》とは違う点が大切。**○見てける**　多くの諸本、ここと次の「語てける」を「けり」とする。この底本のみ孤立している。「けり」が本来であろう。**○必**　これは、すぐ後の「大位には至」にかかる。「不慮之事出来テ」にかかるのではないことに注意。「必ず……とも、定めて……」と、宿運の働いた高相の夢の「必ず」と、愚かにさかしい妻の夢解きの「定めて」が対立し、張り合うという表現である。**○其徴**　郡司は妻の夢の判じ方は知らないが、善男を見て、そこにある隠れたもののかすかなきざしを発見して、「その徴《しるし》」と言つたのである。「その徴によれば」でなく、「その徴によつて」というところも占術の思考方式として大切なところである。**○坐レ事**　事件に連坐して罪を問われること。**○然間**　「しかるあひだ」は男性の文章に出て来る接続詞。たとえば、金田一京助鑑修『明解古語辞典』などは、「それゆえ」の意とする。が一方に、この時代逆接に用いられているものも多い。この『古事談』の第三に見える、三善清行の息、浄蔵の法力を語る話に、

天暦ノ比、浄蔵之八坂房、強盗数輩乱入。而ル間燃レ炬抜レ剣、嗔レ目徒ニ立、更ニ無ニ其所一作、忽無ニ言語一、先後不覚、稍経ニ数剋一、更漏漸闌、殆以垂レ曙。爰浄蔵啓白本尊、早可免遣者、干レ時賊徒適復レ常、致レ礼出去了云々。(天暦のころほひ、浄蔵の八坂の房に、強盗数輩乱れ入る。しかるあひだ炬《たいまつ》を燃《とも》し剣《つるぎ》を抜き、目をいからせて徒《いたづ》らに立ち、更《さら》に其のなすところなし。忽ちに言語をなくし、先後不覚、やや数剋を経たり。更漏漸く闌《た》け、殆ど以

て曙になんなんとす。ここに浄蔵本尊に敬白《びやく》して、「早く免《ゆる》し遣はすべし。」てへり。時に、賊徒適《まさ》に常に復し、礼《らい》を致して出で去りをはんぬ、とうんぬん。）

とある。これは、強盗が浄蔵の寺に乱入はしたものの、そこで金縛《かな》りにあつたように法力で呪縛されたのである。この「しかるあひだ」のような用法である。この語には、これほどはつきりした逆接でない、単なる文と文を接続させる働きに近い用法もあるが、その例は後で触れよう。ついでに言えば、この浄蔵の話は、『扶桑略記』巻二十五天暦八年条にも、『宇治拾遺物語』にも見える。しかも、その三者の間に『略記』↓『古事談』↓『宇治拾遺』という明確な伝承関係が認められる点を注目したい。（益田勝実「古事談と宇治拾遺物語の関係―徹底的究明の為に―」『日本文学史研究』5、一九五〇年七月）ただ文章が酷似しているだけでなく、この問題の「しかるあひだ」の前後にしても、

（扶桑略記）

1天暦比、2沙門浄蔵住㆓八坂寺㆒。4然間、5強盗数輩乱㆓入房中㆒。6燃㆑炬抜㆑劔、嗔㆑目徒立、6更無㆓其所㆑作。（「国史大系」本）

（古事談）

1天暦ノ比、2浄蔵之八坂房、3強盗数輩乱入。4而ル間、5燃㆑炬抜㆑剣、嗔㆑目徒ニ立、6更ニ無㆓其所㆑作。

（宇治拾遺物語）

1これも今は昔、天暦のころほひ、2浄蔵が八坂の坊に、4強盗その数入みだれたり。3しかるに、5火をともし、太刀をぬき、目をみはりて、各々立ちすくみて、6さらにすることなし。（「日本古典文学大系」本）

というような関係がみられる。最後の6に例を採ると、「さらに……なし」という構えは変らず、「なすところ」↓「なすところ」↓「すること」という部分だけが変り、○↓○↓・と変つているが、同じケースの5の前、4の個所では、『略記』の「房中に乱入す。」の「房中に」だけを欠落させた『古事談』の「強盗数輩乱れ入る」を経て、『宇治』の「強盗その数入みだれたり」が出て来ている。2の個所は、『古事談』が『略記』の抄立にあたつて加えた改変を、『宇治』がほぼそのまま、「浄蔵が八坂の坊に」と、「之」を「が」と訓読しただけで踏襲している。すなわち、○↓◐↓・の経過をたどつている。○↓・↓・の関係である。三書の直接的前後関係が認められるべき条件下で、細部の表現形象が、このように移つて行く場合には、全体としても、

○↓○↓・
○↓◐↓・ ｝○↓◐↓●
○↓・↓●

という前後関係を推定すべきだろう。ほぼ同時代のもので、いずれが後《あと》か先か議論のあつた『古事談』と『宇治拾遺』の関係は、こうして、『古事談』が先らしいとなる。後に述べるように、今回採り上げている、本文の伴大納言の話においても、やはり、『江談抄』↓『古事談』↓『宇治拾遺』という細部の表現形象の依存関係が認められ、さらにそれが補強される。それは後回しにしても、問題の「しかるあひだ」が、同じ構文を持つ『宇治拾遺』で、「しかるに」と置き換え、ややかなぶみ風にくだいてあるところからも、逆接用法のものであることがわかる。ところが、この「しかるあひだ」は、その原拠『扶桑略記』では、用いられている場所が違う。講談風に言えば、「天暦のころおいのことでございますが、お坊さまの浄蔵というお方が八坂寺に住んでおいでございました。ソウイタシマスルト、……」、落語風に言えば、「ソースルテート、ソノ……」となるところで、現代語では、こんな場合にも「ところが、……」とは言うが、強く意識して言う逆接ではなく、ゆるやかに接続本位に、やや問題を投げかけるような気分を含めて用いている。『明解古語辞典』の「それゆえ」とは違う気分の用法である。本文の「しかるあひだ」は、辞典のように順接らしいが、出て来るたびに気をつける必要のある語である。そうなるのは、「しかる」に力点をか

けた用い方と「あひだ」に力点をかけた用い方があり、またその中間形態が出てきているからである。

〔**典拠**〕 この伴大納言の話は、『江談抄』から来ている。『江談抄』は大江の匡房の言談を、これに日ごろ侍していた藤原の実兼が筆録したものだが、この説話は、現行流布の類聚本系『江談抄』では第三に収められている。溯つて、古態本では神田喜一郎氏所蔵高山寺旧蔵本（古典保存会の複製本がある。）に見える。出典考究上、問題があるので古態本を主にして類聚本（「群書類従」本で代表させる。）と比較しながら掲げると、こうなる。

被《らレテ》レ談《ぜ》云《ハク》、「伴大納言者《は》先祖被《レタリ》レ知乎《や》。」答《ヘテ》云《ハク》、「伴《ノ》氏文大略《ハ》見候《フ》歟《か》哉（類本ナシ）。」被《レテ》レ談《ぜ》云《ハク》、「氏文《ニハ》違《たがフ》事を伝《ヘ》聞《キ》侍《はベル》也。」

まず最初に匡房と実兼との間にこれだけのやりとりがあつて、『古事談』と同じ話になるのであるが、この冒頭の「談ぜられていはく」は、なかなか重要である。というのは、『古事談』第二では、この話のすぐ後に伴大納言と清和天皇の宿縁の話が続いている。それは類聚本系の『江談抄』では、同じ第三に見えるが、「また、命ぜられていはく、」で始められている話である。「命ぜられていはく、」の話と「談ぜられていはく、」の話は類聚本系では雑居しているが、神田本ではきちんと分けられている。書いた時が違うらしい。そして、そのことが、同じ鎌倉時代の古態本でも、醍醐寺本『水言鈔』や前田本『江談抄』に比べて、より古い姿を持つている証左となるのである。神田本『江談抄』のそういう素姓のよさは、当面の『古事談』にどうかかわつて来るかというと、神田本の本文は、つづいて、

伴大納言ハ本者《は》佐渡《ノ》国《ノ》百姓也。彼《かノ》国《ノ》郡司《ニ》従天ゾ侍《リ》ケル。ソレニ彼《ノ》国ニテ、善男夢中（類「二」）見ヤウ、西ノ大寺東《トノ》大寺トニ跨《ゲ》テ立《チ》タリツト見テ、妻ノ女ニ語《ル》ニ此《ノ》由《ヲ》一。妻云《ハク》、「ミトコロノ胯マタコソハサカレメ。」（類「ミル所ノ夢ハ、胯ヲサカレヌ」）ト合《ハスル》ニ、（類「ニ」ナシ。）善男驚《キ》テ、無《キ》レ由事を語テケルト、恐《レ》思《ヒ》テ、主ノ郡司宅《ニ》行向《キカフ》ニ、件《くだんノ》郡司極《メ》タル相人ニテアリケル。（類「アリケルガ」）年来《としごろ》ハサモイハヌニ俄ニ、夢ノ後朝行タルニ、取《リ》ニ円座《ヲ》一天出《デ》向《ヒ》天、事外《ノ》饗応《ニ》シテ召昇《セ》ケレバ、善男成《シ》レ恠《あやしみヲ》テ、且（類ナシ）又恐《ルル》様、我をスカシテ、此女《ノ》ノイヒツル様ニ、無《キ》レ由事ニ付《ケ》テ跨カヽムズルニヤ（類「サカムズルニヤ」）ト思《フ》程ニ、郡司《ノ》談《ジテ》云《ハク》、「汝ハ高名高相《ノ》夢（類「高名夢想」）見テケリ。然《ル》を、無《キ》レ由人《ニ》語《リ》ケレバ、必《ズ》大位至《ニ》ルトモ、定《メ》テ其徴《しるし》故ニ不《ル》レ慮《おもハ》外《ノ》事出《デ》来テ、坐《スルニか》レ事歟。」ト云《ヒ》ケリ。

然《ル》間、善男付《キ》レ縁《ニテ》京上シテアリケル程ニ、七年《ト》云《フ》ニ、大納言《ニ》至《リ》ニケル程《ニ》、彼夢合《ハセ》ノ（類「タル」）徴ニテ、配ニ流《セラルト》伊豆国《ニ》一云々。

此事《ノハ》祖父所レ被《るル》ニ伝語《ヘラ》一也。又其後《ノ》広《ニ》俊《ノ》父の俊貞《モノ》彼国の住人《ノ》語リシナリトテ語リキト云々。

というふうになつている。しかし、「群書類従」本の「無レ由事ニ付、胯サカムズルニヤ」を例にとつてみても、同系統の宮内庁書陵部所蔵五冊本（175函320架）同二冊本（175函365架）内閣文庫所蔵浅草文庫旧蔵四冊本（一八六九三番）故池田亀鑑氏の桃園文庫所蔵二冊本等々、みな「カヽムズルニヤ」とあり、この点は古態本と同じ本文とも考えられる。『古事談』の「さかむずるにや」は、『江談抄』から来たのか、『古事談』に来てからの、「さ」と「か」の草体仮名の転移とみてよいのか。総体として、『古事談』は『江談抄』のどの本に近いかということであるが、その点については、他の両書共通の話の場合をも見てもみなければならないので、いずれ後に触れよう。

（付記。今回は、この一話についての鑑賞や考察のところまでもたどりつけないうちに、スペースを使い尽くしてしまつた。この説話については、『江談抄』とも関係して、重要な問題が多くあるので、次回はその点をもつぱらにしたい。お恕しを願う。）

政治力の憧憬（二）（古事談鑑賞　三）

分類と内実

『古事談』第二は「臣節」という題目を掲げている。ところが、内容の方は一向にそういう倫理性に縛られていないことは、ちようど、第一が「王道后宮」などと称しながら、花山院の即位式最中の淫逸など、ありもしないことをまことしやかに語るのと同様である。この伴大納言説話にしても、開き直っての「臣節」とは、どうもちぐはぐである。そういう題目と内実のずれた説話集であるという点が、いわば〈古事談らしさ〉である。源の顕兼は、そういうたてまえを掲げながら、世俗説話本来の背徳性・非教訓性のようなものを平然と許し、それに溺れてもいる。

彼の漢学的素養が、彼に、第一王道后宮、第二臣節、第三僧行、第四勇士、第五神社仏寺ノ事、第六亭宅諸道といった分類をさせるものの、それはそれだけのことで、「王道」とか「臣節」とかの儒教的な具体的把握には、全く関心がない。そのあつけらかんとした語り翁の相好が眼に浮かぶようである。（彼は一二一一年（承元五）従三位、五十二歳で出家、一二一五年（建保三）二月、五十六歳で没した）。ところが、『古事談』の後に出て来る次の時期の説話集はというと、『古事談』から多くの話を受け継いだ『十訓抄《きん》』にしてからが「第一　可《キノ》レ施《ス》二人《ニ》恵《ヲ》一事」とか、「第二　可《キノ》レ離《ル》二憍慢《ヲ》一事」という儒教倫理の基準に貫かれた教訓集となつている。『古今著聞集』は、その『十訓抄』の多くの話を踏襲しているが、「政道忠臣第三」「公事第四」というような分類法。その中になんでも投げ込む『古事談』式が採れないで、「孝行恩愛第十」「好色第十一」というような目《もく》を立てていくのである。古代の、いまは佚亡した『宇治大納言物語』がどういう編纂法を採っていたかはわからないが、『今昔物語集』の「本朝付《つけたり》世俗」「世俗付宿報」といった分類の中には、「巻第廿七　本朝付霊鬼」とか、「巻第廿九　本朝付悪行」のような項目も入っている。しかし、その「悪行」は仏教的観点からの〈悪行〉で、儒教的悖徳をさすものではなかった。古代から中世へかけての説話集は、説話集としての独自の存在価値を自覚することができなかった。説話固有の魅力の虜《とりこ》となっていた――編者が、たえず外在的基準を求めていたため、このような移り行きを見せたが、『古事談』は、その過渡期に属し、仏教から解放され、儒教的基準にも縛られていない。内容がほぼ年代を追って配列されているのも、そのせいであろう。

説話集編纂者の意識が仏教的基準から離れて、まだ儒教的基準を確立するに至らなかった中世初期の一時期、『古事談』『続古事談』『宇治拾遺物語』のような、外在的基準で分類配列されない説話集の輩出する時があった。貴族社会の故事を中心に、話を自由な立場から集めた『古事談』が出、それから多くの話を摂取しながらも、もっと巾広い世界の話を集めた『宇治拾遺物語』という、新しい説話文学の広場が建設されるのも、そういう説話文学史における潮流と無関係には考えられない。

伴の善男を悪党とばかりきめつけない話が、説話集に登場して来るのは、この時点である。伴大納言をどちらかというとなつかしがり、その傑出した政治力を憧憬するかのような話が集まっているのは、この『古事談』であり、それにもう一系列の「伴大納言焼《クノ》二応天門《ヲ》一事」のような陰謀家伴の善男の話も入って来るのが、『宇治拾遺』である。前の系列の話は、『宇治拾遺』で止まってしまい、後の方と同系列の話は『十訓抄』の方へ伝わって行く。相手側左大臣源の信《まこと》の誠忠の話として、「第六　可《キノ》レ存《ス》二忠直《ヲ》一事」の巻にである。『古事談』という説話集のおもしろさは、この辺にもある。伴の善男が悪いのは藤原氏の側に立ってみてのことであって、その立場をはずれて見ると、必ずしもそうではないのだ。平安時代には、伴の善男が後世生まれ代って来たのが、一条朝の賢臣のひとり勘解由《かげゆ》の相公《しょう》藤原の有国（九四三―一〇一一）だ、という言い伝えも広がっていた。『古事談』も、第六に、伝本によると、次のような一条がある。

有国ハ、伴大納言後身也、伊豆国図二伴大納言一影、与二有国容貌一敢不レ違、云々、又善男臨終云、当生必今一度可二奉公一云々。（有国は伴大納言の後身なり。伊豆の国の伴大納言を図せる影《えい》は、有国の容貌とあへて違はず、とうんぬん。また、善男、臨終にいはく、「当生必ず今一度奉公すべし。」とうんぬん。）（「丹鶴叢書」本。同本「此一条、一本下条之分註」と頭書する。）

これは、ここで底本に用いている架蔵三冊本にないばかりか、宮内庁書陵部所蔵谷森善臣旧蔵二冊本・岩瀬文庫所蔵榊敬雄旧蔵三冊本・国立国会図書館（上野）所蔵榊原芳野旧蔵一冊本などにも欠けており、他本により朱で補記されている。神宮文庫所蔵林崎文庫旧蔵五冊本はこの一条が細註の形態であり、国立国会図書館（上野）所蔵榊原芳野旧蔵三冊本が、本文にしながらも、「細注也」と注記しているのは、この説話が『古事談』に紛れ込んで来るプロセスを示しているものと考えられる。

であるから、現在の『古事談』伝本に混入していることが多いこの話は、後人の付した註記が本文化したものにすぎないが、後人の注記はなにを拠りどころにしているかというと、これはまさしく『江談抄』からの引用で、類聚本系では第三雑事の、この夢占の話の後にあり、醍醐寺本『水言鈔』や前田家の本ではまた別の箇所に見える話である。

では、『古事談』第六で、どんな話のための註に、この有国後身譚が引かれたのか。後身譚が本文になっている本だと、そのすぐ後になる箇所に、こんな話がある。

入道殿被レ造二東三条ヲ一之時、有国奉二行之一。西の千貫之泉透《すい》廊南へ長差出たる中程一間、不レ打二上長押《かみなげし》一。殿下御二覧之一、「など不レ打二長押一哉。下も土にて弱に。」と仰られければ、無レ何申成て止畢。然間、上東門院立后之後、始テ入内給之時、此上長押あらば可レ有二其煩一之所、御輿安らかに令レ出給之間、有国砌《みぎり》に候けるが、煩こはづくろひを申たりけれは、殿下遣二御覧一たるに、指をさして上長押を見遣たりけり。いかにも可レ有二此儀一と存て、御輿の寸法を計て、不レ打二長押一云々。思慮深者也。（入道殿（道長）東三条を造らるるの時、有国これを奉行す。西の千貫の泉の透廊の南へ長く差し出でたる中程の一間、上長押を打たず。殿下（道長）これを御覧じて、「など長押を打たざるや、下も土にて弱きに。」と仰せられければ、なにとなく申しなして止み畢はんぬ。然る間、上東門院立后の後、始めて入内し給ふの時、此の上長押あらば、其の煩《わずら》ひあるべきのところ、御輿安らかに出でしめ給ふの間、有国砌に候ひけるが、すこぶるこはづくろひを申したりければ、殿下御覧じやりたるに、指をさして上長押を見やりたりけり。いかにも此の儀あるべしと存じて、御輿の寸法を計りて、長押を打たず、とうんぬん。思慮深き者なり。）

この「有国これを奉行す。」の傍注の形で、『江談抄』の有国は伴大納言の生まれ代りだという話が、ある書写者か読者によつて、『古事談』に書き込まれた。だから、結果的には、その註の話の方が前の話となり、本文の話の方がそれにつづく話というふうに並んでしまつたのである。それもおそらく近世のことである。しかし、藤原の有国の聡明さを語るこの話に『江談抄』の話を添えたのは、途方もないまちがいではない。『江談抄』では、有国が「藤賢者」と呼ばれていたことを伝える一方で、伴大納言の後身として考えられてもいたことを明らかにしている。問題の『古事談』の一写本にこういう註を付けた人物は、有国が古代貴族たちの説話世界でそういう話題の人物であることをよく承知していた。達者な説話集の読み手であつたのだ。

伴の善男の面影を博学聡明のゆえにライバルの多い藤原の有国に認めたのは、溯れば一条朝の貴族たちなのだが、そういう有国の宰相に投影したような伴の善男の像《イメージ》を伝えて来た人々は、もつと具体的には、どんな人々であるのか。

伝承の経路

その点を明きらかにするためには、この『古事談』の伴大納言夢想譚の出所がどこであるかを確定する必要がある。すでに「典拠」の項に『江談抄』の同じ話を引いておいた。しかし、わたしはまだその説明をしていない。

この話と文章まで酷似した話は、『江談抄』と『宇治拾遺物語』の両方に見える。この『宇治拾遺』は『古事談』とほぼ同時期の説話集で、十四、五年前までは、どちらがどちらの出典と見るべきか、両論あつてシーソーゲームを繰り返していた。最後の最も有力な『宇治』先出説は佐藤亮雄氏の「宇治拾遺物語覚書」(『宗教文化』第二輯、一九五〇年三月)であつたが、この両書を両書の記事だけ突き合わせて、前後関係を決定することはなかなかむつかしい。わたしは、そこで、『宇治拾遺』先出説を吟味するため、この夢想譚のような、さらに別の先行説話集と両書の共有する話が酷似し、その先行説話集と両書のいずれかが明きらかに直接依拠の関係を持つと、それ以外の話をめぐつて確定できる場合を考えようとした。それが前にもちよつと触れた「古事談と宇治拾遺物語の関係―徹底的究明の為に―」(『日本文学史研究』第5号)で採った方法である。

『古事談』と『宇治拾遺』の関係が決定しにくくても、両書より先行した『江談抄』と両書の関係なら、はつきりできる面がある。『宇治拾遺』と『江談抄』の直接関係を立証するに足るものはないが、『古事談』と『江談抄』の間には、次のような抜き差しならない関係がある。また都合よく観相術の話であるが……。これは明きらかに、下の『江談抄』の二話の後の方の頭部を切り取つて前の話に付け、源の顕兼が『古事談』に採り込んだ、と見るべきものである。

『古事談』第六

平《へい》大納言時望《もち》、参二敦実親王家一。雅信年少之時。出レ之、令二時望相一レ之。時相云、「必至二従一位太政大臣一歟。下官《げくはん》子孫若有二触レ事者一、必可レ有二許容一也。」とて、数刻感歎云々。時望卒去之

A　醍醐寺本『水言鈔』(『江談抄』古態本のひとつ)

故右大弁時範談《ジテ》云《ハク》、「一条左大臣年少之時、故平中納言時望、到《ル》二其父《ノ》式部卿《ノ》敦実親王家《ニ》一。親王召《シ》二出《デテ》雅信《ヲ》一、令《ム》三時望《ヲシテ》相《セ》二レ之《ヲ》。時望相《シテ》云《ハク》、『必至《ラン》二従一位左大臣《ニ》一歟。下官《ノ》子孫若有《ラ》二申触《シルルノ》

後、一条左大臣感二彼知己之言一、惟仲肥後公文《くもん》之間、殊被レ施二芳心一云々。惟仲者是時望之孫、珍材之男也。平家者自二往昔一累代之相人也。

（平大納言時望、敦実親王の家に参れり。雅信年少の時なり。これを出だして、時望をしてこれを相せしむ。時に相して云はく、「必ずや従一位太政大臣に至らんか。下官（わたくし）の子孫もし事に触るる者あらば必ず許容あるべきなり。」とて、数刻感歎す、とうんぬん。時望卒去の後、一条の左大臣（雅信）かれの知己の言に感じ、惟仲肥後の公文の間、殊に芳心を施されき、とうんぬん。惟仲はこれ時望の孫、珍材の男なり。平家は往昔より累代の相人なり。）

事二者、可レ有二必挙由一（前田家「用」）也。』数剋感歎云々。時望卒後、一条左大臣感二彼知己之言一、惟仲肥後之公文間、殊施二芳心一。惟仲者是時望孫、珍材男云云。是語故平宰相之説也。彼家伝語之由、時範所レ談也。

B　又、平家自二往昔一累代伝二相レ人之事一。又、惟仲中納言其母讃岐国人也。珍材為二讃岐介一之時所レ生子也。而去レ任之後尋来。珍材召入、相レ之言、「汝必至二大納言一歟。但依二貪心一頗有二其妨一。可レ慎レ之也。」云云。後果至二中納言一、為二大宰帥一。件《くだん》時、宇佐宮第三宝殿付レ封《ふ》之。依二件事一被レ停《とどめ》任之。是往年先親所二伝語一也云云。

（〔注〕『古事談』が『江談抄』の本文を読み曲げている箇所々々に留意。）

この『江談抄』の方の二話は、『水言鈔』と並ぶ鎌倉時代のもうひとつの古写本である前田本『江談抄』では、改行せず書き続けられており、『水言鈔』の場合よりもいっそう『古事談』のような抄出を誘い出しやすい形になっている。類聚形態の本（たとえば、「群書類従」本。）では、みなそれぞれに、「平中納言時望相二一条左大臣雅信一事」「平家自二往昔一為二相人一事」という見出しが付いていて、『古事談』のような二話をつづけてしまうのには不向きである。

こういう動かせない直接関係が認められる両書の一般的関係をふまえた上で、いま問題にしている伴大納言夢想説話について、『宇治拾遺』を加えて三書の関係をふりかえつてみると、次のようなことが考えられる。

神田本『江談抄』

[1]郡司談云、「[2]汝ハ高名高相夢見テケリ。[3]然を無レ由人ニ語ケレバ、[4]必大位ニ至ルトモ、[5]定テ其徴故ニ[6]不レ慮外事出来テ坐レ事歟。」[7]ト云ケリ。[8]然間、[9]善男付レ縁テ京上シテアリケル程ニ、[10]七年ト云ニ、[11]大納言ニ至ニケル程ニ、[12]彼夢合ノ徴ニテ配二流

『古事談』

[1]郡司云、「[2]汝ハ無止高相の夢見てける。[3]而ニ無レ由人に語てける。[4]必大位には至とも、[5]定テ依二其徴一、[6]不レ慮之事出来テ坐レ事歟。」[7]ト云々。[8]然間、[9]善男付テ二縁一京上、[10]・・[11]果シテ至二大納言一。[12]然而、猶坐レ事。[13]不レ違二郡司言一云々。

『宇治拾遺物語』

[1]郡司がいはく、「[2]汝やんごとなき高相の夢見てけり。[3]それによしなき人に語りてけり。[4]かならず大位にはいたるとも、[5]・・・[6]事いできて、つみをかぶらんぞ。」[7]といふ。[8]しかるあひだ、[9]善男、縁につきて京上して、[10]・・・・[11]大納言にいたる。

伊豆国」云々。[13]

[12]されども犯罪をかうぶる。[13]郡司が言葉にたがはず。(「日本古典文学大系」本)

かりに同一漢文訓読上の個人差程度までを同じと認める限界として、基本的にはよく似ている三書の表現形象を比較すると、『江談抄』と『古事談』、『古事談』と『宇治拾遺』の共通点、三書間の相違点は、

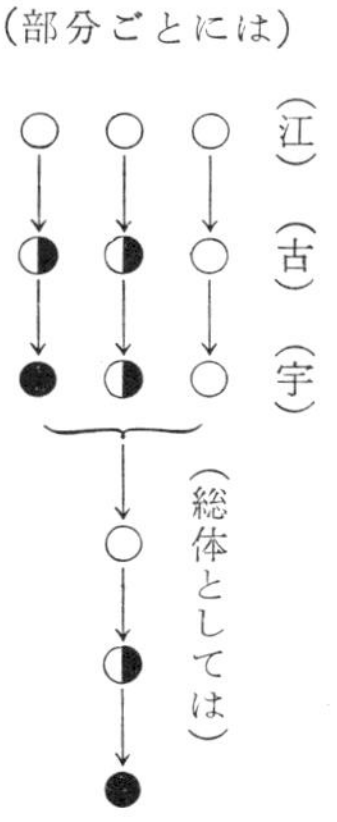

という転移過程を示しており、『古事談』の編者の表現形象を中間に置いて、はじめてつながるような関係がある。たとえば、例文2・3・4および12・13の一致は、『古事談』と『宇治』の直接関係を認定するに足るものだし、5・6・7・8・9のひとつづきは、この話における『江談抄』と『古事談』の直接関係を決定するに足ろう。最近『上代日本文学と中国文学』にまとめられた小島憲之氏の永年の比較文学的研究は、日中両国の作品間の〈出典語〉の追求という方法で貫かれているが、この場合も、〈出典語〉の転移過程を三段階に追おうとする方法と考えてもよい。もちろん、それは便宜的に言ってであつて、発想・構想の展開・表現形象・主題のあり方等、総体としての比較をこういう形で表わすにすぎないが、……。

前に〔考〕で引いた浄蔵法力譚の場合とこの伴大納言夢想譚の場合を並べてみると、次のようになり、

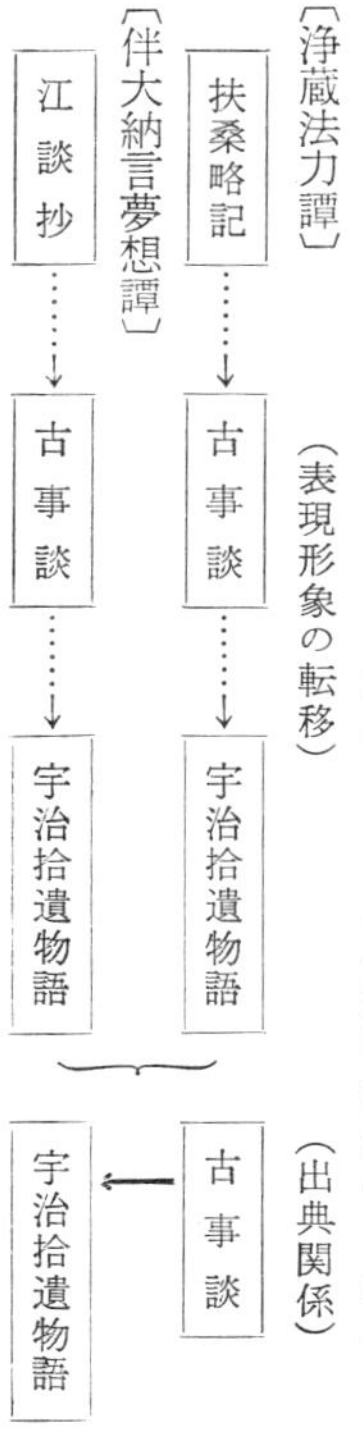

このふたつの表現形象の転移過程を重ね合わせると、『古事談』が『宇治拾遺』の典拠であり、『宇治』の成立も『古事談』以後であるべきことが明確になる。

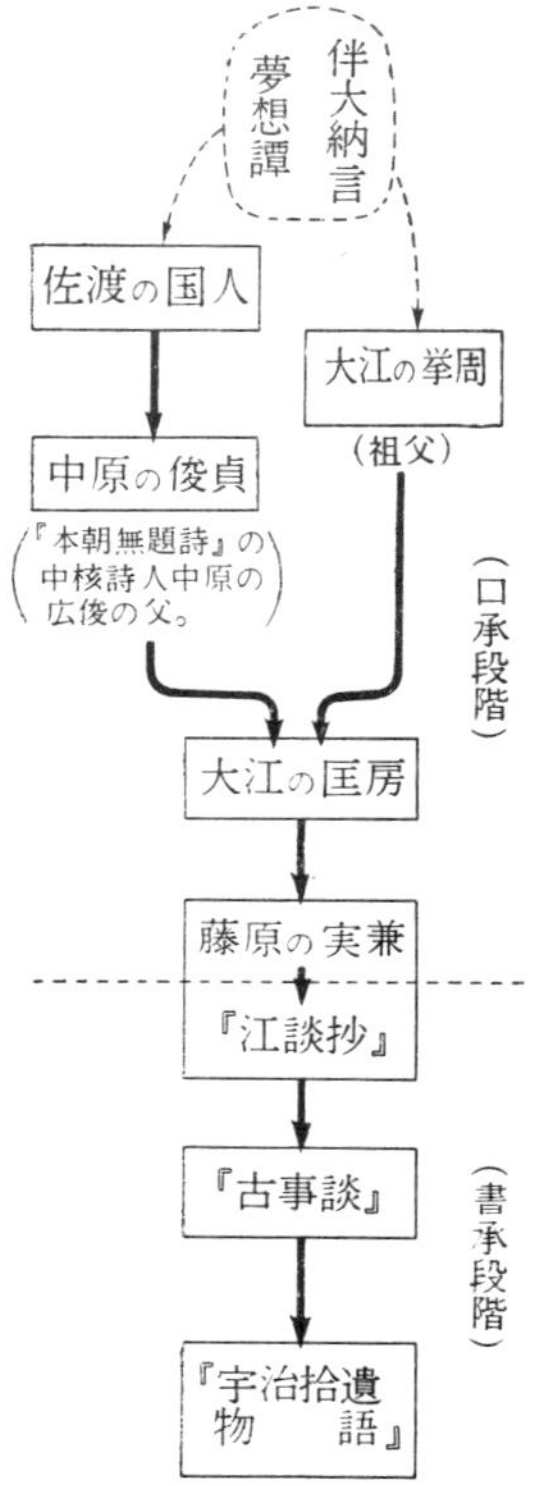

しかし、こうした小めんどうな実証は、それだけのことしかもたらさないとしたら、ある意味ではつまらないのだが、『古事談』の原典がわかると、『江談抄』の記述によつて、次には、この話の伝承経路がこう浮かび上つて来る。大江の匡房が、自分はこの話をだれから聞いた、と語つているからである。

説話の荷い手

大江の匡房は、この話を祖父の挙周《たかちか》から聞いた。また、中原の俊貞から聞いた。注目すべきことは、大江や中原のような藤原北家《ほつけ》の一門以外の家々で、こういう伴大納言の像《イメージ》が受け容れられ語り伝えられた、ということであろう。大江の挙周が話をだれから伝え聞いたかはわからないが、中原の広俊の父の俊貞が佐渡の国人から聞いた、というのは重要である。この話、離島の郡司の従者が高相の夢を見て都に出て大納言に経《へ》昇つた、という、古代地方民の自分たちの側から出たチャンピオンを声援し、語り広めたい気持にささえられていて、ほんとうに佐渡が島育ちにふさわしい。すでに註に『公卿補任』の伴の国道の記載を引用して、この説話が国道・善男の父子をひとりの人物に合成しているものらしい、と述べたが、若い時に佐渡に流され、二十年間もそこに暮らし、国庁の解・牒・移・符等の文案作成を一手に引き受けていた俊敏な男——それがこの説話の実在のモデルとしての国道の姿である。九世紀の流人たちがその配処でどう暮らしたか。わたしたちは、ほとんどその具体例を知りえないが、これは珍らしい一実例である。二十年の歳月はそろそろ人々に彼の出自を忘れかけさせている。といつて流人であれば、史生《しよう》にも任用されつこはない。国司は次々に何代も替つた。しかし、私設秘書官は替らなかつた。ところが、いつか彼も姿を消した。そして、年月経てみると、いまは都の宰相さまでござる、という風のたより。さらに年月を経て、いまの肩で風を切る御威勢の大納言さまがその方だそうな、いや違う、坊つちやまだそうな、という風聞が届く……。その頃には、国司の事務手伝いよりも、郡司の従者の方が人々に都合よくなつている。——中央の暗黒な政争などに頓着ない、鄙《ひな》の世界の都に対する憧憬は、自分たちの身分の低さの諦《あきら》めを裏返しにして、登竜門をかけくぐつて行つた人物を創造しやすい。これは離島の国府・郡衙の最下級官人やその下僕らの間で、いかにも育ちやすそうな話である。ところが、そのうちに、その大納言さまの失脚の噂――いつたいどういうことか。下手な夢合わせで損をしたのか。本来はよい運の人であつたに違いないのだが……。話は、そういうふうに次第に姿を整えて行つたのだろう。

しかも、その次には、そういう鄙の話を、伝承には伝承されるだけのいわれもあろうかと、（これはまた大切な古代人の心的傾向の一種なのだが。）逆輸入する都びと……。受容する側にも、実は受容するだけの因子があるにはあって、『古事談』のこの話の後につづいた話が、その一端を教えてくれる。その話も、やはり『江談抄』から来ているが、話の育ち方は違う。図示すれば、左のようにもなろうが、佐渡の伴大納言素姓譚《すじょうばなし》とは異りながら、伴大納言を悪人ときめつけず、むしろ、その失脚の名儀上の責任者清和天皇の前世からの執念で、失脚の真相を解明していく点に、底で通じ合うものを持つていておもしろい。

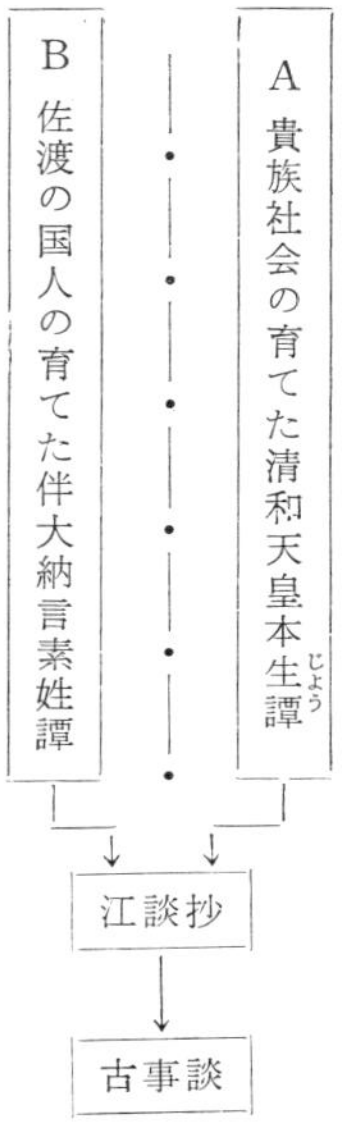

図に即していえば、Aを育てるような世界がBを受容する、ということになる。そして、それは貴族社会プロパーではない。〈藤原北家的観点〉と違う見方のできる貴族たちの世界でなければならない。そして、大江の匡房の語つた『江談抄』や、源の顕兼の書き集めた『古事談』のような説話集は、伴大納言善男をめぐる説話に関しては、説話集としても、やはり同じ世界に属するものであり、前に触れたような『宇治拾遺物語』の『伴大納言絵詞』系の伴大納言説話をも包摂する立場とは、性格が違うのである。その意味で、書物である説話集は、また説話の荷い手としての、語り承け手、語り伝え手として見られるべき性格を持つている。

政治力の憧憬㈢

（古事談鑑賞　四）

荷い手の心情

〔**本文**〕　清和天皇先身為レ僧。件僧望ニ内供奉十禅師ヲ一、深艸《くさ》天皇欲レ令レ補《ふ》レ之。而善男奏停レ之。件ノ僧発ニ悪心一、奉レ読ニ法華経三千部一、願曰、「以ニ千部功力《くりき》一当生宜レ為ニ帝王一。以ニ千部功力一為ニ二善男卿一成ニ其妨ヲ一、以ニ千部ノ功力ヲ一当蕩ニ妄執一可ニ離レ苦得レ道。」

此僧命終無ニ幾程一、清和天皇誕生給。雖レ為ニ童稚之齢一、依ニ先世之宿縁一、触レ事令レ悪ニ於善男一云々、見ニ其気色ヲ一、語ヒ二得テ修験之僧ヲ一令レ修ニ如意輪法ヲ一、成ニ寵臣ト一。然而宿業之所レ答坐レ事。（第二、底本架蔵三冊本）

〔**訓読**〕　清和天皇は先身僧たり。件《くだん》の僧、内供奉十禅師を望みて、深草の天皇、これを補せしめんと欲《ほ》つす。しかるに、善男、奏してこれを停《とど》めぬ。件の僧、悪心を発し、法華経三千部を読み奉り、願《くはん》に曰はく、「千部の功力をもちて、当生よろしく帝王たるべし。千部の功力をもちて、善男の卿のために其妨げをなし、千部の功力をもちて、まさに妄執を蕩《はら》ひ、苦を離れて道を得べし。」と。

この僧、命終はりて幾程もなく、清和天皇誕生し給ひぬ。童稚の齢《よはひ》たりといへども、先世《ぜ》の宿縁により、事に触れて善男を悪《にく》ましめたまふ、とうんぬん。其の気色を見、修験の僧を語らひて得て、如意輪の法を修せしめて、寵臣となる。しかれども、宿業の答ふるところ、事に坐しぬ。

〔**考**〕　**○内供供十禅師**　宮中の内道場（宮廷内の天皇の寺院にあたる施設。）に奉仕する十人の僧侶。　**○深艸天皇**　仁明天皇。艸は草の古体。　**○見ニ其気色ヲ一**　善男は、その天皇のようすを見て、修練有験の僧をなかまに引き入れることに成功し、如意輪の法を行わせてその法の力によつて、寵愛の臣となつた。

〔典拠〕『江談抄』類聚本系第三「清和天皇先身為レ僧事」は、この話で、現存古態本では、前田家本および醍醐寺本『水言鈔』にも、この話が見える。『古事談』の作者は、この『江談抄』の話をほとんどそのまま踏襲している。そちらはというと、次のようである。

又被レ命云、清和太上天皇先身為レ僧。件僧望ニ内供奉十禅師一、深草天皇欲レ令レ補レ之。而善男奏以停レ之。件僧発ニ悪心一、奉レ読ニ法花経三千部一、願云、「以ニ三千部功力一当生宜レ為ニ帝王一。以ニ千部功力一為ニ善男可レ成ニ其妨一。以ニ残千部功力一当蕩ニ妄執一、可ニ離レ苦得レ道。」此僧命終、無ニ幾程一、清和天皇誕生。雖レ為ニ童稚之齢《よはひ》一、依ニ先世之宿縁一、触レ事令レ悪ニ於善男一。々々見ニ其気色一、語ニ得修験之僧一令レ修ニ如意輪法一。仍則成レ寵。然《しか》而宿業之所レ答、坐レ事至レ罪云々（『水言鈔』）

前田本は、「以停レ之」が「以伝ニ停之一」（返り点ママ）、「成レ寵」が「成ニ寵臣一」となつており、特に「寵臣」に関しては、前田本は『水言鈔』にも、類聚系諸本にも背いて、すなわち、他の『江談抄』諸本よりも、『古事談』と近い。

また、『古事談』には、この清和天皇本生《じょう》譚の後に、もう一話の伴大納言説語がある。

伴大納言坐レ事之日、大納言南淵魚名・参議菅原是善等、奉テ於ニ勘解由《かげゆ》使局一推ニ問之一。更以不ニ承伏一。（即詐令ニ人謂一云、「息男佐己以承伏）畢。何独不レ然哉」云々。善男聞レ之、「口惜男かな。」とて承伏云々。

（伴大納言、事に坐するの日、大納言南淵の魚名・参議菅原の是善等、（勅を脱カ）奉じて、勘解由使の局において、これを推問す。さらにもつて承伏せず。（すなはち、詐《いつは》りて、人をして謂《い》はしめていはく、「息男の佐《すけ》、すでにもつて承伏し）をはんぬ。なんぞひとりしからざらんや。」とうんぬん。善男、これを聞きて、「口惜しき男《をとこ》かな。」とて承伏せり、とうんぬん。）

（　）の中は、底本に一本により校合朱補の部分で、丹鶴叢書本あたりの本文と一致する。「勅」は同本にもなく、同じように疑いつつ補つてある。『江談抄』にはその字があり、本来あるべき字である。

ところで、現在の類聚本系『江談抄』においては、清和天皇本生譚の方は第三に、この話の方は第二に部類分けされて、分離している。そして、『古事談』同様二話が並んでいる姿は、かえつて、古態本系の『水言鈔』や前田本に溯つて、はじめて見ることができるのである。これによつても、『古事談』が出典に仰いだ『江談抄』は類聚形態に直す以前の古い本であつた、と判断できよう。しかも、

1　即詐令ニ人謂一云、「息男佐世己以承伏了、……」（『水言鈔』）

2　即誑令ニ人謂一云、「息男佐世己以承伏了、……」（前田本『江談抄』）

3　即詐令ニ人謂一云、「息男佐己以承伏畢、……」（「群書類従」本『江談抄』）

と並べてみると、『古事談』の本文は3に最も近い。伴の善男のむすこは右衛門の佐《すけ》、伴の中庸だから、名を「佐世」と解した古態の両本は明らかに誤つており、類聚本系が佐《すけ》を官職名とする正しさを維持しているかぎり、古態本にもそれがあつただろうから、『古事談』が典拠にした古態本『江談抄』は、醍醐寺本『水言鈔』や前田本ではない形の本でなければならない。

『古事談』の伝える伴大納言は、すでに出典考証に引いた査問の時の話にしても、いたつて昂然としており、うなだれた悪党の姿はない。清和天皇が善男をしりぞけたのは、前世以来の宿執だ、という形で、童帝の勅命で権勢家伴の善男が一朝にして潰《つい》え去つた不思議を解釈するのは、いまようやく力を発揮しはじめた摂関政治体制についての認識がなく、童帝の背後を考えず、童帝に解釈の鍵を見

つけ出そう、としたからであろう。こういう時、すかさず法華経読誦の功力をかつぎ出して来るのには、前世での十善戒行の報いで帝王となるという応報思想をもつて、伝道のひと働きをする才覚ある僧侶の介入が推測される。どうも佐渡で育つた大納言夢想譚とはまるで違う、貴族社会に游泳する僧侶の、寺院の金堂内陣の護摩を焚きながらの秘密の思惟が参与しているらしい。が、それにしても、その思考は、清和天皇の前世以来の執念という形を用いて政争の解釈をし、善男の側の非をあばきたてないのである。善男はむしろ受難者だ。

では、いつたい、現代の史学者は伴大納言をどう見ているだろうか。たとえば、反体制反権力の史学の立場に立つ石母田正氏は、『三代実録』の記事に基づいて、「彼の性格は、天資魁偉、異様な相貌を有し、体は短細ではあるが、性忍酷で弁舌に秀で、察断機敏、政務変通、故実に通じていたとあるから、その卓越した権略の才にめぐまれていたとみられる。かかる経歴と性格の伴大納言が、一度試みて失敗したその政敵をほろぼすために、放火という前例のない大胆な手をとつたことには、それをたすけたその時の雰囲気もあつたとおもわれる。」(『古代末期の政治過程及び政治形態』一九五〇年、後に『古代末期政治史序説』と改題。)と応天門放火を率直に肯定し、それを藤原氏に逆用された、と見ている。『江談抄』の説語を生んだ人々の伴大納言観とは大いに異なつている。

おそらく、伴氏も伴氏、藤原氏も藤原氏、いずれ劣らない権謀術数の狐と狸と見るのは、公正であろう。公正であろうが、そういう公正さを望まない人々が多数古代社会にいて、後々まで伴大納言を追憶したのである。ところで、実際はこれまた権謀術数の塊であつても、放火事件を彼に帰すことは、どうも無理がある。『伴大納言絵詞』の言うようには受けとれない。わたしは、応天門事件の経過を綿密に調べてみて、藤原の良房が摂政になるとともに、急転直下、すでに別の解釈がはつきりと政府では下されていた、数か月以前のこの事件が善男に結びついて来る道すじを、大いに疑つて来た。(益田勝実「伴大納言絵詞の詞章」一九六一年『日本絵巻物全集Ⅳ』) 善男は術数の人であつても、放火という愚かな方略は取らなかつたのに、フレーム・アップにあつたのだ、と思う。最近出た北山茂夫氏の『平安京』(一九六五年五月「日本の歴史4」)は、その点慎重で、放火そのものは、だれが手を下したのか一応不問に付し、それを利用して左大臣源の信《まこと》の犯罪だと主張し、失脚を画策した伴の善男が、藤原・源側に逆転された、と見ており、どうもそれが歴史的経過として真相に近いように思える。正史である『三代実録』をはじめ、『伴大納言絵詞』・『宇治拾遺物語』などは、〈藤原北家的観点〉に貫かれすぎている。

清和天皇本生譚を育てた人々は、〈藤原北家的観点〉に立たず、といつて、現代のわたしたちのような突つぱなしてみてみる冷淡な客観的立場にも立つてはいなかつた。かれらは、古代にあつて、この反藤原のチャンピオンを事に触れては回想し、清和の宿執に陥れられた、と考えたり、藤賢者有国がその生まれ替りだろう、と信じたりしたのだつた。そういう人々の心情を、事実として存在を認め、応天門の真犯人の究明と同等に、あるいはそれ以上に重んじたい、とわたしの歴史観はわたしに勧める。現実に政治的権力者として政治を切りまわす機会を奪われ、自己の無力を身にしみて感じていた非藤原系貴族が、摂関政治出現の頃、それに拮抗していた〈力〉の人をどう憬れていたか、説話を育てた心情に深く触れてみなければ、古代・中世の説話文学にはわかりかねるものが残つてしまう。実在の伴の善男が都から逐われて後、さらに彼が伊豆の配所で没して後、イメージの伴の善男は、永らく人々の間で生きつづけ、蘇りつづけたらしい。イメージの善男は、実在の善男を超えて剛毅であり、傑出していたかもしれない。

荷い手の関心の諸角度

大江の匡房が語った伴大納言説話で、源の顕兼が『古事談』に採らなかった話が、『江談抄』のさきほどの話のつづきに、もうひとつある。

法隆寺僧善愷訴之時、左大弁正躬《み》王等、訴㆓善男之十弊㆒。善男各陳㆓正躬等之廿姧㆒曰、「群蚊成㆑雷之日、善男死㆑国之時也。」（法隆寺の僧善愷の訴えの時、左大弁正躬王ら、善男の十弊を訴ふ。善男、おのおの正躬らの廿姧を陳じて曰はく、「群蚊雷《いかづち》となるの日、善男、国に死するの時なり。」と。）（『水言鈔』）

これは、「群書類従」本などの本文では、「廿姧」が「少姧」とあり、意味が通じなくなってしまっているから、古い『水言鈔』や前田本の「廿姧」にもどさなくてはならないところである。承和の頃（八四六）、法隆寺の僧善愷が寺の檀越《だんおち》であった少納言登美の直名を告訴したことがある。善愷を支持する右少弁の伴の善男に対し、その訴訟を違法として認めない、参議左大弁の正躬王・左中弁の伴の成益・右中弁の藤原の豊嗣・左少弁の藤原の岳雄らが対立し、遂に法理論争に発展した。律の「私曲相須」条の解釈をめぐって争い、明法博士讃岐の永直に判定させたが、永直の法解釈は正躬王の側に有利であった。しかし、善男は、仁明天皇の寵をたのんで、相手方の人身攻撃に勝ち、弁官陣の総崩れとなった。正躬王らはこぞって解官の憂き目に逢い、善男は蔵人の頭右中弁に躍進した。法理論争がこじれて、正躬王らが人身攻撃に移り、善男の欠陥十箇条を挙げるにおよんで、善男は、相手方ひとりひとりに二十箇条の悪事を数え上げた上、「群蚊雷となるの日、善男、国に死するの時なり。」とたたみかけて揚言したのである。正史の『三代実録』では、巻六の讃岐の永直の卒《しゅつ》年の条も、巻十三の善男断罪の条も、いずれも、伴大納言が法を権力で曲げた、としているのに、この『江談抄』の話では、全く逆である。かれは群がる上官を相手に、「国に死する」のだと言って立ち向かっている。国のために殉ずると決意して、相手を「群蚊」と呼ばわった善男の痛快な風雲児像を、匡房は語っているのである。今日では、もはや事の真相は明らめようがない。しかし、古代の後期までも、伴大納言の方に加担し支持する伝承が生きつづけていたことは事実だ。かれの〈像〉は、これらの諸伝承が寄り合って結び、また離れては個々の話の中で部分的に伝わっていく、という過程を繰り返していた。

しかも、群蚊の話が、その痛快壮烈な言辞を嘉《よみ》する儒者的関心（かれらが一句の名言に執心したようすは、『江談抄』その他でうかがえる。）に、清和天皇本生譚が、法華経宣伝の仏教的関心にささえられているらしいように、ひとりの伴大納言を語り伝えようとする時の関心の角度は一様ではない。伴大納言を〈力〉の人としてしのぶ心に共通性がありながら、かれを捉える角度はそれぞれに異なつている。説話の世界では、そういうたちの違つた話が、同じ志向性を持つて動いていく、という現象がある。たちの違いは、関心の微妙な違いが、それに合つた話のパターンを選びとることによつて、はつきりとした形をとつているが、そういう一話一話を形成する要因となつたインタレストの小異、傾向の小差を越えて、話が寄つては別れ、別れては寄つて流れていく大きな潮流のようなものがある。それは眼に見えないものだが、実に大きい説話を動かす力なのである。わたしは、それをいつたいどう表現したものかわからないが、〈憧憬〉とでも言うほかないように思う。人間は、自分でもしつかとわからない、眼に見えないものに突き動かされて生きている。説話は、その人間の無意識部分、埋蔵された深層とかかわつているところに、解きあかしがたさを持つている。

説話の技術（一）（古事談鑑賞 五）

〈だれそれ〉の話と〈あるひと〉の話

〔本文〕　自二京方一修二行東国一之僧、武蔵国に落留て、法華経など時々読て有けるが、国人と双六を打間、多く負て、身をさへかけて打入畢。勝男、奥へ将入て馬に替んとしけるを、熊谷の入道が弘め置たる一向専修の僧徒聞レ之。不便事也とて、各布を出し合て請留としければ、此僧も悦入、勝男も「三百段を以て雖レ可レ被二請替一、上人達発二憐愍一令レ請給事なれば、半分をば不レ可レ取。百五十段を給へ。可レ奉レ免也。」といひければ、念仏者の輩も、神妙也とて、已欲二請出一間、念仏者云、「此恩を知て、自レ今以後可レ為二専修一也。」云々。爰此僧云、「縦馬之直と成て、縄つけて奥へは罷向とも、奉レ弃二法華経一、一向専修には不レ可レ入。」とて滞泣。念仏輩忽分散。仍被レ付レ縄、被二追立一、入二陸奥方一畢云々。（第三、底本架蔵三冊本）

〔訓読〕　京の方《かた》より東国を修行の僧、武蔵の国に落ち留まりて、法華経など時々読みて有りけるが、国人と双六《すごろく》を打つ間《あひだ》、多く負けて、身をさへかけて打ち入れ畢《をは》んぬ。勝つ男《をのこ》、奥へ将《ゐ》て入りて馬に替へんとしけるを、熊谷の入道が弘めたる一向専修の僧徒これを聞く。不便《ふびん》の事なりとて、各《おのおの》布を出し合ひて請《う》け留めんとしければ、この僧も悦び入り、勝つ男も、「三百段を以て請け替へらるべしといへども、上人達憐愍を発して請けしめ給ふ事なれば、半分をば取るべからず。百五十段を給へ。免《ゆる》し奉るべきなり。」といひければ、念仏者の輩も、神妙なりとて、すでに請け出さんと欲するのあひだ、念仏者の云はく「この恩を知りて、今より以後専修たるべきなり。」とうんぬん。ここにこの僧の云はく、「たとひ、馬の直《あたひ》となりて、縄つけて奥へは罷《まか》り向かふとも、法華経を棄て奉り、一向専修には入るべからず。」とて滞泣す。念仏の輩忽ちに分かれ散る。よりて、縄を付けられ、追ひ立てられて、陸奥《みちのく》の方に入り畢んぬ、とうんぬん。

〔考〕**○落留て**　残り留まつて。**○法華経など時々読て**　矢野玄道の**『古事談私記』**（「未刊国文古註釈大系」第十四冊所収）は、「師云日蓮宗の僧に似たり」と、この僧を法華宗の徒と見ているが、どうも、そういう書きぶりではない。「法華経など」とある点からも、古くからの普通の天台宗の僧であろう。どちらも宗旨に対しての意識が旺盛な、新しい浄土宗と法華宗の僧の間のことがらでは、この話のおもしろさは減じる。新興法華宗の徒が他宗を排撃するのは格別で、当然至極とも言える。また、そうなると、この書の成立を、日蓮の法華宗を唱えた一二五三年（建長五）以降、とせねばならない大問題が生じる。**○奥**　みちのく。東北地方。**○熊谷の入道**　熊谷直実、頼朝挙兵の時は、まだ平の知盛に仕えていて、頼朝を攻める側にあつたが、後、源氏につき、戦功があつた。一一九二年（建久三）、所領の訴訟問題に関して俗世を厭う心をおこし、上京、法然の弟子となつた。蓮生と称した。武蔵の国熊谷（埼玉県熊谷市）にもどつて布教し、一二〇八年（承元二）没した。**○一向専修の僧徒**　法然は天台宗の観想の念仏を改革し、余行を廃し専修念仏を説く浄土宗を樹立した。念仏だけによつて往生疑いない境地に達しうる、と言うのである。**○不便**　かわいそう。**○布**　麻布。**○請留**　もらい受けて、東北行きを引き留めよう。**○上人達**　この「達」を「奉」と書いた本が多いが、それでは通じにくいところである。**○不レ可レ取**　いただくわけにはまいりません。**○可レ為二専修一**　念仏専修の徒となりなさい。と言うと、法華経の読誦も余行として、廃すべきことになるわけである。**○馬之直と成て**　馬と交換に売り飛ばされる身となつて。**○縄つけて**　人身売買に際しては、逃亡を恐れて、売り買いされる人間に縄をつけて送つたことが、これでわかる。**○奉レ弁**「丹鶴叢書」本が「奉レ弁」とあるのは誤写で、意味が通じない。刊本では、旧「国史大系」本がよい。**○念仏輩忽分散**　底本も朱字校合は「念仏輩、然者不レ能二請出一トテ、忽分散」となつている。慶安、承応の奥書を持つ第二類第一種（「古事談」本誌二月号参照）の本文は、諸本により、「依レ之念仏輩、然者不レ能二請出一トテ、忽分散。」とあるのが本来と見るべきであろう。底本は、上述の「奉」―「達」などではすぐれているが、ここでは脱落個所があるらしい。

これまで四回にわたつて見て来た『古事談』の話は、故事譚が多く、伴大納言夢想譚が佐渡生まれであるらしい以外は、すべて、貴族社会で生まれ、そこで伝承されていた話である。それらは、貴族社会にとつて〈地つきの話〉であり、同時に、花山院とか惟成の弁とか伴大納言とか、昔の人の話であつた。地つきの昔の話には、そういう〈だれそれ〉という特定の人物についての話が多い。ところが、今回相手にしている話は、『古事談』の編者にとつては、ごく近年の話で、しかも、〈横の伝承〉、すなわち同時代のよそから来た話である。語られているのは、〈だれそれ〉という名の明らかな人物ではない。〈あるひと〉である。というと、ただそれだけの事になりそうだが、説話の世界では、ある名の知られた人について語ることは、〈人〉を中心に語ることであり、それに対して、なまえなどどうでもよい〈あるひと〉を語ることは、〈事〉を中心に語ることになる。〈人〉を語ることを中心にしても、〈事〉を語ることを中心にしても、しよせん、ある事件の話だから、同じように考えられるが、実はそうではないらしい。〈人〉に対する関心で聞き手をひつぱつて行けない話は、話の進め方それ自体に、聞き手をひきつけておくテクニックを要する。

たとえば、ここで採り上げた第三の最後の話で言うと、浄土宗の連中が双六に負けた僧の身請け話を進めると、本人も喜び、相手もたいへん譲歩して、話はめでたく結着がつきそうになる。そこまで話が進んで、突如、新しい浄土宗に帰依して、専修念仏でいくように、という新条件が身売りした僧に突き付けられる。話がそこで一屈折することになる。これは、事実がそうだつたから、話も事実そのままの展開を襲うのだ、と言えば言えそうなところだが、必ずしもそうではないのである。話は、浄土宗の連中が条件つきで助けようとしたら、法華経の持経者はそれを拒絶したでもよいのではなかろうか。異端の信仰には、博奕で身を破滅させた僧であつても従えない、ということを語りたいならば、である。ところが、話がまとまりかけたところで、浄土の連中が思いがけない条件を添加したために、破戒僧は最後のところで、法華経の持経者として輝きながら、奴隷となつて姿を消すことになる。話は単なる〈ことがら〉そのままか、ひとつの〈語り方〉にささえられて、話としての緊張を持ちえているのか、おそらく、このままでは判定しにくいだろう。しかし、博奕に身を持ちくずしながら、気質化した信仰のようなものを持つていて、それを貫こうとする僧の話において、話の後段で〈条件の新しい添加〉がなされても、聞き手が奇妙に思わない、という点だけは、まず、認めておいてよいかもしれない。はじめにいくつかの条件を設定し、それらを繰りつつ話を進めるのではなく、途中から次々に条件を話の中に投げ込んでも、少しも不法と見做されない慣習が説話の世界にはある。

次の話は、同じ第三僧行の話だが、さきほどからの区別に従えば〈あるひと〉の話ではなくて、〈だれそれ〉の話であろう。

仁賀上人は増賀の弟子也。世以帰依渇仰之上人也。傷㆓此事㆒、相㆓語一人之寡婦㆒、寄㆓宿于其宅㆒、披㆓露儲㆑妻之由㆒。依㆑之諸人惜悲之間、仁賀は偽㆓称堕落之由㆒、実には片角にて終夜泣居たる也、と聞て、帰依弥倍云々。猶思㆓此事㆒悔㆑跡云々。（仁賀上人は増賀の弟子なり。世、以《はなはだ》帰依渇仰の上人なり。この事を傷み、一人の寡婦《やもめ》を相語らひ、その宅《いへ》に寄宿《やど》りて妻を儲くるのよしを披露す。これによりて、諸人惜しみ悲しむのあひだ、仁賀は堕落のよしを偽《いつは》り称《い》ひて、実《まこと》には片角《すみ》にて終夜《よもすがら》泣き居たるなり、と聞こえて、帰依いよいよ倍《ま》す、とうんぬん。なほこの事を思ひて、跡を晦ましぬ、とうんぬん。）

世俗の名利との交渉を断ちたくて、仁賀が偽悪の行為をあえてする、この話は、人々が彼の堕落を惜しみ悲しんだが、その真相もいつか洩れ聞こえて、帰依する人々がますますふえて、とうとう逐電して志を貫いた、というふうに話が進んで行くが、意外な新しい条件設定の添加によつて、話が展開していない。「妻を儲くるのよしを披露す。」というふうに、はじめから偽悪の行為であることを臭わしているからである。

だれそれのことを語る話が、〈人〉に対する語り手と聞き手に共通な関心を予想しているため、話の内容のおもしろさにいちずに依存して、語り進め方によつて聞き手の関心を持続させよう、と配慮していないことが多いのは、このふたつの話の比較でほぼ知れよう。〈よそから旅して来た話〉が多い、〈あるひと〉の話は、語られ方が違う。わたしは、そのことを、第一回（五月号）においては、話の素姓の違いと見た。そして、よそから単独で漂泊《フロオト》して来た話は、「伝播の間にその構成も形象も練られて」いる、と述べた。しかしそれではあまりにも概括的すぎる。〈よそから来た話〉の方が構成や形象が練られているとは、具体的にはどういうことだろうか。そこで、わたしが、語り手が聞き手と共有することば以前のものに依存する度合が少く、表現の自己完結性が強いことを、〈よそから来た話〉の特性として挙げたのだけでは、説話の口承的文芸性に触れたことにはなるまい。

自分の体を双六の賭け物にした僧の話にもどると、ことがらの運びようを大筋で捉える場合、大局的に見れば、事件としては

〔A〕1　時々は法華経など読む僧が、俗人との双六に負け込んで、わが身を賭けて、なお負けた。

2　すると、浄土宗の連中が、その体を買いもどしてやる、と言い、買いもどして自由の身になつたら、念仏専修の徒に加われ、と言つた。

3　ところが、僧は、法華経を棄てることはできないと、救いの手をこばんで、縄つきで、奥州へ売られに引き立てられて行つた。というのと。

〔B〕1　時々は法華経など読む僧が、俗人との双六に負け込んで、

わが身を賭けて、なお負けた。

2 すると、浄土宗の連中が、その体を買いもどしてやる、と言い、僧もその救いの手を喜んだ。

3 すでに商談成立の段になり、浄土宗の連中が、自由の身になったら、念仏専修の徒に加われ、と言った。

4 ところが、僧は、法華経を棄てることはできないと、救いの手をこばんで、縄つきで、奥州へ売られに引き立てられて行った。

というのとは、ほとんど変りがない。〔B〕は、〔A〕の事の運びを、よりディテイルに固執して述べたものであると見ることもできる。〔B〕の経過をつづめて〔A〕としても、うそを語っているとは言えない。だが、この場合、〔B〕を〔A〕につづめないようにする、あるいは、よし、事実の経過が〔A〕であっても、〔B〕として語るというのが、説話の技法なのである。話の展開の前途に思いがけない屈折を生じさせる――同じ帰結にたどりつくにしても、途中での新状況の出現と、そこでのどんでんがえしを必ず経過させる話の構成法、〈あるひと〉の話は、そういう説話の技法によって、スリルのある、流動的なものになっている。そして、その話としてのおもしろさが、伝承の持続をささえる力の一面となっている。素材がおもしろいだけではなく、語られ方もおもしろいから、話は生育圏を出ても生きていける、ということらしい。

途中からの条件添加

〔本文〕 一条院御時、伴別当と云相人ありけり。帥内大臣遠行をも、兼て相申たりけり。件者物へ往ける道に、橘馬允頼経と云武者、騎馬して下人七八人許具して逢たりけるを、此相人見て往過後、喚返云、「是は某と申相人に侍り。如レ此事今中者有レ憚事侍れど、又為二冥加一不レ可レ不レ申。今夜中、及二御命一可レ令レ慎。中夭給レ令御相令レ顕現一給也。早令レ帰給、可レ被二祈謝一。」云々。爰頼経驚云、「何様の祈祷をして可レ免二其難一哉。」相者云、「取二其身一難レ去大事に令レ思給者を、不レ論二妻子一殺なんとしてぞ、若令レ転給事も可レ侍。」云々。

頼経忽打帰て、路すがら案様、大葦毛とて持たるが、馬こそ妻子に過て惜物なれ、それを殺さんと思けり。帰や速きと、褻居の前に一匹別に立飼ければ、かりまたをはげて、馬に弦引たるに、嘶うちくひて立たるが、主を見て無二何心一いなゝきたりけるに、射殺之心地もせで、美麗なる妻の不レ思気色にて、大なる皮籠に寄懸て、苧と云物うみて居たる方へ、引たる弓をひねりむけて、射レ之。中を射串《ツラヌキ》て、皮籠に射立畢。妻は矢に付死畢。而此皮籠のうちより血流出、皮籠動ければ、成レ奇開見之処、法師の腰刀抜て持たる、尻に矢を被二射立一て、死なんとて動なりけり。頼経付レ寝之後ころさせんとて、密夫の法師を皮籠ノ内にかくしをきたりけるなり。件相人非二直也人一歟。（第六、底本架蔵三冊本）

〔訓読〕 一条院の御時、伴の別当と云ふ相人ありけり。帥《そち》の内大臣の遠行をも、兼ねて相し申したりけり。件《くだん》の者物へ往きける道に、橘の馬の允《じよう》頼経と云ふ武者、騎馬して下人《げにん》七八人許《ばかり》具して逢ひたりけるを、この相人見て往き過ぎて後、喚び返して云はく、「これは某《なにがし》と申す相人に侍り。かくのごとき事を今申すは、憚《はばか》りある事に侍れど、又冥加のために申さざるべからず。今夜の中、御命に及ぶまで慎しましむべし。中夭せしめ給ふ御相顕現せしめ給ふなり。早く帰らしめ給ひ、祈謝せらるべし。」とうんぬん。ここに頼経驚《さい》きて云はく、「何様《いか》の祈祷をしてその難を免るべきや。」と。相する者の云はく、「その身に取りて去り難き大事に思はしめ給ふ者を、妻子を論ぜず殺しなんとしてぞ、もしや転ぜしめ給ふ事も侍るべし。」とうんぬん。

頼経忽ちに打ち帰りて、路すがら案ずるやう、大葦毛とて持ちたるが、馬こそ妻子《めこ》に過ぎて惜しむ物なれ、それを殺さんと思ひけり。帰るや速きと、褻《け》居《ゐ》の前に一匹別に立て飼ひければ、かりまたをはげて、馬に弦引きけるに、薪《まぐさ》うちくひて立ちたるが、主を見て何心なくいなゝきたりけるに、射殺さんの心地もせで、美麗なる妻《め》の思はぬ気色にて、大きなる皮籠《かはご》に寄り懸かりて、苧《を》と云ふ物うみて居たる方《かた》へ、引きたる弓をひねりむけて、これを射る。中を射つらぬきて、皮籠に射立て畢はんぬ。妻は矢につきて死に畢はりぬ。しかるに、この皮籠のうちより血流れ出で、皮籠動きければ、奇《あやしみ》をなして開き見るのところ、法師の腰刀抜きて持ちたる、尻に矢を射立てられて、死なんとて動くなりけり。頼経寝につくの後ころさせんとて、密夫の法師を皮籠の内にかくしおきたりけるなり。件の相人、ただなる人にあらざるか。

〔考〕 **〇帥内大臣遠行をも** 内大臣藤原の伊周が太宰の権の帥として左遷されたが、その流謫をもまえもつて予言した、というのである。**〇物へ往ける** あるところへ往つた。「物へ往く」という慣用句は、どこやらへ行く、というふうに行き先を明示しないで、漠とした言い方で言う表現法。**〇馬允** 左右どちらかの馬寮《め》の三等官。**〇為二冥加一** 神仏の眼に見えぬ暗々裏の加護を受けるために。これはここで頼経に善根を施し、後に別当自身が冥加にあずかるために、の意である。**〇中夭給レ令** 「給レ令」は語法としてもおかしいし、諸本すべてこの「令」の字を欠く。衍字であろうが、この本の書写者の読みとり方のままに、「せしめ給ふ」と一応読む。中夭は若死にを言う。**〇祈謝** その運命を祈りこばむ。ことわれるように祈る。**〇何様の祈祷** どんな捧げ物をする祈祷。どの程度の祈祷。どの神どの仏に祈るのかを聞いたのではなく、祈祷の規模を尋ねているのは、いかにも日本的である。物忌みの程度、奉献の程度というような主体的なものが、まがごとを回避するための重要な力となる。祈る対象の性格は二の次なのである。**〇難レ去** 別れ難く。**〇令レ転給事** 運命の方向を変えられること。**〇こそ……なれ** ……であるが、という逆接前提句。**〇帰や速きと** 諸本一致して「帰ルヤ遅キト」であり、底本の書写者の語法が本文の語法に取つて替つた、と見るべき個所である。**〇褻居** 常居とも言う。居間。これは土間を隔てて同じ屋内に庇があるのであろう。**〇かりまたをはげて** かりまたの矢をつがえて。**〇不レ思気色** 自分のことを心にもかけないそぶり。**〇皮籠** 外を皮で張つた行李。**〇苧** 麻糸。からむしの茎の繊維で作つた糸をも言う。「うむ」は、長くつないで縒りをかけること。

第六亭宅諸道のこの話は、まえに挙げた第三の、忠実ならざる法華経持経者の話のように、武蔵の国のような遠い外《げ》国から伝わつて来た話ではない。また、登場人物もだれとだれと名が知れている。しかし、前節の分類によつて、〈だれそれ〉の話と〈あるひと〉の話に分類すれば、これは、後者〈あるひと〉の話に入れるべきものである。というのは、貴族社会でのこの話の聞き手は、伴の別当とか橘の頼経などという、著名ならざる人物そのものに対しては、あまり関心を抱いていないからである。（身分が低いからだけではない。身分が低くても著名な人物もあった。）この話は、だから、故事としてひとりの話し手からひとりの聞き手へと伝承される、貴族の〈言談〉の場で育ち、伝わった説話ではなく、そこへ流れ込んで来た〈侍話《さぶらいばなし》〉と見るべきものであろう。（「貴族社会の説話と説話文学」本誌二月号）そして、〈侍話〉は、宮廷の下級官吏の詰め所や貴族の邸宅の侍所で、集団を対象に語られることが多い。故事譚のように必要な知識として受容されるよりも、娯楽的な要素が強い。いったい、この話が、登場人物の身分が低いということのほかに、下級者の間で育った証拠があるかというと、わたしは、その識別の手がかりに、話中の会話のせりふに注意することにしている。伴の別当は、馬の大允にしても正七位の上にすぎない頼経に「……もしや転ぜしめ給ふ事も侍るべし。」と一貫していねいなもの言いをしており、身分の低い者同士の会話が身分の高い者たちの世界で語り伝えられても、こう端々まではていねいには行かないものである。その点、同じような、密夫にねらわれている内竪伴の世継を、陰陽師弓削の是雄が旅先で相した話が、『政事要略』第九十五と『今昔物語集』巻二十四にあるが、いずれも、相互の敬語を刈り込んだもの言いになっている。『政事要略』の話は三善の清行の『善家異記』の文章の転載で、漢文であるからさしおいても、『今昔物語集』（「天文博士弓削是雄占レ夢語第十四」）の「然レバ汝ヂ先ヅ家ニ行着テ、物共ヲバ皆取置セテ後、汝ヂ一人弓に箭ヲ番テ、丑寅ノ角ニ然様ノ者ノ隠居ヌベカラム所ニ向テ、弓ヲ引テ押宛テ云ハム様ハ、己レ我レ東国ヨリ返上ルヲ待テ、今日我ヲ殺害セムト為ル事ヲ兼テ知レリ。早ク罷リ出ヨ、不レ出バ速ニ射殺シテムト云ヘ。」というような訓読調は、編者が、なまの話から遠いものを素材としているからであろう。同じ『今昔物語集』でも、巻二十八の一「近衛舎人共稲荷詣重方値レ女語第一」の、近衛の舎人重方が、わが妻と気づかず稲荷詣の女を、「我君々々、賤《アヤシ》ノ者持テ侍レドモ、シヤ顔ハ猿ノ様ニテ……」とくどく会話描写とは、雲泥の違いがある、侍話が細部の表現までいきいきと文字に写されたものと、話の筋を本位に伝えられているものとの差異には、書き手の性格差や、話が貴族の手に渡つてからの時間の長短が反映していると、見てよかろう。

それはそれとして、『古事談』にもどると、この相人伴の別当の話では、はじめに、馬の允の橘の頼経は、役目もそうだがいたつて馬の好きな人だつたとは、ことわつてない。話が、彼が家に引き返す段になつて、妻子以上に愛馬をいとおしんでいた男とわかるのである。こういう話の途中からの条件の添加が、ごく普通のことと考えられているのが、説話の特色であることは前述のとおりだが、そこで、もし、話がそちらへ突っ走れば、愛馬を殺して密夫は安泰という次第になるのに、あれほど相人の指示どおりに行動した男が、わが馬だけは殺せないで、第二に愛しているものを殺すと、それが相人の指示したものだつた、というふうに、話は挿話をひとつかかえ込んで本筋にもどり着くのである。この挿話がなければ、伴の別当はたいへんな相人だ、という名人讃美だけの話になる。だが、相人に教えられてわが家に帰り密夫を殺した、という話の定型《パターン》は、伝承の間に小波瀾とも曲折ともいうべきものをかかえこんで、妻よりは馬の方がもつとかわいい男、そういう男の心理だけは読み取れずに、「妻子を論ぜず殺しなんとしてぞ」と言つた相人、男の思いがけない帰宅をいなないて喜ぶ馬、そつけないそぶりの妻という、人間関係を多彩に織り込みえて、きまつた型どおりの話ながら、実におもしろいものになる。話をそのようにおもしろくしたのは、頼経が馬に惑溺している男だということなのだが、そういう男だという説明をしなくても、すぐに、そういう馬好きとして話をどんどんくりひろげてかまわないところに、口承の話の特性があり、その接ぎ木法が話をつねにおもしろくしていくわけである。

条件ないし状況の設定を綿密に積み上げておいてストーリイを展開することは、文字の文芸には必要でも、説話にとつては役立たない。話の聞き手が、すぐに転じて話し手ともなつた集団的な説話伝承者の世界では、人々は、話をおもしろくするために、話の構成がどうあるべきかに配慮し合い、話を磨くに余念がなかつた。それは、どうかすると話の技術を無視する、一対一の、故事の伝承としての〈言談〉の場と、おのずから違つていた。

とはいうものの、そういう侍話の伝承者たちは、自己の生命保全のための殺害を当然事と信じ、家長である自分と妻子の生命の軽重を認めて疑わない人々の友であり、観相術による立言を鵜呑みにしてあたりまえと考えていた人々の一員であつた。そういう人間精神の状況下で、二人の男女を串刺しにするほどの大矢と強弓の想像をすなおに育てていつていた。かれらは、妻以上に愛馬をいとおしむ男の心理を肯定しつつ、女性の不貞に抗議し、生命の危機を乗り切つて生きねばならない人生というものを嗟嘆していた、と考えられる。その意味では、神話の中で栄えた神の遁走譚が、古代から中世への世間話の中でも、こんな形で尾を曳いていた、と考えてもよいかもしれない。生き抜くことのいかにむつかしく、いかにスリルに満ちていることか。観相術の名人の話をしていても、〈侍話〉の連中は、話をそちらへひんまげる。「諸道」を語る『古事談』第六には、そういう性格の話がいくつもまぎれこんでいる。

説話の技術（二）

（古事談鑑賞　六）

話の念の入れ方

〔本文〕　入道殿建ニ立法城寺（ママ）一之時、日ミ有ニ御出仕一比、白犬を愛て令レ飼給けり。御堂へも毎レ日に御共云々。或日令レ入ニ寺門一給之時、件犬御共に候けるが、御前に進て走廻て吠ければ、暫令ニ立留一給て御覧けるに、指事もなかりければ、猶令ニ歩入一給に、犬、御直衣のらむをくはへ奉ニ引留一ければ、いかにも可レ有レ様とて、召レ榻て令レ懸（衍字）レ尻給て、忽召ニ遣晴明朝臣一被レ問ニ子細一之所、晴明眠沈案して申云、「君を奉ニ呪咀一之者埋ニ厭術ヲ於御路ニ一奉ニ超させ一られむと構て侍也。今、君の御運依テニ無レ止御坐ニ一御犬所ニ吠顕一也。犬者本自小神通之物也。」とて、差ニ其所一令レ掘之間、土器二を打合て、黄紙捻にて十文字にからげたるを令ニ掘出一云々。

晴明申云、「此術者極秘事也。晴明之外、当世定て無ニ知人一歟。但若道摩法師之所為歟。可レ知ニ其人一。」とて、取ニ出懐紙ヲ一彫ニ鳥形一唱レ頌投揚ル之所、成ニ白鷺一指レ南飛行。「此鳥の以ニ落留之所一、厭術者之住所と可レ知。」と申ければ、下部等守ニ白鳥一走行之間、落ニ留六条坊門万里小路河原院古キ枝折戸ノ内ニ一。仍踏入捜拾之所、有ニ僧一人一。即捕取被レ問ニ由緒ヲ一之間、道摩得ニ掘川左府之語ヲ一施レ術之由、已以白状。雖レ然不レ被レ行ニ罪科一、被レ追ニ遣本国播磨一畢。但永不レ可レ致ニ如レ此呪咀ヲ一之由被レ書ニ誓状ヲ一云々。（第六、底本架蔵三冊本）

〔訓読〕入道殿、法成寺を建立の時、日〻御出仕あるのころ、白犬を愛して飼はせ給ひけり。御堂へも日ごとに御供《おほん》す、とうんぬん。ある日、寺の門を入らしめ給ふの時、件《くだん》の犬御供に候《さぶら》ひけるが、御《お》前に進みて、走り廻《めぐ》りて吠えければ、しばし立ち留《とま》らしめ給ひて御覧じけるに、させる事もなかりければ、なほ歩《あゆ》み入らしめ給ふに、犬、御直衣《なほし》の襴《らん》をくはへ引き留《と》め奉りければ、いかにも様《やう》あるべしとて、榻《しぢ》を召して尻を懸けしめ給ひて、忽ち晴明の朝臣を召しに遣《つか》はして子細を問はるるのところ、晴明、眠《ねぶ》り沈案して、申して云はく、「君を呪咀し奉るの者、厭《えふ》術を御路に埋め、超えさせ奉らむと構へて侍るなり。今、君の御運やんごとなくおはしますによりて、御犬吠え顕はすところなり。犬はもとより小神通の物なり。」とて、その所をさして掘らしむるのあひだ、土器《かはらけ》二つを打ち合はせて、黄なる紙よりにて十文字にからげたるを掘り出さしむ、とうんぬん。

晴明、申して云はく、「この術はきはめたる秘事なり。晴明のほか、当世さだめて知れる人なからんか。ただし、もしくは道摩法師の所為か。その人と知るべし。」とて、懐紙を取り出して鳥の形を彫《ゑ》り、頌を唱へて投げ揚ぐるのところ、白鷺となりて南を指《さ》して飛行《ぎやう》す。「この鳥の落ち留《とま》るの所をもちて、厭術者の住む所と知るべし。」と申しければ、下部《しもべ》ら白鳥を守りて走り行くのあひだ、六条坊門万里《まで》の小路《こうぢ》の河原《かはら》の院の古き枝折《しをり》戸の内に落ち留りぬ。よりて踏み入りて捜し拾ふのところ、僧一人あり。すなはち捕へ取りて由緒を問はるるのあひだ、道摩、堀川左府の語らひを得て術を施すの由、すでにもちて白状す。しかりといへども、罪科を行はれず。本国播磨に追ひ遣《や》られ畢《をは》んぬ。ただし、永くかくのごとき呪咀を致すべからざるの由、誓状を書かせらるる、とうんぬん。

〔考〕**○入道殿**　藤原道長。**○法城寺**　他の諸本、法成寺。それが正しい。一〇二二年（治安二）、道長が自邸土御門《つちみかど》殿《どの》の東に建立した寺。『宇治拾遺物語』の類話「御堂関白御犬晴明等奇特の事」（「日本古典文学大系」一八四話）だと、この個所が「今は昔、御堂関白殿、法成寺を建立し給て後は、日ごとに、御堂へ参らせ給けるに、」とあり、この本や『十訓抄』中の第七の話の「御堂入道殿法成寺を作らせ給ふ時、毎日渡らせ給ふ。」（「国史大系」本）と異つている。『宇治拾遺』の方よりも、工事中とするこちらの方が、くる日もくる日もやつて来た、という道長の執心ぶりにふさわしい。また、堀川左大臣顕光は、法城寺落慶式の前年、一〇二一年（治安元）五月二十五日になくなつたから、どうしても建立最中、しかも顕光の死以前の話としなければならない。その点は、この本文の方がすぐれている。**○御出仕**　自分の寺を造る陣頭指揮にくるのを、「出仕」というのはおもしろい。**○指事**　さしたる事。これといった事。**○らむ**　襴。本来は、衣と裳とひとつづきになつている着物を言うが、ここでは直衣のすそをさしている。**○いかにも可レ有レ様**なんとしても、わけがあるのだろう。**○召レ榻て**　牛車を立てる時にその轅《ながえ》をささえるのに使う台を取り寄せて。**○晴明朝臣**　安倍の晴明。天文博士。しかし、晴明は一〇〇五年（寛弘二）に没した人だから、法成寺建立当時はもう在世してはいないはず。**○眠沈案**　眼をつぶつて、じつと思案して。**○厭術**　厭は、いとう、嫌うという意味の場合はエン、そこなうとかつぶすという意味の場合はエフ（ヨウ）と読む。ここでは後者でヨウジュツ。人を害する、のろいの術のしかけを言う。**○奉二超させ一られむ**　同系統諸本「奉二超サセ一ラム」に一致しているから、それに従うべきであろう。「れ」は衍字、書写者のあやまつた訓読から混入したものであろう。**○小神通之物**　ちよつとした神通力を持つたもの。**○可レ知二其人一**　彼であると確かめよう。**○彫二鳥形一**　鳥の形を作つて。**○頌**　占いのことば。**○河原院**　古く源の融の造営した大邸宅で、この話の時代には、ひどく荒廃していたらしい。**○枝折戸**　柴で編んだ戸。「丹鶴叢書」

本、「史籍集覧」本のような「師織戸」という本文の方を採り、シヲリドと読まず、モロヲリドと読むべきか。『宇治拾遺物語』の「日本古典文学大系」本などは「諸《もろ》折戸」。片折り戸に対して観音開きの戸の意である。広大な河原の院の敷地の中にはいくつも建物があり、そのひとつの枝折戸の門の内の家に、紙の白鷺が飛び込んで

行つた、と言うのである。**○捜拾之所**　鳥を探して、もとの紙きれにもどつたそれを見つけて拾い上げたところが、そこに……、という意。**○道摩得二堀川左府之語一ヲ**（それは道摩であつて、）道摩が堀川左大臣顕光の相談を受けて。

〔類話〕『宇治拾遺物語』の「御堂関白御犬晴明等奇特の事」は、流布本系では巻十四の第十話、「日本古典文学大系」の説話一連番号で一八四話にあたるが、『古事談』のこの話と筋はほとんど変りがない。最後に、「此顕光公は、死後に怨霊となりて、御堂殿辺へはたゝりをなされけり。悪霊左府となづく云々。犬はいよ〳〵不便《ふびん》にせさせ給けるとなん。」という二文が添つているのが大きな違いくらいであるが、細部描写において相当違うから、筋は同じでも、にわかには直接関係が認めにくい。

それに対して、『十訓抄』の中の「第七可レ専二思慮一事」の中の話は、最後に、「是運のつよく慮《おもんばかり》の賢くおはしますによりて、此難をのがれさせ給ひにけり。」（「国史大系」本）という一文が添つているほかは、筋も細部描写もきわめて『古事談』と類似している。たとえば、

宇治拾遺

ふところより紙をとり出し、鳥のすがたに引むすび、呪を誦《ずん》じかけて、空へなげあげたれば、たちまちにしらさぎになりて、南をさして飛行けり。………下部を走らするに、………

十訓抄

懐紙取出て鳥の形をゑりて呪を唱へてなげあぐるに、白鷺と成て南をさして行。………下部彼白鳥の行かたを守りて付て行く間、………

古事談

取二出懐紙ヲ一彫二鳥形一唱レ頌投揚ル之所、成二白鷺一指レ南飛行。………下部等守二白鳥一走行之間、………

白鷺となつて紙が空を飛んで行つた、と言い、すぐ後に、その白鳥を見失わないように見守つて追つて行く、と「白鷺」を「白鳥」と言い換えたのまで一致するのは、偶然とは言いにくい。そこで思いきつて、『十訓抄』は『古事談』を典拠にしている、と言いたいし、両書の全般的関係もそれを支持するが、ただ一点、

（古）土器二を打合て、黄紙捻にて十文字にからげたるを令二掘出一云々。

（十）　土器を打合て黄なる紙ひねりにて、十文字にからげたるをほりおこしてけり。解て見るに入たる物はなくして、朱砂にて一文字を土器に書り。
（宇）　土器を二うちあはせて、黄なる紙捻《より》にて十文字にからげたり。ひらいて見れば、中には物もなし。朱砂にて、一文字を土器のそこに書きたる斗《ばかり》なり。

という個所だけは、『十訓抄』には傍線部のような『古事談』にない叙述がある。もし、『古事談』の方に、内側の朱の一字だけが書かれていた、という本文のある写本が出て来て、それがない本の方が脱逸だと考えられれば、『古事談』によつて『十訓抄』のこの話が書かれたことは、ほぼ認めてよくなるのであるが、いまの本文状況では、そうは言えない。また、そうなれば、この話の場合、『宇治拾遺』の作者が典拠の文章を相当自由に書き直す癖があることを承認しさえすれば、『古事談』と『宇治拾遺』の直接関係だつて、十分考えられるようになろう。他に積極的にそう考えることを妨げる理由は見当らないからである。だから、『古事談』のこの話を、一方で、『宇治拾遺』の作者が自分の文体で書き改め、他方で『十訓抄』の作者が原文にほぼ忠実に踏襲した、と考えられるかもしれない。その辺は、今後、『古事談』のこの話の典拠がわかると、今よりももつと推測がつきやすくなるだろう。しかし、三者の本文を比べて、『古事談』と『十訓抄』の文章の親近性から、『十訓抄』の文章が『宇治拾遺』によつて書かれた、ということだけは絶対にないと考えてよいだろう。

安倍の晴明は、十世紀後半の高名な陰陽師だつたが、一〇〇五年（寛弘二）九月に八十五歳で没した。すでに触れたように、法成寺の落慶が一〇二二年（治安二）七月、堀川左大臣顕光がその先年五月に死んでいるから、この話のように藤原の道長が工事場に日参、陣頭指揮をしてい、顕光側がのろいの術をかけたという話は、どうしても、それ以前であつてくれなくては困る。かりに一〇二一年（治安元）前半の事としても、晴明逝いて十六年目ということになる。死せる晴明、蘇つて法成寺に馳けつける、というわけだが、御堂関白道長の時代を大分隔たつた頃には、そういう話もごくあたりまえに受け取られるようになつていたらしい。話を聞く人も、語り手同様、年表など手にしてはいないから、こういう事になる。この場合、そういう嘘《うそ》が生じるのは、説話伝承者の悪意ではない。話の中に登場して来る人物は、できるだけ語り手と聞き手のよく知つているポピュラーな人名であつてほしい。それが話の場の心理だものだから、道長のライバルなら顕光、呼び出される陰陽師なら晴明、というふうに役者が揃つて来る。はるかな遠国での話だと、ある人とある人の話で、話のおもしろさによつて満足する同じ人間が、自分の生活圏の話だと、たとえ昔の話でも、登場人物まで根こそぎ知っていなくてはおもしろくない。空間的遠近軸と時間的遠近軸の目盛りの刻み方がたいへん違っている――これが古代・中世の社会のコミュニケーションの状況が生む説話的心理と見てよい。寄席の落語が横町の隠居と熊さん・八さんで押し通すのは、高座と客席の共有するこういう共通生活圏がないからで、咄《はなし》が商品になる近世社会の条件と関係している。現代の週刊誌の繁昌は、テレビが興行映画を駆逐する状況の中で、テレビの映像力・速報力にも負けずに対抗している興味ある現象だが、週刊誌をささえる力のひとつである真相・裏面話、あるいはゴシップは無視できない。テレビで報道しない有名人の生活の細部まで、実生活では隔絶している一般市民に送り届ける。マス・コミ状況がそういう意識の上での共通生活圏を拡大し、〈あるところ〉の〈あるひと〉を追放したわけである。世間話はこういうふうに構造を変えて来ているが、道長と顕光と晴明という有名人で展開する話の嘘は、遠国の現在の〈ある人〉の話と貴族社会の昔のよく知っている人々の話との、二種類の意識上の領域が、中間的漸移層を持たずにくっついて存在していた時代の、そういう意識状況に応じた話の組み立て方である。

ところで、こういう嘘の話というのは、一方から言うと、話として念を入れて作ってある話ということになる。説話というものはこういう性格がある、というようなことがなかなか断言しにくいのは、説話そのものの区分がなされなかったためとも言える。しかし、世間話なら世間話と限定して考察しても、おいそれとその性格について言いにくいのは、それぞれに成り立ち方の違いがあるからである。当面、わたしたちは、伝承者がその素材に執着していろいろと念を入れて磨き上げた話と、そうでない話の区別をして物を考えて行きたい。前に述べたことがあるが、〈よそから来た話〉は一般に念が入っている。〈地つきの話〉でも、〈人〉に即してでなく、〈事〉に即して語ろうとするものが、念が入っている。

陰陽師という存在は、古代の貴族社会において、身分的に高貴な顕著な存在ではない。しかし、古代貴族の行動のはしばしまで規制していたのが陰陽道である以上、人々の陰陽道そのものへの関心は高い。安倍の晴明が説話に登場する場合、二様の立ち現われ方をする。ひとつは、むしろ、〈あるひと〉の話に属し、〈事〉が関心の的となる話である。晴明の人柄を表わす諸側面、その行状に対する関心ではなく、彼の巻き起こす驚異の事件が知りたい、という人々が多数ある。本来、貴族社会での陰陽師の話は、そういう性格が強い。陰陽師譚に話としておもしろいものが多いのも、〈人〉を伝える点に主要関心事がないからである。その場合、その陰陽師譚を楽しむ人々は、ずっと身分の高い人々や、職業的に陰陽道と縁遠い人々らしい。

それであるのに、いつか晴明のような高名きわまる陰陽師ができ上ると、〈そうしてしまつたのは、彼の演じた〈事〉を語る話であるのだが〉こんどは、彼その人に関心を向けた話が第二次的に発生する。『古事談』には、前の話の後にひとつ置いて、こういう話がある。

晴明者、乍レ俗那智千日之行人也。毎日一時滝に立て被レ打けり。前生も無レ止大峯之行人云々。花山院在位御時、令レ病二頭風一給。有二雨風一之時ハ殊発動、為方を不二知給一。種々医療更ニ無レ験云々。爰晴明朝臣申云、「前生ハ無レ止行者にて御座けり。於二大峯某宿ニ一入滅、答ヘ二前生之行徳ニ一雖レ生二天子之身ニ一、前生之髑髏、岩ノ介《ハザマ》に落はさまりて候が、雨風には岩ふとる物にて、つめ候之間、今生如レ此令レ痛給也。仍於二御療治一ハ不レ可レ叶。御首《グシ》を取出て被レ置二広所ニ一者、定テ令二平愈一給歟。」とて、しかぐの谷底にとをしへて遣レ人被レ見之所、申状無二相違一。被レ取二出首一後、御頭風永平愈給云々。（晴明は、俗ながら那智千日の行人《ぎやうにん》なり。毎日一時《いつとき》滝に立ちて打たれけり。前生もやむごとなき大峯の行人、とうんぬん。花山院在位の御時、頭《づ》風を病ましめ給ふ。雨風あるの時は殊に発《おこ》動りて、せんかたを知り給はず。種々の医療さらに験《げん》なし、とうんぬん。ここに晴明の朝臣申して云はく、「前生はやむごとなき行者にておはしましけり。大峯の某《なにがし》の宿に於いて入滅、前生の行徳に答へ天子の身に生まるるといへども、前生の髑髏、岩のはざまに落ちはさまりて候ふが、雨風には岩ふとる物にて、つめ候ふのあひだ、今生かくのごとく痛ましめ給ふなり。よりて、御療治に於いてはかなふべからず。御首《ぐし》を取り出して広き所に置かるればさだめて平愈せしめ給はんか。」とて、しかじかの谷底にと教へて人を遣はして見らるるのところ、申し状相違なく、首《かうべ》を取り出さるるの後、御頭風永く平愈し給ふ、とうんぬん。）

この本生譚はいたつて直線的に語られた因縁話で、おそらく、安倍の晴明の名声が高くなり、彼の〈人〉をめぐつて語ることがはじまつてからの第二次的な発生の説話であろう。陰陽道からずれたところで彼を賞讃しているのも、そういう説話を育てたのが、金峯《きんぷ》・熊野の山岳信仰に関係の深い人々で、前の紙の白鷺の話を育てた人々と異る人々であるからであろうか。この話で、「前生の髑髏、岩のはざまに落ちはさまりて候ふが、……」と晴明に言わせているのを、白鷺の話で、「君を呪咀し奉るの者、厭術を御路に埋め、超えさせ奉らむと構へて侍るなり。」と言わせているのと比べても、〈侍り〉から〈候ふ〉への転移に、ある時代の違いが感じとられる。ちなみに、白鷺の話でも、『宇治拾遺』は、「これは君を呪咀し奉りて候《さぶらふ》物を、みちにうづみて候。」であり、『古事談』の本文にきわめて近い『十訓抄』は、「君を呪咀し奉るもの厭術の物を道に埋て越させ奉らんと構へ侍る也。」である。『古事談』の原典を知りたいものである。

晴明の紙の白鷺の話は念を入れて作られているとか、磨きがかかつている、と言つたが、それは主として、話の構成の流動的展開性と場面ごとのイメージの鮮明さである。話の前半では、「ある日、寺の門を入らしめ給ふの時、件の犬御供に候ひけるが、御前に進みて、走り廻りて吠えければ、しばし立ち留らしめ給ひて」と、牛車の前に回つて吠えたてる犬の姿を描き、牛飼いに停車を命じた道長を描いている。次に、「させる事もなかりければ、なほ歩み入らしめ給ふに、」犬は道長の裾に食いさがつて引き留める。『古事談』の方は、当然車で来るという当時の常識をふまえて、「立ち留らしめ」の使役の「しめ」と、「なほ歩み入らしめ」の尊敬の「しめ」の使い分けで用を弁じて、おかしいな、と車を止めてようすを見、降り立つてうかがい、そのまま気軽に足を前へ出して、犬に留められた姿を、簡潔に描いている。『宇治拾遺』の

門を入らむとし給えば、この犬、御さきにふたがるやうにまはりて、うちへ入れたてまつらじとしければ、「何条《なでふ》」とて、車よりおりて、入らんとし給へば、御衣《おんぞ》のすそをくひて、ひきとゞめ申さんとしければ、……

は、それをより文章的修飾ではつきり表現しようとしたものである、と言つてもよい。おもしろいのは、犬が再度引き留め、道長が悟るところあつて、もう前へも進まず後にももどらず、「榻を召して尻を懸けしめ給ひて」晴明を呼びにやつた場面である。どんなに急いでも相当な時間であろうに、関白どのは腰かけて路上で動かない。どこかで彼をのろう祈祷をしているのと違つて、この場合、踏み越えれば禍いがおよぶことになる状況設定を伏せておいて、埋めた呪咀の品の一歩手前で、危機直前に坐り込んでしまつた、というスリルのある描写は、晴明が来て事情がわかると、「まず、よかつた。」と、あとから急におもしろくなる叙述である。犬が車を留め、歩くのを留め、道長が坐り込むと、やがて晴明が馳けつける。

テンポの早い、しかも流動的な話の展開の後で、晴明は「眠り沈案して」やおら答える。『宇治』の「しばしうらなひて、申しけるは、……」と、この変体漢文の文章の書き手の写した説話とは、やや違う。ほんの少しの違いだが、説話の形象性に関していえば、相当なところである。その次に、『宇治』では、ていねいにも道長と晴明に問答を交わさせて、「『さて、それはいづくにかうづみたる。あらはせ』とのたまへば、『やすく候』と申て、しばしうらなひて、『こゝにて候』と申所を、掘らせてみ給に、土五尺ばかり掘たりければ、案のごとく物ありけり。」と展開するが、『古事談』は、「その所をさして掘らしむるのあひだ」とただ一句で事を済ます。

次に、『古事談』の、「Aこの術はきはめたる秘事なり。B晴明のほか、当世さだめて知れる人なからんか。」と晴明に自問させ、ふと思い当ることがあつて、「Cただし、……Dもしくは道摩法師の所為か。」と自答し、そう思いつくとすぐに突きとめたくなり、「Eその人と知るべし。」と言うくだりの展開も、『宇治』の「B晴明が外には、しりたる者候はず。Dもし道摩法師や仕《つかまつり》たるらん。E糺して見候はん。」と道長に答弁する描写とは、文章の呼吸が違う。「候ふ」「候ふ」と答えていくの

と、「候ふ」のない自問自答の独語の間に事が運ぶのと、同じ事を述べても文章の光彩の異る点があるのは、実におもしろい。

次に、空を飛ぶ懐紙の変じた白鷺、それを追う下人たちと、場面が一転し、その鳥の落ちた古家に踏み込んで、「踏み入りて捜し拾ふのところ、僧一人あり。」となる。紙の鳥を拾おうと捜していると、ひとりの坊主めがみつかる。『宇治』の文章の「下部を走らするに、六条坊門万里小路辺に、古《ふり》たる家の諸折戸《もろおり》の中へおち入《いり》にけり。すなはち、家主、老法師にてありける、からめ取《とり》て参りたり。」という気まじめさは、鳥を「捜し拾ふのところ、僧一人あり。」と大事のところでとぼけた文章と味が大分異つて来る。そつけない叙述の変体漢文の方が、ていねいに書き込まれた『宇治』の文章より、あるところでは光つて来る。それはなぜか。どうも、ことは、そのまた向こうにある説話の形象性にかかわつているのではないか、とわたしはうすうす感じとつているのだが、それを突きとめ、その念の入つた話のでき方を、プロセスを追つて説明してみようなどという勇気は、目下持ち合わせていない。

説話の技術（三）

（古事談鑑賞　七）

発想の質

〔本文〕　相撲節以後、二条師之許に、伊遠、相二具伊成ヲ一て参たりければ、前に召て酒など勧之間、弘光と云相撲、又出来たりければ、同召加て酒のませて物語之間、弘光、頗酒気入て、多言に成て、申云、「近代之相撲者、勢などだに大に成候ぬれば、無二左右一最手にもなり、脇にも立候也。昔は勝にもせよ負もせよ、取昇進してこそ至候へ。」と云々。爰、伊遠云、「是は伊成が事を申也。今度脇に立候にたり。但、きと試候へかし。」と云々。干レ時、弘光、左手を指出て手乞けるを、伊成は掻合て畏て居たりけるを、父伊遠、「只被レ試候へかし。」と度々いひければ、弘光が左手を伊成以二右手指を一ましと取たりけるを、引抜むとしけれど、得不リレ抜ければ、戯にしなすに、以二右手一腰刀のつかにかけて抜むとする躰にしける時、伊遠、「さて放て候へ。」と云ければ、放畢。

其時、弘光云、「箇様手合はさのみ候ぞ。不レ依二此事一候也。一差仕て見候はん。」とて、起走て、隠所へ寄て、肩脱て括上て、袖引ちがへて、庭に出て、ひらひらとねりて、「是へ下候へく。」と云けるを、伊成は父に目をかけて居たりけるを、伊遠、「かくほど申候ば、早罷下て、一差仕候へ。」といはれて、伊成も隠にて腰からみて、寄合て、弘光が手を取て、前へ荒く引たりければ、うつぶしに臥てけり。弘光、起あかりて、「是謬也。今一度可レ仕。」と云けるを、伊成、猶伺二父の気色一、いともすゝまざりけるを、只責寄て、「試候へ。」と申ければ、進寄、取㆓弘光之手ヲ㆒、後ざまへあらくつきたりけるに、のけざまに顚倒して、頭をつよく打てけり。

起上て、烏帽子の抜たりけるを取て、推入て、師前に膝をつきて、ほろ〳〵と落涙して、「君の見参は今日許に候。」と云て退出して、やがて出家してけり。法皇、聞㆓召此事㆒、「最手・脇などに昇進しぬれば、我等だにも輙ク不㆑決㆓勝負ヲ㆒事也。況私勝負之条、奇恠之事なり。」とて、長実暫被㆑止㆓出仕ヲ㆒云々。

父、伊成を試ばやと思て、或時、於㆓塗籠中ニ㆒取合けり。板敷乃鳴音おびたゞしくて、雷の落やうに顚音しけれど、勝負は敢テ人不㆑知云々。（第六、底本架蔵三冊本）

〔訓読〕　相撲《すまひ》の節以後、二条の師《そち》のもとに、伊遠《これとを》、伊成《しげ》を相具して参りたりければ、前に召して酒など勧むるのあひだ、弘光と云ふ相撲、又出で来たりければ、同じく召し加へて物語るのあひだ、弘光、すこぶる酒気入りて、多言になりて、申して云はく、「近代の相撲は、勢《せい》などだに大きになり候ぬれば、左右《さう》なく最手《ほて》にもなり、脇にも立ち候ふなり。昔は勝ちにもせよ負けもせよ、取り昇進してこそ至り候へ。」とうんぬん。ここに、伊遠の云はく、「これは伊成が事を申すなり。今度《このたび》脇に立ち候ひにたり。ただし、きと試み候へかし。」とうんぬん。時に、弘光、左手をさし出して手乞ひけるを、伊成は搔き合はせて畏《かしこま》りて居たりけるを、父伊遠、「只試みられ候へかし。」と度々いひければ、弘光が左手を伊成右手の指をもちてましと取りたりけるを、引き抜かむとしけれど、え抜かざりければ、戯《たはぶ》れにしなすに、右手をもちて腰刀のつかにかけて抜かむとする躰《てい》にしける時、伊遠、「さて放ちて候へ。」と云ひければ、放ちをはんぬ。

その時、弘光の云はく、「かやうの手合はせはさのみ候ふぞ。この事に依らず候ふなり。ひと差し仕《つかうまつ》りて見候はん。」とて、起ち走りて、隠れ所へ寄りて、肩脱ぎて括《くく》り上げて、袖引ちがへて、庭に出て、ひらひらと練りて、「これへ下《お》り候へ、下り候へ。」と云ひけるを、伊成は父に目をかけて居たりけるを、伊遠に、「かくほど申し候へば、早く罷り下りて、ひと差し仕り候へ。」といはれて、伊成も隠れにて腰がらみて、寄り合ひて、弘光が手を取りて、前へ荒く引きたりければ、うつぶしに臥してけり。弘光、起きあがりて、「これは謬《あやまち》なり。今一度《ひとたび》仕るべし。」と云ひけるを、伊成、なお父の気色《けしき》を伺ひて、いともすすまざりけるを、只責め寄りて、「試み候へ。」と申しければ、進み寄り、弘光の手を取り、後ざまへあらくつきたりけるに、のけざまに顚倒して、頭《かしら》をつよく打ちてけり。

起き上りて、烏帽子の抜けたりけるを取りて、推し入れて、師の前に膝をつきて、ほろほろと落涙して、「君の見参は今日ばかりに候ふ。」と云ひて退出して、やがて出家してけり。法皇、この事を聞こし召して、「最手・脇などに昇進しぬれば、我等だにもたやすく勝負を決せざる事なり。いはんや私に勝負の条、奇恠の事なり。」とて、長実、暫らく出仕を止《とど》めらる、とうんぬん。

父、伊成を試みばやと思ひて、ある時、塗籠《ぬりごめ》の中に於いて取り合ひけり。板敷の鳴る音おびただしくて、雷《いかづち》の落つるやうに顚《まろ》ぶ音しけれど、勝負は敢へて人知らず、とうんぬん。

〔考〕 **○相撲節** 七月もしくは八月に行なわれる。この頃は、『江家次第』が「相撲召合 七月 大月廿八九日 小月廿七八日」(巻第八、「故実叢書」本。)と言つているあたりが標準だつたらしいが、日取りはいろいろと動いている。この話が、いつたい、いつの年の相撲の節の後のことらしいかは、後述のように推測していきたい。**○二条帥** 藤原の顕季の長男、長実(一〇七五―一一三三)、権の中納言にまでなつたが、彼が大宰の権の帥になつたのは、一一三三年(長承二)の正月、その年八月十九日に死んでいる。(『公卿補任』に拠る。ただし、『中右記』長承二年八月十九日条には、「二ヶ度大弐・帥に任ず。」とあるが、これは、大弐を勤め、後年権の帥にもなつたの意で、帥を二度やつた、ということではない。)ところが、白河法皇がこの日のことを聞きつけて咎めた、とあるからには、白河法皇の在世中、一一二九年(大治四)以前のこととすべきで、この「二条帥」は後年の呼び方であろう。**○伊遠** 『古今著聞集』巻十、相撲強力に、同じ話が見える。それには、「鳥羽院御代」の事件とし、「小熊権守伊遠ときこゆる相撲」と言う。同書の同じ巻に、「尾張国の住人おごまの権守、わかゝりける時京に宮仕して侍けるが、ある時かの主人行幸供奉のため内裏へまいりける供に侍けり。」(「国史大系」本)という話があり、馬に蹴られて、蹴つた馬の脚が損じて、蹴られた彼の腰はびくともしなかつた、とある。太田亮氏の『姓氏家系大辞典』は、この両者を同一人とし、美濃の国葉栗郡小熊邑の出身で、この地は以前尾張に属し、小熊は小胡麻(『平家物語』巻第二、「西光被レ斬」)であつた、と見ている。ところで、説話集を離れて、この相撲人の実在の姿を探つてみると、『古事談』『古今著聞集』に伊遠・伊成と記す父子は、どうも豊原の惟遠・是成のことらしい。藤原の師時の『長秋記』によると、一一一一年(天永二)八月の相撲の節に右の脇から最手に昇進した豊原惟遠と、その年はじめて白丁の相撲に取り立てられた(相撲人には、取手・白丁の二つの階級がある)人物の、惟遠の男豊原是成が、それであろう。同記の同年八月七日・十二日・十三日・十八日等の条に、そのことが詳しく見え、二十一日の相撲の召し合わせの日には、「十四番、左、中臣の貞季、字長沢、右、豊原の是成、惟遠長国の男、定季障《さはり》を申し入れ了んぬ。」などと見える。初出場の是成が勝つたのである。しかも、「長国の男」は「尾張の国の男《をのこ》」の略符号らしく、八番の右の相撲県の直末の場合にもそう記してある。太田亮氏が『平家物語』の尾張の国の「小胡麻の郡司惟末」と同一氏族と見たのは当つているが、氏を小熊と見るは誤りで、小熊は苗字、氏は豊原とすべきであろう。氏の辞典の豊原氏条には、三河などに同氏のあることに触れているが、尾張に豊原があることは挙げてない。ところで、『古事談』の話は、一一一一年の是成の白丁として出場以後、一一二九年の白河法皇の死以前、ということになるが、是成が年功を積まないで脇に昇進したのだとすれば、なるべくその上限に近い頃とみるべきだろう。**○物語之間** なにくれとない閑談をものがたりと言う。**○勢** 勢力。**○無二左右一** わけもなく。**○最手** 相撲の取手の左右の最上位。ホテと読む。いまの横綱。脇は次位。いまの大関。**○勝にもせよ** 諸本「に」なし。おそらくは衍字。**○但、きと** しかしまあ、ちよつと。**○手乞けるを** 『古事記』の国譲りの段に、大国主の神の子建御《たけみ》名《な》方《かた》の神が、高天《たかま》が原からの使者建御雷《たけみかずち》の神と手を握り合つて力競べをする話が見える。古くからの力競べの方法なのであろう。しかし、この場合、弘光は左手を出している。後で、右手で腰刀を抜こうとした、とあるから右利きとすると、利き腕でない方を出して、相手の利き腕で握られたことになる。驕慢油断を表現するものなのだろうか。**○掻合て** 両袖を掻き合わせて。**○ましと** 「ミシト」系と「マシト」系の本文があるが、「ミ」と「マ」の単純誤写であろう。「みしと」は、しつかりとの意。**○戯にしなすに** さも冗談事のように見せかけるが、「伊成は手をゆるめようともしないので」という叙述の省略がある。**○さて** それで。**○箇様手合はさのみ候ぞ** このような勝負はそれだけのことでありますよ。(なにも本格的な勝負ということにはなりません。）**〇不レ依二此事一候也**　真の力の優劣は、この事では決定しないのでありまする。**〇一差**　相撲の一番（一回）を言う。**〇隠所**　物陰。**〇肩脱て括上て**　肩脱ぎになつて、袴のくくりをあげて。くくりとは、袴のすそ口に通してあるくくりひもの部分。日ごろは紐をゆるめて広くしてあるが、必要な時は、袴を引き上げ、すねを出して、すそ口を締める。**〇ひらひらとねりて**　練るとは、形式ばつた大げさな動作で歩行すること。ここでは、四股を踏みでもしたのだろうか。**〇目をかけて居たりけるを**　見守つて坐つていたところが。**〇腰からみて**　この「腰からむ」という語の意味は、多くの場合誤解されて来ているので、少し詳細に考えてみたい。この語は、たとえば、『大鏡』道隆伝に、藤原の伊周と同道長の賭けごと好きの叙述に、「この御ばくやうは、うちたゝせ給ぬれば、ふたところながらはだかにこしからませ給て、よなか・あかつきまであそばす。」（「日本古典文学大系」本）というふうに用いられている。この個所のこの語に対して、『大鏡』の最近の善注と目されている岡一男氏の「日本古典文学大系」の注は、「裸になつて、大あぐらをかかれて。」であり、松村博司氏の「日本古典全書」の注は、「腰にだけ着物をからませ」である。これは、以前の橘純一氏の「裸になつて大あぐらをお組みになつて、（コ、通常、腰ニ物ヲ掩ヒカラム意ニ解スレド心ユカズ。「手がらみ」ナドイフ語ヨリ思ヒツキ、カク解シオキタリ。猶可考。）」（『大鏡通釈』）という説、佐藤球氏の「裸体になりて、腰の辺のみ、何か物もてからみて」（『大鏡詳解』）から一歩も前進していないことになる。橘・岡氏の系列の解釈のしかたでは、『古事談』のこの個所などは、どうにもならない。それでは、佐藤・松村氏の系列の解釈はどうか。これは、裸体で腰部になにか着物を巻きつけておけば、「腰からむ」ということになつてしまう。ところが、「腰からむ」というのは、そうではなくて、肌脱ぎになつて、下に垂らした上着の両袖を腰に巻きつけておくことであつて、それ以外ではない。『今昔物語集』巻二十八の第四語、

「尾張守ノ□ノ五節所ノ語《ものがたり》」の中には、「殿上人・蔵人ノ有ル限リ、皆編《カタヌギ》テ欄《ナホシノウヘ》表ノ衣《コロモ》ヲ、皆署《コシ》カラミテ、」（「日本古典文学大系」本）とあり、なにを腰にからむのかが明瞭である。ついでに言うと、『源平盛衰記』巻三に、「廿二日の朝、六波羅の門の前にをかしき事を造物にして置けり。土器に蔓菜を高杯にもりて、折敷にすゑ、五尺計なる法師の、脛高にかゝげたるが、左右の肩を脱ぎて、きる物を腰に巻集め、箸を取つて、にたる蕪の汁を差貫きて、かはらけの汁をにらまへて立ちたるを造りて置けり。上下万人之を見れども、何心と云ふ事を知らず。小松殿へ人参つて、かゝる癖物こそ候と申しければ、あゝ心憂き事也、はや京中の咲はれ草に成りて、作られけりくく、其造物こそ、むし物にあひて腰がらみと云ふ事よ、……とぞ口惜しく仰せられける。」（「殿下事に会ふ事」、「国文叢書」本）と見える。松殿関白基房を平家の驕慢な公達《きんだち》が路上で辱めたことを諷刺したのである。これによつても、「腰からみ」の場景がはつきりと浮かび上ろう。『盛衰記』は、巻四「白山神輿登山の事」、巻十八「文覚高雄勧進」にも、同じ「蒸物に会ひて腰からみ」という諺が出て来る。『盛衰記』の作者の好きな諺らしいが、取るに足りないものに対して、仰々しく立ち向かうことを笑う意味らしい。昔の「国文叢書」の注などは、「腑甲斐なきことを罵りたる意也。」とか「蒸物は当字にて和名抄に藻の和名ムシモノとあれば、藻に腰纏はれて自由のきかぬやうに、事に合ひて腐甲斐なき殿といへるか。」とかいう、見当違いの解を付しているのだが、近年『盛衰記』の新しい注釈書が出ていないので、今日どう読み解かれているかは、よくわからない。この諺、直接には、蒸し物料理に大げさに腰がらみの姿で立ち向かう情なさを言つているのである。**〇のけざまに**　あおのけざまに。**〇長実**　諸本すべて「長実卿」。**〇塗籠**　厚い塗り壁で取り巻いた部屋。納戸《なんど》や寝室に用いた。

念を入れて作つた話とは、どういうものだろうか。話に念を入れるにしても、いろいろな入れ方があるように思う。いつたい、説話集の中で、いちばん空想性ないし荒唐無稽性が濃いのが道術・幻術譚で、いちばん写実性の強いのが武士合戦譚である。空《くう》を飛ぶ話と地《じ》を這う話とでも言えばよいのか。この両極では、話の作られ方、それが磨かれて行く行き方が、どうも違つているようだ。前回の安倍の晴明が紙の白鷺を飛ばした話などは、たしかに一種の念を入れて育て、念を入れて磨いた道術・幻術譚であるが、話を育てて作り上げるのが集団の世界であるため、その集団の持つ傾向性が、同じ道術・幻術の話をも、また違つたものに分化させているように思える。たとえば、以前に、わたしが『説話文学と絵巻』の冒頭でその説話的性格を問題にしたことのある、『今昔物語集』の巻第二十の第十話、逸物を他人の体から消え失せさせてしまう術を知つている、信濃の国の老郡司の話などと比べてみると、晴明の紙の白鷺の話の作られ方は、大きな違いがある。あの「陽成院《ノ》御代、滝口金《こがねノ》使《ニ》行《キタル》語」は、遠い外《げ》国の話で、話全体の運びも、部分部分の形象・表現も空想性に満ち満ちている。大切な逸物がまさに用を果たすべき一瞬、姿を消す——その時の男の羞恥、時を経て湧いて来る、自分もその術を手に入れたいという気持、空想性に満ちながら、話は、人間の本性《しよう》に迫るものになつている。それに対して、晴明の白鷺の話は、話のできごとの設定の仕方、その運び方、すべて写実的で、最後の懐紙をひねつて宙に放つ場面までは、話が地を這つて進む。事は御堂関白道長の運命に一髪触発的にかかわりながら、人間存在全体にはかかわらない。要するに故事譚、貴族社会のみうち話である。貴族社会の内と外の閾《しきい》が、話のしくみ、話の性格にある作用を及ぼす力を持つてもいる。そして、それらに対して、武士合戦譚が空想性を持たないのは、それが、貴族社会から、閾の外の武士世界を望見して発想されていないからであろう。武士の世界の中に、かれらの実際生活上欠くべからざる実用的伝承を育てる必要があつて、そこで合戦譚が構成され、磨き上げられた。説話における空想性と写実性は、素材の性格によるばかりではなく、そういう発想の地点、発想の姿勢とかかわつている。しかも、注目すべきことは、そういう発想の質の違いが、結果的に話を非常に違つた色彩のものにしているのに、話を受容するに際しては、こんどは一向に、空想的なものと写実的なものを区別しないのである。伝承にあたつて、空想性と写実性とを背馳対立する要素として受け取らない。空想性と写実性が地つづきである——それが、古代から中世へかけての説話の世界の特色らしい。

相撲譚は、いままで述べてきた空想性に富んだ道術・幻術譚と写実性の強い武士合戦譚の中間域にある。中間域のどのあたりに座標点を占めるべきものか、まだ明確に言いきる自信はないが、『今昔物語集』巻第二十三に屯《たむろ》している相撲譚などは、空想性の濃いものである。それらは、正確には、相撲譚というよりも相撲人譚と呼ぶべきもので、都の相撲の節でどんなに強かつたかの話ではない。相撲人たちが故郷でどんなに大力《だいじから》の持ち主であり、それをどんなに発揮していたものか、また、どんなにかれら以外にもつと隠れた恐るべき力持ちが潜んでいる可能性があることとか、それらの話は語るのである。わたしは、以前に、「京の七月」（『日本古典文学大系月報56』）という小文で、古代の京に、来る年ごとの相撲の節の前後に、相撲人の遠い外国での大力の話が蘇つて来る〈相撲話の季節〉の到来を幻想してみたことがある。それがあたつているかあたつていないか、今のわたしにはまだわからないが、現実の相撲人には年のいつた男や弱そうな男が少くなかつた記録が残つているだけに、眼の前の相撲よりも、強い相撲人の話を夢みて、節会の頃の雰囲気にひたりきつていた貴族たちの暮らしぶりを、想像してみずにはおれなかつたのだつた。民衆の世界で昔話がもの日に語られるように、古代の貴族社会にも、折り目折り目の日に戻つて来る世間話群があつたのではなかろうか。

今回採り上げた第六の相撲人伊遠・伊成父子の話も、『今昔』の話の群れに比べると、年代も下り、相撲の節の盛大さもやや衰えはじめた時代のものであるが、やはり、〈相撲話の季節〉になると、人の口の端《は》に上つたものではなかろうか。この話は、しかし、『今昔』の話の多くの持つ、途方もない大力の話の夢みるような話しぶりと違い、終始写実的に語られているように見受けられる。しまいには、二条の権帥長実が法皇の懲罰を蒙るということになり、たいへん故実くさくもなる。相撲が朝廷の催しであり、相撲の使を諸国に派して、相撲人を貢上させた古代の相撲の性格からすれば、私に相撲を催したかどで咎められるのも、一応は余儀ないことかもしれない。ところで、この話と同じ話が、『古事談』より後の二つの説話集に見える。ひとつは、『十訓抄』上の第三の「不ルノレ侮ラ二人倫ヲ一事」に、もうひとつは、『古今著聞集』巻十の「相撲強力」に見える。それを比べてみると、どういうことになるか、次には、それを考えてみよう。

説話の技術（四）

（古事談鑑賞　八）

文字に写す者の与り知りえなかつたもの

『十訓抄』が編まれたのが一二五二年（建長四）の十月の頃で、『古今著聞集』の方は、一二五四年（建長六）のやはり十月の頃らしい。（その後、手を加えられた点があるが。）両書の伊遠・伊成の話は全面的に符合し、『著聞集』は『十訓抄』のこの話をほとんどそのまま踏襲した、と見てよい。ところで、このふたつの説話集の話と『古事談』の話を比べてみると、このふたつの説話集には、『古事談』のように伊遠・伊成父子が塗籠《ぬりごめ》の中で相撲を取つたという話が添つていない。これは、単に、両書は一話を選び、『古事談』が二話を採つた、という違いではないのだが、おそらく、『十訓抄』の編者は、それに気づいていなかつただろう。『古事談』のこの話と『十訓抄』の同じ話とは、まだにわかに出典関係を認定しにくい事情があるが、『古事談』全体と『十訓抄』全体の関係からいうと、『十訓抄』は明らかに『古事談』に拠つた点を持つている。『十訓抄』の編者は、『古事談』のこの話を読みながら、『古事談』に生き残つた口承説話の手法に心をとめなかつたようである。

『古事談』のこのふたつの話は、「父、伊成を試みばやと思ひて、……」という形でつづいており、「また、父伊成を試みばやと思ひて、……」というふうにはなつていない。はつきりした別話ではないのである。付属の後日譚というべきものだろう。最手《ほて》の父が、若い息子と塗籠の中で技倆比べをした、「板敷の鳴る音おびただしくて、雷《いかづち》の落つるやうに顛《まろ》ぶ音」がしたが、勝敗は他人にわからなんだ、という話は、それだけ分離しては、説明不足で独行しえないが、前の藤原の長実邸での弘光との力比べの話に添うと、聞き手は、若い伊成の底知れない強さに対する想像を煽られずにはいられない。当代最強最高の取り手である父の伊遠が、四つに組んで大激闘の末、ズッデンドウと投げ転がされていたらしい、と思わせるような語り口は、実は語り手が、この若い相撲の彗星的出現に対する憬れの心をむき出しにしている、ともいえるのであり、その浪漫性に貫かれた語り方と真反対に、一部始終をこまごま語るのが、前の方の話である。

今日、史料によって推察されるところでは、弘光という相撲は、別に強くてたまらぬ男であったとは見えない。少なくとも、父の豊原の惟遠のように最手《ほて》ではなかったし、脇まで昇進したかどうかもわからない。——現代でいえば、大鵬の息子がまた大相撲に出てきた、あれよ、あれよ、というまに十両から幕内に入り、小結までのし上った、まだしこ名もつけず、本名のまま長谷川という奴だが、強いわ強いわ、というような話なのだが、その若い長谷川が老巧をもって鳴った鶴ケ嶺と組んで、鶴ケ嶺を幼児扱いをして寄せつけなんだ。まあ、そういうくらいの話で、ほんとうは、もう最盛期を過ぎた鶴ケ嶺では、どうもそれだけでおもしろくはない。(しかし、筆者は鶴ヶ嶺ファンのひとりである。)おやじの大鵬が、餓鬼奴《め》、強いには強いが、どれくらいか、と好奇心・対抗心を燃やして、ある日、暗室の中で三番挑んでみたら、……というのでなくては、話に盛り上りがない。弘光のことは、藤原の宗忠の『中右記』天永二年八月二十日条に見える。

この日は相撲の召合《めしあわせ》で、十七番の相撲があった。その七番目が、

左越－智弘光申《シテ》レ障《ヲ》免《レ》了《ンヌ》
右綾－貞久（讃岐）　（『史料大成』本）

となっている。越智姓であるからには、弘光は伊予の国出身だろうが、「障《さはり》を申して免れをはんぬ。」すなわち、休場を申請して、黒星を貫ったのである。この日、初出場の豊原の是成は十四番の右で、不戦勝。父の豊原の惟遠は、最後の十七番の最手同士の取り組みに、右の最手として出場している。この年は、七月に行われるべき相撲の召合が相撲御覧の前日にまでのびのびになっていたのだ。翌八月二十一日の御覧の日のことは、『中右記』には、儀式の次第と最後の相撲の抜出《ぬきだし》(選抜戦)の成績だけが記録されていて、いま欲しい当日十七番の試合成績がない。源の師時の『長秋記』の方は、それを書いているが、実にあいにくと、六番の取り組みだけ抜けている。越智の弘光は、出たのなら、この左の取り手であろう。是成は、同じ十四番目の取り組みで、前日同様、中臣の貞季とあわせられ、貞季が障《さわ》りを申し入れて、不戦勝。最後の十七番目は、父

の惟遠と県《あがた》の直、これは立ちはしたが、「左右相合はず退き入りをはんぬ。」と、最手同士ゆえ、戦わなかつた。この年以後の試合記録が見つからないから、簡単にはいえないが、弘光はもとより惟遠級の相撲人ではない。新鋭是成に追い越されてねたみ、酒の力を借りて、是成が脇になつたことをこきおろしたものの、実際の実力からいつても、是成の方が上位者としての力を保持していたであろう。だから、両者戦つて、是成が勝つのはあたりまえきわまる話、といえよう。その点、説話集が伝える弘光と伊成の力比べは、伊成が強くても別にどうということはない。ただ、その勝ち方、力の開きが途方もなくありすぎる、というふうに語られるので、伊成はいつたいどれくらい強いのだろう、という気にならずにはおれないのである。必然、当代最高位の父伊遠との手合わせによつて、その強さが確められる話が要求される。だから、ふたつの話は、別別のようで実は相補い合つていて、前の長実邸での相撲の写実的描写と後の後日譚としての塗籠の中での父子の勝負の浪漫的描写とが、地つづきの形で、測りしれない力の強さへの憧れの心を盛り上げている。そういう力の強さへの憧れに奉仕している話全体の性格は、最後の後日譚でむきだしになるが、前半ではまだ事件の具体的細部叙述に抑制されて、表面化していない。

説話に対する文飾の無効性

『十訓抄』の編者が、『古事談』を読みながら、気づかなかつたものは、こういう微妙な点であるが、彼はさりとて説話そのものの話の運び方に無関心だつたのではない。無関心どころか、むしろ気を遣いすぎてさえいる。

鳥羽院御時相撲節の後、帥中納言長実卿のもとへ、熊野（ママ）権守伊遠といふ相撲息男伊成を具して参りたり。さるべき方へめし入て酒などすゝめらるゝに、弘光といふ相撲又来、同めしくはへ盃酌たびぐ〵に及間、弘光酒狂の詞を出すあまりに、亭主の卿に向て申、近代の相撲は勢だに大に成ぬれば、左右なく本手《ほて》をも給はり、そのわきにもまかりたつめり、むかしは雌雄を決して芸能あらはるゝにつゐて、昇進をもつかうまつりしかばこそ、傍輩口をふさぎ世の人これをゆるしき、近代はいさみなき世にも侍るかなと申。（「国史大系」本）

これは、『十訓抄』も流布の十巻本系の本文であるが、三巻本系の本文も、「小熊権介惟遠と聞ゆるすまひ、息男惟成を相具して参じたり。」（「岩波文庫」本、底本東大国文研究室本。）というような注目すべき点をはらみつつ、ほぼ同様である。『古事談』の「昔は勝ち（に）もせよ負けもせよ、取り昇進してこそ至り候へ。」と傍線の個所を比べると、『十訓抄』で、弘光その人はまた輪をかけて雄弁になつていることがわかる。しかも、その雄弁さは、文字の修辞的な面でのそれで、この作品の弘光は、「芸能あらはるゝにつゐて、……」などと能弁を発揮しつつ、『古事談』の「取り昇進してこそ至り候へ。」というような貴人の前での話しぶりを喪つている。その意味で、文章そのものが酩酊しすぎている、ともいえる。

『十訓抄』

伊遠少し居なをりて、是はひとへに伊成が事を申候也、不肖の身今度すでに本手の脇をゆるされぬ、まことに申さるゝところのがれがたし、但きと心見たまへかしと申に、弘光ほゝゑみて、たゞ道理のをす所を申ばかり也、試みられんはさいはいなりとて、左の手を出して手を乞けるを、（「国史大系」本）

『古事談』

ここに、伊遠の云はく、「これは伊成が事を申すなり。今度脇に立ち候ひにたり。ただし、きと試み候へかし。」とうんぬん。時に、弘光、左手をさし出して手乞ひけるを、

この『十訓抄』の傾向が絶頂に達した箇所を探してみると、

弘光申、かやうの手合はさのみこそ侍れ、勝負はこれによるべからず、一さし二さしつかうまつるべしといひて、かくれの方へ走よりて、二の袖を引ちがへ、袴のすそを高くからみあげて、庭へあゆみ出て、是へおり候へ〳〵と申す。伊成は目かけながら畏てゐたるを、伊遠いかにかくほど申うへは、早まかりおりて一さし仕るべしと申に、伊成もかくれの方にてこしからみて、庭へおり立むかひにけり。形躰抜群、勇力軼レ人、鬼王の形あらはれ、力士のたちまちに来とおぼゆ。弘光敵たいするにははぢずぞ見えける。（「国史大系」本）

というふうである。いま傍点を打ったところだけを採り上げると、三巻本は、

形姿ぐんにぬけて容力人に過たり。鬼王の形をあらはし、力士の跋扈せるがごとし。弘光又わきにたいするにははぢずぞ見えけるをこそ、……（「岩波文庫」本）

であり、『古今著聞集』は、

形体抜群勇力軼レ人、鬼王のかたちをあらはして、力士の忽に来るかと覚えたり。弘光又敵対はぢずとみえける。（「国史大系」本）

となつている。『古事談』では、

伊遠に、「かくほど申し候へば、ひと差し仕り候へ。」といはれて、Ⓐ伊成も隠れにて腰がらみて、Ⓑ寄り合ひて、弘光が手を取りて、前へ荒く引きたりければ、うつぶしに臥してけり。

とある、ⒶとⒷの間に、これだけの文飾が挟まれているのである。

『十訓抄』の編者は、説話に対して文字の文学の姿勢で立ち向かう。彼が文字による粉飾をこらすにもかかわらず、伊成

の強さも弘光の強さも、さほど浮かび上つてこないのである。

反覆の技法

文字による粉飾で伊成の強さを強調しようとした『十訓抄』の編者は、いわば、〈説話の文章法〉に明るくなかつたために、文字の修辞法によりかかろうとした。それに比べると、『古事談』の源顕兼はずつと柔軟で、口承文芸の理法に身をゆだねて、我を立てようとしていないように見受けられる。

この弘光との力比べの話は、実は三回反覆による強調の技法で語られている。最初は邸内での〈手乞い〉、次は庭上での二回の〈すまい〉――しかし、そのたびに伊成は弘光を問題にしない底知れずの強さを発揮する。話はそういうふうに仕組まれている。ところが、『十訓抄』の編者は、実際にかれらが三回勝負したのだから、そう語られている、と思い込んでいる。いわば、お人よしということだろう。お人よしだが、そのことによつて、話のおもしろさに不感症になるとすれば、これはこわい。極端な言い方で説明すれば、たとえ、かれらが三回も力を比べ、それでも懲りない弘光が、「今一度仕るべし。」と叫んだとしても、それ以上に伊成の強さを表現するよい方法があれば、語り手は、ただある一回の力闘の描写に力を籠め、それで作者として勝負することができただろう。事実と語られる事実との間には、大きなへだたりがあるのだ。弘光と伊成は何回力比べをしたか、それはわからない。それを再構成していく語り手が、力比べの回数を決するのだ、ということが大切な点である。

同じ口承説話でも、昔話の反覆は単純反覆法である。「猿聟」ならば、畑の草を取つてもらつて、猿に娘を嫁にやることを承諾してきた爺さまが困りきつて終夜案じて、朝になつても寝間から抜け出てこないでいると、姉娘が、

爺様な爺様な
何して起きて
御飯《おまま》をあがらねます、
アンバイでも悪《わり》ますか……

と心配してき、猿の嫁になつてくれるかと頼まれると、

どこの世界に

そんなことアあんもんでゲ
誰ア山猿のオカタ（妻）なんかに
行くもんでゲ

と怒つて帰り、次に中の娘が、「爺様な爺様な」と同じことをくりかえし、最後に末娘も、「爺様な爺様な」ときて、「爺様な爺様な　俺ア猿のところさ　嫁子に行くから、何も心配をしねアで　はやく起きて　御飯をあがつてがんせ」と承諾する、というふうに話を盛り上げるのである。（佐々木喜善『聴耳草紙』「猿の聟」）世間話系での強調法は、そういう単純反覆法をとらない。

(1) 弘光が左手を伊成右手の指をもちてま（み）しと取りたりけるを、引き抜かむとしけれど、え抜かざりければ、戯れにしなすに、右手をもちて腰刀のつかにかけて抜かむとする躰にしける時、伊遠、「さて放ちて候へ。」と云ひければ、放ちをはんぬ。
(2) 寄り合ひて、弘光が手を取りて、前へ荒く引きたりければ、うつぶして臥してけり。
(3) 進み寄り、弘光の手を取り、後ざまへあらくつきたりけるに、のけざまに顚倒して、頭をつよく打ちてけり。

というように変化があり、前へ引き倒し、後に突き倒し、翻弄されきるのである。

反覆による強調という方法と、後日譚による話の深め方に気づかない場合、同じように説話に関心を持ちながら、『古事談』の編者とは異る道を進んでしまう。源の顕兼は、その点、どうして原典のそういう説話性に忠実でありえたのか。それは、一種の不思議でさえある。単に無作為の勝利、なげやりの功名とは思えない。この話の場合にこうであるだけではないからである。彼は、よし無意識、無自覚にしても、説話の技術を感じ取り、説話の方法に身をゆだねることを知つていた数少い説話の庇護者である、といえる。説話集の編者たちがみなそうでないだけに、彼の存在は価値があるのでもある。

抄録の文芸（一）

（古事談鑑賞　九）

近代のわたしたちが忘れ去ろうとしているのは、〈書写〉という読書の形態である。本の書写は、読書という受け身の行為でありつつ、複製という積極的行為であった。〈抄出〉は、その書写の略式である。しかし、簡略化にとどまらず、読みつつ新しい精粋を選び出すこと、琢磨を試みることでもありえた。

印刷術以前の読書は、そのような積極的側面を持っていたから、読み手が、読み集める＝書き集める立場に立つことも、さほどむつかしくはなかった。多くの書物から抄出集録することである。古代・中世の貴族たちは、家記の部類の仕事などに馴れたものも多かったから、抄録を適切に部類・配列しながら一本に仕立てていくことも少くなかった。

〈抄録〉の行為は、模倣でありつつ、いたるところに創造の契機をはらんでおり、その抄録の意図が、抄出される書物のそれぞれに内蔵する著作目的から独立したものである時、それはまぎれもなく創作であった。説話集には、そういう抄録的創作の段階から、純創作の段階におよぶものまで、多様なタイプがある。『古事談』は、一応、抄録的創作の段階に属する説話集で、源の顕兼は、自己の文体を用いて主張するなにものも示していない。かれはなにもなさなかったのだろうか。顕兼の抄録という行為の内実を探ってみよう。

記録の抄出

〔本文〕 **儀同三司配流者、長徳二年四月廿四日事也。宣命趣、罪科三箇条。**奉レ射二法皇一。奉レ呪二咀女院一。秘行二大元法一等**科云々。左衛門権佐元克・府生茜忠宗等、為二追下一向二其所一。**中宮御在所、所レ謂二条北宮 入レ自二東門一、経二寝殿ノ北一ヲ、就二西ノ対一ニ、帥住所也。仰三含勅詔一。而申下依二重病一忽難レ赴二配所一之由上ヲ。差二忠宗一令レ申二其旨一、無二許容一、載テレ車可二追下一之由、重テ有二勅命一云々。固関等事、右大将行レ之。此間仰二左右馬寮一、令レ引二御馬一、堪二武芸一之五位、依二宣旨一令レ候二鳥曹司一云々。

配流

太宰権帥正三位藤原伊周 元内大臣
出雲権守従三位同 隆家 元中納言
伊豆権守 高階信順 元右少弁
淡路権守 同 道順 元右兵衛佐 木工権頭

被レ削二殿上ノ簡ヲ一人々

左近少将 源 明 藤原頼親**帥舎弟**
右近少将藤原周頼**帥弟**源 方理

勘事

左馬頭 藤原相尹 弾正大弼源頼定**為平親王之男**

権帥候二中宮ニ一之間、不レ従二使ノ催ニ一之由、**元克雖二再三奏聞一、被レ仰下猶慥二可二追下一之由ヲ上。二条大路見物ノ車如レ堵。**中宮ト与レ帥相双テ不二離給一。仍不レ能二追下一由奏レ之。京中上下、挙レ首乱ヨ入后宮ノ中一見物。濫吹殊甚。宮中之人々悲泣連レ声、聞者無レ不レ拭レ涙。（第二。底本、架蔵三冊本）

※ゴチックは、抄出に際しての、源の顕兼の作文領域。〔典拠〕の項、参照。

〔訓読〕 儀同三司の配流《る》は、長徳二年四月廿四日の事なり。宣命の趣は、罪科三箇条、法皇を射奉る、女院を呪咀し奉る、秘かに大元の法を行ふなどの科《とが》、とうんぬん。と。左衛門の権の佐《すけ》元克《よし》（允亮の誤写。）・府生《しやう》茜《あかね》の忠宗等、追ひ下《くだ》さんがために、その所に向かふ。中宮の御在所は、いはゆる二条の北の宮なり。東《ひんがし》の門より入り、寝殿の北を経て、西の対《たい》に就《ゆ》き、帥《そち》の住所なり、勅語を仰せ含む。しかるに、重病によりて配所に赴きがたきのよしを申す。忠宗を差して、その旨を申さしむるに、許容なく、車に載せて追ひ下すべきのよし、重ねて勅命あり、とうんぬん。固関《こくゑん》等の事、右大将、これを行なふ。この間、左右の馬《め》寮に仰せ、御馬を引かしめ、武芸に堪ふるの五位は、宣旨により鳥の曹司に候せしむ、とうんぬん。

配流

太宰の権の帥《そち》正三位藤原の伊周　元の内大臣

出雲の権の守従三位同じき隆家　元の中納言

伊豆の権の守　高階の信順　元の右少弁

淡路の権の守　同じき道順　元の右兵衛の佐、木《も》工《く》の権の頭《かみ》

殿上の簡《ふだ》を削らるる人々

左近の少将　源の明　藤原の頼親帥の舎弟

右近の少将　藤原の周頼帥の弟　源の方理

勘事《こうじ》

左馬の頭　藤原の相尹　弾正の大弼　源の頼定為平親王の男

権の帥、中宮に候ふのあひだ、使の催しに従はざるのよし、元克（允亮）再三奏聞すといへども、なほたしかに追ひ下すべきのよしを仰せらる。二条の大路、見物の車、堵のごとし。中宮と帥と相ならびて離れ給はず。よりて追ひ下すことあたはざるのよし、これを奏す。京中の上下、首《かうべ》を挙げて后の宮の中に乱れ入りて、見物す。濫吹ことに甚し。宮の中の人々、悲泣声を連《つら》ね、聞く者涙を拭《ぬぐ》はざるはなし。

〔考〕 **〇儀同三司**　藤原の伊周。一〇〇五年（寛弘二）二月五日、太宰の権の帥から大臣の下、大納言の上に列する待遇を与えられ、一〇〇八年（寛弘五）正月十六日、大臣に准ずる待遇に復し、封戸《ふこ》を給うた。儀（礼遇）は三司（左・右・内大臣）に同じ、という意味で、儀同三司藤原の伊周と呼ぶことになつた。道長が甥の伊周にこういう復権の取りはからいをしてやらねば気がすまなかつたところに、この長徳二年の伊周追放事件の真相が投影している、とも見られよう。いずれにせよ、伊周の事件当時の呼び名ではない。**〇奉ㇾ射二法皇一**　故太政大臣藤原の為光の四の君に花山院が通いはじめたのを、かねて、姉三の君のもとへ通つていた藤原の伊周が誤解し、怨んだ。伊周の弟の隆家は、九九六年（長徳二）正月十六日、為光邸へ通つてきた花山院の乗車に矢を射かけさせ、法皇の供の童子二人を殺害して、首を持ち去つた。**〇奉ㇾ呪二咀女院一**　伊周らが東三条院詮子（道長の姉で、一条天皇の母。）をのろい殺そうとした、といわれる事件で、同年三月二十八日の『小右記』に、重態の女院の見舞に権の中納言藤原の実資が参上した時、右大臣道長がそれについて語つたことが、「ある人呪咀す、とうんぬん。人々、厭《えふ》物を寝殿の板敷の下より掘り出だす、とうんぬん。」と記録されており、やがて、その「ある人」が伊周ということになつたのだが、ほんとうに伊周の所為か、道長の陰謀かはわからない。**〇大元法**　大元帥の法ともいうが、その時も、「ダイゲン」と読み、「帥」の字音は発しない習慣がある。大日如来の命を受け、悪魔を撃ち、国家を守る、という大元帥明王を本尊として行なう修法。私人がこの法を行なうことは禁断であつた。**〇左衛門権元克**　諸本いずれも「元亮」、底本は、亮→克の誤写を犯している。しかも、それら『古事談』諸伝本も、允→元の誤写をすでに犯している。原典『小右記』によれ

ば、これは明法博士として著名な惟宗《これむね》の允亮《ただすけ》のことである。法皇・女院の生命、天皇の安泰をうかがう罪で追放するにあたつて、明法道の大家を派遣するあたり、藤原の道長の細心の配慮を見るべきであろうか。**〇府生茜忠宗**　左衛門の府生。茜忠宗は、秘閣本を底本とする「史料大成」の『小右記』は同文だが、伏見宮本を底本とする「大日本古記録」の『小右記』では、「西志宗」とある。伏見宮本は信憑すべき古写本だが、ここは誤写であろう。ただし、茜という氏の名は珍しい。太田亮著『姓氏家系大辞典』にも、他に二、三見えるだけである。**〇経二寝殿ノ北ヲ一**　中宮定子のいる寝殿のあたりを騒がせまいとしての、一行の配慮であろう。**〇固関**　謀叛の発生時には、三関を閉鎖する。いわば戒厳令を発したことになる。**〇右大《だい》将**　大納言兼右近衛の大将藤原の顕光。**〇高階信順**　信順・道順、いずれも、伊周の母方の叔父。高階の一族が道長呪咀の祈祷を企てた、といわれる。これもおそらく逆宣伝で、高階氏は外孫中宮定子の懐妊にあたり、安産を祈願していたものだろう。道順がこの前すでに勘事を被つていたことは、『小右記』四月一日条に見える。**〇殿上ノ簡**　清涼殿には、殿上を勅許された人々の官職氏名を誌した木の板が掲げてある。これを殿上の簡という。殿上の許しを取り消され、その簡から名が削られることを、「殿上の簡を削らる」という。**〇勘事**　勅勘。**〇候二中宮一之間**　中宮のおそばにいるために。**〇奏聞**　使者を内裏に帰して奏上し、処置を仰ぐ態度に出たのである。**〇挙レ首**　顔をあげて、少しも臆する気色なく。**〇濫吹**　乱暴。

〔典拠〕　この『古事談』第二の記事は、藤原の実資の『小右記』の抄出である。その抄出の仕方を知るために、抄出された箇所をゴチックで表わし、『古事談』の本文で、その編者の作文と認められる部分を、まえに〔本文〕の項でゴチックで示したのと、対照できるようにしてみると次のようになる。

廿四日、甲午、或下人云、今暁閇二諸陣一者。即内召。辰初参入。先於二左衛門陣外一取二案内一。頭中将斉信《ただ》出迎云、可二参入一。先右大将顕光依レ召参入。右将軍・余両人有二指召一。此間大蔵卿時光・右大弁扶義等参入。然而不レ入二陣中一。右大将在二右府直盧一。仍余詣《いた》二彼《か》直盧一、右府命云、束帯只今可レ罷《まかり》二着陣一者。将軍・余着二陣座一。良久《やや》之後右大臣着レ陣。先レ是於二御前一有二除目一。、、(々々)在レ奥。大臣取二副除目於笏一着レ陣、以二左大弁惟仲一令二清書一。配流雑事等委《ゆだ》二右大将一。此間諸卿依レ仰入二陣中一。除目清(「書」脱カ。)右大将奏聞。召二式部丞一賜二下名一、召二大内記斉名朝臣一仰二配流宣命事**射二花山法皇一事、呪二咀女院一事、私《ひそか》行二大元法一事等也**。并《ならび》固関勅符事、先レ是令レ警二固諸陣一。召二左衛門権亮允亮朝臣一、佐(「仰下」ノ誤写カ)可レ追二下権帥一由上。允亮朝臣申二請左衛門府生西志宗(「茜忠宗」ノ誤写カ。)、廷尉相共向二彼家一。以二左衛門尉源為貞一、為下送二大宰一之使上。又追二出雲権守隆家一之使藤原陳泰(ママ)行官符、及伊豆権守高階信順・淡路権守同道順等任符令レ候(「作」ノ誤写カ。)也。大将進《まいり》二御所一、令レ奏二勅符・任符等一。先奏二宣命草一。後聞、件《くだん》宣命給二少納言伊頼一、於二官庁一令レ宣二制之一。允亮朝臣向二権帥家一。**中宮御在所也。謂二二条北宮一。**使等**入レ自二東門一**、無レ陣門也。**経二寝殿北一就《ゆき》二西対一、帥住所也。仰二勅語一。而申下重病由、忽難レ赴二向配所一之由上。差二忠宗一令レ申、無二許容一、早載レ車可レ赴之由重有二仰事一**。余触二故障於蔵人頭行成一退出。**固関等事右大将行レ之**。後聞、勅符・官符継入レ袋云々。至二官符一不レ然事也云々。可レ尋二知一。事了今朝近衛陣被レ奉二女院一。

今朝《ノ》仰《セテ》二左右《ノ》馬寮《ニ》一令《メ》レ引《カ》二御馬《ヲ》一、**堪《フル》二武芸《ニ》一五位以下依《リテ》二宣旨《ニ》一令《ムトセ》レ候《ノ》二鳥曹司《ニ》一云々。**
大宰《ノ》権帥《ノ》正三位藤原《ノ》伊周元内大臣。
出雲《ノ》権守《ノ》従三位藤《ノ》隆家元中納言。
伊豆《ノ》権守《ノ》高階《ノ》信順元右中弁。
淡路《ノ》権守《ノ》高階《ノ》道順元右兵衛佐木工権頭
被《ルル》レ削《ラ》二殿上《ノ》簡《ヲ》一人々
右近《ノ》少将《ノ》源明理四位　左近《ノ》中将**藤原《ノ》頼親**
右近《ノ》少将藤原《ノ》周頼　同《ジキ》　少将源《ノ》**方理**
勘事
左馬頭藤《ノ》原《ノ》相尹　弾正《ノ》大弼《ノ》源頼定

廿五日、乙亥、参《ル》レ内《ニ》。諸卿皆悉《ク》入《ル》。**権帥《ノ》伊周候《シ》二中宮《ノ》御所《ニ》一、不《ル》レ随《ハ》二使《ノ》催《シニ》一之由、**再三允亮朝臣《ノ》以《チテ》二忠宗《ヲ》一令《ム》二奏聞《セ》一。既《ニ》無《ク》二許容《ルセ》一、只被《ル》レ仰《セ》下可《キ》二早《ク》追《ヒ》下《ス》一之由《ヲ》上。二条大路《ノ》見《ハ》物《ノ》雑人及《ビ》乗《ル》レ車《ニ》者如《シ》レ堵《ノ》。為《メ》レ見《ンガ》二帥《ノ》下向《ヲ》一云々。

廿八日、戊戌、今月（「日」カ。）陣《ノ》物忌。触《レテ》二此由《ヲ》頭弁《ニ》一、不《セ》二参入《セ》一。**中宮与《ト》二権帥《ノ》一相携《ハリテ》不《レ》二離給《ハ》一、仍《リテ》不《ル》レ能《ハ》二追下《ヒ》一之由、再三令《ム》レ奏之《セ》。京《ノ》内《ノ》上下挙《レ》レ首《リ》乱《ノ》二入后宮中《ニ》一、風**（「凡」ノ誤写カ。）**見物《ノ》濫吹無《シ》レ極《マリ》。彼宮《ノ》内《ノ》之人悲《シミ》泣《キテ》連《ラヌ》レ声《ヲ》。聴者拭《フ》レ涙《ヲ》。**此間《ノ》云々敷《ノ》々不《ハ》レ能二皇（「具」《サニ》ノ誤写カ。）記《スコト》一。（本文は「大日本古記録」に拠り、送り仮名、返り点を付す。）

これら『古事談』第二の一連の記事は、ゴチックで表わした部分を除いては、小野宮家の日記『小右記』の本文のほとんどそのままの抄出といえる。

『古事談』

入《レ》自東門《ヨリ》一、経二寝殿《ノ》北《ヲ》一、就二西《ノ》対《ニ》一、帥住所也。仰《ニ》含勅詔一。而申《ス》下依《ル》二重病《ニ》一忽難《キ》レ赴《ク》二配所《ニ》一之由《ヲ》上。差二忠宗《ヲ》一令《ム》レ申二其旨《ヲ》一、無二許容《ク》一、載《テ》レ車《ニ》可二追下《ス》一之由、重《テ》有二勅命一云々。

『小右記』

入《レ》自二東門一、……経二寝殿北一就二西対一、帥住所也。仰二勅語一。而申《ス》下重病由、忽難《シ》レ赴《キ》向二配所《ニ》一之由上。差二忠宗一令《ム》レ申、無二許容一、早載《セ》レ車可《キ》レ赴之由重有二仰事一。

顕兼は、まま自分流の言いまわしに直しながら書き抜いているのであるが。それに対して、ゴチックの部分は、最初の「儀同三司配流者、……」の箇所が、彼の付した導入的添記である以外は、『小右記』の内容の要約であつて、それからはずれてはいない。

『古事談』

元克雖再三奏聞、被レ仰下猶慥《ニ》可二追下一之由上《ヲ》。二条大路見物《ノ》車如レ堵。

『小右記』

再三元亮朝臣以二忠宗一令二奏聞一。既無二許容一、只被レ仰下可二早追下一之由上。二条大路見物雑人及乗車者如堵。

しかしながら、全体としてみれば、顕兼は、四月二十四・五・八日の、現存略本系『小右記』の本文を、日付けを抜いて、一連の近接したできごとであるかに抄出している。いわば、原〈記録〉の破壊であろう。ところが、その破壊によって、伊周流謫の〈説話〉が浮かび上つてくる。伊周が悪いか、道長が悪いか、なにがきつかけでそうなつたか、顕兼は問わない。配所に流される伊周のもがきの曲折を追つていくのである。『古事談』の記事は、このあと、伊周が愛太古《あたご》（愛宕）山に逃れ、妹の中宮定子は落飾出家し、さらに、伊周がひきもどされて、配所へ向かう途中、播磨からひそかに都へ逃げ上つてくる、というふうな事の次第を抄出している。懐妊中の定子の身の上が気がかりだし、自分たちの運命もすべてそこにかかつているのである。京で捜し出された伊周は太宰府へ追い下されたが、やがて、第一皇子誕生——彼にも帰京が許される。

関白藤原の道隆の息男、**十八歳で権の中納言となり**、**十九**で権の大納言、二十一歳で内大臣に昇進した伊周が、翌年、父を喪つて、政権争奪の渦中に投げ込まれると、結果は無慚至極だつた。翌々年の花山院襲撃に一役《ひと》買つた弟の中納言隆家は、その時、十八歳。いまで言えば、高校生の弟を片腕と頼んで事を謀り、それ以外に後援者のないような、たつた二十三歳の政界の巨頭に、大瓦解の見舞わないはずがないのである。うろたえ、あがき、どうする術《すべ》もなく、権力の座から引きずり下される。そういう古代末・中世初期の貴族の持ち合わせていた歴史知識を助けにしながら、〈記録〉を読んで、そこから〈説話〉が抽出される道筋を、もう少し、見てみよう。

〔**典拠**〕『小右記』同年五月。

一日、庚子、参《ル》レ内《ニ》。出雲《ノ》権守《ノ》隆家今朝於《イテ》二中宮《ニ》一捕得《ヘタリ》。遣《ハサントシテ》二配所《ニ》一、令《ム》レ乗《ラ》二編代車《あじろニ》一。依《リテ》レ称《スルニ》レ病也《ト》云々。但随身《シ》可《キ》レ騎《ル》之馬《ヲト》云々。見者如《シト》レ雲《ノ》。**権《ノ》帥《ヲシテ》・出雲《ノノ》権守共候《ニシ》二中宮御所《ノニ》一、不《リシト》レ 可《カラ》レ出《ダス》 云々**。**仍 降《リテシ》二宣旨《ヲ》一、撤《ひらキ》二破《ル》夜大殿《ノおとどノ》戸《ヲ》一**。**仍 不《リテ》レ堪《シテヘ》二其責《ノニ》一、隆家出来《デタリト》 云々**。**権《ノ》帥伊周逃隠《ハゲル》**。**令《ムルニ》三 宮司《ヲシテ》 捜《サ》二於御在所及所々《ヲ》一、已無《ニシ》二其身《ノ》一者《リ》**。右大将以下諸卿候《スノ》二雲上《ニ》一。余詣《ニ》二右府宿所《ノ》一、謁談之後黄昏退出《セリ》。

〔**『古事談』本文**〕 隆家同候二此宮一。両人候二中宮一不レ可レ出云々。仍下二宣旨一、擬レ破二夜大殿戸一之間、不レ堪其責一、隆家所二出来一

也。依レ称二病ノ由ヲ一、令レ乗二網代車一遣二配所一。但随身可レ騎レ馬云々。於二権帥一者已二逃隠。令三宮司ヲシテ捜サ二御在所及所々一、已無二其身一云々。

〔訓読〕隆家も同じく中宮に候す。両人、中宮に候すれば、出だすべからず、とうんぬん。よりて、宣旨を下して、夜《よ》の大殿《おとど》の戸を破らんと擬するのあひだ、その責めに堪へずして、隆家、出で来たるところなり。病のよしを称するによりて、網代車《あじろ》に乗らしめ配所に遣はす。ただし、随身は馬に騎るべし、とうんぬん。権の帥においては、すでに逃げ隠る。宮の司《つかさ》をして、御在所および所々を捜さしむるに、すでにその身なし、とうんぬん。

〔典拠〕二日、辛丑、早朝依リテレ召シニ参ルレ内ニ。先ヨリレ是右大将・宰相中将ノ候シレ陣ニ、将軍ハ行フ二盗人捜シノ事ヲ一山々京ノ内。定メノ文ヲ進メテ二御所ニ一奏聞ス。於イテ二陣座ノ一ニ可キレ令ムレ奏セ歟。召シ二山々・条々ノ使ヲ一、上首者《は》仰スレ之ニ。五位ハ於イテ二膝突《ひざつき》ニ一奉ジ、六位ハ於イテ二庭中ニ一奉ズレ之ヲ。使等多シ二失錯一。入リテレ夜ニ申ス二返事ヲ一。今朝允亮朝臣以テ二忠宗ヲ一令メテレ申セ云ハク、信順・明順・明理・方理等朝臣令ムル二召シ候セ一之処、申シテ云ハク、左京進藤頼行ハ権帥ノ近習ノ者也。件ノ頼行可キレ令ムレ申サ二在所ヲ一者ナリト。即チ問ヘバ二其ノ（「者」脱カ。）申シテ云ハク、権帥ハ去ル晦日ノ夜前、自リ二中宮一、道順朝臣ト相共ニ向カヘリ二愛太子山ニ一。至リテハ二頼行ニ一自リ二山脚一罷リ帰リ了ンヌ。又其ノ乗馬等放テリ二彼ノ山辺《べ》ニ一者《てへり》。佐（「仰」ノ誤写カ。）セテ云ハク、随二身《ずゐじん》シテ頼行ヲ一可シ二尋ネテレ跡ヲ退（「追」ノ誤写カ。）ヒ求ム一者リ。又令メテレ申セ云ハク、所ノレ申ス若シ相違セバ者可キ二拷辞ス一（「訊」ノ誤写カ。）歟ト。佐（「仰」カ。）セテ云ハク、可シ二拷辞ス一者。允亮朝臣・右衛門尉備罪（「倫範」カ。）・左衛門府生忠宗等馳セ二向カヒ彼ノ山ニ一、尋ネ二得タル馬鞍等ヲ一之由ト云々。
中宮権大夫《だいぶ》扶義談《たん》ジテ云ハク、昨日后宮乗リ二給フ扶義ノ車ニ一。懸ケ二下ゲタリ簾ヲ一。其ノ後使官人等参リ二上リ御所ニ一、捜シ二検シ夜大殿及ビ疑ハシキ所々ヲ一、放チ二組入《くみいれ》・板敷等ヲ一、皆実検セリト云々。奉リ二為《おほんために》后ノ一無キレ限リ之大恥也。又云ハク、后ハ昨日出家シ給ヘリト云々。事頗ル似タリ《まことナルニ》レ実ニ者リ。信順等四人籠メ二戸屋《へや》ニ一、以テ二看督長《かどのをさ》ヲ一令ムレ守二護セ一也。
左衛門志《さくはん》為信為《たり》二主守一。

〔本文〕被レ召二問信順等一之所、申云、「左京進藤頼行権帥近習者也。以二件頼行ヲ一可レ令レ申二在所。」一者。即召二問頼行一之所、申云、「帥一昨日出レ自二中宮一、道順朝臣相共向二愛太子山一。至二頼行一者自二山脚一罷帰畢。其乗馬放二棄彼山辺一」云々。仰云、「元克召二具頼行一尋レ跡可二追求一、若所レ申有二相違一者、可レ加二措訊（ママ）。」一者。仍元克朝臣・右衛門尉備範・左衛門府生忠宗等馳二向彼山一、尋二得馬鞍一云々。
中宮乗二権大夫扶義之車一出給。其後使官人等参二上御所一、捜二検夜大殿及疑シキ所々ヲ一。但敬（ママこ）二入・板敷一正皆実検云々。奉二為后宮一無レ限之恥也。中宮已落餝出家給云々。信順等四人籠二戸屋一、以二看督長一令レ守二護之一。

〔訓読〕信順等を召し問はるるのところ、申していはく。「左京の進藤の頼行は権の帥の近習なり。くだんの頼行を以ちて在所を申さしむべし。」てへり。すなはち、頼行を召し問ふのところ、申していはく、「帥は、一昨日中宮より出で、道順の朝臣と相ともに愛太子山に向かへり。頼行に至りては、山脚より罷り帰りをはんぬ。その乗れる馬は、かの山の辺に放ち棄てたり。」とうんぬん。仰せていはく、「元克（允亮）頼行を召し具して跡を尋ね追ひ求むべし。もし、申すところ相違あらば、拷（「拷」の誤写。）訊を加ふべし。」てへり。よりて、允亮の朝臣・右衛門の尉備（「倫」の誤写か。）範・左衛門の府生忠宗等かの山に馳せ向かひ、馬の鞍を尋ね得たり、とうんぬん。

中宮は権の大夫扶義の車に乗りて出で給ふ。その後、使の官人等御所に参上、夜の大殿および疑はしき所々を捜り撿《ただ》す。ただし、（「組」脱。）入・板敷正（「等」の誤写か。）を敬（「放」の誤写。）ちみな実撿したり、とうんぬん。后の宮のおほんためには限りなきの恥なり。中宮すでに落餝出家し給へり、とうんぬん。信順等四人は戸屋《へや》に籠め、看督《かど》の長《をさ》を以ちてこれを守護せしむ。

ここでも、『古事談』は、五月一日と二日の両日の事件をひとつづきのように抄出し、最後の箇所では、実資が聞いた中宮の権大夫扶義の談話を、その扶義談という枠をはずして抄写している。抄出しながら、〈記録〉が重んずる、だれに聞いた話ということわり書きを捨てて、抄出者の語る〈説話〉が作られている。その中で、彼は、伊周の寝室の大戸を捜索者たちが「撤《ひら》き破」つた、という荒々しい原典の叙述を、「夜の大殿《おとど》の戸を破らんとするのあひだ」とやわらげたり、邸内で中宮を扶義が乗つて来ていた牛車に一時移して、格天井や板敷まで剝いで、徹底的な家宅捜索をして、潜伏する伊周を探し出そうとした、という原典に対しても、「中宮は権の大夫扶義の車に乗りて出で給ふ。その後、……」という物語り方をしていく。中宮定子の恥辱の痛ましさに耐ええなかつたのであろうか。『古事談』では、この事件の記録の抄出はまだつづいているが、それは端折ろう。大切なのは、源の顕兼がいつでもこのような抄出法を採つた、というのではない点であろう。逆に、彼は一般的には原典に忠実であつた。原典がすでに話として出来上つたものである時には。日記はあることがらの全貌をひとまとめに書きはしない。あるのは、毎日々々のその部分的経過である。しかも、他のことがらの間に混在してである。彼は、そういう〈説話の素材群〉に対しては、このような抄出法を採つた。あるところでは要約し、あるところでは原典の細部叙述を忠実に抄出した。そうして、ここでの受難者伊周の像のように、彼の胸中には、相当鮮やかな、事件とその中での人々の行動のイメージが生まれてきていても、なお、彼は、それを自己の文体で語らず、原典のことばで語ろうとするのである。そのような伝承者の体質にささえられている前近代の文芸を、かりに〈抄録の文芸〉と呼んでよいかもしれない。

抄録の文芸（二）（古事談鑑賞 十）

説話の抄出

『古事談』を編んだ源の顕兼の〈抄録（抄出集録）〉の過程を考えてみようとする時、ぜひ問題にしたいのは、大外記中原の師元の『中外抄』である。この書は、上下二巻の内、上巻の巻首の部分が欠損して伝わらないが、富家《ふけ》関白忠実の家司《けいし》であつた師元が、一一三七年（保延三）以前から一一五四年（仁平四）まで、十八年間以上も忠実に侍して聞いた話を筆録したもの。上下巻とも、現存の諸伝本が源の顕兼所持の本の末裔であるから、かれの抄出のあとを探る手がかりを持つていそうである。

『中外抄』下巻の方の存在が確認されたのは、三十年ほど前のことであつた。池田亀鑑が、前田家所蔵の正体不明の一古写本の内容を調査して、これが従来知られていた「続群書類従」所収『中外抄』の続巻であることを認定し、一九三四年、「尊経閣叢刊」の複製本に加えて世に送つたのが、はじめである。それより少し前に、続群書類従完成会は、『久安四年記』というこの書と同内容の本を、「続群書類従」に増補していた。しかし、それが『中外抄』の下巻であるとは明確にしえていなかつた。前田本は書写も古く、鎌倉時代のもので、その末尾に、

建暦二年十月五日於有馬温泉書進之
業信

本奥書云
余借三条三位顕兼本写之加校了在判判也　親経卿

という奥書がある。源の顕兼の所持する本を、権の中納言藤原の親経が書写し、その親経の本を右大史三善の業信が、有馬の温泉で写した。その年が、内部徴証から『古事談』成立年代の上限と考えられる、一二一二年（建暦二）であるから、親経の書写本の親本たる顕兼の本は、どう考えても、顕兼が『古事談』を編む以前から所持していたもの、ということになる。『古事談』は、『中外抄』下巻から八つの説話を抄出している。刊本「続群書類従」本の奥には、では、『中外抄』の上巻の方はどうか。刊本「続群書類従」本の奥には、

建保二年正月書写給畢
大外記師元朝臣雖(ママ)付知足院殿仰也　以三位入□親兼本書了　最珍書也
此書世間希也
中宮少進繁経
彼家外□衛□□□被書置畢
以右京権大夫□□本書写畢
弘長三年七月廿七日　花押
奥書以ゝ筆也
宝永三年八月日　以三条西本摸写畢
従一位花押
以或人之秘本書写之　堅不可他見者也
天明元年九月　左衛門大尉藤常成

と歴代の奥書が見え、その祖本がやはり源の顕兼が所持していた本の末流写本であることがわかる。この本は惜しいことに巻首が欠けている。わたしも、古写の善本を探していたところ、それを教えてくれたのが、『弘文荘待賈古書目』第十七号（一九四九年四月）であつた。宝永の従一位藤原の重治書写本の奥書が、「三条西本」と呼んでいる本である。しかし、残念なことに、三条西家旧蔵本にもすでに首部はなかつた。おまけに、この本は、宝永の書写以後に末尾もちぎれ、本文の一部と奥書を喪失している。わたしが調べえた『中外抄』上巻の写本は、別掲系統表のような七本にすぎないが、いずれもこの本の写しやそのまた写しの範囲を出ず、首部の欠逸箇所を回復できるものはなかつた。が、それらの奥書によつて系譜をた

『中外抄』諸写本系統表

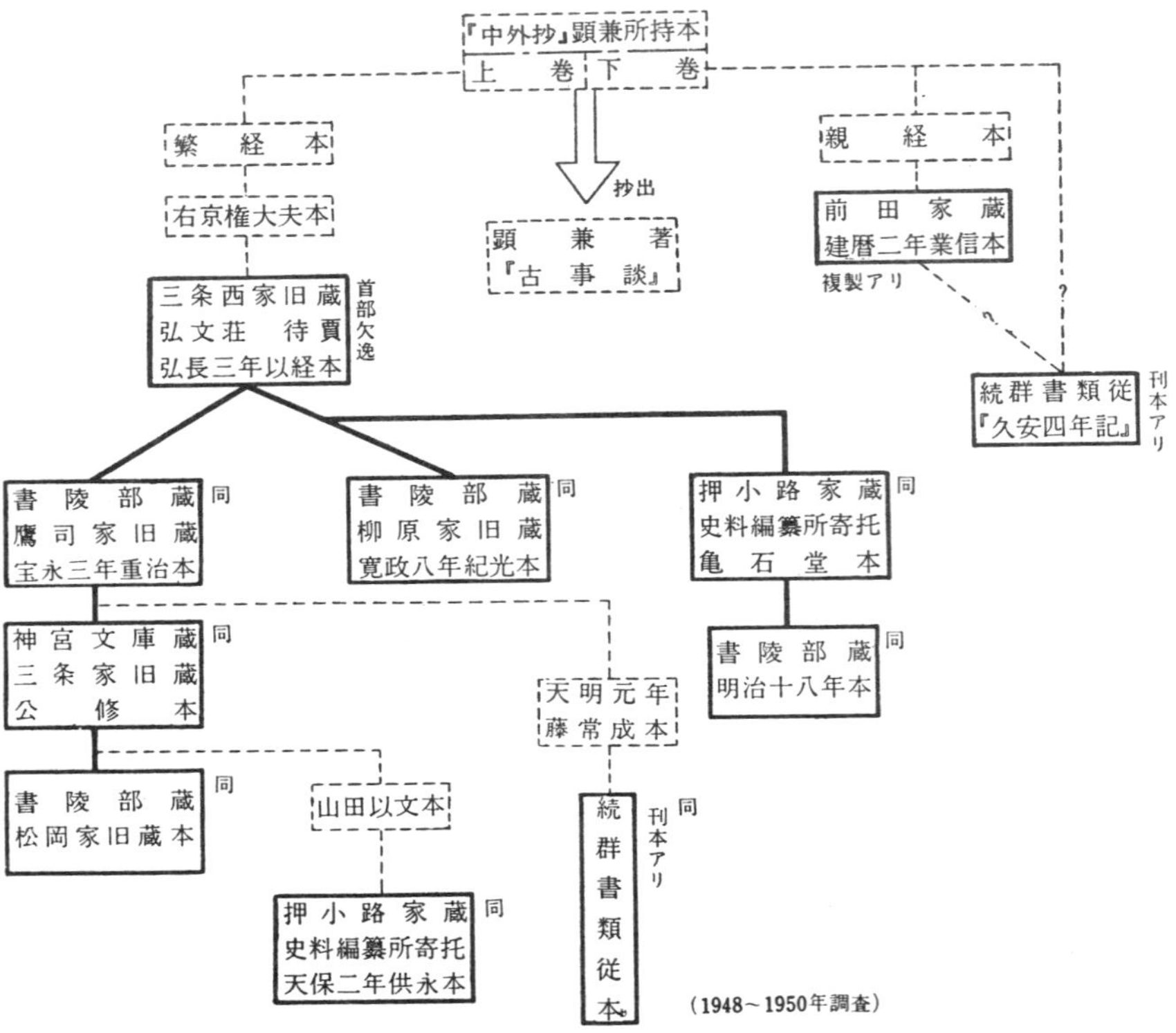

どつてみると、奥書のない三条西家旧蔵本は、弘長三年書写本とみてよいようである。これも鎌倉時代の古写で、その祖本は、顕兼在世中の一二一四年（建保二）に、顕兼の本を「最も珍書なり。この書、世間まれなり。」と珍重して書写したものなのであつた。『古事談』は、この本の現存部分から八話を抄出している。『中外抄』全体では、十六話以上が『古事談』に採られていることになる。

『中外抄』の先駆的研究である、池田氏の下巻複製本解説および「説話文学に於ける知足院関白の地位」（『中古国文学叢考』第三分冊）は、上巻から『古事談』に採られたのを七話とする。しかし、上巻久安三年七月十九日条の「又仰云《セテハク》、実政罪名定時《マルノ》ハ、鳩居《タリトノ》ニ廊辺ニ云々。」（『続群書類従』本）が、『古事談』第五、「神社仏寺事」に、

実政卿、依ニ宇佐宮訴ニ罪名事議定日、鳩居《タリト》ニ軒廊辺ニ云々。

とある。顕兼は、藤原の実政が宇佐の神人《じにん》に訴えられたのだ、という解説をふくみこませ、「鳩」（宇佐八幡の神使）の裁判傍聴監視という、神威恐るべし、との話の趣旨を、わかりやすくしているが、これは明らかに『中外抄』の抄出で、計八話とみてよい。

また、池田氏は、前掲論文の方で、典拠が『中外抄』上巻の首部欠逸筒所にあつたかもしれない

もの六話を、『古事談』の内に推定したが、その中、第二の知足院殿仰云《セテハク》、我若少之時、小鷹狩の料に水干装束を申《シ》かば、大殿、仰云《セテハク》、「小鷹狩には、不レ着《ル》二水干装束一事也《ヲ》。萩ノ狩衣に女郎花ノ生衣《すずしノ》など脱垂《ギレ》て、袴は随身水干袴を取《リ》て着て、瘦駄に騎《のり》て狩《ル》也。大鷹狩にこそ括《くくり》水干末濃《すそご》袴などをば着すれ《ト》。」想《ジテ》（「惣」の誤写。）右近馬場などにて馬馳《スル》之時、随身の袴を召《シ》て着用《スルハ》常事也《ト》云々。（架蔵三冊本、第一。第二類（広本）第二種本の系統では、この話は第一にあるが、第二に入っている第二類第一種の形が本来である。小稿「古事談」〔『解釈と鑑賞』三〇の二〕参照。）という話は、その後、全本系『富家語』の出現によって、同書から出ており、二話を併合して一話にしたものであることがわかった。（小稿「『富家語』の研究」付載三条西家旧蔵『富家語』本文36と42、〔『中世文学の世界—西尾実先生古稀記念論文集』所収。〕）一応、別と考えてよいであろう。

ところで、源の顕兼が『中外抄』にどういう立ち向かい方をしたか、『古事談』の本文を調べてみよう。

〔**本文**〕 頼義与二御随身兼武一一腹也。母宮仕之者也。件ノ女を頼信愛して、令レ産二頼義一云々。其後、兼武ガ父、件ノ女の許なりける半物を愛しけるに、其主女、「己か夫、我にあわせよ。」とて、進て密通之間、兼武を妊たる也。頼義、聞二此事一、心うき事也とて、永く母を不孝して、失て後も、七騎之度乗たりける大葦毛が忌日をばしけれども、母の忌日をばせざりけり。（第四、底本架蔵三冊本）

〔**訓読**〕 頼義と御随身《みずゐじん》兼武とは一腹なり。母は宮仕への者なり。件《くだん》の女を、頼信、愛して、頼義を産ましむ、とうんぬん。その後、兼武が父、件の女の許なりける半物《はしたもの》を愛しけるに、その主《あるじ》の女、「おのれが夫《つま》、われに逢はせよ。」とて、進みて密通の間、兼武を妊《みごも》りたるなり。頼義、この事を聞きて、心憂き事なり、とて、永く母を不孝《けう》して、失《う》せて後も、七騎のたび乗りたりける大葦毛が忌日《にち》をばしけれども、母の忌日をばせざりけり。

〔**考**〕 **○頼義** 源の頼義。頼信の子。**○御随身** 摂関の賜っている御随身で、出典の『中外抄』にもどっていえば、語り手藤原の忠実にとっては、兼武はわが家の先祖、（宇治関白頼通か。）の御随身だったろうから、兼武と頼義は、社会的には別々の系統で生きている人物である。その毛色の違った人物が異父兄弟というところがおもしろい。大財閥の御曹司が、「うちの曽祖父のボディ・ガードのAはね、B陸軍大将と同じ女親の子なんだがね、………」と意外の内輪話をしている趣の話である。話し手は、「頼義と……」と有名な方から口にするが、発想の起点はわが身に近い兼武の方にある。わが方の兼武と、いわば外側の人物、武者の家の頼義との距離感が、実は話し手の語ろうとする気持をそそるものなのである。**○半物** 召使。**○己** この二人称の代名詞は、現代語の「わりやあ、何する気じや。」と同じように、己《おのれ》（一人称）↓汝《おのれ》（二人称）、我《われ》（一人称）↓汝《われ》（二人称）というふうに、一人称で相手を呼ぶ言い方。日本語では、自分を指す語で相手を呼ぶと、見下すことになる法則がある。てまえ↓てめえも同様である。**○聞二此事一** 成人の後に、である。

〇不孝して　勘当して。子が親を勘当する、という言い回しがおもしろい。**〇七騎之度**　前九年の役で、途中、安倍氏に敗れ、七騎になってしまったピンチがあった。出羽の清原氏の応援で勢を盛り返した。その危機をともに切り抜けてきた愛馬が葦毛で、名も「大葦毛」と呼ばれていたのだろう。

男の生き方と女の生き方とは違う。源の頼義の母にしても、頼義の側に立って、淫奔な「密通」ときめつければ、それまでだが、それも一概に言い難いものがある。夫の頼信の方が寄りつこうとつくまいと、それは非難されない時代だった。自分の侍女の愛人と恋に落ちたのも、「おのれが夫《つま》、われに逢はせよ。」といえば、ショッキングだが、身分の垣を越えて、内的な〈愛〉の激情に身をゆだねる女の生き方も、自己の人間性への〈誠実〉でなかったとはいえまい。それに対する息子の論理は、というと、これは普遍的な善悪で裁いているのではない。自分と低い身分の兼武が同胞なのが屈辱なのであって、身分の論理によるものといえる。頼義としても、近代のような一夫一婦の倫理上の貞潔を、母に求めたのではなかろう。当時の婚姻形態からすれば、頼義を生ませて、父頼信がその女性から遠ざかったが、ある上達部が住みつくようになって、その間に、ひとりの公達《きんだち》の異父弟が生まれた——そういう場合を、いくらでも想定しうる。その時の頼義は、このように母の不義を怒ったかどうか。それは疑問といえよう。源の顕兼が武者の家の嗣子らしい潔癖さに眼を見張っているのは、そういうあくまでも古代社会的な性格の倫理観を当然と認めた上でのことであった。

武者かたぎ——確かにそれがこの話のテーマである。しかし、『古事談』の出典『中外抄』では、その点、話の位置が少し異っている。

仁平四年三月廿九日。雨降ル。祇二候ス御前一ニ。于レ時ニ、御二坐《おわします》仲行宇治ノ宿所一ニ。春日ノ御精進ナリ。御物語之次《ついでに》、仰セテ云ハク、「頼義ト与二随身兼武一トハ一腹也。母ハ宮仕ヘノ者也。件ノ女ヲ頼信愛シテ之、令ムルレ産マ二頼義ヲ一ノ其ノ後、兼武ノ父、件ノ女ノ許なりける半物ヲ愛シケルニ、ソノ主ノ女、『我ニあはせよ。』と云テ、如レ案ノ婚《あ》フ。其ノ後生ミ二兼武ヲ一了ンヌ。頼義、後ニ聞キ二此ノ旨ヲ一テ、ゆゝしきことなりとて、七騎の度乗タリケル大葦毛ノ忌日ナムドヲバシケレドモ、母□（虫損）忌日ハ一切不二勤修セ一ざりけり。義家ノ母《は》者直方ノ娘也。為義ノ母ハ有綱ノ女也。已ニ華族《しよく》ト也。」（前田家本複製本。）

一一五四年の三月二十九日、藤原の忠実は、宇治にある高階の仲行（『富家語』の筆録者。）の邸に行き、奈良で行なわれる氏の社春日の祭礼のために、精進をしていた。その時、語ったものだが、亭主の仲行の『富家語』には、この話は書かれなかつた。その座にいなかつたのかもしれないし、仲行には、筆録にとどめるほどの関心がなかつたのかもしれない。話し手の忠実の側からいくと、この話は、どうも清和源氏の満仲・頼信流の家柄について話そうとしての例話らしい。藤原以外のめざましい新興氏族であるこの家も、貴族社会の上層と縁組みしはじめたのは、このごろの事だ、というのである。わが氏族の神祭りのおりであるから、前《さき》の氏の長者としての忠実が側近に語ることも、おのずから氏々の話になつたのであろうか。

この『中外抄』から抄出するにあたつては、前に挙げた記録の抄出の場合の、『小右記』の抄録法と違つて、顕兼は、原典にほとんど手を加えていない。末尾の、「義家の母は直方の娘なり。」うんぬんを削つたにすぎない。そうすることによつて、家格の話の例話が、本来の武者かたぎの話に還元されている。世間話は、いつでも、説話そのもののおもしろさによつて伝承者の心の中で生きながらえるが、それが伝承者の心から、〈話の場〉に引き出されてくる時には、その時々に解釈を伴つて登場してくる。〈記憶〉の中に蓄えられている話と、蘇つてきた口頭で語られる話の間には、そういう違いがあるのが、故事譚系の説話に特に著しい、世間話一般の性格でもある。

ついでにいえば、平安中期の筆録物として、男性上層貴族による日記・家乗の出現は、『宇多天皇御記』『貞信公記』以来、内記・外記の日記のような公的日記に対する、〈家の記録〉の抬頭として、めざましい新傾向であつたが、それに対して、平安後期になると、『江談抄』・『中外抄』・『富家語』のような新しい型の筆録物が出てくる。これは、家司・侍者の記録で、〈家の日記〉と書き手の立場や姿勢が違う。高貴の尊者の談話筆記という形で、家司・侍者が書きとどめている。故実としての資料を残すための家乗は、日々の政治的・儀礼的事項を書くが、こちらは、人が語つたものを書く。忠実自身の『殿暦』と、忠実の談話録『中外抄』・『富家語』の間には、そういう本質的な違いがある。同一人師元が、官僚大外記として記録すると、『大外記中原師元朝臣記』という日記となり、摂関家の家司として記録すると、『中外抄』となる。源の顕兼が、〈家の日記〉を抄出する時と、〈貴人談話録〉を抄出する時と、態度を変えているのは、対象の性格によるものである。かれは忠実に『中外抄』の説話をほとんどそのままに受容した。ただ、それらの話を、それらの話が語られるその時々のきつかけと分離し、いわば、話として純粋な形にもどして集める点が、このような文献による説話蒐集の特色をなす。説話の口承的存在形態との違いが、そこにある。主として書承契機によつて成立する説話集の登場がもたらしたもの——文字によつて、その時々の断章主義的解釈から解放された、話のための話の小王国の誕生は、見逃すことができないことがらである。

具体的に口承の説話の存在形態を考えながら、そこから話のための話の王国へ、抄出投入されるということが、話にとつてどういうことか、別の『中外抄』と『古事談』の例でみてみよう。『中外抄』での忠実の話しぶりは、たとえば、次のようである。

久安六年七月十七日、左大臣(頼長)殿之祗候御前給、予同依仰候。御物語之次《ついで》、粗《ほぼ》及文□、(虫損「書」か。)故(師平)肥後殿令読叙位勘文《もん》給□事、付《つけたり》他事等。「元日故殿(師通)ハ出御《でおはしま》西対南西□(「面」の誤か。)□忘了。予、御長押《なげし》上。家司、布袴、申持参叙位勘文之由。師平勘文ヲ筥ニ入テ、居中門車寄《よせ》妻戸之外、深揖《くいふ》見上故殿。令目《もくせ》給、大音声唯《い》称《となへ》深揖入妻戸、経中門廊東庇《ひさし》、ウルワシキ作ナリ。(以下「つめたる也」まで細注を大書しあり。)中門廊ハ内ニ庇ヲ入レ、自対差テ高欄ヲつめたる也。南広庇御坐《おはします》之間、去長押四尺許《ばかり》居テ深揖、昇長押上テ膝行、尻ヲ板敷ニ付テ、取直筥進上。其後、膝行シテ退還、居御座間南縁、有令尋問給事之時、直《ただ》勿申子細。其後、給筥経本《もと》道退出。」予(師元)当職之時、故殿御共参五条坊門殿、見令読叙位勘文給之儀。粗相違此儀、所之便宜歟。東三条儀、予持参之時、蒙故殿御訓《おしへ》了。有少分之相違。予又信俊ノ真人於東三条見読叙位勘文之儀、不似予家之作法。予家不可(「不」脱か。)為予家之作法。(前田家本複製本。)

この時、語り手前《さき》の関白忠実は七十三歳で、ややこしいことを起こしかけていた。というのは、長男太政大臣忠通(時に五十四歳。)を憎み、その少しまえ、三月十三日に大臣を辞めさせていたが、この少し後、九月二十六日には、氏の長者の地位を剝奪し、高階の仲行をやって、長者のシンボル朱器大盤を押し取つてこさせて、弟息子頼長(三十一歳。)に授ける、という無理を強行することになる、父子紛争の最中であつたのだ。ちようど、盂《う》蘭《らん》盆の直後、まだ先祖の魂《たま》祭りの心持が尾を引いていて、老齢の忠実は、自分や対座の相手、おたがいの先祖のことを追憶する雰囲気の中にいた。(この事は、注目すべきことだと思う。)忠実の前には、次男左大臣頼長と師元が侍していた。その時、忠実は、正月元日に、わが父の叙位の勘文を聞く時の姿、師元の祖父師平の勘文を読む声を想起して、右のような話をしたのだつた。師元は、後に、その話を筆録しつつ、忠実が語つた故実とわが経験を種々思い合わせ、わが中原家叙位の勘文を読み上げる折の作法はこういう特色を持つのだな、と思いいたつている。(摂関がわが家にいて政治上の仕事をするため、外記などが、辞令の案文を持参して、認可を受けるので、摂関邸でのかれらのその時の挙措も、一々故実を問われる、宮廷と同様のものになってきていたのである。)ところで、その日、忠実の談話は、そこから、師元の祖父師平・父師遠の思い出になつた。話の座では、このように貴人の語り手が聞き手の侍者をねぎらう、心のもてなしも、当然、あつたのだ。

「師平ハ眉ハ有様《るやう》ニテ鬢ノ事外ニなかりし人也。事ごとしきシハブキゾせし。態《わざ》トセシニヤアラム。又、拝礼ニ立《チ》テ、ヲキアガリテハ、笏ヲモチテ表衣《うへのきぬ》ノ前ヲ頻《しきり》ニ打《チ》キ。師遠ハ老後ニハ師平ニイミジク似キ。」

「卜串《うらぐし》ハスカシテ見物《ル》ヲ。（「ゾ」の誤か。）」ト、故殿ノ令《メ》レ教《ヘ》給《ヒ》しかば、奉幣ノ行事せし時ニスカシテ見《シ》かば、人ノ名ノ見《エ》シカバ、「イカニカクハ見《ユ》ルゾト。大外記定俊ニ被《レ》レ仰《セ》シカバ、イミジク畏《かしこまり》申《シ》キ。

聞き手師元の父祖を語りつつ、話は拝礼のことから、また、わが父師通の教えたこと、自分の卜串を手に取る時の作法へとおよんでいる。話題が祭りの儀式になつてきて、こんどは、頼長の方から問いが出された。

御瓮《ぼん》ノ拝事

左府令《メ》レ申《セ》給《ヒテ》云《ハク》、「瓮拝ハ何箇度哉《ナリ》。某《なにがしハ》一日ハ三度《たび》合掌シテ拝候《シフト》也。」仰《セテ》云《ハク》、「我、康和四年七月十四日、始《メテ》供《ス》ニ御瓮ヲ一。仁（書き損じ）拝二ヶ度□□□□、合掌《セシヤ》否、慥《たしかニ》不ニ覚悟一。彼《ノ》時、定《メテ》所《ル》レ見《アリテ》令ニ沙汰《セ》一歟。一切不レ覚《エ》。」左府令《メ》レ申《セ》給《ヒテ》云《ハク》、「勘《フルニ》ニ『江次第』ヲ一、拝《ハ》三度也。合掌。但天子之礼《シ》歟《ト》。」仰《セテ》云《ハク》、「若《シ》准《ズレ》ニ拝陵ニ一者《ば》、再拝両段《ナリ》。若《シ》准《ズレ》レ拝《スルニ》三宝ニ一者、三度也。此ノ条如何。」と被《ル》レ仰《セ》ニレ予。申《シテ》云《ハク》、「仰《セノ》旨、両方已有《ニ》ニ其謂《いはれ》一。但可《シ》ニ拝陵《スル》一者《ヲ》、先《ヅ》向《カヒテ》ニ彼陵方《ニ》ニ可《シ》レ拝。令《ムル》レ召《ノ》向《カハ》瓮《ほとぎニ》ニ拝是是可レ准《ズ》ニ三宝《ノ》礼ニ一。又、二度有《ラン》ニ何《ノ》事《カ》一哉。盂蘭盆《のもと》ハ為《メノ》レ親也。拝《スル》レ人ハ二度也。仍何事《リテ》（カアラン）哉《ト》。」

＊行成公、或人、冥官許《ラク》にまかりたりければ《レば》、「侍従大納言召せ。」と被《レ》レ仰《セ》ケルニ、或冥官出来《デ》テ、「彼人《ノ》ハ為《メ》レ世為《メノ》レ人ニいみじくうるはしき人也。暫《ラク》なめしそ。」といひけり。然者《ユ》、正直なる人、冥官の召《めし》も遁《のがルル》事也。＊＊小野宮殿、薨《かくレ》給《ヒ》たりけるには、京中諸人、彼人《ノ》家前《ノ》ニ集《マリ》テ事外ニ愁歎しけりと、見ニ一条摂政記一。

この日の話題は、数日前済んだばかりの盆供の時の瓮《ほとぎ》（両親の霊代《たましろ》。）拝みの作法になり、わが家で瓮を祭つて拝する時、二回頭を下げるのか、三回下げるのか、という問題について、頼長の問いに、どちらときめかねた忠実が、師元の見解をただしている。大外記中原の師元は、時に四十二歳。忠実に比べて格段に若く、一座では、身分も格段低い。それであるのに、瓮拝《ぼんぱい》の儀の本質をはつきりと裁定する態度は、みごとである。瓮は、拝が終わると、墓所へ送られる。しかし、それは捧げ物ではなく、霊代そのものだし、固有信仰としての魂祭りの儀式であるから、拝墓の儀や仏式の供養と一応区別しようとする師元の見識は、妥当というべきである。（岡田清子「盆をめぐる誤解」『国文学』十の四。）師元の見解をただそうとする大元老・大故実家であるはずの忠実の姿勢も、好ましい気がする。古代の故事・故実譚の語られる話の場を、非サロン的な、閉鎖された小人数の場、貴人↓侍者、長老↓若輩という身分的傾斜と、一方交通的に語り↓承り聞く、という形でなされた構造のもの、と認定するわたしも、こういう侍者のふるまいを認めないで主張しているわけではない。師元が忠実の家司になつたのは、年歯わずかに十九歳の時であつたが、それ以来の二十余年間に、かれはかくも忠実に信頼されるまでになつた。貴人が親密な閉鎖的な小人数を相手に語る時、侍者の〈聴き耳〉の慧《さと》さに対する信頼感が前提になつている。それは、メンバーがたえず入れ替る開放的な話の場の〈哄笑〉よりも、〈微笑〉にささえられることの多い伝承の場である。

その日の話題は、発拝からさらに移って、冥界のこととなり、冥界でも人格者が尊敬されるらしいこと、この世でもそうであることへと、話が進んでいつたらしい。最後のゴチックにした二話（＊と＊＊）がそれで、同時に、それは、源の顕兼が『古事談』に抄出した箇所である。顕兼がこれらの話を抄出したのは、忠実の〈言談〉の場の雰囲気、話の流れとは違つた話の捉え方からであつた。かれは、これらの二話を『中外抄』の〈魂祭りの頃の心情〉に沿つてでなく、藤原の行成の話・小野の宮殿の話として、解釈以前の状態にもどす。行成の話の方を問題にしていえば、行成その人の行実のイメージを重んじ、その行実の意味の解釈をめざさないのが、顕兼の〈抄録〉の態度である。〈記憶〉として人々に内蔵されていた個々の話が、〈言談〉の流れの中で、その時々の解釈を伴つて口ことばで呼び出されてき、筆録者がそれに相当に忠実に〈筆録〉する。それを、かれの〈抄出〉は、もう一度裸の状態、解釈抜きの行実のイメージそのものに復している。『古事談』を見てみよう。

〔**本文**〕一条院御時、実方与二行成一於二殿上一口論之間、実方取二行成之冠ヲ一投二棄小庭ニ一退散云々。行成無二繆気一静喚二主殿司一、取二寄冠一擺レ砂着レ之云々。「左道にいまする公達《きんだち》哉。」云々。主上自二小蔀《じとみ》一御覧じて、「行成は召仕つべき者也けり。」とて、被レ補二蔵人頭一。于レ時備前介右兵衛佐也。実方をば、「歌枕見てまいれ（ママ）。」とて、被レ任二陸奥守一云々。於二任国一逝去云々。（A）

行成、補二職事一任二弁官一、多以失レ礼。漸尋知之後、勝二傍倫一。これ携二文書一之所レ致也。（B）

行成卿、不レ堪二沈倫ニ一、将二出家一。俊賢、為レ頭之時、到テ二其家ニ一。制止曰、「有二相伝之宝物一哉。」行成云、「有二宝劔一。」云々。俊賢、「早沽却、可レ修二祈祷一。我将二挙達一。」仍為二下臈無官右兵衛佐備前介四位一、被レ補レ頭。任二納言ニ一之後、暫雖レ為二俊賢之上臈一、依レ思二彼恩ヲ一、遂ニ不レ着二其上ニ一云々。（C）

或人薨（ママ）に赴二冥途ニ一たりけるに、可レ被レ召二侍従大納言行成ヲ一之由、有二其沙汰一ければ、或冥官云、「件行成は為レ世為レ人いみじく正直之人也。暫不レ可レ被レ召。」云々。仍不レ被レ召云々。正直者は冥官之召も遁事也。（D）（第二、底本架蔵三冊本）

〔**訓読**〕一条院の御時、実方と行成と殿上に於いて口論のあひだ、実方、行成の冠を取りて小庭に投げ棄てて退散せり、とうんぬん。行成は謬気《あやまちげ》なく静かに主殿司《とのもりづかさ》を喚びて、冠を取り寄せて砂をはらひ、これを着しぬ、とうんぬん。「左道にいまする公達かな。」とうんぬん。主上、小蔀より御覧じて、「行成は召し仕ひつべき者なりけり。」とて、蔵人の頭に補《ふ》されぬ。時に、備前の介、右兵衛の佐なり。実方をば、「歌枕見てまゐれ。」とて、陸奥の守に任ぜらる、とうんぬん。任国に於いて逝去せりとうんぬん。

行成は職事に補し、弁官に任じられ、多く以ちて礼を失せり。漸く尋ね知るの後、傍倫に勝《まさ》りたり。これ、文書を携ふるの致すところなり。

行成の卿、沈淪に堪へずして、まさに出家せんとす。俊賢、頭たりし時、その家に到りて、制止していはく、「相伝の宝物ありや。」と。行成のいはく、「宝剱あり。」とうんぬん。俊賢、「早く沽却して祈祷を修すべし。われまさに挙達せんとす。」と。よりて、下臈無官右兵衛の佐備前の介なりの四位として、頭に補せられぬ。納言に任ずるの後、暫く俊賢の上臈たりといへども、かの恩を思ふによりて、遂にその上に着せざりき、とうんぬん。

ある人、薨（「夢」の誤写。）に冥途に赴きたりけるに、侍従の大納言行成を召さるべきの由、その沙汰ありければ、ある冥官のいはく、「件の行成は、世のため、人のためいみじく正直の人なり。暫く召すべからず。」とうんぬん。よりて召されざりき、とうんぬん。正直の者は、冥官の召しも遁《のが》るる事なり。

この藤原の行成説話群には、(A)と(C)のように、かれが蔵人の頭に躍進した裏面実話としては食い違うものもある。しかし、『古事談』の編者は、それらの説話によつて、一貫したひとつの行成像を描こうとも、行成小伝を語ろうとも、していない。それぞれの話を集めてきただけにとどまる。〈抄録〉は、そのような消極的な説話集創造で、編者が語りまくるのではない。それは、あくまで読み集めるという性格が強い。そして、その消極性のなかに、個々の話を、語られるその時々の解釈・方向づけから解放して、話の自由圏を作る消極的でない行為もふくまれている。『古事談』個有の性格はそこにあるといえよう。

抄録の文芸（三）（古事談鑑賞　十一）

選択と配列（抄と録）

抄録者は謙抑して自己の文体・自己の解釈を主張しない。しかし、説話の語られ方、そのことばつきには敏感である。『中外抄』から顕兼が抄出したもうひとつの話、小野の宮殿の死を人々が哀悼した話について、その点を見てみよう。あれは、『古事談』では、次のような位置に持つてこられている。

〔本文〕　小野宮の室町面には、古四足ありき。件門常に閉たりき。是小野宮殿御座之時、経二件門一天神常渡御、終夜御対面故云々。（A）

又、大炊《い》御門面には、はた板を立て、穴をあけたる所有けり。それに菓子などを令レ置給ければ、京童部集て、天下事共を語申けり。其中に名事ども多聞へけり。（B）

小野宮右府ノ於二女事一不レ堪之人也。北対ノ前有レ井。下女等多称二清冷泉一集汲レ之。相府択二其少年女ヲ一被レ招二寄於閑所一。已有二定所一。宇治殿聞レ之、侍所雑仕女ノ中、択下有二顔色一之者上、令レ汲レ水ヲ、相誡云、「先汲レ水後、若有二招引者一、其後棄二水桶一可二帰参一」云々。果如レ所レ案。後日、右府被レ参二宇治殿一之次、公事共談之間、宇治殿被レ仰云、「先日侍所水桶、今者可二返給一」

云々。相府迷惑赫レ面、無レ所レ申而止。(C)

小野宮大臣、愛二遊女香炉《ヲ》一。其時、大二条殿愛二此女一。相府香炉に被レ問云、「我与髯、愛レ何乎。汝已通《ニ》二大臣二人一。」二条関白鬚長之故称也。(D)

小野宮殿薨給之時、京中諸人集二門前一悲歎云々。此事見二一条摂政記《ニ》一云々。(E)(第二、底本架蔵三冊本)

〔訓読〕 小野の宮の室《むろ》町面《おもて》には、古き四足《よつあし》ありき。件《くだん》の門、常に閉ぢたりき。これは、小野の宮殿のおはしましし時、件の門を経て、天神常に渡御、終夜御対面あるのゆゑなり、とうんぬん。

また、大炊御門《いみかど》面には、はた板を立て、穴をあけたる所ありけり。それに菓子などを置かしめ給ひければ、京童部《わらんべ》集まりて、天下の事どもを語り申しけり。その中に名事ども多く聞こえけり。

小野の宮右府は、女事《にょ》に於いて堪へざるの人なり。北の対の前に井あり。下女等多く清冷の泉を称《ほ》めて、集まりてこれを汲む。相府、その少年の女を択びて、閑所に招き寄せらる。すでに定まれるところあり。宇治殿、これを聞きて、侍所《さぶらひ》の雑仕の女の中顔色あるの者を択び、水を汲ましめ、相誡めていはく、「先づ水を汲みて後、もし招き引く者あらば、その後、水桶を棄てて帰り参るべし。」とうんぬん。果たして案ずるところのごとし。後日、右府、宇治殿に参らるるのついで、公事《く》ども談ずるのあひだ、宇治殿、仰せられていはく、「先日の侍所の水桶、今《おとど》は返し給《た》ぶべし。」とうんぬん。相府、迷惑し、面を赫《あか》らめ、申すところなくして止みぬ。

小野の宮の大臣は、遊女香炉を愛す。その時、大二条殿この女を愛す。相府、香炉に問はれていはく、「われと髯《ひげ》といづれを愛するか。汝、すでに大臣二人と通じたり。」と。二条の関白は髯長きのゆゑの称なり。

小野の宮殿薨《かく》れ給ふの時、京中の諸人、門前に集まりて悲歎す、とうんぬん。この事、一条摂政の記に見えたり、とうんぬん。

『古事談』第二に、顕兼は諸書から抄出した五つの藤原の実資説話を集めたが、そこで『中外抄』の、小野の宮殿の死が京中の人々のこぞつて哀弔するところとなつた、という話(E)は、原典の〈魂祭りのころの心情〉から切り離されて、実資の好色漢としての話ふたつの(C・D)後に、なにの脈絡もなく置かれる。これは、普通の故事を語る〈言談〉の場での話のあり方、説話の口承的存在形態とは違う。同じ話を、実は、同じ藤原の忠実が、『中外抄』の師元に語つて聞かせた十一年後、一一六一年(応保元)に、こんどは高階の仲行に聞かせているが、その時も、前とは違つた話の流れ、違つた視角からの取り上げ方ながら、前後の話との結びつきは緊密である。

仰《セテ》云《ハク》、**小野宮《ノ》室町面ニハ古四足《キ》門アリキ。件門《ノ》ハ常ニ閉《デ》タリキ。是《レハ》小野宮殿《ノ》御坐《おはしまシシ》時、件門《ノ》天神《ニ》常渡御《ニ》、終夜御対面《アリシ》故《ナリト》云々。**

(A′)凡《ソ》小野宮《ノ》ハイミジク御坐シケル人ニコソ御《おはス》メレ。令《メ》レ薨《かくレ》給《フノ》時、京中《ノ》諸人門前ニ来集《マリ》テ歎《キ》合《ヒ》テ挙哀スト、一条殿雅信公

左大臣記ニ被レ書《カ》タル。賢皇ノ崩《シ》給《フノ》時、大極殿《ノ》竜尾壇ニ諸国《ノ》人民参入□(シ)テ挙哀ストテ泣歎《キク》事ノ有也者《てへり》。(E′)

仰《セテ》云《ハク》、**小野宮殿《ノ》ハ大炊御門面ニハ波多板ヲ立テ□□**(穴ヲ)**アケタル所アリケリ。ソレニ菓子ナドオカセ給《ヒ》ケレバ、京童部集《マリ》テ天下《ノ》事ヲ語《リ》申《シ》ケリ。其中《ノ》名事《ニ》共聞食《コシめシ》ケリ。**(B′)(架蔵三条西公条筆『富家語』)

これは一貫して小野の宮家の諸門にまつわる話として語られていて、そのA′が前掲『古事談』のA話、B′がB話の原典でありもする。そして、A′の話に付属している形のE′も、『古事談』のE話と同内容の話である。だが、顕兼は、同じ忠実の話のA′・B′を仲行の『富家語』から抄出しながら、同じところからE′をも抄出して事を済まさなかつた。そこだけは、わざわざ『中外抄』の記事を用いているのである。かれがなぜそういう面倒をあえてしたのか、いろいろと考えてみねばならないが、同内容と考えられるものでありながら、『富家語』の話を却《しりぞ》けたのには、賢皇の死時の挙哀に比した、その話しぶりよりも、淡々たる『中外抄』の記事の方を選んだのかもしれない。『富家語』を素材にして、『中外抄』程度の短文を書くこともやさしい。しかし、そういうことをしなかつたことは、「一条摂政の記に見えたり。」という一句が証明している。抄録者の態度をくずさなかつたのだ。

もつとも、実資の話が一条摂政伊尹の記に見えるというのは、年代的に合わない。忠実が、前に師元には、一条左大臣雅信の記に見える、と語つているのからすれば、忠実の話全部が、小野の宮実頼のことであつたのだろう。十一年も経つて仲行に語つた時、もう忠実の記憶が狂つていたのか、仲行が聞き違えたのか。しかし、その場合にも、実資の死よりもはるか前代の人伊尹は、実資の死は書けないが、実頼よりは後代の人だから、この話を書くことはできるのである。ともあれ、『中外抄』でも『富家語』でも、この話(E)は実頼の話のつもりだつたろう。ところが、『古事談』の顕兼は、それらをみな孫の実資の話としてしまつた。

実頼(小野宮殿)──斉敏──高遠
　　　　　　　　　　　└─実資(後の小野宮殿)

実資も賢人右府と呼ばれた人で、その死が京都一般市民の哀悼の的となつたかどうかはわからないが、顕兼が誤るだけの根拠はある。しかも、一方、かれには好色の聞こえもある。そうした場合、神と語り、市井の声に耳を傾ける為政者像と、町の下層階級の少女たちを片端から呼び込んだり、遊女と契りを結ぶ漁色者像とを、それぞれ同一人物の側面として併存し、

両者の間に道学者的調整の必要を認めないのが、〈抄録〉の立場である。そういうひろやかな態度で説話を摂取しながら、

小野《ノ》宮殿、薨給《レヒ》たりけるには、京中諸人、彼人《ノ》家《ノ》前ニ集《マリ》テ、事《ノ》外《ニ》愁歎しけりと、見《ユ》二一条摂政記《ニ》一。(『中外抄』下巻)

凡《ソ》小野《ノ》宮ハイミジク御坐シケル人ニコソ御《ス》メレ。令《メ》レ薨給《レフノ》時、京中諸人《ノ》門前ニ来集《マリ》テ歎合《キヒ》テ挙哀スト、一条殿雅信公左大臣記ニ被《レ》レ書《カ》タル。賢皇ノ崩給《ジフノ》時、大極殿《ノ》竜尾壇ニ諸国《ノ》人民参入□(シ)テ挙哀ストテ泣歎《キク》事ノ有也《リ》者。(『富家語』)

という同一話のどちらを採るか、という選択にあたつては、直接前後にある話を抄出しながらも、『富家語』の叙述を捨て顧みないのである。なお、いろいろな形で突き止めていかねばなるまいが、抄録者のそういう選び取り・選び捨ての作業段階や、ひとつの話にまといつく話のための不必要物を切り捨てる作業段階を無視すると、抄録者の仕事は、単なるノートへの書き抜きと同一視されてしまおう。

雑然と掻き集めてきた説話を楽しもう、というふうな抄録の仕方を、顕兼はしなかつた。だから、時には、そこまでせずとも、というような点まで、手間をかけ、骨を折つている。たとえば、

〔**典拠**〕保延四年四月七日。夜於《イテ》二宇治殿《ニ》一被《レテ》レ仰《セ》云、「仁海僧正《ニ》(「ハ」か。)食《フ》レ鳥《ヲ》人也。房に住《ミ》ける僧の雀をえもいはず取《リ》ける也。件《くだんノ》雀をはらはらとあぶりて、粥漬のあはせには用そ(ママ)也。雖《モ》レ然《リト》有《ル》レ験人にて有けり。仁海は大師の御影不《ト》レ来(ママ)云々。(**A′**)仁海許《ガもと》ニ成典僧正の着《ケ》二束帯《ヲ》一て出逢《デヒ》たりければ、成典下《リ》レ地《ニ》て再拝して、□ハ座テ申《シテ》云《ハク》、『大師尊貌を欲《スル》レ奉《ランシ》レ礼之心、已及《ベリ》二多年《ニ》一。而《ルニ》去夜《ノ》夢《ニ》、欲《おも》レ奉《ラント》レ礼《シ》二大師《ヲ》一はゞ、可《キ》レ見《ル》二仁海《ヲ》一之由、有《リ》二其告《ノ》一。房人等不《ぬ》二思懸《ヒケ》一事也と思《ヒ》て、仁海に共候(ママ)て、此《ノ》僧正《モ》『夢見《テ》けり。』と云て、又、着《ケ》二束帯《ヲ》一て出逢《ヒ》たりければ、成典下《リ》レ地《ニ》て再拝して、□ハ座テ申《シテ》云《ハク》、『大師尊貌を欲《スル》レ奉《ランシ》レ礼之心、已及《ベリ》二多年《ニ》一。而《ルニ》去夜《ノ》夢《ニ》、欲《おも》レ奉《ラント》レ礼《シ》二大師《ヲ》一はゞ、可《キ》レ見《ル》二仁海《ヲ》一之由、有《リ》二其告《ノ》一。仍《リテ》参候《リフト》也』云々。(**B′**)」(『中外抄』上巻、「続群書類従」本)

〔**本文**〕仁海僧正父は上野上座と云けり。死後、僧正の夢に牛に成たると見えければ、買取て被二労飼一之間、又夢に、所(ママ)なくて罪軽まず、と見えければ、田舎へ遣して時々被レ遣けり。牛斃後、得レ脱之由、又夢の告あり云々。(C)

成典僧正、着二法服一仁海の許へおはしたりければ、房人等、不レ思レ懸事也と驚て、仁海に申ければ、此僧正は「夢見てけり。」とて、又着二法服一出遇たりければ、成典下レ地礼拝して、昇レ席申云、「欲レ奉レ礼二大師尊貌一志及二多年一。而去夜に、欲レ奉レ礼二大師一者可レ見二仁海一之由、有二其告一。仍所二参入一也。」云々。(B)

仁海僧正は食レ鳥之人也。房に有ける僧の雀をえもいはず取ける也。件《ノ》雀をはらはらとあぶりて、粥漬のあはせに用ける也。雖レ然有レ験の人にて被レ座けり。大師の御影に不レ違云々。(A)

成尊僧都は仁海僧正真弟子云々。或女房密二通於彼僧正一之間、忽懐妊産二生男子一。母堂云、「此児長成(ママ)者、此事自令二披露一歟。」とて、水銀を令ㇾ服二嬰児一云々。令ㇾ服二水銀一之者、若存ㇾ命其陰不ㇾ全云々。依ㇾ之件僧都於二男女一一生不犯之人也。

（D）（第三、底本架蔵三冊本）

〔訓読〕 仁海《にんがい》僧正の父は上野《かうづけ》の上座と云ひけり。死後、僧正の夢に牛に成りたると見えければ、買ひ取りて労《いたは》り飼はるるのあひだ、又、夢に、所（「役」脱。）なくて罪軽まずと、見えければ、田舎へ遣はして時々遣はれけり。牛斃るるの後、脱《のが》れ得たるの由、又夢の告げあり、とうんぬん。

成典僧正、法服を着けて仁海の許《もと》へおはしたりければ、房の人等、思ひ懸けぬ事なり、と驚きて、仁海に申しければ、この僧正は、「夢見てけり。」とて、又法服を着けて出で遇ひたりければ、成典、地に下りて礼拝して、席に昇りて申していはく、「大師の尊貌を礼《らい》し奉らんと欲する志、多年に及ぶ。しかるに去夜に、大師を礼し奉らんと欲すれば、仁海を見るべきの由、その告げあり。よりて参入するところなり。」とうんぬん。

仁海僧正は鳥を食ふの人なり。房にありける僧の雀をえもいはず取りけるなり。件の雀をはらく〳〵とあぶりて、粥漬のあはせに用ひける也。しかりといへども、験《げん》あるの人にておはせられけり。大師の御影に違はず、とうんぬん。

成尊僧都は仁海僧正の真《まこと》の弟子なり、とうんぬん。ある女房、かの僧正に密通のあひだ、たちまちに懐妊、男《なん》子を産めり。母堂のいはく、「この児長成（「成長」の顚倒か。）しぬれば、この事自ら披露せしむるか。」とて、水銀を嬰児に服せしめぬ、とうんぬん。水銀を服せしむる者は、もし命を存するも、その陰、全からず、とうんぬん。これによりて、件の僧都は、男女に於いて一生不犯の人なり。

このように、『古事談』は、『中外抄』上巻から一連のふたつの話（A′・B′）を抄出しながら、他書から抄出したもうふたつの話といっしょに集録するために、わざわざ順序を顚倒して（B・A）いる。忠実の談話はA′↓B′となっており、A′の末の「*雖《モ》ㇾ然《リト》有《ル》ㇾ験人にて有けり。**仁海は大師の御影に不ㇾ来《ト》(ママ、「違」の誤カ。)云々。」は、そのつなぎとなるものである。A′・B′を二つに分離するのなら、その後半（＊＊）はB′の頭につけてもよいだろう。口承の際、そういう配慮で繰り出された二つの話であるが、抄出者はわざわざ順序を入れ替えた。四つの話を、仁海の父の話から、仁海の子の話へ（C…↓D）と、配列するにあたつて、仁海の破戒の行状を述べて、その真性におよぶ（A′↓B′）の『中外抄』の並べ方よりも、まず、かれの負う因縁・その正体から述べて、破戒の行状におよぶ（B↓A）方が、仁海を理解する上からも、Dの破戒譚とのつながりの上からも、より適切と考えたのであろう。顕兼は、原典の順序のままに抄写せず、そこまで配慮しているのである。といつて、編者は、C↓B↓A↓Dという説話の並べ方によつて、なにかを特に言おうとしているのではない。顕兼は、それに特別の意味を托するためではないのに、並びをよくするためだけで、そういう操作をあえてする。〈抄録〉の仕事の後半、集録の方についてみても、『古事談』については、そういうことがいえるのである。

説話の遇し方

抄録者は、そのように〈抄〉の仕事、〈録〉の仕事に丹精をこめた。そして、集めてこられた一話一話は、口承の折に、その時々に結びつけられた話のきっかけから、全く自由となり、話そのものの独立性を獲得した。同じ人物をめぐる話の場合には、それらは寄せ集められるが、それはそれだけのことである。話は解釈されない。説明されない。話は、ことばの形象が構成しえている本然のものを、そのままに主張して群棲する。だから、この抄録の文芸の世界には、いわば無秩序の秩序しかない。

そういう説話の世界の味わいを、『古事談』の読み手すべてが理解しえたわけではない。もの足らず思う者もあった。たとえば、『宇治拾遺物語』の編者――かれは、おもしろく話をつないでいかねば、満足のできないタイプの人であった。だから、『古事談』を読み、そこから話を抄出する時には、かれの作った話のきっかけを必ず添え、かれの作り出す話の流れの中に、それを組み込まねば気がすまなかった。

〔本文〕　出羽守源斉頼は、自二若冠之昔一、至二衰老之時一、以レ飼レ鷹為レ業。不レ分二夏冬一。家中にも廿許飼レ之、家人之許、預之所領、田舎などにも、又巨多に置たりけり。七旬之後、目に雉の觜生出て、両眼損にけり。然而自身仕事はなけれども、少々は猶飼て、明暮手に居て、掻撫て愛けり。爰、或人、信濃鷹を儲たりけるを、此斉頼の許へ持来て云、「西国に侍ル者此鷹を給て候。今は御覧ぜぬは無レ詮事侍れど、奉申合とて居て参侍也。」ト云々。沈二病席一之者、聞二此事一起出テ云、「有レ興事哉。西国の鷹も、賢きは、敢て信濃・奥鷹に不レ劣物也。持ておはせ。居て探らん。」と云ければ、進寄て鷹を移ければ、白髪に帽子かづきて、たへの直垂・小袴に、九寸許なる腰刀の柄にくすねいと巻たる、脇壺に指て、鷹を居移之後は、気色も事の外すくよかげに成て、たかだぬきより探上て、取手など探て、右の拳を握て、足二の間にさし入て、打うなづきて、又肩崎のほど探廻て、打うなづき〳〵して、「心浮事哉。盲になりたりとて、はかり給けるな。是は信濃の腹白が巣の鷹にこそ侍けれ。西国の鷹は、かやうの毛さし・骨置のしたらばこそあらめ。」と云けり。最期には鳥の毛遍身に生て死けり。

丹後守保昌、下ヨ向任国一之時、よさ《むイ》・の山に白髪の武士一騎逢たるが、路傍なる木下に頗打入て立たりけるを、国司郎従等云、「此老翁何ソ不二下馬一哉。奇恠也。可二咎下一。」云々。爰国司云、「一人当千と云馬の立様也。非二直人一歟。不レ可レ咎。」

と制止して打過之間に、三町斗下りて、大《矢イ》夫左衛門尉致経、引二率数多之兵一逢レ之。与二国司一会釈之間、致経云、「先に老武者や一人奉レ逢候ひつらん。致経が愚父平五大夫候。堅固田舎人にて不レ知二子細一、定て令レ現二無礼一歟。」云々。致経過《テ》後、国司、「さればこそ。」と云けり。（第四、底本架蔵三冊本）

〔訓読〕　出羽の守源の斉頼は、若冠の昔より衰老の時に至るまで、鷹を飼ふを以ちて業となす。夏冬を分かたず。家中にも廿ばかりこれを飼ひ、家人のもと、預りの所領、田舎などにも、また巨多に置きたりけり。七旬の後、目に雉の觜《くちばし》生《お》ひ出て、両眼損じにけり。しかれども、自身仕《つか》ふ事はなけれども、少々はなほ飼ひて、明け暮れ手に据ゑて、掻き撫で愛しけり。ここに、ある人、信濃の鷹を儲けたりけるを、この斉頼のもとへ持ち来たりて、いはく、「西国に侍る者、この鷹を給ひて候ふ。今は御覧ぜぬは詮なき事に侍れど、申し合はせ奉らんとて、据ゑて参り侍るなり。」とうんぬん。病の席《むしろ》に沈めるの者、この事を聞きて、起き出でていはく、「興ある事かな。西国の鷹も、賢きは、あへて信濃・奥《をく》の鷹に劣らざるものなり。持《も》ておはせ。据ゑて探らん。」と云ひければ、進み寄りて鷹を移しければ、白髪に帽子かづきて、たへの直垂《ひたたれ》・小袴に、九寸ばかりなる腰刀の柄にくすね糸巻きたる、脇壺に指《さ》して、鷹を据ゑ移すの後は、気色も事の外すくよげに成りて、たかだぬきより探り上げて、取手《とつて》など探りて、右の拳を握りて、足ふたつの間にさし入れて、打ちうなづきて、また、肩先のほど探り廻して、打ちうなづきうなづきして、「心浮き事かな。盲《めしひ》になりたりとて、はかり給ひけるな。これは信濃の腹白が巣の鷹にこそ侍りけれ。西国の鷹は、かやうの毛さし、骨置きのしたらばこそあらめ。」と云ひけり。最期には鳥の毛遍身に生ひて死にけり。

丹後の守、保昌、任国に下向の時、与謝《よさ》の山に白髪の武士一騎逢ひたるが、路傍なる木の下に頗る打ち入りて立ちたりけるを、国司の郎従等のいはく、「この老翁、なんぞ下馬せざるや。奇怪なり。咎め下すべし。」とうんぬん。ここに、国司のいはく、「一人当千といふ馬の立て様なり。ただ人に非ざるか。咎むべからず。」と制止して打ち過ぐるのあひだに、三町ばかり下りて、大夫（「矢」の誤写。）の左衛門の尉致経《むねつね》、数多の兵を引率して、これに逢へり。国司と会釈のあひだ、致経のいはく、「先に老武者や一人逢ひ奉り候ひつらん。致経が愚父平五大夫に候ふ。堅固の田舎人にて子細を知らず、定めて無礼を現ぜしむるか。」とうんぬん。致経、過ぎて後、国司、「さればこそ。」と云ひけり。

〔考〕　**○源斉頼**　鎮守府将軍源の満政の孫、駿河の守忠隆の子。源の俊房の『水左記』承保四年（一〇七七）十二月四日条に、「夜に入りて、前の出羽の守斉頼、小男を将《ゐ》て来たり。これ、第六男とうんぬん。」と見え、斉頼が盲いたのは、それ以後と見てよい。したがつて、斉頼は、次の話の藤原の保昌より後代の人物。『古事談』は配列を誤つた。**○七旬**　七十歳。**○居て**　居＝据。据ゑて。**○奥**　陸奥。**○鷹を移しければ**　斉頼の左の拳に鷹を移したところ。**○たへ**　栲。かじの木の皮の繊維で織つた布。**○くすねいと**　松脂と油を混ぜて煮て練つたものを塗つた糸。**○脇壷**　脇の下。**○たかだぬき**　鷹を使うに用いる籠手《こて》。**○腹白が巣の鷹**　「腹白」は鷹の銘柄。鷹は雛を巣から捕えてきて仕込む。良い雛の採れる巣はきまつており、その道の人には知られていた。今日でも、各地に鷹の巣山というのがある。**○毛さし・骨置**　羽毛の生え方・骨組みの意か。不明。「西国の鷹は、……したらばこそあらめ。」は、斉頼が種々相手に説明して、「西国の鷹は、こういうふうな毛の生え方や骨組みをしているものならば、そうであろう。」といったのである。**○遍身**　からだ中。**○保昌**　藤原の保昌。（九五八—一〇三六）藤原致忠の子、丹後・山城の守等を歴任した。和泉式部の夫。**○よさの山**　丹波と丹後の国境の与謝峠。**○大夫左衛門尉致経**　「夫」は「丹鶴叢書」本などの「矢」が正しい。大箭とも書く。ニック・ネームである。左衛門の尉平の致経。**○平五大夫**　平致頼（？—一〇一一）備中の掾。

『古事談』第四勇士のこの二話は、前に掲げた源の頼義が生母を憎んだ話の直前にある。前の方の源の斉頼の話は、鷹好きが鷹飼いの道に徹し抜いて、死ぬるまで執心しつづけた話で、かれの老後の眼病も、仏教の因果応報の思想で、数知れず殺した雉のくちばしが生えた、ということになつている。それでも好きの道はよせない。鷹を飼い、鷹に執しつづけて、全身に鳥の毛が生じて死んだ、とある。それも殺生の報いのはずだが、好きな鷹になつたのではなかろうか、と思わせるほどの明るさがある話である。現世で畜生道に落ちつつある翁。その翁の心を楽しませようとして、ちよつと気のきいた芝居をする男。男が手に入れたのは、「信濃の鷹」と漠然と紹介されているが、話が進むと、斉頼に、「信濃の腹白が巣の鷹」と、その先のもつと細部の、産地まで鑑定されてしまう。盲目のかれがそういう鑑別をする時の態度の細部描写は、この話の最も大切な部分で、寝込んでいた盲翁が、鷹と聞いて起き上り、手に移し据えて、しやんとした爽快な顔色となり、こまごまと手探りして調べ上げ、不審を抱き、欺かれたと看破して、自己に納得させる。鷹を持つてきた男の親切心の小細工は見破られた。しかし、「謀り給ひけるな。」と嘆じる時の七十翁の確信に満ちた態度——それは、ひさびさにかれの味わつた生きがいというものではなかろうか。

後の方の話は、また変つて、武勇の士と武勇の士の山中での出逢いである。風丰を望見して、その尋常の人物でないことを知つたのは、さすがに藤原の保昌。老いたる平の致頼の百戦錬磨の武技と不屈の根性を、「馬の立て様」に見て取つた。致頼の方は、この新国司一行をやりすごしつつ、その中の主《あるじ》の人物をどう感じとつたことだろうか。このふたつの話は、一徹な老武人を描く点で似ているにしても、話としてはなんのつながりもない。その関係に、ある意味を見つける必要はなく、両者は、個々に話として、ただ一話ずつで、『古事談』の中にちやんと位置を占めている。源の顕兼は、選んできた話を全く無拘束に、それぞれに投げ出して、自己主張させるのである。

そういう顕兼の編者としての天衣無縫性に対して、かれの『古事談』から保昌と致頼の邂逅譚を抄出した、『宇治拾遺物語』の編者の話の過し方は、また違つている。『宇治拾遺物語』の方では、その話は、

A　空入水《そらじゆ》したる僧の事巻一一ノ九
B　日蔵上人吉野山にて鬼にあふ事巻一一ノ一〇
C　丹後守保昌下向の時致経の父にあふ事巻一一ノ一一
D　出家功徳の事巻一一ノ一二（「日本古典文学大系」本）

というふうに並べられている。従来、それを雑纂的といい、無脈絡とみたが、実は、これらの話は、

A　聖が、桂川で入水する、と広告して百日懺法に人を集め、当日崇敬の衆人環視の中で臆病で死に損じる話。

↓　→【人間、思い切ることのむずかしさ。】

B　日蔵上人が吉野山中で鬼に逢ったが、その鬼は、殺してやりたい、と人を恨む心を残して死に、四、五百年も鬼の姿で、責め苦を受けていたものだった、という話。

↓　→【山中でのめぐりあい。】

C　名だたる武芸の人、藤原の保昌が与謝の山中で、有名な平の致頼とすれちがった時の話。

↓　→【鄙のただびとと見える老翁の非凡さ。】

D　道祖《さえ》の神の祠に宿った僧が、明日、武蔵寺に新仏出現、という神仏の会話を洩れ聞き、翌日出かけて待ち受けていると、年七十ばかりのただの老人が出家を発心し、剃髪してもらうのであった話。

というふうに、話のある一面からの連想で呼び出され、また別の面からの連想で、他の話へつづいていく、つながり方を持っている。それは、〈巡《めぐ》り話〉の座での話の人から人への語りつがれ方を、ひとりの編者が文字の世界で演じたものであろう。『宇治』の編者は、自分が作り出していく話の流れのおもしろさに興じている面がある。『宇治』の特色は、個々の話の

よさ・おもしろさとそういう編者の語り方のたくみさとの両面にあり、一方を没却しては、『宇治』的でなくなる。『古事談』は、そういう編者の作り出す〈話の流れ〉を持たない。〈抄録〉の〈抄録〉たるところであるが、淡々とした中に、かぎりない説話への愛着がみられる、独特の文芸世界が、そこに形成されている。（完）

〔付記〕　『古事談』は、名のごとく故事談で、にわかに説話一般と同一視しない方がよい、と思います。古代・中世の説話の諸領域を領域ごとに見てみようとしているわたしは、ここでは、〈故事〉の系列の説話と説話文学のみを問題にしました。ですから、一般に人気のある『今昔』世俗の哄笑・爆笑を誘う話の群れと、にわかに同一視されないことを望んでいます。わずか十一回で、『古事談』の全容を示すにはいたりませんでしたが、「公然の秘密」「政治力の憧憬」で、故事の話の性格の一、二例を挙げ、次に「説話の技術」「抄録の文芸」で、語られる故事から書かれた『古事談』までの、説話→聞き書→抄録のプロセスで得られたもの喪われたものを、できるだけ考慮に入れて、『古事談』全体の性格批評をしようとしたのでした。鑑賞でも、注解でも、論考でもない形となったのは、説話文学の研究がまだ未開拓のままであるため、まず何からなすべきかに、種々迷ったためであります。お読みいただいた方々に感謝し、御寛恕を願います。

なお、『続古事談』は、『古事談』に倣った体裁を持っていますが、性格は随分違うものであることを、述べる機会がありませんでした。言い添えておきたい、と思います。

執筆者紹介（掲載順）

田中貴子（たなか・たかこ）
一九六〇年京都生まれ。広島大学大学院修了。甲南大学教授。中世説話・宗教文学。著書『渓嵐拾葉集の世界』（名古屋大学出版会・二〇〇三）『あやかし考』（平凡社・二〇〇四）『尼になった女たち』（大東出版社・二〇〇五）『鏡花と怪異』（平凡社・二〇〇六）『検定絶対不合格教科書　古文』（朝日新聞社・二〇〇七）など。

佐藤道生（さとう・みちお）
一九五五年東京生まれ。慶應義塾大学大学院修了。慶應義塾大学教授。日本漢字・中日比較文学。著書『平安後期日本漢文学の研究』（笠間書院・二〇〇三）など。主要論文「朗詠江註の視点」（「日本文学」第五四巻第七号・二〇〇五年七月）「保元三年『内宴記』の発見」（「中世文学」第四九号、二〇〇四年六月）。

生井真理子（なまい・まりこ）
一九五一年、北海道生まれ、同志社大学大学院修了。同志社大学等非常勤講師。中世文学。著書『論文　説話と説話集』（池上洵一編・和泉書院・二〇〇一・共著）『春日権現験記絵注解』（神戸説話研究会編・和泉書院・二〇〇五・共著）など。主要論文「幸清撰『宇佐石清水宮以下縁起』について」（「同志社国文学」第六六号・二〇〇七年三月）。

伊東玉美（いとう・たまみ）
一九六一年生まれ。神奈川県出身。東京大学大学院修了。博士（文学）。白百合女子大学教授。中世文学・説話文学。著書『小野小町―人と文学』（勉誠出版二〇〇七）『院政期説話集の研究』（武蔵野書院一九九六）ほか。主要論文「『古事談』―貴族社会の裏話」（小林保治監修『中世文学の回廊』勉誠出版二〇〇八）。

田渕句美子（たぶち・くみこ）
一九五七年東京生まれ。お茶の水女子大学大学院修了。博士（人文科学）。早稲田大学教授。中世文学・和歌文学・日記文学。著書『中世初期歌人の研究』（笠間書院・二〇〇一）『阿仏尼とその時代―『うたたね』が語る中世―』（臨川書店・二〇〇〇）など。主要論文「『新古今和歌集』の成立―家長本再考―」（「文学」第八巻第一号　二〇〇七年一月）。

田中宗博（たなか・むねひろ）
一九五六年京都市生まれ。神戸大学大学院博士課程修了。大阪府立大学教授。中古・中世の散文文学を専攻。主たる研究対象は、説話集とその周辺。著書『島原松平文庫蔵古事談抜書の研究』（池上洵一編著・和泉書院・一九八八・共著）『続古事談注解』（神戸説話研究会編・和泉書院・一九九四・共著）など。主要論文「惟成説話とその周辺」（『論集　説話と説話集』池上洵一編・和泉書院・二〇〇一）。

磯　水絵（いそ・みずえ）
一九五〇年東京生まれ。二松學舍大学大学院修了。博士（文学）。二松學舍大学教授。中世説話文学・日本音楽史楽。著書『説話と音楽伝承』（和泉書院・二〇〇〇）『院政期音楽説話の研究』（同・二〇〇三）。主要論文「『枕草子』の音楽表現」（『枕草子の新研究』新典社・二〇〇六）「『山槐記』に見る音楽」（「雅楽資料集」二松学舎大学21世紀COEプログラム・二〇〇六年三月）。

山口眞琴（やまぐち・まこと）

一九五六年生まれ。広島大学大学院博士課程後期中退。兵庫教育大学大学院教授。古代中世説話文学。主要論文「真贋のはざまの「聖と猟師」―『宇治拾遺物語』第一〇四話「猟師、仏ヲ射事」考」（『Problématique―プロブレマティーク―』Ⅶ〈文学／教育7〉・二〇〇六年一〇月）「検非違使と罪業をめぐって―『今昔物語集』と中世説話集／往還―」（『説話論集　第十二集　今昔物語集』清文堂・二〇〇三）。

蔦尾和宏（つたお・かずひろ）

一九七二年神奈川県生まれ。東京大学大学院修了。岡山大学准教授。中古・中世散文学。主要論文「『今鏡』の成立―「すべらぎの下・二葉の松」考―」（『国語国文』第七六巻第三号・二〇〇七年三月）「惟成の妻―『古事談』「臣節」巻末話考―」（『国語と国文学』第八三巻第七号・二〇〇六年七月）。

内田澪子（うちだ・みおこ）

一九六四年兵庫県生まれ。神戸大学大学院修了。博士（文学）。東京大学史料編纂所特任研究員。日本中世文学。著書『春日権現験記絵注解』（神戸説話研究会編・和泉書院・二〇〇五・共著）など。主要論文「『十訓抄』の忠義」（『説話文学研究』三六号・二〇〇一年六月）「『極楽寺殿御消息』再考―田中穣氏旧蔵本の紹介から・附翻刻」（『国立歴史民族博物館研究報告』一三六集・二〇〇七年三月）。

永村　眞（ながむら・まこと）

一九四八年熊本生まれ。早稲田大学大学院中退。日本女子大学教授。中世寺院社会史、中世寺院史料論。編著書『二宮町史』通史編（二宮町・二〇〇八）など。主要論文「『南都仏教』再考」（『論集鎌倉期の東大寺復興』東大寺・二〇〇七）「中世寺院の秩序意識」（『日本宗教文化史研究』第一〇巻一・二〇〇六年五月）「親鸞聖人の消息と法語―主に高田専修寺所蔵自筆「消息を通して」―」（『高田学報』九四輯・二〇〇七）。

小林直樹（こばやし・なおき）

一九六一年静岡県生まれ。京都大学大学院博士課程研究指導認定。大阪市立大学教授。日本中世文学。著書『中世説話集とその基盤』（和泉書院、二〇〇四年）など。

落合博志（おちあい・ひろし）

一九五九年神奈川県生まれ。東京大学大学院博士課程単位取得退学。国文学研究資料館准教授。中世文学・古典籍書誌学。編著者『中世歌謡資料集』（汲古書院・二〇〇五）『田安徳川家蔵書と高乗勲文庫』（臨川書店・二〇〇三・共著）など。主要論文「能と和歌―《姨捨》と姨捨山の和歌について―」（『国文学解釈と鑑賞』第七二巻五号　二〇〇七年五月）。

松本麻子（まつもと・あさこ）

一九六九年東京生まれ。青山学院大学大学院修了。青山学院大学非常勤講師。中世文学・連歌文芸。項目執筆『新撰菟玖波集全釈第1巻～第8巻』（三弥井書店・一九九九～二〇〇七）。主要論文「連歌寄合書と『夫木和歌抄』」（『連歌俳諧研究』第一一二号・二〇〇七年三月）「『古事談』諸本研究―福住道祐本を中心として―」（『説話文学研究』第四二号・二〇〇七年七月）。

前田雅之（まえだ・まさゆき）

一九五四年下関市生まれ。早稲田大学大学院博士後期課程単位取得中退。博士（文学）。明星大学教授。著書『今昔物語集の世界構想』（笠間書院・一九九九）『記憶の帝国【終わった時代】の古典論』（右文書院・二〇〇四）など。主要論文「和語を和語で解釈すること―一条兼良における注釈の革新と古典的公共圏―」（『文学』第九巻第三号・二〇〇八年五月）。

保立道久（ほたて・みちひさ）

一九四八年東京生まれ。国際キリスト教大学卒業、都立大学大学院修了。東京大学史料編纂所教授。日本の平安時代から室町時代の専攻。著書『中世の愛と従属』（平凡社・一九八六）『平安王朝』（岩波新書・一九九六）『物語の中世』（東京大学出版会・一九九八）『黄金国家』（青木書店・二〇〇四）など。

木下資一（きのした・もといち）
一九五〇年長野県生。東京大学大学院博士課程単位取得退学。神戸大学大学院教授。説話伝承学・日本文化論・中世文学。著書『続古事談注解』（神戸説話研究会編・和泉書院・一九九四・共著）など。主要論文「『続古事談』と承久の変前夜」（「国語と国文学」第六五巻第五号・一九八八年五月）「鬼の帯と蓮華王院の宝蔵」（「日本文化論年報」第八号・二〇〇五年三月）。

花部英雄（はなべ・ひでお）
一九五〇年青森県生まれ。國學院大學文学部卒。國學院大學准教授。伝承文学・口承文芸。著書『昔話と呪歌』（三弥井書店・二〇〇五）『漂泊する神と人』（三弥井書店・二〇〇四）『呪歌と説話』（三弥井書店・一九九八）『西行伝承の世界』（岩田書院・一九九六）など。

田島　公（たじま・いさお）
一九五八年長野県生まれ。京都大学大学院博士後期課程中途退学。東京大学史料編纂所教授。日本古代史・目録学。編著書『禁裏・公家文庫研究』一・二（思文閣出版・二〇〇三・二〇〇六・共著）など。主要論文「禁裏文庫周辺の『古事談』と『古事談』逸文」（『新日本古典文学大系月報』一〇〇〔第四一巻付録〕岩波書店・二〇〇五年一一月）「尊経閣文庫所蔵『三宝絵』の書誌」（『三宝絵』〔尊経閣善本影印集成四一―二〕八木書店・二〇〇七）。

益田勝実（ますだ・かつみ）
一九二三年山口県生まれ。東京大学文学部卒。元法政大学教授。国文学・歴史学・民俗学。主要著書『説話文学と絵巻』（三一書房・一九六〇）『火山列島の思想』（筑摩書房・一九六八）『記紀歌謡』（筑摩書房・一九七二）『秘儀の島　日本の神話的想像力』（筑摩書房・一九七六）『古事記』（岩波書店・一九八四）『益田勝実の仕事』全五冊（筑摩書房・二〇〇六）など。

編者

浅　見　和　彦（あさみ・かずひこ）

1947年　東京生まれ。
東京大学大学院修了。成蹊大学教授。
中世文学・地域文化学・環境日本学

編 著 書　『宇治拾遺物語　古本説話集』（岩波書店・1990・共著）
　　　　　『十訓抄』（小学館・1997）
　　　　　『説話と伝承の中世圏』（若草書房・1997）
　　　　　『壊れゆく景観』（慶應義塾大学出版会・2006・共著）
　　　　　『日本古典文学・旅百景』（NHK出版・2008）
主要論文　「東国文学史稿（8）伴大納言の出自―伴善男は佐渡出身か―」
　　　　　（「成蹊國文」第四〇号・2007年3月）

『古事談《こじだん》』を読《よ》み解《と》く

平成20(2008)年7月14日　初版第1刷発行

編　者　浅見和彦
装　幀　右澤康之
発行者　池田つや子
発行所　有限会社 笠間書院
東京都千代田区猿楽町2-2-3［〒101-0064］
電話　03-3295-1331　fax　03-3294-0996

NDC分類：913.47

ISBN978-4-305-70385-9
印刷・製本　壮光舎印刷

出版目録は上記住所までご請求下さい。
http://www.kasamashoin.jp/

説話番号対照表

『古事談』（新日本古典文学大系　岩波書店刊　略称＝新大系）と『古事談』（古典文庫　現代思潮社刊　略称＝古典文庫）の説話番号を対照した一覧表である。

左欄に古典文庫，右欄に新大系の説話番号を記した。

古典文庫	新大系
1	巻1-1
2	巻1-2
3	巻1-3
4	巻1-4
5	巻1-5
6	巻1-6
7	巻1-7
8	巻1-8
9	巻1-9
10	巻1-10
11	巻1-11
12	巻1-12
13	巻1-13
14	巻1-14
15	巻1-15
16	巻1-16
17	巻1-17
18	巻1-18
19	巻1-19
20	巻1-20
21	巻1-21
22	巻1-22
23	巻1-23
24	巻1-24
25	巻1-25
26	巻1-26
27	巻1-27
28	巻1-28
29	巻1-29
30	巻1-30
31	巻1-31
32	巻1-32
33	巻1-33
34	巻1-34
35	巻1-35
36	巻1-36
37	巻1-37
38	巻1-38
39	巻1-39
40	巻1-40
41	巻1-41
42	巻1-42
43	巻1-43
44	巻1-44
45	巻1-45
46	巻1-46
47	巻1-47
48	巻1-48
49	巻1-49
50	巻1-50
51	巻1-51
52	巻1-52
53	巻1-53
54	巻1-54
55	巻1-55
56	巻1-56
57	巻1-57
58	巻1-58
59	巻1-59
60	巻1-60
61	巻1-61
62	巻1-62
63	巻1-63
64	巻1-64
65	巻1-65
66	巻1-66
67	巻1-67
68	巻1-68
69	巻1-69
70	巻1-70
71	巻1-71
72	巻1-72
73	巻1-73
74	巻1-74
75	巻1-75
76	巻1-76
77	巻1-77
78	巻1-78
79	巻1-79
80	巻1-80
81	巻1-81
82	巻1-82
83	巻1-83
84	巻1-84
85	巻1-85
86	巻1-86
87	巻1-87
88	巻1-88
89	巻1-89
90	巻1-90
91	巻1-91
92	巻1-92
93	巻1-93
94	巻1-94
95	巻1-95
96	巻1-96
97	巻1-97
98	巻1-98
99	巻1-99
100	巻2-1
101	巻2-2
102	巻2-3
103	巻2-4
104	巻2-5
105	巻2-6
106	巻2-7
107	巻2-8
108	巻2-9
109	巻2-10
110	巻2-11
111･112	巻2-12
113	巻2-13
114	巻2-14
115	巻2-15
116	巻2-16
117	巻2-17
118	巻2-18
119	巻2-19
120	巻2-20
121	巻2-21
122	巻2-22
123	巻2-23
124	巻2-24
125	巻2-25
126	巻2-26
127	巻2-27
128	巻2-28
129	巻2-29
130	巻2-30
131	巻2-31
132	巻2-32
133	巻2-33
134	巻2-34
135	巻2-35
136	巻2-36
137	巻2-37
138	巻2-38
139	巻2-39
140	巻2-40
141	巻2-41
142	巻2-42
143	巻2-43
144	巻2-44
145	巻2-45
146	巻2-46
147	巻2-47
148	巻2-48

古典文庫	新大系
149	巻2-49
150	巻2-50
151	巻2-51
152	巻2-52
153	巻2-53
154	巻2-54
155	巻2-55
156	巻2-56
157	巻2-57
158	巻2-58
159	巻2-59
160	巻2-60
161	巻2-61
162	巻2-62
163	巻2-63
164	巻2-64
165	巻2-65
166	巻2-66
167	巻2-67
168	巻2-68
169	巻2-69
170	巻2-70
171	巻2-71
172	巻2-72
173	巻2-73
174	巻2-74
175	巻2-75
176	巻2-76
177	巻2-77
178	巻2-78
179	巻2-79
180	巻2-80
181	巻2-81
182	巻2-82
183	巻2-83
184	巻2-84
185	巻2-85
186	巻2-86
187	巻2-87
188	巻2-88
189	巻2-89
190	巻2-90
191	巻2-91
192	巻2-92
193	巻2-93
194	巻2-94
195	巻2-95
196	巻2-96
197	巻3-1
198	巻3-2
199	巻3-3
200	巻3-4
200	巻3-5
201	巻3-6
202	巻3-7
203	巻3-8
204	巻3-9
205	巻3-10
206	巻3-11
207	巻3-12
208	巻3-13
209	巻3-14
210	巻3-15
211	巻3-16
212	巻3-17
213	巻3-18
214	巻3-19
215	巻3-20
216·217	巻3-21
218	巻3-22
219	巻3-23
220	巻3-24
221	巻3-25
222	巻3-26
223	巻3-27
224	巻3-28
225	巻3-29
226	巻3-30
227	巻3-31
228	巻3-32
229	巻3-33
230	巻3-34
231	巻3-35
232	巻3-36
233	巻3-37
234	巻3-38
235	巻3-39
236	巻3-40
237	巻3-41
238	巻3-42
239	巻3-43
240	巻3-44
241	巻3-45
242	巻3-46
243	巻3-47
244	巻3-48
245	巻3-49
246	巻3-50
247	巻3-51
248	巻3-52
249	巻3-53
250	巻3-54
251	巻3-55
252	巻3-56
253	巻3-57
254	巻3-58
255	巻3-59
256	巻3-60
257	巻3-61
258	巻3-62
259	巻3-63
260	巻3-64
261	巻3-65
262	巻3-66
263	巻3-67
264	巻3-68
265	巻3-69
266	巻3-70
267	巻3-71
268	巻3-72
269	巻3-73
270	巻3-74
271	巻3-75
272	巻3-76
273	巻3-77
274	巻3-78
275	巻3-79
276	巻3-80
277	巻3-81
278	巻3-82
279	巻3-83
280	巻3-84
281	巻3-85
282	巻3-86
283	巻3-87
284	巻3-88
285	巻3-89
286	巻3-90
287	巻3-91
288	巻3-92
289	巻3-93
290	巻3-94
291	巻3-95
292	巻3-96
293	巻3-97
294	巻3-98
295	巻3-99
296	巻3-100
297	巻3-101
298	巻3-102
299	巻3-103
300	巻3-104
301·302	巻3-105
303	巻3-106
304	巻3-107
305	巻3-108
306	巻4-1
307	巻4-2
308	巻4-3
309	巻4-4
310	巻4-5
311	巻4-6
312	巻4-7
313	巻4-8
314	巻4-9
315	巻4-10
316	巻4-11
317	巻4-12
318	巻4-13
319	巻4-14
320	巻4-15
321	巻4-16
322	巻4-17
323	巻4-18
324	巻4-19
325	巻4-20
326	巻4-21
327	巻4-22

古典文庫	新大系
328	巻4-23
329	巻4-24
330	巻4-25
331	巻4-26
332	巻4-27
333	巻4-28
334	巻4-29
335	巻5-1
336	巻5-2
337	巻5-3
338	巻5-4
339	巻5-5
340	巻5-6
341	巻5-7
342	巻5-8
343	巻5-9
344	巻5-10
345	巻5-11
346	巻5-12
347	巻5-13
348	巻5-14
349	巻5-15
350	巻5-16
351	巻5-17
352	巻5-18
353	巻5-19
354	巻5-20
355	巻5-21
356	巻5-22
357	巻5-23
358	巻5-24
359	巻5-25
360	巻5-26
361	巻5-27
362	巻5-28
363	巻5-29
364	巻5-30
365	巻5-31
366	巻5-32
367	巻5-33
368	巻5-34
369	巻5-35
370	巻5-36
371	巻5-37
372	巻5-38
373	巻5-39
374	巻5-40
375	巻5-41
376	巻5-42
377	巻5-43
378	巻5-44
379	巻5-45
380	巻5-46
381	巻5-47
382	巻5-48
383	巻5-49
384	巻5-50
385	巻5-51
386	巻5-52
387	巻5-53
388	巻5-54
389	巻6-1
390	巻6-2
391	巻6-3
392	巻6-4
393	巻6-5
394	巻6-6
395	巻6-7
396	巻6-8
397	巻6-9
398	巻6-10
399	巻6-11
400	巻6-12
401	巻6-13
402	巻6-14
403	巻6-15
404	巻6-16
405	巻6-17
406	巻6-18
407	巻6-19
408	巻6-20
409	巻6-21
410	巻6-22
411	巻6-23
412	巻6-24
413	巻6-25
414	巻6-26
415	巻6-27
416	巻6-28
417	巻6-29
418	巻6-30
419	巻6-31
420	巻6-32
421	巻6-33
422	巻6-34
423	巻6-35
424	巻6-36
425	巻6-37
426	巻6-38
427	巻6-39
428	巻6-40
429	巻6-41
430	巻6-42
431	巻6-43
432	巻6-44
433	巻6-45
434	巻6-46
435	巻6-47
436	巻6-48
437	巻6-49
438	巻6-50
439	巻6-51
440	巻6-52
441	巻6-53
442	巻6-54
443	巻6-55
444	巻6-56
445	巻6-57
446	巻6-58
447	巻6-59
448	巻6-60
449	巻6-61
450	巻6-62
451	巻6-63
452	巻6-64
453	巻6-65
454	巻6-66
455	巻6-67
456	巻6-68
457	巻6-69
458	巻6-70
459	巻6-71
460	巻6-72
461	巻6-73
462	巻6-74

参考文献目録

ここでは主に先後に刊行（復刊）された本作品に関する研究文献を、一　本文・注釈・研究書、二　総論、三　各巻関連論、の項目に分けて列記した。なお、紙幅の関係から掲載できなかった文献・関連論文の検索については、『国文学年鑑』やインターネットで公開中の国立国会図書館・国文学研究史料館の文献検索システム等が至便である。
○『古事談』に関連する文献を、各分類毎に掲載年月順に列記した。
○ 旧漢字は現行の字体に改めた。

一、本文・注釈・研究書（単行本）

①本文・注釈

宇治拾遺物語　古事談　十訓抄　新訂増補国史大系18巻　吉川弘文館　1965.11
矢野玄道　古事談私記　愛媛大学古典叢刊　青葉図書　1975.6
日本霊異記　古事談抄　日本古典影印叢刊１　貴重本刊行会　1978.7
志村有弘訳　古事談—中世説話の源流　教育社新書　原本現代訳58　教育社　1980.8
小林保治校注　古事談　上・下　古典文庫60　現代思潮社　1981.11
中野猛〈翻刻〉古事談抄　説話７　1983.8
池上洵一編著　島原松平文庫蔵古事談抜書の研究　研究叢書64　和泉書院　1988.12
川端善明・荒木浩校注　古事談　続古事談　新日本古典文学大系41　岩波書店　2005.11

②−１研究書（説話・伝承）

益田勝実　説話文学と絵巻　古典とその時代５　三一書房　1960.2
志村有弘　説話文学の構想と伝承　明治書院　1982.5
原田行造　中世説話文学の研究　上・下　桜楓社　1982.10
田村憲治　言談と説話の研究　清文堂　1995.12
浅見和彦　説話と伝承の中世圏　若草書房　1997.4
磯水絵　説話と音楽伝承　和泉書院　2000.12
池上洵一　説話と記録の研究　池上洵一著作集　第二巻　和泉書院　2001.1
池上洵一編　説話と説話集　和泉書院　2001.5
伊東玉美　院政期説話集の研究　武蔵野書院　2001.5
益田勝実著　鈴木日出男・天野紀代子編　益田勝実の仕事２　ちくま学芸文庫　筑摩書房　2006.2
益田勝実著　鈴木日出男・天野紀代子編　益田勝実の仕事１　ちくま学芸文庫　筑摩書房　2006.5

小島孝之編　説話の界域　笠間書院　2008.7
小林保治　中世文化の発想　勉誠出版　2008.3
小林保治監修　中世文学の回廊　勉誠出版　2008.3
池上洵一　説話とその周辺　池上洵一著作集　第四巻　和泉書院　2008.5

②-２研究書（古記録・古代史）
木本好信　平安朝日記と逸文の研究　桜楓社　1987.4
山中裕編　古記録と日記（上）（下）　思文閣出版　1993.1
橋本義彦　平安の宮廷と貴族　吉川弘文館　1996.12
松薗斉　日記の家―中世国家の記録組織　吉川弘文館　1997.8
橋本義彦　日本古代の儀礼と典籍　青史出版　1999.10
木本好信　平安朝官人と記録の研究　おうふう　2000.11
松薗斉　王朝日記論　叢書・歴史学研究　法政大学出版局　2006.5

二、総論（論文）

①作品・編者論
岡田稔　古事談の鑑賞　解釈と鑑賞6-2　1941.2
小林忠雄　古事談略本考　国学院雑誌47-2　1941.2
安藤菊二　古事談出典小考　日本文学研究（日本文学研究会）30　1952.2
今西実　『古事談抜書』私見　山辺道10　1963.1
益田勝実　公然の秘密（古事談鑑賞1）　解釈と鑑賞30-6　1965.5
益田勝実　政治力の憧憬（一）（古事談鑑賞2）　解釈と鑑賞30-7　1965.6
益田勝実　政治力の憧憬（二）（古事談鑑賞3）　解釈と鑑賞30-8　1965.7
益田勝実　政治力の憧憬（三）（古事談鑑賞4）　解釈と鑑賞30-10　1965.8
益田勝実　説話の技術（一）（古事談鑑賞5）　解釈と鑑賞30-11　1965.9
益田勝実　説話の技術（二）（古事談鑑賞6）　解釈と鑑賞30-12　1965.10
益田勝実　説話の技術（三）（古事談鑑賞7）　解釈と鑑賞30-14　1965.11
益田勝実　説話の技術（四）（古事談鑑賞8）　解釈と鑑賞30-15　1965.12
益田勝実　古事談　解釈と鑑賞30-2　1965.12
益田勝実　抄録の文芸（一）（古事談鑑賞9）　解釈と鑑賞31-3　1966.2
益田勝実　抄録の文芸（二）（古事談鑑賞10）　解釈と鑑賞31-4　1966.3
益田勝実　抄録の文芸（三）（古事談鑑賞11）　解釈と鑑賞31-5　1966.4
磯高志　源顕兼について―「古事談」と「発心集」との関連追究のために―　鴨長明の研究2　1976.6
浅見和彦　古事談試論　国語と国文学53-8　1976.8
磯高志　古事談の説話採集の契機について　二松学舎大学人文論叢11　1977.3
北村雅子　『古事談』試論（上）　並木の里14　1977.10

北村雅子　『古事談』試論（下）　並木の里15　1978.4
貴志正造　説話の面白さ　日本霊異記・古事談抄（月報）1　1978.7
志村有弘　源顕兼と『古事談』　相模女子大学紀要43　1980.2
浅見和彦　古事談のなりたち　説話文学研究15　1980.6
田村憲治　古事談私記と同私記補遺について　愛文17　1981.7
原田行造　『古事談』出典の基礎調査　金沢大学教育学部紀要（社会・人文）30　1981.9
田村憲治　古事談私記補遺と古事談　愛媛大学法文学部論集（文学科編）15　1982.12
田村憲治　往生したる由、伝にしるせり—発心集と古事談—　中世文学研究9　1983.8
小峯和明　古事談　研究資料日本古典文学3　説話文学　明治書院　1984.1
田村憲治　古事談私記補遺（一）　愛文20　1984.7
田渕久美子　源顕兼に関する一考察—歌人的側面から　中世文学研究34　1985.6
田村憲治　古事談私記補遺（二）　愛文21　1985.7
田村憲治　源顕兼年譜考　中世文学研究11　1985.8
池上洵一　島原松平文庫蔵『古事談抜書』について　文化学年報（神戸大学）5　1986.3
内田信栄　『古事談』の形成と源顕兼の周辺　平安文学研究75　1986.6
田村憲治　古事談私記補遺（三）　愛文22　1986.9
田村憲治　『古事談』における「発心」　芸文東海8　1986.12
小島孝之他　『古事談』人名索引　立教大学日本文学58　1987.7
田村憲治　古事談私記補遺（四）　愛文23　1987.9
吉原浩人　中世説話集における「神」—『古事談』『古今著聞集』の篇構成意識を中心に　解釈と鑑賞52-9　1987.9
田村憲治　古事談の説話形式　国語と国文学65-5　1988.5
田村憲治　古事談私記補遺（五）　愛文24　1988.9
田村憲治　「古事談」の成立　中世文学研究15　1989.8
浅見和彦　古事談の一本より　成蹊国文24　1991.3
田村憲治　『古事談』の人物形象　中世文学研究18　1992.8
田村憲治　藤原忠実と『古事談』　中世文学研究19　1993.8
松本公一　『古事談』史実年表　国書逸文研究26　1993.10
小林保治　『古事談』における文学の方法　解釈と鑑賞58-12　1993.12
佐藤等　『古事談』雑考　駒澤大学大学院国文学会論輯23　1995.5
生井真理子　古事談—連繋を読む　同志社国文学43　1996.1
田村憲治　「談」の系列　岩波講座日本文学史4　1996.3
生井真理子　古事談—抄録の〈戯れ〉文芸　日本文学45-9　1996.9
生井真理子　『続古事談』と『古事談』—似て非なるもの　日本文学46-5　1997.5
伊東玉美　研究余滴　丹鶴叢書本『古事談』について　日本古典文学会々報130　1998.7
梶井重明　蔵書散策第五回　紀州新宮城主水野忠央旧蔵『古事談』と天保改革の出版検閲「学問所改」　こだま137　2000.4
伊東玉美　故実説話　院政期文化論集2　森話社　2002.12

田島公　禁裏文庫周辺の『古事談』と『古事談』逸文　新日本古典文学大系（月報）41（月報100）　2005.11
松本麻子　『古事談』諸本研究―福住道祐本を中心として―　説話文学研究42　2007.7

②国語学関連

桜井光昭　『古事談』の尊敬語　早大教育学部学術研究（国語国文学編）29　1980.12
泉基博　『十訓抄』に於ける『古事談』の訓み―動詞―　語文（大阪大学）49　1987.9
堀畑正臣　「（さ）せらる」（使役＋尊敬）の成立　訓点語と訓点資料96　1995.9
舩城俊太郎　「間」字の用法から見た浦島伝説　新潟大学国語国文学会誌39　1997.3
藤井俊博　宇治拾遺物語の語彙と文体―古事談との比較を通して　同志社国文学54　2001.3
藁谷隆純　伴大納言善男への待遇表現について　日本語日本文学11　2001.3

③他作品間交渉・院政期文化その他

矢吹重政　宇治拾遺物語と古事談との関係　国学院雑誌48-9　1942.9
池田亀鑑　説話文学に於ける知足院関白の地位　国語と国文学11-2　1934.2
益田勝実　古事談と宇治拾遺物語の関係―徹底的究明の為に―　日本文学史研究5　1950.7
簗瀬一雄　『古事談』と『発心集』　文学・語学8　1958.6
益田勝実　貴族社会の説話と説話文学　解釈と鑑賞30-2　1965.2
岡田清子　盆をめぐる誤解　国文学10-4　1965.3
今西実　『古事談』における伝承―『今鏡』との関係について―　山辺道12　1965.12
竹鼻績　大鏡の説話―今昔物語古事談との関係を中心として　紀要（山梨県立女子短期大学）2　1968.9
泉基博　「東斎随筆」と「古事談」「十訓抄」の関係について　武庫川女子大学紀要18　1971.9
播磨光寿　三国伝記と古事談―三国伝記の説話処理・継承に及ぶ　説話4　1972.12
原田行造　「古事談」と「発心集」との先後関係　説話文学研究10　1975.6
小峯和明　宇治拾遺物語の伝承と文体（2）―古事談との交渉への疑問―　文芸と批評4-4　1975.8
小林伸行　『宇治拾遺物語』研究―『宇治拾遺物語』と『古事談』―　言文26　1978.10
田所義章　発心集と古事談の関係についての調査　雲雀1　1979.1
篠原昭二　村井康彦　益田勝実　〈シンポジウム〉『江談抄』と『古事談』　説話文学研究17　1982.6
山岡敬和　宇治拾遺物語増補試論―冒頭話による古事談・十訓抄関係説話の考察―　国学院雑誌84-1　1983.1
松本治久　古事談における大鏡との関連説話ノート　並木の里27　1986.3
高尾稔　『発心集』と『古事談』との先後関係追考　国語と国文学63-9　1986.9
小林保治　言談の記録と抄録―江談抄・中外抄・富家語・古事談　日本文学講座3　1987.7
尾崎勇　『栄花物語』と『古事談』―死を中心にして　栄花物語研究2　1988.5

三原由起子　試論源顕兼の歴史観―『愚管抄』の後三条天皇と『古事談』をめぐって　人間文化研究年報12　1989.3
池谷秀樹　『古事談』と『栄花物語』―「栄花物語史料集」想定にむけて　二松学舎大学人文論叢42　1989.11
浅見和彦　〈シンポジウム〉言談の世界―説話の生成と流布定家と巷説　伝承文学研究39　1991.5
五味文彦　古記録・実録と説話　説話の講座24-5　1991.9
池谷秀樹　『古事談』と『大鏡』―「大鏡裏書」師安加筆記事をめぐって　二松学舎大学人文論叢50　1993.3
三原由起子　『古事談』の犬、その陰陽道的解釈―説話解釈の一視点　国文80　1994.1
荒木浩　ひらかれる〈とき〉の物語―『宇治拾遺物語』の中へ　国文学40-12　1995.10
神田龍身　漢文日記／口伝書／説話集―『江談抄』『中外抄』『富家語』の位相　国語と国文学74-11　1997.11
松原一義　『小右記』とその周辺の文学　論考平安王朝の文学　新典社　1998.11
神田龍身　漢文日記の言説―男色家・藤原頼長『台記』　偽装の言説　森話社　1999.7
木本好信　『古事談』の成立―『江記』との関係　風俗史学11（141）2000.4
藤井俊博　宇治拾遺物語の語彙と文体―古事談との比較を通して　同志社国文学54　2001.3
池上洵一　後三条天皇と犬狩―『中外抄』『古事談』を読む　論集　説話と説話集　和泉書院　2001.5
松本昭彦　「一条朝の四納言」をめぐって　論集　説話と説話集　和泉書院　2001.5
上野陽子　『沙石集』諸本と『古事談』　国語国文71-5（813）　2002.5
荒木浩　口伝・聞書、言説の中の院政期―藤原忠実の「家」あるいは「父」をめぐって　院政期文化論集2　2002.12
和田律子　宇治関白藤原頼通の最晩年―「宇治と宮と」の意味　狭衣物語の新研究　新典社　2003.7
高津希和子　『古事談』編者顕兼と秘事―『明月記』定家評を視座として　国文学研究147　2005.10
伊東玉美　『古事談』―貴族社会の裏話　中世文学の回廊　勉誠出版　2008.3

三、各巻論

①古事談』第一

三原由起子　『古事談』とその背景―第一の六四話にみる醍醐源氏観　国文60　1984.1
伊東玉美　古事談の手法―『中外抄』『富家語』との比較を通して　風俗26-2　1987.6
伊東玉美　古事談の再検討―巻一王道后宮の後三条院記事群を中心に　国語と国文学64-7　1987.7
松本治久　大鏡・江談抄・古事談に語られた「花山院の御逸話」　武蔵野女子大学紀要23　1988.1

伊東玉美　古事談の構想　国語と国文学66-1　1989.1

村戸弥生　『古事談』巻一をめぐって　芸文東海14　1989.12

磯水絵　藤原実季の引出物のこと―『古事談』巻一・七十八話より　二松学舎大学人文論叢44　1990.3

田中貴子　〈悪女〉について―称徳天皇と「女人罪障偈」　叙説17-2（64）　1990.10

三原由起子　『古事談』の醍醐帝説話―帝王説話という枠組みと顕兼の意識をめぐって　東京学芸大学附属高等学校大泉校舎紀要15　1990.11

田村憲治　言談と説話―陽成天皇廃位・光孝天皇即位譚をめぐって　愛媛大学人文学会創立十五周年記念論集16　1991.9

村戸弥生　『古事談』巻一第九「坂上ノ宝剣ノ事」鑑賞　芸文東海18　1991.12

増田繁夫　タマ筥をもつ浦島は死なぬ　大阪市立大学文学部紀要人文研究（国語・国文学）44　1992.12

田中宗博　聖帝説話のゆくえ―『富家語抜書』『古事談』『続古事談』の一条天皇説話について　大阪府立大学紀要（人文・社会）44　1996.3

生井真理子　古事談―浦島子伝　同志社国文学46　1997.3

生井真理子　古事談―浦島伝　同志社国文学46　1997.3

荒木浩　浦島説話の周辺―『古事談』再読　語文（大阪大学）70　1998.5

生井真理子　『古事談』―白河院話群と『今鏡』　同志社国文学50　1999.3

中根千絵　『古事談』第一小考　名古屋大学国語国文学84　1999.7

村戸弥生　鞠の三徳説話をめぐって（下）　金沢大学国語国文26　2001.3

磯水絵　斉信が公任に代って御神楽の拍子を取ったこと―『古事談』の音楽説話小考―　二松学舎大学人文論叢67　2001.10

今野鈴代　六条院の筍料理　季刊ぐんしょ17-2（64）　2004.4

浅見和彦　特集・中世文学に描かれた性『古事談』冒頭話の読み方　解釈と鑑賞70-3（886）2005.3

②『古事談』第二

三木紀人　「古事談」その他の藤原実方　国文学　解釈と教材の研究20-5　1975.11

原田行造　中関白道隆の執政と酒―『古事談』所収説話からの管見―　金沢大学教育学部紀要（社会・人文）31　1982.2

伊東玉美　『古事談』巻二臣節のつくり　説話文学研究23　1988.6

斉藤浩二　『古事談』の伊周・隆家配流説話と『栄花物語』　源氏物語と平安文学1　1988.12

浅見和彦　小式部内侍説話考―『古事談』『宇治拾遺物語』所載話を中心に　成蹊国文22　1989.3

三原由起子　『古事談』の醍醐源氏たち―俊賢と資綱の場合　成蹊国文22　1989.3

辻村全弘　中世的女性としての清少納言―『古事談』に描かれた人物像　国学院雑誌91-2　1990.2

生井真理子　『古事談』―実資か？実頼か？　同志社国文学47　1998.1

田中宗博　惟成説話とその周辺―『古事談』巻第二「臣節」篇への一考察　論集説話と説話集　和泉書院　2001.5
神田邦彦　『十訓抄』に見る藤原朝成の説話について―『古事談』『続古事談』における源経成説話との交錯　二松学舎大学人文叢書71　2003.10
浅見和彦　「アコヤノ松」のことども　成蹊国文37　2004.3
神田邦彦　藤原朝成　日本音楽史研究5　2004.7
三川圭　崇徳院生誕問題の歴史的背景　古代文化56-10（549）　2004.10
飯沼清子　「落冠」考　国文学ノート42　2005.3
神田邦彦　『大鏡』の「みな人しろしめしたる事」をめぐって―藤原朝成の怨霊説話、再検　二松学舎大学人文叢書19　2005.3
神田邦彦　藤原朝成、怨霊説話の背景　二松学舎大学人文叢書74　2005.3
蔦尾和宏　惟成の妻―『古事談』「臣節」巻末話考　国語と国文学87-3（992）　2006.7
浅見和彦　伴大納言の出自―伴善男は佐渡出身か―　成蹊国文40　2007.3

③『古事談』第三

田村憲治　『古事談』における仁海譚　芸文東海1　1983.6
野口博久　前田家本系統『建久御巡礼記』と縁起・説話集―『諸寺建立次第』『古事談』『宇治拾遺物語』との関係―　説話7　1983.8
田村憲治　「古事談・僧行」小考　芸文東海2　1983.12
田中宗博　『中外抄』『古事談』の仁海説話　解釈32-5　1986.5
田口和夫　『宇治拾遺物語』「龍門聖」説話と照射猟―『古事談』「舜見上人」の由来　説話8　1988.6
中野雅之　仏教説話にみられる般若経典の受容について　金沢文庫研究289　1992.9
笹田教彰　蘇生譚と浄土教―「安養尼蘇生譚」を中心として　仏教大学文学部論集77　1992.12
新間水緒　僧の肉食説話について―いたれる聖は魚鳥を嫌はず　花園大学研究紀要25　1993.3
相川宏　カルナバレスクな生へ―増賀奇行譚のパトロギア　日本大学芸術学部紀要23　1994.3
阿部泰郎　遊女・傀儡・巫女と文芸　岩波講座日本文学史4　1996.3
榎本栄一　経典の空読について　東洋学研究33　1996.3
志村有弘　高階業遠説話の背景―『古事談』の説話を視座として　歌語りと説話　新典社　1996.10
野村卓美　玄賓説話の基礎的研究―『発心集』・『古事談』・『閑居友』を中心に　歌子5　1997.3
渡辺守順　『古事談』の天台　天台学報40　1998.11
伊藤高広　神の和歌、神の今様　歌謡の時空　和泉書院　2004.5

④『古事談』第四

横井孝　古事談「アイタイノ城」考　駒沢国文17　1980.3

磯水絵　源義親の説話をめぐって―殿略、富家語、古事談―　説話文学研究16　1981.6

信太周　いくさがたりと平家物語―古事談の記事検討を中心に　馬淵和夫博士退官記念説話文学論集　大修館　1981.7

松浦俊輔　『古事談』の素材配列―巻四の義家をめぐって　国語と国文学65-6　1988.6

阿部猛　『古事談』管見―藤原保昌について　太田善麿先生古稀記念国語国文論叢　群書　1988.10

伊東玉美　武士説話について―『古事談』巻四勇士を中心に　国語と国文学68-10　1991.10

小林保治　『古事談』の性格（二）―第四「勇士」の検討から　古典遺産44　1994.3

鈴木麻由美　『古事談』の源義家―説話の生成と顕兼の受容　国文81　1994.7

梶原正昭　合戦伝承・武人説話の展開―後藤内則明のいくさ語りを手がかりとして　歌語りと説話　新典社　1996.10

田中伸作　『古事談』『古今著聞集』の義家説話―編者の武士観について　駒澤大学大学院国文学会論輯27　1999.5

蔦尾和宏　『古事談』「勇士」考―遁世譚を起点として　文学3-4　2002.7

蔦尾和宏　『古事談』承平・天慶の乱説話群の検討　国学院雑誌104-2（1150）　2003.2

蔦尾和宏　『古事談』「勇士」を巡る二、三の問題　説話の界域　笠間書院　2006.7

⑤『古事談』第五

渥美かをる　古事談における東大寺創建説話をめぐって―敦煌画巻「降魔変」の示唆を受けたか―　説林15　1967.2

藤島秀隆　花園左大臣源有仁の説話をめぐって―『今鏡』・『古事談』・『発心集』の伝承―　説話・物語論集10　1982.5

野口博久　『古事談』第三五九話（巻第五第二五話）の背景―天喜二年の聖徳太子「未来記」の発掘をめぐって　説話8　1988.6

三原由起子　『古事談』の世界をさぐる―第五の12の尼と八幡大菩薩をめぐって　東京学芸大学附属高等学校大泉校舎紀要14　1989.11

小野一之　聖徳太子墓の展開と叡福寺の成立　日本史研究342　1991.1

織田牧子　『今鏡』に関する一考察―白河院の人物像を中心に　愛文29　1994.1

生井真理子　「続古事談」と「古事談」―石清水八幡宮余話　論集説話と説話集　和泉書院　2001.5

生井真理子　『古事談』第五「神社仏寺」第十一話について―成清の石清水祠官任官事情を中心に　日本文学50-9（579）　2001.9

生井真理子　『古事談』第五　賀茂社話群考　同志社国文学62　2005.3

高津希和子　珍皇寺鐘論―『古事談』鋳鐘説話をめぐって　早稲田大学大学院文学研究科紀要（第三分冊）51　2006.2

⑥『古事談』第六

佐藤真人　大中臣氏の造寺と通海　大中臣祭主藤波家の歴史　続群書類従完成会　1993.3

小川豊生　大江匡房の言説と白居易―『江談抄』を巡って　白居易研究講座4　1994.5

小島孝之　王権のトポロジー―『古事談』巻第六亭宅篇試論　論集中世の文学　散文篇　明治書院　1994.7

森下要治　「漢竹の笛」説話から永秀説話へ―家の説と中世説話集　古代中世国文学7　1995.8

磯水絵　音楽の世界―第二に管弦：『古事談』の音楽伝承　国文学40-12　1995.10

志村有弘　安倍晴明伝　解釈と鑑賞　特集・陰陽師・安倍晴明とその周縁67-6（852）2002.6

田中宗博　観相説話の諸相―『古事談』巻第六「亭宅諸道」篇説話を中心に　大阪府立大学言語文化研究3　2004.4

⑦『古事談抄』

伊東玉美　日本古典文学影印叢書刊行所収『古事談抄』について　共立女子短期大学文科紀要46　2003.1

伊東玉美　中世の『古事談』読者―日本古典文学影印叢書刊所収『古事談抄』の構成と意義　文学5-3　2004.5

成蹊大学中世文学研究会　『古事談抄』選釈　成蹊人文研究13　2005.3

成蹊大学中世文学研究会　『古事談抄』選釈（二）　成蹊人文研究14　2006.3

成蹊大学中世文学研究会　『古事談抄』選釈（三）　成蹊人文研究15　2007.3

成蹊大学中世文学研究会　『古事談抄』選釈（四）　成蹊人文研究16　2008.3

文責・高津希和子（早稲田大学大学院生）